O Criador da Morte

O Evangelho do Exorcista vol. 2

O Criador da Morte

O Evangelho do Exorcista vol. 2

ILUSTRAÇÃO DE CAPA: *Wagner Souza*
ILUSTRAÇÕES: *Dan Ramos e Reynaldo Siqueira*
PROJETO GRÁFICO E DIAGRAMAÇÃO: *André Carvalho*
EDIÇÃO: *Guilherme Dei Svaldi*
REVISÃO: *Elisa Guimarães e Jair Barbosa*
REVISÃO DE CONTEÚDO SENSÍVEL: *Naomi Maratea*

NERD BOOKS

PRODUÇÃO EDITORIAL

JAMBÔ

Rua Coronel Genuíno, 209 • Porto Alegre, RS
contato@jamboeditora.com.br
www.jamboeditora.com.br
@jamboeditora

1ª edição: março de 2022 | ISBN 978658863418-9

C146c Caldela, Leonel

O criador da morte / Leonel Caldela. Ilustrações por Wagner Souza e Reynaldo Siqueira. Edição por Guilherme Dei Svaldi. Porto Alegre: Jambô, 2022.

704. il.

1. Literatura brasileira - Ficção científica. I. Souza, Wagner. II. Svaldi, Guilherme Dei. III. Título.

CDU 794:681.31

Para Tuarin e Nymeria. Passamos sua vida inteira com vocês.
Agora vocês passarão nossa vida inteira conosco.

Sumário

Sumário

Batismo

Osnabrück, Alemanha, 4 de abril de 1945

TUDO ESTAVA ACONTECENDO DE NOVO.

Ele lembrava da rua, do reflexo e de sua mão estranhamente enrugada.

— Padre! — gritou um soldado inglês. — Padre! Você é um deles ou um dos nossos?

Por um momento, ele se confundiu. Não sabia se estava tendo uma alucinação em 1936, ainda com o nome Giacomo di Monti e ainda sem as marcas em seu corpo, ou se estava cumprindo a missão em 1945, nas ruas destroçadas da pequena cidade de Osnabrück.

Ele sabia o que iria responder ao soldado, porque já falara aquilo no clarão de loucura que o tomara por um momento no dia de Natal, 9 anos atrás, quando eles deram ao mundo um tempo a mais de sobrevida. Em 1936, ele achara que tinham salvado o mundo, e talvez fosse verdade. Mas qualquer salvamento seria sempre temporário.

— Sou um de vocês — fazendo eco consigo mesmo.

Uma unidade do exército inglês entrara em Osnabrück e varria as ruas em busca de qualquer resistência. A cidade estava arruinada pelos bombardeios constantes ao longo da guerra, criando inúmeros esconderijos e pontos de emboscada, mas havia poucos inimigos. Os livros de história diriam que Osnabrück caiu quase sem luta, e estariam quase certos.

Porque houve a luta de um padre contra um livro.

— O padre não é nazista! — o soldado inglês gritou para os outros. — Salvem esse desgraçado!

No exato instante quando, em 1936, Giacomo di Monti parou de enxergar o futuro, o flash de uma câmera fotográfica disparou. Quem apareceu naquela foto não foi Giacomo di Monti, conhecido como Búfalo. Já era mais uma vez o Padre Tristano.

Os soldados o arrastaram para um local onde estaria em segurança, junto à população que comemorava a queda do nazismo, junto aos prisioneiros e trabalhadores escravizados que se libertavam. Os sussurros do livro o faziam desconfiar daquela gente, convidavam-no a ver um inimigo em cada esquina, um atirador de elite em cada janela. Mas, depois de 9 anos como seu guardião, Tristano estava calejado. Sua mente já não era a mesma, seu corpo envelhecera mais do que seria natural, mas ele sabia resistir à tentação. Sabia duvidar das mentiras.

O Necronomicon mentia, porque estava com medo.

Você sabe que não vai conseguir, disse o livro. *Quantas vezes já tentou? Quantas vezes já fracassou? Quantas vidas sacrificou, Búfalo?*

Tristano secou o suor da testa e sorriu para si mesmo.

— Esse não é o meu nome.

Foram 9 anos de luta secreta.

Giacomo teve muito mais facilidade do que esperava para se adaptar à vida anônima. Após voltar de Heligoland, ele permanecera algum tempo confinado em casa, sozinho, exceto pelo livro. Não tinha acesso a nenhum dos inventos de Faraday, que haviam calado a voz, nem tanta força de vontade quanto Don Azaghal. Lembrou de Venkman e soube que, ouvindo blasfêmias dia e noite, iria enlouquecer.

Sua fé era puxada em duas direções opostas. Ele nunca estava sozinho, como garantira ao livro. Sentia a presença de Deus e de seus amigos mortos. Mas sabia, em sua mente racional, que tudo aquilo era ficção. Os verdadeiros deuses eram monstros.

Mas parte da fé não era continuar acreditando, apesar de tudo?

Quando se ordenou padre, Giacomo assumiu o nome "Tristano". Não tinha nenhum significado especial, nem era parte de nada místico. Apenas lhe dera uma nova identidade, afastara-o da vida como Búfalo. Acima de tudo, dera-lhe uma ligação ainda maior com a Igreja. Talvez Deus não existisse, mas o conjunto de regras e rituais alimentava seu vigor para resistir ao Necronomicon. Afinal, Don Azaghal fizera isso até o fim, independente da existência de qualquer Criador.

A rigidez da Igreja lhe deu liberdade. Confiante em suas próprias ações, não precisava mais ficar isolado, pôde pesquisar maneiras de conter o livro. Primeiro aprendeu a fazer o Símbolo Ancestral, o pentagrama que abafara a voz em Berlim. Mas sabia que não seria suficiente. O livro não precisava apenas ser calado.

Deveria ser destruído.

Ele conhecia as condições para a destruição do Necronomicon. Um local de geografia sagrada, um ritual reverso como ocorrera em Heligoland, um sacrifício humano. E, durante anos, ele tentou. Durante anos, fracassou.

O acaso parecia persegui-lo naqueles momentos. Errava a pronúncia de uma palavra do ritual, ou era traído na última hora por um aliado de confiança, ou descobria que o lugar que escolhera estava inacessível. Durante anos, o livro escarneceu de suas falhas. Tristano viajou o mundo durante a Segunda Guerra, sempre em busca do novo local sagrado, mantendo em mente a próxima tentativa. Acreditando em si mesmo e em qualquer força benevolente que pudesse existir, para não acreditar na superioridade do inimigo.

Tendo fé.

Em 1943, uma ideia tomou sua mente. Primeiro garantiu que vinha dele mesmo, não era uma sugestão subliminar. Cercou-se de símbolos de proteção, meditou, rezou, examinou a si mesmo tão bem quanto podia. Soava absurdo, mas fazia sentido.

Nem sempre existira o livro. E, se nem sempre existira, não precisava existir para sempre. Pela lógica, o Necronomicon não deveria ser indestrutível.

O que sempre existira era seu conteúdo.

As páginas se recusavam a queimar, resistiam à ação do tempo, porque preservavam o que estava escrito nelas. Paradoxalmente, se ele copiasse a informação, o tomo estaria vulnerável.

Durante um ano ele procurou voluntários. Não obteve sucesso através da Igreja, dos meios ocultistas ou dos admiradores de sua época de fama. A resposta veio, é claro, dos contatos de seu velho amigo O'Flanagan, que morrera em Heligoland. Falando seu nome nos bares certos, Tristano conseguiu o que queria.

Tatuadores.

Não mentiu para nenhum deles. Deixou claro que estariam entregando a sanidade ou a vida. E testemunhou, ao longo de meses, um após o outro sucumbindo enquanto perfuravam a pele de seu corpo todo com agulhas, registravam com tinta as palavras atrozes.

Quando enfim estava pronto, ele soube que estava no caminho certo, porque o Necronomicon tentou barganhar.

Posso lhe ensinar mais ritos contra os deuses. Pode me usar para proteger a humanidade.

Era difícil controlar o livro. Era preciso garantir que estivesse sempre em segurança, que não fosse lido, que sua voz não ressoasse em mentes mais fracas. O livro tinha autonomia, era uma entidade separada, algo quase vivo.

Mas, capturado em um corpo humano, o Necronomicon seria um prisioneiro. Submetido a uma pessoa, não atormentaria outros espíritos. Mantido sob vigilância, não poderia se expor a mais ninguém.

E, ao contrário de um livro blasfemo, se o pior acontecesse, o corpo do Padre Tristano podia ser destruído.

Osnabrück era um local de geografia sagrada, um nexo importante de linhas energéticas e palco de eventos místicos ao longo da história. No início de 1945, Tristano atravessou parte da Alemanha, acompanhando de longe os exércitos aliados, e chegou à cidade no dia exato em que ela foi tomada pelos ingleses. A sincronia não passou despercebida e confirmou que ele estava num momento de imensa transformação.

Será outro fracasso. Você sacrificou todas aquelas pessoas por uma fantasia idiota. Cobriu seu corpo com profanidades por nada.

Tristano participou das comemorações da vitória nos próximos dias, enquanto procurava um local em Osnabrück onde pudesse fazer o ritual sem ser interrompido. Vagou pelos destroços, esquivou-se durante horas da população em festa e desespero, por fim encontrou uma área quase deserta.

Chamava-se Rosenplatz, mas podia ser qualquer lugar. Era apenas conveniente. Tristano entrou em um prédio arruinado, certificou-se de estar sozinho e pousou o livro no chão.

Você só está espalhando a palavra dos deuses.

O padre deu um riso sarcástico, exatamente como faria frente a um adversário prestes a ser derrotado, quando era Búfalo. Ele sabia reconhecer uma ameaça vazia, a bravata de um perdedor.

Notou algo com a visão periférica. Seu corpo foi tomado por um calafrio, a sensação assombrosa do destino se encaixando.

Alguém deixara um lança-chamas jogado num canto daquela ruína.

Já tentou o fogo! Já sabe que não queimo!

Já houvera sacrifícios — com grande pesar, ele sabia que entregara as almas dos tatuadores. Havia a geografia sagrada. Só faltava mais um elemento.

Tristano recitou as palavras do ritual inverso.

Posso lhe dar tudo que deseja, o Necronomicon implorou. *Pode me usar para combater os deuses! Pode...*

Ele apertou o gatilho e o cano da arma jorrou uma língua de fogo.

Quando vi o Padre Tristano queimando a palavra dos deuses, soube que era a hora. Ele havia cumprido sua grande missão. Agora sua vida ganharia outro significado, sua força seria renovada. Ele teria poder para participar de uma batalha maior.

Minha batalha.

Eu o observara. Conhecia seu passado e seus segredos, conhecia as infinitas possibilidades de seu futuro. Conhecia suas identidades: Giacomo, Búfalo, Tristano.

Toquei em sua alma com um tentáculo e fiz a pergunta cuja resposta já sabia:

Qual é seu nome?

Os eventos fantásticos
desta narrativa podem
ou não ser verdadeiros.
Dependem de crença, medo,
superstição ou loucura.
Os eventos históricos,
por mais fantásticos
que pareçam, são reais.

O Bezerro de Ouro

Osnabrück, Alemanha Ocidental, 9 de novembro de 1989

1

SENTINDO O METAL QUENTE ENCOSTADO NA TÊMPORA, OUVINDO o tambor e as balas do revólver chacoalharem enquanto a mão do homem tremia, cheirando pólvora e hálito pútrido, ouvindo gritaria e o zumbido que restara após o tiro, Agnes não pensava em si mesma.

Ela pensava em seu filho não nascido.

E em Jesus.

Quando a criança nascer, Jesus Cristo perguntou de novo, *qual será seu nome?*

Agnes não tinha resposta, mas ficar calada parecia blasfêmia. Ele a havia guiado tantas vezes, apontara o caminho nos momentos de indecisão. Quando Agnes estivera mais perdida, Ele a tinha escolhido, como escolheu um punhado de pessoas ao longo da história. Ela sabia que ouvir a voz do Salvador a colocava num patamar bíblico. Era um milagre. Estava no meio de algo muito maior que ela mesma. Pelo que entendia, agora ela possuía uma missão: desmascarar o Padre Tristano. Isso a colocara em confronto com demônios e abrira seus olhos para verdades horrendas sobre o universo.

Se Tristano fosse uma entidade profana, se ele tivesse razão e houvesse mesmo um inferno apesar da bondade infinita de Deus, ainda assim ela deveria se sentir segura. Mesmo que houvesse uma Realidade hedionda, Agnes conhecia uma verdade fundamental. Ela sabia que Deus existia; era um fato inegável. Deveria continuar forte, porque Jesus estava a seu lado.

E Ele lhe fizera uma pergunta, elevando-a acima de todos os mortais.

— Eu não sei, meu Senhor — Agnes respondeu em voz baixa.

— *O que você disse?* — berrou Ernst Hoffman.

A situação concreta a seu redor se tornava quase abstrata frente ao milagre. A mão áspera do homem segurava seu hábito, forçando Agnes a se encostar nele e servir de escudo humano. Ela estava respingada de sangue, assim como ele mesmo. O sangue da esposa do maníaco, que ele acabara de assassinar.

A toda volta, policiais e militares apontavam armas. Um megafone apitava microfonia, caído no chão, ao lado de Tristano. O padre ofegava, suava, sua pele reluzindo sob as luzes de lanternas, holofotes e sirenes. A Floresta de Teutoburgo se estendia para todos os lados, as árvores altas formando uma escuridão profunda. A noite era fria e úmida, nada oferecia conforto exceto a voz de Deus.

A criança precisa de um nome, Agnes. Ela vai trazer uma nova era ao mundo.

A noviça sentiu seus pensamentos dançarem. Nunca duvidara da existência de Deus ou do sacrifício de Seu filho — mas, por mais que as freiras insistissem, não conseguia interpretar a Bíblia literalmente. Não aceitava a ideia de que Jesus nascera de uma virgem ou que Maria fosse tão livre de pecado. Em suas crenças mais íntimas, imaginava-a como uma mulher quase comum que se erguera à altura da maior das honras.

Agora ouvia do Senhor uma anunciação muito semelhante. Ela estava grávida e o pai era alguém que não existia. Estava sendo tentada por demônios. Possivelmente testada.

Existia uma chance de que a Bíblia fosse literal?

E estivesse se repetindo?

— Darei a ele o nome de Tristano — ela murmurou. — Como gesto de amor a meu inimigo.

E, sem ouvir nenhuma palavra, Agnes sentiu Jesus sorrir.

Sob a microfonia, outra voz amplificada ressoou no meio deles:

— Ernst Hoffman, você está cercado. Não torne sua situação ainda pior.

— Já matei uma! — ele gritou. — Posso matar outra! Acha que tenho pena porque ela se finge de santa? É uma vagabunda! É uma mulher!

Cuspiu as últimas palavras com desprezo.

— O padre está passando mal — continuou a voz no megafone. — Deixe que alguém se aproxime para ajudá-lo.

— *Ninguém chega perto!* — ele forçou o cano contra a têmpora de Agnes.

— Não deixe o padre morrer, Ernst. Você não quer isso na sua consciência.

O homem resfolegou como um animal raivoso. Sua tremedeira aumentou. Sem enxergar sua mão, Agnes teve certeza de que o dedo estava no gatilho. Um pequeno descontrole, um impulso, um espasmo por falta de bebida e ela estaria morta.

— Se este for meu destino, eu aceito — ela fechou os olhos e respirou fundo.

A voz embargada de medo e muco berrou mais alguma coisa, mas ela não ouviu. Em vez disso, abriu-se para a divindade. Sob suas pálpebras, no olho de sua mente, uma imagem começou a se formar. Um rosto bondoso e acolhedor. Se precisasse descrevê-lo em termos humanos, Agnes não conseguiria. Era um misto de imagens tradicionais e modernas de Cristo, traços da Madre Superiora, impressões do rapaz de Münster e de Tristano. E até, ela se surpreendeu, de Ernst Hoffman, representando todos os homens imperfeitos.

Não é sua hora de morrer, minha filha.

— Mostre-me o que devo fazer, por favor.

O que deve fazer é acolher em seu corpo esse filho abençoado que você decidiu batizar Tristano. Deixar que ele seja um veículo divino.

— Vou cumprir meu dever. Se estiver viva.

O que vai salvá-la não é a brutalidade dos homens, Agnes. Não é a feitiçaria do falso padre a quem vem servindo. O que vai salvá-la é a palavra de Deus.

— Mostre-me, meu Senhor.

A palavra de Deus por meio de sua voz, Agnes. Apenas repita o que eu disser.

Tristano viu as linhas de destino fulgurando a partir de Agnes como um sol. Sua visão humana estava embaçada, ele não conseguia manter o foco enquanto o corpo lutava para se manter vivo. As dores fortes no peito impediam que se levantasse. No chão, apoiado nas mãos e nos joelhos, fazendo força para inspirar, Tristano só podia contar com a visão probabilística, os sentidos yithianos que mostravam o mundo secreto logo atrás da materialidade.

As linhas de energia em Kalkriese se acenderam enquanto a colina bebia o sangue de Karoline Hoffman. A geografia sagrada absorveu o sacrifício, a fúria que existia enterrada sob Osnabrück queimou mais forte, como brasas atiçadas pelo vento. Com horror, Tristano entendeu que a terra tinha aceitado a oferenda. A primeira parte do ritual estava completa.

O Psicopompo desceu sobre o cadáver, em sua dança cadenciada e alegre. Centenas de mãos, garras, tentáculos e bocas agarraram a alma de Karoline Hoffman, levando-a para o lugar de honra. Tristano se encolheu ante o berro imaterial do espírito que rapidamente perdia forma. Ele conhecia aquilo. Ele era culpado por aquilo. As lembranças e a identidade da vítima estavam erodindo rapidamente. O último pensamento de Karoline enquanto ainda era Karoline, o último aprendizado de alguém que desejava mais do que tudo aprender, foi que o inferno existia. Todas as dúvidas existenciais, todas as especulações e conjecturas em noites de insônia foram respondidas. Uma pinça serrilhada se enterrou na alma de Karoline e puxou. O desfile da morte a levou embora, para que ela perdesse quem era e se tornasse um receptáculo de dor. Até que voltasse a este mundo para repetir o ciclo.

Tristano estendeu a mão para a alma, mas o turbilhão em seu interior impediu que recolhesse Karoline para dentro de si. O peito daquele corpo foi trespassado por mais uma pontada de dor funda. As vozes de milhares de humanos que ele tentava preservar gritaram ao mesmo tempo, emergindo em um caleidoscópio de experiências. Tristano sentiu com clareza Henry Smith, Roland, Marcus Aius e tantos outros, vítimas heroicas ou anônimas de seu grande crime. As criaturas arrastaram a alma de volta à Realidade. Mais uma que se perdia; mais uma vida inteira de vontades e medos, de arrependimentos e orgulhos se transformou em nada.

O Psicopompo se alastrou no céu, obscurecendo as estrelas. Em breve haveria muitos mais para serem levados.

Tristano viu os futuros que emergiam dali, que atravessavam Agnes e se originavam dela. Enxergou multidões desarmadas investindo contra portões fechados e encontrando tanques de guerra. Vozes que cantavam palavras de paz sendo caladas pelo trovejar das metralhadoras. Coturnos marchando sobre as ruas e aviões cruzando os céus. Em quase todas as linhas, os mísseis eram bem nítidos.

Tentou respirar e não conseguiu.

Não ouvia direito, os tímpanos avassalados pelo apito do megafone caído no chão. As vozes dos soldados e policiais se misturaram com as vozes do futuro, em que eles mesmos davam ordens e faziam ameaças, gritavam alertas e grunhiam estertores de morte.

Sentiu-se tomado por enjoo. As extremidades formigavam.

Talvez só restasse uma opção.

Então as linhas de destino que saíam de Agnes explodiram, engolfando todas as possibilidades. Ele ouviu a voz da noviça com seus sentidos místicos, porque o som carregava o futuro.

Repita, Agnes.

Ela engoliu em seco. Sentiu o coração batendo rápido. Tudo que era ela mesma relutou; Agnes precisou se forçar a abrir a boca e pronunciar as palavras. Mas não tinha escolha. Aquela era uma provação e ela não podia desafiar Cristo.

— O que vai acontecer com você, Ernst? — disse Agnes.

— Cale a boca! — o assassino gritou. — Cale a boca! Não aguento mais ouvir vocês falando!

— Acha que vai conseguir escapar daqui? Conhece a floresta? Ao menos tem um carro? Ou veio de ônibus, como um coitado?

— Silêncio! Você vai me ouvir!

— Não, Ernst. Ninguém vai ouvi-lo. Não existe caminho de fuga. Você veio aqui sabendo que não havia.

A voz de um policial tomou seus ouvidos:

— Irmã, deixe que nós negociamos com ele. Ernst, você não quer machucar uma freira. Largue ela.

— *Ninguém me diz o que fazer!* — ele urrou. — Eu não vou mais obedecer! Chega! Chega de baixar a cabeça!

Você está indo muito bem, disse Jesus Cristo. *Continue, Agnes. Empreste sua voz a Mim.*

Ela fechou os olhos por um segundo. Engoliu em seco. Então falou com voz trêmula:

— Você não vai fugir. Em vez disso, vai tentar matar aquele professor na nossa frente. Aquele mesmo, está vendo? Foi ele que contratou sua esposa. Contratou-a porque a queria na cama.

As palavras da noviça o atingiram fundo. Era um medo secreto, uma acusação inventada que ele jogara de novo e de novo contra Karoline. Tinha conseguido finalmente calar a esposa para sempre, impedindo que ela o envergonhasse. Mas a garota trouxe aquela vergonha para o mundo, para todos ouvirem.

— Você vai atirar nele, Ernst — Agnes continuou. — Mas vai errar. Todos vão rir. E o chefe de sua esposa vai sair dessa como um herói.

— *Irmã, não interaja com o sequestrador* — o policial avisou de novo no megafone. — *Por favor...*

— Todos os jornais vão dizer que ele era o chefe de Karoline — Agnes continuou, arrancando cada palavra de si mesma a custo. — Vão dizer que você não é chefe de ninguém. Ela não obedecia a você, obedecia a ele. É isso que quer?

— Não — Ernst respondeu, quase sem som.

A mão se moveu de volta até onde estava. Agnes sentiu o cano pressionar mais forte contra sua têmpora. A garganta se fechou e seus olhos sentiram a fisgada de lágrimas.

Está dando tudo certo. Continue, Agnes.

— Me... — ela começou.

Continue, ordenou Jesus.

— Me mate, Ernst — disse Agnes, sentindo o corpo todo ser tomado por uma onda de gelo e agulhas. — Vamos. Puxe o gatilho.

O dedo indicador do assassino estremeceu.

— Não duvide de mim! — ele rosnou com voz incerta. — Já matei uma, eu...

— Quanto tempo demorou para tomar essa decisão? Quantas noites passou sozinho enquanto Karoline ria de você? Quantas vezes precisou mentir para seus colegas, escondendo o divórcio? Se você tivesse coragem, ela estaria morta antes de aceitar esse trabalho. Estaria morta depois da primeira desobediência. Eu ainda posso pisar muito em você, Ernst.

Cada uma daquelas palavras ia contra tudo em que Agnes acreditava. Sentiu asco de si mesma, não conseguiu evitar um olhar de relance para o cadáver ainda quente, como se pedisse perdão.

Continue.

— Puxe o gatilho. Você vai me matar e então o que vai acontecer?

— Você vai ficar em silêncio.

— Não, Ernst. Você vai continuar me ouvindo. Você nunca vai esquecer que eu disse que você era um covarde. Nunca vai esquecer que não tive medo de você mesmo com uma arma em minha cabeça. Eu sempre vou estar com você, Ernst.

— Cale a boca...

— Acha que vão matá-lo? Não. Vão prendê-lo. Você vai ser exibido na TV, sua foto vai estampar a primeira página dos jornais. Todos vão saber de sua fraqueza. Todos vão ouvir que você foi traído e largado, que não conseguiu segurar sua mulher, que veio até aqui de ônibus, que ainda tentou rastejar para ela com um buquê de flores.

— *Irmã, não...* — o policial tinha voz de súplica.

Sim, Agnes, sim. Seja minha voz.

— Você trouxe flores! — ela conseguiu fingir zombaria. — Trouxe flores, enquanto ela saía com homens de verdade.

— Pare. Por favor, pare.

— Você vai ser preso e vai virar motivo de chacota no mundo todo. Na cadeia, vai encontrar homens de verdade, que vão saber de sua fraqueza e de suas flores.

— Não...

— Você tem só uma chance de mostrar que é forte, Ernst. Pense em todos os outros como você. Homens que não recebem respeito, que vivem como escravos de mulheres. Você não pode virar uma piada, precisa ser um herói. Um herói para eles.

Ernst Hoffman ficou calado. Agnes quase pôde sentir uma fagulha de conforto aquecendo o assassino.

— Você precisa dizer a todos que prefere morrer a viver como um escravo. Só assim vão respeitá-lo.

— Pare... Pare de falar.

— Você sabe disso. Sempre soube. Como pretendia voltar para casa?

— Eu não...

— Você veio até aqui sem ter como voltar porque sabia que não ia voltar. Matar Karoline foi só um detalhe. Você veio até aqui para se tornar um herói, Ernst.

— Um herói...

— Veio até aqui para se tornar um mártir.

As lágrimas escorreram dos olhos de Agnes, independentes de sua vontade. Algo dentro dela gritava para se calar, algo implorava para deter aquilo enquanto não fosse tarde demais. Agnes achou que era a autoridade da Madre Superiora, o carinho das amigas ou o amor do pai de seu filho. Mas não conseguia lembrar do rosto ou do nome de nenhum deles. Eram impressões de figuras vazias, gritando contra os comandos do Senhor.

Ela seria mesmo tão voluntariosa, teria tanta soberba a ponto de questionar as ordens de Deus?

Continue.

— Você não precisa de escudo, Ernst. Mostre para eles que você não tem medo. Aperte o gatilho e me mate, se acha que isso vai fazer diferença.

Um instante de silêncio.

— Mas você sabe que a próxima bala não é para mim.

Ela escutou a respiração rápida e superficial do homem num ritmo descompassado perto de seu ouvido.

— É para você mesmo.

Então ela chorou e ele chorou, algoz e vítima. Mas nenhum dos dois sabia quem era quem.

Continue.

— Encoste o revólver em sua própria cabeça. Puxe o gatilho.

— Não quero.

— Quer sim. Não tem opção. Aponte para sua cabeça. Puxe o gatilho.

— Não, por favor.

— Vai decepcionar todos de novo, Ernst? Vai falhar mais uma vez?

— Não... Não quero isso...

— Prefere ser uma piada ou um herói? Prefere ser um perdedor ou um mártir?

O silêncio só foi interrompido pelos soluços do assassino.

— Eles... — Ernst começou. — Eles vão mesmo achar que sou um herói?

— Você vai ser um mártir para todos os homens.

— Todos.

— Sim. Vão falar de você com admiração. Com inveja. Seu nome será lembrado.

— Preciso de um tempo...

— Não há tempo. Atire. Agora.

— Não ainda. Eu preciso...

— Agora, Ernst.

— Só um minuto. Só até eu...

— *Agora!* — Agnes gritou.

Então ouviu o estampido e foi batizada no sangue de Ernst Hoffman.

11

FAZIA 12 HORAS QUE HARALD JÄGER COMEÇARA SEU TURNO E faltavam mais 12. Ele largou seu sanduíche pela metade e mais uma vez imaginou qual seria o resultado do exame. Naquelas primeiras 12 horas, só um pensamento ocupara sua mente:

Havia um câncer corroendo seu corpo por dentro.

Ele estava morrendo rapidamente, devorado pela doença, num posto de controle de fronteira, vendo o povo se aproximar do Muro de Berlim.

Mas agora vinham outros pensamentos, outras perguntas sem resposta. Jäger era um agente da Stasi, segundo em comando no posto da Bornholmer Strasse, em Berlim Oriental. Parte da segurança do Muro, seu trabalho era autorizar e proibir a passagem de pessoas para os dois lados da Cortina de Ferro. Naquela noite, era o oficial sênior no posto, tinha guardas e funcionários sob sua responsabilidade. Tinha um dever.

Jäger não sabia quem eram as dezenas de pessoas que começavam a se aglomerar perto da Bornholmer Strasse. Não sabia o que esperar depois que Günter Schabowski disse "Imediatamente. Agora mesmo" na frente de repórteres do mundo todo. E principalmente não acreditava nas palavras de seu superior. As ordens tinham sido claras: se houvesse agitadores, deveriam ser considerados inimigos do Estado.

E executados.

O fuzil estava pronto e sua função era proteger a República Democrática da Alemanha. Jäger não era um atirador de elite no topo de uma torre, não ganharia uma medalha por alvejar um pretenso fugitivo. Na verdade, nunca atirara em ninguém. Seu trabalho era essencialmente manter registros, ele era uma engrenagem da grande máquina que fazia a nação funcionar. Mas era da Stasi, tinha sido treinado para aquilo e aprendera desde cedo que, se a Muralha de Proteção Antifascista não fosse guarnecida e defendida, os inimigos iriam pisotear tudo que o Partido trabalhara tanto para construir. Atirar em traidores fazia parte de seu trabalho.

Tudo pela paz.

Harald Jäger sentia um misto de amor e repulsa pelo Muro. Via a divisão de Berlim como uma tragédia, mas sabia que era o que impedia uma tragédia maior: a guerra. O século 20 já tinha sido destroçado por duas guerras e o mundo não sobreviveria a uma terceira. Enquanto houvesse aquela barreira entre as duas Alemanhas, a OTAN e o Pacto de Varsóvia estariam a uma distância segura, com um limite claro. Não precisariam medir forças nem ousariam avançar mais.

Assim como o Muro, Harald Jäger cumpria sua parte pela paz. O posto de controle de fronteira na Bornholmer Strasse era sua casa há 25 anos e, depois de tanto tempo, havia um pouco do Muro nele. E com certeza havia um pouco dele no Muro.

Harald era um voluntário novato da polícia de fronteira em seu primeiro ano de serviço quando recebeu o chamado do Partido. Junto a centenas de outros policiais e soldados, na noite do dia 12 de agosto de 1961, Jäger ajudou a estender quilômetros de arame farpado e despejar toneladas de concreto ao longo de uma linha predeterminada, cercando o setor ocidental de Berlim. Em uma noite, ele e seus camaradas mudaram a história.

Tinha sido uma espécie de ataque-surpresa, quase um eco do *Blitzkrieg* que dera muitas vitórias aos nazistas décadas atrás. Mas era um ataque construtivo, uma manobra-relâmpago em nome da paz. A tragédia era que famílias tinham sido separadas, vidas tinham mudado sem aviso e sem escolha. Mas o objetivo maior permanecia.

Todos deviam fazer sacrifícios.

A noção de paz por meio da vigilância era sua conhecida de todos os dias. Cada posto de controle de fronteira contava com três equipes: guardas de fronteira, oficiais alfandegários e oficiais de controle de passaporte. Guardas de fronteira eram o braço armado da defesa do Muro, responsáveis por deter fisicamente quaisquer fugitivos ou invasores. Havia seis deles no posto naquela noite. Oficiais alfandegários faziam revistas nos pretensos viajantes. Eram 18 naquele momento na Bornholmer Strasse. Por fim, o grupo mais importante, do qual Jäger fazia parte, era um posto avançado da polícia secreta e se reportava diretamente ao Ministério do Interior. Os 12 oficiais de controle de passaporte usavam uniformes idênticos aos dos guardas, para que nenhum civil pudesse notar a diferença. E assim cada grupo vigiava os outros, cada um podia delatar atividade suspeita ou descumprimento do dever. Era uma balança que funcionava.

A rotina de Harald Jäger era repetitiva, todos os dias praticamente iguais. Ele inspecionava os documentos de quem cruzava a fronteira em seu posto e colocava-os sobre uma mesa equipada com uma câmera. As fotos dos documentos eram transmitidas em tempo real para uma equipe que trabalhava na parte traseira do posto, longe de olhos civis. Esta equipe verificava os documentos e conferia um catálogo de 60 mil nomes, em busca de avisos de segurança sobre um indivíduo específico. O número listado junto ao nome do viajante determinava as medidas de segurança que deveriam ser tomadas: um visitante à Alemanha Oriental podia ser mantido sob vigilância secreta constante enquanto estivesse no país; outro podia ser simplesmente impedido de entrar, sem mais explicações. Um processo meticuloso, elaborado, feito de milhares de comunistas orgulhosos como ele mesmo.

Harald Jäger era um comunista acima de tudo. Enchia-se de fervor patriótico com a noção de que em seu país não se passava fome, todos tinham roupas e moradia, trabalhava-se pelo bem-estar público em vez de interesses egoístas. A melhor decisão de sua vida fora se voluntariar em 1961. Quase 30 anos depois, ele passara de mero policial a agente da Stasi, então estudara táticas especiais de controle de fronteira na Universidade de Potsdam e fora promovido até tenente-coronel. Tinha seu posto na Bornholmer Strasse, onde era o segundo em comando. Naquela noite, era o oficial sênior, tinha sua equipe e ali estava há 12 horas, no meio de um plantão de um dia inteiro.

E estava morrendo de câncer.

Jäger fizera uma bateria de exames, para determinar se seus sintomas eram ou não câncer. Assim que seu turno acabasse, iria receber os resultados. Então saberia se ainda lhe restavam anos de vida para dedicar ao país ou se tinha passado um de seus últimos dias guarnecendo o Muro.

Ainda restava dúvida. Ainda restavam os exames e a confirmação do médico. Mas em seu interior ele tinha certeza. Podia sentir o câncer se espalhando, fervilhando, tomando-o por dentro.

Sua esposa estava em casa. Com certeza não dormiria naquela noite, mas ele sabia que a estava protegendo de longe, assim como protegia todos os cidadãos.

Ele era a história do Muro de Berlim condensada em uma pessoa. E, assim como o Muro, ele podia ser ameaçado ou atacado, mas não cairia.

A multidão cresceu frente ao posto.

— Quem é essa gente? — Jäger perguntou em voz alta para si mesmo.

Mas um de seus oficiais respondeu:

— Só porcos selvagens.

Ele franziu o cenho.

— São muitos porcos selvagens. E não parecem estar bêbados.

A expressão descrevia os grupos que, periodicamente, surgiam para causar tumulto e exigir passagem. Sempre à noite, sempre depois que os bares tinham fechado. Jäger estava acostumado àquilo. Aqueles eram porcos diferentes.

— Deixem-nos passar! — gritou um dos porcos lá fora. — As fronteiras estão abertas!

Houve um coro de gritos entusiásticos em concordância.

Jäger ajeitou o uniforme, armou-se de sua melhor expressão de parede burocrática e abriu a porta da guarita.

— O que estão fazendo aqui? — perguntou para a massa de gente.

— Queremos passar! — gritou de novo o que parecia ser o porta-voz.

— Vão embora. A fronteira continua fechada, tudo segue igual. Vocês podem requisitar um visto de passagem em circunstâncias especiais.

Dezenas de vozes se ergueram, uma cacofonia de reclamações. Dois guardas se aproximaram, cada um instintivamente segurando a tira que prendia seu rifle às costas. Sem notar, Jäger levou a mão à pistola que carregava na cintura.

Mas uma garota jovem conseguiu abrir caminho em meio aos corpos e sua voz clara se destacou no meio da balbúrdia:

— Os oficiais de fronteira têm ordens de deixar todos passarem!

— Onde ouviu isso?

— Ligue a TV e você vai ouvir também! É o que a mídia está dizendo!

Karin Mattenhauer queria ingressar na universidade. Infelizmente, o regime decretava quem podia ou não fazer isso, quais carreiras eram apropriadas para quais cidadãos. Ela foi impedida. Decidiu então estudar teologia num seminário na cidade de Leipzig — o Partido reprovava a religião, mas um pastor que secretamente era informante da Stasi argumentou que seria conveniente reunir indivíduos problemáticos num só lugar, facilitando a vigilância. Assim, o seminário tinha se tornado um refúgio de indesejáveis, último recurso daqueles que viram todas as outras portas fechadas.

Não deveria ser surpresa para ninguém que fosse também um centro de dissidentes, onde se organizavam protestos pacíficos. O governo e a

Stasi tinham mais e mais provas de que tratar o povo como inimigo transformava-o em inimigo. Mas era difícil que aquele aprendizado penetrasse nos corredores do Politburo.

No seminário, Karin se envolveu ainda mais com ativismo. Desde a adolescência, ela fora rotulada pelo sistema de vigilância da Alemanha Oriental como alguém que fazia "perguntas provocativas". Uma vez que se fosse marcado assim, era difícil se livrar da marca. Karin sofreu mais e mais pressão da Stasi, suas atividades cada vez mais monitoradas, sua vida controlada progressivamente por soldados e burocratas. Com 19 anos, finalmente cedeu à pressão e saiu do seminário.

Mais uma porta fechada, só lhe restou o ativismo.

A vida tinha acabado para Karin Mattenhauer. Mesmo que mudasse de nome e de rosto, seu cotidiano seria vigiado pela Stasi. Estaria sempre se perguntando quais amigas eram delatoras, quais namorados tinham se aproximado dela para colher informações, quais familiares tinham sido contactados pela polícia secreta e decidido que não queriam se tornar eles mesmos indesejáveis. Fechada cada vez mais num mundo claustrofóbico, ela deixou de ser qualquer outra coisa além de opositora do regime.

Um de seus melhores amigos era, com apenas 27 anos, considerado o inimigo número 1 do Estado. Ainda que os protestos atraíssem muita gente, os reais ativistas em Leipzig eram poucas centenas. Um mundo composto por poucas pessoas, sempre as mesmas faces. Sempre em movimento, sem sair do lugar.

Aos poucos, esquivando-se da Stasi como podiam, suportando violência física e psicológica, os ativistas de Leipzig fizeram o movimento crescer. Marchas pacíficas atraíram centenas, então milhares, então dezenas de milhares de cidadãos comuns. Houve um festival de música e sucessivas "sessões de oração" na Igreja Nikolai. Quando todos os bancos da igreja foram ocupados por soldados, os dissidentes se reuniram do lado de fora, tornando os atos ainda mais públicos. Até mesmo pastores que condenavam a fuga do país foram colocados no mesmo grupo dos mais radicais e não tiveram escolha a não ser se juntar a eles.

Karin e seus companheiros viram uma chance de mostrar seu protesto ao mundo na Feira Comercial de Leipzig, um evento tradicional que datava da Idade Média e que todo ano atraía um grande número de jornalistas estrangeiros. O grande dia seria uma segunda-feira, 4 de setembro de 1989.

Durante a abertura da feira, sob os olhos e as câmeras dos jornalistas, Karin e outro ativista desenrolaram uma longa faixa com os dizeres "Por um país aberto com um povo livre". Guardas surgiram imediatamente e arrancaram a faixa de suas mãos. Mas, sendo observados pelo mundo, não fizeram nada com a jovem.

Até o fim do dia.

A feira estava acabando e Karin Mattenhauer seguia para casa a pé quando sentiu um repelão e uma explosão de dor. Soldados chegaram por trás dela, agarraram seus longos cabelos, puxaram com força suficiente para derrubá-la na hora. Os fios foram arrancados de seu couro cabeludo, a dor foi suficiente para que ela desmaiasse.

Aos 19 anos, Karin Mattenhauer acordou numa cela.

Não havia janelas, a porta era sólida e pesada. Seus olhos demoraram para se acostumar à escuridão. Em meio à maior dor de cabeça de sua vida, sentindo o sangue coagulado em seu escalpo, ela tentou fazer sentido do que estava acontecendo. Tateou pelas paredes, prestou atenção ao cheiro de umidade. Gritou por alguém, mas não teve resposta. A certeza se formou como um tijolo de náusea. Estava presa. Finalmente havia sido pega pela Stasi e estava na solitária.

Ela não soube quando adormeceu no chão frio, nem quanto tempo tinha se passado quando acordou. Seu estômago roncou e ela achou que deveriam ser pelo menos algumas horas. Estava tremendo de frio. Seus pés descalços pareciam pedras de gelo. Tentou aquecê-los sentando sobre eles, ao mesmo tempo em que abraçava a si mesma e enfiava as mãos nas axilas.

Adormeceu de novo. Acordou com o rangido da porta se abrindo.

A luz súbita que veio do outro lado machucou seus olhos. Karin tentou discernir a figura que estava de pé a sua frente, mas era só um vulto indistinto.

Algo caiu a seus pés.

— Vista — ordenou uma voz masculina.

— O quê?

— São roupas. Uniforme de prisioneiro. Vista.

Piscando, estreitando os olhos, ela conseguiu enxergar o homem com clareza, mas isso não lhe disse nada. Era só um oficial da Stasi com a mesma cara de todos os outros, o mesmo uniforme de todos os outros.

Decidiu que não daria a ele o gosto de seu medo nem o prazer de seu constrangimento. Com expressão séria, tirou a blusa e a calça jeans, vestiu o macacão de tecido grosso. Pôde ver que estava sujo; certamente tinha sido usado por outro prisioneiro e não lavado.

— Quer saber onde está? — ofereceu o homem.

— Estou numa prisão. Importa onde?

— Não pense neste lugar como uma prisão, Karin Mattenhauer. Aqui será uma escola. Você não queria estudar? Terá sua chance.

Estava claro que aquele era um diálogo ensaiado, preparado para intimidá-la. Karin não respondeu.

— Vai aprender a ser uma boa cidadã — ele continuou com o script, como se ela tivesse feito seu papel. — Vai aprender a não fazer perguntas que não interessam a ninguém, a aceitar o que o Estado lhe presenteia.

— Você diz isso para todos ou tem um roteiro diferente para cada um?

Diferente dos filmes que chegavam contrabandeados do Ocidente, o oficial não teve um sorriso sarcástico ou uma tirada sádica. Simplesmente sacou uma pistola e apontou para a prisioneira.

— Dissidentes morrem o tempo todo — ele falou. — No Muro, as sentinelas ganham medalhas por abater desertores. Posso matá-la agora mesmo. Seu corpo vai ser enterrado numa vala comum.

— Assim como fizeram com Chris Gueffroy?

O oficial deixou escapar um grunhido.

Chris Gueffroy tinha morrido com um tiro das sentinelas do Muro ao tentar atravessar, em fevereiro daquele ano. A Stasi tinha matado muita gente daquela forma, mas em 1989 os olhos do mundo estavam voltados a Berlim. A morte foi amplamente noticiada, tornou-se um símbolo da brutalidade do regime e justificativa para maiores pressões internacionais.

— Eu fui filmada com a faixa — disse Karin, o queixo erguido em desafio. — Fui filmada enquanto vocês arrancaram ela de mim. Meu rosto apareceu em noticiários internacionais e eu tenho amigos. Amigos que têm amigos. A mídia americana vai adorar ter o rosto de uma mulher de 19 anos como cartaz contra o regime.

— Não importa a publicidade, Chris Gueffroy está morto. Os guardas que o mataram receberam medalhas.

— Muito bem então. Me mate e espere sua medalha.

Ele bufou, suas narinas dilatando de raiva.

— Quem são seus amigos?

— Amigos.

— Nomes. Quem são os outros organizadores dos protestos? Quem comanda tudo isso?

— Pergunte a seus colegas — ela conseguiu forçar um sorriso. — Eles estão sempre lá.

O oficial deu um passo à frente, ainda com a pistola erguida.

— Como vocês conseguiram entrar na feira?

— Descobrir isso não é o seu trabalho? Com certeza não é o meu.

Ele continuou encarando-a, mas ela não desviou os olhos. Interrogatórios eram parte do inferno que sua vida havia se tornado. Karin Mattenhauer estava quase acostumada.

O oficial guardou a pistola. Girou nos calcanhares e saiu da cela. A porta se fechou.

Karin estava mais uma vez no escuro, com frio e com fome, em algum lugar da Alemanha Oriental — provavelmente Leipzig, mas não havia como saber. Tinha sido capturada de surpresa, não pudera gritar seu nome e o número de pessoas que estavam no veículo onde foi levada, como era o protocolo dos rebeldes. Mas, na raiva daquele oficial, teve uma pequena vitória.

III

AGNES AINDA ESTAVA ENVOLTA NA FUMAÇA DO TIRO QUANDO FOI abalroada por um policial. O mundo girou enquanto ela percebia que realmente matara uma pessoa com suas palavras. Sentiu seu corpo batendo no chão, protegido pelo homem. Então foi erguida, levada nos braços como uma criança, para longe dos holofotes e dos cadáveres.

Os sons aos poucos foram se distinguindo uns dos outros, formando os berros de choque dos reféns sobreviventes, as ordens gritadas em alemão e inglês, os motores de carros e alguém perguntando se ela sabia o próprio nome.

— Agnes.

Estava olhando para o céu estrelado, estendida como morta. Enquanto alguém limpava seu rosto com um pano umedecido e tentava tirar fragmentos de osso e cérebro de seus cabelos, outra pessoa mandou que ela respirasse fundo, que avisasse caso sentisse tontura, que ficasse calma. Jogaram luz forte em seus olhos, abriram-nos à força com dedos ágeis. Colocaram a mão em seu pescoço, sentindo a pulsação, então taparam sua boca e nariz com uma espécie de máscara plástica. A respiração ficou mais fácil. Agnes notou o peso de um cobertor até seu queixo. Então eles sumiram, indo ajudar outras pessoas.

— Estou grávida — falou, mas não havia mais ninguém para escutar.

Você foi muito bem, disse Jesus. *Um dia seu filho ficará orgulhoso.*

— Eu matei — disse Agnes, em voz baixa. — Eu matei um homem.

Ele se matou. Você é inocente.

— Fui eu — ela insistiu. — Foram as minhas palavras.

A enormidade da culpa começou a cercá-la por todos os lados. Não importava que ele fosse um assassino, não importava que carregasse consigo tamanho ódio e ignorância que espalhava imundície por onde passasse. Ele era uma pessoa e estava morto por causa dela.

Mesmo que tivesse cometido um pecado, bastaria se arrepender. Bastaria confessar tudo a Mim, então sua alma estaria livre.

A enxurrada de revelações, delírios e absurdos daquele dia atingiu-a de novo. Ela causara a morte de um homem. Mas o que era a morte? O que tinha acabado de acontecer com ele? Se ela se arrependesse e se confessasse, para onde iria sua própria alma?

Agnes fixou os olhos no céu.

E, para seu horror, viu o Psicopompo.

— O que Tristano falou é verdade? — ela perguntou. — Não existe nada além de tortura e esquecimento após a morte?

Em que você acredita, Agnes? No fundo, nos pensamentos mais íntimos que só você conhece, o que parece correto?

Ela precisou de alguma concentração para pensar em si mesma. A resposta estava na ponta da língua — bastava relatar a própria crença. Mas se viu confusa. O palavrório das freiras sobre inferno e punição sempre soara falso, mas o inferno de Tristano parecia verdadeiro. E ela sabia que Deus existia, porque estava falando com Seu filho, mas como ambos podiam ser reais?

— Não sei — ela falou com sinceridade. — Não sei mais no que acreditar.

Acredite em mim, disse Jesus Cristo. *Até agora, eu a trouxe para a segurança.*

— Tristano diz que não devo ser fanática. Não devo ser como Don Azaghal.

Não dê atenção às mentiras de um herege. Suas histórias são meras invenções para convencê-la a negar a verdadeira fé. Don Azaghal era um homem santo.

As palavras continham verdade e ela sentiu vergonha de duvidar.

Então perguntou a si mesma: se não lembrava da própria mãe, se não conhecia o nome do rapaz que estivera procurando há menos de dois dias, se não possuía quase nenhuma certeza sobre si mesma, como sabia a história de um exorcista obscuro do início do século?

Uma maca foi colocada às pressas a seu lado, então rangeu quando um grande peso desceu sobre ela. Agnes virou a cabeça e enxergou o corpanzil do Padre Tristano estendido, cercado por um enxame de paramédicos.

— Estou bem — ele disse, ofegante.

— Não tente falar — veio a resposta rápida e automática de um deles, enquanto checava sua pulsação.

— Estou bem. Apenas tropecei.

— Padre, por favor! Não se mexa. Não tente falar.

— Eu não...

Então Tristano se ergueu rápido, a tempo de vomitar no chão e não em si mesmo.

— Tragam oxigênio!

Antes que Agnes pudesse reagir, a máscara de oxigênio foi tirada dela e colocada em Tristano. Os paramédicos continuaram correndo entre equipamentos e pacientes. A algumas dezenas de metros, uma ambulância partiu, levando alguém ferido ou em choque. Ela soube que precisava fazer alguma coisa antes que também a mandassem para o hospital contra sua vontade.

Aproveitando a distração do pessoal médico, ela se apoiou num cotovelo, então pulou da maca. A cabeça nadou em pequenas luzes fugidias quando ficou de pé, mas ela não caiu. Deu um passo até Tristano.

Foi interrompida por um homem de uniforme do exército falando com forte sotaque inglês:

— Deixem que eu tomo conta dele. Capitão Tony Green, Corpo Médico do Exército Real.

Tony Green cresceu olhando uma foto.

Seu pai servira na Segunda Guerra Mundial e participara da liberação de várias cidades alemãs. O velho Harry Green contava muitas histórias, e havia outras tantas que não queria contar. Guardava suvenires da guerra que exibia sempre que tomava mais de um *pint* e outros que deixava escondidos. Mas, dentre todas aquelas relíquias e memórias, Tony sempre fora fascinado por uma foto.

Em 4 de abril de 1945, Harry avançou com um destacamento da Primeira Brigada de Comando do Exército Real através de uma floresta. Encontraram soldados alemães. O capelão tomou a frente e, num misto rápido de ameaças e negociação, fez os nazistas deporem as armas e se renderem. Mais do que se renderem — agora, que a Alemanha caía, eles declaravam estar do lado dos ingleses.

O destacamento cruzou a floresta e invadiu uma cidade em ruínas. Era Osnabrück, ponto de desova de todas as bombas que sobravam em certas rotas de bombardeiros. A maior parte da população os recebeu com alegria real ou fingida, e logo começou o saque de comida e bebidas alcoólicas para a comemoração, mas a guerra tomou as ruas. Ainda havia grandes números de trabalhadores escravizados, que se juntaram ao combate ao serem libertados. Soldados alemães tentavam resistir ou fugir enquanto os ingleses começaram a chutar portas, vasculhar prédios, libertar prisioneiros. Pelo menos um oficial da Gestapo foi descoberto fingindo ser uma vítima.

No meio disso, Harry entrou em uma ruela cheia de prédios destruídos. Civis e militares corriam. Enxergou um homem vestido numa batina. Sem hesitar, correu para ele, agarrou seu braço. O padre era bem mais alto que Harry Green. Seu rosto trazia marcas de uma vida de lutas, nariz quebrado várias vezes. O peito musculoso ameaçava romper o tecido. O padre estava desorientado, encarou-os como se nunca tivesse visto militares. Olhou em volta, o cenho franzido de alguém confuso que está tentando reconhecer os arredores. Então examinou as próprias mãos.

— Padre! Padre! Você é um deles ou um dos nossos?

O padre olhou para baixo, focando o rosto de Harry, e respondeu de forma mecânica:

— Sou um de vocês.

Ele estava tão alheio que talvez respondesse a mesma coisa para qualquer um dos lados, mas era suficiente para Harry Green. Ele gritou para trás:

— O padre não é nazista! Salvem esse desgraçado!

O padre então fixou o olhar numa das poucas fachadas que ainda restavam de pé. Era a vitrine de uma loja, o vidro milagrosamente ainda intacto. Olhou para o próprio reflexo como se estivesse hipnotizado, então dois pares de mãos o arrastaram para fora. Harry Green tomou a frente, garantindo a segurança. Um fotógrafo correu e conseguiu capturar o momento perfeito, com os soldados ingleses ajudando um homem de Deus e o rosto confuso do religioso no centro da composição.

Se Harry Green não tivesse entrado naquela rua, tudo seria diferente. Assim como seria tudo diferente se o padre não estivesse aturdido e estático, se o fotógrafo não conseguisse o ângulo exato ou se Tony Green não fosse uma criança tão curiosa. Mas, do jeito como as coisas ocorreram, Tony Green, um adulto curioso que descobrira o local da Batalha de Teutoburgo com um detector de metais, enxergou Tristano e reconheceu o padre da foto.

Ter sido destacado para Osnabrück era uma coincidência, mas não tão improvável. Todo um setor da Alemanha contava com bases inglesas por causa dos esforços de homens como Harry Green. Não era um setor muito grande e o maior contingente inglês fora do Reino Unido estava justamente naquela cidade. Então, quando Tony foi mandado para lá, não pensou muito sobre acasos cósmicos.

Mas nunca esperava conhecer pessoalmente o homem da foto.

Tony Green não era um médico, mas recebera treinamento suficiente para cuidar de uma emergência. Enquanto examinava Tristano e realizava os procedimentos urgentes, lembrou de ter cruzado com o padre na Estação Central naquela manhã, enfim soube por que o achou familiar. Sem notar, Tony Green parou os procedimentos médicos e deixou a pergunta escapar:

— O senhor esteve aqui durante a guerra?

Tristano franziu o cenho. Então uma das presenças que habitava seu interior, um de seus protegidos e vítimas, emergiu. Tristano, antes de ter o nome Tristano, o havia escolhido porque ele já combatia o oculto. Fora um discípulo de Don Azaghal e se considerava o guardião do Necronomicon. Tomado pela personalidade dele, Tristano lembrou de todos os detalhes.

Forçou um sorriso em meio ao suor frio.

— Você não pode ser o soldado inglês — disse.

— Era meu pai.

O sorriso se alargou.

— Seu pai era boa gente. Sabia beber. Quase tão charmoso quanto eu.

Os olhos de Tony Green se encheram de lágrimas.

Se ele tivesse ido na direção em que planejava quando saiu de casa, tudo teria sido diferente. Tony Green estaria de prontidão no quartel e passaria a noite acompanhando a tensão em Berlim. Contrariando o posicionamento da Primeira Ministra, estaria torcendo para que o Muro caísse. Teria quebrado todo o protocolo militar ao gritar em comemoração à notícia. Depois de uma reprimenda, teria ligado para sua esposa, pedido desculpas por acordar os meninos, mas ela teria dito que estavam todos acordados acompanhando, e eles chorariam juntos. Então o Capitão Tony Green teria conseguido uma licença para ir até Berlim participar das comemorações e nunca teria conhecido o Padre Tristano, que anos antes era conhecido como "Búfalo".

Mas, pela primeira vez em sua carreira, o Capitão Tony Green havia descumprido uma ordem. Ele entrou no carro e ligou o rádio. Ouviu as notícias sobre a situação com reféns em Kalkriese e foi tomado por um estranho senso de responsabilidade. Ele não nascera ali, nem mesmo era alemão. Mas a cidade o acolhera tão bem, ele fizera amigos tão bons que em seu íntimo se considerava um pouco padrinho de Kalkriese. Parecia estranho dar as costas à escavação naquele momento. Então ouviu que entre os reféns estava seu grande amigo, o Prof. Wolfgang Schlüter, e as mãos se moveram sozinhas no volante. Tony Green desviou do quartel e rumou para Kalkriese, porque não podia não estar lá.

— Como é seu nome, meu filho? — perguntou Tristano.

— Tony — ele respondeu, ainda tomado de emoção e surpresa. — Capitão Tony Green.

— Capitão Green, preciso que faça algo para mim. Preciso que me libere e diga a seus colegas que estou bem.

— Padre, o senhor está claramente nos estágios iniciais de um ataque cardíaco. Se isso não for tratado imediatamente, suas chances...

— Você não está entendendo, eu preciso sair daqui.

— Padre, não vou medir palavras. Se não for para um hospital agora, o senhor vai morrer.

Tristano grunhiu de esforço, mas agarrou com força o pulso do inglês.

— Capitão Green, eu sobrevivi aos nazistas. Sobrevivi à Grande Guerra e depois à Segunda. Sobrevivi a uma granada jogada sobre mim dentro de um túnel apertado. Sobrevivi a uma rajada de metralhadora e à queda de um avião. Sobrevivi ao sair sozinho de uma maldita ilha gelada no meio de um mar revolto. Eu não vou morrer agora. E, se morrer, ainda terei saído no lucro.

Tony Green ficou calado.

— Sobrevivi até a maridos ciumentos — Tristano piscou.

E foi a confiança daquele homem, mesclada à memória de seu pai e à emoção de estar em Kalkriese que fez o Capitão Green dar um passo para trás.

Tristano desceu da maca com dificuldade. Não pediu ajuda e Tony Green não ofereceu.

O inglês deu as costas, negligenciando seu dever pela segunda vez naquele dia. Tristano se virou para Agnes, mas ela não estava mais lá.

10

ALBRECHT RAU TINHA UM CAFÉ ONDE NUNCA FALTAVAM FREGUESES. Dia após dia, pessoas do mundo todo sentavam em suas mesas, absorviam a atmosfera fumacenta, o cheiro de carvão queimando num canto do salão. As cadeiras eram desiguais, as janelas eram amareladas. Albrecht raramente servia café, apesar do nome do estabelecimento. Era mais comum que seus clientes pedissem cerveja ou uísque. Os mais suspeitos pediam vodca.

O Café Adler ficava a menos de 100 passos do posto de fronteira mais notório de Berlim, o famoso Checkpoint Charlie. A vista de concreto, concertina e soldados armados podia não ser idílica, mas sempre atraía curiosos — e, mais importante, era conveniente para quem atravessava a fronteira entre as duas Alemanhas.

Albrecht não sabia quantas negociações escusas, quantas trocas de documentos confidenciais, quantos encontros furtivos com desertores já haviam acontecido no Café Adler, nem queria saber. A lógica dizia que agentes treinados não fossem praticar suas atividades tão perto do maior ponto de passagem de espiões no mundo todo. Mas a lógica muitas vezes era ignorada perto do Muro de Berlim. Muitos agentes, jornalistas, políticos e militares da Alemanha Ocidental não faziam segredo de que usavam o café como um ponto conveniente para olhar o outro lado da fronteira. Ocupando o andar térreo de um grande prédio claro numa esquina, o Adler era um mirante para o lado inimigo.

Mas era estranho pensar nas pessoas do outro lado como inimigos. Há muitos anos Albrecht olhava para os soldados do lado Oriental postados no Checkpoint Charlie. Aos poucos, foi conhecendo a fisionomia e as idiossincrasias de cada um deles. Inventava nomes, tentava adivinhar sua história. Wilhelm, o magrelo alto, às vezes segurava o riso sozinho, lembrando de alguma piada em sua cabeça. Todos os dias, depois do serviço, ele voltava para uma casa movimentada e cheia de gente, onde se ria muito. Hans, o fortão que parecia um personagem de desenho animado, discretamente batia o pé no ritmo de uma música imaginária. Uma vez por semana ensaiava com sua banda de heavy metal, na qual era a guitarra solo. Tudo inventado, tudo hipotético. Mas Albrecht via os guardas como amigos que ainda não conhecia. Sentia falta quando algum deles trocava de posto e não aparecia mais.

Albrecht Rau acompanhou a coletiva de Günter Schabowski pela TV do café, roubando um olhar para a tela enquanto servia os fregueses. Era uma das horas mais movimentadas, quando um verdadeiro rio de cerveja fluía do balcão para as mesas. A maior parte dos clientes conversava entre si, mas Albrecht e um grupo de seus fregueses mais fiéis assistiam ao pronunciamento como se fosse um jogo de futebol. A cada desvio, a cada frase interminável, linguagem vazia, pergunta não respondida, vaiavam e comentavam aos gritos. As vozes quase sumiam no burburinho do Adler àquela hora.

— Ele está quase deitado em cima da mesa!

— Ah, mais um dia que não falam nada!

— Eles vão fechar mais uma fronteira. Pode escrever! Mais uma fronteira fechada, ou pago uma rodada pro bar inteiro!

O pronunciamento se aproximava do fim e os ânimos estavam exaltados, compensando o tédio do discurso. Albrecht Rau parou o que estava fazendo quando Schabowski começou a ler a nova norma de viagens. Mandou os fregueses calarem a boca, aumentou o som da TV. Então houve a pergunta:

— Quando isso entra em vigor?

E a resposta de Günter Schabowski:

— Imediatamente. Agora mesmo.

Albrecht e seus fregueses ficaram quietos. Aos poucos, o resto das pessoas no café foi tomado por aquele silêncio.

— *Cerveja para todos!* — o amigo de Albrecht quebrou o ar solene.

O Café Adler explodiu em festa. As pessoas se aglomeraram nas janelas, começaram a vazar pela porta, como se esperassem enxergar um milagre. Com as mãos trêmulas, Albrecht Rau colocou sobre uma bandeja uma garrafa de espumante e algumas taças, além de xícaras de café fresco fumegante. Precisou segurar a bandeja com as duas mãos para não derrubar nada, e mesmo assim as taças faziam barulho umas contra as outras.

Um largo sorriso dominava seu rosto.

— Aonde você vai? — perguntou um dos fregueses.

— Vou conhecer meus amigos.

Pouco antes das 20 horas, os guardas de fronteira no lado comunista do Checkpoint Charlie viram o grupo se aproximando e ficaram de prontidão. Talvez se esperasse deles que fossem hostis ou brutos, mas identificaram o dono do café e algumas das pessoas que estavam sempre naquela esquina. Rostos conhecidos.

Albrecht se aproximou, risonho, a bandeja à frente do corpo.

— O que quer? — perguntou um dos guardas, com mais leveza do que seria de se esperar.

— Trouxe para vocês! — disse Albrecht.

— O quê?

— Vamos brindar! As fronteiras estão abertas!

Os guardas se entreolharam.

— Como assim? — perguntou um deles, abandonando a formalidade militar.

— Acabei de ver na TV! Günter Schabowski disse que todos podemos cruzar a fronteira à vontade, imediatamente!

— Isso está errado — outro guarda franziu o cenho. — Não soubemos de nada.

— Pois estão sabendo agora! Trago as boas notícias! Vamos brindar!

O coro de fregueses aplaudiu.

O treinamento começou a aflorar e os guardas se empertigaram ao mesmo tempo. Mas o sorriso de Albrecht Rau era tão vasto e tão sincero que em poucos segundos o primeiro deles cedeu:

— Não sei o que está acontecendo — disse, dando de ombros. — Mas vocês não podem ficar aqui.

Rau pousou a bandeja no chão e serviu uma taça.

— Beba! Por conta da casa!

— Não posso beber em serviço! — o guarda não evitou um riso.

— Então um café — ele ofereceu uma xícara que exalava aroma forte. — Está fresquinho.

O outro guarda riu. O primeiro olhou para os lados antes de responder:

— Não podemos aceitar nada. Vocês vão ter que voltar.

— Tem certeza? Pode confiar, não tem veneno nenhum, veja só! Saúde!

Todos eles brindaram entre si e beberam o espumante.

— Não sou espião! — Albrecht riu.

— Mas é um provocador — o guarda se divertiu. — Vamos, terminem suas bebidas no café. Não podem beber aqui!

Eles então voltaram ao café, brindando uns com os outros, cantando músicas antigas e passando um ridículo agradável.

O grupo foi cegado pelo brilho de lanternas vindas de uma rua escura. Protegeram o rosto da luz, segurando as taças e a garrafa de espumante nas mãos. Ouviram o barulho inconfundível de máquinas fotográficas.

Um grupo de jornalistas estrangeiros tinha acabado de chegar ao Checkpoint Charlie, buscando histórias e imagens que explicassem o que estava acontecendo. O mundo todo estava sedento de informação.

Um dos fotógrafos tirou a foto perfeita do grupo cantando e comemorando com suas taças e sua garrafa.

— Eles já estão cruzando a fronteira! — disse um dos jornalistas. — O povo da Alemanha Oriental está comemorando!

No meio da eletricidade e da incerteza que tomaram Berlim depois do pronunciamento, não havia outra explicação para um grupo saindo do Checkpoint Charlie com uma garrafa de espumante. O fotógrafo, trabalhando para a agência de notícias DPA, enviou a foto imediatamente. Pouco depois das 8 horas, a imagem já estava pronta para circular em veículos internacionais, com a descrição de que eram cidadãos da República Democrática Alemã passando para o lado ocidental.

Ninguém checou a veracidade daquela informação.

Helmut Kohl, chanceler da Alemanha Ocidental e maior autoridade no país, estava numa visita diplomática em Varsóvia. A Polônia era um país comunista e aquele tipo de relação era um avanço enorme e relativamente recente na política internacional. Como toda visita diplomática, essa envolvia dezenas de protocolos, formalidades, honrarias, pronunciamentos.

Sendo um país comunista fora do alcance das ondas de TV da Deutsche Welle, a Polônia estava no escuro quanto ao que acontecia em Berlim. E, consequentemente, o chanceler e sua equipe também não sabiam de nada.

Contudo, Eduard Ackermann, secretário de mídia do chanceler, tinha permanecido em Bonn, capital da Alemanha Ocidental. Foi capaz de ver o pronunciamento de Schabowski ao vivo e acompanhar as notícias e imagens que a imprensa divulgava.

Cada vez mais chocado, Ackermann por fim viu a foto de um grupo de cidadãos do lado Oriental comemorando sua liberdade depois de cruzar a fronteira. Pegou o telefone com mãos trêmulas e ligou para Varsóvia.

Helmut Kohl estava em um jantar de chefes de Estado. No instante em que o evento terminou e ele se levantou da cadeira, foi abordado por um assessor:

— Eduard Ackermann está esperando pelo senhor ao telefone. Ele nos instruiu a lhe passar a ligação assim que o jantar acabasse.

Kohl se apressou para o telefone, indo tão rápido quanto o protocolo permitia.

— Senhor Chanceler — disse Ackermann, contendo a emoção na voz — neste momento, enquanto conversamos, o Muro está caindo!

O Chanceler deixou um segundo passar, enquanto assimilava aquilo. Era seu grande objetivo. E por isso mesmo foi cético:

— Tem certeza?

— Absoluta, senhor. Há notícias de cidadãos da República Democrática cruzando a fronteira. Eu mesmo inclusive vi uma foto.

Kohl suspirou. Balançou a cabeça para si mesmo, tentando evitar o otimismo exagerado.

— Eduard — começou o Chanceler — Por acaso você e seus assessores estão aproveitando o escritório vazio para relaxar e beber um pouco?

— De maneira alguma, senhor Chanceler. Todos nós vimos a mesma coisa.

Helmut Kohl interrompeu sua visita diplomática. No dia seguinte, voou para Berlim, ignorando a capital Bonn.

Para o mundo todo, a mensagem era só uma: se o Chanceler interrompia um evento diplomático de repente, algo grande e histórico estava acontecendo.

V

TRISTANO FORÇOU O CORPO A AGUENTAR UM POUCO MAIS. EM último caso, poderia procurar futuros nos quais o coração não cedesse, suportasse mais algumas horas, só até conseguir deter o ritual. Mas ele já estava num curso improvável de acontecimentos. Forçar uma probabilidade poderia levá-lo a um futuro muito diferente ou deixá-lo sem opções.

O aperto no peito cedeu e ele conseguiu respirar um pouco melhor. As pernas estavam fracas, mas ele forçou um passo e depois outro, avançando pela escuridão da floresta.

— *Agnes!* — gritou para o vazio.

A noviça tinha desaparecido em segundos, enquanto ele estivera distraído com o oficial inglês. O brilho extraordinário de possibilidades ao redor dela também sumira. Tristano imaginou se, de alguma forma, ela também não estivesse morta, mais um sacrifício alimentando a colina, impulsionando o Mecanismo do Destino enquanto o futuro da humanidade era decidido em Berlim. Sair a sua procura colina acima e floresta adentro, andando a esmo e confiando no acaso, seria um risco enorme. Mas não podia ignorar o turbilhão ao redor de Agnes, nem a estranheza de suas lembranças parciais.

Presenças amargas em seu interior o corrigiram. Não estava andando a esmo. Ele conhecia aquela colina. Tinha conhecido milhares de vezes, cada uma delas dolorosa e humilhante.

Como alguém poderia esquecer o local de sua própria morte?

O local de sua traição, rosnou um centurião que estivera quieto há séculos, emergindo num ímpeto raivoso. Tristano sentiu uma náusea profunda. Não soube o quanto era efeito da alma de Marcus Caelius e o quanto era sintoma do ataque cardíaco.

Talvez vir a Kalkriese tivesse sido idiotice. Ele não conseguira impedir o sacrifício e agora estava longe do último selo de Osnabrück. Talvez aquele também já estivesse aberto.

— O ritual ainda não está completo — murmurou para si mesmo, como um tolo. As personalidades mais hostis riram de seu desespero. — Ainda não houve canibalismo. Ainda temos uma chance.

Tropeçou numa raiz, conseguiu se segurar num tronco de árvore. Até aquilo foi um esforço gigantesco; Tristano precisou de um tempo ofegando para se recuperar.

Puxou ar para gritar de novo o nome dela, mas o peito se recusou a expandir.

— Agnes... — produziu um sussurro esganiçado.

Agnes continuou no caminho escuro, guiada pela voz de Jesus Cristo.

— Para onde estamos indo? — ela insistiu.

Para um local santo, Ele respondeu. *Um calvário onde a coisa que você chama de Tristano cometeu um pecado inominável.*

A noviça nunca estivera em Kalkriese, nem lembrava de já ter ouvido falar no local. Não era estranho, pois nunca se interessara por arqueologia nem acompanhara notícias com tanta avidez. Era perfeitamente explicável que não soubesse que uma descoberta importante tinha sido feita ali no ano passado.

O estranho era que ela se movia com desenvoltura. Fechou os olhos e não precisou estender os braços para tatear. Jesus a conduzia em movimentos fluidos, graciosos, como se estivesse tocando fisicamente seu corpo todo. Ela se sentiu em casa na floresta.

— Por que fala de Tristano com ódio? — ela perguntou.

Sentia-se estranhamente íntima do Salvador. Antes ela só rezara a Ele, como todos. Então passara a ouvir Sua voz, mas ainda assim apenas pedia ajuda, obedecia e prestava louvor. Quando Cristo fizera uma pergunta, menos de uma hora atrás, ela adquiriu uma sensação familiar de liberdade. Não era mais o diálogo devoto de uma noviça e seu Messias. Era algo mais solto, que ela ainda não conseguia classificar.

Tristano é odioso, Agnes. Não é uma pessoa, mas um demônio.

— Mas antes fui instruída a acompanhá-lo — ela retrucou. — Não seria mais fácil que eu o tivesse evitado desde o começo?

Seu caminho não é fácil, Agnes, nem deve ser. Você foi tentada pelo demônio, mas está destinada a vencê-lo.

Apesar de si mesma, Agnes sentiu um calor agradável de orgulho preenchendo seu peito. Vencer um demônio era um futuro digno, um futuro heroico. Era um propósito. Desde que não conseguira achar o pai de seu filho, ela se sentia perdida. Sentia estar atuando numa peça de teatro em que todos conheciam o roteiro, menos ela. Mas, tendo aquela certeza, ela sabia mais uma vez quem era. Sabia que era importante, que tinha um lugar no mundo. Quem melhor para lhe dar o roteiro da vida do que Jesus Cristo?

A noviça continuou em sua jornada cega pela floresta. Ouviu um grito, ao mesmo tempo longínquo e muito próximo. De início não reconheceu a língua, mas logo notou que era latim. Então houve um gorgolejar nauseabundo e o barulho de metal contra madeira e carne.

Não se preocupe, garantiu Cristo. *Está tudo bem.*

Ela seguiu de olhos fechados. As vozes a seu redor se multiplicaram.

Não abra os olhos, Ele ordenou.

Agnes franziu o cenho. Os ruídos aumentavam gradualmente, como se alguém lentamente mexesse no controle de volume de um rádio. Ela sentiu o cheiro ferroso de sangue e teve a impressão de que a mão trêmula de um moribundo agarrava seu tornozelo.

Não abra os olhos.

E ela obedeceu, mas não adiantou.

Enxergou sob as pálpebras um soldado romano. Não sabia determinar posto ou época, mas qualquer um reconheceria o grande escudo retangular, a espada curta, o capacete arredondado. Ele gritava, tentava se proteger. Então foi varado por uma lança vinda de lugar nenhum.

Não abra os olhos!

— Eu enxergo mesmo assim. Vi um homem morrer.

Não importa. Não abra os olhos.

— Quem são essas pessoas? Estou vendo a tal Batalha de Teutoburgo?

Não se preocupe com o passado, Agnes. Não se preocupe com os outros. Apenas Me ouça.

A noviça quase moveu as pálpebras, mas se controlou.

Eu a guiei até aqui. Durante sua vida inteira, estive a seu lado. Quando mais precisou, agraciei-a com Minha voz. Você será abençoada acima de todas as mulheres, Agnes. Confie em Mim.

A curiosidade a convidou mais uma vez a olhar. Então foi atiçada por outra coisa:

— Minha vida inteira? Qual vida?

As imagens se multiplicavam em sua mente, na escuridão de seus olhos fechados. Eram milhares de homens morrendo. Os ruídos eram uma cacofonia a seu redor. O ar tinha cheiro de chuva, lama e morte. Ela sentiu o toque de lâminas, sem sentir dor.

A vontade de olhar era quase insuportável, mas, ao obedecer, ela também podia barganhar com o filho de Deus. Obediência em troca de uma resposta.

Sempre estive a seu lado, Agnes.

— O que foi minha vida até aqui?

O passado não importa. Há um vazio em suas lembranças porque você está aberta para o futuro.

— Eu não sinto pertencer a lugar nenhum.

Você não pertence ao mundo, Agnes. Não pertence ao homem nem dele será mãe.

— Quem é o pai de meu filho?

Procure em seu interior. Você sabe a resposta.

Seu coração disparou. Por toda volta, apenas morte e horror. Uma guerra.

— Eu estava no memorial de uma guerra — disse Agnes, de novo lembrando do rapaz que não existia. — Qual guerra?

Por que se preocupa com o sangue derramado de pecadores?

— Não devemos amar os pecadores?

Eu amo você acima dos outros, Agnes.

Houve uma sinceridade quente que a fez engasgar. Por um momento, não teve dúvida de que Tristano era um demônio e tudo que ele falava era mentira. Era mais provável que houvesse um Senhor amoroso que criou o céu e a Terra? Ou que o padre herege estivesse falando a verdade e o universo fosse perverso e afiado?

Amo você acima dos outros e por isso a escolhi. Não há mais ninguém. Você é pura e imaculada, superior a todas as mulheres.

— O que é ser imaculada?

Você não tem pecado. Não tem o pecado original, nem nunca terá.

Então ela respondeu sem pensar:

— O pecado original é a morte.

A ladainha de Tristano parecia tê-la contaminado. Agnes odiou que, apesar de estar sendo guiada pelo Messias, o universo fantástico descrito pelo padre fazia sentido. O pecado original era a morte e fora cometido por Tristano.

Esqueça o que ele disse.

— É verdade? Tristano criou a morte?

Não, Agnes. Claro que não. Tudo faz parte de um plano para enganá-la.

Era uma resposta lógica e satisfatória. Ela vira o que Tristano fez com Trudi Gossler. Há pouco tempo Agnes preferira morrer a continuar com ele. Tristano a forçara a acompanhá-lo, tomara controle de sua vontade, de seu futuro. Enquanto isso, Jesus não fizera nada além de ajudá-la.

Mas, apesar de tudo isso, apesar do medo e do nojo que sentia ao lembrar do que o padre fizera, restava uma dúvida incômoda no fundo de sua mente.

Ela quis olhar.

Não abra os olhos.

Controlou-se.

— Apenas me responda — ela pediu. — Por favor, me responda. Por que não posso abrir os olhos? O que vou ver?

Deixe-se guiar pela fé. Você não precisa enxergar.

— Por favor, apenas me diga. O que vou ver?

Não precisa saber.

Então ela conseguiu identificar o que era a dúvida, isolar o incômodo. Conseguiu enfim colocar um nome no que a fazia retrucar para o próprio Cristo.

Tristano era um monstro. Mas, fosse mentira ou fosse verdade, ele dava respostas.

Jesus, não.

— O que vou ver se abrir os olhos? — ela insistiu.

Chegamos a nosso destino, Agnes, disse Jesus Cristo. *O teste acabou. Você já pode abrir os olhos.*

Uma vasta serpente de luz atravessou a floresta. Todas as linhas de destino, todos os futuros e possibilidades num só jorro, levando ao mesmo caminho.

— Agnes — disse Tristano.

Era uma estrada, um caminho conhecido. As possibilidades não mais explodiam dela, apenas se projetavam.

Era extraordinário.

Ele não sabia se ela tinha sido pega em algum tipo de armadilha e ficado presa num futuro hermético ou se dobrava o destino ante uma vontade avassaladora. Não importava. Tristano, o yithiano que habitava o mundo material desde que sua raça fugira de uma guerra perdida, nunca vira aquilo. Não importava o que acontecesse, mesmo que um míssil nuclear fosse disparado, mesmo que o chão se abrisse num terremoto, mesmo que algum cultista em algum lugar fosse capaz de trazer um deus à Terra.

Mesmo assim, Agnes seguiria seu caminho.

Pela primeira vez, não havia nenhuma possibilidade em contrário.

Tristano ouviu as vozes de escárnio se transformarem em guinchos de pavor. Sua mente foi tomada pelas lembranças de milhares de mortos. Ele sentiu milhares de ódios, ódios de si mesmo. O sentimento de traição era acachapante. Com todas as vítimas dentro de si, era como se ele tivesse traído a si mesmo. A mente de Tristano fraquejou, voltando-se contra si mesma. Ele precisou fazer força com todos os apêndices etéreos para segurar as almas.

Sentiu a geografia se estreitar. A colina se afunilou num corredor úmido e ainda mais escuro. Os gritos dos legionários pareciam estar acontecendo naquele momento. Apesar de conhecer o que estava do outro lado, apesar de ter mexido com aquilo 2.000 anos atrás, ele estremeceu.

A fúria mal contida que existia naquele lugar fez seus ouvidos zumbirem.

O yithiano deu mais um passo e mergulhou no rio de probabilidades que levavam ao mesmo destino. Era a correnteza irresistível que vinha no rastro de Agnes. Com as mãos para baixo, ele não precisava tatear. Seus pés não mais tropeçaram e ele não teve medo de que o coração o matasse. Uma vez dentro daquele fluxo, era impossível não ser levado.

Encontrou Agnes de pé numa clareira.

Esperando.

— Você quis vir até aqui? — Tristano perguntou, a título de cumprimento. — Ou foi trazida?

Ela não evitou recuar meio passo. Jesus Cristo falou algo em sua mente, a terra pareceu tremer sob seus pés. Tudo ao redor de Agnes competia por sua atenção. Tudo era tentação ou mentira.

Agnes ergueu os olhos.

— Em toda minha vida, só uma pessoa me forçou a fazer algo — ela acusou. — Você.

Tristano ofegou. O coração bateu mais forte, levado pela tensão.

— Eu sei que não há perdão para o que fiz — ele disse. — Mas, por favor, Agnes, entenda. Isto é muito maior que você. É muito maior que nós dois.

Em sua mente, milhares de vozes gritaram. Riram, zombaram dele, deleitaram-se com seu sofrimento. Tristano foi tomado por lembranças sucessivas e simultâneas da própria morte. Mas não era a sua — era das presenças dentro dele. O centurião e o governador, o decano e o legionário, e todos os outros, cujos nomes ele nem soubera antes de condená-los. A Batalha de Teutoburgo se repetia sem parar em seus pensamentos, um turbilhão de sangue e decepção.

Tentou inspirar, mas era difícil.

— Você está mentindo desde o começo! — ela pareceu crescer ante a fragilidade do padre. — Me deixa saber o que é conveniente, esconde o resto! Eu poderia ter morrido!

— Eu nunca permitiria isso... — ele gemeu.

— Você não tem que permitir nada! Você não é meu dono, não diz o que vai acontecer comigo!

As almas se moviam rumo ao exterior de sua mente. Sentiam a presença de objetos que haviam sido seus em vida — pedaços de armadura, moedas, balas de funda, armas. Lembravam de suas próprias covas, das torturas e do vilipêndio que haviam sofrido ali. Milhares de almas se agarraram à terra e às coisas, forçando para sair dele. Tristano estremeceu, sentiu os tentáculos etéreos sendo forçados ao máximo.

— Fiquem comigo... — murmurou. — Lá fora só existe o esquecimento...

— Não me dê ordens! — Agnes gritou.

E ele quis dizer que não estava falando com ela, mas só conseguiu balbuciar algo incoerente em latim e em germânico antigo.

Agora, Agnes, disse Jesus Cristo.

Ela hesitou.

Agora.

— Não tenho o direito — a noviça argumentou.

Eu lhe dou o direito, disse o Messias. *Minha autoridade é superior à Igreja. Você é superior a todos os outros, é abençoada como Maria. Vamos, Agnes. Cumpra seu dever.*

Uma alma se desprendeu. Era um legionário anônimo, um rapaz que morrera apavorado, chamando pela mãe. O espírito tentou mergulhar sobre uma moeda enterrada ali, parte do pagamento que recebera poucos dias antes, mas sentiu outro toque macabro.

O Psicopompo chegava, faminto por almas, com muitos lugares de honra abertos.

Tristano caiu de joelhos. Tentou envelopar os espíritos com sua personalidade, mas por um segundo ficou confuso sobre quem era. Tentou usar a identidade de uma sacerdotisa guerreira do povo Moche, a presença riu dele e escapou.

Então Tristano notou que ele mesmo estava se desprendendo do corpo que habitava.

A alma que era dona daquele corpo começou a empurrá-lo. Era uma personalidade forte e confiante.

Agora, Agnes.

Ela agarrou o crucifixo.

Repita comigo.

Deu mais um passo na direção de Tristano e brandiu o objeto sobre ele.

— *Princeps gloriosissime caelestis militiae* — Agnes gritou, — *sancte Michael Archangele, defende nos in proelio adversus principes et potestates, adversus mundi rectores tenebrarum harum, contra spiritalia nequitiae, in caelestibus!*

Tristano abriu a boca em horror ao ouvir as primeiras palavras de um ritual de exorcismo.

VI

ERA DIFÍCIL CONTAR OS DIAS QUANDO O ÚNICO RELÓGIO ERA A fome e as refeições eram imprevisíveis. Karin Mattenhauer achava que estava há uma semana na solitária, mas era impossível saber com certeza. Ela dormia na sujeira, acordava com frio, ouvia o barulho dos ratos cada vez mais ousados, protegia os olhos quando a porta era aberta.

Às vezes a porta era aberta para que lhe dessem comida. Em geral era coisa pior.

Ela não teve dúvida de que era algo bem pior quando a porta se abriu com um estrondo. Um soldado que ela nunca vira antes entrou na cela, a mão direita no coldre. Em seguida veio o oficial que a interrogara no primeiro dia.

— Karin — ele sorriu. — Chegou a hora.

O coração da garota disparou. Ela não teve tempo para perguntar nada ou mesmo pensar em um comentário desafiador. Como um cachorro sentindo a coleira solta, o soldado agiu imediatamente. Pegou-a pelos cabelos, como tinham feito ao capturá-la. Ela abafou um berro quando foi erguida, então empurrada porta afora. O mundo se desfez num clarão; seus olhos tinham se desacostumado com a luz. Sentiu seu braço agarrado e foi conduzida por um corredor. Tentou adivinhar o número de soldados pelo som dos passos, mas logo o barulho de outros prisioneiros tomou seus ouvidos.

— Quem está sendo levado? — gritou uma voz de homem. — Quem está sendo levado?

O corredor era sempre silencioso, mas o oficial não impôs a regra naquele momento. Karin ouviu as vozes se sucedendo, ecoando. Pela primeira vez, tinha a prova de que não estava sozinha, havia outros como ela a uma parede de distância. Havia muitos. De alguma forma, a noção de que mais dissidentes estavam por perto trouxe algum conforto. Uma porta se fechou atrás dela e a quietude retornou.

Seu nariz captou o que parecia absurdo: ar puro, ou quase. As solas de seus pés descalços tocaram em um chão de concreto e ela sentiu sol fraco sobre a pele. Num instante soube que estava em algum tipo de pátio interno. Karin piscou algumas vezes. Já conseguia enxergar. Três soldados estavam de pé contra uma parede, rifles de prontidão a seu lado. O soldado que a conduzira logo tomou seu lugar junto ao grupo. Uma mesa de metal amassada estava no centro do pátio, uma cadeira de cada lado. O oficial sentou e Karin fez menção de imitá-lo.

— Não — ele corrigiu. — Não, senhorita Mattenhauer. Fique de pé contra aquela parede.

Ele apontou a parede atrás dela.

Karin viu que estava toda esburacada.

Apesar de si mesma, seu corpo começou a tremer. Ela tentou disfarçar, não dar ao oficial a satisfação de seu medo, mas tropeçou. Desviando os olhos dos buracos de bala na parede, ela obedeceu.

Estava de frente para os soldados e seus rifles.

— Senhorita Mattenhauer — o oficial continuou. — Sabe há quanto tempo está aqui?

— Uma semana.

— Quase certa — ele ergueu as sobrancelhas em admiração. — Dez dias. Dez dias em que foi abrigada e alimentada às custas dos trabalhadores da República Democrática Alemã, sem nos ajudar em nada. A senhorita não foi capaz de responder nenhuma pergunta, recusou-se a mencionar qualquer nome. Insultou-me de novo e de novo.

Ela não respondeu.

— Acho que já chega. Está claro que é inútil para nós.

— Então — a voz de Karin travou num engasgo. — Então me solte.

— Você não trabalha, não contribui em nada lá fora. É uma parasita.

— Está me confundindo com seus chefes.

Ele balançou a cabeça e deu de ombros.

— Foi sua escolha.

Ela sentiu o corpo inteiro anestesiado quando ouviu a próxima palavra:

— Apontar.

Só notou que estava de olhos fechados quando ouviu o barulho dos rifles sendo erguidos, apoiados nos ombros e, então, engatilhados. Uma enxurrada de pensamentos tomou sua mente. Como uma boba, ela tentou escolher qual seria seu último. Pensou na mãe, nos amigos, em colegas de quem esquecera há muito, numa comida que sempre lhe parecera insossa e na placa de um carro que viu logo antes de ser levada. Tentando controlar o turbilhão, algo a dominou:

"Nunca vou fazer 20 anos."

— Tem uma chance, senhorita Mattenhauer.

Ela ficou em silêncio.

— Diga um nome.

No maior esforço físico de sua vida, ela se obrigou a abrir os olhos. Fixou o olhar de um dos soldados. O rapaz não devia ser muito mais velho que ela.

— O nome de apenas um inimigo do Estado.

Karin gaguejou, mas conseguiu falar:

— Erich Mielke.

Era o líder da Stasi, no comando de todo o aparato de vigilância paranoica da Alemanha Oriental. Se Karin Mattenhauer odiava alguém, era aquela figura gigantesca, soberana.

— Serão suas últimas palavras — disse o oficial. E então, quase sem pausa: — Fogo.

Karin apertou os olhos, ouviu o som dos gatilhos e quase ao mesmo tempo os estampidos.

Demorou alguns instantes para notar que não sentia dor. Mais alguns para perceber que não estava morta.

Caiu de joelhos, soluçando.

O oficial chegou perto, agarrou seus cabelos pela raiz, fez com que olhasse para ele.

— Desta vez foram de festim, senhorita Mattenhauer — sorriu. — Você nasceu de novo. Pense em mim como seu pai.

Ela mal teve força para caminhar quando a levaram de volta para a cela.

Em Berlim Oriental, pouco depois das 19 horas do dia 9 de novembro, um homem discou seu telefone. Não era comum que uma casa tivesse seu próprio telefone. Por outro lado, telefones eram úteis para serem grampeados pela Stasi, então aquele cidadão totalmente normal tinha o seu.

— Delegacia de polícia — atendeu a voz do outro lado.

— Gostaria de falar com o oficial que está no comando, por favor — disse o homem.

Aquela delegacia não era composta de tipos especialmente autoritários ou brutais. Então a resposta foi:

— Qual seria o assunto?

— Acabei de ver o pronunciamento do Camarada Schabowski. Desejo um visto de passagem imediata para Berlim Ocidental.

O policial que atendeu o telefone não fazia ideia do que estava acontecendo. Chamou seu oficial comandante, que foi igualmente educado.

— Posso passar na delegacia para pegar meu visto? — perguntou o civil.

— Não sei nada sobre isso. Não há nenhuma orientação quanto a vistos de passagem.

— Günter Schabowski acabou de dizer que será permitida passagem pelo Muro imediatamente.

O comandante respondeu com o que fazia sentido, com o pensamento geral de milhares de cidadãos da República Democrática Alemã.

— O Camarada Schabowski normalmente está certo. Se ele disse isso, deve ser verdade.

— Posso então pegar meu visto?

— Por favor, espere por uma resposta oficial. Irei ligar para você assim que souber.

Surpreendentemente, o comandante deu atenção especial a um cidadão sem grande importância e a ligação veio. Foi um acaso extremamente improvável que aquela delegacia tivesse uma equipe tão solícita e prestativa.

— O Camarada Schabowski normalmente está certo — ele disse. — Mas, neste caso, só aceitaremos pedidos de visto amanhã.

A orientação viera de cima, então o comandante a acatou, apesar de nenhuma delegacia no país estar equipada para conceder aquele tipo de visto, naquela noite ou no dia seguinte. A pergunta do cidadão levou a várias ligações telefônicas entre inúmeras delegacias em Berlim Oriental, espalhando a informação de que, no dia seguinte, qualquer pessoa poderia solicitar seu visto.

Policiais em toda a cidade receberam a mesma ordem. Deveriam dizer que o povo precisava ir às delegacias para obter seu visto.

Os “porcos selvagens” estavam gritando cada vez mais alto e Harald Jäger esperava que o telefone tocasse com alguma resposta. Eles insistiam que a TV dizia que o Muro estava aberto. Ele pensou se poderia ser um delírio coletivo extremamente específico.

— *Nós somos o povo!* — gritavam os porcos. — *Nós somos o povo!*

As janelas da guarita balançaram. Mais uma vez, Jäger tocou na pistola que levava à cintura, como quem procura tranquilidade num amuleto. Desde que uma sentinela no Muro matara Chris Gueffroy com um tiro, dando início a uma onda de indignação mundial, os guardas tinham a ordem de não usar força letal — exceto caso sua própria vida fosse ameaçada. Era uma saída retórica para algo quase inevitável. Ninguém pensava a sério que nunca mais haveria uma morte no Muro de Berlim.

O povo aglomerado no posto da Bornholmer Strasse era uma massa muito maior que os guardas. Se eles quisessem, poderiam invadir e tomar as armas. Gritavam cada vez mais alto, tinham cada vez mais certeza. As janelas da guarita tremeram.

Talvez ele não tivesse tempo de morrer de câncer.

Jäger sentiu uma onda de alívio quando ouviu o som de um alto-falante e viu um carro da polícia se aproximando. O aparato estava montado sobre o teto da viatura, despejando palavras e microfonia. Os manifestantes abriram caminho, a multidão engolfou o carro como se fosse mais um deles.

— *Dirijam-se à delegacia mais próxima* — disse a voz no alto-falante. — *Os vistos serão concedidos lá. Voltem apenas quando tiverem um visto.*

Tudo tecnicamente verdade.

Jäger suspirou de alívio, mas durou pouco. Boa parte da multidão ignorou as ordens. Continuou voltada para o portão, exigindo que fosse aberto.

— Nós somos o povo! Nós somos o povo!

— *Dirijam-se à delegacia mais próxima* — insistiu o policial dentro do carro. — *Ninguém passará sem um visto.*

— Nós somos o povo! Nós somos o povo!

Eles não davam atenção. Harald Jäger sentiu como se o chão estivesse aos poucos desmoronando sob seus pés. A polícia estava perdendo autoridade ali mesmo, à plena vista. Será que aquele policial usaria de armas para fazer valer sua ordem?

A resposta era não, então não havia consequências para desobedecer.

Pelo menos alguns foram para a delegacia, Jäger pensou. Mas também aquele alívio durou pouco: a delegacia mais próxima ficava a poucos minutos de caminhada. Menos de meia hora depois, os porcos selvagens voltaram ainda mais furiosos.

— Mentiram para nós! — rugiu alguém. — A polícia não sabe de visto nenhum!

Foi mero acaso que a informação tivesse chegado no policial que estava no carro e ainda não à delegacia que os manifestantes visitaram. Foi mero acaso que ele não tivesse falado a palavra "amanhã".

— Abram o portão! — o portão balançou. — Abram o portão!
Harald Jäger olhou para sua arma, então para o telefone.

Antes de ser presa, Karin Mattenhauer tivera tempo. Muito tempo. Sem trabalho, barrada de estudar, restava apenas o ativismo. Mas mesmo isso não era suficiente para preencher os dias. Beber com amigos era algo limitado, não havia muitas opções de entretenimento, então ela se distraía com aleatoriedades. Uma das coisas que fez para ocupar os dias foi aprender Código Morse.

Quando voltou a sua cela depois da execução simulada, ela chorou e gritou. Quando pegou no sono, acordou de novo e de novo sobressaltada, como se os rifles estivessem disparando mais uma vez. Mas, por fim, voltou a uma quase normalidade escura. E lembrou dos prisioneiros nas outras celas.

Bateu numa parede, formando uma mensagem em Código Morse. Sem resposta. Tentou mais algumas vezes e só obteve o silêncio.

Foi até a outra parede. Bateu a mesma mensagem:

D A T A

E, depois de alguns segundos, a resposta:

1 5 S E T

Deu uma risada. Agora podia se comunicar. Para todos os efeitos, aquele era seu novo melhor amigo.

Um guarda bateu com o cassetete na porta, mandou que calasse a boca.

Era proibido rir na prisão da Stasi.

VII

TRISTANO COMPREENDEU TARDE DEMAIS.

O que acontecera uma vez acontecia de novo. O ritual ainda não estava completo, mas ali estava mais uma parte. Ele havia trilhado o caminho numa linha energética, havia seguido a geografia sagrada. E sofrera uma emboscada.

O yithiano que chamava a si mesmo de Tristano era forte. Nunca seria banido por uma noviça inexperiente, por uma humana que não conhecesse a fundo a magia do exorcismo.

Exceto num momento de fraqueza de corpo e espírito, num momento em que não tinha mais certeza de sua própria identidade.

O que acontecera uma vez acontecia de novo. Ele já permitira que Roland, um humano sem nenhum treinamento, o exorcizasse após uma emboscada. Mil anos depois, um exorcismo ainda pior quase ocorrera como resultado de um longo ritual, e a lembrança era tão aterrorizante que ele barrou o pensamento. As linhas de destino confluíram para a repetição do padrão, direcionadas pelas circunstâncias iguais.

— *Veni in auxilium hominum* — Agnes continuou — *quos Deus ad imaginem similitudinis suae fecit, et a tyrannide diaboli emit pretio magno!*

Era um rito ligeiro, uma prece que já fora duas vezes reduzida por autoridades eclesiásticas que não entendiam o poder místico que manipulavam. Poucas frases, toda a força da Realidade contida em algo simples demais, que podia ser facilmente abusado.

— Agnes, por favor... — ele conseguiu dizer.

Mas era uma voz infantil numa língua que ela não conhecia.

É mesmo um demônio, Agnes, disse Jesus Cristo. *Em meio ao exorcismo, fala em idiomas desconhecidos.*

— *Te custodem et patronum sancta veneratur Ecclesia; tibi tradidit Dominus animas redemptorum in superna felicitate locandas!*

— Piedade, eu imploro — Tristano conseguiu falar em alemão, ainda que com uma voz estranha. — Tenha clemência, Agnes. Senão por mim, por este mundo.

Ela engoliu em seco no meio da oração.

Não pare.

O Psicopompo dominava o céu noturno. Agnes viu dezenas, centenas de almas sendo levadas. Anzóis e garras rasgando-as enquanto as arrastavam para algum lugar. Segundo Tristano, para o esquecimento.

O padre estava prostrado sobre mãos e joelhos, tremendo sem controle, lágrimas e saliva escorrendo para o chão.

— *Deprecare Deum pacis, ut conterat Satanam sub pedibus nostris, ne ultra valeat captivos tenere homines, et Ecclesiae nocere.*

Tristano sentiu o repuxão do diagrama místico. A partir da voz de Agnes, a Realidade se infiltrou em ondas. Seus tentáculos ficaram paralisados, incapazes de se segurar ao corpo. A personalidade de Giacomo di Monti cresceu, empurrando-o para fora.

Só faltava mais uma frase. Mais uma frase e o exorcismo estaria completo.

— Piedade, Agnes! — ele esganiçou. — Piedade, eu imploro!

Termine o rito.

Ela abriu a boca, mas sentiu um aperto na garganta. Aquilo parecia cruel.

— Deixe que eu me confesse pelo menos.

Não. Não ouça as mentiras dele.

— Perdoe-me, porque pequei.

A última frase, Agnes. Seu Senhor ordena.

Ela olhou nos olhos suplicantes do padre moribundo.

— Fale.

Tristano foi tomado por uma onda de gratidão. Conseguiu força para inspirar fundo. Enquanto as almas o deixavam, concentrou-se apenas em si mesmo.

— Meu nome não é Tristano — falou. — O nome deste corpo era Giacomo di Monti. E meu nome...

Ele apertou os olhos. Ela continuava com o crucifixo em punho, como uma arma engatilhada.

— Meu nome é Masmorra ao Redor do Destino. Eu me envergonho deste nome, mas é meu. Não tenho direito de me chamar de Tristano, Tobias, Turpin.

Ele está mentindo.

Mas Agnes soube que não estava. A vergonha e o arrependimento eram óbvios.

— Meu próximo crime... — ele engasgou.

Complete o ritual!

— Por favor, Agnes, não me odeie...

— Confesse — ela ordenou.

— Meu próximo crime seria possuir seu corpo — ele começou a soluçar em asfixia. — Eu a escolhi para roubar tudo que é. Fiz o mesmo com Javier.

Tristano, que não era Tristano, então parou de resistir. Resignado, deixou que as almas fugissem para a tortura e desenredou os tentáculos. Bastava uma frase e ele seria expulso.

Ela ficou paralisada.

Ele mentiu para você desde o início, disse Jesus. *Não tolere a presença dessa coisa.*

Ela abriu a boca, pronta para falar algo.

Mas, surpreendendo até a si mesma, não pronunciou as últimas palavras do exorcismo. Em vez disso, fez uma pergunta para Cristo:

— Por que não lembro de minha própria vida?

E sentiu o coração afundar ao ouvir a resposta esperada:

Você não precisa saber disso.

— Você está bem? — perguntou Tristano.

Sua voz veio sem força, dificultosa. Mas, com alguns instantes de trégua, ele conseguiu segurar as almas em fuga. Sem a última frase da oração, conseguiu permanecer naquele corpo.

Agnes deu um passo para trás, tomada por pavor. As emoções dentro dela variavam num redemoinho. Pensou que podia estar ficando louca. Teve medo da voz em sua cabeça, então certeza absoluta de que ao duvidar estava cometendo uma blasfêmia. Ódio e asco de Tristano, então pena e perdão. Tudo fazia sentido, e nada fazia.

Você tem apenas uma certeza, Agnes. Apenas Eu. Eu sempre a guiei. Sempre lhe dei segurança.

— O que você perguntou? — o padre conseguiu dizer.

Este demônio a trouxe para um caminho de violência e horror. Foi seguindo-o que esteve sob ameaça de morte duas vezes. Complete o ritual. Expulse-o deste mundo.

O Psicopompo tragava as últimas almas fugitivas.

Tristano se apoiou em um joelho. Então, com muita dificuldade, conseguiu ficar de pé. O coração parecia querer rasgar o peito.

Por que escolheria perdoar um demônio? Ele confessou seus crimes. Ele traz a morte, Agnes. Eu trago a vida.

Ela abaixou o crucifixo.

— Quero ajudá-la — Tristano grunhiu, cada palavra um tormento. — Quero responder a suas perguntas. Não vou possuí-la, eu juro. Mas preciso de você.

Os dois falavam ao mesmo tempo. Os pensamentos de Agnes pareciam prestes a se desfiar, puxados em duas direções igualmente tirânicas. Tristano tinha uma missão, parecia sincero, defendera sua vida, mas era um monstro e iria roubar tudo que ela era. Jesus Cristo sempre dera respostas, prometera que seria abençoada, mas agora se recusava a responder qualquer coisa.

Agnes sabia que Masmorra ao Redor do Destino era uma entidade profana. Era horror, mas era certeza.

Ela já não sabia mais se a voz em sua cabeça era Jesus.

— Agnes...

Agnes...

— *Chega!* — ela gritou, e as possibilidades explodiram.

Havia um futuro em que Tristano decidia calar a boca, ficava intimidado com o súbito poder da garota e obedecia. Havia um futuro em que a voz, fosse Jesus Cristo ou qualquer outra coisa, se recolhia dentro dela, avassalada por sua vontade.

E havia um futuro em que ambos aconteciam.

Agnes ouviu o silêncio.

Ela largou o crucifixo. Alguns minutos se passaram enquanto nada aconteceu.

O Psicopompo reuniu as almas desgarradas e desapareceu aos poucos, num cortejo de morte.

Tristano controlou a própria respiração. Sentiu o coração voltar à normalidade. Ergueu as mãos em atitude apaziguadora. Tentou falar em voz doce, mas desistiu. Súbito, o tom da escuridão estava um pouco diferente. As estrelas pareciam ter se rearranjado. Uma desorientação momentânea fez com que cambaleasse enquanto tomava a decisão de não incomodar mais a noviça.

Dezenas de personalidades dentro dele explodiram num riso de escárnio. Pela primeira vez, Tristano passou pelo que tinham passado quase todos eles. Fora deslocado a um futuro em que tomava uma decisão incongruente. A sensação era de impotência total. Ele não conseguia resistir, porque não queria. Não naquela linha de destino.

Nem mesmo sua vontade pertencia a ele mesmo.

Pertencia a Agnes.

Ela andou em sua direção.

— O que você fez? — ele perguntou.

— Não. Chega. Agora eu faço as perguntas e você vai responder com a verdade. Sem grandiosidade, sem autoflagelação. Vai só responder.

Ele fez que sim, porque era o que mais queria. Ele *tinha* escolha. Apenas escolhia obedecer.

— O que quer saber? — Tristano perguntou num murmúrio.

— É mesmo um demônio? Um yithiano, o que seja?

— Sim.

— E o mundo é mesmo uma mentira? A Realidade é mesmo o inferno?

— Sim, Agnes.

— Então por que se voltou contra sua raça? Você continua sendo um demônio. Por que está tentando nos ajudar?

— Eu amo a humanidade.

— *Como?* — ela gritou. — Como ama a humanidade se fez aquilo com Trudi Gossler? Como ama a humanidade se planejou me possuir?

Ele ficou algum tempo calado. Então deu a única resposta que conhecia:

— Eu não vejo como essas coisas se contradizem.

Era verdade, porque naquela linha de destino ele escolhia não mentir.

Agnes entendeu que Tristano amava a humanidade.

Com o amor de um demônio.

Ela não sabia se isso o tornava ainda mais odioso ou se absolvia parte de sua culpa. De qualquer forma, ali ele estava. Desprovido de fingimento ou subterfúgio. Exposto em seu pior.

Cabia a ela julgar o que ele merecia.

— Por quê? — Agnes perguntou.

— Não entendo o que quer saber.

— Como isso aconteceu? Como, depois de milênios de atrocidades, começou a amar a humanidade acima de sua raça? Acima de você mesmo?

Ele fechou os olhos.

— Primeiro — Tristano suspirou — amei um homem chamado Arminius.

As Legiões Perdidas

Germânia, 9 d.C.

1

ATÉ AGORA FALEI DE HERÓIS.

Mas eu nunca amaria a humanidade por causa de um herói. Passei a amá-los por causa de uma pessoa, de um homem que foi heroico, monstruoso e até mesmo banal. E vou lhe apresentar todos os lados dele, porque amei todos igualmente.

Voltar para casa foi a coisa mais importante da vida de Arminius. Foi o que deu origem a tudo que está a sua volta, Agnes.

Deixe-me falar de Arminius, porque esta história pertence a ele. Eu disse que o amei e não é mentira. Eu já havia possuído incontáveis corpos humanos, conhecia as partes mais escuras e íntimas de muitas almas, sabia tudo de admirável e de horrendo que todas essas pessoas tinham feito, mas nunca nenhuma delas merecera minha simpatia, muito menos meu amor. Acima de tudo, nenhuma delas tinha me fascinado. Eu via a humanidade como todas as entidades veem: brinquedos ou ferramentas, no máximo escravos ou cobaias.

Foi Arminius que me mostrou o que vocês podem ser.

Arminius estava voltando para casa. Sentiu o cheiro de mato, de terra revirada, de peles de animais, de palha e de cerveja. O cheiro da Germânia. Era o ano 9 do primeiro século, quando o Imperador Augusto reinava sobre uma vasta quantidade de terras e pessoas. O braço de Roma se estendia até este território selvagem e Arminius era uma das muitas mãos do Império.

Ele ia à frente de uma coluna de germânicos trajando a cota de anéis dos legionários romanos, chamada *lorica hamata*. Todos a cavalo numa formação ordenada, treinada e planejada para ser o apoio da infantaria de Roma — a cavalaria auxiliar. Eram altos, tinham cabelos loiros e rosto bruto, mas suas feições bárbaras estavam protegidas por elmos de ferro.

Falavam entre si na língua germânica, mas carregavam o estandarte com inscrições em latim. Levavam uma espada comprida de cavalaria chamada *spatha*, um escudo oval, uma lança e, às costas, três azagaias de arremesso que chamávamos de *pilum*. Eram bárbaros conquistados, convertidos e treinados. Não cidadãos romanos, mas *peregrini* — estrangeiros.

Todos eles estavam voltando para casa.

Arminius montava um cavalo branco. Sua capa vermelha se derramava pelas ancas do animal, o penacho de seu elmo balançava com o vento. À medida que passavam por aldeias e pequenos povoados, enquanto o mundo civilizado dos romanos era tragado pelas florestas escuras do Norte, ele estufava o peito por baixo da couraça.

Arminius deixara a Germânia como uma criança bárbara, mas voltava como um nobre romano.

Uma sensação incômoda o preencheu aos poucos.

Ele se sentia estrangeiro.

A Germânia era sua infância. Familiar, conhecida e fácil. Voltando à Germânia, ouviu sua língua materna sendo falada por estranhos pela primeira vez em 20 anos. Na Germânia, viu paisagens que reconheceu de lembranças antigas e quase ocultas, soterradas por duas décadas de experiências como romano. Na Germânia, esteve de novo cercado de gente parecida com ele mesmo. Era, de uma forma simplória e primordial, confortável.

Mas a Germânia não parecia mais sua casa. Parecia a casa de seus pais.

Fácil, segura e simples. Simples demais. Entediante, banal. Estar lá era dar um passo para trás, virar as costas para 20 anos de amadurecimento. Ele sentiu como se a qualquer momento alguém fosse apontar que uma criança estava liderando tropas.

Ao avistar pela primeira vez a cidade de Oppidum Ubiorum, Arminius foi tomado de alívio, porque era romana, mesmo cravada às margens do Rio Reno.

Arminius estava voltando para casa.

Sua casa era Roma.

Eu morava em Oppidum Ubiorum, Agnes, e deixe-me dizer que estava muito longe de ser Roma. Era uma cidade criada pelos romanos há poucos anos, como refúgio para a tribo germânica dos Ubii. Mas lá se falava latim, lá havia colunas e templos, havia uma casa de banhos, um circo e um fórum, e isso era suficiente para fazer Arminius se sentir em casa.

Roma: um lar que não lhe fora dado. Roma havia sido imposta a ele, mas ele conquistara o direito de ser seu filho, seu soldado, seu cidadão.

Uma sensação de pertencimento que viera a custo. Ele nascera germânico; isso não era mérito, só acaso. Ele se esforçara para ser romano. Era romano por vontade própria e isso era motivo de orgulho.

Arminius se sentiu orgulhoso quando os portões de Oppidum Ubiorum se abriram e ele foi recebido com festa.

Mais do que festa, quase um triunfo. Germânicos vestidos em togas vieram testemunhar a volta do príncipe de uma das maiores tribos a leste do Reno. Cidadãos romanos estavam lá para ver quem era o homem de que tanto se falava. Arminius passou pelos portões sobre seu cavalo, acenando para nós como se fosse um general conquistador. Seus legionários ficaram do lado de fora e, agora que estava sozinho, a exaltação a ele foi ainda mais marcante.

Arminius sorriu para todos nós, com satisfação óbvia no rosto. Então seus olhos travaram com os meus e ele se deteve.

Eu conhecia Arminius de sua vida de germânico. Ou melhor, a mulher cujo corpo eu habitava o conhecia. Eles eram crianças — *nós* éramos crianças. Arminius, o impetuoso e feral filho do rei, um garoto que nascera para a grandeza e fora jogado numa grandeza diferente. Eu, a filha de um nobre da mesma tribo. Uma menina de mente inquieta e curiosidade insaciável, que questionava tudo e todos. Da última vez que nos víramos, ele estava sujo de terra e vestia camisa e calças, como era típico de nosso povo. Eu estava trancada em casa, espiando por trás de uma porta e desafiando as ordens de meu pai. Agora ele voltava como um oficial e eu não me escondia mais, estava trajada num vestido caro e me portava como uma dama romana. A minha esquerda estava o alto sacerdote do Culto Imperial.

A minha direita estava o governador da Germânia.

Arminius fez seu cavalo parar e desmontou. Engoliu em seco, forçou-se a tirar os olhos de mim. Foi o primeiro sinal do que viria a acontecer, Agnes. Um mero vislumbre da mulher que fora sua conhecida de infância o distraiu dos aplausos e do homem mais importante da província. Arminius andou até onde o governador o esperava. Sua expressão grave calou aos poucos o burburinho. As sandálias reforçadas com metal fizeram barulho contra os paralelepípedos de Oppidum Ubiorum. O germânico se ajoelhou na frente do governador, tomou a ponta de sua capa numa das mãos e a beijou.

— Salve, nobre Publius Quinctilius Varus, governador da Germânia.

Varus o olhou de cima.

— Salve, nobre Arminius, *praefectus* da cavalaria auxiliar.

Arminius se ergueu.

Então o governador abriu um sorriso enorme. Tomou o rosto do outro nas mãos e meneou a cabeça em aprovação.

— Meu rapaz! — entusiasmou-se o governador Varus. — Quantos anos?

— Muitos anos, pai — sua voz quase o traiu num engasgo. — Anos demais.

Se havia um protocolo formal, ele não valia na Germânia, ou pelo menos não naquele reencontro. Publius Quinctilius Varus puxou Arminius para um abraço, bateu forte em suas costas, fazendo barulho na couraça.

— Que orgulho, Arminius, que orgulho! Marte e Júpiter olham por você!

— Não foi nem Marte nem Júpiter que olharam por mim durante todo esse tempo.

— Você me honra, Arminius! Você honra todos nós.

Arminius chamava o governador de pai, mas seu pai de sangue estava na tribo, dentro das florestas escuras, do outro lado do rio. Era uma relação labiríntica, Agnes, mas tudo ficará claro. Por enquanto, saiba que entre os dois havia tanto respeito e amor quanto pode haver entre um conquistador e um conquistado.

Escravos tomaram as rédeas do cavalo branco, ocuparam-se dos apetrechos e equipamentos. Varus soltou o germânico, fez um gesto para meu irmão, adotando o tom de dominância carinhosa de um parente mais velho.

— Imagino que você lembre de Segismundus — disse o governador. — Ele também nos orgulha! Hoje em dia, é o alto sacerdote do Ara.

Meu irmão tivera outro nome, mas não importava mais, porque aquele era seu nome latino. Seu nome em Oppidum Ubiorum, seu nome religioso. Arminius era uma cabeça mais alto, mas Segismundus tinha um ar sério de autoridade. *Gravitas*, Agnes, uma das virtudes do mundo romano. Significa que você tem uma aura de respeito, que o que diz deve ser ouvido, que sua presença é suficiente para mostrar sua importância. Ao contrário do governador, meu irmão não abriu um sorriso. Cumprimentou Arminius com a formalidade de sua posição e recebeu a humildade esperada. Por mais celebrado que fosse, Arminius era um mero comandante da cavalaria auxiliar. Segismundus era o líder do culto ao Imperador Augusto. Uma figura política de destaque. Da última vez que Arminius o vira, era um menino medroso, escondendo-se dos romanos atrás das pernas de seu pai.

Então Varus fez um gesto em minha direção.

— E tenho certeza de que lembra de Thusnelda.

Arminius se curvou para mim e eu aceitei o cumprimento como uma senhora romana.

Meus cabelos eram loiros e lisos, estavam soltos como era de se esperar de uma moça ainda solteira. Uma faixa de mechas brancas, visível apenas sob certa luz, me emprestava um ar misterioso. Eu era muito mais alta que as mulheres que vinham de Roma, mais alta até que muitos dos homens, mas sabia me portar com o comedimento e a delicadeza que eram esperados de mim. Eu era Thusnelda, nobre da tribo dos Queruscos, educada em Oppidum Ubiorum. Sabia ler e escrever, saberia administrar uma casa respeitável e honrar os homens a minha volta.

— É claro que lembro de você, *domina.*

— Não é preciso me chamar assim, nobre Arminius. Você não é meu escravo.

Ele ergueu a cabeça sem tirar os olhos de mim.

— Organizei um banquete em homenagem a sua chegada — eu disse, em latim perfeito. — Poderemos trocar lembranças à noite, na casa do governador.

II

ALGO CURIOSO, ATÉ ENGRAÇADO, NAS COLÔNIAS ROMANAS, ERA que havia um esforço consciente para que ficassem com cara de romanas. Trazer Roma até um lugar do mundo significava trazer civilização e a civilização tinha um aspecto definido. Havia um aqueduto em Oppidum Ubiorum, mesmo que a cidade ficasse ao lado do Reno, porque cidadãos romanos não deveriam precisar ir até o rio para pegar água. Havia um fórum, ainda que pequeno. Havia construções de pedra e mármore com colunas, tudo disposto num padrão ordenado de cidade artificial. E havia o *Ara Ubiorum*, o Altar dos Ubii, um templo que fora a primeira construção da cidade.

Os Ubii, uma tribo que vivia ao leste do Reno, na Germânia indomada, foram expulsos de suas terras pelas demais tribos, por seus costumes e sua simpatia aos romanos. Eram um povo esquisito para a região e a época: davam muitos direitos às mulheres e permitiam que elas participassem em decisões de política e guerra. A chegada de Roma foi o estopim para que se tornassem vítimas dos outros germânicos, mas a ameaça já estivera implícita há séculos. Sem um lugar onde pudessem se assentar, os Ubii pediram auxílio aos conquistadores e Roma construiu um altar e então uma pequena cidade a oeste do Reno, onde seu domínio era forte. Os Ubii se tornaram leais e Oppidum Ubiorum, "o povoado dos Ubii", passou a ser a capital da província da Germânia. Ao longo dos milênios, a cidade cresceria. Hoje você a conhece como Colônia.

Mas, ainda que fosse a capital da Germânia, Oppidum Ubiorum não tinha quase nenhuma relação com as tribos a leste do rio. Varus tentava controlar a Germânia profunda a partir de algumas fortificações incrustadas nas florestas.

A conquista da Germânia não era algo novo. Tinha começado ainda na época da República, antes do ano 0. Quando Augusto ascendeu, efetivamente colocando fim à República Romana e dando origem à era dos imperadores, sua sucessão de vitórias expandiu Roma mais do que Júlio César sonhara e criou a Pax Romana, um período de prosperidade e segurança para os cidadãos. Augusto já se expandira para todos os lados e também ambicionava engolfar esta terra selvagem. O limite da civilização romana era o Reno — mais além, havia tribos que pagavam impostos e teoricamente obedeciam, mas não abandonavam sua face bárbara. Além do Reno, os legionários precisavam tomar cuidado, pois havia tribos amistosas e tribos hostis. As alianças mudavam o tempo todo e era fácil passar por território inimigo.

Os germânicos que mais desejavam ser romanos vinham para Oppidum Ubiorum. Nossa tribo, minha e de Arminius, eram os Queruscos, e éramos aliados de Roma. O pai dele era o rei e ele seria rei mais tarde, se não tivesse se tornado romano. Meu pai, Segestes, era um nobre que gostava de se esfregar nos romanos para talvez perder um pouco do fedor germânico. Assim, tinha mandado seus dois filhos para serem educados na única cidade disponível.

Naquela tarde, enquanto Arminius se reaclimatava e Varus contava a ele sobre a situação na província, tomei conta dos preparativos do banquete, que aconteceria no palácio do governador. Eu não tinha posição no governo, mas Varus permitia que morasse lá como hóspede. Era uma honra enorme e, à noite, fui uma verdadeira anfitriã.

Tudo corria bem e Arminius se sentia honrado enquanto nos reclinávamos nos divãs, saboreando produtos trazidos da capital do Império. Os convidados eram Arminius, Varus, Segismundus e eu, além dos altos oficiais das legiões na província e outros que não são importantes. Peguei um naco de pão e o parti com as mãos. Derramei azeite surpreendentemente bom, sujando as pontas dos dedos, e levei a comida à boca. Eu sabia que era melhor ficar calada e atenta, como achavam que uma senhora romana deveria fazer.

— Foi a vontade de Mars Gradivus que o colocou nesta terra e me fez voltar, pai — disse Arminius. — Ou terá sido de Mars Quirinus?

Mars Gradivus, Marte em Marcha, era o aspecto de Marte quando estava em guerra. Mars Quirinus, protetor dos civis, era Marte em paz. Nunca havia certeza sobre qual dos dois pairava sobre a Germânia.

— Este é menos um assunto de Mars Gradivus — Varus bebeu um gole de vinho — do que de Juno Moneta.

Todos esperaram um instante pela reação apropriada. Então Gaius Numonius Vala, o velho legado que comandava toda a Germânia Inferior, começou a rir. Todos rimos, porque soubemos que era uma piada do governador. O legado era um de seus oficiais mais antigos, de maior confiança, e sabia ler seus humores. Juno Moneta, o aspecto da deusa que governava o dinheiro, agradava a Publius Quinctilius Varus, conhecido por governar para o próprio enriquecimento.

— Juno Moneta sorri para a Germânia, pai? Ou está de mau humor?

— Juno Moneta está de luto aqui, Arminius! Parece que tudo que faço é marchar de aldeia em aldeia, mendigando os impostos que me são devidos! Você chegou em boa hora. Vai me ajudar a educar seus irmãos.

Vi Arminius franzir o cenho. Seus lábios se estreitaram, mas ele disfarçou com um naco de peixe.

— Os germânicos ainda pensam em se empanturrar hoje e saquear do vizinho amanhã, enquanto o vizinho fará a mesma coisa no dia seguinte. No quarto dia, todos estarão pobres e continuarão assim enquanto não mudarem! Eles podem ser melhores, Arminius, eles podem ser verdadeiros romanos. Basta que paguem seus impostos, participem da vida que estamos oferecendo. Deixem que os ajudemos. Eles também podem prosperar.

Arminius deixou escapar um leve sorriso enquanto mastigava e roubou um novo olhar para mim.

— Veja os germânicos que nos acolhem! — continuou Varus. — Olhe para você mesmo e para Segismundus. Seu dever é mostrar a seus conterrâneos o quanto vocês podem ascender.

Ele disfarçou e se voltou para meu irmão.

— Vejo que muita coisa aconteceu desde que deixei a tribo.

— Muita coisa aconteceu para algumas pessoas — Segismundus se manteve sério. — Quase nada para outras.

— É claro que quero saber de você — Arminius continuou educado. Então, de novo olhando para mim: — Quero saber de vocês.

— Nosso pai trabalha com os romanos desde que você foi embora — disse meu irmão. — Não é um trabalho fácil. Sem o apoio total do rei, ele precisa convencer cada clã, tomar cuidado ao visitar cada aldeia.

Arminius não ignorou a farpa. Mas, caso seu pai germânico tivesse algum traço de rebeldia, deveria ser confrontado e colocado na linha. O príncipe não conseguia visualizar o rosto do rei, nem lembrava de sua voz. A memória mais vívida que restava era a expressão dura e pesarosa de quando o mandou para Roma.

— O rei deu a Roma o que ele tinha de mais precioso — respondeu Arminius. — Eu e meu irmão.

— Sim, ele deu seus dois filhos para Roma. Mas por que então reluta em receber os presentes de Roma?

— Não posso responder por um pai que nem mais conheço, Segismundus.

— Exato. Mas eu conheço meu pai. Segestes dedicou seus melhores anos e sua própria saúde à diplomacia e nos deu a educação que merecíamos. Ouviu todo tipo de insultos, foi desprezado e escorraçado.

— Pelo rei?

— Pelas pessoas que sentem a ambiguidade do rei. Bastaria uma palavra definitiva de seu pai para que eles se calassem e se curvassem. Então, em vez de fazendeiros miseráveis, caçadores famintos e guerreiros selvagens, as outras crianças da tribo também poderiam crescer para se tornar sacerdotes.

— Ou oficiais — eu disse, entrando na conversa pela primeira vez.

Arminius era um homem notável, mas era só um homem, e jovem. Tinha 26 anos, o que não é nada mesmo dentro da vida curta dos humanos. Como todo homem jovem, ele tinha suas fraquezas. Ante meu comentário, deu um sorriso bobo de adolescente. Eu sabia que lisonja inesperada provocaria uma reação.

— Você se engana, Segismundus — Arminius recuperou a compostura. — Meu pai profere palavras definitivas o tempo todo.

Tomou um gole de vinho antes de completar:

— Meu pai não é o rei dos Queruscos. É o governador da Germânia.

O sorriso de Publius Quinctilius Varus foi cálido e, por um momento, achei que ele fosse se emocionar. Eu conseguia ver as linhas de destino em volta daqueles dois. Seus futuros estavam tão entrelaçados quanto seus passados. As linhas se misturavam tanto que eu não conseguia discernir exatamente o que era o destino de um ou de outro.

Deixe que eu explique, Agnes, porque a amizade e o respeito que esses dois tinham um pelo outro construiu a história do Império Romano. Foi essa relação, além do amor que senti por Arminius, que moldaram tudo que veio depois nesta terra, de Carlos Magno a Hitler.

Arminius saíra da Germânia quando ainda era uma criança. Os romanos tinham cruzado o Reno e avançavam cada vez mais. Venceram as primeiras tribos — incluindo nós, os Queruscos. Segestes, meu pai, era um nobre e desde o princípio argumentara que devíamos nos render. Segimer, o pai de Arminius, era o chefe. Ele resistiu, mas preferiu não entregar as vidas de toda a tribo por mero desejo de independência. Quando os Queruscos aceitaram o domínio romano, Segimer entregou seus dois filhos como prisioneiros de honra, para serem levados à capital e lá educados. Eram convidados e reféns. Conheceriam uma vida de luxo muito além de qualquer outro germânico, muito além até mesmo do que a maioria dos romanos experimentava. Mas, em caso de revolta, poderiam ser executados.

Os dois prosperaram. Eram inteligentes e fortes. E, acima de tudo, sendo crianças eram esponjas de conhecimento. Arminius se tornou fluente em latim em questão de meses e agora falava germânico com um sotaque engraçado. Ele aprendeu rapidamente a amar Roma, amar a civilização, a previsibilidade da vida, os confortos e a história. A história de Roma era repleta de sangue, desde sua fundação. Mas aquele sangue era o combustível que levava o mundo adiante — pelo menos era o que os romanos pensavam. À medida que cresceu, Arminius pensou cada vez mais em todo o sangue que sua própria gente derramara ao longo dos séculos. Era apenas sangue. Disputas entre tribos, duelos de honra, saques, escaramuças sem sentido, rixas entre famílias. Não era combustível de nada. Um germânico não entregava sua vida a uma causa, apenas a perdia. Quanto mais deixava de ser um garoto para se tornar um homem, mais Arminius refletia sobre a futilidade de um povo sem história, de uma vida sem um legado.

Você deve tirar suas próprias conclusões nesta história de tiranos conquistadores contra selvagens sanguinários, mas saiba uma coisa: não fossem os romanos, a humanidade não lembraria do nome de Segimer, por mais bravo e honrado que ele tenha sido. Nem de nenhum outro germânico.

O destino do príncipe Arminius, exilado em Roma, se entrelaçou pela primeira vez com o de Publius Quinctilius Varus quando o germânico ingressou nas legiões.

Varus era um homem importante. Não se deixe enganar pela maneira como o descrevo, por seus erros, por sua ganância ou pelo que aconteceu depois. Ele era um romano entre romanos. Sua família tinha apoiado o lado errado numa guerra civil, mas mesmo assim ele conseguira ascender a altas posições. Varus fora conselheiro do rei Herodes da Judeia. Fora Cônsul de Roma. Fora o Pontifex, o mais alto sacerdote romano. Fora governador da África e da Síria. Talvez mais importante que tudo isso, era parente do próprio Imperador Augusto por casamento. Poucos homens podem dizer que são amigos pessoais de um deus vivo.

Varus era antes de tudo um político. Podemos questionar suas decisões militares e seu caráter, mas era inegável seu talento para agregar pessoas, reconhecer potencial e se cercar dos melhores. Varus notou o potencial de Arminius e tomou interesse por ele. Ao longo dos anos, o germânico se tornou seu protegido. Varus se manteve a par da carreira de Arminius nas legiões, ajudou-o a vencer preconceitos dos romanos contra os "bárbaros", chegou a ser seu superior, recomendou-o para outros generais. Arminius era um amigo e um investimento, era um cão de guarda criado amorosamente, alimentado com a melhor ração e treinado pelo melhor adestrador, em preparação para o dia em que precisasse defender a casa.

Soldados são supersticiosos, cheios de tradições e manias. Havia uma distinção específica para um legionário que salvava a vida de outro. O primeiro assumia uma responsabilidade eterna com o segundo, que por sua vez lhe dedicava o respeito de um filho. Varus nunca salvou a vida de Arminius no campo de batalha, mas talvez tenha salvado no fórum. Varus se sentia responsável por Arminius e, em troca, Arminius o chamava de pai.

Assim, quando Arminius disse que seu pai era o governador da Germânia, era algo muito mais forte do que se Varus fosse seu padrasto. Não era uma relação que se formara naturalmente durante uma infância vulnerável, mas uma decisão consciente de um guerreiro. Chamá-lo de pai era um ato de humildade, sim, mas também colocava um fardo sobre as costas de Varus.

Aquela era uma amizade peculiar.

— Sem dúvida, Segestes está orgulhoso — Varus cortou a tensão entre os dois jovens. — Segismundus é um romano, não interessa onde tenha nascido ou qual seja a situação política da província. Não consigo pensar em alguém melhor para presidir o Culto Imperial.

— E você, Thusnelda? — Arminius enfim tomou coragem para falar comigo. — Seu pai também está orgulhoso de você?

Eu sorri de um jeito enigmático, apenas para ser enigmática. Até que era divertido.

— Sou uma dama romana respeitável, não? Obedeço a meu pai e a meu irmão. Não há uma mácula em meu passado, ninguém tem uma palavra a falar sobre minha dedicação.

— E nada mais?

— O que espera de mim? Respeito os homens de minha família, meu cabelo ainda está solto e não tenho a pretensão de opinar sobre sua política, nem sobre sua guerra.

Ele estreitou os olhos.

É difícil conciliar as lembranças de uma criança com a imagem de um adulto a nossa frente. Arminius lembrava de mim como uma garota voluntariosa, sempre se metendo onde não devia. Eu não aceitava as proibições de meu pai, batia em meu irmão e certa vez tinha assistido escondida a uma assembleia dos chefes de tribos. Essa era a imagem que Arminius tinha de mim.

Não era nada surpreendente que, depois de 20 anos, eu tivesse mudado. Na verdade, continuar com a mesma personalidade seria absurdo. Mesmo assim, a mulher a sua frente era o exato oposto da menina que conhecera. Ativamente obediente, totalmente apropriada, perfeitamente encaixada naquela sociedade. Aderindo aos costumes, às vestes. Falando latim quase sem sotaque, falando das tradições com devoção.

Se isso não fosse impossível, não descarto que Arminius chegasse sozinho à conclusão de que Thusnelda fora possuída. E foi essa a primeira isca que joguei para ele, Agnes. Arminius não seria atraído por mera sedução, não do jeito que eu precisava. Com a contradição, eu lhe apresentara um quebra-cabeça. Juntando as peças, ele veria as similaridades entre nós dois.

— Não espero nada, senhora — ele disse. — Pelo contrário, apenas desejo corresponder ao que espera de mim.

Éramos crianças brincando de faz de conta. Três germânicos fantasiados de romanos, falando como romanos, tentando emular o jeito dos romanos. Éramos crianças encenando um pequeno espetáculo para agradar nossos pais.

Ou assim parecia. Porque Arminius realmente amava Roma e queria ser romano. E Thusnelda, antes que eu a dominasse e ela não quisesse mais nada, queria ao menos aprender o que os romanos tinham a ensinar.

Eu era uma hóspede permanente no palácio e Arminius estaria hospedado lá até que se juntasse às legiões de Varus e partisse para a Germânia profunda, onde era realmente necessário. Eu não tinha função oficial naquela casa, nem naquela cidade ou mesmo na província. Estava lá como representante de meu pai. Não era como Arminius, ninguém me considerava uma prisioneira e eu não seria ameaçada caso Segestes fizesse algo errado. Eu era um símbolo vivo da romanização da Germânia, a primeira geração que falava latim e se comportava como os conquistadores. Eu servia para mostrar aos romanos que bárbaros podiam aprender e para mostrar aos germânicos as vantagens da submissão.

As bandejas e taças já tinham sido recolhidas pelos escravos. O governador já tinha se retirado a seus aposentos e eu fingia estar rezando aos *lares*, os espíritos protetores da casa e da família. Eu estava ajoelhada no pátio central, que àquela hora estava vazio. Havia um pequeno altar aos *lares* num canto, na forma de um nicho na parede com uma estatueta. Ergui as mãos ao céu, em direção à lua nova, e coloquei espigas de trigo no espaço à frente da estátua. Segundo o costume, isso garantiria fartura. Havia algo de magia verdadeira naquele ritual, assim como há em quase todos, mas vamos falar disso mais tarde. O importante, Agnes, é que eu tinha planejado tudo aquilo. Sabia que Arminius viria me procurar e sabia o efeito que eu causaria quando ele me visse assumindo os deveres religiosos de uma mulher romana.

Levantei e fingi surpresa ao vê-lo do outro lado do pátio.

— Você representa a família do governador junto aos deuses, Thusnelda?

— Sou o mais próximo que existe de uma mulher da casa. Faz parte de meus deveres.

Ele se aproximou alguns passos.

— Não esperava vê-la cumprindo os deveres de uma romana.

— Como esperava me ver então?

— Na tribo.

— Fechar os olhos para o futuro não adianta nada. Se meus filhos serão romanos, por que eu não seria?

Ele estudou meu rosto.

— Não sei por onde começar a perguntar — disse Arminius. — Quero saber dos anos que passei fora, mas parece que estou falando com uma estranha.

— Sou uma estranha?

— Diga-me você.

— Você acha que sou a menina que conheceu há duas décadas? — perguntei com voz neutra. — Ou uma adulta respeitável?

Ele não falou nada. Ocupei-me dos restos das oferendas.

— Foram anos difíceis — respondi à pergunta inicial. — Mais difíceis para alguns que para outros. No início, seu pai estava sempre bêbado e o meu assumiu a liderança. Os romanos passaram por nossas terras, construíram seus fortes, atacaram outras tribos.

Ele pigarreou, desconfortável, ao ouvir falar de seu pai. Mas insistiu:

— Se quiser saber da conquista da Germânia, posso falar com qualquer soldado. Quem é você agora, Thusnelda?

— Você fala como se estivesse decepcionado.

— Não estou decepcionado. Isso nem faz sentido. Eu só...

Deixou as palavras no ar. Deu mais alguns passos.

— Minha vida não foi fácil, se é o que quer saber — eu disse. — Quando cheguei aqui, me trataram como escrava. Não importava que eu fosse filha de um nobre, qualquer mascate romano se achava no direito de cuspir em mim.

— Mas você não estava solta nas ruas.

— Claro que não. Eu era hóspede no palácio, mas era varrida para um canto. Desde cedo eu sabia qual seria meu papel. Eu casaria com algum nobre menor para fortalecer a amizade de Roma com os Queruscos. Na falta de uma princesa verdadeira, eu serviria.

— Nenhum nobre casaria com uma escrava. Nem aceitaria uma esposa que os mascates desprezavam.

— Eu nunca seria a primeira esposa, nunca teria os filhos que entrariam para a vida pública. Seria a segunda ou terceira esposa de um nobre velho e decadente, mandado para onde não pudesse causar problemas. Nossos filhos seriam capachos com nomes bonitos, os intermediários entre a capital e a província. Fariam muito melhor o papel que meu pai desempenha agora.

Não era mentira, não totalmente. Antes que eu possuísse Thusnelda, aquele era um dos futuros mais prováveis.

— E não casou com um nobre?

— Não — sorri.

Dei um passo na direção dele.

— Com meu irmão seria diferente — falei. — É diferente com os homens. Eles precisavam de germânicos notáveis para as funções religiosas. Era assim que chamavam, "germânicos notáveis". Deram a meu irmão uma educação romana, ensinaram-no a ler e escrever, ensinaram tudo que um sacerdote precisa saber.

Arminius sorriu, adivinhando a próxima parte da história.

— Eles conseguiram me expulsar das aulas nas primeiras vezes — continuei. — Fiquei mais esperta e me escondi em lugares melhores para ouvir. Aos poucos notei que, sempre que eu passava despercebida, um escravo era punido... Não eu. Mas a punição só acontecia quando eu era denunciada por alguém. Então criou-se um acordo mudo e depois de um tempo pude sempre passar à vontade. O tutor era um escravo grego. Ele mesmo começou a acobertar minha educação, até que o estrago já estava feito e eu já era útil. Então os romanos me deixaram aprender, me ensinaram a ser uma senhora.

— Varus já a encontrou pronta.

— Há dois anos, o governador chegou e reconheceu minha utilidade. Não importava que fosse mulher, eu era mais eficiente como representante da tribo do que meu pai ou qualquer brutamontes que eles mandassem. Eu sou a nova Germânia e eles adoram me exibir.

Mais uma isca, e agora o anzol já estava enterrado fundo na carne de Arminius.

Não foi difícil, Agnes. Foi quase tão rápido e tão simples como estou fazendo parecer. Ele era um nobre romano, era um príncipe germânico. Beleza ou insinuação de sexo não seriam coisas extraordinárias para alguém nessa posição.

Em Thusnelda, ele via a Germânia. Nenhuma mulher poderia despertar seu desejo como a terra despertava.

No banquete, eu apresentara o enigma. Agora eu dava uma parte da solução: o amor por Roma aliado à independência germânica. Eu era o que ele queria, ele só não sabia disso ainda. Eu era a solução para o dilema que começava a arranhar o fundo de sua mente.

Se me tivesse, poderia domar a si mesmo.

Arminius deu mais um passo e já estávamos bem próximos. Ergueu a mão e tocou em meu braço.

— É tudo que você é agora? — perguntou. — Uma bela escultura para ser exibida?

— Estamos numa cidade construída para uma tribo que ouvia demais as mulheres — mantive seu olhar. — Aqui as coisas funcionam de maneira um pouco diferente. Varus não pode admitir isso, mas confia em mim para a diplomacia com as tribos. Posso não vestir uma toga ou carregar um estandarte, mas nenhum acordo deixa de passar por minhas mãos.

— Varus sabe reconhecer sua grandeza.

— Assim como reconheceu a sua?

— Ele me ajudou a construir minha própria grandeza.

Sem notar, ele inflou o peito ao dizer aquilo.

— Você o chama de pai.

— Se o pai é quem nos dá a vida, Varus é meu pai e Roma é minha mãe.

— Então de certa forma Varus também é meu pai — toquei em seus dedos. — Somos irmãos.

Arminius retesou a mandíbula. Suas narinas dilataram como as de um touro furioso.

— Não somos irmãos, Thusnelda.

O que não estava dito em torno daquelas palavras falou muito alto.

— Fico ansioso por compartilhar com você os dias que ainda tenho em Oppidum Ubiorum — ele disse. — Espero vê-la de novo antes que o dever me leve embora.

— Você não terá apenas alguns dias comigo, Arminius.

— Não?

— Como eu disse, Varus confia em mim para a diplomacia. Há toda uma população de civis no forte e eu seguirei com as legiões.

Com a outra mão, ele tocou meus cabelos, atrás de minha orelha. Um gesto de carinho e também de posse.

— Além disso, meu noivo está me esperando lá.

Arminius tentou esconder, mas foi transparente. Recolheu as mãos, deu um passo desajeitado para trás. Tropeçou nas palavras antes de decidir pelas mais bobas.

— Você tem um noivo...?

— Tenho mais de 20 anos. Já deveria estar casada.

— Mas você disse...

— Eu disse que não me casei com um nobre velho e decadente. Meu noivo é jovem e forte. O legionário Marcus Aius.

Dei um sorriso inocente.

— Você vai conhecê-lo.

III

TALVEZ SEJA ESTRANHO PARA VOCÊ PENSAR EM MIM COMO MULHER, porque está acostumada a me ver num corpo masculino, mas igualmente não sou uma mulher ou um homem. Na verdade, para alguém de minha raça, que não estuda ativamente os humanos, é difícil diferenciar todos os gêneros. Assumi mais corpos masculinos nas histórias que lhe conto porque sua Igreja escolheu reservar o papel de sacerdotes para os homens. Se falasse de minhas outras vidas, falaria de inúmeras sacerdotisas que também fui. Falaria de todos os outros gêneros que foram abraçados por culturas ao longo do tempo, cujos corpos também habitei. Meu único objetivo era estar na posição de realizar rituais de exorcismo, expulsar yithianos de corpos humanos.

Todas as relações entre humanos são igualmente exóticas para mim. Se digo que amei Arminius, isso é tão estranho quanto minha amizade com Carlos ou meu papel de mentor para Javier. São apenas maneiras como suas vidas fugazes se tocam neste mundo material e falso.

A verdade é que eu era e sou yithiano. As distinções que vocês criam para si mesmos são irrelevantes para minha espécie. E, naquela época, todos vocês eram irrelevantes para mim. Serviam de veículo, de hospedeiro, de vaso para que eu fugisse dos deuses e manipulasse a história para que chegasse logo a um fim. Eu havia matado incontáveis humanos, Agnes, e nem lembrava disso. Eu tinha orgulho de minha invenção, tinha orgulho da morte. Cada vez que dava fim a um corpo humano físico com minhas próprias mãos, sentia uma emoção forte que não condizia com a frieza de minha raça. Era sensação de poder. O que define todos os yithianos é a fuga, é a fraqueza. Assim, era delicioso ter esse poder sobre alguém, saber que podia tirar a vida física e destruir tudo que eles foram por meio do ciclo de reencarnação.

Não sou mais assim.

Naquela noite, enquanto o corpo de Thusnelda dormia, sua mente aprisionada sonhando os pesadelos de minha memória, eu falei com meus irmãos.

Não havia um humano para testemunhar a cena, mas vou descrevê-la porque faz parte de minha expiação. Você precisa saber o que fui. O que sou.

O corpo de Thusnelda se ergueu da cama. Não era uma posição natural: a cabeça pendia frouxa, os olhos fechados e a boca aberta. O tronco estava rijo e ereto. As mãos estavam moles como as de uma boneca de pano, mas os braços se moviam, ativos.

Meus tentáculos saíram dos ouvidos e da boca de Thusnelda. Para um humano, eu pareceria uma planta bizarra que estava brotando em segundos de dentro de um corpo. Os tentáculos se moveram, experimentando o mundo físico. Sentir o mundo físico com meu corpo yithiano é uma experiência fascinante. A sensibilidade é muito maior, consigo discernir cada molécula entrando em contato comigo. Mas isso não importa.

Os braços de Thusnelda descreveram gestos largos e complexos num diagrama místico no ar. Meus tentáculos se juntaram a eles, numa espécie de dança que era um labirinto e um enigma. Pontos precisos no espaço em relação uns aos outros. Alguns dedos de Thusnelda acordaram para descrever os movimentos mais delicados, os outros permaneceram frouxos. No fim, o labirinto, diagrama, quebra-cabeça e glifo mágico que aparecia para meus olhos etéreos podia ser visto vagamente também no mundo físico.

O tempo se estreitou um pouco dentro de meu quarto. Os futuros não passaram por ali. Nada que eu fizesse naquela condição poderia afetar coisa alguma no resto do mundo físico. Se largasse um copo, ele não cairia. Se enfiasse uma faca no coração de uma pessoa, ela estaria viva e saudável assim que deixasse o lugar.

Apenas evitando o futuro podíamos nos reunir.

Senti a presença de vários de meus irmãos. Eles estavam por toda parte no tempo e no espaço. Os mais covardes habitavam homens das cavernas que demorariam ainda alguns milênios para decifrar o primeiro ritual. Os mais ousados faziam como eu, infiltravam-se em pontos-chave de grandes civilizações para que elas desmoronassem. Não havia nenhum yithiano do futuro, porque o futuro ainda estava sendo criado.

Tentáculos surgiram de todos os cantos do quarto. O espaço físico se tornou uma selva de hastes fibrosas. Nós nos entrelaçamos, até que houvesse pouca diferença entre um e outro. Compartilhamos as possibilidades, trocamos linhas de destino que poderiam ocorrer assim que voltássemos ao tempo.

O futuro ainda mostra o império dos humanos forte, disse um deles.

Os humanos reconhecerão o local de poder e construirão seus templos, outro completou.

Não demorará para que redescubram algum rito.

As consequências daquilo eram horríveis demais para serem manifestadas. Mesmo assim, todos nós enxergávamos as linhas mais prováveis. Em todas elas, Roma tomava a Germânia, o Império se expandia e a civilização latina alcançava a Escandinávia. Isso, é claro, não nos importava. O mais aterrorizante era que Roma teria presença sólida aqui mesmo onde estamos, na região de Osnabrück. Os yithianos desejam e temem este lugar, Agnes. E vocês, com sua engenhosidade e sua curiosidade insaciável, decifrariam o mistério que existe aqui.

Roma e a China vão se encontrar, avisou o primeiro. *Eles terão registros. Poderão comparar suas tradições. Redescobrirão a magia.*

Era uma previsão tênue, num futuro que despontava depois de tantas ramificações que mal era visível. Mas sim, ele existia. Uma linha de tempo na qual Roma não caía. Os dois grandes impérios interagiam, guerreavam e por fim aprendiam uma convivência quase pacífica. Duas civilizações monumentais iriam aos poucos se miscigenar. Dentro daquela linha, havia uma possibilidade horrenda: em Osning, os sacerdotes da religião estatal decifravam os rituais antigos e os compartilhavam com o outro império. Imperadores usariam de magia como ferramenta para aumentar seu poder, seriam imortais, seriam deuses vivos. Mais cedo ou mais tarde, trariam os deuses verdadeiros.

A humanidade tende à morte e ao caos, sempre. Mas, se conseguir prosperar, a civilização humana leva ao aprendizado. Humanos são capazes de sacrificar qualquer coisa por conhecimento. E vocês iriam adquirir esse conhecimento, Agnes. Os deuses viriam e finalmente puniriam a Grande Raça de Yith.

Era preciso destruir Roma.

Se algum de meus irmãos deseja me substituir, não protestarei, respondi. *Há muitos corpos vulneráveis.*

Eles ficaram calados e agitaram seus tentáculos, desconfortáveis. Todos eles temiam agir onde eu agia. Apenas eu tinha a frieza e a habilidade necessárias para fazer o que precisava ser feito. Havia vários yithianos conspirando em todas as civilizações do mundo, mas apenas um na Germânia.

Seu estratagema não funciona em nenhuma linha, outro acusou.

É a temeridade de uma criatura orgulhosa.

Você já habitou humanos demais. Está pensando como um deles.

Está se deixando levar por vaidade e ódio. Não dá atenção às probabilidades.

Sua grande obra o fez achar que é o maior de nós.

O quarto de Thusnelda pulsou quando respondi:

E acham que não sou?

Eles guincharam desagrado entre si.

Sem mim, não estaríamos tendo esta discussão. Os mortos contariam a verdade aos vivos, os rituais nunca seriam esquecidos. Todos nós já teríamos sido punidos, não existiria mais a Grande Raça de Yith.

Foi um passo na direção correta, mas a linha se faz de vários passos. Não irá destruir uma civilização sozinho.

Já disse que aceito ajuda.

Mais uma vez os tentáculos serpentearam.

Eu conseguia ver o futuro que eles enxergavam, mas também via o futuro que eu estava criando. Em todos os livros de história você irá ler que, se os eventos de Kalkriese tivessem transcorrido de maneira diferente, o Império Romano teria sido muito mais poderoso e estável. Os livros estão certos, mas apenas porque nenhum historiador poderia saber de meu plano.

Eu planejava uma guerra. Não uma conquista gradual e sólida, como estava se construindo há décadas. Uma guerra verdadeira, maior e mais difícil que as Guerras Gálicas. Um conflito que esgotaria os cofres do Império, faria com que as colônias mais distantes saíssem de controle. Haveria hordas de germânicos nos muros de Roma. As legiões insatisfeitas instaurariam seus próprios imperadores, como realmente aconteceu mais tarde e por outros motivos. Roma iria se fragmentar em vários poderes locais, sempre em guerra, sempre regredindo.

O Império iria ruir, o conhecimento acumulado seria perdido. Não teríamos nada do que você conhece depois disso, apenas ruínas. Os yithianos estariam seguros.

Sob qualquer raciocínio lógico e militar, isso seria impossível.

Eu saberei usar o poder sob a colina, garanti para meus irmãos.

Se cometer um erro sequer...

Não cometerei nenhum erro.

Mesmo com o que existe sob a colina, é uma aposta. Nem mesmo você pode prever todas as ramificações.

Não preciso prever todas, respondi. *Eu tenho um nexo de futuros, alguém capaz de distorcer o destino com sua presença.*

Você deposita muita confiança em um humano.

Não em qualquer humano, eu disse. *Em Arminius.*

E até mesmo eles puderam ter um vislumbre de meu sucesso.

Se eu conseguisse fazer Arminius trair Roma, nós derrubaríamos o Império.

Arminius era mais um de vocês, Agnes. Alguém como Carlos Magno, alguém repleto de destino. Eu não poderia escolher um guerreiro qualquer para executar meu plano, nem mesmo o maior chefe dos germânicos. Precisava ser ele.

Nunca descobri por que pessoas como ele e como você têm tanto destino. Talvez seja fruto da improbabilidade que havia sido a vida de Arminius até aquele momento. Qual a chance de um prisioneiro ser tão celebrado por seus captores? Qual a chance de um garoto germânico se encaixar tão bem em Roma?

O irmão de Arminius, Flavus, não teve a mesma grandeza. Assim como Arminius, ele se tornou legionário, mas seus feitos não escreveram a história. Se existisse apenas Flavus, isso tudo seria uma nota de rodapé, a história banal de um refém de luxo. Não existiria improbabilidade. O filho de Arminius, que viria a nascer depois desses eventos, também não teve nem uma parcela da importância do pai.

Arminius era uma anomalia. E você também deve ser, de alguma forma.

Mas, anomalia ou não, naqueles dias ele era um mortal sujeito às mesmas trivialidades de todos os outros. Arminius pensava em mim e em meu noivo, Arminius matava a saudade de Varus, Arminius estudava a situação da Germânia, Arminius esperava o momento de partir com a legião. E, naqueles dias de espera, houve um festival.

IV

O CULTO DO IMPERADOR ERA UMA DAS MAIORES FORÇAS DE romanização nas províncias. Júlio César foi considerado um deus depois de sua morte. Augusto, seu sucessor, decretou um protocolo para a apoteose de outros governantes, detalhando desde a maneira como o corpo mortal deveria ser cremado até o ato de soltar uma águia, que faria o espírito transcender para junto dos deuses, e a decisão senatorial que aprovaria isso. Se você está pensando que esse foi um ato de tirania de um ególatra, provavelmente está certa. Mas as províncias do oriente pediram a permissão de cultuá-lo.

Augusto proibiu que um imperador fosse cultuado em vida — ele mesmo não era um deus. Cultuava-se sua família. Ele era filho de um deus, tinha divindade no sangue e em seu futuro. E, também por sua decisão, todo Culto ao Imperador nas províncias deveria cultuar também Dea Roma, literalmente Roma como uma deusa por si só. Mesmo assim, a imagem de Augusto era o elemento mais proeminente nas cerimônias.

E um dos dias sagrados era o aniversário de sua ascensão ao poder.

Era um dia quente quando meu irmão deu início ao rito de adoração a Augusto. Um pequeno número de pessoas, os germânicos de maior prestígio e os romanos do alto-comando das legiões, estavam dentro do templo, em frente a uma estátua de Augusto. O templo, Ara Ubiorum, era um dos pontos focais da cidade. Estava no meio do fórum, numa das principais ruas de passagem, visto por quase todos os habitantes todos os dias. Era dedicado a Roma e ao Imperador.

Meu irmão surgiu de um corredor semiescuro no templo, entrando no salão principal onde aguardávamos. Seu rosto estava pintado de vermelho e ele carregava uma ânfora cheia de vinho. Andou devagar em direção à estátua. Os outros sacerdotes vinham atrás dele, carregando jarros cheios d'água e alguns bolos cerimoniais. O silêncio era total, quebrado apenas pelos passos e pelo crepitar das tochas.

Segismundus parou na frente da estátua.

— Pai da terra e nosso protetor — recitou — aceite estas dádivas e nos conceda a fartura, a sabedoria e a vitória.

Derramou o vinho numa grande vasilha aos pés da estátua.

Eu estava de pé, quase encostada à parede, envolta nas sombras. O templo era iluminado por tochas, o que causava luz desigual e bruxuleante. Varus e Arminius estavam à frente, banhados pela luz. Eu observava Arminius com o canto dos olhos. Ele mantinha atenção total na cerimônia.

— Mãe Roma — continuou Segismundus — acolha-nos em seus braços e permita que sejamos seus servos.

Meu irmão deu um passo ao lado e o próximo sacerdote se aproximou. Derramou água na vasilha.

— Aceite a água de nossos rios.

Um terceiro sacerdote depositou os bolos num braseiro apagado na base da estátua.

— Aceite o que brota de nossa terra.

Eles se alternaram, derramando água e depositando comida.

— Dea Roma, o que existe em nossa terra é seu. Proteja-nos e continuaremos sempre seus servos.

Varus deu um passo à frente, destacando-se dos que assistiam. Tinha nas mãos uma ânfora, assim como Segismundus. Era uma posição de prestígio e um sacrifício caro — vinho romano. Foi até a estátua e derramou a bebida a seus pés.

— Roma está aqui — disse Segismundus.

Varus tomou um lugar perto dos sacerdotes e Vala, o velho comandante da Germânia Inferior, aproximou-se, levando mais um bolo de sacrifício.

O que você deve estar imaginando, Agnes, era se todas aquelas pessoas realmente acreditavam que Roma era uma deusa, que Júlio César havia se tornado um deus, que Augusto tinha a divindade a seu redor e se tornaria um deus por meio do protocolo que ele mesmo havia criado. Quase todas as pessoas hoje em dia fazem essa pergunta, mas é a pergunta errada.

Fé, crença ou como quiser chamar, assim como conhecemos hoje, não é um conceito que sempre existiu. Em muitos períodos da humanidade, inclusive na época de Augusto, as pessoas não acreditavam ou deixavam de acreditar em deuses. Elas simplesmente cumpriam rituais. A religião não era algo espiritual, mas físico. Os sacerdotes não eram guias ou sábios — eram como advogados ou despachantes, pessoas com as habilidades para negociar com forças maiores, pessoas que conheciam os meandros daquele tipo de troca. A religião fazia parte da política e do Estado: os cargos religiosos eram também estatais.

E era escambo, Agnes. Não era servidão a um deus porque eles achavam que era a coisa certa a fazer ou porque esperavam uma recompensa no pós-vida. Era um comércio. Oferendas em troca de proteção.

Não sei se meu irmão imaginava que Júlio César existia de alguma forma como uma divindade após sua morte, o que importa é que, fazendo oferendas a essa ideia, ele a tornava importante na vida dos germânicos. E, é claro, as oferendas funcionavam, porque províncias mais devotadas ao Culto ao Imperador eram mais leais, tinham Roma mais presente e, assim, recebiam mais privilégios. Não se pode argumentar com resultados, e a verdade era que cultuar Augusto dava resultado.

Todos os germânicos e romanos proeminentes já tinham deixado suas oferendas.

Só faltava um.

Ara Ubiorum tremeu quando a última oferenda foi trazida. Rodas pesadas de metal giravam contra o chão de pedra. O espaço fechado retumbou com um rugido grave, abafado, frustrado.

Foi impossível conter um engasgo de medo e maravilhamento quando os escravos trouxeram o urso.

Ele estava acorrentado de forma que mal podia se mexer. Tinha uma focinheira. Mas o tamanho e o poder evidente da fera traziam um pânico primordial aos humanos. O urso estava sobre uma plataforma com rodas, que quatro escravos germânicos arrastavam com dificuldade. Outros dois tinham lanças prontas para cutucar o animal ou atacá-lo caso fosse preciso.

O urso foi colocado na frente da estátua e Arminius deu um passo à frente.

— Augusto Pai da Terra, César Divus, Dea Roma — meu irmão estendeu os braços na direção da estátua. — Aceitem esta oferenda de carne.

Arminius se postou à frente do urso. A fera tentou se jogar contra ele, as correntes retesaram com um barulho metálico. Num instante, pareceram prestes a arrebentar, mas ele não se mexeu, não demonstrou medo. O urso soltou um rugido abafado. Mesmo através focinheira senti o cheiro de seu hálito. Um cheiro primordial, nauseante e estranhamente tentador.

Arminius sacou o gládio.

— Augusto Pai da Terra, César Divus, Dea Roma — repetiu Segismundus. — Deem-nos suas benesses em troca de nosso sangue.

Num movimento rápido, Arminius fez um arco com a lâmina. A garganta do urso se abriu num jorro de sangue. Ele foi banhado, recebeu a unção no rosto, no peito, de olhos fechados. Sangue escorreu de seus lábios. Ele deu um passo atrás.

— Nosso sangue é seu.

Varus se aproximou. Segismundus enfiou a mão no corte na garganta do urso, sentiu o calor e as últimas respirações. A fera ainda se debatia, tentando fazer algum som. Meu irmão retirou a mão ensanguentada e a esfregou de cima para baixo no rosto de Varus.

— Seu sangue é nosso.

Enquanto os outros que tinham participado da cerimônia foram também ungidos, observei a expressão de Arminius. Ele estava sério, o cenho franzido, a boca retorcida para baixo, quase num esgar. Ele retornava à Germânia como um oficial, um conquistador, alguém honrado, responsável pelo ato mais sagrado na cerimônia.

Aquela era a face da vitória.

Saímos do templo numa procissão. Primeiro Varus, seguido de Arminius, então os demais ungidos. Na rua principal de Oppidum Ubiorum, o povo estava reunido, esperando com avidez.

Varus meteu a mão numa sacola, retirou um punhado de moedas e as jogou à multidão. Eles gritaram de felicidade e se amontoaram para apanhar o dinheiro.

Arminius imitou o gesto, assim como todos os ungidos. Aquelas moedas tinham a efígie de Augusto. Era outra forma de culto: a imagem do Imperador era um ícone, algo tão forte quanto Cristo no crucifixo é para você. A dádiva com sua face fazia parte dos rituais daquele dia. Era talvez a parte que o povo mais gostava.

Eles se empurraram, pularam como cachorros, rastejaram no chão em busca das moedas.

Os sacerdotes emergiram do templo, andando à frente da estátua. Quatro escravos germânicos carregavam a imagem de Augusto nos ombros, tendo certeza de elevar o Imperador acima de todos.

Assim que a estátua surgiu, toda a multidão reunida parou de disputar o dinheiro. Imediatamente se prostraram.

Eu e os outros que tinham apenas assistido à cerimônia viemos em seguida. Passamos pelo povo prostrado no chão em silêncio. Se Augusto pudesse ver pelos olhos daquela estátua, veria todos de cima. Nenhum rosto, porque todos estavam encostados no chão.

No meio da arena, Segismundus conduziu os últimos ritos. Os jogos em homenagem a Augusto estavam prestes a começar. Oppidum Ubiorum tinha um Circo Máximo, embora não fosse nem uma imitação pálida do circo em Roma. Era uma construção ovalada, comprida, com arquibancadas e tribunas de honra onde se podia assistir a lutas de gladiadores e eventos esportivos. Não sendo muito grande, o circo permitia que o povo nas arquibancadas ficasse bem próximo dos competidores. Na tribuna de honra, Varus, Arminius e eu seríamos capazes de sentir o cheiro do suor.

A estátua de Augusto tinha sido levada à areia. O braseiro onde estavam as oferendas foi mais uma vez colocado a seus pés. Segismundus ateou fogo com uma tocha. A fumaça doce se elevou e o povo da cidade aplaudiu.

— Oferecemos ao Pai da Terra esta fartura e estas disputas.

A meu lado, Varus se ergueu. Sorridente e orgulhoso, olhou para todos nas arquibancadas, como se conhecesse cada um. Talvez em outros lugares aquela fosse a hora de um grande discurso, uma demonstração de poder. Mas o governador disse apenas:

— Nossa gratidão, Augusto! Nossa gratidão, César Divus e Dea Roma — um instante de pausa dramática. — Que os jogos comecem!

O povo explodiu de novo, então os primeiros gladiadores entraram e a diversão teve início.

Mais uma vez sentado, Varus se aproximou de Arminius. Colocou a mão em seu braço.

— Isso é mérito seu.

— Por que, meu pai? — perguntou o germânico.

— Você foi tirado de sua terra para construir as estradas entre Roma e a Germânia. Não fosse pelo sacrifício que fez ainda criança, não estaríamos vendo um dos seus celebrar o culto, nem seu povo feliz na arena. Seria tudo um banho de sangue atrás do outro.

Arminius piscou, sem saber como responder. Seu rosto ainda estava pintado de sangue, o que deixava todas as interações mundanas um pouco ridículas.

— É sempre melhor derramar a prata de um estrangeiro do que seu sangue — disse Varus. — Um homem sempre pode conseguir mais prata para derramar. Mas derrame o sangue do filho desse mesmo homem e tente convencê-lo a apertar sua mão.

— Muitas vezes os homens preferem derramar sangue.

— São tolos! — Varus dispensou as figuras imaginárias com um gesto. — O que os incomoda não é abrir mão do dinheiro, é abrir mão do orgulho. Mas de que adianta honra intacta e corpo despedaçado? Daqui a 100 anos, seus descendentes não terão uso nenhum para seu orgulho. E se você morrer agora, nem descendentes terá.

O rosto de Arminius se desanuviou. Ele examinou o governador.

— O senhor sempre me surpreende, pai.

— As pessoas fazem inimigos porque querem, Arminius, a verdade é essa. Trate alguém como inimigo e ele será seu inimigo. Quando o conheci, você era um rapaz cheirando a leite, furioso com o mundo. Se eu o tratasse como inimigo, estaríamos ambos em situação bem pior.

— Eu certamente não teria chegado até aqui — quase para si mesmo.

— Isso ainda não é nada. Você não tem culpa de ter nascido na Germânia. Por que deveria ficar limitado a ser um oficial da legião auxiliar?

— O que quer dizer, pai?

— Eu não vou viver para sempre, Arminius. E, mesmo nesta vida, serei governador da Germânia enquanto for da vontade e do interesse do Imperador. Alguém precisa ser governador depois de mim.

Arminius estacou.

— Por que a surpresa? Mais de um século atrás já houve estrangeiros governando províncias. Você já é um príncipe entre os germânicos, será muito mais fácil ser aceito. Quando eu visitar Roma, falarei com Otávio. Ele é um homem razoável. Você seguirá o *cursus honorum* e daqui a pouco mais de 20 anos estará no meu lugar.

Era um turbilhão de informações, propostas, perspectivas. Varus falava do Imperador com seu nome de família, uma demonstração ostensiva da intimidade dos dois. E mostrava parte de seu jogo. Arminius sempre fora um investimento, ele mesmo sabia disso. Tendo um príncipe a seu lado, seria mais fácil pacificar o resto da Germânia. Com a promessa de Arminius ser o governador um dia, iria se criar uma ilusão de independência da província, sem que Roma perdesse nada de seu poder. Varus lucrava... Mas nem mesmo Varus lucraria tanto quanto o próprio Arminius.

— Só precisamos terminar de apaziguar seus conterrâneos. Então consolidaremos nosso poder, encheremos nossos cofres e você só precisará esperar minha morte.

— Nunca, pai!

Varus riu.

— Talvez eu esteja sempre aqui, Arminius. Talvez eu seja elevado aos deuses e você queime bolos a meus pés. Já dei o primeiro passo, não?

O governador mostrou uma moeda na palma de sua mão. Não tinha a efígie de Augusto, mas do próprio Varus. Um privilégio de pouquíssimos homens em todo o Império.

O germânico suspirou, deixou que tudo aquilo se assentasse.

— Acha que a paz está próxima, pai?

— Você trará a paz, Arminius — Varus deu tapinhas de orgulho no braço de seu protegido. — E, se esses bárbaros insistirem na guerra, basta crucificar algumas centenas.

Por baixo do sangue de urso, Publius Quinctilius Varus deu um sorriso largo e paternal.

V

QUANDO TODAS AS CERIMÔNIAS E HOMENAGENS ESTAVAM FEITAS e a cavalaria auxiliar estava descansada, o governador deu a ordem e partimos a Vetera.

Fui com eles, o que não era tão incomum sob o comando de Varus. Viajei como uma senhora romana: escravos aprontaram meus baús e os carregaram; legionários os transportaram pelo caminho. Nem mesmo segui a cavalo. Fui levada numa carroça, como se esperaria de uma dama forçada a conviver com os soldados brutos.

Era uma jornada de apenas dois dias. Quando o primeiro dia de marcha chegou ao fim, os legionários se puseram a trabalhar imediatamente. Sempre que uma legião parava para passar a noite, os soldados construíam um pequeno forte — simples, mas seguro e eficiente. Um legionário romano era um misto de guerreiro e construtor, e vê-los trabalhando sob o comando dos oficiais era fascinante. Cada um conhecia sua função, como num balé. A paliçada foi erguida quase imediatamente, sentinelas se postaram, barracas de repente estavam prontas e, antes que um civil conseguisse sequer entender o que se passava, cheiro de comida já tomava o ar e parecíamos estar numa fortaleza permanente.

O segundo dia transcorreu sem problemas, enquanto margeávamos o Rio Reno até ele se encontrar com o Rio Lippe, que chamávamos de Lupia. Logo pude ver uma pequena frota de navios romanos, uma colina íngreme e então estávamos em Vetera.

Não era uma cidade, mas um forte militar. Quase um terço da população era de civis, mas ninguém iria confundi-la com Oppidum Ubiorum.

Varus reuniu vários oficiais em seus aposentos para dar ordens e ouvir relatórios enquanto todos comiam. Recebi a permissão de estar lá como representante não oficial dos Queruscos, mas a verdade era que eu já fazia parte da mobília e eles quase não notavam minha presença. Em Vetera, o governador não tinha os luxos de um palácio. Precisávamos sentar a uma pequena mesa e comer o mesmo que todos os soldados: pão, vegetais, carne de porco.

Foi ali que Arminius conheceu meu noivo.

Arminius entrou na sala e estacou, quase num susto, imediatamente percebeu que estava na presença de um rival. Por um instante pareceu prestes a rosnar, então fingiu que estava tudo bem. Cumprimentou o governador, cumprimentou os oficiais, mas não tirava os olhos de um mero legionário.

Marcus Aius se ergueu com um sorriso.

— Salve, Arminius! É uma honra finalmente conhecê-lo.

Arminius foi até meu noivo. Segurou seu antebraço e Marcus Aius fez o mesmo. Era um aperto de mão romano.

— Você é... — Arminius começou.

— Marcus Aius, primeira coorte, centúria de Fabricius.

Mesmo se eu não o conhecesse direito, notaria que Arminius estava chocado. Ele era inteligente e até mesmo culto, para aquela época. Conhecia vários lugares do mundo, sabia ler. Mas Arminius era um guerreiro, Agnes, e guerreiros são orgulhosos. Era um soldado e, por mais que tentasse se convencer do contrário, não entendia direito o valor de pessoas que não lutassem. Ele não imaginava que seu rival fosse um escriba.

Marcus Aius pertencia a uma divisão especial da legião, uma espécie de equipe de apoio. Eram chamados *immunes*, ganhavam mais que os soldados comuns e não faziam os trabalhos braçais, cansativos e perigosos, como construção e vigília. Eram soldados, mas eram escribas. Contadores. Arquivistas. Engenheiros. Mensageiros.

Se ao menos meu noivo fosse um engenheiro de cerco ou um mensageiro cruzando território inimigo, Arminius poderia respeitá-lo. Mas, logo depois de soltar sua mão, Marcus Aius sentou mais uma vez à mesa e pôs-se a escrever o que Varus ditava.

Arminius demorou alguns instantes para se recuperar da surpresa. Então tomou seu lugar, logo à frente do governador.

— Arminius! — disse Vala. — Finalmente podemos sentar com você, sem que o governador tome toda sua atenção!

Os outros riram, sempre lendo o humor da sala a partir do velho legado.

— Peço desculpas, nobre Vala — disse o germânico.

— Não se desculpe, rapaz. Quem deve se desculpar é o ciumento Varus!

De novo eles riram o riso fácil e um pouco falso desse tipo de reuniões. O governador retomou a palavra.

— O quanto você sabe da situação do outro lado do rio? — perguntou Varus.

Arminius aceitou uma tigela com comida.

— Menos do que deveria, meu senhor.

— Não se preocupe, vai conhecer tudo antes que perceba.

A um gesto do governador, Marcus Aius abriu uma sacola e puxou um rolo de pergaminho. Eles empurraram as tigelas para o lado e abriram-no, mostrando um mapa simples da região.

— Estamos aqui — Varus apontou para uma bolota de tinta preta ao lado do rio. — Vetera. Por enquanto é o centro de comando na província, mas não pode ficar assim. O rio não pode ser uma fronteira para o Império. Nossa tarefa nesta temporada será consolidar nosso poder do outro lado.

Seu dedo deslizou, cruzando a linha que representava o Reno.

Arminius tentava ignorar meu noivo. Terminou de mastigar e engolir, limpou os lábios com as costas da mão.

— Esperamos muita resistência, pai?

— Estou otimista. Espero pelo menos mais uma ou duas tribos pacificadas sem derramamento de sangue.

Varus era o primeiro governador da Germânia Magna, uma província que existia politicamente, ainda que não de fato. Seu papel era mediar conflitos, assegurar que tribos aliadas de Roma permanecessem aliadas e lutar apenas quando necessário. Era impossível fazer diplomacia apenas com soldados, era impossível estabelecer uma verdadeira província se ninguém tivesse laços por lá. Assim, germânicos como eu eram acolhidos; esposas e filhos de oficiais romanos viviam nos acampamentos.

— Teremos um desafio logo no começo — continuou. — Saindo de Vetera, vamos passar pelo território de seus vizinhos, os Sugambri e os Usipatii.

Arminius não tinha nenhuma experiência com a política germânica. Aos 6 anos, não tinha se preocupado com rixas entre tribos ou com quais reis eram amigos dos romanos. Qualquer conhecimento que tivesse vinha de relatos.

— São beligerantes, não?

— Sempre — Varus então sorriu. — Mas estão cada vez mais isolados.

Seu dedo continuou pelo mapa até o território dos Queruscos, nossa tribo.

Não se pode pensar na Germânia como uma coisa só, ainda que os romanos tenham tentado fazer isso. Tínhamos uma cultura em comum, deuses em comum, uma língua em comum. Mas éramos várias tribos distintas, em um fluxo constante de alianças e conflitos. As tribos poderiam estar em guerra entre si, poderiam estar unidas contra os romanos ou envolvidas em alguma outra rusga que ninguém suspeitava.

— Mesmo que seja preciso abrir caminho com lança e gládio, logo estaremos em Aliso, que pode resistir por cem anos a cem tribos rebeldes.

Era difícil manter todos aqueles nomes e localizações na memória, mas eu podia ver a mente de Arminius trabalhando. As cidadelas romanas eram grandes fortalezas permanentes. Ainda havia fortes temporários, em geral na beira de rios, que seriam a base das legiões no verão, de onde sairiam em incursões por território inimigo.

— Seu trabalho vai começar no acampamento de verão — Varus olhou sério para seu protegido. — Sua cavalaria vai patrulhar a região. E, mais importante, você vai convocar um encontro dos chefes.

Arminius piscou, surpreso.

— Meu pai, eu não posso...

— Você não pode, mas seu outro pai pode.

O germânico apertou os lábios.

— Acostume-se a esses deveres, rapaz. É a vida de um líder. Você vai convocar um encontro dos chefes e convencê-los a se juntar a nós. Vai determinar quais são realmente leais e vai levá-los a uma reunião comigo.

— Sim, pai.

— Você está em Roma, Arminius. Não se deixe enganar por todas essas árvores, por toda essa chuva. Você pode não ver o Panteão ou ouvir os gansos, mas está em Roma. Toda esta terra pertence a nós. Neste verão, os reis hostis vão entender que estão indo contra a vontade de seu povo. Eles podem aceitar que são cidadãos ou podem morrer.

O germânico ficou calado. Um jovem tribuno entrou, hesitante, cumprimentou todos, então se dirigiu a Varus com um problema qualquer. Marcus Aius se voltou para o governador, atento para caso fosse necessário. Gaius Numonius Vala reuniu os outros oficiais a seu redor. Arminius olhou para mim.

— Você parece atordoado — eu disse, meio zombeteira.

Ele chacoalhou a cabeça.

— Seu noivo...

— Um bom homem — sorri. — Marcus Aius é forte e honesto. Vai me dar um bom futuro.

— Ele é um escriba.

— Isso mesmo.

As palavras não tinham o efeito desejado, então ele insistiu:

— Você vai casar com um escriba, Thusnelda?

— Vou casar com um legionário veterano.

— Mas você...

Olhei para ele, esperando a continuação da frase.

— Você era feroz.

Ri como uma adulta falando com um menino.

— Eu era uma criança, Arminius! E você também. Ninguém lembra direito da infância.

— Lembro de você. De sua curiosidade, de...

— Sim, sim, minha curiosidade e minha rebeldia. Todos falam isso. Eu era uma menina normal, Arminius, com uma ou outra mania, como qualquer criança. Você está lembrando do que nunca existiu.

— Você era...

— Sim?

— ... germânica.

Fiquei em silêncio por alguns instantes.

— E agora sou romana. É o futuro.

Ele não conseguiu disfarçar a decepção e a raiva, então foi sorte e alívio quando mais um oficial entrou na sala. Um homem forte, com cicatrizes, já algumas rugas e tantas condecorações em sua armadura que ela tilintava a cada passo. Fez um cumprimento formal para todos.

— Centurião Marcus Caelius se apresentando, governador — ele entoou, numa voz acostumada a ser ouvida.

Varus se ergueu, conduziu o centurião num gesto amistoso. Marcus Caelius relaxou apenas um pouco.

— Não precisamos de tanto protocolo, centurião! — disse o governador. — Chamei-o aqui para que também conhecesse Arminius.

Arminius levantou, meio atordoado. Cumprimentou o recém-chegado.

— Marcus Caelius é o *primus pilus* — explicou Varus. — Vocês dois são os exemplos para todos nossos legionários! Quero que deem esse exemplo juntos.

Arminius estendeu a mão.

Embora não fosse nobre, o *primus pilus*, o "centurião de primeira fila", era o maior entre todas as centúrias, um veterano respeitado por todos e obedecido na maior parte das decisões táticas. O governador estava certo: mais cedo ou mais tarde os dois se encontrariam; melhor que mostrassem companheirismo aos homens.

— É uma honra, centurião.

— Uma honra, realmente, *praefectus* — o outro respondeu.

Por um instante, permaneceram parados, um segurando o antebraço do outro, medindo-se. Então, ao mesmo tempo, recuaram.

Marcus Caelius dirigiu-se aos outros oficiais. Arminius o acompanhou com o olhar, como se não quisesse lhe dar as costas. Então sentou mais uma vez.

Pareceu quase surpreso ao me ver, puxado subitamente de um mundo para outro.

— Você preferiria que eu casasse com alguém como ele? — provoquei. — Um grande guerreiro?

Arminius ficou mudo, então abafei uma risada e ele respirou. Não soube, na verdade, se eu estava só zombando. Mas não deixei que pensasse muito:

— Continue o que estava falando.

— O quê?

— Antes da chegada do centurião, falávamos sobre Roma. Sobre o futuro.

Arminius ficou quieto, com expressão séria. Piscou com pálpebras pesadas, um ar de rendição, e falou qualquer coisa:

— O que acha do que o governador está propondo?

— Está pedindo conselhos para uma mulher que não entende nada de guerra?

— Estou pedindo conselhos para uma nobre dos Queruscos.

Servi vinho para nós dois.

— Não entendo nada de diplomacia ou de batalhas — eu disse, com uma expressão totalmente inocente. — Mas me parece que o governador está descrevendo um cenário excelente. Pouco derramamento de sangue, paz na Germânia. Não é o que todos queremos?

Ele assentiu.

— E o outro assunto... — sorri. — Seu futuro. Seu futuro na política romana.

Arminius pigarreou, alarmado. A sugestão de que ele poderia ser governador um dia era uma especulação louca, algo que nunca deveria ser dito na frente de outros oficiais.

— O governador é muito bem-intencionado — Arminius desconversou. — Mas ele acha que Fortuna vai me tomar nos braços e me carregar para qualquer lugar que eu queira ir. A vida não é assim.

— Não? — franzi o cenho. — Você saiu do meio de uma floresta escura para a maior cidade do mundo. Lá se tornou um nobre, foi apadrinhado por um amigo pessoal do Imperador. Eu diria que você está acorrentado a Fortuna, Arminius.

— A vida é assim para alguém como o governador. Não para um germânico.

Dei um sorriso intrigado.

— E você acha que é germânico, Arminius?

Ele abriu a boca, mas nenhum som saiu. Então Varus terminou de resolver qualquer assunto, o centurião pediu licença, o tribuno saiu apressado e voltamos a comer. Marcus Aius sorriu furtivamente para mim e devolvi o sorriso. Arminius olhou para o vazio.

A noite já estava escura e Arminius me perseguia de longe, como um gato atrás de um pássaro. Fiz questão de andar pelo forte parecendo ocupada, até que peguei Varus sozinho, cercado por apenas dois escravos. Fui até ele, fingindo não notar Arminius na espreita.

— Governador, se me permite — falei, em tom respeitoso.

Varus me recebeu com um sorriso cansado e fez um gesto para que eu me aproximasse. Estávamos sob as estrelas, no cais, longe o bastante de tudo para que ninguém nos ouvisse. Apenas, é claro, quem eu queria que nos ouvisse.

— Aproxime-se, Thusnelda. Você não é um tribuno novato implorando por ordens ou um centurião austero vindo avisar que uma folha se mexeu.

Cheguei perto dele e ficamos olhando o rio escuro. Mesmo dois mil anos atrás, a marcha de um exército fazia muito para dissolver a formalidade entre as pessoas.

— Devo mais uma vez agradecer pela honra que me concede — baixei os olhos. — Não são muitas mulheres germânicas que têm acesso ao governador ou que ouvem os planos da legião.

Ele dispensou meu comentário com uma risada sem humor.

— Precisamos de você, Thusnelda. De você, de seu irmão, de Arminius. E, perdoe minha franqueza, melhor você a meu lado do que seu pai.

Eu ri como uma criança arteira e ele me acompanhou.

— Além disso — Varus suspirou — não existiria nenhum segredo para você. Tenho certeza de que Marcus Aius entregaria todos os planos de Roma em troca de cheirar seus cabelos.

— Ele é um bom homem.

— Ele é devotado a você.

O rio continuou seu rugido baixo.

— Fale — disse o governador.

Respirei fundo, como se tomasse coragem.

— É sobre isso que desejo falar, senhor. E o que vou falar é um assunto muito acima de minha posição. Peço apenas que, se eu lhe faltar com o respeito, puna apenas a mim.

— Desembuche, Thusnelda. Estou cansado.

Hesitei. Então:

— O senhor disse que Roma precisa de germânicos como nós... Como Arminius e eu. E por isso sou muito grata. Mas falta algo a Arminius.

Ele ergueu uma sobrancelha.

— O quê?

— Uma esposa.

Arminius estava escondido nas sombras, mas pude sentir os futuros em turbilhão a seu redor. Mesmo que ele não escutasse tudo, estava escutando o suficiente.

— Tem algum nome em mente? — o governador se inclinou em minha direção.

— Sua filha, meu senhor.

Varus ficou paralisado. Pude ver uma sombra de fúria passar por seu rosto, um reflexo automático para um comentário tão ousado. Então ele me olhou como se eu fosse um animal que ele nunca vira. Em instantes, a expressão virou curiosidade.

— Estou ouvindo.

— Eu sei que nunca chegarei a Roma, nem tenho a pretensão de fazer parte de sua família, dominus. Mas também sei que pensar no casamento de uma jovem é uma das atribuições de uma dama romana. Sem sua esposa a seu lado, peço que me permita cumprir esta tarefa.

— Uma filha pertence ao pai.

— Bem sei, e mesmo não sendo sua filha pertenço ao senhor. Mas não é a mãe que cuida da dignidade e da firmeza de sua filha?

Ele gesticulou para que eu continuasse.

— A mãe de sua única filha não está mais entre nós e o senhor, naturalmente, tem toda uma província a administrar. Não é parte de minha dedicação tomar conta dessa responsabilidade?

Ele considerou por um momento.

— Digamos que seja — Varus inclinou a cabeça. — Por que eu casaria minha filha com Arminius?

— O senhor não precisa de amigos poderosos; já tem entre seus amigos o próprio Imperador. Não precisa casar sua filha com alguém para formar uma aliança.

— E por que eu a casaria com Arminius? — ele repetiu.

— Sua filha não terá muitas opções — falei, direta. — Sua esposa atual não irá se esforçar pelo fruto de um casamento anterior. Arminius é um homem bom e justo, que saberá protegê-la e respeitá-la.

— É verdade — ele admitiu. — Mas qual seria minha vantagem?

— Um grande voto de confiança para o estrangeiro que o senhor quer transformar em governador. Um gesto que será visto como grandioso, sem que o senhor tenha que sacrificar nada. Será muito mais fácil arquitetar tudo isso quando esse laço existir.

— Eu desejo que ele ascenda, Thusnelda. Mas não a custo de minha família.

— Peço perdão, meu senhor, mas sua família se tornaria muito maior e mais poderosa. Os descendentes do chefe dos Queruscos serão filhos de uma romana. O poder de Roma na Germânia será cada vez mais inegável. E o nome Quinctilius estará para sempre ligado à província.

Isso fez os olhos de Varus se acenderem.

Os romanos, como todas as pessoas em todas as eras, queriam dinheiro, segurança, saúde, prazeres diversos. Mas também tinham um desejo muito particular, Agnes. Eles queriam ser lembrados. Ser vistos como grandiosos e honrados. Aquela era uma grande tentação para o governador.

— Você pensa como uma romana, Thusnelda.

— Não mereço tamanha honra, meu senhor.

Varus chutou uma pedra. Esticou os braços, espreguiçou-se.

— Muito bem — esfregou as mãos para aquecê-las. — Arminius terá uma esposa.

Quase pude ouvir a angústia dentro de minha vítima. Arminius desistiu de me perseguir e, durante o dia seguinte, me evitou. Eu estava me divertindo.

VI

OS DETALHES DO PROCEDIMENTO MILITAR EM VETERA NÃO INTERESSAM para esta história, então não vou entediá-la com isso. Você exigiu saber como comecei a amar a humanidade e isso não tem a ver com um exército. Mas tem a ver com algo muito específico: quando saímos de Vetera, era março.

Estávamos entrando no que era chamado de "temporada de campanha". As legiões marchavam e guerreavam na primavera e no verão, então voltavam a um ponto seguro para passar o inverno. Varus pretendia avançar pelos fortes deixados para trás por outros generais romanos, entrar no território dos Queruscos e lá construir uma base de onde lançaria expedições e receberia os chefes aliados. Isso duraria até outubro, quando então voltaríamos a Vetera e esperaríamos para tudo se repetir no ano seguinte. Era um bom plano.

A saída de uma legião era um espetáculo tanto quanto uma manobra militar. As sentinelas que podiam ver tudo em torres de vigia eram privilegiadas, mas mesmo o povo na rua e os próprios legionários em suas fileiras tinham uma boa noção do tamanho e da complexidade precisa daquilo.

Uma legião tinha cerca de 6 mil homens, a maioria soldados de infantaria pesada. Quando os portões de Vetera se abriram e começaram a despejar a torrente de legionários, a impressão é que aquilo nunca mais acabaria. A formação de marcha era uma coluna com a largura de 6 homens. As fileiras ficavam a mais ou menos um metro e meio de distância, permitindo um espaço confortável para que cada soldado carregasse seu equipamento. Também havia carroças e mais carroças de suprimentos, pois alimentar toda aquela gente durante as duas estações era um pesadelo de logística.

E isso era apenas uma legião.

Varus tinha três legiões: a XVII Peregrina seguia na frente e contava com a cavalaria auxiliar de Arminius na vanguarda, para reconhecimento. A XVIII Caput Victor compunha o centro. A XIX Vigilax Canis ia na retaguarda, vigiando contra emboscadas. Tinha a função importante de guarnecer o próprio governador, que seguia acompanhado de carroças reforçadas que carregavam o pagamento de todos os soldados durante toda a campanha, além de acompanhar todos os transportes de suprimentos. Também havia civis e escravos, além de outras unidades auxiliares.

Por tudo isso, quando os primeiros legionários terminaram de atravessar o Reno e começaram a montar o forte temporário para passar a noite, os últimos ainda estavam saindo de Vetera. A coluna toda tinha o comprimento de mais de 20 quilômetros. Era a população de uma cidade, cada pessoa com seu papel a cumprir. Os estandartes, os toques de trombetas e as ordens de marcha comunicavam tudo que precisava ser dito e, como sempre acontecia, a saída foi suave e sem incidentes. Era uma máquina de guerra, tão avassaladora para um germânico quanto um porta-aviões ou submarino nuclear seria para um país modesto hoje em dia. A maioria dos germânicos jamais vira tanta gente junta, tinham dificuldade em sequer compreender a escala.

Era impossível que houvesse qualquer obstáculo no avanço das três legiões. Mesmo em território hostil, nenhuma força podia fazer frente àquilo. Seguimos depois de atravessar o Reno, ladeando o Rio Lupia, onde a pequena frota de navios ajudava na cadeia de suprimentos. Paramos em Aliso, um forte permanente onde o exército descansou. Varus tinha razão: em Aliso, as legiões poderiam aguentar qualquer ataque germânico. Os batedores usaram a pausa para fazer um reconhecimento amplo da região. Varus e seus oficiais trocaram impressões sobre onde construiriam o forte de verão.

Arminius estava ocupado, sempre na vanguarda, desbravando o caminho com sua cavalaria rápida. Mesmo com todos os privilégios que o governador me concedia, naquelas semanas, existi em outro mundo, longe dos dois. Também não via meu noivo. Eu era só uma civil.

Por fim, saímos de Aliso e passamos incólumes pelo território das duas primeiras tribos hostis. Entramos na terra dos Marsii, não menos raivosos para com os romanos. Mas eles eram uma tribo pequena, quase insignificante no panorama dos grandes reis e conquistadores. Logo chegaríamos à região pacificada, pertencente a nossa tribo.

Foi no território dos Marsii que Arminius reencontrou a Germânia verdadeira.

A cavalaria leve fazia o reconhecimento, mas muitas vezes era acompanhada pela primeira coorte. Quando a tarefa era apenas verificar a presença de inimigos, os auxiliares seguiam sozinhos — mas, para determinar o local de construção de um forte, eram acompanhados pelos engenheiros.

Arminius estava ereto sobre seu cavalo branco esguio, sob a copa de árvores altas. A floresta não era especialmente densa. Seus cavaleiros tinham se espalhado em várias direções, como batedores, e ele aguardava os relatórios. Enquanto isso, os engenheiros analisavam a possibilidade de derrubar árvores suficientes a tempo de montar a fortificação e os escribas anotavam seus apontamentos.

— É como em suas memórias? — ele ouviu uma voz de baixo.

Arminius notou Marcus Aius de pé a seu lado, tomando notas. O *praefectus* controlou um esgar de desprezo.

— Como? — perguntou Arminius.

— A Germânia. É como em suas memórias?

Ele ficou calado. Então:

— As cores parecem diferentes. Tudo era mais sinistro.

Meu noivo deu uma risada curta.

— Comigo aconteceu algo quase oposto — ele disse.

Arminius não respondeu, deixando aparente sua má vontade em continuar a conversa. Mas Marcus Aius era um bom homem, Agnes. Ele sabia que Arminius era meu amigo e, portanto, queria ficar próximo dele. Continuou com sua própria história sobre como a volta de elementos da infância pode ser bem mais sinistra do que a lembrança

— Meu pai também foi legionário — disse Marcus Aius. — Passou quase dez anos longe de casa, servindo nas províncias. Quando saiu, eu era só um moleque. Lembrava dele como um herói, como um homem amoroso. Ouvia histórias. Mas tínhamos nossa vida e ele não fazia parte dela.

— E então? — Arminius não escondeu a irritação.

— Então um dia ele voltou. Eu já era quase um homem. Quando vi aquele grandalhão mal-encarado, corri para a cozinha e peguei uma faca. Eu estava pronto para defender minha mãe e minhas irmãs. Ele gritou comigo, disse que eu precisava respeitá-lo. Minha mãe surgiu de dentro de casa e começou a tremer. Ela o reconheceu, mas não era mais o mesmo homem. Ela não era mais a mesma mulher.

Marcus Aius suspirou, perdido em lembranças. Por mais que não quisesse, Arminius tinha se interessado.

— Aquela estranheza nunca passou — disse meu noivo. — Não sei se meu pai sempre foi daquele jeito e eu não sabia ou não lembrava, ou se a guerra o transformou. Mas nós vivíamos com medo dele. Era um desconhecido em casa, de repente mandando em todos nós e mudando nossa vida.

— O que aconteceu?

— Ele se realistou depois de um tempo. Nunca mais apareceu, deve ter morrido em alguma batalha. Minha mãe morreu de peste e eu me alistei, mas pelo menos não tenho filhos.

Marcus Aius cuspiu no chão, então concluiu:

— Aconteceu o que sempre acontece.

Arminius examinou o outro. Marcus Aius não era mole, não era um idiota ou um covarde. Hoje reconheço seu valor e me arrependo por tê-lo feito passar pelo que passou, mas na época eu o escolhi porque era exatamente o tipo de rival que iria atormentar Arminius. Marcus Aius talvez não fosse um grande líder ou um guerreiro notável, mas era difícil odiá-lo.

— Está dizendo que nunca mais vou reconhecer a Germânia?

— Não falo nada por você, Arminius. Só estava perguntando.

Olhou para cima e deu um sorriso esperto:

— Além disso, nessa história, o estranho que chegaria para meter medo é você.

Marcus Aius fez uma saudação e começou a se afastar, mas Arminius o deteve.

— Como você tratará Thusnelda?

— Thusnelda?

— Seu pai saiu para a guerra, voltou anos depois para aterrorizar a família. Você está noivo de Thusnelda. Um dia vão casar e ter filhos.

Marcus Aius balançou a cabeça.

— Não sou meu pai. Depois que a Germânia estiver pacificada e meu período na legião acabar, não pretendo voltar. Se o governador nos recompensar com um pedaço de terra, seremos fazendeiros. Caso contrário, montarei alguma loja em Oppidum Ubiorum. Teremos uma vida pacata.

Minha crueldade com Arminius não conhecia limites. Eu o escolhera por seu potencial, seu destino. Mas também por causa de Varus. Com um mentor que realmente queria seu bem, Arminius tinha todos os motivos para amar Roma — e amava. Marcus Aius foi escolhido para continuar esse tormento. Eu sabia que ele seria amistoso com o amigo de sua prometida, respeitaria seu cargo e seus feitos. Enquanto alguns legionários viam o germânico como um bárbaro com ares de grandeza, meu noivo era mais um que o acolhia. Roma era o lar de Arminius, a cultura onde ele crescera. E Roma o abraçava cada vez mais, enquanto a Germânia o tinha expulsado e parecia cada vez mais desconhecida.

Ele se enredava cada vez mais em meu jogo.

A conversa foi interrompida quando, ao longe, um batedor soou uma trombeta de aviso.

Arminius chegou galopando com outros legionários. Um *pilum* já estava em punho, o movimento para arremessá-lo e sacar a *spatha* seria automático. Eles detiveram os cavalos quando encontraram o grupo de batedores também montados, em meio às árvores, frente a frente com um bando de germânicos. Usavam calças de pano e camisas de cores fortes, ou ostentavam o peito nu. Alguns tinham capas, mas nenhum usava armadura. Seriam presa fácil para os legionários, mas havia apenas seis romanos contra pelo menos 20 bárbaros. Um dos germânicos tinha um *pilum* fincado no ombro, quase no coração. Alguns legionários tinham azagaias cravadas nos escudos. Os germânicos, a pé, apontavam suas lanças para os cavaleiros. Eles gritaram e rosnaram como lobos, brandindo as armas para Arminius. Os legionários esperaram a ordem de ataque, mas ela não veio.

— Alto! — gritou Arminius, em germânico. — Recuem para a passagem da XVII Legião!

Era estranho falar aquilo em sua língua materna. Ele notou o quanto tropeçava nas palavras.

— Mais traidores! — urrou um dos germânicos. — Voltaram a seu lar para serem enterrados!

Ele sentiu o sangue ferver, o coração disparar no momento logo antes da calma total do combate. Era como uma droga, como sexo. Quando as armas eram sacadas, ele era tomado por uma euforia tranquila, estava por inteiro no momento e sabia exatamente o que fazer. A intenção de arremessar o *pilum* chegou a viajar por seu braço, mas ele foi interrompido assim que começou o movimento:

— Irmin?

Arminius segurou o *pilum*. Seu braço estremeceu como um animal frustrado. Ele puxou as rédeas do cavalo, que sentiu a vontade de lutar do cavaleiro e respondeu com sua própria inquietude.

O germânico que tinha falado abriu caminho entre seus companheiros e tomou a frente. Apoiou a lança no chão e mediu Arminius de cima a baixo. Era um homem jovem, longos cabelos loiros e sujos caindo pelos ombros, rosto duro, afilado e coberto por uma barba irregular. Arminius não o reconhecia, mas ele sabia seu nome original.

— Quem é você? — Arminius perguntou.

— Você é Irmin, não?

— Perguntei quem é! — ele gritou, recuando o *pilum* para um arremesso. — Está em terra romana, vai me obedecer!

O germânico ergueu a lança.

E a jogou no chão.

— Muito bem, vamos obedecer a Irmin, o romano! Vamos nos curvar ao cão na coleira que lidera uma matilha de traidores!

— Diga quem é e a que tribo pertence.

Por dentro, Arminius rezou para que ele o desafiasse. Era março, o mês do deus da guerra, e os acontecimentos das últimas semanas o deixaram com uma sensação incômoda de imobilidade. Fúria borbulhava em seu interior sem ter para onde escapar. Sentia correntes invisíveis prendendo suas mãos, uma forca feita de deveres e planos sufocando-o.

— Sou Mallovendus, Irmin. Você não lembra de mim porque não lembra de seu lar. Sou chefe dos Marsii.

Ele forçou a memória. Arminius e Mallovendus tinham mais ou menos a mesma idade. Talvez o tivesse conhecido quando criança.

— Meu nome é Arminius — desconversou.

Mallovendus deu uma risada agressiva.

— Pode me pisotear com seu cavalo e me furar com sua lança. Pode queimar minha aldeia e massacrar meus filhos. Tudo isso os romanos podem fazer pela força. Mas não podem me forçar a falar esse nome. Você é Irmin, não tente esconder.

— Sua aldeia não precisa queimar e seus filhos não precisam morrer se tiver respeito.

— Respeito é para quem respeita a si mesmo! E você, todo enfeitado com esse penacho, não tem respeito por quem é.

Arminius quase não controlou um sorriso. Era a justificativa que ele esperava. Depois da frustração, o combate chegaria. Pensou nas ordens de Varus e deu uma última chance:

— As legiões não vão atacar suas terras se nos deixarem em paz, Mallovendus dos Marsii. Tudo isto é uma província romana.

— Não vão atacar nossas terras? Não vão derrubar árvores para construir suas fortalezas? Não vão sujar nossos rios e nos deixar com sede, caçar nossos animais e nos deixar com fome? Você pode não atacar nossos corpos, Irmin, mas sua presença já é um ataque à terra.

Arminius ergueu a voz e avançou com o cavalo.

— Está declarando guerra então, chefe Mallovendus? Fala pelos Marsii?

Antes que o homem pudesse responder, Arminius arremessou o *pilum*. Mallovendus pulou para o lado. O *praefectus* sacou outro com um movimento fluido, arremessou e acertou um dos germânicos no peito. Ele caiu para trás, morto antes de tocar no chão.

— *Auxilia!* — Arminius chamou. — Ataque!

Os cavalos galoparam para cima dos bárbaros. Dois deles se mantiveram no lugar e golpearam com as lanças. Um morreu com uma *spatha* no pescoço antes de fazer qualquer coisa, o outro conseguiu ferir um cavalo, então um casco atingiu seu crânio. Os que restaram deram as costas e correram, espalhando-se por entre as árvores.

Arminius atiçou a montaria, ziguezagueando pelos troncos, os olhos atentos buscando o chefe. Encontrou um germânico qualquer. O homem tinha largado a lança e corria com velocidade impressionante.

— Peregrina! — Arminius gritou para si mesmo.

Num movimento só, puxou e arremessou o terceiro *pilum*. Acertou o germânico nas costas, dividindo sua espinha. Deixou-o para trás a galope.

— Vejo germânicos fugindo! — Arminius urrou. — Fala de respeito, Mallovendus? Que respeito merece um guerreiro que morre pelas costas?

Arminius vasculhou as proximidades por ainda bastante tempo, sua fúria arrefecendo aos poucos. Já estava claro que não achariam os fugitivos naquele território, muito menos o chefe. Aquela não era a missão: eles já tinham informações, já tinham afugentado o inimigo. O normal seria voltar e reportar.

Arminius enfim desistiu, insatisfeito e incomodado. Deu a ordem, um de seus oficiais tocou a trombeta e os cavaleiros espalhados na floresta convergiram de novo. Eles se reuniram no local onde a luta começara e Arminius se colocou a sua frente.

— Como tudo isso começou? — perguntou.

O decurião que estivera no comando antes de ele chegar fez o cavalo dar dois passos, tomando a palavra.

— Não foi nada além do que você viu, Arminius. Encontramos o bando e eles foram hostis.

— Mas não atacaram?

— Só com insultos. Mandamos que recuassem e eles jogaram lanças, mas sem vontade de nos ferir. Estavam mostrando rebeldia, mas não queriam combate.

— Por que não? — Arminius soltou antes de pensar.

O decurião olhou para ele intrigado.

— Acho que não entendi, *praefectus*.

— Por que eles não queriam combate?

O homem ainda titubeou para achar uma resposta adequada.

— Imagino que porque sabiam que iam perder.

— Desde quando isso é motivo para não lutar?

Os legionários se entreolharam furtivamente. Arminius balançou a cabeça para se livrar das próprias bobagens.

— Algum de vocês já ouviu falar de Mallovendus?

Embora os cavaleiros da legião auxiliar estivessem integrados com os romanos e alguns até falassem latim, eram bem mais germânicos do que Arminius, se é que podemos medir isso. Nenhum deles fora criado em Roma e a maioria nunca sequer pisara na cidade. Tinham saído da Germânia e permanecido com as legiões desde então, viajando a terras remotas para ajudar a controlar outros povos conquistados. Todos tinham bem mais experiência em sua terra natal. O decurião, que comandava 32 cavaleiros auxiliares, convivera quase só com seus próprios conterrâneos.

— Eu o conhecia, *praefectus* — disse um dos legionários mais jovens.

Arminius mandou que falasse.

— Ele era filho do chefe, eu o vi num conselho anos atrás. Seu pai morreu lutando contra as legiões. Eles recuaram e perderam terras, mas nunca se renderam totalmente.

Fazia sentido que Mallovendus tivesse ascendido a chefe tão jovem. Embora em geral fosse um cargo hereditário, um herdeiro sempre podia ser contestado pelos nobres. Normalmente uma tribo não apreciaria alguém tão inexperiente como líder — mas, segundo o legionário, Mallovendus era enérgico e falava alto. Tinha ideias sobre como resistir a Roma.

— Ideias? — perguntou Arminius. — Que ideias?

— Não sei, senhor — o outro disse, como um garoto. — Só ouvi falar.

A última coisa de que Arminius precisava era um chefe dos Marsii com ideias. Isso era o que sua mente racional dizia. Mas havia o lado selvagem, uma fera que sempre tivera gosto por sangue e agora recebera um aperitivo. A fera se banqueteara durante a Revolta da Ilíria, anos atrás, e desde então buscava aquela mesma saciedade. Por dentro, num recôndito que ele não admitia encarar, ele queria que Mallovendus fosse um adversário. Não queria matar germânicos pelas costas, queria olhar nos olhos do inimigo.

Por que eles não queriam?

VII

TALVEZ ARMINIUS PAREÇA UM SANGUINÁRIO, AGNES. E, NA VERDADE, ele e muitos outros tinham gosto pela morte. Não posso ignorar suas falhas apenas por causa de meu amor.

Mas o que acontecia em sua mente no início daquela temporada de campanha era mais do que sede de sangue, assim como sua reação ao me ver pela primeira vez fora mais do que mero desejo. Arminius era um imigrante. Ele amava Roma, seu lar adotivo. Queria sua vitória.

Mas a vitória o humilhava, porque ele não podia evitar ver a si mesmo na Germânia.

Desde o início, Arminius procurou algo que acalmasse sua angústia. A mulher que nascera na tribo e agora transitava no palácio. Ou um inimigo que ao menos provasse o valor de seu povo.

Ele amava Roma, mas não conseguia odiar a Germânia. Mais do que isso: não conseguia ser indiferente a ela.

Como todo imigrante.

Eu não falava com Arminius há semanas. Tinha ouvido alguns boatos sobre o bando que eles tinham encontrado enquanto faziam reconhecimento, porque soldados adoram fofocar. Tinha ouvido de meu noivo sobre sua conversa, mas não nos víamos com frequência no cotidiano da legião em marcha.

Isso mudou quando finalmente entramos no território dos Queruscos.

Publius Quinctilius Varus tomou a frente, protegido por uma guarda de honra. Embora a XVII estivesse na vanguarda, a XIX Vigilax Canis avançou com sua primeira centúria, composta de veteranos e liderada pelo centurião *primus pilus* chamado Marcus Caelius, que se apresentara a Arminius na fortaleza. Era talvez o soldado com mais condecorações na Germânia e levava a sério o trabalho de proteger o governador. Ainda que, para todos os efeitos, a guarda de Varus fosse feita por seu protegido.

As tropas auxiliares de Arminius ladeavam os flancos. O próprio Arminius cavalgava ao lado de Varus, ambos altivos e resplandecentes em couraças e capas. Eu seguia numa carroça pouco atrás.

— Como se sente, rapaz? — perguntou Varus.

— Como um estrangeiro, pai.

— Pois não é. E acostume-se a não ser.

Varus sorriu para ele. Arminius se forçou a devolver a expressão.

Não fomos incomodados nas terras dos Queruscos. Eram aliados, eram pacificados. Pelo contrário, podíamos esperar uma boa acolhida. Por todo o caminho, vimos fazendas com poucos animais, as famílias se escondendo ante nossa passagem. Pequenos povoados ficavam paralisados como cervos ao nos ver. Varus mostrou que tinham motivo para isso.

A legião estacou frente a um povoado, a ordem de parada aos poucos reverberando para trás, a enorme serpente detendo seu movimento de seção em seção.

— Lucius Salonius Corbulus! — o governador chamou.

O jovem tribuno que eu já vira com os outros oficiais se aproximou a cavalo.

— Cuide dos impostos — Varus ordenou.

— Sim, dominus — Corbulus respondeu, meio gago.

A ordem foi repassada pela cadeia de comando. Dentro em pouco, ante os olhos de Arminius, um grupo se destacou e entrou no povoado próximo, liderado pelo próprio garoto, que tremia a olhos vistos. O tribuno se postou no meio do lugarejo, sua voz fina gritou para que os aldeões se reunissem.

Arminius estreitou os olhos, tentando ver o que se passava e adivinhando as palavras. Um velho magro se aproximou, alguns aldeões a seu redor. Havia três guerreiros de lanças em punho, mas, mesmo à distância, Arminius pôde ver suas costelas. O ancião argumentou alguma coisa com o jovem tribuno, mas então um oficial mais experiente tomou o controle e deu um tapa no velho com as costas da mão. Um dos guerreiros germânicos avançou, um legionário desviou sua lança com facilidade, então cravou o gládio em seu estômago. O homem se dobrou e caiu, para sangrar até morrer. O legionário limpou a espada nas calças do moribundo.

O velho se ergueu com dificuldade, então fez gestos apaziguadores. Outros aldeões recuaram até um silo e voltaram carregando sacas de trigo. Empilharam as sacas na frente do tribuno. Dando-se por satisfeito, ele ordenou que os legionários as carregassem. O garoto hesitou, mas chutou o cadáver do germânico, numa demonstração de agressividade meio patética. Voltando à coluna, eles entregaram as sacas para escravos e logo elas sumiram entre as carroças de mantimentos, indo se juntar ao enorme depósito móvel que alimentava a legião. Lucius Salonius Corbulus voltou a seu posto depois de receber a aprovação do governador.

— O que foi isso, pai? — Arminius perguntou.

— Impostos — Varus disse, quase num resmungo. — Parece que tudo que faço nesta província é cobrar impostos, como se fosse um mendigo. Os germânicos estão sempre inadimplentes.

— Mas... Para isso existe o censo.

Roma abandonara o antigo sistema de coleta de impostos, segundo o qual os publicanos, homens livres contratados pelo Estado para desempenhar funções públicas, coletavam impostos pessoalmente. Era um sistema que enriquecia principalmente os próprios publicanos e, de qualquer forma, não era trabalho das legiões. Naquela época, cada província era submetida a um censo, então havia uma coleta de impostos padronizada. Tomar impostos de aldeões pessoalmente, com gládios no bucho, não fazia parte do processo.

— Como vamos recensear esta terra escura? — Varus reclamou. — Ainda falta muito tempo para que toda a burocracia esteja montada e possamos arrastar a Germânia para a civilização. Enquanto isso, os legionários fazem o papel de publicanos e os germânicos tentam nos enganar.

Arminius não era ingênuo, não era ignorante sobre a brutalidade e avidez de Roma. Seu grande feito nas legiões tinha sido justamente derrotar uma revolta na província da Ilíria. E os dois germânicos rebeldes que havia matado antes tinham sido um exercício delicioso. Mas algo na maneira como aquilo foi feito ficou travado em sua garganta.

Combate, até mesmo matança, era diferente de humilhação, Agnes.

Ele era germânico. Ele sentiu no próprio rosto o tapa que derrubou o ancião.

No fundo da mente, ouviu de novo os sussurros que rondavam a figura de Publius Quinctilius Varus. Alguém dissera que, quando governou a Síria, Varus chegou numa província rica como um homem pobre. Quando seu período como governador acabou, saiu de uma província pobre como um homem rico. Ninguém ousava falar isso na frente de Arminius, mas aquele tipo de insulto sempre chegava aos ouvidos dos insultados. Varus talvez não se importasse, mas a acusação era um incômodo dentro de sua lealdade; uma pequena farpa entremeada no cobertor de segurança que Varus fornecia.

Uma farpa não detinha três legiões, mesmo que estivesse cutucando um protegido do governador. Assim, continuamos em frente, até chegar à aldeia principal dos Queruscos. O lugar onde eu e Arminius tínhamos nascido.

Arminius sentiu o coração disparar. Sua boca ficou imediatamente seca e ele esqueceu como sentar naturalmente na sela do cavalo, o que fazer com as mãos, para onde olhar. Parecia que estava sob escrutínio de todos os legionários, todos os germânicos, toda a terra. Ao ver sua aldeia natal, ele perdeu a naturalidade, sentiu não caber em si mesmo.

Não era nada impressionante, Agnes, e podia ser qualquer aldeia em qualquer lugar da Germânia. Havia uma espécie de praça central, um salão onde o chefe, os nobres e os guerreiros se reuniam, casas de pedra com teto de sapé, estábulos para os animais e depósitos para a colheita. Não era diferente de incontáveis ilustrações que você já deve ter visto em livros, nem mesmo era muito diferente de recriações em filmes. Mas, para Arminius, era única.

Ele reconheceu de imediato cada casa, cada muro e poço. Notou detalhes que estavam diferentes. Pensou que podia reconhecer as crianças que corriam pelos cantos. Sentiu o cheiro de cerveja fermentando, de comida germânica cozinhando, de palha úmida, de esterco ao longe. Seus olhos se encheram de lágrimas e ele foi transportado para a infância que mal lembrava, o curto período antes que Roma virasse sua casa. Podia trajar couraça e comandar soldados, mas naquele momento era só um garoto.

Então vieram os bárbaros.

Ele reafirmou para si mesmo que eram bárbaros. Não por nascimento; ele nascera ali e tinha se civilizado. Eram bárbaros porque ainda não tinham conseguido se civilizar. Eram bárbaros porque seus vizinhos insistiam em lutar contra a civilização e barravam seu acesso.

Disse a si mesmo que eram bárbaros porque a alternativa era admitir que eram família, e isso era difícil demais.

Os Queruscos chegaram em passos lentos e respeitosos. Parecia que toda a aldeia estava ali para prestar homenagem. Gente que ele nunca vira e outros que ele reconhecia sem conseguir identificar.

Tinham os olhos voltados para o chão.

Um grupo de aldeões se adiantou com sacas e mais sacas de trigo. Também um pequeno baú que tilintava com moedas, uns poucos objetos de ferro e alguns porcos. Era evidente que aquilo era um hábito. Ao contrário do ancião no povoado, aqueles queruscos não relutavam em pagar os impostos. Não queriam um tapa na cara ou uma lâmina na barriga.

À frente da tribo estava um velho.

Arminius tentou reconhecê-lo. Era vagamente familiar, algo em sua postura e maneira de andar evocavam uma memória forte, mas era difícil ver seu rosto voltado para baixo. O velho se ajoelhou na frente do cavalo de Varus. Tomou a ponta da capa do governador na mão e a beijou.

Quando ele ergueu a cabeça daquele gesto de subserviência, Arminius reconheceu:

— Pai.

As lágrimas caíram sem controle.

— Deixe as perguntas para depois, Arminius — Publius Quinctilius Varus respondeu.

Segimer, o pai germânico de Arminius, se ergueu. Seus joelhos e suas mãos estavam manchados de lama. Olhou para o filho altivo no cavalo. Foi até ele com passos lentos, pesados, ponderados.

E se ajoelhou.

E tomou sua capa nas mãos.

E a beijou.

Mais tarde, eles estavam no salão dos guerreiros. Era uma construção comprida, dominada por uma grande mesa, uma cadeira alta onde o rei sentava e outras para uso dos nobres. O interior estava sempre na penumbra, porque não entrava muita luz pelas janelas. Havia armas encostadas, cachorros dormindo com uma orelha em pé, canecos de cerveja vazios.

Varus estava sentado na cadeira do chefe, Arminius de pé a seu lado. Segimer a sua frente como um súdito pleiteando alguma benesse, Segestes numa cadeira, sentado e encolhido. Também havia um germânico criado em Oppidum Ubiorum, que serviria como tradutor. Eu não podia participar, porque era mulher, mas lá não havia nada de que eu precisasse. Meu pai faria seu papel e isso era a única coisa que me interessava.

— Dominus — Segimer se esforçou para falar em latim antes de voltar a sua língua materna — Os Queruscos não se recusam a pagar os impostos a Roma. Somos aliados e não estamos nos rebelando. Mas não temos mais o que entregar.

O tradutor repetiu aquilo em latim.

— Rei Segimer, sei que não são rebeldes, mas essa pobreza não é culpa de Roma! Vocês tentam entrar na civilização com paus e pedras em vez de pena e pergaminho.

— Perdão, meu senhor, mas não entendo.

— Quantos fazendeiros há entre seu povo?

Segimer ficou confuso, olhou para meu pai em busca de esclarecimento, mas Segestes fingiu não ver.

— Não sei, dominus. Muitos.

— Certo. Muitos. E quantos comerciantes?

Segimer se manteve calado.

— Nenhum? Um punhado? Eu sei que vocês não são selvagens, sei que têm comércio e usam dinheiro. Meu rosto está no dinheiro, preciso saber — ele sorriu para si mesmo. — Mas você deveria ter a resposta pronta, e deveria ser uma resposta satisfatória. Você deveria poder me dizer que uma parte de seu povo faz comércio, outra parte cuida da burocracia, ainda outra parte constrói casas.

— Nós não...

— Quantos guerreiros há em seu povo?

Segimer desviou os olhos.

— Vamos, diga. Quantos guerreiros?

— Todos são guerreiros — admitiu.

— Aí está! Todos guerreiros! Até mesmo suas mulheres pegam em armas quando os homens morrem. E os homens morrem por uma razão apenas, Segimer. Eles morrem porque estão brincando de lutar, enquanto gastam seu tempo criando os próprios animais, plantando o próprio trigo, fazendo tudo e não fazendo nada! Eles morrem porque são bárbaros!

Todos eram guerreiros entre os germânicos, Agnes. Não, é claro, na noção romântica e xenófoba de que todos eram fortes e selvagens. Todos estavam dispostos a pegar em armas e era seu papel. Eles não treinavam como os romanos treinavam, apenas lutavam desde cedo e estavam acostumados a isso. Eles enfrentavam Roma com entusiasmo e hábito, enquanto Roma invadia com técnica e disciplina. Havia aqueles que participavam de bandos organizados por um comandante; havia os que protegiam o rei e os nobres, os que formavam a linha de frente numa batalha. Mas mesmo esses também eram caçadores e não se dedicavam ao ofício da guerra.

— Entendo, dominus — disse Segimer quando achou que o discurso tinha acabado. — Mas não podemos pagar mais. Estamos passando fome.

— Você não ouviu o que eu disse, Segimer — Varus se ajeitou na cadeira. — Estou convidando todos vocês a se juntarem a nós na civilização e você está se lamentando. Não podem continuar existindo nesta vida primitiva. Mande que seu povo aprenda a escrever e contar. Mande que aprendam latim! Então escolha quais serão médicos e quais serão pescadores, quais serão açougueiros e quais serão advogados.

— Senhor...

— Escolha quais serão sacerdotes e os tire dos buracos escuros onde se escondem! — Varus interrompeu. — Seus deuses são bem-vindos, mas a religião é assunto de Estado. Cultos de mistério são distrações interessantes, mas não devem ditar sua vida.

— Como faremos tudo isso, dominus? Se estamos passando fome, como vamos aprender latim?

— Toda ascensão requer sacrifício. Dentro de uma geração ou duas, não estarão mais passando fome para pagar os impostos.

Silêncio tomou o salão.

Segestes, meu pai, decidiu não ficar tão encolhido e levantou da cadeira.

— Se me permitem — começou Segestes, em latim.

— O quê? — Varus se inclinou para a frente.

— Dominus, se me permite...

— Não tente falar latim, homem! Não estou entendendo nada.

— Mas...

— Deixe o tradutor fazer seu trabalho.

Segestes pigarreou, ajeitou a imitação de toga romana que vestia. Continuou na língua germânica.

— Tenho uma sugestão, senhores.

Segimer fez menção de responder, mas Varus o interrompeu e mandou que meu pai falasse.

— Temos um bem precioso a vender, senhores. Algo que podemos trocar por dinheiro ou entregar como tributo.

Fez uma pausa dramática. Varus revirou os olhos e gesticulou para que continuasse.

— Pessoas.

Segimer levou a mão à cintura por reflexo, como se lá houvesse uma espada. Arminius teve um espasmo.

— Está dizendo que quer entregar seu povo como escravos? — o governador perguntou.

— Não é isso que se faz em Roma? Escravidão por dívidas. Estamos endividados, seremos escravizados. Só por um tempo.

— Você vai ser escravizado, por acaso? — Segimer rosnou.

— Eu sou velho, senhor. Não serviria para nada.

O tradutor se esforçava para acompanhar o diálogo.

— Não preciso saber de nada disso — Varus se ergueu da cadeira. — Se vão pagar vendendo escravos ou vendendo pães, não me interessa. Estou abrindo a porta para a civilização, meus amigos. Entrem ou saiam do caminho.

Arminius fez menção de segui-lo, mas Varus se virou e espalmou a mão, detendo-o.

— Fique um tempo, Arminius. Relaxe. Vocês devem ter muito a conversar.

Publius Quinctilius Varus deixou o salão sozinho, como se fosse um plebeu. Fechou a porta atrás de si.

Arminius continuou estacado no lugar, olhando os outros.

Tudo ficou parado por um tempo desconfortável. Segimer pigarreou, ensaiou dizer algo, mas meu pai o interrompeu:

— Bem-vindo de volta, Arminius! Muito nos orgulha por estar aqui triunfante, como um *praefectus*! Esta noite faremos um banquete em homenagem a você e ao governador!

Segestes andou para ele com os braços abertos. Arminius se desvencilhou.

— Achei que estavam passando fome.

— Mas sempre há o suficiente para honrar um filho dos Queruscos que...

— *Fora* — Segimer cortou.

Todos os olhos nele.

— Fora — repetiu num grunhido. — Todos.

Segestes saiu de fininho, os guerreiros e o tradutor o seguiram. Arminius ficou parado. Quando a porta fechou mais uma vez, o salão parecia enorme. A distância entre os dois parecia enorme.

— Meu filho — disse Segimer.

Arminius fez um esgar.

— Que direito tem de me chamar assim?

— Pense o que pensar e sinta o que sentir, Irmin — Segimer começou, sentado à mesa com um caneco pela metade. — Não pode impedir que me orgulhe de você. E vendo-o hoje, só tenho orgulho.

Arminius continuava de pé no mesmo lugar. Não se sentia confortável no salão, como se fosse tropeçar ou derrubar alguma coisa caso se mexesse. Não era seu lugar, não parecia natural sentar ou ficar de pé, andar ou ficar parado.

— Meu nome é Arminius.

Segimer fechou os olhos e bebeu um gole. Limpou a espuma que tinha ficado na barba.

— Muito bem. É um homem, é um legionário e pode decidir como se chama. De qualquer forma, tenho orgulho de você... Arminius.

— Sou um nobre.

— Eu sei.

Arminius andou, sem saber para onde ia. Sua *spatha* esbarrou numa pilastra, fazendo barulho, sua capa ficou presa numa farpa da madeira. Ele puxou o tecido, irritado.

— Você fala com sotaque — Segimer tentou um sorriso.

— Por sua causa.

O silêncio retornou. Arminius segurava a capa, como uma criança.

— Sim, é por minha causa que você fala nossa língua com sotaque dos romanos, *Praefectus* Arminius da XVII Legião Peregrina. É por minha causa que você é um nobre, é por minha causa que tem o respeito de um governador. É por minha causa que não está passando fome.

Arminius chutou uma cadeira.

— Eu já era um nobre! Era um príncipe dos Queruscos!

— Então por que esfregou na minha cara sua nobreza romana?

— Por que quis se livrar de mim?

Arminius estava resfolegando, um touro enjaulado. Segimer desviou os olhos para a cerveja, mas a distração durou pouco.

— Nunca quis me livrar de você... Arminius — pigarreou. — Tomei a decisão mais difícil de minha vida. Abri mão de minha felicidade, de meu futuro, para que nosso povo tivesse um futuro.

— *Não.* Não tente dizer que o sacrifício foi seu. Você poderia ter outros filhos, ser feliz de outras formas. E eu? E meu irmão? — Arminius foi perdendo o controle, até culminar num grito: — *Não vai se lamentar! Não na minha frente!*

Pegou um escudo encostado na parede e o jogou no chão, fazendo um clangor estrepitoso.

— Muito bem — Segimer falou baixo. — Você tem razão. Não tenho direito de lamentar. A escolha foi feita, mas sei que foi uma boa escolha. Você mesmo me mandou chamá-lo por seu nome romano. Você claramente tem orgulho de ser romano. Por que acha que o sacrifiquei?

— Eu faço as perguntas agora. Por que me entregou como tributo?

— Você não foi um tributo...

— Fez o mesmo que Segestes quer fazer. Me deu aos romanos como pagamento.

Segimer se ergueu de supetão, derrubando a cadeira. Fechou o punho e se preparou para um soco. Arminius tocou no cabo da espada e ele se deteve.

— Não diga que o vendi ou que o dei como escravo. Não foi isso.

— Foi pior.

— O que está falando, meu filho?

— Não sou seu filho. Você me entregou a eles como refém. Se os Queruscos se erguessem, eu morreria.

— Eu nunca faria isso. Nunca iria arriscar sua vida.

— Este é o problema. Não vê? Você amarrou suas próprias mãos, as mãos de sua gente. Fez com que eu fosse educado por seus inimigos e se curvou a eles. Você deu a Roma tudo que tinha. Sem lutar.

— Você era uma criança, não sabe nada do que se passou naquela época. Nós lutamos e perdemos.

— Então pararam?

— Puxe essa espada e me mate, ou faça o que quiser comigo, Arminius que não é meu filho. Mas não vou mentir a você. Está falando como um louco. Você não ama Roma?

Arminius tirou a mão da *spatha*. Tapou os dois olhos com os dedos, como se pudesse achar a resposta atrás das pálpebras.

— Sim — respondeu.

— Preferia ter vivido aqui? Preferia ser um guerreiro germânico, ser criado na aldeia, nunca se afastar da floresta? Preferia crescer para ser rei, lutando contra os romanos a vida toda, apenas para entregar a mesma luta a seu filho?

Ante aquelas palavras, teve um calafrio. Como aconteceria logo depois de um inimigo errar um ataque potencialmente mortal, logo depois de evitar uma queda do cavalo a galope, logo depois de matar uma cobra que por pouco não o tinha picado, teve a sensação de perigo atrasada. Medo do que poderia ter acontecido. Arminius visualizou o que seria a vida na aldeia. Imaginou ver sempre as mesmas caras todos os dias, construir sua própria casa de pedra e sapé, casar com uma mulher que conhecia desde a infância, mandar que ela costurasse suas roupas enquanto ia caçar ou lutar contra os romanos. Saquear os povos vizinhos, participar de encontros de chefes onde todos gritavam, voltar para a tribo e repetir tudo de novo. Essa poderia ter sido sua vida.

Arminius teve asco.

Lembrou de Roma. A cidade num esplendor incompreensível, um turbilhão de vozes, idiomas, roupas, imagens, experiências. Lembrou dos banhos e do Circo Máximo, das *popinae* onde se embebedava e do fórum. Lembrou da legião, de fazer parte de algo maior que ele mesmo. Da irmandade com os legionários, das longas viagens, dos lugares exóticos. Da vitória na Ilíria — uma guerra decisiva, uma luta que não passaria para seu filho porque já tinha sido vencida. Lembrou de Publius Quinctilius Varus, que o apadrinhou não por obrigação de sangue, mas porque viu nele um soldado e não um bárbaro. Lembrou da cerimônia quando foi aceito na classe dos *equite*, os cavaleiros, tornando-se, além de um cidadão, um nobre romano.

A Germânia tinha obrigação de acolhê-lo e oferecia lama e fome.

Roma não tinha obrigação nenhuma e oferecia o mundo.

A pergunta continuava no ar: teria sido melhor crescer na Germânia?

— Não — Arminius respondeu. — Eu amo Roma. Amo minha vida.

— Então por que me odeia?

— Porque vocês estão se entregando. Estão desistindo.

— Quer ter o prazer de nos matar, é isso?

— Eu suprimi a Revolta da Ilíria. Eles não desistiram. Lutaram até não ter mais forças. Foram adversários de valor. A história dirá que a Ilíria caiu lutando. E a Germânia?

— É muito fácil para os vencedores falar de história, de reputação, de legado. É mais difícil para quem vai morrer como herói.

— A Germânia está se oferecendo como uma cadela no cio. Não há dúvida de que tudo isto vai cair ante nossas legiões. Mas eu esperava que não fosse tão fácil.

Segimer andou vagarosamente. Foi até o escudo que Arminius jogara no chão e o colocou no lugar. Ajeitou a cadeira que ele mesmo tinha derrubado, empurrou o caneco vazio para um canto.

— Você é jovem, Irmin. Tem um posto de oficial e um título de nobreza, mas não tem o peso da idade. Quando somos jovens, achamos que podemos ser tudo, possuir tudo, experimentar tudo. Ninguém consegue, mas todo jovem acha que é a exceção. Os outros não conseguem, mas *você* vai conseguir.

Balançou a cabeça, riu de si mesmo e da existência absurda de todos no mundo.

— Não existe verão e inverno ao mesmo tempo. Não existe uma criatura que seja ao mesmo tempo lobo e urso. Não existem legionários que também são chefes germânicos.

— Eu não quero ser...

— Você não será o único homem no mundo a possuir tudo — Segimer interrompeu. — Não será o primeiro que não precisará fazer escolhas. Toda escolha é uma perda. Eu escolhi entregar meus filhos e perdi meus filhos. Podia ter escolhido ficar com vocês, então perderia todas as vidas que foram poupadas ao longo desses anos.

Segimer olhou para ele com uma expressão triste, resignada, tranquila. A expressão de quem conhece o inevitável, de quem aceitou o que não pode ser mudado e fez as pazes consigo mesmo. De quem não se importa com o ódio de um jovem, porque conhece a diferença entre ódio jovem e rancor antigo.

A expressão de um pai.

— Você quer que sejamos adversários de valor. Quer se orgulhar — um riso triste. — Você pode amar Roma *ou* se orgulhar da Germânia. Nunca conseguirá ter ambos.

Arminius sentiu o pescoço retesar. O peso do mundo descia lentamente sobre ele.

Lembrou de um antigo decurião sob o qual tinha servido no início de sua carreira de legionário. Eles estavam numa estrada distante e caíram numa armadilha. O inimigo atacou de surpresa, mas o real perigo foram as estacas sujas de bosta que eles tinham escondido. O decurião caiu e uma estaca atravessou seu antebraço de um jeito horrendo. A batalha foi uma vitória, mas o decurião sabia o que podia acontecer, e aconteceu.

Ao longo dos dias, apesar dos curativos, seu braço ficou mais e mais infectado. A carne escureceu e começou a feder. O braço iria matá-lo.

Arminius assistiu enquanto um médico cortou a carne do braço logo acima da área morta. Expôs o osso, como se o decurião fosse um boi abatido. Pôs-se a trabalhar com uma serra enquanto o homem urrava de dor. No fim, o braço condenado estava no chão, o decurião estava desmaiado. Mas sobreviveu.

Depois daquilo, o decurião relatou que ainda sentia a mão ausente. Às vezes ela coçava; às vezes doía. E não havia alívio, porque não havia o que coçar, o que anestesiar. Ele tinha sido salvo, mas para sempre sentiu a mão fantasma.

A Germânia tinha sido amputada de Arminius, ou talvez ele tivesse sido amputado da Germânia. Por todos os critérios objetivos, a Germânia não estava mais com ele, e fora muito melhor assim. Mas sentia a terra como um membro fantasma. E, como não estava mais com ele, não haveria alívio.

Arminius caminhou até a porta e a abriu. O sol rebrilhou em sua couraça.

— Precisamos de um encontro dos chefes — ele disse.

— Está falando isso como romano ou como germânico?
Pausa.
— Como romano.
Segimer suspirou antes de responder:
— Muito bem. Então não é um pedido, mas uma ordem.
— Sim, rei Segimer. É uma ordem.
— Muito bem, *preafectus* Arminius. Diga ao governador que será cumprida. Posso perguntar o que discutiremos neste encontro?
— Vamos convencer todos a fazer a paz.
— A paz? — perguntou Segimer.
— A paz.

VIII

OCUPAMOS AS MELHORES CASAS NA ALDEIA, PORQUE PODÍAMOS. Eu dormiria na casa de meu pai. Mas, ao contrário de como fora anos atrás, agora ele me bajulava e me respeitava. Via-me como uma extensão mais acessível dos romanos, tentava ganhar o favor deles ao ganhar o meu.

A personalidade original de Thusnelda, mesclada com a minha, se contorcia de nojo. Segestes cedeu à filha sua cama, seguiu-a por toda parte, perguntando o que ela queria e o que o governador tinha falado. Já era noite fechada e, não satisfeita apenas com a cama, expulsei meu pai da casa. Ele foi embora sorrindo e se curvando, apontando todos os pequenos confortos que eu conhecia de quando vivera lá.

Vaguei um tempo pelos poucos cômodos iluminados por velas. Ao longe, conseguia escutar o som do acampamento da legião. Mais perto, o burburinho dos germânicos. Eu não tinha nada a fazer lá, exceto esperar.

E não foi uma espera longa antes que Arminius batesse na porta.

Mandei que entrasse. Ele tropeçou na soleira, recompôs-se. Eu estava de pé, no meio do cômodo que poderíamos chamar de sala, o espaço onde a família ficaria reunida nas noites frias. A luz dançarina de velas iluminava meu vestido romano e minha pele. Arminius estacou ao me ver. Mesmo a alguns metros de distância, eu podia sentir seu fedor de bebida.

— Feche a porta — falei.

Ele obedeceu e andou em minha direção.

— Seu noivo não desaprova? — falou, meio arrastando as palavras.

— O que ele desaprovaria?

— Que esteja sozinha à noite com outro homem. A portas fechadas.

— Esta é minha casa. Ele deveria desaprovar?

Arminius andou mais um passo.

— Eu ouvi o que vocês falaram — ele disparou, sem aviso e sem contexto.

— O que eu e Marcus Aius falamos?

— Não! — Arminius grunhiu. — O que você e Varus conversaram em Vetera.

— Ah, aquilo — dei uma risada suave.

Virei as costas para ele, andei até uma mesa onde havia algumas velas apagadas, de pé em pequenos montes de cera derretida. Acendi cada uma deliberadamente.

— Você pode me agradecer mantendo meu futuro marido em mente — eu disse, sem me virar. — Quando for governador, dê a ele um bom pedaço de terra.

— É isso que você quer, Thusnelda?

— Permita que possamos plantar em solo fértil, criar nossos filhos com fartura.

Ele ergueu a voz:

— É isso que quer?

— Talvez, quando eu for bem velha, meus netos falem apenas latim.

Senti sua mão áspera agarrando meu braço. Ele me fez virar e encará-lo. O hálito de vinho era nauseante.

— É isso que quer? — repetiu, a voz engrolada.

— É o que me cabe — falei com suavidade. — Por que está surpreso?

Ele estremeceu. Largou-me e cambaleou para longe.

— Você é germânica!

— Se fosse romana, poderia sonhar mais alto.

— Você é uma nobre dos Queruscos! Vai parir os fedelhos de um plebeu romano que serve às legiões como um escriba?

— Sou muito grata a Marcus Aius.

Arminius urrou:

— Por que estamos nos curvando?

Tropeçou de novo e desta vez caiu. Achei que ele fosse vomitar, mas conseguiu ficar de pé com dificuldade.

— Você não está se curvando a ninguém — eu disse. — É um conquistador e está ascendendo acima de qualquer germânico.

— Quando tudo isso foi decidido, Thusnelda? Quando minha vida foi escrita? Quando surgiu a mulher com quem eu casaria? Quando meu futuro deixou de ser meu?

Apanhei uma ânfora de vinho da prateleira. Servi uma taça, ofereci a ele. Arminius relutou, mas aceitou. Secou-a de um gole, deixando uma gota correr por seu queixo.

— Quando os romanos invadiram — respondi.

Peguei a taça de sua mão, servi mais.

— Mesmo em Roma, poucos plebeus provam deste vinho. É um privilégio.

Ele olhou para a bebida com um esgar. Afastou a taça com a mão trêmula.

Então a levou à boca mais uma vez.

— Não é uma boa vida? — perguntei. — Beber vinho romano, ter um nome romano, casar com uma nobre romana? As couraças romanas protegem muito mais que a armadura de couro de seus inimigos, seus gládios penetram mais fundo que as lanças. Não é uma boa vida?

— Sim — ele disse, quase inaudível. — Mas não é minha.

O destino pulsou em Arminius.

— É sua — corrigi. — Foi um presente que você ganhou.

Ele andou até a mesa onde estava a ânfora como se cada passo fosse um desafio. Escorou-se na parede e se concentrou para colocar em foco o objeto. Depois de algumas tentativas, tomou-o nas duas mãos e entornou o vinho garganta abaixo.

Estava chorando.

— Venha comigo, Irmin — falei. — Deixe o vinho.

Ele largou a ânfora no chão. Ouvi a cerâmica se espatifar.

— Deixe também sua couraça. Seu elmo. Sua espada.

Ele me seguiu como um filhote de cão. Eu carregava uma tocha e não olhei para trás por todo o caminho. Arminius arrastou os pés pela terra da aldeia, tropeçou nas primeiras raízes. Então, quando nos embrenhamos na floresta, ele deixou que a tocha e a memória guiassem sua mente bêbada. Perdeu o equilíbrio e caiu. Bateu a cabeça num galho baixo, a embriaguez mascarou a dor latejante. O sangue que saía do supercílio se misturou ao suor azedo. Não me virei, não diminuí o ritmo. Continuei sempre em frente com a tocha, o único ponto de luz que ele conseguia ver.

Arminius correu para não me perder de vista. Tropeçou, caiu de novo. Seguiu tentando se agarrar nos troncos e galhos, tateando à frente. Em algum ponto, desistiu de levantar e rastejou boa parte do caminho, até recuperar a confiança. A luz da tocha estava cada vez mais obscurecida pelo emaranhado de árvores, a lua e as estrelas totalmente cobertas pelas copas.

Em algum ponto, ele perdeu as sandálias. Em outro, sua túnica ficou presa num arbusto espinhoso. Ele a puxou, fazendo um rasgo comprido. Então se livrou da roupa.

Seguiu pela floresta vestindo trapos, sujo de sangue e terra. Tonto de vinho, de fúria e de tristeza.

A luz da tocha ficou mais nítida. Arminius se entusiasmou, correu em seu passo trôpego, enfim me enxergou banhada pela luz da tocha e da lua. Eu estava numa clareira. Havia uma única árvore no meio do espaço vazio, cercada pela floresta como um ídolo sendo cultuado por devotos. Sobre as raízes estava um monte de alguma coisa, uma forma indistinta coberta por um pano preto. Eu ainda não queria mostrar o que era, mas você já deve ter imaginado.

Ele parou a minha frente. Colocou as mãos nos joelhos e ofegou. Deixou o suor escorrer, secando lentamente sob o ar noturno.

— O que está acontecendo? — perguntou.

Eu estava diferente. Não a pseudorromana gentil e melíflua que falava de ser fazendeira e arranjava seu casamento. Eu o encarei séria, sem meias palavras ou significados adivinhados.

— Quem você acha que eu sou, Irmin?

Ele ficou ereto. Olhou-me de cima a baixo.

— Você é Thusnelda. Uma nobre dos Queruscos.

— Não lembra de mim? Lembra apenas da filha de Segestes? Não lembra de quem eu realmente era?

Ele franziu o cenho.

Então eu o puxei para um futuro muito específico, só um pouco diferente, uma das infinitas linhas que brotavam daquele momento. Forçá-lo a qualquer coisa seria uma temeridade, como acontece com pessoas como vocês, Agnes. Talvez fosse impossível. Mas eu podia levá-lo a um destino em que ele lembrava, e ele lembrou.

Vi sua expressão se iluminar quando foi tomado por uma memória. Thusnelda, antes que fosse eu, correndo pela floresta num surto frenético. Três homens adultos segurando os braços e as pernas de uma menina magra, incapazes de controlá-la quando se debatia.

Thusnelda, antes que fosse eu, acordando no meio da noite. Entrando na casa de Arminius com rosto mole, olhos semicerrados. Arminius acordando, vendo-a ir até a cama de seu pai. Falando para o rei dos Queruscos com uma voz áspera:

— *Os romanos estão chegando.*

Os sussurros pela aldeia, o medo que tinham dela, que ainda não era eu, mas já era diferente. Um dia em que a levaram para dentro da floresta, para ser examinada por um sacerdote. Thusnelda teve medo, Arminius ouviu seus berros dizendo que não queria ir.

Então, na volta, ela exausta, carregada nos braços de um guerreiro. A expressão no rosto do homem dizia tudo. O sacerdote tinha confirmado: a menina era tocada pelos deuses.

Arminius lembrou das marcas no corpo de Thusnelda quando Segestes decidiu que surras suficientes tirariam da filha a vocação divina. Mas, antes que tudo aquilo tivesse um desfecho, ele foi enviado para Roma.

Pouco depois, Segestes enviou Thusnelda para Oppidum Ubiorum, longe dos deuses germânicos, para que fosse moldada como alguém útil. Quando possuí Thusnelda, ela já não lembrava direito daquela fase de sua infância. Puxei as memórias à força, trouxe-as para a superfície porque me serviam bem. Naquela época, os próprios germânicos já equiparavam seus deuses antigos aos novos deuses romanos, diziam que cultuavam Júpiter, Mercúrio, Vênus, Marte. Distorciam suas divindades para que fossem mais palatáveis.

Thusnelda não cultuou Júpiter, Mercúrio, Vênus ou Marte, embora seu irmão tenha passado a cultuar o Imperador. Através de mim, Thusnelda voltou a ter contato com um deus de seu povo.

Mas, agora que Thusnelda era eu, ela sabia da verdade. A parte dela que ainda pensava por si berrava de pavor e agonia, mas não tinha mais como se proteger do conhecimento. Eu sabia o nome dos verdadeiros deuses e sabia o que de fato tinha acontecido com ela na infância.

Teria sido melhor se ela apanhasse de Segestes até esquecer de novo.

— Você era uma escolhida dos deuses — disse Arminius, com voz pequena.

— Eu *sou* uma escolhida dos deuses, Irmin. E você é meu escolhido.

O coração de Arminius disparou.

— Você lembra dos deuses de seus ancestrais? — perguntei. — Lembra de como nossas tribos surgiram? Lembra do que há dentro da terra?

A respiração pesada de Arminius parecia tomar toda a clareira. A luz bruxuleante da tocha revelava e escondia partes das árvores. A coisa sob o pano preto se moveu.

— Mercúrio — ele disse. — Júpiter. Vênus.

— São esses os deuses que deram origem às tribos?

— Marte.

Ao pronunciar aquele nome, Arminius mudou algo na intenção nervosa que dominava a clareira. A coisa sob o pano preto tentou gritar.

— Eles disseram a você que são os mesmos deuses com nomes diferentes — falei. — Eles tentam enjaular seus deuses assim como o enjaularam. Seus ancestrais não cultuaram Mercúrio. Não é Júpiter que faz trovejar em nossos céus. Quem deu origem às tribos, Irmin?

— Marte.

Brandi a tocha. Fagulhas se espalharam para todos os lados. Arminius recuou, respirando raso, sem saber o que era misticismo e o que era embriaguez.

— Quem deu origem às tribos, Irmin?

— *Tuisco.*

A coisa sob o pano preto se debateu, berrou sob uma mordaça.

Você lerá inúmeras versões do nome de Tuisco, Agnes. E ele surge em várias culturas, porque todas lembram pela metade de um outro deus que talvez devessem esquecer. Tuisco era um deus da terra, que dela nasceu. Era o deus da guerra e o juiz, porque, na cultura germânica, guerra e lei estavam interligadas. Na crença dos germânicos, seu filho Mannus deu origem a três tribos originais e delas surgiram todas as outras. Era assim que eles contavam sua própria história, assim lembravam de seu passado. Era uma história falsa porque falava de deuses falsos e porque dava algum valor à humanidade. Você sabe que os humanos são apenas escravos, presas ou brinquedos.

Mas era verdadeira para os próprios germânicos. E era útil para mim naquele momento.

— Tuisco falava comigo, Irmin. Ele falava da terra e do que ela é. Falava de batalhas e de leis. Tuisco trouxe a nós um juiz para decidir o que é certo entre as tribos.

Ele ficou calado.

— O juiz é você, Irmin.

Todo o corpo de Arminius estremeceu. Suas pernas fraquejaram e ele se segurou numa árvore próxima.

— Seu nome o liga à terra. Seu pai o chamou de Irmin, você está ligado ao Irminsul, que é nossa maior conexão com os deuses. Você está ligado aos deuses, Irmin. Você é o juiz.

— Não quero isso — ele falou.

— Conheça bem sua própria vontade, porque sua vontade é lei. É sua a decisão sobre o que será a Germânia. Iremos rastejar e beijar as capas dos romanos? Iremos cortar suas gargantas e beber seu sangue?

— *Não...*

— Ache a lança perto de você, Irmin.

Como um reflexo, ele estendeu o braço para trás. Automaticamente seus dedos tocaram num longo cabo de madeira. Arminius fechou a mão, segurou a arma, trouxe-a a sua frente.

Uma lança simples. O símbolo de Tuisco.

— Esta é uma noite de cerimônia — falei. — Uma noite de oferendas.

A coisa sob o pano preto gritou e uivou, a voz abafada. Balançou de um lado a outro, mas não conseguia se soltar.

— Uma noite de sacrifício.

Puxei o pano preto e revelei Marcus Aius ajoelhado, nu, amordaçado. Pés e mãos amarrados com firmeza. Lágrimas escorrendo por seu rosto, cabelo empapado de suor. Ele tentava implorar, mas suas palavras eram ininteligíveis.

— Tuisco só se sacia com carne humana.

— Thusnelda...

Ele cambaleou à frente, a lança nas mãos. Joguei a tocha no chão. Algumas folhas pegaram fogo, mas rapidamente as chamas começaram a soltar muita fumaça e arrefecer no ambiente úmido. Com as mãos livres, soltei o vestido e o deixei cai no chão também. Arminius olhou meu corpo com um misto de horror e fascinação.

— Faça a oferenda, Irmin.

— Ele é seu noivo — Arminius falou, como um idiota. — É... É uma pessoa.

— É um romano.

— Vocês vão ter uma fazenda.

— Se ele viver, teremos uma fazenda. Eu serei dele, meus filhos serão dele. Serei domada. É o que você quer?

Ele não respondeu.

Um trovão inesperado balançou a terra. Mesmo tendo controle daquele teatro, senti uma onda de pavor, o corpo que eu habitava respondeu com um arrepio medonho. Uma tempestade súbita enquanto eu lidava com aquele assunto era um péssimo sinal. Meus irmãos yithianos estariam vigiando, julgando que eu estava condenando nossa raça.

Mas continuei.

Arminius ergueu a lança. Olhou nos olhos suplicantes de Marcus Aius e foi tomado por ódio. Ali estava Roma como uma prisão. Roma como fraqueza. Um escriba tomando a mulher que ele desejava. Um plebeu de fala suave e modos apaziguadores mandando na terra selvagem de onde ele viera. Arminius lembrou do sorriso e da conversa dócil de Marcus Aius e ferveu de raiva e desprezo. Se meu noivo fosse um sanguinário, um guerreiro implacável, um feitor cruel, seria menos humilhante.

A Germânia estava se ajoelhando para os fracos.

— Ele nunca poderia vencê-lo numa luta, Irmin. Ele nem tentaria. Ele apelaria a sua piedade, tentaria ser seu amigo. Se você o deixasse viver, seria por pena. Mas ele tem o que você não tem. Ele manda no que é seu.

Um relâmpago transformou a noite em dia, por meio segundo. Então um trovão pareceu despedaçar o céu.

— Você está falando de Marcus Aius...? — ele balbuciou.

— De quem acha que estou falando, Irmin?

Ele hesitou.

Mas:

— Varus.

Um relâmpago atingiu uma árvore próxima, incendiando-a na hora. O trovão nos deixou surdos.

— Você é o juiz. Faça a escolha.

Ele deu mais um passo. Apontou a lança para o peito de Marcus Aius. Meu noivo fechou os olhos e chorou, aguardando.

Arminius segurou a lança com as duas mãos.

— Olhe para mim — Arminius rosnou.

Marcus Aius continuou com os olhos apertados, afogados de lágrimas.

— *Olhe para mim.*

Mais um relâmpago cortou o céu.

— Tuisco está aguardando, Irmin — eu disse.

Marcus Aius abriu os olhos com dificuldade, tremendo, recusando-se a enxergar. Tentou falar algo por baixo da mordaça.

— Chega de palavras! — Arminius urrou, então enfiou a lança no peito de meu noivo.

O esterno partiu com um barulho seco e então esponjoso. O romano arregalou os olhos, surpreso com a própria dor.

— A Germânia exige sangue!

Arminius girou a lança e então a puxou. Uma golfada de sangue brotou do rombo. Marcus Aius caiu para a frente. A terra úmida recebeu suas últimas respirações dificultosas, bebeu o vermelho.

O assassino olhou para sua obra, impressionado e eufórico.

Aquele era um dos momentos mais delicados de meu plano. O sacrifício poderia atrair atenção perigosa para mim, porque havia algo ali que bebia sangue e comia carne.

— Tuisco aceita sua oferenda, Irmin.

Ele olhou para mim com um misto de felicidade, fúria e loucura. O destino explodiu a seu redor. Arminius segurou a lança com as duas mãos, levou o cabo ao joelho e o partiu. Um trovão ressoou quando ele jogou os dois pedaços da arma no chão.

— Não foi uma oferenda para Tuisco — ele chiou. — Esta morte é minha. Este sangue é meu. Marcus Aius foi sacrificado para mim.

Tentei falar algo, mas aquele era um futuro novo, que eu nunca conseguira enxergar. Não fazia sentido. Senti algo quase inédito.

Eu estava surpresa.

— Tomarei o que é meu! — ele rugiu.

Mais um relâmpago atingiu a terra como um bate-estacas. Arminius correu para dentro da floresta e eu fiquei lá, estática, apavorada.

Yithianos são criaturas de medo, Agnes. Somos covardes, nossa existência é fuga. Mas aquela foi a primeira vez que a origem de meu medo não foi um deus.

Não foi nem mesmo um homem.

Arminius provocou algo em mim que eu não entendia. Eu poderia controlá-lo, poderia até mesmo matá-lo, mas de alguma forma ele tinha poder sobre mim. Notei que eu não queria que esse poder sumisse, não queria me libertar.

A origem de meu medo fui eu mesma.

II

NA MANHÃ SEGUINTE, PELA PRIMEIRA VEZ, ARMINIUS NÃO ESTEVE presente para seus deveres e suas tropas. Houve alguma comoção, mas logo os soldados o viram andando pela aldeia de cabeça baixa, protegendo-se do sol. Até mesmo um *praefectus* como ele podia ser vítima de uma ressaca uma vez na vida.

Ele entrou na casa de seu pai, onde eu acompanhava Varus e Segimer em um desjejum. Os legados do governador também sentavam à mesa, assim como o velho Gaius Numonius Vala e o jovem tribuno Lucius Salonius Corbulus. O centurião *primus pilus* Marcus Caelius relatava alguma coisa para Vala, em tom sério. Olhou de esguelha para Arminius e continuou sem saudá-lo. Varus terminou de engolir uma bocada e fez sinal para que se juntasse a nós.

— Baco o pegou na noite passada, Arminius! — ele riu. — Não será o primeiro ou o último. Sente-se, coma um pouco, tente não despejar tudo no chão.

Ele olhava com um misto de preocupação e medo, alternando de mim para Segimer. Eu trajava o mesmo vestido de sempre, meus cabelos permaneciam soltos e limpos. A faixa branca era bem visível. Não era nada além de uma dama civilizada.

Arminius sentou devagar.

— O que aconteceu noite passada? — ele balbuciou, como se não precisasse guardar segredo.

— Você bebeu a ponto de esquecer? — falei, bem-humorada.

— É a primeira vez que o vejo conseguindo relaxar! — Varus tinha um ar debochado e satisfeito. — Aproveite os últimos dias antes que o trabalho de verdade comece, rapaz!

Ele me olhou, atordoado, tentando discernir o que era realidade e o que era sonho ou delírio. Seus cabelos estavam desgrenhados e ele fedia, como seria de se esperar depois de uma noite de bebedeira, mas não estava sujo de sangue.

Eu sorri.

— Seu pai estava falando de como as terras dos Queruscos estão pacificadas — disse o governador. — Vamos construir nosso acampamento de verão nestes domínios.

Arminius olhou para Segimer. O rei dos Queruscos baixou os olhos.

— A Germânia começará a mudar este ano — Varus anunciou. — Vamos mostrar a esses selvagens como a civilização resolve seus problemas! Segimer, você vai garantir que os reis e chefes das tribos em conflito venham até mim, para que eu atue como mediador. E vai convocar o encontro de chefes o quanto antes!

— Sim, dominus.

Varus olhou para os lados.

— Onde está um maldito escriba quando precisamos?

Um dos escravos saiu para buscar um escriba, sem precisar de uma ordem.

— Parece que não foi só Arminius que se afogou numa ânfora ontem — Varus riu em minha direção. — Diga a seu noivo que, se quiser fazer isso, antes vença uma rebelião! Arminius tem meu favor, mas o centurião Fabricius não terá pena de Marcus Aius.

— Com sua licença, meu senhor — levantei. — Vou procurá-lo.

Cumprimentei os outros e saí a passos calmos. Roubei uma última olhada para Arminius.

Ele ficou alguns instantes ouvindo a arenga do governador, sem escutar nada. A comida foi posta a sua frente e ele não notou. Súbito, ergueu-se e foi atrás de mim. Segimer tentou repreendê-lo, mas Arminius não ouviu.

Ele me encontrou na casa de Segestes.

Uma armadura de legionário estava sobre a mesa.

— Isto é seu — falei. — Seu espólio.

Arminius andou até mim, tremendo mais uma vez. Tocou na armadura como se fosse uma cobra prestes a mordê-lo.

— Esta é...

Como resposta, estendi a ele a mão fechada. Abri e mostrei dois pequenos pedaços de bronze achatados. Tinham a forma da letra S e pareciam pequenas cobras. Formavam um fecho usado para prender a proteção de ombro da *lorica hamata*, a armadura de anéis de ferro de um legionário. Arminius pegou os dois e notou que num deles havia uma inscrição:

Marcus Aius
Coorte I Centúria de Fabricius

— Foi um presente meu para ele — falei. — E agora é para você.

Fechei seus dedos ao redor dos objetos.

Arminius segurou a coisa com força, até que as juntas ficassem brancas. Seus dentes fizeram barulho.

— Você fez sua escolha — eu disse. — Você conhece o meu segredo e eu conheço o seu.

— Por que...

— Pergunte isso a si mesmo, Irmin. Você podia ter libertado Marcus Aius. Podia ter voltado à aldeia e até mesmo me acusado de trair Roma. Por que tomou a decisão que tomou?

Ele abriu a mão e olhou de novo para o fecho. Como se tentasse descobrir que não era real.

— Foi pela Germânia? — perguntei.

— Não.

— Foi por mim?

Andei devagar até a porta. Passei perto dele o suficiente para que sentisse meu cheiro.

— Foi pelo prazer de matar?

Arminius se voltou em minha direção.

— O que é essa fúria dentro de você, Irmin? Por que quer derramar sangue a todo custo? Se vai continuar leal aos romanos, por que não aceita a vitória que vocês já estão conquistando?

Eu continuava com o plano, continuava na dança de provocá-lo e atormentá-lo, mas a verdade é que eu não era mais a mesma. O medo da noite anterior era uma lembrança fresca. Havia um certo assombro no poder de Arminius, na capacidade de, com uma decisão, criar uma linha de destino que ninguém jamais vira.

— Não quero mais ficar aqui — ele disse de repente, com a honestidade de uma criança. — Eu era mais feliz na Ilíria.

— Você quer dizer que era mais feliz matando.

Arminius guardou o fecho de armadura com a inscrição que provava nosso crime. Certos objetos têm poder, Agnes, e este era um deles. Talvez um mero fecho de armadura nunca tenha feito nenhuma diferença na vida de ninguém, mas fez na vida de Arminius. Talvez por isso esse objeto tenha sido descoberto em Kalkriese quase dois mil anos depois, preservando o nome de um legionário que de outra forma permaneceria esquecido.

Eu não conseguia enxergar naquela época, mas Marcus Aius e o fecho de sua armadura decidiram boa parte do destino do mundo. Porque o amor que descobri tem a ver com memória, com continuidade. Eu condenei a humanidade ao esquecimento, Agnes, mas os humanos constroem coisas, e esse é o maior ato de rebelião. Marcus Aius morreu e reencarnou incontáveis vezes, sua alma sempre sendo tragada pelo Psicopompo, sempre perdendo tudo que havia sido no horror da Realidade. Mas no passado ele teve um pequeno pedaço de bronze em forma de serpente que dizia quem ele era. Não interessava que fosse presente de um yithiano. Ele usava aquilo com orgulho e hoje estamos falando dele.

Arminius foi o primeiro que me fez ter medo de mim mesma, mas Marcus Aius, sem saber, me ensinou a primeira parte da admiração pela humanidade. Comecei a entender que, mesmo com o ciclo de morte e renascimento, mesmo com a transitoriedade e falsidade do mundo material, os humanos se recusam a ser esquecidos.

É quase engraçado pensar que meu noivo teve uma ligação eterna comigo, por mais que tudo fizesse parte de minha manipulação.

Antes que as legiões partissem, alguém descobriu o cadáver na floresta. Chorei como seria de se esperar, fiz os ritos adequados. Meu pai tentou me consolar listando nomes de legionários mais bem colocados, de maior prestígio.

O assassinato foi considerado uma emboscada dos bárbaros. Arminius foi enviado em uma expedição punitiva para descobrir os culpados. Voltou com histórias de matança, mas nenhuma resposta. Publius Quinctilius Varus deu a ordem e eles partiram para construir o forte onde passariam o verão.

Fiquei para trás.

Meu pai se postou a meu lado enquanto observávamos a longa saída dos legionários.

— Ele foi procurá-la à noite? — perguntou Segestes, sem aviso.

Virei e pedi que repetisse. Com os olhos inchados de chorar e a cabeça pendente de respeito.

— Arminius tentou visitá-la à noite?

— Não, pai — falei. — Claro que não.

— Você pode me contar qualquer coisa, Thusnelda. Não vou julgá-la e não tenho medo dele.

Franzi o cenho. Segestes sempre parecia conspiratório e desconfiado. O destino que brotava dele era emaranhado e tedioso.

— Por que o senhor teria medo de Arminius?

— Porque talvez ele tenha matado seu noivo.

Pela segunda vez em poucos dias, fiquei surpresa. Aquele futuro só poderia ter surgido da decisão imprevisível de Arminius naquela noite.

— Isso é algo perigoso a dizer. O senhor não sabe quem pode ouvir.

— Alguém tem que ouvir, Thusnelda. Os ouvidos certos.

Era um desvio imprevisto, mas Segestes nunca foi um nexo de destino, nunca foi alguém com a força de Arminius. Eu tinha certeza de que ele não poderia afetar meu plano.

— Por que ele mataria Marcus Aius? — perguntei, analisando o que ele diria.

— Eu noto como ele olha para você — Segestes respondeu. — Um homem tão fascinado é capaz de qualquer coisa.

— Arminius não é um assassino.

Segestes não era um idiota, mas se esforçava para embotar o próprio cérebro com subserviência. Não se pode passar décadas só obedecendo e lambendo botas sem que a esperteza comece a atrofiar, e essa tinha sido a vida de meu pai. Assim, foi mais uma surpresa quando ele falou algo inteligente:

— Eu não sei o que Arminius é, Thusnelda. Acho que nem ele mesmo sabe.

AS LEGIÕES ENFIM CHEGARAM A UMA COLINA ÀS MARGENS DO RIO Visurgis, que hoje se chama Weser. Estavam ainda em território Querusco. Começaram a construção do forte onde passariam os meses de campanha.

Os romanos domavam o mundo a sua imagem e semelhança. Onde quer que fossem, erguiam suas estruturas seguindo padrões idênticos e faziam com que qualquer lugar se transformasse um pouco em Roma.

Havia três altos oficiais denominados *praefectus castrorum*, os comandantes do forte, um para cada legião. Eles eram responsáveis por treinamento de legionários, logística e também a construção das fortificações. Lucius Eggius, o *praefectus castrorum* da XVII Peregrina, deu início à construção assim que a legião da vanguarda chegou. Logo passou a trabalhar com Servius Caeonius, o comandante do forte da XVIII Caput Victor. Por fim, Lucius Caedicus, o *praefectus castrorum* da XIX Vigilax Canis, assumiu a descarga dos suprimentos e a proteção dos baús de dinheiro com o pagamento das três legiões.

A primeira tarefa dos engenheiros foi delimitar o local da base de comando, chamada *praetorium*, onde Varus efetivamente governaria. A partir disso, marcaram os quatro portões principais do forte. Aquele planejamento era algo tão ensaiado e repetido que cada portão tinha um nome: *portae praetoria, decumana, principalis dextra, principalis sinistra*. Duas ruas principais cruzavam o forte de um portão a outro, efetivamente dividindo o espaço em quatro. Antes que qualquer uma dessas estruturas fosse erigida, eles construíram as primeiras defesas: cavaram um fosso exterior e ergueram uma muralha com a terra retirada dali. Não era na verdade uma muralha, mas é a melhor palavra para o que chamávamos de *agger*. Era uma elevação que dificultaria a passagem para o forte. Os construtores cobriram a muralha com grama, para fixá-la. Derrubaram árvores em volta e ergueram a paliçada em cima da muralha de terra.

Só então as legiões marcharam para dentro do forte. Os soldados ergueram suas tendas com a mesma precisão ensaiada, rapidamente formando uma pequena cidade. Os portões foram construídos, cada um com torres de vigia. A mão de obra extra também foi usada para construir armazéns e depósitos. O último toque foi a quinta rua do forte, a *via sagularis*, que seguia a paliçada por dentro ao redor de todo o espaço, facilitando a locomoção.

E o forte de verão do governador Publius Quinctilius Varus estava pronto, exatamente igual a muitos outros em terras distantes. O que era Germânia selvagem tinha se transformado em Roma.

Quando as legiões estavam instaladas, coube a Arminius liderar os batedores que patrulharam a região em busca de problemas. Ele era a principal fonte de informação de Varus, seus olhos e ouvidos na Germânia.

Aquele foi um verão de tempestades. Por causa do que eu fazia, dos poderes com que mexia, o céu teimou em se agitar. O mês de abril foi errático, como é até hoje nesta região. Eles suaram sob suas armaduras e aguentaram neve sobre seus elmos. Então maio veio com chuvas constantes, mas que faziam pouco para abrandar o calor. Alternadamente, nuvens cinzentas cobriam tudo ou um sol inclemente cozinhava os legionários. As capas nunca secavam totalmente, as tendas sempre fediam um pouco a umidade.

E, sob esse clima enervante, Arminius guardou seu segredo.

Semana após semana reportou a Varus. Com ele fez refeições, ouviu seus planos, esteve a seu lado quando discutia com os altos oficiais. E, durante tudo isso, Arminius pensou no assassinato.

Ninguém mais procurava o assassino. Território selvagem no meio de uma campanha militar não é palco de investigações — e, de qualquer forma, já havia culpados. Os "bárbaros". Com aquela palavra, a palavra de Arminius, Marcus Aius deixou de ser uma consideração e todos o esqueceram. Estava menos morto.

No acampamento, só Arminius conhecia a verdade.

Ele carregava o fecho consigo todos os dias. Dentro de sua armadura, entre a túnica e o peito. O metal era um lembrete constante de seu crime. Sempre que sentia o objeto, Arminius pensava:

"Eu matei um homem amarrado."

Aquilo estava em sua mente enquanto acompanhava o governador em mais um dia de administração cotidiana. O *praetorium*, assim como acontecia num palácio dentro de uma cidade, era tanto um centro de governo quanto um tribunal. Havia uma sala ampla onde Varus e alguns oficiais podiam sentar e os germânicos podiam expor seus problemas e disputas legais. Por vezes os civis que acompanhavam a legião vinham com suas reclamações, mas o tribunal não se destinava àquilo. Tinha sido feito para ouvir as tribos.

— Pai, quando sairemos para a guerra? — Arminius perguntou, o fecho de bronze raspando contra sua pele.

O tédio daquele lugar convidava aos pensamentos intrusivos de culpa, ele precisava se distrair.

— Se tudo der certo, nunca — disse Varus. — Ou pelo menos não nos próximos anos! Se você fizer bem seu trabalho e nos mantiver informados, nenhum legionário precisará pisar fora deste acampamento, pelo menos não sem saber que vai voltar vivo.

Arminius se curvou na cadeira. A resposta foi tão insólita que por um momento ele realmente esqueceu de Marcus Aius.

— Mas é verão — ele disse, atrapalhado por falar o óbvio. — Se não aproveitarmos os meses...

— Quando você olha para seus conterrâneos, o que vê?

De novo, Arminius ficou incerto.

— Selvagens? — tentou. — Bárbaros?

— Não, não — Varus riu. — São animais, meu rapaz. Germânicos são homens apenas por seus braços e pernas, pela maneira como andam e pelas palavras que falam. Em seu âmago são animais.

— Não entendo como isso justifica ficarmos parados.

— Claro que entende. Por acaso você faz guerra contra ratos ou vacas? Por acaso, se há uma alcateia amedrontando uma aldeia, você marcha com as legiões, fecha-se em formação *testudo* e engana o general lobo com uma manobra astuta?

Arminius falou um "não" mole, morno, sem saber onde aquilo chegaria.

— Claro que não — Varus continuou o discurso. — Você pode caçar os lobos, mas caçar não é guerrear! Não, meu rapaz. E imagine que, por alguma razão, você não possa matar os lobos. Não queira suas peles penduradas na parede, mas queira que andem junto a seus calcanhares como bons cães. O que você vai fazer?

— Domesticá-los — disse Arminius.

— Domesticá-los — o governador confirmou com um sorriso. — Veja seu caso. Você veio até nós como um animalzinho, um filhote furioso que mordia quem se aproximasse! Mas foi domado. Aos poucos conseguimos adestrá-lo e agora você está aqui a meu lado. Não um bicho, mas um nobre romano!

Arminius não teve espaço para se ofender e, de qualquer forma, para ele não foi exatamente uma ofensa. Ele gostou de ser chamado assim. Era bom ser um animal, porque ninguém chama um animal de assassino quando ele ataca um homem desarmado e preso.

— Se avançar contra os germânicos, podemos derrotá-los, mas só isso. Eles nunca vão aprender dessa forma. Em vez de guerrear, vamos fazer algo diferente.

Varus fez uma pausa dramática. Como todo homem que gosta de ouvir a própria voz, deu chance para que sua plateia prestasse atenção total e então arrematou:

— Vamos governar.

Como uma deixa em uma peça de teatro, um legionário entrou no tribunal e anunciou que havia duas famílias nobres de tribos diferentes pedindo para ter com o governador. Varus esfregou as mãos, satisfeito e ansioso. Os guardas se empertigaram, prontos para lidar com bárbaros, mas o governador não estava nem um pouco preocupado. Mandou que entrassem.

Logo a sala foi tomada por dois grupos de germânicos. Os homens vestiam calças e túnicas coloridas, carregavam escudos. As mulheres usavam vestidos, puxavam crianças pelas mãos. Todos tinham adornos e postura que os marcavam como membros de clãs importantes. Eles trocavam insultos e pareciam prestes a se engalfinharem. Um rapaz recém-saído da adolescência estava amarrado, sendo arrastado por uma das famílias.

Um dos escravos que falava a língua germânica começou a explicar o problema, mas Varus o deteve e o mandou embora.

— Você vai traduzir, Arminius — falou, tranquilo. — Será um bom exercício para aprender o que faremos aqui.

Arminius se ergueu, sem saber muito bem o que fazer. Os germânicos olharam para ele com um misto de confusão e rancor. Ele mandou que dissessem o que queriam e todos começaram a falar ao mesmo tempo, logo erguendo as vozes numa gritaria. Os homens cresceram uns pra cima dos outros.

— Chega! — Arminius gritou.

Como se fossem marionetes, todos se calaram.

— Digam o que querem com o governador.

Os germânicos se entreolharam. Um dos homens tomou a frente.

— Ouvimos dizer que o novo rei está resolvendo rixas entre as tribos — ele falou.

— Não é rei. É seu governador.

— Que seja. Estão dizendo que todos devem aparecer aqui e o chefe vai resolver seus problemas.

Arminius traduziu aquilo e Varus sorriu de satisfação.

— Ouviram certo. Qual é o problema?

Começaram a tagarelar ao mesmo tempo de novo, mas bastou um olhar de Arminius para que calassem a boca. Um homem da outra família deu um passo. Pegou a corda que arrastava o rapaz.

— Este desgraçado matou meu filho! — protestou o germânico. — Matou como um covarde, pelas costas! Sem dar a ele a chance de se defender!

Arminius engoliu em seco. Uma mulher da família oposta vociferou:

— Seu filho era um ladrão! Se não quer uma lança nas costas, não entre na casa dos outros!

— Meu filho não era ladrão!

— Devolva *meu* filho! — outro se meteu.

Aos poucos, Arminius entendeu o panorama geral. Eram nobres dos Chaucii e dos Bructeri enredados numa disputa legal que envolvia sangue. Não podia ser resolvida com uma assembleia de nenhuma das duas tribos e as famílias não concordavam sobre o que seria justiça e quem seria o juiz, até que Varus tinha assumido esse papel.

Arminius criou silêncio com um gesto. Relatou tudo a Varus. O governador fez um gesto para que continuassem.

— Acordamos no meio da noite com um barulho em casa — disse o representante dos Chaucii. — Eu ainda estava tentando entender o que acontecia, minha mulher deu um grito. Então nosso filho agiu!

O nobre germânico apontou para o rapaz amarrado e arrastado pela outra família.

— Ele viu um estranho! Um intruso no meio de nós! O ladrão tentou fugir, mas meu filho o golpeou com uma lança.

Arminius traduziu.

— Muito bem — disse. — É só isso?

— Este verme matou meu filho! — rugiu o patriarca dos Bructeri, agitando a corda que prendia o acusado. — E meu filho não era ladrão!

— O que seu filho estava fazendo no território de outra tribo, na casa de outra família?

Ele pigarreou, hesitou. Uma das mulheres o cutucou e tomou coragem:

— Ele queria casar com Liuthild — ela apontou para uma jovem da outra família. — Mas ela não queria nada com ele. Meu filho só queria pegar um pente, alguns fios de cabelo, para que um sacerdote fizesse um feitiço! Não era um ladrão, nem achava que estava entrando na casa de assassinos!

Eles se contiveram antes de recomeçar a cacofonia. Apesar de si mesmo, o patriarca dos Bructeri não conseguiu esconder o choro ao falar de seu filho morto.

— Meu filho foi um herói, mas estão tratando-o como um criminoso! — disse o patriarca dos Chaucii. — Capturaram-no e não querem soltá-lo! Nem podemos resolver isso com armas, porque eles têm um refém!

Mais uma vez, Arminius traduziu.

A lei germânica era algo complexo, Agnes, e alguém que julgasse que os germânicos eram animais nunca poderia entendê-la. Não era escrita, claro, mas as dificuldades iam mais além. Para os povos germânicos, não havia muita diferença entre lei e costume. Além disso, como já falei antes, não havia muita diferença entre lei e guerra. Por último, não havia muita diferença entre lei e moralidade.

Todos esses conceitos estavam misturados de forma indivisível na mentalidade germânica. Os costumes variavam de tribo para tribo, de clã para clã. Até mesmo de uma época do ano para outra, e isso podia afetar a lei. A guerra podia ser resolvida por duelos formais, e assim a lei era guerra, e podia haver julgamento por combate, os deuses concedendo a vitória ao lado certo — a guerra era lei. E, sendo ligada à moralidade, a lei era algo muito mais pessoal do que imaginamos hoje em dia. Havia questões de emoção e honra, o malefício sentido além daquele efetivamente causado. Em geral, a lei germânica tinha a ver com pagamento, não com vingança. O lado criminoso pagava um valor proporcional ao lado ofendido. Num caso como aquele, seria assunto encerrado. Mas era um assunto entre nobres de duas tribos e nunca seria simples. Além disso, a vida de um filho primogênito era cara e a noção de que a morte tinha sido justificada falava alto.

Publius Quinctilius Varus pensou por apenas alguns instantes.

— Ele estava pegando só fios de cabelo? — perguntou o governador. — Ou um pente com os fios?

Arminius repetiu a pergunta e traduziu a resposta: ele estava com o pente nas mãos.

— Muito bem — Varus assentiu. — Tudo então depende de uma pergunta. O ladrão foi avisado com um grito?

— Não entendo, pai — Arminius falou em latim.

— Pergunte a eles se deram um grito antes de enfiar uma lança nas costas do rapaz.

Incerto, Arminius fez a pergunta em germânico. A família Chaucii se entreolhou, murmurou entre si.

— Minha mulher gritou — o representante respondeu, confuso.

— Foi algum tipo de aviso? — Varus perguntou por meio do intérprete. — Ela falou a palavra "ladrão"? Ou "pare"?

— Acho que sim — o germânico gaguejou. — Falou "ladrão".

Arminius terminou de traduzir e o governador fez um gesto com as duas mãos, como se aquilo fosse evidente.

— Então foi uma morte legítima. A lei romana diz de maneira muito clara que um ladrão pode ser morto se for pego à noite e tiver sido avisado com um grito. Ora, se o rapaz pegou um pente, é um ladrão. Agiu à noite. E podemos supor que, se ouviu a palavra "ladrão", foi aviso suficiente! Sua morte não foi um crime.

Arminius parou alguns segundos para raciocinar.

— Vamos, diga isso a eles.

Só então realmente compreendeu que Varus estava falando sério. Com vergonha de si mesmo e do governador, proferiu a sentença. Varus deu a ordem para os guardas garantirem a liberdade do rapaz. Puxaram a corda das mãos do homem que a segurava, arrastaram-no poucos passos até o outro lado da sala. Sua mãe o abraçou e tratou de desamarrá-lo.

Mas nenhum dos lados estava satisfeito.

— Que espécie de justiça é essa? — o patriarca dos Bructeri se indignou. — A vida de meu filho não tem valor por causa de um grito? Só porque o sol se pôs qualquer um pode trespassar um homem, como se fosse um javali?

— Está escrito na lei — Arminius tentou argumentar.

Ele olhou para a família Chaucii, em busca de apoio. Mas eles também estavam incrédulos.

— Meu filho é um herói! — disse o patriarca dos Chaucii. — Não fez o certo porque sua mãe gritou ou porque o outro pegou um pente! Ele fez o certo porque um intruso estava em nossa casa! Dia ou noite, quer as mulheres gritem ou não, vamos defender o que é nosso!

Uma garota dos Chaucii deu uns passos. A mãe tentou segurá-la, mas ela se desvencilhou.

— Fiquem com a porcaria do pente! — jogou o objeto no chão. — Não é isso que nos interessa, é a honra de meu irmão!

Arminius mandou fazerem silêncio, mas desta vez eles não obedeceram.

— Fale para esse rei de merda — disse o pai do morto — que isso é justiça de covarde! Acham que palavras valem mais do que vidas? Diga que, não fosse por esses soldados, ele estaria desafiado para um duelo!

Os guardas intervieram. Empurraram os germânicos em direção à saída.

— Vamos, diga!

A porta se fechou, deixando as duas famílias nobres do lado de fora.

— O que eles falaram, Arminius? — perguntou o governador.

— Disseram que o rapaz morto vai nos assombrar.

— Só isso? — Varus riu. — É uma ameaça comum, mas logo eles vão aceitar a sentença. É sinal de que está dando certo, rapaz! Aos poucos eles vão ficando civilizados.

Arminius concordou. Pensou em Marcus Aius. Imaginou se algum meandro legal justificaria aquela morte.

Preferia ser um assassino do que se esquivar com tecnicalidades e detalhes.

Preferia ser um animal.

XI

ERA JUNHO E NADA TINHA MUDADO. O CALOR ERA QUASE TÃO intenso quanto em Roma e as chuvas não diminuíram. Eu continuava na aldeia, esperando que a próxima fase de meu plano tomasse forma. As palavras de Arminius ressoavam e eu não conseguia discernir o destino.

No forte de verão, Varus continuou a receber plebeus e nobres das tribos aliadas. Ordenou que representantes dos Ubii e dos Frisii, antigos colaboradores de Roma, se fizessem notar entre as tribos, para aumentar os números de aliados percebidos. Os Queruscos foram usados como garotos de recados e arautos do governador. Varus tentava espalhar sua fama e os sucessos de seus julgamentos, mostrar que ser inimigo de Roma significaria estar isolado, ser inimigo dos próprios germânicos.

Eram dias ainda mais quentes do que o normal quando duas delegações se aproximaram do forte. Os Queruscos, exaustos de correr para um lado e para o outro o verão inteiro, eram liderados por Segimer. Meu pai estava com ele, mas continuei afastada, dando tempo para a infecção que eu tinha criado na alma de Arminius se alastrar.

Arminius estava presente no tribunal de Varus enquanto seu pai era tratado como se fosse um réu.

— Segimer, você tem uma promessa a cumprir — disse o governador. — Onde está o conselho dos chefes? Por que os reis dos Sugambri e dos Suebii ainda não vieram negociar? Por que os Marsii continuam fugindo de nós como crianças travessas?

— É difícil convencer as tribos a se reunirem, dominus — respondeu o rei dos Queruscos. — Há inimizades antigas...

— Não quero mais ouvir falar de rixas entre germânicos! Diga aos reis que vou resolver quaisquer problemas que eles tiverem.

Segimer roubou um olhar para Arminius. A conversa estava sendo traduzida por um escravo, então o *praefectus* se mantinha em silêncio.

— São ódios que vieram de nossos ancestrais.

— Vocês são incapazes de resolver suas disputas sozinhos — Varus proclamou como se fosse uma lei. — O primeiro rei que vier falar comigo e demonstrar amizade terá o apoio de Roma para esmagar a tribo rival. Espalhe isso, Segimer!

O rei coçou a barba, desconfortável.

— Dominus, como... Como vou fazer isso? Talvez seja melhor esperar o conselho.

— O conselho que não chega nunca! — o governador bateu com o punho na própria cadeira. — Não, não. Quero mais aliados nesse conselho. Você tem muitos jovens fortes em sua tribo, Segimer. Mande-os como mensageiros.

— Meu povo está trabalhando até cair para pagar os impostos.

— Então é de seu interesse que mais tribos estejam pagando. Vamos, Segimer, tire a preguiça de seus Queruscos! Será que vou precisar puni-los?

O rei respirou fundo e disse um sim derrotado.

Arminius examinou os dois. Segimer lhe causava asco e revolta. Um fraco. Varus era alguém a ser admirado. Ele tentou se agarrar a essa admiração, mas teria sido melhor nunca ter estado tão próximo ao governador. Teria sido melhor nunca ver seu poder em ação.

Ele não tivera nenhuma ilusão quanto à crueldade de Publius Quinctilius Varus. As crucificações que tinha ordenado na Síria eram notórias — e eficazes. Arminius estivera preparado para ver germânicos crucificados, estivera preparado para matar como na Ilíria. Mas o que via agora não era nada disso. Os Queruscos não eram tratados como aliados, nem como subordinados ou mesmo inimigos. Um oficial romano não falava assim com seus soldados, um nobre não dava ordens mesquinhas aos plebeus de sua província.

Um romano só falava assim com escravos.

A porta se abriu e um legionário começou a anunciar alguém quando foi interrompido pela passagem de um homem enorme e hirsuto.

— Saia do caminho! — ele trovejou. — Vim falar com o governador, não com um cão de guarda!

Atrás dele seguia uma pequena escolta de guerreiros, todos cheios de cicatrizes, tatuagens e más intenções. Carregavam lanças e exibiam o peito nu. Os legionários de guarda imediatamente se postaram com escudos e gládios, prontos para defender o governador.

— Não se assustem! — disse Varus, tranquilo no meio da confusão. — Ninguém aqui vai usar armas.

O grandalhão parou no meio da sala. Olhou para Segimer e fez um cumprimento mudo. Olhou para Arminius e rosnou. Olhou para o governador e ergueu o punho numa saudação romana quase perfeita.

— Sou Maroboduus, rei dos Marcomanni! — ele grunhiu. — Se quer falar comigo, que me sirva cerveja!

Varus se recostou e sorriu. Estalou os dedos para um escravo.

— Traga uma bebida para nosso novo amigo.

Todos foram enganados com algo, Agnes, então contarei a história assim como foi percebida por eles. Se eu estivesse lá, talvez descobrisse a farsa, ou talvez também acreditasse. De qualquer forma, Arminius lhe contaria o que aconteceu desta forma e é a forma como vou contar.

Varus estendeu o braço, um escravo serviu mais vinho. Levou a bebida aos lábios, saboreou antes de engolir.

— Apenas uma ânfora disso custa mais que um escravo como ele — apontou para o homem que o tinha servido. — Vivemos numa época abençoada, meus amigos, em que germânicos podem beber assim!

Segimer já tinha aprendido a comer recostado num divã, embora isso nunca fosse se tornar natural. Arminius crescera com o hábito. Mas Maroboduus dos Marcomanni parecia um touro tentando deitar. Ficou estendido, seus pés penderam para fora. Experimentou se recostar de lado como os outros faziam. Tomou um gole de vinho e engasgou, porque beber naquela posição era difícil. O líquido caro escorreu por sua barba.

— Já esperamos o suficiente, não aguento mais suas distrações — disse o bárbaro, tentando disfarçar. — Fale o que quer.

Um escravo traduziu. Varus olhou de esguelha para Arminius, numa troca muda de impressões.

— O mais importante disso tudo — Arminius disse em germânico — é que os convidados eram três. Mas só dois compareceram.

Havia tribos abertamente hostis a Roma. Os Sugambri, os Suebii, os Bructeri. Havia aqueles que tinham sido domados pelos generais que vieram antes: os Ubii, os Frisii. Havia, é claro, os Queruscos, que eram o eixo ao redor do qual a Germânia romana girava. E havia tribos como os Marcomanni e os Chatti.

Os Marcomanni já tinham sido aliados de Roma e seus inimigos, mas agora se mantinham neutros e preparados para a batalha com qualquer um dos lados. Maroboduus era poderoso de corpo e espírito; tinha o respeito e a adoração de sua tribo e ainda comandava a vida religiosa como alto sacerdote. Sua independência teimosa era um espinho no pé de Publius Quinctilius Varus, mas também era quase uma garantia de que os germânicos nunca iriam se unir. Pelo menos uma tribo estaria sozinha e, com seu exemplo, outras também se recusariam a cooperar umas com as outras. Dividir e conquistar tinha sido a tática do governador na Síria e funcionaria também naquela terra feroz.

Os Chatti eram assunto mais incômodo. Continuavam instáveis e não se sabia o que esperar deles. Haviam se voltado contra as legiões quando sua lealdade era certa e recebido oficiais na casa do rei quando todos estavam preparados para a matança. Um legado mais bruto teria se livrado do problema de forma sumária: presumindo que simplesmente eram hostis e matando todos. Mas Varus sabia que isso seria um convite à vingança das outras tribos. Os romanos nunca deveriam ser o inimigo em comum.

— Estou decepcionado com a ausência de Adgandestrus — disse o governador. — Achei que ele pensaria no que é melhor para seu povo.

Adgandestrus era o rei dos Chatti. Sua presença ou ausência sempre fora uma incógnita, mas um político como Varus estava preparado para os dois casos.

— Se eu quisesse falar de Adgandestrus, falaria com ele — Maroboduus arrotou. — Desembuche logo!

Arminius não precisou de uma deixa do governador para tomar a palavra:

— Adgandestrus é tudo que há de errado com a Germânia. Um chefe que recebe um convite de seu governador e o ignora, depois de ter lutado ao lado dos romanos. Um traidor.

Segimer tentou apaziguar:

— Não pense nele como um traidor, Arminius. Os Chatti têm uma noção diferente de...

— Não deveria haver noções diferentes — Arminius sabia exatamente o que Varus falaria. Traduziu para o governador e ele ficou satisfeito. — A Germânia deveria querer o bem de todas as tribos.

Ele sentiu um olhar queimando sua pele. Maroboduus estava analisando Arminius como um predador.

— Arminius fala a verdade, mas suas proezas falam mais alto que suas palavras — disse Varus. — Veja quem ele é, veja o que fez! Arminius é a prova de que Roma está de braços abertos, pronta para acolher os guerreiros germânicos que quiserem se juntar a nós. Ele tem riquezas, honrarias e um futuro dourado.

— Os Marcomanni não querem ser como Arminius — Maroboduus tentou se ajeitar no divã mais uma vez.

— Por que não? — o governador continuou, num discurso que Arminius se sentia constrangido em traduzir. — Ele não deixou de ser um guerreiro. Não passou por nenhuma humilhação, não foi privado de nada. Imagine um filho seu, com toda a coragem e ferocidade que já possui, armado como um legionário! Imagine-o aprendendo as táticas que dominaram a Gália, a Ibéria, a Judeia! Por que não quer dar isso a seu filho?

— Não fale de meu filho.

Varus se ergueu do divã, andou até seu protegido.

— Por que não? — colocou a mão no ombro de Arminius. — Estou falando do meu.

Uma pontada de remorso fundo, de vergonha incandescente e nojo fundamental de si mesmo deixou Arminius tonto. Lembrou de Marcus Aius amarrado, amordaçado. Sem poder pegar uma espada, sem poder nem ao menos dizer uma prece ou jurar vingança. Uma lança no peito, sem que tivesse chance de lutar. Um bom homem assassinado.

Um bom romano, que morrera pelo crime de ser romano.

E, pela primeira vez, seu pai romano o chamava de filho.

— Os impostos... — começou Segimer.

Varus já tinha ouvido aquilo tantas vezes que reconheceu a palavra e o cortou em latim:

— Por favor, Segimer, pare de falar de impostos! Estamos falando de glória!

Ele se ergueu e andou para mais perto de Maroboduus.

— Os primeiros romanos passaram fome, rei dos Marcomanni. Seus filhos e netos também. Mas hoje eles nos olham com orgulho, porque temos banquetes. Talvez você e seu filho sofram para pagar nossos impostos, mas sofrerão de cabeça erguida, com armaduras romanas, a nosso lado, conquistando o mundo! E os filhos de seus filhos terão fartura e honrarão sua decisão.

— E então o quê? — Maroboduus vociferou. — Vão avançar pelo *cursus honorum* e ficar discutindo até serem assassinados?

O rei dos Marcomanni tentou tomar mais um gole, engasgou de novo. Cuspiu o vinho no divã e atirou o copo no chão, espalhando a bebida por tudo.

— Chega de me afogar deitado nessa cama! Chega dessa maldita bebida azeda, traga-me cerveja! E chega de suas promessas!

Ele ficou de pé, bem à frente de Varus. Arminius imediatamente se colocou de prontidão, mas o governador o deteve com um gesto.

— Responda-me apenas uma coisa, Maroboduus — Varus não demonstrou medo nenhum. — Se vocês se erguerem contra mim, acha que Adgandestrus dos Chatti virá em seu auxílio? Mesmo se vier uma vez, acha que virá sempre?

O gigante resmungou alguma coisa.

— Não precisamos especular. Adgandestrus já o convidou alguma vez a um banquete? Já lhe ofereceu a mão em amizade? Seja a bebida de sua preferência ou não, eu lhe dei a bebida mais cara que tenho. Goste você ou não dos divãs, é bem-vindo em minha casa.

Maroboduus não respondeu.

— Se você acha que vai ser sempre bem-vindo na casa de Adgandestrus e que ele sempre será leal, então sinta-se livre para ignorar minha oferta. Seja meu inimigo. Mas saiba que *eu* não quero ser seu inimigo.

Estendeu a mão.

Relutante, Maroboduus segurou o antebraço do romano. Saudou-o com respeito.

— Sabia que tomaria a decisão certa.

Arminius assistiu àquilo incrédulo. Varus andou pela sala num círculo amplo.

— Rei Segimer, rei Maroboduus, transmitam minhas ordens a suas tribos e às demais. Os Chatti a partir de agora estão banidos de qualquer contato externo. Ninguém deve fazer comércio com eles. Casamentos entre tribos serão ilegais aos olhos dos homens e dos deuses. Eles não poderão viajar por suas terras e serão tratados como invasores. Façam com que os Chatti recebam esta mensagem! Eles estão proibidos de sair de seu território. Escolheram virar as costas a nós, agora são párias entre os germânicos.

Num gesto insólito de humildade, Maroboduus olhou para Segimer, incrédulo, antes que o escravo terminasse de traduzir.

Dar aquelas ordens às tribos era loucura. Varus falava como se todos o reconhecessem como autoridade máxima. Por outro lado, desobediência arriscava a fúria das legiões — e das tribos que escolhessem a segurança dos romanos. Valia a pena continuar a ter contato com os Chatti por lealdade ou rebeldia? Será que a lealdade seria recíproca?

Maroboduus examinou Arminius. Uma coisa era inegável: em pelo menos um caso, a amizade de Varus fora real e sólida.

— A pena para contato com os Chatti será a crucificação — decretou Varus. — Crucificaremos cinquenta homens escolhidos ao acaso de cada tribo que for vista tendo uma relação amistosa com os párias. Um novo contato e serão cem.

Arminius pensou que nunca chegariam a cem. Depois de ver os primeiros cinquenta morrendo na cruz, qualquer germânico iria implorar ou lutar para que seus irmãos não desobedecessem.

Melhor lutar contra um irmão do que sofrer o castigo.

Um escravo chegou, carregando uma caneca e uma jarra.

— Aqui está a cerveja que pediu, rei Maroboduus — disse o governador. — Também há uma cadeira onde pode se sentar.

Esta história se passa em jantares e salas fechadas, porque é assim que Varus agia. Pelo menos assim ela começa, mas seu fim será sangrento, Agnes. Sangrento e terrível. Foram essas conversas no forte de verão que decidiram o destino do Império Romano. Foram esses jantares que fizeram com que existisse Carlos Magno e Hitler.

Mas logo chegaremos a isso.

Imagine algo mais glorioso se quiser, mas a próxima parte aconteceu enquanto Arminius estava terminando de urinar na terra, do lado de fora do *praetorium*. Era noite e ele estava sozinho, refletindo consigo mesmo, quando ouviu a voz trovejante de Maroboduus.

— Ele vai mesmo nos crucificar, não é?

Arminius se virou, alarmado. Então entendeu quem era, entendeu a pergunta e se afastou do pedaço de terra molhada.

— Vai — respondeu. — Se desobedecerem, vão ser crucificados. Varus é cruel. Há um povo distante, os judeus...

— Foda-se o povo distante — Maroboduus interrompeu. — Vocês falam do futuro e de terras que nunca vamos ver, fingem que não existe o dia de hoje, aqui mesmo. E no dia de hoje, aqui mesmo, estamos nos afogando em merda e a culpa é sua.

Arminius colocou a mão na espada, só porque não sabia mais o que fazer.

— O governador desfila com você como se fosse uma bandeira. Não vou ficar surpreso se ele enfiar uma vara no seu rabo e o balançar por aí. Você é o estandarte, é o símbolo do que pode dar certo — cuspiu no chão. — Fedelho venenoso.

O querusco ficou sério.

— Não está falando com um escravo ou com um político, rei Maroboduus. Está falando com um guerreiro germânico.

Maroboduus deu uma risada de desprezo.

— Germânico? Você?

— Maroboduus...

— É mesmo venenoso! É um verme!

Em um instante Arminius estava sobre ele. Deu um soco em direção a seu rosto, Maroboduus bloqueou com uma manzorra.

Mas então sentiu a ponta da *spatha* espetando sua barriga.

— Você não vai me matar.

— Mas agora você sabe que um verme *poderia* matá-lo.

Eles se desvencilharam um do outro.

— O que é tudo isso? — Maroboduus fez um gesto largo. — Esse muro quadrado? Essas estradinhas se cruzando, essas tendas todas iguais? O que é essa multidão interminável, todos fantasiados da mesma coisa, todos andando num passo só? Estão dançando?

— Isso é o Império que conquistou o mundo, rei Maroboduus.

— O mundo! O Império! Coisas distantes! Estou falando da Germânia! Vocês vêm para cá com essa língua que ninguém entende, esse jeito alucinado de guerrear. O governador me dá esse suco intragável que chamam de vinho e me diz que devo ficar grato porque foi caro! Se ele foi enganado e pagou um preço maior, devo ficar mais grato?

Arminius não respondeu. Apesar das ofensas, reconhecia naquela fala algo muito verdadeiro. Algo muito germânico.

— Ele quer que espalhemos ordens para outras tribos, como velhas fofoqueiras. Acabou de tornar uma tribo inteira fora da lei e vai punir quem não fez nada, porque outro fez! Já chegaram a nós histórias sobre outras leis idiotas. Meu povo não sabe o que pode e o que não pode fazer, agora vou ter que dizer a eles que podem ser punidos pelo crime de outro!

Maroboduus não estava rugindo em fúria. Não estava nem mesmo protestando. Parecia genuinamente confuso.

— O governador Varus quis honrá-lo com este convite — disse Arminius. — Quis mostrar o melhor que Roma tem a oferecer.

— O que interessa o que ele quis? Não posso adivinhar o que se passa na cabeça de um estrangeiro. Só sei que, se alguém de meu povo fizer uma coisa errada, seu vizinho pode ser crucificado.

— Tudo vai fazer sentido — garantiu Arminius. — Eu entendi os romanos e era apenas uma criança.

Mais uma vez, Maroboduus riu.

— Você é um romano!

— Sou germânico, rei dos Marcomanni.

— É romano e é ingrato! — Maroboduus bufou. — Seja pelo menos um romano decente!

Arminius também ficou confuso em vez de furioso.

— Você se veste como romano, fala como romano, anda como romano. Nasceu aqui? — fez um grunhido de desdém. — Que diferença faz? A mulher que me pariu morreu em seguida; fui criado pela segunda esposa de meu pai. E seja você um centurião, um tribuno ou um maldito deus, vou matá-lo se disser que ela não é minha mãe!

Arminius ficou em silêncio.

— Aquele homem o chamou de filho — disse o rei. — Você precisa ser um tipo especial de verme para virar as costas a seu pai.

Maroboduus se empertigou, se espreguiçou.

— Ah, que se foda — decidiu. — O que vai acontecer já está acontecendo e tudo que posso fazer é mandar meu povo fechar os olhos quando enxergar alguém de outra tribo.

Afastou-se, deixando Arminius estático. Então pensou melhor e se virou.

— Talvez o governador esteja certo — disse Maroboduus. — Talvez ele possa ser meu amigo.

O rei dos Marcomanni apontou um dedo grosso para Arminius.

— Mas *você* não é amigo de ninguém. Se chama seu próprio pai de cruel para um estranho, pode vender seus amigos muito barato. E nem quero saber o que faz com meros conhecidos.

Ele se afastou de novo. Tudo que Arminius conseguia enxergar era a imagem de Marcus Aius com a lança no peito.

Meu pai tinha acompanhado Segimer na viagem até o forte de verão, com a desculpa de ajudá-lo e servir de tradutor quando fosse necessário. Não pediu para participar do jantar com Varus e Maroboduus, o que Segimer viu como um pequeno alívio, mas tudo fazia parte de um plano.

Segestes notou muito cedo que os romanos iriam vencer aquela guerra. Dedicou anos e anos a aprender latim e decorar tradições, postos militares, honrarias dos conquistadores. Quando Varus chegou com as três legiões, Segestes operou em silêncio nos bastidores, vasculhando as fileiras em busca de pessoas de gabarito. Pessoas que valessem sua amizade.

Vários candidatos foram descartados por desprezo pelos germânicos, por excesso de obediência, por falta de astúcia. Mas então ele descobriu o centurião Marcus Caelius.

Marcus Caelius estava sempre por perto, porque sua presença era um estandarte quase tão chamativo quanto a de Arminius. Ele não era apenas um oficial das legiões. Com 53 anos, era um veterano empedernido, um homem para quem a legião era o mundo e a honra era ainda mais importante. Era o centurião *primus pilus* da Legião XIX Vigilax Canis, uma posição de destaque mesmo entre civis. Sua centúria de legionários experientes tinha feito a guarda de Varus quando chegamos ao território dos Queruscos. Se voltasse a Roma, Marcus Caelius seria assediado por senadores e nobres, poderia ter uma carreira política e com certeza frequentaria a casa de pessoas importantes.

Sua centúria era o baluarte da XIX, os soldados curtidos e testados que já tinham visto de tudo e não se impressionavam com nada. Mesmo assim, eles olhavam para Marcus Caelius com adoração que só dedicavam a um ancestral. O centurião tinha recebido a *Corona Civica*, a maior honraria das legiões, por ter salvado a vida de outro oficial. Era a distinção que Arminius concedia a Varus metaforicamente, por tê-lo salvado ao longo dos anos — mas para Marcus Caelius era algo literal e concreto. Algo que ele podia tocar, entre todas as várias condecorações que recebera ao longo de seu serviço militar.

Marcus Caelius era tudo que um centurião deveria ser. Ele até mesmo tratava os estrangeiros com dignidade e valorizava os que tentavam aprender a cultura romana.

Seu único defeito, se é que se pode chamar isso de defeito, era a intransigência. Marcus Caelius nascera de uma família plebeia no Monte Aventino, onde pobreza e crime imperavam, e precisara sangrar para obter cada conquista, galgar cada degrau. Ele desprezava em silêncio jovens nobres que recebiam posições de comando porque seu dinheiro comprava legiões — mas sobre esses precisava ficar calado. Sua bile era destinada a gente sem tanto prestígio que fora favorecida por alguma amizade importante ou outro acidente fortuito.

Seu alvo atual era Arminius.

Marcus Caelius não negava que o *praefectus* fosse um bom legionário, nem o considerava inferior por não ser romano. Mas ele nascera príncipe, tinha sido apadrinhado pelo governador e subira ao posto de *equite* sem metade do esforço que o próprio Caelius tinha passado. Arminius tinha menos de 30 anos. Ele não merecia aquilo tudo e, quando tomava um pouco de vinho a mais, Marcus Caelius não fazia segredo dessa opinião.

O centurião estava sentado num caixote sob o céu noturno, comendo o mesmo ensopado que os soldados comiam numa tigela de madeira, quando um germânico atarracado o abordou.

— Centurião de Primeira Fila Marcus Caelius? — em latim. — Gostaria de ter uma palavra, por favor.

Marcus Caelius engoliu, limpou a boca.

— Bom latim — disse. — Fale, germânico.

— Sou Segestes, um nobre dos Queruscos. Tenho uma informação sobre Arminius, mas pode ser perigosa.

Marcus Caelius colocou a tigela de lado, curvou-se para a frente. Segestes se agachou e sussurrou, conspiratório:

— Suspeito de que ele seja culpado de assassinato.

XII

ERA JULHO QUANDO OS CHEFES E REIS SE REUNIRAM. ESCOLHERAM as terras dos Queruscos, porque a tribo não tinha inimigos declarados. Dentro do território, escolheram Osning, porque sabiam do significado da região.

Osning, Kalkriese, Teutoburgo, Osnabrücker Land. Nomes para a colina, a floresta, a região. Não importa qual pedaço de terra ou topografia seja assim chamado, tudo remete ao chão sagrado onde o povo da Germânia era enterrado há milhares de anos, muito antes de haver qualquer uma das tribos. Você lembra do que mostrei no colégio, não? Pessoas faziam viagens imensas para morrer aqui ou pelo menos trazer artefatos para honrar seus mortos. Os romanos não sabiam disso — não porque alguém tivesse escondido, mas porque esta terra é esquecida de novo e de novo, torna-se um segredo aberto, algo que todos conhecem, mas ninguém dá importância.

Existe algo nesta terra, Agnes. É a causa e a consequência de tudo isso.

O conselho dos chefes trataria de guerra e de paz, de inimizades antigas e novas alianças. Precisava se realizar em Osning. Os reis das tribos germânicas não sabiam que estavam sobre as linhas e a geografia mística do Mecanismo do Destino, mas sabiam que ali decisões importantes eram tomadas.

Não apenas reis, chefes e sacerdotes participariam. Cada rei trazia uma guarda de honra, além de um punhado de nobres. Os germânicos tinham uma estrutura social peculiar: havia comandantes que, fossem ou não nobres, lideravam bandos de guerreiros que tomavam o lugar das famílias nas vidas de cada um. Esses bandos eram como clubes, como pequenas sociedades secretas, e os comandantes tinham dinheiro e poder. Assim, vários deles também viriam à assembleia, com os melhores dentre cada bando.

Os Queruscos foram os primeiros a chegar. Segimer e Arminius, um sacerdote e uma comitiva de guerreiros de elite. Segestes não estava com eles — meu pai tinha permanecido quieto nos últimos meses. Era um incômodo a menos, então o rei não estranhou, apenas agradeceu aos deuses.

Escolheram uma região na colina onde a floresta era mais esparsa. Havia clareiras onde debater, áreas de mata mais densa para rituais discretos, elevações e ravinas para que as várias delegações tivessem privacidade. O acampamento seria uma área vasta, uma aldeia transitória que surgiria ao longo daqueles dias. No centro de tudo, uma clareira onde ninguém acamparia, mas que serviria de palco para as principais decisões — ou julgamentos por combate.

O sacerdote fez os ritos certos para abençoar o local do encontro. Uma tempestade rápida avisou que haveria discórdia. Segimer e o homem santo atravessaram a região diversas vezes numa carruagem cerimonial, puxada por cavalos brancos que nunca trabalharam na fazenda ou na guerra. Eram animais sagrados, mantidos em Osning pela própria tribo. Ouvindo seus relinchos, interpretando o momento e a entonação de quando bufaram, rei e sacerdote leram o futuro. Havia bons augúrios para o conselho, mas os cavalos e o voo dos pássaros avisavam para que tivessem cuidado. Assim como o clima, as emoções poderiam mudar a qualquer instante.

— Haverá paz? — Arminius perguntou.

— Haverá sucesso de algum tipo — disse Segimer. — Se isso significa paz ou guerra, cabe aos deuses decidir.

Um conselho de chefes não tinha um dia exato nem havia uma previsão de como iria se desenrolar. Ao longo de três dias, chegaram os Sugambri, os Bructeri, os Usipati. Seus próprios sacerdotes fizeram ritos particulares, alguns específicos de uma ou outra tribo, para garantir segurança e honestidade uns dos outros, mas ninguém tocou nos cavalos brancos que eram propriedade sagrada dos Queruscos.

Os Marsii chegaram na terceira noite, liderados pelo jovem chefe Mallovendus. Eram uma comitiva pequena, alguns guerreiros parecendo recém-saídos das fraldas, mas se portavam com orgulho. Mallovendus olhou os chefes e reis que já estavam lá, acampados com seus próprios grupos ao redor de fogueiras que transformavam a área em um emaranhado de luz oscilante. Seu olhar se deteve na fogueira dos Queruscos. Ele fez sinal para que seus homens ficassem onde estavam e caminhou com passo firme até lá.

— Rei Segimer — Mallovendus cumprimentou.

Arminius se ergueu, olhando-o de esguelha.

— Está aqui como querusco ou como romano? — o jovem rei provocou.

O *praefectus* manteve a calma.

— Sou querusco e sou romano. Estou aqui para falar de paz, chefe Mallovendus.

O outro riu.

— Paz? Os deuses o abençoaram com a loucura, Irmin! Quando me perseguiu na floresta, não queria nada além de morte.

Segimer dirigiu um olhar grave para seu filho. Apesar de si mesmo, Arminius disfarçou, constrangido.

— Um encontro com um bando de guerreiros em emboscada é diferente de um conselho, Mallovendus. Não fosse assim, só haveria carnificina sempre que os chefes se reúnem.

— Não acho que você vá me trespassar com uma lança ou me pisotear com um cavalo — Mallovendus cuspiu no chão. — Mas já provou que quer a chance de fazer isso. Sua boca pode falar sobre paz, mas suas mãos falam mais alto, e elas falam de guerra.

— Eu poderia acusá-lo de covardia por ter fugido, deixando seus homens para morrer. Poderia acusá-lo de deixar seu escudo para trás, o que o impediria até mesmo de participar de uma assembleia tribal.

Mallovendus apertou os lábios.

— Seria uma acusação grave, Irmin. Exigiria reparação.

— Sim — Arminius falou devagar. — Seria.

Dentro dele, o turbilhão rugia cada vez mais alto, sua fúria aumentando porque nunca transbordava. Ele estava na Germânia há meses, há meses incomodado com a passividade e subserviência de seu antigo povo, há meses amaldiçoando cada sucesso, há meses querendo matar ao mesmo tempo em que queria a paz.

Mais tarde, naquela mesma noite, Segimer fez um gesto para que ele se aproximasse. A fogueira dos Queruscos já estava baixa e a maior parte dos guerreiros estava dormindo. Aos poucos o dia seria trocado pela noite durante o conselho — a noite era considerada o arauto do dia, o período mais importante para aquele tipo de evento. O rei não estava com sono, mas parecia cansado. Arminius sentou a seu lado e eles ficaram em silêncio.

— O que Mallovendus falou é verdade? — Segimer perguntou, enfim.

— Acha que devo prestar contas a você?

Segimer se virou para ele devagar. Pela primeira vez, Arminius viu nele uma expressão que não era de um pai para um filho. Era de um rei para um súdito.

— Se você está no conselho dos chefes, é um nobre querusco e sou seu rei. Agora responda a minha pergunta.

Arminius baixou os olhos e respondeu. Contou sobre o encontro com os Marsii, a troca de insultos, a perseguição na floresta. No fim, Segimer balançou a cabeça.

— O que você quer, Irmin?

— Estou aqui para fazer a paz. Estou falando isso desde que cheguei.

— Guarde sua ladainha para os romanos — numa careta de desgosto. — Não perguntei quais são suas ordens. Perguntei o que quer.

Era a ordem de um rei e Arminius não ousou desobedecer. Cumprindo a ordem, olhou para dentro de si mesmo. Não era uma visão agradável.

— Quero que a Germânia não nos dê escolha. Quero que vocês tentem nos matar e nos obriguem a matá-los.

— Você lutaria ao lado dos romanos, então.

— Você mesmo disse que não posso ser tudo, possuir tudo.

Segimer cofiou a barba.

— Você mataria seu pai?

— Se nos encontrássemos no campo de batalha — segurou o tecido da capa, onde ainda estava rasgado desde que ele entrara no salão dos Queruscos. Ficou esfregando o pano entre os dedos. Quando sua voz saiu, foi quase um sussurro: — Sim.

Silêncio.

— Isso é o que quer — disse Segimer. — Mas o que vai fazer?

— Vou cumprir minhas ordens.

— As ordens de seu governador?

Arminius olhou para ele com tristeza séria.

— De *seu* governador. E você também vai cumpri-las.

Na manhã seguinte, Maroboduus chegou com uma comitiva tão vasta quanto ele mesmo. Seus nobres eram ricos, seus comandantes tinham troféus e seus guerreiros exibiam peitos nus e pele tatuada. Chegaram cantando uma antiga canção de guerra, mas a música foi interrompida quando o vozeirão do rei dos Marcomanni trovejou:

— O que esse romano está fazendo aqui?

Arminius se ergueu, exausto. Seria mais uma rodada de acusações.

— Trago as palavras do governador Publius Quinctilius Varus — ele respondeu. — Mas estou aqui como príncipe dos Queruscos, tenho tanto direito quanto qualquer um.

— Talvez tenha o direito, e pode limpar a bunda com ele! Mas as moscas também têm direito de estar nesta terra! As minhocas e as lesmas, nenhuma é barrada! Não significa que vou acreditar na palavra de uma mosca. Ou de uma serpente como você!

Arminius tocou na *spatha*. Ali, mais do que em qualquer lugar, precisava refrear seu furor.

— Deixe suas opiniões para o debate — falou.

— Isso não é uma opinião, é uma verdade! Aqui há homens honestos e há mentirosos e a verdade é que você é um dos mentirosos! Como ninguém o conhece direito, é meu dever avisar. Se você disser que o céu é azul, direi que é verde!

— Isso é a postura de um bruto.

— Contra uma cobra, o melhor é uma boa paulada! Não vou argumentar com ela, sei que vai sibilar e me envenenar!

Arminius começou a falar algo, mas Maroboduus o ignorou. A comitiva passou por ele como se não existisse e foi montar acampamento num lugar afastado.

Quando o sol começou a se esconder, chegaram os Chatti.

O rei Adgandestrus era um homem velho, com uma longa barba branca. Muito alto e magro, andava curvado com o peso do mundo, apoiado numa lança. Seu ar de ancião sábio não dava pistas sobre a raposa matreira que era: todos os chefes, reis, sacerdotes, guerreiros e nobres sabiam que Adgandestrus era capaz de ler uma situação como se fosse um adivinho e escolher o lado vencedor. Se a maré da vitória mudasse, também mudava sua lealdade. Atrás dele vinham comandantes e guerreiros bem equipados, vários ostentando adornos de ouro.

Aos poucos, o silêncio tomou toda a região do conselho.

Os Sugambri foram os primeiros a virar as costas a eles. Então os Queruscos — Arminius se sentiu esquisito, mas sabia que precisava dar o exemplo. Os Angrivarii deixaram claro que eles não eram bem-vindos. Os Marsii não demoraram, então os Bructeri e todos os outros. Por fim, o rei Maroboduus olhou aquilo de longe, com tristeza, e também se virou.

Os Chatti ficaram parados, vendo os acampamentos que se espalhavam entre as árvores e clareiras. Os guerreiros mais jovens tremeram de raiva, mas seus irmãos veteranos fizeram com que mantivessem a calma.

— Conheço as ordens do governador! — a voz de Adgandestrus foi surpreendentemente clara. — Há um mês somos fantasmas nesta terra.

Nem mesmo recebemos o convite a este conselho, mas nenhum rei ou general pode impedir que vejamos o voo dos pássaros ou o caminhar dos guerreiros. Podem nos tratar como não pessoas, mas esta colina sabe que temos o direito de estar aqui. Podem fechar os olhos, mas vão ouvir nossas vozes e saberão que só falamos verdades.

Não houve resposta.

Então algum guerreiro disse:

— Se eles são fora da lei, não estão protegidos pelas normas do conselho.

Os mais ambiciosos sutilmente examinaram a comitiva recém-chegada.

Eles não tinham nenhuma proteção legal.

Mas tinham bastante ouro.

E a colina sentiu a intenção, porque é a natureza desta terra absorver a fúria. Teutoburgo ressoou com os pensamentos assassinos e os espalhou. Pássaros levantaram voo, inquietos. Se os Chatti fossem atacados, seria o mesmo que aconteceu agora, Agnes. Kalkriese se alimentaria de sangue e espalharia a guerra. Mas naquela época os yithianos não queriam sangue rápido e fácil. Para quebrar um império, o sacrifício precisava ser muito maior.

— Existe uma lei superior à dos romanos — uma voz cortou o silêncio, e a voz era minha. — Superior até mesmo à lei dos deuses! É a lei da terra, a lei de Tuisco, do pai do pai de todos nós. Derramem sangue aqui e vejam as tempestades rugirem e as chamas arderem! Desafiem Tuisco e assistam a sua própria ruína.

Saí do meio das árvores. Para a maior parte das tribos, eu era só uma garota esquisita, trajada com uma capa comprida e mantos brancos de sacerdotisa, o rosto pintado de forma ritualística. Mas os Queruscos me olharam com assombro. Segimer parecia ter visto um fantasma. Arminius tocou no próprio peito, por cima da couraça, no lugar onde o fecho da armadura de Marcus Aius encostava em sua pele.

— O que essa mulher está fazendo aqui? — um sacerdote guinchou.

Virei-me para ele e, mesmo tendo menos altura, o encarei de cima para baixo.

— Sou filha de Tuisco. Falo por Tuisco e conheço seus anseios. Vocês estão aqui com a permissão do deus. Não podem expulsar uma de suas escolhidas.

O sacerdote resmungou alguma coisa, mas não protestou mais.

— Tenham certeza de que seus espíritos são fortes, reis e chefes — falei. — O que for dito aqui vai ressoar até depois da morte dos deuses.

O centurião Marcus Caelius ouviu a história de meu pai naquela noite e, ao longo dos próximos dias, mergulhou nas palavras de Segestes. A narrativa era simples e fazia todo sentido. Porque, essencialmente, era verdade.

Segestes era um nobre germânico que queria abraçar a civilização romana. Mandara seus filhos para Oppidum Ubiorum, onde um deles era o alto sacerdote do Culto ao Imperador. Sua filha era noiva de um legionário que foi encontrado morto.

Segestes não tinha motivo para incriminar Arminius nem estava fazendo isso. Meu pai era um covarde, um homem subserviente e sem amor próprio, que beijaria os pés de qualquer conquistador — mas não era idiota. Se achasse que Arminius era um romano leal e uma rocha sólida onde se agarrar, teria me jogado em seus braços e comemorado a morte de Marcus Aius. Mas ele notara desde o começo que Arminius era imprevisível como uma rolha no oceano.

Por isso, dia após dia, falava com Marcus Caelius e o centurião não achava nenhuma falha em seus argumentos, nenhum buraco em suas histórias.

Não existia investigação naquela época e mesmo o conceito de alguém culpado por um crime era diferente. Se eles estivessem em Roma, poderia haver um julgamento no qual o caráter do acusado seria posto em xeque. Mas na Germânia, Arminius nunca seria formalmente acusado. Marcus Caelius não pensou em procurar provas ou questionar possíveis testemunhas, nunca lhe ocorreria averiguar o que vítima e suspeito faziam na noite do assassinato. O que estava na cabeça do centurião era a lealdade de Arminius.

Arminius tinha recebido tudo numa bandeja de prata. Arminius tinha a combinação certa e arbitrária de características para ser um símbolo. Arminius não precisara provar seu amor por Roma antes de ser acolhido. Tudo isso fazia dele um traidor em potencial. Se fosse culpado da morte de Marcus Aius, o próprio ato teria pouca importância: mais grave era o que esse ato significava, mais importante era a quebra da irmandade entre legionários.

Durante semanas, essas dúvidas cutucaram o espírito de Marcus Caelius. Como *primus pilus*, ele conseguiria a atenção do governador, mas precisava de algo sólido para questionar o protegido de Publius Quinctilius Varus.

A rotina de exercícios e espera infinita faziam cada dia se arrastar, enquanto o calor e a chuva se alternavam tornando a vida de todos um inferno. Ele não queria nada além de marchar, enfrentar as tribos inimigas e forçá-las a se curvar, mas Varus preferia receber germânicos em seu salão, ouvir suas arengas e gastar com eles bom vinho romano. O rancor se misturou à impaciência de acompanhar o verão se esvaindo. Por sua idade, aquele era um de seus últimos anos de campanha e estava sendo gasto fazendo diplomacia com bárbaros. Publius Quinctilius Varus estava forçando-o a ser um inútil, roubando sua vida, roubando sua glória.

Marcus Caelius ficava acordado à noite ao pensar no que falariam dele depois que voltasse a Roma. Diriam que em sua velhice ele tinha se acomodado. Que ficou sentado esperando o tempo passar num local de marasmo, sob um governador mole e frouxo.

Ele não podia descontar sua raiva em Varus, mas talvez pudesse descontar em Arminius.

Numa noite de chuva irritante, no fim de junho, Marcus Caelius chamou um de seus homens de confiança, o decano Aulus Trebonius. Era um soldado de origem humilde, que servia com ele há anos e tinha conquistado a posição de liderar um grupo de dez legionários de elite. Trebonius se juntou a Caelius sob a chuva, ambos de pé do lado de fora de uma tenda. Já tinham passado por coisa muito pior juntos. Mesmo se em vez de água chovessem lanças, Trebonius não se moveria um centímetro sem receber uma ordem.

— Salve, centurião — disse o soldado.

— Salve, Aulus Trebonius. Feliz por conhecer esta terra exótica e conquistar novas glórias?

Ambos riram sem humor.

— Tenho uma missão para você — Caelius não perdeu tempo.

— Qualquer coisa, senhor.

— Não é uma missão da legião. É um favor para mim.

— Apenas fale, senhor. Não precisa se explicar.

Caelius olhou para ele com certa admiração. Aulus Trebonius era desprovido de qualquer ganância; não tinha planos e não pensava muito em sair vivo da legião. Em Roma, ele seria um criminoso ou guarda-costas, na melhor das hipóteses. Mas na legião o centurião sempre lhe dissera o que fazer e suas ordens sempre resultavam no melhor. Por isso, Aulus Trebonius tinha para com ele devoção canina.

— Você orgulha a águia da XIX, Trebonius. Mas sim, preciso explicar sua tarefa.

O outro apenas ouviu.

— Consegue destacar cinco homens espertos e silenciosos, que saibam se orientar na floresta?

— Sei exatamente quem chamar, senhor — sem hesitação.

— Entre eles deve haver um guia, alguém que já esteja neste fim de mundo há anos e conheça as trilhas. Alguém que entenda pelo menos algumas palavras da língua dos bárbaros.

Ele pensou por um instante e então assentiu com a cabeça.

— Não podem ter se envolvido com nenhuma germânica, não quero ninguém que tenha um filho de cabelo loiro por aí. Nenhum apego ao inimigo.

De novo ele assentiu.

— Mais importante de tudo — disse Caelius. — Homens discretos e leais. Homens que entregariam suas mães a Dis Pater antes de falar uma palavra sobre a missão.

— Se algum de meus soldados um dia falar qualquer coisa que não deve, vou pendurar a língua do fanfarrão em meu elmo. Não há tolos, bêbados ou indecisos em sua centúria. Todos aqui sabem seu lugar e têm lealdade total.

Marcus Caelius sorriu.

As palavras de Segestes, bem alojadas na mente de Marcus Caelius, deram forma às ordens e puseram em movimento mais uma pequena pedra da avalanche que estava se formando.

— Você vai liderar esse grupo, Trebonius. Vocês vão entrar na floresta, vão descobrir o local do conselho de chefes das tribos. Então vão ouvir o que eles dizem e me trazer provas da traição de Arminius.

XIII

SEGESTES COOPTOU MARCUS CAELIUS. MARCUS CAELIUS DEU ordens a Aulus Trebonius. E agora Aulus Trebonius se esgueirava pela floresta com cinco legionários de confiança.

Aquela não era a especialidade de um legionário romano. Não fossem soldados da primeira centúria, nunca teriam a experiência e habilidade necessárias para a tarefa. Mas aqueles eram guerreiros empedernidos, cada um veterano de várias batalhas. Tinham aprendido a ser silenciosos para sobreviver em uma ou outra colônia, assim como tinham aprendido rudimentos de um punhado de línguas, noções de como sobreviver em diversos tipos de terrenos e maneiras de matar alguém sem fazer barulho. Sem ter recebido treinamento formal para isso, aqueles eram o mais próximo de soldados de forças especiais que uma legião possuía. Eram os tipos enviados para recuperar um estandarte perdido, para vingar a morte de um oficial, para fazer reconhecimento em uma área hostil.

Eles seguiam sem armaduras, mas tinham deixado o equipamento mais pesado enterrado num ponto da floresta que memorizaram bem. Os seis iam abaixados, levando só o gládio e o *pugio*, a adaga de lâmina larga. Pés descalços, porque a sandália reforçada com metal deixaria pegadas inconfundíveis. Todos eles tinham histórias sobre irmãos de legião que estavam enterrados em algum lugar porque julgaram que estrangeiros eram simplórios e burros. Eles tratavam o inimigo como inteligente e tão bem treinado quanto um legionário.

Naquele caso, não podiam estar mais certos.

O batedor, que liderava o caminho, fez um gesto e todos estacaram. Aquele homem tinha servido com um legado anterior, a Germânia fora sua casa durante anos. Numa rápida volta para Roma, foi incorporado à XIX Vigilax Canis depois da morte do legado e considerava que sua volta àquela colônia era pura intervenção de Marte.

Aulus Trebonius era o primeiro entre os cinco que o seguiam. O decano repassou algumas ordens por meio de gestos. Era noite na floresta fechada. Normalmente, não poderiam se comunicar daquela forma, contariam com a própria experiência para decidir o que fazer por si só, confiando que todos os outros fossem fazer a coisa certa. Mas a luz de tochas distantes oferecia alguma visibilidade.

Os seis se deitaram no chão em silêncio. Aguardaram para ter certeza de que não tinham sido ouvidos e então seguiram em frente se arrastando.

Estavam num declive na colina coberta de árvores. Abaixo, numa depressão, um círculo de seis tochas altas oferecia luz à vontade, ao mesmo tempo colaborando para deixá-los ainda mais ocultos nas sombras.

No centro do círculo havia uma mulher.

Apesar de todas as experiências que já tive como yithiano e como humano, ainda é estranho enxergar a mim mesma através dos olhos de alguém. Quando, mais tarde, tomei as almas daqueles homens, tomei também suas memórias. Hoje tenho a lembrança de me ver através de seis pares de olhos, no fundo da depressão que parecia um palco. Bastava um olhar para saber que eu era feroz, Agnes. O grupo de reconhecimento imediatamente me notou como uma inimiga perigosa.

— Venha, Arminius — me ouviram dizendo.

Aulus Trebonius sorriu para si mesmo. Ele não falava germânico, mas podia reconhecer o nome. Pensou em como deixaria seu centurião orgulhoso.

— Venha, Arminius.

Meus braços estavam estendidos para o espaço fora do círculo de tochas. Era um símbolo simples e antigo, que talvez tenha se formado quando o mundo material foi inventado. A roda de seis hastes, a Roda de Deus, que é o brasão desta cidade e é capaz de conter a coisa mais perigosa do universo.

Um deus.

Arminius saiu das sombras. Sua couraça reluziu na luz das tochas. Seus passos eram hesitantes, como se estivesse prestes a pisar numa armadilha — e a armadilha fosse bem visível.

— O que está acontecendo, Thusnelda?

— Você vai entender. Você finalmente vai entender o que está acontecendo. O que vai acontecer. O que aconteceu em nossa terra para que ela fosse o que é.

Ele deu mais um passo, como se eu fosse uma serpente.

Eu estava coberta do queixo até o chão com a pele de um urso. O pelo grosso de cheiro forte me envolvia como um casulo. Arminius soube que não era uma capa, não era uma veste. O sangue da fera estava empoçando sob meus pés, sendo bebido pela terra. Não era couro curtido, mas um troféu fresco, ainda quente e aconchegante sobre minha pele. Meu rosto estava pintado com tinta e com sangue, meus cabelos estavam endurecidos com o esterco dos cavalos brancos, as mechas brancas pareciam um espeto brotando de minha cabeça.

Eu era uma sacerdotisa de Tuisco.

— Entre no círculo.

Havia espaço de sobra. As tochas eram separadas por vários metros, tomavam quase todo o espaço antes que o solo se elevasse e até a orla da floresta.

— Isto é um ritual?

— Não tenha medo de mim, Arminius.

— Não tenho medo de você.

— Sim, ainda tem — eu ri. — Mas em breve os outros terão medo de mim. De você. De nós juntos.

Ele se aproximou. O crepitar das tochas pareceu ficar mais alto, tomou sua audição.

Arminius se deteve por segundos intermináveis na beira do círculo.

Então deu um passo para dentro, rompendo uma barreira invisível. Naquele momento, ele soube que tinha entrado num caminho sem volta. Arminius não conhecia a palavra "voragem", mas é a perfeita definição para o que aconteceu naquele círculo, que tomou nós dois e também toda uma civilização por dois mil anos.

Fiz um movimento com os ombros e deixei cair a pele de urso. Por baixo eu estava nua. O sangue que tinha se grudado em mim fazia padrões abstratos, mas com significado. Eram diagramas que se desenhavam espontaneamente. A energia da colina tentava invocar o que existia nela, enquanto minha própria força e meu conhecimento faziam com que padrões de aprisionamento contra-atacassem numa dança lenta e líquida.

Arminius me olhou de cima a baixo, com nojo e desejo. Minhas mãos, sobre meu estômago, seguravam a lâmina de um machado de cobre primitivo.

— Isto é o ritual dos romanos?

— Não é um ritual, não ainda. Muito menos romano. Você vai ver.

— O que está acontecendo?

— Você ainda não é você mesmo, Arminius. Tire esse disfarce.

Ele soube que eu falava de seu uniforme de legionário. Arminius respirou fundo, então se abaixou para tirar as sandálias. Desfez as fivelas que prendiam a couraça. Depositou-a no chão com cuidado. Tirou a capa. Puxou a túnica por cima da cabeça, tremendo.

Não viu quando o fecho da armadura de Marcus Aius caiu no chão. O pequeno objeto de bronze reluziu sob as chamas.

E havia tanto destino embaralhado ali, eu estava tão embriagada por ver minha longa conspiração dando frutos, que também não vi. Sendo franca, apesar de ser apenas um humano, aquele homem tinha um efeito narcótico sobre mim. Eu o estudara tanto que a utilidade tinha se transformado em fascínio. E havia uma parte de mim que era humana, a alma submersa de Thusnelda — essa parte humana respondia a ele como uma humana.

Nós não vimos o fecho cair, Agnes.

Mas Aulus Trebonius viu.

Daquela distância, ele não sabia que era um fecho de armadura, muito menos o que havia inscrito nele. Mas sua astúcia de sobrevivente o fez guardar aquela informação. Se fosse possível, ele vasculharia o equipamento de Arminius em busca de uma carta, um símbolo, qualquer coisa que sinalizasse lealdade aos bárbaros. A pequena serpente de bronze seria examinada com todo o resto.

Meus olhos estavam em Arminius.

Apesar do medo, da incerteza, o corpo traiu sua excitação.

— Chegue mais perto.

Ele obedeceu. Tomei suas mãos trêmulas e coloquei nelas a lâmina de machado.

— Isto é um resquício de povos muito antigos — falei. — Mais de 2.000 anos atrás, homens e mulheres que você mal reconheceria como homens e mulheres vinham até aqui para prestar homenagens e ser enterrados. Eles trouxeram os maiores tesouros daquela época para cá e não os usaram. Eles deram os tesouros de cobre à terra, Arminius.

— A Germânia?

— Não a Germânia. Teutoburgo. Osning. Este é um lugar de poder. Aqui vamos derrubar um império.

Arminius arregalou os olhos. Tentou largar a lâmina, mas fiz força sobre seus dedos.

— Você sente, não é? — continuei. — A fúria. A vontade da guerra. Talvez você seja romano, talvez seja germânico, não importa. O que importa é que você nasceu aqui e ouve o chamado desta região.

— Ninguém consegue derrubar o Império.

— Você conseguirá, Arminius, e vou mostrar como.

— Não é o que desejo.

— Não mesmo?

Soltei suas mãos. Ele continuou segurando a lâmina.

— O Império não é Roma que você conheceu. Não é a escalada, a conquista. O Império é seu futuro escrito, Irmin. Definido pelos outros. O Império é a filha de Varus e uma posição de governador. O Império é apaziguar as províncias e cobrar impostos. É isso que espera por você.

Ele engoliu em seco. Enquanto estivera nas mãos de Segimer e Varus, ele tinha sido usado como ferramenta para a rendição da Germânia. Roma continuaria se expandindo, é claro. Haveria outras campanhas, outras conquistas.

Mas não para ele.

Antes dos 30 anos, ele já era um enfeite. Veria os outros alcançando glórias, enquanto oferecia vinho aos inimigos.

Para escapar disso, valia a pena derrubar uma civilização.

— Como...? — ele balbuciou.

— Ajoelhe-se.

Arminius ficou sobre os joelhos, segurando a lâmina na frente do peito como em adoração. Olhou para cima, minha pélvis coberta de sangue seco quase na altura de seu rosto. Ele era meu servo, as linhas de destino convergiam. A estratégia de anos e anos estava num de seus principais nexos.

— Penetre a terra, Irmin. Comece a cavar.

Ele segurou a ferramenta de cobre com as duas mãos acima da cabeça, então a levou ao chão fofo, num golpe forte. A terra se abriu, ele empurrou, ergueu o machado e o abaixou de novo. A meus pés, Arminius escavou a colina com um artefato ancestral.

O buraco aumentou, ficou mais e mais fundo. Seu suor reluzia com as chamas. Ele estava coberto de sujeira. Tinha entrado no buraco sem notar, enquanto engatinhava para alargá-lo, encontrar lá o fim do Império. Eu continuava de pé, cada vez mais superior. A noite ficou mais e mais escura, as tochas ameaçavam se esgotar.

Então a lâmina de cobre bateu em algo.

Arminius olhou para cima, maravilhado e apavorado, mas não conseguia ver meu rosto, só as pernas e um pedaço do tronco da figura que se erguia sobre ele como uma deusa.

Mas eu não era uma deusa.

— Isto é... — ele começou.

— Cave.

Arminius quase não tinha mais controle dos braços. Ergueu o machado de novo, mas não conseguia fazer o movimento para baixo.

— Não quero tocar nisso.

— Cave, Irmin.

Ele deu um urro e cravou o machado na terra.

De olhos fechados, gritando, golpeou repetidamente, aumentando o buraco, revelando enfim o que estava por baixo. A cada movimento, suas mãos encostavam numa textura terrível. Sua pele ardeu, mas era pior do que isso, porque era um toque entre o áspero e o suave, que trazia inquietude. Olhou sem querer e a distância da coisa era enlouquecedora. Estava perto, a centímetros dele, mas quando descia o machado seus braços se estendiam por quilômetros. A distância dava medo.

O suor de Arminius escorreu para cima, para os lados, formando padrões ritualísticos. Seu coração disparava, tudo que podia se encolher em seu corpo estava encolhido. Era um terror primordial: o medo atávico de um animal perigoso, o medo internalizado de um pai cruel.

O medo da morte e do que havia do outro lado.

— Por favor, não aguento mais...

— Toque nele, Irmin.

— *Não, por favor...*

— Toque nele — ordenei.

Os músculos entraram em espasmo, o corpo se revoltando contra a ordem do cérebro. Ele teve um enjoo violento e todo o conteúdo do estômago jorrou pela boca, então a bile se seguiu. As lágrimas que saíam de seus olhos não eram mais lágrimas. Eram sangue.

Mas ele se obrigou a continuar o movimento.

Para transcorrer os poucos centímetros, a mão se estendeu até quase desaparecer num horizonte escuro.

Então Arminius tocou nos fios grossos do pelo de *algo*.

— O que é isso, Thusnelda? — ele suplicou como uma criança.

— Este é o deus que está na terra, Irmin. Este é Tuisco.

Aulus Trebonius não conseguia ver dentro do buraco, mas o pavor e a inquietação existencial emanavam da terra. O poder da Realidade estava contido pelo círculo de tochas, e essa foi a única razão pela qual ele e seus legionários não enlouqueceram.

O batedor que falava germânico se arrastou para perto dele. Ousou sussurrar algumas palavras, sob a cobertura do crepitar do fogo.

— Falaram em derrubar o Império.

O decano assentiu.

— Vamos conseguir uma prova — falou, quase inaudível. — Tem que haver alguma coisa nas roupas.

Apontou para baixo.

Fez um sinal para os outros. Eles ficaram de prontidão.

Não era Tuisco, Agnes, porque Tuisco não existe e nunca existiu.

Mas Tuisco era a forma como os germânicos cultuavam o deus que está enterrado aqui mesmo, sob nossos pés. O deus que faz as guerras começarem a terminarem nesta cidade, nesta região. Faz com que a história seja puxada para cá de novo e de novo, faz com que ciclicamente haja algum tipo de veneração por Osning, por Teutoburgo, por Kalkriese, pelo Irminsul, por Osnabrück. Foi a presença do deus, o poder que existe aqui, que fez com que se despejassem bombas apenas para se livrar delas. E, mesmo assim, com que este lugar seja esquecido, ignorado, evitado.

Não sei o que veio primeiro, Agnes. Não sei se este sempre foi um local de poder, uma conjunção de energia da Realidade e um nexo de geografia sagrada, e por isso aqui o deus caiu e foi enterrado. Ou se ele caiu neste lugar por acaso depois de uma batalha ancestral e sua presença distorceu a região.

Sei apenas que o Mecanismo do Destino alimenta o deus e por ele é alimentado. Mais tarde os yithianos deixaram seus corpos físicos nesta região, mas sempre temeram qualquer contato com o deus. Apenas eu tinha coragem e conhecimento para manipulá-lo tão de perto, e mesmo assim isso me enchia de um terror quase humano.

Sei qual será sua próxima pergunta, porque é uma pergunta de humanos e principalmente de uma cristã no século 20. Você deseja saber se o deus está aqui fisicamente ou se há um portal para sua localização. Imaginou se, cavando como Arminius cavou, você poderia chegar até ele. Nós não pensávamos assim naquela época e, embora os romanos também não entendessem o universo, é mais útil pensar como eles.

Você não poderia cavar como Arminius cavou. Não sem um ritual. Você encontraria problemas, escolheria o ponto errado, sua ferramenta quebraria. Você poderia cavar e cavar e nunca chegar a lugar nenhum, porque embora o deus esteja aqui, a materialidade de um deus não é a mesma de um humano. O mundo material é uma mentira, lembre-se disso, e um deus não é sujeito a suas regras arbitrárias. Ele pode estar preso nesta ilusão, pode estar morto e aguardando, mas nunca será material como você. Um deus não é tênue e intangível, não é etéreo e vago. Ele é muito mais real do que você jamais será, Agnes. Mais presente. Mais sólido.

Mas, infelizmente, os rituais são muitos, são complexos e ao mesmo tempo extremamente simples. Alguém pode chegar ao deus sem querer, sem saber que fez uma série de atos sagrados. E um ato simples como assassinar uma mulher inocente pode alimentar o Mecanismo do Destino e fazer a fúria do deus reverberar. O que aconteceu uma vez pode acontecer de novo e, como você saberá, foi aqui que a Alemanha foi dividida para sempre.

Quem está aqui é um deus de fúria. Pronunciar um nome divino nunca é fácil para alguém de minha espécie, mas você aprenderá a palavra.

— Você nasceu sob a égide da fúria, Irmin — falei, de cima. — Seu nome é o nome do nosso local mais sagrado, pois você é sagrado. Você odeia a paz. Você é a ruína e a tempestade. Você é o fim.

Eu falava a verdade e mentia. Ele era tudo aquilo, porque eu o estava transformando. E eu o tinha escolhido porque ele era um vórtice de destinos. Nós estávamos mais ligados um ao outro do que eu queria admitir.

O cheiro do pelo do deus era como o de todos os animais mesclados, um fedor horrendo e intoxicante. Arminius inspirou e sentiu sua mente dançar num nevoeiro.

— Volte ao mundo, Irmin. Você foi iniciado. Venha para mim.

Para sair do buraco, ele precisaria andar em frente, escalar pela espécie de ribanceira que havia se formado. Tentou implorar para que não precisasse fazer aquilo, mas esqueceu as palavras. Era difícil demais, doloroso demais. Exigia voltar a ser uma pessoa, ter domínio sobre si mesmo e assim reconhecer o horror logo abaixo. Perto do deus, a humanidade parecia fora de alcance.

Mas ele obedeceu.

Arminius precisou lembrar de como ficar de pé. Era mais natural andar de quatro. Deu um passo para a frente. Todos os pelos de seu corpo se eriçaram, numa reação animalesca. Deu mais um passo e sentiu o pelo do deus na sola de seu pé, como uma lixa grossa. Firmou o pé para continuar andando, sentiu uma dor profunda em todo o corpo. Suas veias e seus órgãos tentavam se rearranjar num diagrama profano. Fechou os olhos, mas não adiantou, porque a luz vaga atrás de suas pálpebras pulsou num padrão místico. Em poucos passos, ele empreendeu uma jornada. Quando chegou à beira da elevação, não lembrava mais do próprio nome. Só conhecia ferocidade, fome, medo. Foi tomado pelo instinto de sobreviver, caçar, acasalar.

Ajoelhei-me na beira do buraco e estendi a mão para puxá-lo. Mesmo aquilo era aterrorizante. Eu estava perto demais do deus, precisei da força de vontade reunida ao longo de milênios para conseguir fazer o gesto.

Arminius tomou minha mão.

Então me puxou.

Quando desapareci dentro do buraco, Aulus Trebonius viu a chance e não hesitou. Deu uma ordem muda para um de seus homens, que correu diretamente para o equipamento de Arminius.

XIV

Eu não tinha transformado Arminius nem distorcido sua mente, apenas mostrado a ele a verdade. Ele inverteu os papéis de novo, pavor me dominou por tocar no pelo horrendo. O destino fluiu por ele, se desdobrou em um milhão de possibilidades e, mesmo que quisesse, eu não conseguiria agarrar nenhuma delas. Minha mente analítica estava tomada de uma espécie de estática, que me deixou burra e paralisada.

Arminius ergueu a cabeça como um cão de guarda, notou um barulho e farejou o ar, então saltou pela terra, vencendo o buraco em como se não tivesse peso. Ouvi um grito, eu também tentava subir, tentava me afastar, mas eu era uma ruína inútil por causa do pavor. Num segundo, meu plano tinha sido estraçalhado.

Arminius era um bicho, era mais selvagem do que um bicho. Ele não entendia realmente o que estava acontecendo, não tinha mais raciocínio, só instinto. Surgiu na superfície, viu um intruso em suas coisas. Não sabia o que era que estava protegendo, só sabia que pertencia a ele e qualquer intruso precisava morrer. Os objetos tinham seu cheiro e naquele instante eram a coisa mais importante do mundo. O *praefectus* rosnou e se jogou sobre o inimigo.

Derrubou-o no chão com todo o peso do corpo concentrado como um aríete. A presa tinha cheiro de romano. Sem pensar, Arminius se apoiou no peito dele, prendeu um de seus braços com o joelho, então atacou o rosto com a mão em garra. Sentiu um líquido morno e viscoso quando destroçou um dos olhos. O inimigo gritou, então um grupo surgiu da floresta acima.

Eles tinham armas que ele não compreendia direito, mas sabia que eram perigosas. Uma memória residual, transformada em reação. Arminius pulou para longe da primeira presa, correu para circundar o grupo.

Dois se destacaram dos outros, avançaram em sua direção pelos dois lados, com as coisas de metal nas mãos.

Arminius escolheu um, deu um bote. Em pleno ar, encaixou uma mordida em seu pescoço. Deu um puxão e sentiu gosto de sangue que jorrou farto. Não registrou um corte no flanco. Virou para o segundo, o queixo molhado de vermelho, os olhos alucinados de fúria imaculada. Alcançou-o num passo e levou as duas mãos a sua garganta, mas sentiu um impacto forte e uma dor que não podia ser ignorada.

Mesmo assim enfiou os polegares, que penetraram na pele, perfuraram a traqueia. Puxou as duas mãos, rasgou carne, deixou a cabeça do inimigo pendendo por um fiapo. Quando o cadáver caiu, Arminius viu que a arma dele também estava vermelha.

Havia uma perfuração feia em sua barriga.

Registrou aquilo como perigo, como morte, como algo que não poderia ter acontecido. Uma onda de aceitação passou por ele — deveria procurar um canto escondido, se encolher para morrer. Mas a fúria afastou de novo o pensamento quando notou os sobreviventes fugindo, escalando a ribanceira. Algo se acendeu: ele não sabia por que matá-los era a coisa mais importante do mundo, não sabia o que deveria impedir que eles fizessem, mas sabia que morrer ficaria para depois.

Correu, mas lento demais. Cada passo era um estrondo interno, um impacto de dor que reverberava pelo corpo todo. No fundo da mente ele sabia que estava piorando o estrago com cada movimento, mas foi tomado por um impulso obcecado de perseguição. Não enxergou os arredores, não ouviu meus gritos de pavor ou sua própria respiração ofegante. Todos os sentidos se concentraram nos menores movimentos e ações da presa.

Um deles era mais lento, como sempre acontece, e foi deixado para trás pelos outros. Não controlou um guincho quando Arminius o agarrou por trás, pela túnica, e o puxou para baixo. Matou o homem enfiando a mão inteira em seu bucho, como uma vingança pelo que o outro fizera.

Deixou o corpo para trás e começou a escalada num salto. Mas a dor lancinante no abdome fez com que errasse, perdesse o controle. Ele escorregou em algo que podia ser sangue, dele mesmo ou do outro, e rolou pela elevação. Urrou de frustração, tentou de novo, ignorando o aviso de agonia. Conseguiu segurar o galho de uma árvore torta, puxou o próprio corpo, firmou o pé descalço numa raiz e se forçou a continuar, sempre acima, até que estava sobre chão plano mais uma vez.

As presas tinham se espalhado, ele sentiu seu cheiro vindo de dois lugares diferentes. Não sabia por qual seguir, hesitou num momento crucial, decidiu ao acaso e saiu correndo, deixando uma trilha vermelha no escuro. Teve uma lembrança vaga de outra situação assim, de correr em busca de gente para matar, gente espalhada numa floresta. O nome "Mallovendus" veio a sua mente. Ele tentou voltar ao estado em que palavras não tinham significado.

O cheiro estava ficando mais próximo. A presa era rápida e ele estava lento, mas conseguia ganhar terreno. Com certeza eram legionários, pela roupa que usavam, mas não estavam de armadura. O ferimento em sua barriga era típico de um *pugio*, então só podiam ser romanos. Balançou a cabeça, tentando afastar aquele excesso de ideias. Quis se apegar de novo ao instinto puro, mas ele estava distante, fugidio.

Teve um vislumbre do inimigo por entre as árvores. Concentrou seu vigor numa explosão de impulso. Talvez fosse necessário morrer para matá-lo. Se estivesse morto, não precisaria falar sobre paz nem casar com a filha de Varus. Talvez fosse bom ser enterrado com o deus para morrer. Sob a terra, ele não precisava pensar.

— *Porca Juno!* — Aulus Trebonius soltou uma praga sob a respiração ofegante ao notar que o traidor estava em seu encalço.

Em meros instantes tinham sobrado só dois: ele mesmo e um legionário fiel que sempre contava piadas sem graça. Seria uma pena se aquele homem morresse, mas era uma pena ainda maior se o próprio decano morresse. Trebonius estava disposto a sacrificar seu soldado, porque ele mesmo carregava o fecho da armadura de Marcus Aius. O tesouro de que Caelius precisava para provar que Arminius era um traidor.

Ele nunca vira ninguém se movimentar daquele jeito, mas não era hora para conjecturas. O importante era que Arminius era um traidor e um selvagem. Lutava como um bicho, provando que os germânicos eram bichos. Talvez assim o governador finalmente desse a ordem e eles pudessem massacrar algumas tribos.

Trebonius cometeu o erro de olhar para trás e viu que o vulto se aproximava. Fez uma oferta silenciosa para os deuses do submundo: podia entregar o sacrifício que quisessem, mas que ele sobrevivesse até chegar ao centurião. Arminius estava bem ferido, mas corria de maneira impressionante. O decano nunca conseguiria ser mais rápido, mas só precisava ser mais resistente. Fosse homem ou animal, nada sobreviveria muito tempo perdendo tanto sangue. Assim que Arminius desmaiasse ele estaria seguro.

Esse foi seu último pensamento antes de sentir o impacto do bote.

Arminius pulou sobre o inimigo. Não foi um salto perfeito porque a dor segurou seus músculos, mas ele conseguiu jogar o peso do corpo sobre o outro. Eles rolaram pelo chão da floresta. Arminius olhou em volta, viu uma pedra. Agarrou-a e deu um golpe na lateral da cabeça do legionário. A têmpora explodiu em sangue, ele bateu de novo.

Sentiu a dor no abdome se espalhar de forma diferente. Olhou para si mesmo e viu o *pugio* alargando o corte. Com horror, notou que um pedaço de seu intestino escorria para fora do corpo. O inimigo tentou enfiar a adaga em seu rosto, Arminius mordeu a lâmina e a arrancou da mão dele com um puxão. O legionário enfiou a mão no ferimento do abdome, puxou carne. Arminius uivou de agonia. Já tinha visto aquele homem, era um decano da XIX. Precisava matá-lo ou o maldito falaria algo, tiraria a guerra de suas mãos. Tentou bater de novo com a pedra, notou que toda a lateral da cabeça do inimigo era uma ruína. Bastava mais um golpe.

A pedra bateu no crânio de Trebonius sem força, escorregou da mão do germânico.

O legionário aproveitou o instante de fraqueza e empurrou Arminius. Conseguiu ficar de pé e correu por entre as árvores.

Arminius começou a se erguer. Por instinto manteve uma mão na barriga, tentando segurar os órgãos.

Cambaleou, mas Aulus Trebonius já tinha saído de vista e ele não sentia mais o cheiro.

Estava tonto. Ouviu algo, virou para trás. Viu um guerreiro germânico. Também estava nu, ofegava como um animal. Em uma mão, segurava pelos cabelos a cabeça do último legionário. Não tinha sido decepada por uma lâmina, mas arrancada com força bruta. Arminius ergueu o braço sobre o rosto, o último instinto de autodefesa.

Então o mundo sumiu em breu.

XV

— O QUE ACONTECEU? — ARMINIUS PERGUNTOU.

O sol já tinha nascido. Ele me viu sentada a seu lado. Ainda estávamos na floresta, mas longe do local onde ele tinha escavado. A maneira como consegui sair daquele buraco não é nada interessante; apenas fui capaz de me controlar o suficiente para ter um mínimo de coordenação. Mais interessante é a maneira como salvei a vida dele.

É muito mais fácil matar do que curar com o poder da Realidade. Muitos tentam deter doenças terminais, estender sua longevidade além dos limites humanos. Vários conseguem, mas sempre há um preço. Os rituais transformam o humano em algo que não é humano ou chamam a atenção de alguma entidade. Eu não podia atrair nenhuma atenção para mim e não tinha a mínima intenção de fazer Arminius ser uma criatura sobrenatural, então usei o mais velho truque yithiano.

Enquanto eu não examinasse a extensão de seus ferimentos, não determinaria qual futuro estaríamos seguindo. Então não o tratei. Apenas deixei que se esvaísse em sangue, evitando olhar, afastando qualquer conhecimento ou diagnóstico, enquanto nos arrastava de um destino a outro, sempre levando a um futuro em que ele sobrevivia mais alguns minutos. Até que, com o raiar do sol, era muito improvável que o ferimento que não o fizera sangrar até morrer a noite inteira subitamente resultasse nisso. Chegamos a um futuro em que ele estivera enganado: com a mente de um bicho, não soubera avaliar a real extensão dos cortes. Eram muito graves, mas não letais. Ele poderia morrer de infecção ou ter sequelas para o resto da vida, mas o ferimento em si não o mataria. Era um futuro extremamente improvável. Eu estava exausta e sabia que tinha nos levado para uma linha bizarra — as outras improbabilidades logo iriam se mostrar. Então limpei os ferimentos e costurei os cortes como pude.

— Você vai sobreviver — falei.

— O que aconteceu, Thusnelda?

— Por enquanto só posso garantir que vai sobreviver. Mais tarde posso tentar um ritual que lhe empreste vida, mas vai ser complexo e perigoso. Agradeça por estar vivo.

— Responda.

Olhei séria.

— Aconteceu exatamente o que você lembra.

Eu não estava mais nua. Não estava coberta de sangue nem tinha os cabelos duros de esterco. Não precisava de nenhum poder ritualístico nem queria impressionar germânicos supersticiosos, então eu usava um vestido simples. Sob a luz da manhã, tudo era diferente, menos misterioso, mais confortável.

— Quem era o guerreiro que eu vi?

— Ele é o primeiro, Irmin. O primeiro de muitos.

Arminius então soube mais uma parte do que eu tinha planejado e está na hora de você também saber.

Você já deve ter ouvido falar em guerreiros bárbaros que são tomados pela fúria. Os filmes e livros adoram isso. São chamados de furiosos, guerreiros do urso ou *berserkers*. Estão presentes em sagas muito antigas — mas na verdade essas sagas são bem mais recentes do que a história que estou lhe contando. Tudo isto aconteceu há dois mil anos. Até então, não existiam *berserkers*. Porque eu os criei.

A humanidade registrou pela primeira vez esses guerreiros na Coluna de Trajano. O que significa que um bom tempo se passou até que minha invenção fosse reconhecida. Isso aconteceu, é claro, porque o Império Romano não caiu, a civilização ocidental não acabou. Vivemos como vivemos porque os *berserkers* não foram usados como eu tinha planejado.

Antes falei que a queda do Império, por causa de uma guerra interminável na Germânia, era uma impossibilidade histórica. Pelo contrário, se houvesse uma guerra longa, a Germânia seria esmagada — e também não viveríamos como vivemos. Mas, com guerreiros do urso, ungidos pelo toque profano do deus que está enterrado sob a colina, os germânicos resistiriam por anos e anos, até que Roma se erodisse. Esta era a arma secreta, o âmago de todo o planejamento. Eu era o único yithiano que ousava mexer com o poder de um deus, usá-lo a nosso favor para que os deuses nunca nos tocassem. Por isso meus irmãos me temiam e me admiravam. Nenhum deles ousaria fazer isso e assim também me odiavam um pouco. Mas, se desse certo, estaríamos em segurança, pelo menos por mais alguns milênios.

O ritual de transformação era simples em seu objetivo, mas sua execução era elaborada. Eu precisava desenhar padrões e diagramas que trouxessem a Realidade para o corpo do guerreiro. Foram séculos de pesquisa para que descobrisse as fórmulas corretas. Então eu tocava sua alma numa cirurgia etérea. Distinção entre humanos e animais é algo arbitrário, até certo ponto. Vocês parecem todos iguais. É preciso só um pouco de intervenção para que o guerreiro seja menos humano e mais fera. Existe mais um componente, mas não quero falar sobre isso agora. E então o guerreiro está pronto para receber o toque do deus, mas também não quero mencionar seu nome.

Seriam hordas de *berserkers*. Exércitos imprevisíveis, esgueirando-se pelas florestas, mantendo as legiões sempre em perigo. Uma guerra num lugar escuro, desconhecido, sem recursos. Uma guerra sem lucro, contra um inimigo sempre escondido. Uma guerra que não poderia ser vencida, porque apenas a morte de todos os germânicos garantiria a vitória. Qualquer um poderia ser um guerreiro inimigo, até mesmo uma criança, até mesmo um ancião. Era simples e belo.

— Você me transformou...?

— Não, Irmin — eu disse em voz suave. — Você não vai perder sua humanidade. Tudo que você experimentou, toda a força, toda a ferocidade, foi apenas por tocar em Tuisco. Não foi nada perto do guerreiro que realmente sofreu o ritual.

Era verdade, por enquanto.

Arminius *ainda* não perderia sua humanidade. Não enquanto ela me servisse.

Ele engoliu em seco. Meio amedrontado, meio aliviado.

— Quando você o criou?

— Há alguns meses. Não importa. Ele ficou aqui, esperando o momento em que vai ser útil.

Ele fez a pergunta muda e sorri ao responder:

— Este momento é agora.

Eu precisava manter a calma, o ar de superioridade, a aparência de ter uma resposta para tudo, estar no controle. Mas ele de novo tinha me amedrontado. Tomado pela fúria, desprovido de inteligência humana, Arminius ainda assim tivera força de vontade para me desobedecer, me puxar. Um pequeno ato de rebeldia, mas algo que não deveria acontecer. Eu estava fascinada por ele.

Porque, veja, Agnes, eu menti para Arminius. Disse que ele não perderia sua humanidade, mas isso não foi totalmente verdadeiro. Meu plano original era transformá-lo, sacrificá-lo depois que deixasse de ser útil, mas eu sabia que não conseguiria fazer isso. Eu era incapaz de destruir sua personalidade. Era um sentimento que eu não reconhecia, e você sabe o que era.

Ajudei-o a se erguer, então a se vestir. Coloquei a túnica sobre sua cabeça, fixei as fivelas da couraça. Agi com uma delicadeza que não reconhecia em mim mesma. Era algo que vinha espontaneamente, sem que eu precisasse calcular, sem que pesasse as consequências. Amarrei suas sandálias, entreguei-lhe o elmo. Prendi a capa sobre seus ombros.

Arminius notou de repente:

— *O fecho.*

Procurou entre as camadas da roupa, desfez meu trabalho. Frenético, ignorou minhas ordens para que ficasse parado, saiu a esmo, achou o local onde tudo acontecera na noite anterior. Vasculhou os arredores em busca da pequena serpente de bronze.

Exigiu que eu contasse onde estavam os cadáveres, então foi até o esconderijo e arrancou as roupas de cada um, revistou-os sem nojo dos insetos e do inchaço, sem arrependimento pela carnificina. O arrependimento ficaria para depois. Agora só havia o horror.

— Um deles escapou — Arminius disse em voz sumida.

— Missão cumprida — disse Aulus Trebonius, num coaxar.

Ele mal tinha controle das mãos, mas conseguiu mover o braço o suficiente para que Marcus Caelius entendesse que estava lhe entregando algo.

— Não consigo abrir os dedos, senhor — grunhiu. — Pode me ajudar?

O centurião abriu com cuidado a mão de seu subordinado. Marcus Caelius sabia que o ferimento no crânio seria letal. Toda a lateral da cabeça estava afundada. O couro cabeludo entrava pelo crânio, formando uma maçaroca de cabelos, sangue coagulado, fragmentos de osso, pedaços de cérebro. Um olho tinha sido destruído. A boca não se movia direito, certamente a mandíbula estava rachada. Quase toda a pele do rosto estava tomada por um hematoma horrendo. Não adiantava ordenar que o decano fosse ver um médico. Era melhor honrar sua morte e deixar que ele terminasse a tarefa.

Aulus Trebonius caminhara mais de um dia naquelas condições antes de ser achado por uma patrulha e, então, carregado de volta ao forte de verão. Aquela façanha era mais que intervenção dos deuses. Era a força da XIX Vigilax Canis. A invencibilidade da primeira centúria.

Marcus Caelius viu a serpente de bronze.

Leu o nome.

— Estava com Arminius — o decano gemeu. — Ele é um selvagem. Um assassino.

— Foi Arminius que fez isso com você?

Aulus Trebonius tentou assentir com a cabeça, para não precisar falar, mas logo notou que o gesto era ainda mais doloroso. Então riu, o que era mais doloroso ainda. O centurião o acompanhou num riso sério, orgulhoso.

— Lutou nu... Um animal. Matou todos.

— O que mais vocês viram?

— Eles falaram...

Trebonius reuniu forças para completar:

— Destruir o Império.

— Quem mais estava com ele?

— Uma garota... Germânica. Cabelo loiro. Tufo branco.

Marcus Caelius leu de novo o nome:

Marcus Aius
Coorte I Centúria de Fabricius

Lembrou da noiva de Marcus Aius. A garota que estava sempre em volta de Arminius.

— Ele vai nos trair — a voz de Trebonius era quase inaudível, as palavras quase incompreensíveis. — Vai derrubar o Império.

— Não vai. Por sua causa, não vai.

Aulus Trebonius sorriu.

Marcus Caelius deu um passo para trás. Encostou o punho no peito e fez a saudação das legiões.

— Dispensado, legionário.

O decano fechou os olhos e morreu satisfeito, pleno.

Era muito improvável que Aulus Trebonius tivesse sobrevivido até chegar ao forte. Tão improvável quanto o ferimento de Arminius não ser letal. Mas foi o futuro que consegui no qual eu não perdia meu peão, então assim ocorreu.

Eu e Arminius ficamos em silêncio, em meio aos cadáveres. Embora até agora eu estivesse tendo sucesso, me sentia vazia. Acompanhava o choque e a melancolia de Arminius.

— Eles têm o fecho — ele disse. — O legionário me viu e está com o fecho. É uma prova do que fizemos.

Respirei fundo, tentei retomar a postura fria.

— E por que isso o deixa tão abalado?

Ele se virou para mim devagar. Tinha um sorriso de incredulidade. A expressão de ridículo insano ao ver o mundo desabando.

— Não interessa se, no conselho, decidirmos pela paz ou pela guerra — disse Arminius. — Eles nos viram. Eles têm o fecho e é tudo inevitável. Nós podemos decidir qualquer coisa... Os romanos vão decidir pela guerra.

XVI

NA NOITE SEGUINTE, OS CHEFES SE REUNIRAM NUM GRANDE CÍRCULO. Suas comitivas estavam mais atrás, observando. Eu via tudo sobre uma pedra alta, agachada como um abutre. Tochas dispostas por todo lado iluminavam as árvores em volta, o terreno pedregoso e os rostos sérios.

Arminius estava ao lado de Segimer, um pouco afastado — não parte da comitiva dos Queruscos, mas deixando clara a aliança. A couraça escondia o ferimento e ele se movia com cuidado, evitando movimentos que provocassem muita dor. Mesmo de longe eu podia ver sua tez pálida, a camada de suor frio que cobria sua pele. Os olhos estavam afundados em círculos roxos fundos. Ele não tinha dormido mais do que algumas horas e a ferida cobrava seu preço no corpo. Respirava deliberadamente, tentando manter o foco.

O burburinho incessante que caracterizava qualquer ajuntamento de mais de dois ou três germânicos já aumentava para uma cacofonia, enquanto todos tentavam falar mais alto que todos. A bebida fluía livremente dia e noite. O conselho era uma oportunidade para reencontrar amigos, competir com rivais, ameaçar inimigos. Os sacerdotes andaram pelo centro do círculo, apontando seus cajados para o céu. Aos poucos, o silêncio recaiu sobre cada comitiva. A noite adquiriu uma atmosfera solene.

Segimer tomou a frente.

— Começa a noite da honra. Os deuses e os homens ouvem o que é falado aqui. Seremos julgados por nossas palavras, no mundo e na morte. Traremos uma longa primavera ou um inverno de fome — respirou fundo antes de terminar: — O conselho dos chefes está aberto.

O rei dos Queruscos voltou a seu lugar. Ninguém fez barulho nenhum. Segimer estava atuando em seu papel sagrado, falando para sua família e para as outras em nome dos deuses. Esperou que outro chefe tomasse a palavra.

— Eu sou Deudorix e falo com a voz dos Sugambri — disse um homem barbudo e possante, com um só braço. Andou para o meio do círculo, olhou em volta. Então dispensou a formalidade: — Não há o que ser discutido aqui! Podemos todos encerrar o debate, beber e ir para casa! Os Sugambri têm um inimigo e vamos continuar lutando. Lutaremos com quem se aliar ao inimigo!

Muitos chefes, nobres e guerreiros explodiram em aprovação. Balançaram as lanças, uivaram.

— No inverno, o urso se esconde e hiberna — Segimer retrucou. — Ele não luta contra o frio, porque sabe que não vencerá.

— Fique com seus cobertores e durma o ano inteiro, se quiser — disse Deudorix. — Nós vamos matar romanos.

— É tolice atacar um inimigo que não podemos ferir. Roma é maior que todas as tribos. Seus soldados marcharam por terras de que nem ouvimos falar. Se matarmos mil romanos, haverá outros mil, cinco mil, dez mil para tomar seu lugar. E eles transformam aqueles que conquistam em romanos! Nunca vão faltar romanos.

Arminius engoliu em seco e sentiu uma pontada de dor no abdome. Seu pai falava a verdade. Nunca faltariam romanos, eles sempre voltariam em número maior, até que o Império estivesse exaurido. Roma cairia, o que por si só era uma tragédia. Mas todos ali também cairiam para alimentar o deus sob a terra, para que espalhasse sua ruína e sua tempestade.

Um representante dos Ubii surpreendeu a todos ao andar rumo ao centro do círculo. Não era o rei, mas um comandante. Ele vestia uma túnica romana, usava os cabelos curtos e o rosto escanhoado.

— Eu falo com a voz dos Ubii.

— Então comece a cacarejar! — gritou alguém no fundo.

Os germânicos riram, mas o comandante permaneceu estoico. Os sacerdotes guincharam palavras de maldição e o silêncio retornou.

— Sou Actus Bordus — declarou com orgulho. — Meu bando de guerreiros é hoje mais rico do que qualquer um dos seus. Nossas armaduras são de metal e nossos cavalos galopam por um dia inteiro. Tudo por causa dos romanos.

Raiva e nojo se espalharam por entre as comitivas. Aquele era um nome romano. E nem mesmo um nome verdadeiramente romano. Era uma invenção, o nome germânico "Actobord" adaptado para soar como eles achavam que um nome romano deveria soar. Se aquele homem tinha mudado seu nome original ou se tinha sido chamado assim pelos pais, ninguém sabia e não importava. Apresentar-se daquela forma era um ato de desafio.

— Os Ubii nem mesmo são uma tribo! — o rei dos Sugambri cuspiu no chão. — São só bichos de estimação dos romanos!

— Os romanos nos alimentaram com leite de loba, enquanto os germânicos nos deram apenas o veneno de uma serpente.

Gritos, juras e pragas começaram a voar de todos os lados.

— Seu nome é tão ridículo quanto sua tribo de merda! — rugiu Maroboduus. — Está tentando imitar os romanos e nem isso sabe fazer!

Párias entre os germânicos, os Ubii não estariam ali se não fosse o pedido de Publius Quinctilius Varus e a intervenção de Arminius. O ódio que todas as tribos tinham por seus costumes só aumentara, misturado a inveja e ressentimento, quando eles prosperaram com sua cidade. Ainda tinham direito de participar do conselho, mas muitos nem mesmo cultuavam os deuses de nosso povo.

— Não deveríamos ter expulsado os Ubii! — Maroboduus insistiu. — Deveríamos ter matado todos!

— Veja tudo que seu ódio lhe custou, Maroboduus. Se este conselho desmoronar, ainda posso voltar para casa e terei um teto. E você? Vai aguardar as legiões e rezar para que o massacre de seu povo fique para o ano que vem?

— Nada garante que você vá voltar para casa — rosnou Maroboduus.

A gritaria já abafava todas as palavras. Os sacerdotes intervieram mais uma vez.

Segimer olhou para Arminius. Qualquer um notaria que havia algo de errado com ele. O rei dos Queruscos só não sabia o que era.

— Como é sua vida com os romanos, Actus Bordus? — disse Mallovendus, o jovem chefe dos Marsii.

O outro hesitou, desconfiado. O tom de Mallovendus não era hostil, mas os Ubii não baixavam a guarda naquele ambiente.

— Eu tenho uma família, rapaz. Tenho família e tenho dinheiro. Nós aramos a terra e alimentamos os animais. E quando há um inimigo, meu bando tem todo o Império como aliado.

Mallovendus riu e balançou a cabeça.

— Plantar? Cuidar de vacas? Contar malditas moedas? Sua vida é pior que a de um escravo! De que adianta ter moedas se você trabalha um dia após o outro? De que adianta ter sua terra se uma seca ou uma praga podem destruir tudo? Você deveria ter dito que não tem vida! Apenas respira e come, mas não vive de verdade.

Quase todos balançaram as lanças em aprovação. Os germânicos tinham uma mescla curiosa de indolência e dinamismo. Eram inteligentes e ativos para a guerra, para emergências e necessidades súbitas. Mas a perspectiva de labuta incessante sem resultado palpável, estendendo-se para sempre, era como uma sentença de morte. Um germânico, principalmente um nobre ou guerreiro, preferiria sempre lutar e saquear a plantar e colher.

Segimer esperou que Arminius se manifestasse, mas ele continuou quieto. O próprio rei então voltou ao centro do círculo.

— Seja isso uma vida ou seja apenas respirar e comer, não importa — ele disse, grave. — Isso é o que nos aguarda, mais cedo ou mais tarde. Cruzem o Reno e vejam que o mundo é assim. Podemos morrer defendendo nosso modo de vida ou aceitar o inevitável.

— Podemos vencer! — gritou um comandante dos Bructeri.

Eles balançaram as lanças para um e para outro, e isso se estendeu pela noite inteira. Os reis, chefes, comandantes e nobres fizeram discursos, lembraram das glórias de seus ancestrais, apelaram aos deuses. O debate se encerrou quando o sol começou a nascer. As comitivas se recolheram para receber a manhã com uma bebedeira.

Arminius permaneceu de boca fechada. Com o sol já despontando, foi dormir sem falar uma palavra.

— Por que me deixa sozinho, Irmin? — perguntou Segimer. — Por que não fala de sua vida em Roma?

Ele nem mesmo se virou.

— Não posso convencer todos eles — insistiu o rei. — Seria melhor que os Ubii nem estivessem aqui, sua presença é uma maldição. Por que ficou calado?

Nada.

— *Por que não faz o que veio fazer, fedelho ingrato?* — Segimer explodiu.

Agarrou o ombro de Arminius por trás e o virou num repelão. Arminius rugiu. Num segundo, estava a centímetros do pai, com a *spatha* acima da cabeça, apontada para ele.

— Não me dê ordens — murmurou.

Segimer o soltou e deu um passo para trás.

Se ele tivesse gritado, não seria tão preocupante. O murmúrio e a resposta imediata com ameaça de morte causaram no rei um calafrio enjoativo. Ele não sabia o que esperar.

Aceitou com pesar que não conhecia o próprio filho.

— O governador vai recebê-lo — disse o legionário, abrindo a porta.

Marcus Caelius entrou na sala de Publius Quinctilius Varus com o elmo debaixo do braço, postura ereta, queixo erguido. Suas condecorações balançavam na armadura — discos de metal presos em tiras de couro que pendiam sobre o peito. Um torque de ouro, braceletes preciosos nos dois pulsos. E, mais impressionante que tudo, a *Corona Civica* sobre os cabelos. Era hora de mostrar tudo que ele era e o que tinha feito.

Fez um cumprimento militar, então desceu sobre um joelho.

— Salve, governador Publius Quinctilius Varus, que domou a Síria.

De sua cadeira, Varus devolveu o cumprimento.

— Salve, primeiro centurião Marcus Caelius, herói da Vigilax Canis.

Caelius suprimiu uma onda de entusiasmo. Não era um garoto, não deveria se deixar levar por palavras doces. Também não se importava com o que um político pensava sobre ele. Mas ouvir o reconhecimento do governador significava que havia uma chance. Ele não chegava ali como um anônimo desesperado. Caelius cumprimentou os outros oficiais que estavam presentes.

— Erga-se — mandou Varus, num tom manso. — Se não houvesse títulos e tradições, você não se curvaria a ninguém, centurião.

Ele ficou de pé, agradeceu quase sem mover a boca.

— À vontade, Marcus Caelius — disse o legado Gaius Numonius Vala. — Tome um vinho, fale como um militar. O governador é, antes de mais nada, seu comandante.

Caelius aceitou o copo que um escravo ofereceu. Bebeu um gole, o sabor forte se espalhou por sua boca.

— O que acha que devemos fazer? — Varus perguntou.

Caelius ficou desconcertado.

— Perdão, senhor — gaguejou. — Não entendo.

— Você é um legionário muito mais experiente do que eu. Galgou todos os degraus para chegar onde está. Tem cabelos brancos e ainda está no campo de batalha, matando bárbaros! Eu sou seu comandante, mas não fui um soldado. Você é o que a legião tem de melhor. Então diga. O que acha que devemos fazer aqui na Germânia?

Marcus Caelius pigarreou, tentou achar uma resposta. O rosto de Varus parecia franco e aberto. Talvez ele quisesse uma opinião sincera.

— Como o senhor disse, sou um soldado. O que eu conheço é a guerra.

— E conhece como poucos! Então, o que acha?

— Acho que deveríamos escolher uma tribo e atacar, senhor. Acho que dar tempo para os germânicos se acostumarem conosco é um erro.

— Entendo — Varus levou a mão ao queixo, pensativo.

Ficou em silêncio.

— Vê, rapaz? — Varus olhou para o jovem tribuno Lucius Salonius Corbulus. — Ele é o *primus pilus* da legião a que você pertence e ele tem coragem de me dizer o que pensa! Você não deve apenas tentar me agradar.

Salonius murmurou um "sim, senhor" meio assustado.

Marcus Caelius mudou o peso do corpo de um pé a outro. Olhou para os lados discretamente. O governador voltou a encará-lo.

— Bárbaros só entendem a força — o centurião retomou a palavra para amenizar o desconforto. — Não podemos conversar com selvagens. E eles mataram muitos dos nossos. É injusto que recebam regalias como recompensa.

— Uma questão de vingança, então?

— Se assim quiser chamar, dominus.

Varus sorriu.

— Ele concorda com você, Eggius.

O governador se dirigia a Lucius Eggius, *praefectus castrorum* da XVII Peregrina.

— Vamos, repita para o centurião o que tinha me dito antes — Varus incitou.

— Os homens estão inquietos — disse Eggius. — Querem lutar e não aguentam mais ficar parados. Não é o que observa, centurião?

— Sim, senhor — respondeu Caelius.

Varus tamborilou os dedos na cadeira, raciocinando.

— Talvez você esteja certo. Talvez estejam todos certos! Mas chega de desperdiçar seu tempo, centurião, você não está aqui para falar sobre o estado das tropas. Pelo que entendo, tinha um assunto urgente.

De repente, Marcus Caelius percebeu o quanto tinha revelado de si mesmo sem querer. Tinha falado em atacar os inimigos um a um, mostrando que colocava a vitória acima da glória. Disse que considerava os romanos superiores aos outros povos. Mostrou que sentia compaixão pelos legionários caídos naquela empreitada e que os germânicos deveriam pagar. Os olhos de todos os oficiais estavam sobre ele e Caelius se sentiu meio nu.

Mas aquele era seu governador, seu comandante. Se não confiasse nele, em quem confiaria?

— Posso falar livremente, senhor?

— É claro. Eu seria um idiota ao não dar ouvidos ao primeiro centurião da XIX.

Ele tomou fôlego.

— Descobri algo sobre Arminius, governador.

Varus se curvou para a frente na cadeira, ouvindo atentamente. Marcus Caelius falou as palavras, cruzando o ponto sem retorno:

— Ele é um traidor.

A segunda noite chegou sem estrelas. O céu parecia baixo demais, como se estivesse nos esmagando. Era difícil respirar. Os sacerdotes fizeram os ritos, ordenaram silêncio, então Segimer abriu o debate.

Alguns chefes e comandantes imediatamente começaram a falar uns por cima dos outros, quando foram interrompidos. Adgandestrus, o rei dos Chatti, caminhou à frente.

— Ele não tem direito de falar! — protestou um comandante dos Bructeri. — Estão todos fora da lei!

Maroboduus se impôs com seu tamanho e abafou a reclamação:

— Então vai seguir o édito do governador? Um romano vai comandar o conselho dos chefes?

— Se deixar Adgandestrus falar, já estaremos em desafio — disse Actus Bordus dos Ubii. — Não nos leve a um caminho sem volta.

— Vai correr para o governador quando ele assobiar? — Mallovendus debochou. — Vai contar tudo que aconteceu aqui?

Segimer tomou a frente, as mãos espalmadas.

— Não se trata de obedecer ou delatar alguém a Publius Quinctilius Varus. Precisamos decidir se respeitamos o governador como homem. Ele fez um convite aos Chatti e foi ignorado. Vocês tolerariam isso? Não achariam que é uma ofensa?

Maroboduus apontou seu dedo grosso e calejado.

— Mesmo se fosse uma ofensa, ninguém tem o direito de calar um rei no debate. E onde está a comitiva do ofendido?

Os olhares se voltaram para Arminius.

Mais uma vez, Segimer fez um pedido mudo para que ele interviesse. O conselho estava se perdendo, até agora apenas os mesmos argumentos circulares tinham sido trocados. Era tudo inútil enquanto o *praefectus* não se manifestasse.

Mas ele ficou calado. Sustentou os olhares, disfarçou os tremores e o suor frio.

— Adgandestrus deve falar! — disse Maroboduus.

Quase todos balançaram as lanças. Segimer bufou. O rei dos Chatti tomou o meio do círculo.

— Vocês falam de aceitar os romanos e fazer a paz ou desafiá-los e declarar guerra. Tratam isso como se fosse uma decisão de vida ou morte. Mas nunca foi assim! Guerra é um assunto sério, mas nenhuma guerra jamais condenou uma tribo à destruição. Nem mesmo os Ubii, com seus costumes estranhos, foram massacrados. Os romanos se ofendem por minha postura, mas é nosso modo! Apontem-me um guerreiro neste conselho que nunca tenha roubado de outra tribo! Apontem-me um rei que não resolveu uma disputa com um duelo ou um sacerdote que nunca amaldiçoou uma plantação!

Alguns balançaram as lanças, mas todos mantiveram a atenção no rei dos Chatti.

— Os Chatti têm direito de ser amigos ou inimigos de um povo! Temos direito de mudar, assim como mudam as estações! Se os animais de minha terra adoecem e morrem, roubarei os animais da terra vizinha! Se um chefe me ofendeu, mandarei um bando para retaliar! E receberei os reis e chefes em meu salão, servirei cerveja, porque assim é o certo!

Muitos balançaram as lanças, gritaram em aprovação. Os mais ponderados notaram que ele não fizera nada além de reclamar.

— Talvez você tenha razão — disse Segimer. — Mas não aponta uma resposta ou um curso de ação. Se deseja só arengar, guarde isso para o raiar do dia.

— Mas eu tenho a solução, Segimer — Adgandestrus se fez ouvir com voz tranquila. — Não podemos tratar os romanos como uma tribo, porque eles não aceitam. Se envio um bando de guerra para roubar dos romanos, eles não respondem com outro bando. Eles mandam uma legião! Eles têm mais guerreiros, mais armas!

Alguém ergueu a lança, notando onde o rei dos Chatti queria chegar.

— Como pode haver mais guerreiros romanos longe de Roma do que guerreiros germânicos em nossas terras? É porque eles consideram todos romanos! Roma é só uma cidade, mas gente de todo o mundo empunha seus estandartes! Estamos aqui, desprezando os Ubii, brigando com os Sugambri, sendo recebidos pelos Queruscos. Temos pena dos Marsii e desconfiamos dos Marcomanni. Até mesmo ignoramos os Chatti! Vocês conhecem o nome das tribos romanas? Sabem dizer quem é inimigo de quem entre suas fileiras? Não! Porque eles são todos romanos!

As lanças se ergueram, começaram a balançar.

— Precisamos ser um povo só! Com um rei e um objetivo! Se formos aceitar os romanos ou guerrear com eles, faremos isso juntos!

Muitos guerreiros balançaram as lanças, gritando aprovação, invocando os deuses, celebrando o nome de Adgandestrus. Outros tantos vaiaram, gritaram ofensas, ameaçaram matá-lo.

— Como dizer que sou do mesmo povo que um Querusco? — Deudorix, o rei dos Sugambri, gesticulou com o único braço. — Não temos nada em comum!

Os sacerdotes tentaram impor silêncio, mas nem mesmo os deuses seriam capazes de apaziguar uma multidão de germânicos quando sua liberdade era ameaçada. E, se você acha isso um sentimento bonito, Agnes, lembre que isso era liberdade para matar vizinhos, roubar o que quisessem, permanecer num estado perpétuo de conflito. Se isso é bom ou ruim, cabe a cada um decidir. Se a proposta era mesmo uma ameaça à liberdade foi uma decisão do conselho.

— E o rei de todos nós seria você, Adgandestrus? — Mallovendus desafiou.

— Não, rapaz — ele lhe dirigiu um olhar ferino. — Sou velho e cauteloso. Nosso rei deve ser alguém jovem, cheio de fogo e tempestade.

— Quem vai ser o rei? — algum comandante bêbado se precipitou. — Quem vai ser o rei?

Como acontecia sempre e aconteceu mais muitas vezes, o debate degringolou para uma gritaria. Mudar o modo de governo de todo um povo não era tarefa para alguns minutos, por mais impacientes que os guerreiros fossem.

No meio daquilo, um homem assistia calado, pálido e nauseado, suando frio.

Arminius respirou fundo, o que fez o ferimento latejar.

E deu um passo à frente.

Marcus Caelius esperava indignação, raiva ou surpresa. Talvez até mesmo pânico.

Não esperava que o governador continuasse escutando, tranquilo, sem esboçar reação.

— Prossiga, centurião.

Engoliu em seco.

— Mandei uma patrulha comandada por um homem de confiança para vigiar o conselho dos bárbaros, dominus. Todos foram mortos. Restou apenas o decano, que morreu por seus ferimentos logo depois de relatar o que aconteceu.

Varus assentiu.

— Quem os matou foi Arminius, senhor. Em vez de reconhecer legionários como seus irmãos, em vez de relatar a eles o que os reis bárbaros planejavam, ele os viu como inimigos. Não hesitou em atacar.

— Eram legionários novatos? Homens de fora de sua centúria?

— Não, meu senhor. Homens experientes, escolhidos pelo decano entre os melhores.

— Como Arminius matou sozinho toda uma patrulha de legionários veteranos?

Marcus Caelius abriu a boca para responder, mas se deteve. Os oficiais o fitavam, esperando. Vala de cenho franzido e sobrancelha erguida, Eggius com semblante impassível e Salonius tentando decidir qual dos outros imitar.

O centurião tinha aceitado as palavras de Aulus Trebonius como verdade, porque não fazia sentido desconfiar de um soldado leal cumprindo sua última missão. Mas o que tinha se destacado na história fora o crime, não a maneira de cometê-lo. Subitamente, ouviu as próprias palavras antes de dizê-las. Imaginou-se ali, contando ao alto-comando do governador da Germânia Magna que seu protegido havia trucidado seis legionários com as próprias mãos, nu.

— Meu decano pode ter se enganado sobre isso — decidiu falar. — Teve pouco tempo para se reportar a mim antes de morrer. Talvez Arminius estivesse acompanhado de um bando.

— Se ele não foi preciso ao falar sobre um homem sozinho ou um bando — disse Varus — será que foi preciso ao falar quem era? Você acha que seu decano viu claramente o rosto de quem o atacava?

Havia uma resposta: Arminius se destacava entre os germânicos por usar equipamento romano.

Mas estivera nu. Pelo menos segundo Aulus Trebonius.

Ele ponderou se devia ou não mentir para o governador, dizer que o decano descrevera a couraça e o elmo. Pensou em quais seriam as consequências caso a mentira fosse descoberta.

— Não pense que estou me colocando contra você, Marcus Caelius. Arminius é meu amigo, mas eu seria um idiota se descartasse a palavra de alguém tão condecorado. Você é um homem corajoso. Não só porque enfrenta a morte no campo de batalha, mas também porque ousa falar uma verdade desconfortável a seu superior. Poucos teriam sua valentia.

O centurião ficou calado. Não entendia Varus. Se aquilo era uma armadilha, por quê? Com seu poder, o governador podia mandar executá-lo ou fazê-lo cair em desgraça. Se era um deboche, então Varus só podia ser um louco.

A única alternativa que parecia lógica era de que ele estivesse sendo sincero.

O centurião tentou achar uma resposta nos rostos dos outros oficiais, mas não havia nada além de mais perguntas.

Talvez Publius Quinctilius Varus realmente fosse grato a um dos melhores soldados de suas legiões e levasse a sério uma acusação grave. O próprio Marcus Caelius agiria daquela forma se estivesse no lugar de Varus. Era quase inconcebível, mas talvez o governador fosse um homem honrado.

A porta do salão se abriu. Um dos legionários de guarda entrou, cumprimentou os cinco.

— Desculpe, dominus, mas um germânico está insistindo para falar com os senhores.

— Um germânico?

— Ele diz que é um nobre.

Segestes passou pelo guarda e se ajoelhou antes que pudesse ser detido.

— Salve, governador Publius Quinctilius Varus. Salve, meus senhores. Se me permitem, tenho provas sobre o que o centurião diz.

Todos os olhos se voltaram para Arminius. Acho que eles nem lembravam que eu estava lá — fora da vista, quieta, era perfeita para ser ignorada por uma multidão de homens que queriam mostrar o próprio poder. Mas eu observava tudo. Vi as linhas de destino passando por Arminius. Ele fazia o futuro se multiplicar, sua presença ramificava a continuidade do tempo.

E todo o futuro passava pelo ferimento. Ainda podia infeccionar, ainda podia deixá-lo inapto a lutar. Qualquer demonstração de fraqueza colocaria tudo a perder.

Eu quase podia sentir o gosto do Império caindo.

— Eu falo pelos Queruscos — ele disse, a voz quase quebrando pelo esforço de ser ouvido. — Eu falo pelos romanos.

Segimer controlou um sorriso. O ar de orgulho de um pai é inconfundível em qualquer época, qualquer cultura.

— Os romanos nos oferecem uma chance de não desaparecer. Gostem ou não deles, sejam ou não seus inimigos. Os romanos tomam para si o que veem pela frente. Eu sei porque participei disso. Nada nem ninguém jamais conseguiu deter o Império. Para onde Roma se estenda, ela vence, para onde marcha, ela conquista. César massacrou a Gália. Incontáveis milhares morreram, populações inteiras sumiram porque quiseram resistir. Não importa se César estava certo ou errado. Importa que era César.

Ele fez uma pausa. Talvez dramática, talvez para recuperar o fôlego, suprimir um grunhido de dor.

— Uma criança apenas sofre o que um adulto lhe ordena — olhou de relance para Segimer. — Da mesma forma, nós podemos apenas aceitar Roma, porque Roma está aqui.

— Covarde! — gritou um guerreiro no fundo.

— Sim, os impostos serão altos — Arminius ignorou o insulto. — Sim, o povo passará fome por um tempo. Sim, cultuaremos o Imperador, viveremos em cidades estranhas. Sim, nossos netos começarão a esquecer de nossa língua e nossos tataranetos serão apenas romanos e não entenderão nosso modo de vida. Mas em troca disso teremos netos e tataranetos.

Nenhuma lança se ergueu. Talvez eles ainda estivessem tentando entender onde ele chegaria.

— E na verdade — Arminius continuou — ser romano será bom. Teremos ordem. Os guerreiros não precisarão roubar porque receberão soldo. Nenhuma tribo precisará temer uma invasão estrangeira porque Roma cuida de sua propriedade.

Respirou. Tocou o abdome sobre a couraça.

— Eu amo Roma — ele disse. — Anseio por estar de volta às cidades do Império. Não me sinto mais em casa aqui. E se me consideram um traidor, saibam que não tive escolha, assim como vocês não têm. Vocês têm um governador que pode ser um homem gentil ou cruel, só depende de vocês. Podem tomar vinho ou ver seu povo crucificado. Podemos ter Varus senador, Varus de fala mansa e meios-termos, ou podemos ter o Varus da Síria, de massacres e perseguições. Acham que o édito contra os Chatti foi arbitrário? Acham que foi brutal? Esperem até ele decidir que uma tribo inteira deve desaparecer! Esperem até que sejam proibidos de falar o nome de um povo até que seja esquecido para sempre!

Os germânicos não ousavam quebrar o silêncio.

— Podemos ter Varus que é amigo e familiar do próprio Imperador! Varus que receberá regalias, Varus cuja província irá prosperar! Ou podemos ter Varus conselheiro do rei Herodes, matando todos os bebês de um povo! E se não sabem quem é Herodes, é porque são ignorantes. Saberiam se fossem romanos.

O céu baixo ficou ainda mais pesado. Arminius estava ofegante. Pela primeira vez muitos deles estavam realmente compreendendo. A escolha não era entre a guerra e a paz. Era entre a vida, ainda que miserável, e a morte, ainda que orgulhosa.

Segimer fechou os olhos e ergueu a lança.

Aos poucos, os outros queruscos também começaram a balançar as armas. Os Ubii os seguiram, mais entusiasmados. Adgandestrus suspirou e ergueu a lança, então alguns Bructeri, alguns Angrivarii, alguns Marcomanni.

Arminius deu um sorriso.

Mais lanças se ergueram.

O sorriso se alargou.

O aplauso mudo já tomava quase todo o conselho.

Então Arminius começou a rir. Primeiro uma risada nervosa, arrítmica, que ficou mais alta e enfim se transformou numa gargalhada. Lágrimas escorriam de seu rosto, pelo riso e pela agonia.

— Apenas dois dias! — ele falou, quase sem ar. — Apenas dois dias!

Os germânicos se entreolharam. Não sabiam mais se deveriam balançar as lanças. Eu vi aquilo e senti algo que não reconheci. Era um tipo de engasgo, uma reprovação de mim mesma, um descolamento de minha própria memória.

Hoje sei que era arrependimento, mas é uma sensação que não faz parte da composição de um yithiano.

Arminius tinha chegado até mim como um oficial romano sendo catapultado à glória. Em poucos meses, eu o tinha transformado num louco tomado pelo desespero.

— Se tivessem ouvido isso e erguido as lanças dois dias atrás, tudo poderia ter sido evitado! — Arminius guinchou. — Se o conselho tivesse acontecido há um mês ou uma semana, poderíamos viver! Mas estamos mortos! Hesitamos e lutamos entre nós até o suicídio!

Ninguém mais balançava as lanças. Também não falavam nada. Arminius caiu de joelhos no meio do círculo. Começou a tossir, rolou para o lado por causa da dor. Uma mancha de sangue se espalhou por sua túnica, lentamente aparecendo por sob a couraça. Segimer foi até ele e se abaixou.

— Irmin, o que está acontecendo?

Arminius se apoiou no pai. Segimer o ajudou a se erguer. Suas pernas fraquejaram. Ele estava pálido, seu rosto parecia flácido, caído.

— Perdemos nossa chance — ele grunhiu. Foi ouvido apenas por causa do silêncio absoluto. — Eu falei o que falei para cumprir ordens. Jurei a Publius Quinctilius Varus que os convenceria a aceitar Roma e o fiz. Mas não adianta mais.

Segimer fez menção de se afastar, mas notou que ele cairia sem o suporte.

— A esta altura, os romanos estão começando a planejar uma marcha pelas tribos. Eles vão aproveitar o que resta do verão, farão em poucos meses a matança de uma temporada inteira. Varus que serve vinho acabou. Agora teremos Varus que bebe sangue.

— O que está falando? — Maroboduus trovejou. — Como sabe disso?

Eu vi as diversas possibilidades passando por Arminius. Ele tinha acesso ao governador, poderia facilmente inventar algo. Poderia dizer que vira os planos de Varus. Que ele tinha lhe dado um prazo.

Mas não falou nada disso.

— Sei disso porque o culpado sou eu.

Maroboduus ia contra-argumentar, mas ficou mudo.

— Eu fui ouvido falando sobre a queda do Império. Eu estava planejando trair os romanos e incitar uma guerra — hesitou. Então: — Eu matei um legionário romano e o sacrifiquei a Tuisco! Eles sabem disso e já me consideram um inimigo! Não importa o que se decida aqui... Publius Quinctilius Varus tem certeza de que nossa decisão é a guerra.

A realidade aos poucos se alastrou, sem nada que pudesse desmenti-la. Com alegria feroz ou medo primal, os membros do conselho aceitavam que haveria guerra. Haveria morte.

Meu plano dava frutos. Nem mesmo enxergando as linhas de destino eu poderia prever exatamente que seríamos vistos, ou a participação de meu pai. Eu soubera que a morte de Marcus Aius daria início a uma avalanche e agora a montanha inteira desabava sobre a Germânia e sobre Roma. Havia milhares de possibilidades que levavam à resignação de Arminius. A possibilidade que se concretizou foi divertida, mas não era a única.

O engasgo continuava me incomodando.

— Guerra! — Arminius se desvencilhou de seu pai, sacou a *spatha* e a ergueu com dificuldade. O sangue se espalhava por seu saiote, escorria por sua perna. — Guerra!

— *Guerra!* — os germânicos gritaram, balançando as lanças. — *Guerra!*

Segestes espalmou a mão sobre a mesa na frente do governador. Então a ergueu, revelando o fecho da armadura de Marcus Aius.

Varus ficou sério. Inclinou-se e pegou o objeto.

Sentiu o fecho com os dedos. Virou-o de um lado e de outro. Deteve-se nas palavras. Entregou-o a Eggius.

O *praefectus castrorum* reconheceu o nome e o posto. Marcus Aius, afinal, era um legionário importante. Eggius assentiu com a cabeça e devolveu o objeto ao governador.

— Está claro que estou olhando para o fecho da armadura do noivo de Thusnelda — disse Varus. — O que aconteceu com seu genro é uma tragédia, mas o que tem a ver com a acusação de Marcus Caelius?

Meu pai e o centurião se entreolharam.

— Eu fui o primeiro a desconfiar de Arminius, governador — disse Segestes. — A morte de Marcus Aius é marcada pela insídia. A maneira como o corpo foi achado pode indicar um sacrifício aos deuses germânicos.

— Sabemos que ele foi morto por bárbaros, Segestes — disse Varus, deixando a impaciência transparecer. — Até agora não me disse nada de novo.

Meu pai controlou a respiração. Coragem não era algo que vinha facilmente para ele.

— Por que apenas Marcus Aius, dominus? Por que só um legionário morto, por um bando que ninguém viu ou ouviu? Se ele estava acompanhado, por que ninguém deu falta desses outros legionários? Se estava sozinho, o que estava fazendo longe do forte? Como foi pego desprevenido? Quem poderia tê-lo atraído sozinho para longe?

Varus dirigiu a ele um olhar condescendente.

— Não se ofenda com isso, Segestes — com o jeito de quem quer ofender. — Provavelmente ele estava entre os arbustos com sua filha. Certamente não estaria acompanhado da centúria inteira.

Uma vermelhidão tomou o rosto de meu pai e ele quis abaixar a cabeça, mas se conteve.

— Minha filha está no centro disso tudo, dominus. Arminius a quer para si. Eu vi os olhares, vi o quanto ficavam juntos. Para um guerreiro germânico, ver que um escriba romano tem a mulher que ele deseja é intolerável — tomou coragem. — Principalmente se o escriba já tomou sua virtude. A inveja e o ciúme de Arminius não conheceriam limites.

Varus se recostou, pensativo.

— Arminius poderia facilmente ter atraído Marcus Aius — Segestes continuou. — Meu genro o admirava.

— Vocês estão falando de duas coisas diferentes — disse Varus. — Mesmo que isso seja verdade, é assunto de sua família, Segestes. Um legionário morto e um oficial tomado por Príapo não significam que toda uma província vai pegar em armas.

Marcus Caelius ficou ao lado de Segestes. Meu pai sentiu um alívio enorme por ter seu apoio.

— O fecho foi encontrado no equipamento de Arminius, meu senhor — disse o centurião. — Temos a palavra de um legionário honrado que morreu para me entregar isso. Temos um germânico que voltou a sua terra, reencontrou seus deuses, matou um romano para ter sua mulher. Temos uma patrulha inteira morta e o relato de que ele falava sobre a queda de todo o Império.

— Falava com quem?

Marcus Caelius apertou os lábios. Olhou para Segestes, mas deu de ombros.

— Uma mulher, dominus. Meu decano não sabia quem era... Mas descreveu uma mecha de cabelo branco.

Segestes abriu a boca numa exclamação muda. Quando pareceu prestes a falar, Varus o calou com um gesto.

— Fale claramente, centurião — Varus ordenou. — A quem está se referindo?

— Thusnelda.

Meu pai se segurou na mesa. Os oficiais se entreolharam.

— Então ambos seriam traidores? — perguntou o governador.

— É o que suspeito, meu senhor.

Varus ficou em silêncio. Marcus Caelius disse o que vinha segurando dentro de si:

— Considere loucura, considere o delírio de um moribundo, dominus. Mas Aulus Trebonius, o decano que deu sua vida pela missão, disse que Arminius estava nu. Nu e tomado de frenesi. Sabemos que os germânicos atribuem às mulheres poderes místicos. Sabemos que ele desejava Thusnelda. Sabemos que Marcus Aius foi sacrificado. Talvez a patrulha tenha interrompido um ritual devasso.

Varus examinou Segestes.

— Dominus — meu pai fechou os olhos e se forçou a dizer — se minha filha tem algo a ver com isso...

A sala ficou quieta, esperando que ele terminasse.

— ... não é mais minha filha. Minha lealdade para com Roma é total.

O legado Vala fez um leve barulho de admiração.

— Se eu estiver acusando um homem inocente — Marcus Caelius ergueu o queixo — cairei sobre minha própria espada. Estou arriscando décadas de serviço em nome do bem da legião, meu senhor.

— Entendo as motivações do centurião — disse Varus. — E você, Segestes? Por que faz isso?

Meu pai estava tremendo. Seus olhos estavam marejados.

— Eu odeio este lugar selvagem — ele despejou, como algo entalado na garganta há anos. — Odeio a vida de roubos e batalhas mesquinhas. Odeio que o mais forte sempre manda. Odeio saber que minha vida é igual à de meu pai e à de meu avô. Sei que nunca serei romano, dominus, mas meu filho é o alto sacerdote do Culto do Imperador.

O jovem Salonius estava de olhos arregalados.

— Meu maior orgulho é ter dado isso a ele. Este lugar já consumiu minha vida inteira, mas ainda há chance para os jovens. Se minha filha realmente jogou fora a dádiva que me sacrifiquei tanto para obter, não vou chorar por ela. Ainda me resta um filho e continuarei lutando para que a vida dele seja diferente da minha. Um dia minha sombra verá minha família não empunhando lanças e trajada de peles, mas vestida em togas, no Fórum. E meus descendentes irão fazer uma oferenda a mim no altar da casa e eu finalmente terei cumprido meu propósito.

Segestes não controlou o choro. Varus não respondeu. A sinceridade era evidente.

— Dominus, eu imploro — disse Segestes. — Quando Arminius voltar, prenda-o. Prenda o traidor e seus comparsas. E me prenda também! Coloque-me em grilhões. Assim terá certeza de minha lealdade e os traidores não saberão quem os delatou.

Publius Quinctilius Varus observou os dois homens. Um centurião que seria exemplo para qualquer soldado em Roma. Um nobre disposto a entregar sua liberdade, sua própria filha.

Só havia uma coisa a fazer.

— Se Arminius é pela guerra — disse Maroboduus — então sou contra.

O conselho foi tomado por uma lenta onda de estranhamento. Os Ubii olharam para ele com esperança, mas ninguém mais compreendia.

— Que idiotice é essa? — exclamou o rei dos Sugambri. — Vai voltar a se aliar aos romanos?

Maroboduus foi até o centro do círculo. Esperou que Arminius se afastasse, mas ele não se mexeu. O rei dos Marcomanni o empurrou, mas ele firmou os pés, rilhou os dentes e gemeu de esforço.

— Recue — exigiu Maroboduus. — Tenho o direito de falar.

— Vai usar seu direito para nos arruinar?

— Não interessa a você se vou usar meu direito para recomendar a melhor maneira de foder cabras! Saia da minha frente.

Arminius continuou desafiador, olhando fixo para cima, no rosto do outro.

— Dê a palavra a ele, Irmin — Segimer pediu.

Arminius continuou impassível.

— Dê a palavra a ele! — veio um grito. — Queremos ouvir Maroboduus!

A exigência se espalhou, eles começaram a vaiar Arminius. Mas ele só cedeu quando um sacerdote interveio. Andou para trás, encarando o rei dos Marcomanni, respirando pesado.

Maroboduus olhou em volta. Deteve-se em Arminius com cara de nojo.

— Tenho algumas verdades que me guiam na vida — começou. — Não importa quem seja, sei que os homens respeitam ouro e ferro, por isso sempre tenho alguma riqueza e alguma arma. Não importa o que aconteça, sei que não devo viajar depois da primeira neve ou ficar sentado depois que as plantas começam a nascer. Não importa onde eu esteja, não perco uma chance de comer ou cagar, porque nada é pior do que ter que lutar de estômago vazio ou tripas cheias!

Alguns riram, mas ele estava sério.

— Neste verão, conheci outra verdade. Não importa o que Arminius fale, vou fazer o contrário! Já conheci muitos filhos da puta na vida. Já matei muitos desgraçados e já levei muitas facadas nas costas. Já ouvi muitas cobras falando bonito! Mas Arminius é filho da maior das putas, sua faca é do tamanho de Roma e seu veneno é o mais doce!

Não houve aplausos ou vaias.

— Um homem que trai o próprio pai é capaz de trair qualquer um, e Arminius traiu dois pais! Ele serve a Roma, tratando Segimer como um capacho para limpar os pés! Então vira as costas e condena Varus, achando-se muito virtuoso por fazer isso! Arminius tem duas bocas.

Entre os romanos fala em paz, aqui fala em guerra. Não sei o que ele planeja, mas será nossa ruína!

— Você odeia os romanos, Maroboduus! — Arminius falou, voz rouca e dificultosa. — Você diz que não os entende!

— Eu quero guerra! — o rei dos Marcomanni gritou. — Dou uma surra em quem vier! Mas antes de aceitar um presente, penso em quem o está dando! Você me oferece um cavalo lindo e forte, mas tenho certeza de que é um pangaré empesteado que vai contaminar todos os animais! Você me oferece um caldeirão de cozido cheiroso, mas tenho certeza de que mijou lá dentro!

Arminius começou a falar algo, mas foi interrompido por uma pontada de dor. Algumas lanças se ergueram em apoio a Maroboduus.

— Não importa o que for decidido aqui, os Marcomanni ficarão neutros! — o rei anunciou. — Numa guerra liderada por vermes, não seremos a carniça!

Dezenas de vozes se ergueram. Todos os Marcomanni gritaram o nome de seu rei, muitos outros balançaram as armas.

Arminius deu um passo para a frente. Ele tinha um ar de seriedade; *gravitas* que só um oficial romano poderia ter. Sem falar nada, diminuiu os gritos para murmúrios.

— E se os deuses falassem por mim, Maroboduus? Acreditaria neles?

— Os deuses têm mais o que fazer.

Ele me procurou com o olhar. Viu-me agachada sobre a rocha. Assentiu com a cabeça e eu entendi a mensagem.

— Eu invoco a decisão por combate! — disse Arminius. — Se não acreditam na minha palavra, acreditem no vencedor que os deuses vão apontar!

Aquilo era algo simples, que agradava aos germânicos. Em vez de falar incessantemente e considerar nuances, assistir a um combate. Imediatamente quase todos balançaram as lanças e berraram em comemoração.

Maroboduus olhou Arminius com desconfiança. Sabia de sua capacidade, mas era claro que ele estava debilitado.

— Você está sangrando — disse o rei dos Marcomanni, sob a gritaria.

Arminius falou alto:

— Não vou lutar hoje. Os deuses me mostraram como vamos vencer a guerra. Os deuses apontaram um campeão. O poder de Tuisco vai tomar a decisão pelo conselho.

A comemoração continuou. Vários já estavam bebendo de novo, antecipando a luta como crianças. Maroboduus não disfarçou a inquietação.

Então aos poucos o círculo se abriu. Os germânicos notaram que alguém exigia passagem. E à medida que viam quem era, se calavam.

Cheguei ao centro do círculo levando o guerreiro do urso por uma corda amarrada em seu pescoço. Antes de receber o poder do deus sob a terra, já tinha sido um homem grande. Agora seus músculos estavam inchados, desproporcionais. Ele estava nu, mas pintado com diagramas ritualísticos. Seus olhos estavam revirados para trás, mas ele se movia com precisão, como se pudesse enxergar. Seu corpo todo tremia de agressividade contida — cada segundo sem violência era um esforço. Era o mesmo guerreiro que tinha dado cabo do legionário que fugira de Arminius, meu único experimento até então.

— O campeão não tem mais nome — falei. — Ele não quer mais nada, não sabe mais nada. Não é nada. O campeão é uma urna onde Tuisco depositou a tempestade, um vaso cheio de morte.

Parecia haver uma eletricidade ao redor do *berserker*. Ele exalava mais do que intimidação: provocava uma aversão instintiva, era ao mesmo tempo fascinante e repulsivo.

— Haverá centenas como ele — anunciei. — Milhares. Com a fúria de Tuisco vamos retalhar as legiões. Avançaremos até a capital e vamos tomar suas riquezas, assim como tomaram as nossas.

Maroboduus tinha o semblante fechado de horror e preocupação. Não podia recusar o duelo sem entregar sua honra. Se havia algum campeão capaz de enfrentar o *berserker* entre os Marcomanni, ele hesitava antes de mandá-lo para aquela tarefa de morte.

— Volte a sua tribo, rei Maroboduus — uma voz límpida se ergueu da multidão. — Você não vai lutar hoje. Eu serei o campeão contra Arminius.

Alguém riu. Mallovendus, o jovem chefe dos Marsii, foi até o meio do círculo.

Mallovendus era forte e rápido, mas era um garoto. Uma cabeça mais baixo que Maroboduus, quase metade da largura do *berserker*. Os risos se calaram ante sua seriedade.

Se sentia medo, não demonstrava.

— Você queria a guerra, Mallovendus — disse Arminius.

— Maroboduus fala a verdade — respondeu o jovem chefe. — Você me disse que queria ver as tribos lutando e morrendo. Não sei qual é seu plano, mas sei que só vai levar à ruína. Quero resistir aos romanos, mas não se esse for o desejo de Arminius.

Maroboduus segurou o braço de Mallovendus.

— Não faça isso, moleque. Nem conheço você. Deixe os adultos resolverem seus assuntos e vá trocar sua fralda.

Mallovendus nem mesmo se virou para ele. Continuou perfurando Arminius com um olhar decidido e maldoso.

— Você importa mais do que eu, Maroboduus — disse. — Minha tribo já foi quase toda massacrada e não vou fazer muita falta. Se o campeão desta luta morrer, as tribos vão precisar de alguém que se oponha a Arminius. Tem que ser você.

Maroboduus largou o braço do outro.

Andou para trás em silêncio reverente.

Mallovendus fez um esgar risonho para Arminius, para mim, para o guerreiro do urso.

— Se os deuses nos odeiam tanto assim, que demonstrem — cuspiu. — Vamos logo, não tenho a noite inteira.

O *berserker* estava agachado sobre o cadáver de Mallovendus. Seu peito e abdome abertos exalavam um cheiro terrível. Um dos braços era uma pasta avermelhada e as duas pernas estavam quebradas, os ossos despontando através da carne. A mandíbula ainda se conectava com o pescoço, mas o resto da cabeça tinha sido atirado para longe.

Meu campeão tinha os intestinos de Mallovendus pendurados em seus ombros e seu pescoço, como um troféu, um colar tomado do inimigo. Já tinha devorado o pênis e os testículos, agora levava as mãos ao interior do chefe dos Marsii e procurava outros pedaços macios. Mastigava rosnando.

Arminius olhou para todos os germânicos. Segimer tinha a boca aberta num grito mudo de horror.

— O conselho decidiu — disse o *praefectus* da XVII Peregrina, o príncipe dos Queruscos, o peão em meu estratagema. — A Germânia vai à guerra.

XVII

QUANDO ARMINIUS VOLTOU, ESTAVA COMIGO.

Não era mais uma sacerdotisa, mas uma dama romana. Viajava numa carruagem, uma espécie de cubo fechado, as janelas tapadas por tecido. Conosco, uma escolta de cavaleiros auxiliares da legião.

Era fim de julho quando cruzamos os portões do forte de verão. Um grupo relativamente pequeno, que não deveria chamar atenção, mas que carregava consigo uma informação importante e um homem importante. Afastei um pouco o tecido e vi os olhares demorados dos legionários sobre nós.

Arminius se recuperava bem, mas ainda sentia dor. Eu não ousava usar mais magia para tratar o ferimento, sabia que tínhamos chegado muito perto de despertar o deus sob a terra. Ele cavalgou à frente da comitiva, seguiu pela via que levava do portão principal direto ao *praetorium*. Desmontou, segurando o corpo com os braços para poupar o abdome. Os legionários também desmontaram. Ele foi até a carruagem, puxou o tecido para o lado, me deu a mão para que eu descesse.

O forte parecia estático. Tanto legionários quanto oficiais e civis pararam o que estavam fazendo para nos olhar.

Arminius não disse nada. Caminhou até o *praetorium*. Fui logo atrás. Dois legionários abriram as portas para nós. Ele então liderou o curto caminho até o tribunal de Varus.

Trocamos um olhar.

A vinda ao forte tinha sido uma aposta. Não estávamos indefesos, mas não havia como garantir nossa segurança. Todos os auxiliares que nos acompanhavam eram leais a Arminius — e germânicos. Sabiam o que fazer caso fôssemos atacados. Tinham desmontado e isso fora uma desculpa para tirar os escudos de onde estavam, pendurados com outros equipamentos, e empunhá-los nos braços. Nós dois tínhamos nossa própria estratégia. Arminius confiava em sua força, mesmo com o ferimento. Seria capaz de vencer qualquer legionário que tentasse prendê-lo. Eu não tinha tanto medo, porque podia manipular o destino. É impossível ter medo da morte a tendo inventado.

Mas percebi que temia por ele.

Os guardas da sala do governador abriram a porta. Entramos.

Varus estava no fundo da sala, sentado em sua cadeira. Os oficiais do alto-comando dos dois lados. Legionários estavam a postos perto deles. Mais atrás, próximo a uma parede, vi meu pai. E à frente de todos estava Marcus Caelius.

Arminius viu o centurião e seu corpo todo retesou. Podia lidar com legionários comuns, mas Caelius não seria tão fácil. Com o ferimento, talvez Caelius fosse impossível. Imediatamente comecei a planejar o que faria caso ele fosse preso ou morto. A guerra deveria continuar, talvez liderada por Segimer ou Maroboduus. Notei que não queria pensar nisso. Tentei olhar para os futuros em que Arminius morria, mas era difícil. Precisei me forçar a encará-los e mais uma vez senti algo que só faz parte da existência dos humanos.

Ansiedade.

Arminius calculou que, caso houvesse combate, deveria correr aos oficiais e fazer Salonius de refém. O jovem seria uma presa fácil e ele poderia usá-lo como escudo.

Varus ficou de pé.

— Salve, Arminius, *praefectus* da cavalaria auxiliar.

O germânico estacou e o cumprimentou.

— Salve, Publius Quinctilius Varus, governador da Germânia Magna.

Eles sustentaram um olhar perfurante, íntimo.

— Que notícias tem para mim, Arminius?

Ele vasculhou a sala mais uma vez. Marcus Caelius estava em posição perfeita para atacá-lo, chegaria do lado não protegido pelo escudo. Arminius pensou que deveria se livrar dele imediatamente, ou não teria chance. Se houvesse qualquer menção de hostilidade, atacaria primeiro, mataria o centurião a qualquer custo, então se voltaria aos legionários chocados.

— O conselho foi um sucesso, pai. Ainda há dissidentes e os comandantes de bandos continuarão dando problemas. Mas os reis ergueram suas lanças pela paz. O senhor governa uma Germânia pacificada, ainda que só oficialmente.

Varus andou até ele.

O coração de Arminius disparou. Se houvesse um ataque, talvez o melhor fosse começar pelo governador. Ele olhou nos olhos do homem que chamava de pai. Colocou a mão no cabo da *spatha*.

Varus passou por Marcus Caelius.

A estratégia era uma só: ele atravessaria Varus com a lâmina, empurraria o moribundo para cima de Caelius e aproveitaria a confusão para atacá-lo. Se Varus ainda estivesse vivo, iria arrastá-lo para fora, como salvo-conduto.

O governador chegou perto.

Abriu os braços e envolveu Arminius, segurando-o firme.

— Eu sabia, meu rapaz, eu sabia! Se há alguém capaz de colocar juízo na cabeça dos bárbaros, é você!

Varus se afastou um pouco. Olhou para o rosto pasmo de Arminius. Colocou a mão em sua bochecha, como se fosse mesmo seu pai.

— Você me traz apenas orgulho, Arminius!

O *praefectus* me procurou com os olhos.

— Não estamos aqui só como governador e legionário! — disse Varus. — Não estamos aqui só como romano e germânico! Suas palavras estão escritas na história, Arminius. Seu sucesso será para sempre um triunfo do Império. Você não é apenas meu subordinado. Que a história lembre para sempre que o momento em que anunciou nossa vitória foi o momento em que o convidei oficialmente para minha família, na frente do alto-comando e de nobres de sua tribo! Você casará com minha filha, Arminius, e trará honra a meus descendentes!

Longe dali, as tribos se preparavam para a guerra.

Porque tinha sido "inevitável".

Arminius estava tremendo.

— Dominus — a voz forte de Marcus Caelius interrompeu a cena. — Peço que não ignore minhas palavras. Ou as palavras de Segestes.

Varus assentiu. Deu uma risada curta.

— Fale o que tem a dizer, centurião.

Marcus Caelius hesitou, mas meu pai andou com passos decididos que não lhe eram peculiares. Passou pelos legionários e gesticulou, nervoso.

— Arminius é o assassino de Marcus Aius! — Segestes falou com voz trêmula. — Arminius matou uma patrulha romana! Arminius conspira com minha própria filha para derrubar o Império!

O centurião achou a própria fala:

— Arminius tinha consigo o fecho da armadura de Marcus Aius. Ele tem sangue nas mãos.

Os legionários sutilmente se prontificaram a atacar. Caelius tomou uma leve postura de combate.

— O que tem a dizer sobre isso, Arminius? — perguntou Varus.

Ele segurou o cabo da *spatha*.

O futuro irrompeu em mil possibilidades. Arminius matando o governador, matando Marcus Caelius, matando meu pai. Arminius correndo, sendo perseguido pelo forte. Arminius confessando, acorrentado. Até mesmo Arminius escolhendo me delatar para obter alguma clemência.

Mas nenhum desses aconteceu. Em vez disso, ele se manteve impassível.

— Onde está o fecho, Marcus Caelius? — perguntou, altivo.

— Está num lugar seguro, assassino.

— Então admite que o roubou?

— Um de meus homens recuperou o fecho. E viu sua traição.

Arminius rilhou os dentes.

— Sei de legionários que roubam ouro ou comida. Sei de legionários que roubam equipamento da legião e vendem aos bárbaros. Sei de legionários que roubam até mesmo oferendas aos deuses. Mas é preciso ser um tipo especial de verme para roubar a última lembrança de um amigo morto.

A mentira veio fácil. As palavras de Maroboduus, acusando-o de suprema traição, se mesclaram às dele com naturalidade.

— O que está falando...? — o centurião começou, mas foi interrompido.

— Não conheci Marcus Aius tanto quanto gostaria, mas ele era noivo de Thusnelda e por isso era meu amigo antes mesmo que trocássemos uma palavra. Pergunte aos legionários e aos oficiais. Pergunte ao próprio governador. Todos me viram falando com Marcus Aius sobre o futuro, sobre a família que iria construir com Thusnelda.

— É mentira! — começou meu pai, mas Varus o calou com um gesto.

E meu peão continuou. Muitos já especularam sobre o caráter de Arminius, Agnes, e não tenho uma resposta definitiva. Ele já foi considerado um herói e um traidor, dotado de valentia suprema ou assombrado por covardia desprezível. Não sei se algum desses rótulos pode se aplicar a ele. Sei que ele desejava a franqueza do combate direto e praticava o subterfúgio com maestria.

— É verdade que peguei o fecho nas roupas do cadáver — disse Arminius. — Não queria que se perdesse. Tem o nome e o posto de Marcus Aius. Seria um último presente para Thusnelda.

— E por que não o entregou ainda? — Caelius insistiu.

Arminius o olhou com reprovação.

— Porque não iria me distrair da missão que meu pai me deu. E não macularia a memória de Marcus Aius tornando-o um penduricalho num assunto muito maior.

Segestes me olhou com uma expressão transtornada. Nem ele mesmo sabia se era medo, raiva ou incredulidade.

— Devolva o fecho — Arminius rosnou.

Marcus Caelius inflou o peito:

— Explique por que seu equipamento de legionário estava jogado no chão! Por que estava com Thusnelda?

Ele olhou para meu pai. Então:

— Thusnelda encontrou alívio em meus braços, Marcus Caelius. E eu a procurei porque a desejava. Está satisfeito? Quer mais detalhes? O quanto planeja expor uma dama?

As mentiras vinham rápidas, sem esforço. Arminius tinha talento para aquilo, sabia inserir a quantidade certa de verdade para que fosse convincente. Sabia que devia falar pouco, oferecer o mínimo, deixar o interlocutor completar a história ou fazer as perguntas que conseguisse.

Ele tinha força e lábia. Era magnético e também brutal. Teria tudo que é necessário para ser um imperador, não fosse sua moralidade.

Marcus Caelius ergueu a voz, mas o legado Vala o deteve:

— Já chega, centurião.

Caelius pareceu murchar. Obedeceu como um boneco.

— E devolva esse fecho — Varus completou. — Você transformou um belo gesto em uma conspiração degradante. Mas quem está se degradando é você.

Marcus Caelius fechou o punho.

Então o abriu e estendeu o braço, oferecendo o fecho de armadura.

Arminius o pegou e o deu a mim. O mesmo presente que eu lhe dera. Era um ciclo, Agnes, uma espiral que levava cada vez mais para o fundo.

XVIII

ERA AGOSTO E A TEMPORADA DE CAMPANHA ESTAVA NO FIM. EM breve a Germânia cobraria seu tributo em frio e neve. Os animais ficariam escassos, os clãs iriam se retrair para dentro de casa. Nosso prazo estava acabando, mas as portas do outono eram a época ideal para dar o bote.

Durante aquele mês, Varus mandou Arminius em repetidas missões de reconhecimento. Havia descontentamento entre as tribos, o *praefectus* reportou. Embora os reis e chefes estivessem unidos em seu propósito de aceitar Roma, dissidências, comandantes de bandos, nobres invejosos e simples bandidos continuariam sendo um problema. O descontentamento era planejado por Arminius. Cada foco de "rebelião" meticulosamente posicionado para que o grosso das legiões não pudesse alcançá-lo a tempo, exigindo a intervenção da cavalaria auxiliar. Quando Varus o mandava para esmagar os rebeldes, Arminius partia sem demora. Fazia mais uma reunião com reis e comandantes, detalhava ainda mais a estratégia. Espalhava informações táticas sobre as legiões, seus pontos mais fracos, suas manobras de combate.

Então voltava com mais um relato de vitória e era celebrado pelo governador.

Convencer a cavalaria auxiliar a colaborar conosco foi mais fácil do que eu previa. Eram todos germânicos, o que era bom para o entrosamento das tropas, mas péssimo para sua lealdade para com Roma. Eles falavam entre si num idioma que poucos no forte entendiam; compartilhavam cultura, histórias, um passado em comum. Se fossem alguns germânicos, alguns gauleses, alguns ibéricos, alguns trácios, todos dependeriam de Roma de alguma forma. Mas uma divisão puramente germânica se tornava uma legião dentro da legião. Já viam a si mesmos como diferentes dos outros soldados e, com a perspectiva de saque, saltaram sobre a chance de se rebelar.

A temporada de campanha passada em calmaria criou inquietude em todas as legiões. Varus tinha deixado algumas coortes em diversos pontos pelo caminho, o que enfraquecia o todo, mas mesmo assim ele dispunha de cerca de 13.500 legionários, o que seria mais do que suficiente para manter uma província sob controle.

Exceto que o controle de Varus não era pelo gládio, mas pela lei. Uma lei que ninguém reconhecia e ninguém impunha.

Se no início do verão os soldados estavam ansiosos para lutar, no fim já tinham deixado que sua frustração se transformasse em indolência. Os exercícios e o treinamento continuavam, mas o forte inchou cada vez mais com civis. Muitos legionários trouxeram para dentro da paliçada mulheres germânicas que eram suas "esposas" durante a estação. Um número surpreendente de comerciantes chegou das tribos e de províncias a oeste do Reno, criando um mercado próspero dentro do forte. As pequenas rodas de jogos de azar dos soldados se transformaram em negócios bem estruturados, com agiotas dispondo de sua própria guarda — em geral formada por legionários em horário de descanso. Um germânico olharia aquilo e ainda assim veria uma disciplina quase inumana, mas era relaxada e informal para os padrões romanos. Varus decidira que seu domínio não seria militar, então os soldados lentamente começaram a se comportar como civis.

E, Agnes, o governador não era um imbecil. Ele deveria enxergar aquilo como um sinal de perigo, mas nós tornamos impossível reconhecer qualquer alerta. Se as tribos estavam pacificadas, o influxo de germânicos formando relações com romanos e vendendo mercadorias de forma civilizada era uma marca de sucesso. Se todas as rebeliões eram pequenas e facilmente debeladas, marchar com milhares de homens seria hostilidade gratuita. E, além disso, a história de Marcus Caelius se espalhou. Poucos soldados não reconheciam o nome do *primus pilus*. Se um veterano condecorado quase recebeu a primeira punição de sua longa carreira por apontar falhas na conduta de Varus, nenhum oficial de menor prestígio arriscaria criticá-lo.

E assim o forte de verão se tornou um lugar pacato, onde soldados podiam deixar a disciplina afrouxar só um pouco. Um lugar próspero, onde todo tipo de comerciante, trabalhador, parasita e vigarista podia enriquecer. Um lugar acolhedor, para onde tropas de traidores podiam voltar depois de mais uma viagem para planejar a morte de seus irmãos.

Agosto estava quase no fim quando tivemos mais um banquete. Sob as estrelas de uma noite quente, uma das últimas daquele ano, muitos oficiais e nobres se recostavam numa espécie de sofás com capacidade para três pessoas cada, em frente a mesas compridas e fartas. Soldados que não tinham serviço e uma quantidade alarmante de civis comiam e bebiam ao redor.

O *convivium*, como chamávamos, era parte importante da sociedade romana. Eles faziam banquetes de todos os tipos — alguns dos mais extravagantes eram públicos, abertos à população. Um banquete na Germânia nunca seria extravagante para os padrões romanos, mas era um contraste absurdo com a situação fora da paliçada. Nós celebrávamos o mês de agosto, batizado em honra ao Imperador. Era mais uma das esquisitices de Varus.

Arminius e eu tínhamos lugares de destaque perto do governador. O ambiente estava tomado de riso e conversa. Dois germânicos tinham acabado de lutar numa versão improvisada de um combate de gladiadores e um orador treinado em Oppidum Ubiorum se preparava para declamar um trecho da *Eneida*.

— Tenha paciência durante este inverno, rapaz — disse Varus, bebendo um gole de vinho. — Você ficará comigo em Oppidum Ubiorum, aprendendo a administrar a província. Então, antes da temporada de guerra, voltaremos a Roma e teremos um banquete de verdade em seu casamento!

Arminius secou seu copo e não esperou um escravo servir mais. Ele já estava bêbado: nas últimas semanas, começava a beber cada vez mais cedo. À noite, a cabeça cheia de vinho era a única coisa que garantia seu sono e fazia com que não lembrasse dos pesadelos.

— Pai, talvez seja melhor me mandar para outra província...

— Bobagem! — Varus tocou em seu ombro. — Depois de fazer seu nome aqui, você governará outros lugares, com certeza. Mas primeiro deve voltar a sua casa. Não está com saudade de Roma?

— Sim — ele respondeu com sinceridade.

O plano de Varus era ambicioso. Mas, mesmo que não fosse adiante, ele garantiria um futuro invejável para Arminius. O mínimo que o *praefectus* iria obter era um alto cargo público; ascensão a um grau ainda maior de nobreza romana era provável.

Varus olhou para seu protegido. Deixou o sorriso relaxar em um suspiro tristonho.

— Sei o que está sentindo, Arminius.

O germânico tomou mais vinho.

— Por mais que ame Roma, por mais que seja romano, é difícil ver sua terra natal mudando, não? É difícil vê-los se entregando.

Arminius bebeu ainda mais, a mão trêmula quase entornando o vinho.

Até hoje me pergunto como Varus podia ser tão astuto e ao mesmo tempo tão tolo. Como podia notar aquelas sutilezas no espírito de Arminius e ignorar a conspiração gigantesca que acontecia a seu redor. Eu tenho as memórias dele, mas mesmo assim não consigo decifrar seu comportamento.

Suspeito que o culpado seja o amor.

Eu disse que amava a humanidade. Monstros amam coisas, Agnes, talvez apenas não do jeito como você ama. Varus amava seu filho germânico. Amava a ponto de ter com ele as fantasias orgulhosas de um pai.

— Sou leal a Roma, pai — as palavras se arrastaram na língua embotada.

Varus franziu o cenho em estranhamento debochado.

— Claro que é! É natural que faça luto por sua infância. Apenas não deixe que isso o amoleça, Arminius, porque preciso de você rápido e alerta.

Arminius levou o copo aos lábios mais uma vez, mas a mão de Varus o deteve.

— Beber demais é uma fraqueza — disse o governador.

— Pai, só mais um gole. Eu preciso.

— Não precisa de nada além de tempo. Lamente o quanto precisar, mas não se afogue numa ânfora.

Relutante, Arminius pousou o copo na mesa.

— Também deve haver mais um peso puxando sua alma para baixo.

Ao falar isso, ele olhou para mim.

— O que existe entre vocês não me interessa. Você não é o primeiro romano a deitar com uma nativa — sorriu em minha direção. — Sem nenhuma ofensa, Thusnelda.

Ele gostava de mim. Ele me respeitava, ou achava que me respeitava. Era o amor de Varus, um amor que me via como uma criança ou um bicho raro.

— Não existe nada... — Arminius começou.

— Não tente me convencer de que Roma tem oito colinas! — Varus riu. — Saiba apenas que nunca irão se casar. Você casará com minha filha.

Eu observava tudo aquilo sem falar nada.

— Quanto a você, Thusnelda, acharemos um novo marido. Um romano de valor.

Arminius me dirigiu um olhar suplicante.

— É uma pena que Marcus Caelius tenha se envolvido na ladainha de seu pai. Ele seria um ótimo candidato! Mas não importa. Você deve casar com um oficial, Thusnelda, será melhor para seu futuro.

Assenti em silêncio.

Varus olhou em volta. A diversão dos outros realmente o agradava. Deteve-se num soldado que, de pé, enchia os ouvidos de um tribuno.

— Estou falando, foram seis! — disse o legionário. — Seis bárbaros e seis machados! Minha coorte estava pronta para morrer com honra, mas eu tomei a frente! Não pudemos registrar isso porque fui contra as ordens do *optio*, mas o instinto me tomou e não tive escolha!

— Claro, soldado — o tribuno riu da bravata.

— Matei o primeiro com uma estocada no bucho! Usei-o como escudo contra os outros! O senhor devia ter visto, foi um massacre! O último tentou fugir, mas cortei sua cabeça!

— E ninguém em sua coorte lembra disso? — com um leve deboche que foi ignorado pelo bêbado.

— Fizemos um pacto! Nunca falaríamos nada, porque ordens são ordens e, afinal, eu desobedeci! Mas me deixe acabar, um dos germânicos tinha *dois* machados...

Sorrindo, Varus ergueu a voz:

— Como se chama, legionário?

Alguns segundos se passaram antes que o soldado e o tribuno notassem. Ambos se empertigaram, o legionário quase tropeçou sozinho.

— Dexius, senhor — ele conseguiu dizer. — Sextus Dexius.

— Sextus Dexius, o que está contando ao tribuno é verdade?

Um vermelhão tomou o soldado aos poucos.

— Bem...

— É verdade, legionário?

— Não, senhor — forçando-se a olhar para a frente.

— Entendo — Varus sorriu. — Então está exagerando seus feitos na batalha para um tribuno.

O oficial notou onde aquilo chegaria. Arregalou os olhos e tentou:

— Ele não estava realmente mentindo, dominus. Apenas...

— Cale-se, tribuno. Estou falando com Dexius.

O soldado tremia. As conversas ao redor murcharam até silenciar.

— Se bem me lembro da lei, mentir sobre seus feitos em batalha para um tribuno é um crime. Estou errado?

— Não, dominus — respondeu o legionário.

— Bem, um crime leve, de qualquer forma. Uma punição branda, talvez serviço adicional ou uma multa. Qualquer centurião ou *optio* poderia puni-lo dessa forma.

O soldado disse um "sim, senhor" aliviado.

— É claro — continuou Publius Quinctilius Varus — que muitos dizem que um crime de falta de hombridade como esse é ainda pior que um crime de desonestidade. É uma discussão interessante. Se este for o caso, vamos pensar no caso mais simples de desonestidade. Roubo.

Havia um silêncio sepulcral em volta do governador.

— Arminius — Varus continuou observando o soldado — qual é a pena para o legionário que rouba das legiões ou de um irmão?

Ele hesitou antes de falar:

— A morte, pai. Morte por apedrejamento ou espancamento com porretes.

— Ah, sim — Varus sorriu.

— Dominus, eu... — o tribuno começou.

— *Shhhh* — Varus fez um gesto tranquilo. — Recentemente houve um caso de roubo que não foi punido tão severamente, o roubo de um fecho de armadura. Então consideremos que roubo simples, quando o objeto é devolvido, não merece a morte. Basta devolver! Chegamos à conclusão de que basta desfazer o crime. Dexius, você renega suas palavras?

— Sim, senhor — o soldado parecia sóbrio de medo. — Era tudo mentira.

— Mentira... — o legado deixou a palavra pairando.

Vários segundos se passaram sem que ninguém ousasse se mover. Varus tomou um gole.

— É claro — conjecturou — que a reincidência aumenta a gravidade de um crime. Diga-me, tribuno... Vocês parecem ter uma relação de amizade.

— Sextus Dexius é um soldado bem quisto em sua coorte, dominus.

— Então já conversou com ele antes?

— Sim, senhor.

— Diga-me, tribuno — um gole — esta foi a primeira vez que Sextus Dexius mentiu sobre seus feitos em batalha para você?

O legionário não ousava suplicar, mas seus olhos vidrados eram súplica suficiente.

O tribuno olhou para ele.

Então para Varus.

— Não, senhor — em voz pausada. — Ele já mentiu antes.

Publius Quinctilius Varus assentiu, ponderou por um momento.

— Bem — ele disse, como se fosse um fato óbvio — então a punição deve ser mesmo a morte.

— *Dominus, não!* — Dexius gritou.

— Por apedrejamento.

Como se as palavras fossem um feitiço, imediatamente legionários surgiram e agarraram os braços de Dexius. O tribuno se encarregou de direcioná-los. Uma pequena multidão de legionários os seguiu, então muitos civis curiosos.

Arminius se ergueu.

Varus continuou recostado, mas o *praefectus* saiu cambaleante. Fui atrás dele.

Sextus Dexius começou a gritar. Logo a seus berros se juntaram exclamações dos civis, grunhidos dos soldados. O som abafado e macabro de pedras acertando carne.

Arminius se afastou do banquete. Escorregou numa poça de lama, caiu.

— Quem é Varus? — Arminius ficou prostrado na sujeira, chorando.

— Em breve isso não vai mais importar.

— Quem é esse homem, Thusnelda? Quem me criou?

Demorou algum tempo para que Arminius ficasse coerente. Os gritos de Sextus Dexius já tinham silenciado.

— Você sempre soube — falei. — Ouviu sobre as crucificações. Viu os Queruscos morrendo de fome.

— Não faz sentido — sentado na lama, sem se preocupar com a própria dignidade, ele tinha a cabeça nas mãos. — Não sei por quem lutar, Thusnelda. A Germânia me odeia, só me segue porque vencemos a decisão por combate. Roma me deu tudo que tenho, mas meu benfeitor é um monstro.

— Você sempre soube — repeti.

Ele me olhou como uma criança.

— O que vai acontecer?

Arminius era argila em minhas mãos. O plano transcorria melhor do que qualquer futuro que eu houvesse visto. O engasgo desconhecido estava no fundo de minha mente, eu sentia nojo de cada ato que fazia contra ele, mas estava dando tudo certo. Eu via aquele homem aniquilado, que aceitaria qualquer coisa que eu dissesse, e sentia falta do guerreiro que tomara o sacrifício de Marcus Aius para si mesmo. Do selvagem que me puxara para o buraco onde estava o deus. Meu triunfo era ter erodido toda aquela ferocidade, deixado apenas o medo e a falta de opções que levavam à guerra e à ruína do Império.

Eu odiava meu triunfo.

— Você sabe o que vai acontecer, Arminius.

— O que vai acontecer com *ele?*

Sorri como se soubesse de tudo no universo.

— As tribos vão atacar as legiões logo antes do outono. Varus vai recuar até Oppidum Ubiorum e, no ano que vem, mais legiões serão mandadas. Então haverá uma guerra, uma guerra enorme e faminta, Irmin. Varus ficará vivo enquanto tiver esperteza para isso.

— Ele vai me odiar.

— Talvez continue amando-o — eu disse, em voz quieta. — Ele sempre continua.

Arminius enterrou o rosto nas mãos enlameadas, num grito mudo. Saliva escorreu lentamente de sua boca enquanto ele tentava negar o mundo.

— Por favor — ganiu. — Por favor, prometa que Varus sairá vivo.

— Não — falei, suave.

— Eu imploro, Thusnelda. Farei o que você quiser. Pelos deuses ou por qualquer coisa que você preze, que Varus fique vivo.

— Por que, Irmin?

Arminius deixou as mãos caírem de novo. O rosto relaxou num desespero ainda mais profundo.

— Porque ele é meu pai. Porque eu o amo.

Algo em mim se moveu quando ele disse aquilo.

— Ele é um homem maligno, Thusnelda, mas eu o amo. É um assassino, mas é meu pai.

Me peguei imaginando se um dia ele falaria coisas parecidas sobre mim.

— Eu também não sou um homem bom — disse Arminius. — Também sou um assassino. Ele é meu pai, Thusnelda, não posso julgá-lo.

Talvez seja estranho para você, mas naquele momento pela primeira vez admirei a humanidade.

Eu vi atos de heroísmo supremos, Agnes. Nada disso mexeu comigo. Testemunhei sacrifícios, gestos de abnegação. Possuí corpos de gente devota e os fiz cometer sacrilégios. Tomei a vida de pessoas apaixonadas e as obriguei a matar quem amavam. Antes daquela noite, eu conhecia muito do melhor que a humanidade possui. Mas os admirei pela primeira vez ouvindo um assassino mentiroso declarar seu amor por um tirano.

Heroísmo era simples. Naquela época, não me dizia nada.

Foi a complexidade de Arminius que me fez notar que os humanos eram mais que receptáculos. Percebi que em vocês existem enigmas, existe algo a investigar e entender. Eu não sabia o que aquilo era, mas queria conhecer mais e mais de Arminius. Cada faceta, mesmo feia ou odiosa, me fascinava. Eu justificava seus atos de maldade e exaltava suas virtudes.

Eu ainda não sabia que o amava.

XII

PUBLIUS QUINCTILIUS VARUS SABIA QUE AMAVA SEU PROTEGIDO, e continuava amando-o como um filho enquanto tramávamos a suas costas. Ele achava que Arminius tinha partido para suprimir mais uma pequena revolta, derrotar um bando de desordeiros que atacavam as terras dos Queruscos. Achava que eu tinha voltado à aldeia onde meu pai vivia. Na verdade, ambos tínhamos ido à Floresta de Teutoburgo, onde começaria a ruína do Império.

Era noite e os reis estavam reunidos. Diferente do conselho, aquele não era um assunto de leis e acordos. Era um encontro clandestino, secreto e sujo. Os reis não estavam acompanhados por comitivas e não havia sacerdotes.

Exceto eu.

Não nos encontrávamos numa clareira, mas na parte mais densa da floresta, onde o solo sempre fazia barulho de água. Os reis e chefes germânicos faziam um círculo, mal iluminados por umas poucas tochas cravadas no chão. Todos tinham expressões sombrias e postura soturna. Alguns estavam armados, mas todos sabiam que armas não adiantariam de nada ali. Se houvesse alguma hostilidade, a maldição que recairia sobre o agressor seria tamanha que nem todos os guerreiros da Germânia poderiam detê-la. Eles estavam ali com um propósito em comum. Um propósito maligno e carniceiro.

Arminius não usava a couraça de romano, mas uma túnica simples. Tornava mais difícil esconder o ferimento, mas seria um sacrilégio grande demais para ele macular o uniforme de legionário com aquela atividade. Eu estava trajada como sacerdotisa, coberta pela pele de urso e com os cabelos duros de esterco.

— O que vai acontecer agora, Thusnelda? — ouvi a voz de Segimer emanar de um vulto tristonho.

Não havia um protocolo formal, não havia um rito específico. Ninguém sabia o que fazer, exceto eu.

— Os guerreiros estão onde devem estar?

Vários deles grunhiram um "sim". Outros ficaram calados. Eles tinham recebido a instrução há bastante tempo e não errariam naquele detalhe importante.

A geografia sagrada do Mecanismo do Destino organiza flora, construções humanas e até mesmo formação geológica de acordo com os diagramas de poder da Realidade. Algumas dessas influências são óbvias: templos são construídos em nexos de energia, estradas se formam naturalmente em caminhos de peregrinação. Outras são mais sutis: sob a terra, veios de minério seguem um padrão determinado, a erosão forma colinas e vales que acompanham o desenho. Eu tinha mandado que os chefes deixassem seus guerreiros nesses locais sutis. Diversos pontos da floresta onde a magia seria mais forte, áreas onde o mundo físico é mais tênue e a Realidade pode se mostrar.

Locais de sacrifício.

As menores tribos ofereceram vinte ou trinta guerreiros. As maiores entregaram centenas. Os reis mais benevolentes explicaram a seus comandantes de confiança o que aconteceria e pediram voluntários. Os mais tirânicos escolheram aqueles que deixariam de existir. Houve pelo menos um chefe que obrigou nobres incômodos a se juntar às vítimas. E houve alguns que, na falta de gente que se oferecesse, decidiram sacrificar seus filhos, netos, sobrinhos, irmãos. Alguns guerreiros entenderam o que aconteceria, fizeram luto por si mesmos e marcharam como se já estivessem mortos. Outros se deleitaram com a perspectiva e fizeram a viagem bêbados e comemorando. A maioria simplesmente não entendeu. Achou que seria simbólico, que seria um milagre sutil, como sempre era.

Eu não me importava. Eles eram humanos, eram combustível para os desígnios da Grande Raça de Yith. Lembro que, naquele círculo, frente aos chefes e reis, imaginei a complexidade que seria perdida, as personalidades que deixariam de existir. Mas afastei o pensamento. Eram só humanos.

— Levarei Arminius até o fosso onde Tuisco descansa. O ritual será feito sobre ele.

— Como vamos saber se essa bruxaria deu certo? — Maroboduus resmungou.

— Vocês saberão — eu sorri. — A floresta inteira saberá. Eles terão fome. Vão caçar tudo que se mover em Teutoburgo. Animal ou humano, não importa. Apenas quem está no círculo ficará a salvo.

Aquele também era um local de poder e, com o signo da Roda de Deus, eu daria aos reis salvaguarda e certo controle sobre os *berserkers*. A verdade é que, uma vez dotados da fúria do deus sob a terra, eles nunca seriam totalmente domados. Mas seriam suficientes para causar o caos.

Fiz um sinal. Arminius desapareceu entre as árvores, então voltou conduzindo um cavalo branco. Colocou-o no meio do círculo. O animal permaneceu ali, quieto, como se estivesse sedado.

— Tudo que penetrar no círculo será absorvido pelo cavalo — falei. — Se ele morrer, façam o que fizerem, *não saiam do círculo*.

Ninguém respondeu.

Então eu e Arminius demos as costas a eles e começamos a andar até o sítio do ritual. Tantos futuros se descortinavam a minha frente que era impossível acompanhá-los. Eu sentia o mais próximo de antecipação que um yithiano pode sentir. Era uma criança prestes a ganhar um presente.

— Que os deuses estejam com você, Thusnelda — ouvi Segimer falar.

Minha risada se espalhou pela floresta.

O fosso era muito maior que o buraco que Arminius cavara na noite do conselho. Tinha sido escavado por meu único guerreiro do urso, meu primeiro experimento, ao longo de semanas. Também contava com a ajuda da terra, que tinha se assentado para formar uma espécie de garganta. Era uma vala profunda de paredes íngremes. Um rasgo na floresta, onde mesmo o sol do meio-dia não chegava.

Meu coração batia rápido, numa reação do corpo humano de Thusnelda a minha ansiedade. Não tínhamos tochas nem qualquer fonte de luz. A lua era um risco quase invisível. Eu me guiava pela percepção mística da floresta. Arminius só seguia meu vulto.

Chegamos à beira do fosso.

Deixei cair a pele de urso. Como antes, eu estava nua, meu corpo recoberto de diagramas mágicos. A energia da Realidade viajava pelas linhas sagradas, tocava meus pés, seguia os desenhos. Era quase eletricidade, um incômodo misturado com carícia.

Arminius terminou de tirar as próprias roupas. Vi o estado de sua ferida. Bem melhor, mas ainda feia.

Estendi a mão a ele. Seus dedos estavam trêmulos e gelados. Então o puxei para o abismo.

Começamos a descer a encosta artificial e no mesmo instante tudo ficou ainda mais escuro. As raízes de árvores que surgiam nas paredes de terra do fosso se organizavam em ângulos retos, mais adivinhados do que vistos. O fosso parecia interminável. Afinal, estávamos descendo à tumba de um deus.

O cheiro de pelo de animais se fez sentir numa lufada, então nos cercou e logo estava insuportável. Arminius parou no meio do caminho para vomitar. O som do solo se rearranjando era como trovões subterrâneos. Meus ossos reverberavam com a vibração.

— Onde estamos? — Arminius falou atrás de mim.

— Você sabe, Irmin. A morada de Tuisco.

Ele deu mais um passo. Então:

— Não — disse Arminius. — Você está mentindo.

As linhas de destino explodiram. Interagindo com o poder profano que havia lá, tornaram-se incompreensíveis. Fui pega de surpresa e não respondi.

— Você está mentindo, não é?

Fiquei calada.

Então ele estacou e se desvencilhou de minha mão.

— Você está mentindo — Arminius repetiu.

Engoli em seco, como se fosse humana. Virei para ele.

— Se estiver, isso muda alguma coisa?

— Não importa. Quero saber.

Mantive seu olhar. Mais e mais futuros surgiam a cada segundo.

— Você sabe o que viemos fazer aqui — eu disse. — Isso não é mentira. Vamos criar os guerreiros do urso.

— Este deus não é Tuisco — ele falou, desafiante. — Estou certo?

Arminius era um emaranhado luminoso de destino.

— Por que acha isso?

— Tuisco é o pai do pai de nosso povo. Tuisco deu origem a nós. Este não é um lugar de fertilidade, sei que nada vai nascer daqui! Consigo sentir a morte em meus ossos.

— É um sacerdote agora? — debochei.

— Tuisco é o deus que veio da terra. Mas não estamos fazendo nada brotar, estamos descendo. Estamos entrando numa tumba.

De novo, não tive resposta.

— Estou certo, não é? Responda, Thusnelda! Este é Tuisco?

— Não — falei, seca.

Arminius ofegava.

— Eu estava confuso. Estava perdido e bêbado. Mas agora tudo está claro. O que vamos fazer?

— Você está pensando com clareza porque a proximidade do deus está afastando sua humanidade, Irmin. Um animal tem clareza absoluta. Lembra da clareza que teve na noite do conselho?

— O que é tudo isso?

— O que importa? — dei de ombros. — Esse é um pensamento humano que só vai lhe trazer confusão. A única coisa importante é que tudo é inevitável. A guerra já foi iniciada. Mesmo que você decida fugir de mim, as tribos vão atacar. Não há mais volta, Irmin.

Ele ficou parado, entre a contemplação e o pânico.

— Mas Varus sobreviverá — estendendo a mão a mim.

— Varus sobreviverá — garanti.

Continuamos a descida.

O cheiro, já avassalador, ficou ainda mais intenso quando o olfato de Arminius se expandiu. Aos poucos ele relaxou, sendo tragado pela fera dentro de si e a nosso redor. Andou os últimos minutos curvado.

Então nossos pés tocaram os pelos.

Foi a pior sensação de minha vida. Tocar em um deus é algo que mataria a maior parte dos humanos. Para um yithiano, o medo racial, incutido em nós como a única coisa que nos mantém vivos, a sensação de vulnerabilidade era intolerável. Não sei explicar, Agnes. Dor extrema e rombuda pelo corpo todo, mesclada a um ódio profundo de mim mesma. Os deuses odeiam tudo e ser contaminado por uma mera fração desse ódio é suficiente para enlouquecer um humano normal, transformá-lo em seu próprio pior inimigo.

Forcei-me a abrir os olhos.

E vi Arminius.

Ele tinha as costas retas. Olhar inteligente de um humano, não a bestialidade instintiva que eu esperava.

— Eu entendo — ele disse.

— Como...? — minha voz saiu quebrada.

Ele estava mais que ereto. Estava altivo. Como se tivesse recuperado tudo que aos poucos roubei durante a primavera e o verão. Aquele era um humano puro, um humano sem o toque do sobrenatural.

— Eu sou Arminius — ele disse, como se fosse informação nova. — E sou Irmin.

Havia prazer na forma como ele pronunciava cada palavra.

— Sempre fui dois. E os dois se odeiam. Odeiam-se tanto que agora estão separados.

Nunca é seguro mexer com deuses, Agnes. Nunca há garantia de nada. Na noite do conselho, a proximidade com o deus transformou Arminius numa fera. Agora, engolfado na presença da divindade, a fera tinha se tornado tão poderosa que tomou uma identidade única.

Arminius estava livre.

— Você não é Thusnelda — ele disse.

— Sou Thusnelda. Isso nunca foi mentira.

Ele estreitou os olhos.

— Você não é a *mesma* Thusnelda.

Eu continuava sentindo a agonia e o terror. Enquanto Arminius adquiriu calma absoluta, fechando toda a influência profana numa outra parte de si mesmo, eu pensava com dificuldade. Precisava fazer o ritual logo, enquanto ainda podia.

— Sou Thusnelda e não sou — admiti. — Eu sou algo que tomou o corpo e a alma de Thusnelda, mas ela também me tomou. Eu passei a ser Thusnelda.

— Desde o início — ele falou quase para si mesmo. — Desde o início você me trouxe até aqui para derrubar o Império.

Eu não tinha tempo, mas se ele insistisse eu falaria toda a verdade. Cada passo do plano estava claro para Arminius. Eu não tinha mais segredos.

— O Império vai cair — eu disse. — Já começou.

Ele assentiu.

— O que é este deus?

Respirei fundo. Era difícil falar o nome há 2.000 anos e é difícil agora. Não quero pronunciar a palavra, o simples som me enche de nojo e medo. Mas cada segundo era precioso.

— Não é nenhum deus que você conheça. Nenhum deus romano ou germânico. É um deus verdadeiro.

Então fechei os olhos e falei o nome:

— Ithaqua, o Andarilho do Vento.

Dois relâmpagos lamberam a terra logo fora do fosso. O chão de pelos sob nossos pés se moveu.

É o deus que está sob Osnabrück, Agnes. O Peregrino da Morte, a Coisa na Neve. Um deus de fúria e de tempestade. O deus que deu origem ao mito do Wendigo, que também é um de seus nomes. O deus voraz que já foi cultuado como toda sorte de divindades com pelos e chifres. Um deus que transita nos ventos, sempre em busca de carne para sua fome insaciável.

Ele está morto, mas a morte é diferente para um deus. Morrer não significa parar de existir e eles podem despertar da morte. O deus foi morto em alguma batalha, algum evento apocalíptico muito antes da história escrita. Talvez o Mecanismo do Destino já existisse e por isso ele caiu aqui. Talvez seu cadáver poderoso tenha criado a geografia sagrada. Não sei e não importa. Por causa dele, Osnabrück passa por destruição, é o palco do início e do fim das guerras, mas nunca é lembrada.

Uma morte em Kalkriese é um sacrifício a Ithaqua. Vê por que o derramamento de sangue aqui é tão grave?

Todo o plano levara àquele momento. Nenhum outro yithiano ousaria manipular o poder do deus para transformar os humanos. Era magia muito complexa e muito potente. O mínimo erro poderia despertá-lo ou ao menos chamar sua atenção na morte. Um descuido abriria um portal para a Realidade e então nossa raça estaria condenada. Fui admirado e execrado por meus irmãos por minha temeridade.

Mas agora eu balançava por causa de um humano.

— Este é o deus que vai emprestar poder e fúria aos guerreiros? — ele perguntou.

— Você é o condutor. O poder vai fluir por você e seguirá para eles.

— O que você vai fazer comigo?

— Vou mudar seu corpo. Sua alma.

Ele assentiu.

— Você mentiu na noite do conselho. Disse que eu não perderia minha humanidade.

Seu tom não foi raivoso ou acusatório. Era só compreensão total. Ele não procurava mudar o que já acontecera, consertar erros. Apenas entendia o presente e o passado. Aos poucos, entendia o futuro.

Não respondi e ele não esperou. Pegou meu pulso e o levou a sua testa, adivinhando qual seria a primeira parte do procedimento.

— Muito bem — disse Arminius. — Comece.

Enfiei meus dedos dentro de seu crânio e o cadáver de Ithaqua emitiu um rugido baixo e vagaroso.

Um tentáculo saiu de minha boca, um apêndice que você conhece bem, Agnes. Um tentáculo fino e sedoso, que serpenteou devagar até o ouvido de Arminius e então entrou nele. O tentáculo cheio de olhos me revelou sua alma, o tentáculo com garra de lagosta tocou seu crânio e também penetrou, como se osso e pele não tivessem materialidade.

Os olhos de Arminius reviraram, deixando só o branco aparente. Seu corpo ficou inteiro retesado, cada músculo forçando até o limite.

Toquei na alma de Arminius. Era poder puro, como a de todos os humanos. E, como acontece com todos vocês, estava quase vazia de experiências. Aquela entidade existia desde o início do tempo ou antes, mas eu a havia submetido ao Psicopompo. Senti mais uma vez o engasgo que condenava o que eu havia feito no passado. Disse a mim mesma que eu não conhecia Arminius naquela época. Que encarnações anteriores não eram Arminius, não tinham sua memória, sua personalidade.

Fiz um corte raso na alma, usei meus dedos para extrair daquilo uma parte suprimida. Puxei um traço animalesco. Seria fácil trazer para o mundo material um aspecto de urso, fazer com que a fera se manifestasse no homem.

Meu tentáculo mais fino envolveu a parte da alma que continha sua personalidade. Era uma coisa bela, bem construída. Dividida em duas partes que, mesmo separadas, por vezes fluíam entre si até trocar de lugar. Um quarto tentáculo emergiu de minha boca, o tentáculo mais carnoso, encimado por cones bulbosos. Ele se insinuou por um olho de Arminius, deslocando o globo ocular, fazendo força até que o mundo material cedesse à Realidade e ele também entrasse. Os cones tocaram uma metade da personalidade. Aquele órgão espiritual seria destruído, usado para invocar mais um aspecto do urso.

Vi nuances do poder de Ithaqua tocando a alma. Eram pequenos relâmpagos de uma tempestade divina. A alma começou a ter cheiro de animais.

Hesitei. O próximo passo seria destruir uma faceta da personalidade, então deixar que a fúria de Ithaqua permeasse a alma. Não quis fazer aquilo. Procrastinei criando símbolos de proteção a meu redor, isolando minha forma verdadeira do toque sagrado do deus. Dei o comando a mim mesma, para que os cones fizessem seu trabalho, mas não obedeci a minha própria ordem. Não consegui.

Adiei o ato por mais alguns instantes — usei a garra de lagosta para entalhar um diagrama místico numa parte ampla da alma. Era uma representação do Mecanismo do Destino e imediatamente ressoou com a geografia sagrada. Minha percepção e o espírito de Arminius correram pelas linhas de energia. Ele se expandiu para englobar toda a Floresta de Teutoburgo, achou os guerreiros que estavam esperando.

Senti cada uma daquelas almas. Embora fossem mais simples do que a de Arminius, fiquei muito ciente de que cada uma tinha seus segredos, alguma complexidade única.

Eles tinham adquirido isso em pouquíssimo tempo. Apenas algumas décadas. Um pensamento intruso se instalou em mim: ao criar a morte, eu havia privado o universo de uma complexidade magnífica.

Ithaqua também fluiu pelas linhas de poder. O cadáver do deus se moveu.

Eu podia notar a atenção de todos os yithianos sobre mim. Nenhum deles teria coragem de estar ali, mas observavam possibilidades, vasculhavam os futuros com seus próprios tentáculos para me monitorar.

Toquei a personalidade de Arminius com os cones bulbosos.

Então a colina falou comigo.

Não era a colina, era ele. Nós estávamos juntos, esticados sobre Kalkriese. Arminius falou e ouvi como um pulsar das linhas de energia, ouvi como a voz de todos os guerreiros que esperavam a mudança, ouvi como uma intenção de sua personalidade, ouvi como um rugido de Ithaqua.

Por que hesita? Você mesma disse, já é inevitável.

Eu já fiz isso com você, respondi. *Você não vai entender, mas já deixou de ser quem era por minha causa.*

A colina deu um riso sem humor.

Eu me sacrifico, Thusnelda. Assim como nós sacrificamos Marcus Aius. Eu sacrifiquei seu noivo a mim, agora me sacrifico a você.

Você vai perder quem é.

Não importa. Vamos destruir o Império.

Você ama o Império.

Não importa mais o que eu amo, ele respondeu. *Faça o que deve fazer.*

Você vai perder quem é, repeti.

Eu não quero ver o que vai acontecer. Prefiro ser um animal. Um animal não tem culpa, não vê consequência. Eu quero perder quem sou.

E então admiti para mim mesma e para ele, para a colina e para os yithianos a razão egoísta de minha hesitação. O motivo de todos meus atos contraditórios naqueles meses. Eu não me importava na verdade com os yithianos ou os deuses, com o Império ou com o Mecanismo do Destino. Eu só me importava comigo:

Eu não quero perder quem você é.

Ele era fascinante demais para que fosse destruído. A irracionalidade daquele pensamento era avassaladora, mas eu não conseguia me importar. Eu sabia que, se tudo desse errado, seria torturada pelos deuses para sempre. Sabia que, de qualquer forma, Arminius duraria pouco, assim como todos os humanos. Mas não queria que ele não existisse no mundo. Eu precisava extrair o máximo dele, devorá-lo enquanto houvesse sua identidade.

O que é você, Thusnelda?

E respondi com a única verdade que existia naquele momento:

Não sei mais.

Afastei os cones, o tentáculo fino soltou sua personalidade. Minha garra se retraiu, não ousando feri-lo ainda mais. Tirei meus dedos de dentro do crânio. E, enquanto os tentáculos voltavam para dentro de mim, o último que restou foi o que tinha olhos. Porque eu queria vê-lo, queria aquela intimidade máxima com Arminius. Mas por fim eu era de novo uma mulher.

Ele me olhou com sua visão limitada de humano.

Fechei minha percepção do futuro. Ignorei todas as linhas de destino. O universo se tornou estático a meu redor. Só havia ele.

— Eu não posso destruí-lo — falei.

Arminius me segurou pelos flancos.

— E eu não posso destruir o Império.

Então estávamos mais perto. Ithaqua rugiu, mas eu não conseguia prestar atenção. Estava tomada por uma ânsia que era física e espiritual, doce e violenta ao mesmo tempo.

— O que vamos fazer, Arminius?

— Não vamos destruir — ele disse. — Vamos criar.

E não sei como caímos, não sei se o puxei ou se ele me derrubou, mas de repente eu estava deitada sobre o pelo do deus, tomada de horror, agonia, fúria, Arminius sobre mim. Sou uma criatura de lógica e planejamento, mas o contato com Ithaqua trouxe algo simples e feroz. Eu não era um animal, Agnes.

Por um momento, fui humana.

— Vamos criar — ele repetiu com seriedade intensa, então entrou em mim.

Não consegui mais ignorar o futuro. A sensação me avassalou e todos meus sentidos foram tomados por uma visão que era mais que visão: era uma existência.

Eu vi as tribos germânicas. Vi os reis e os povos se unindo e se dividindo em guerras. Vi a ascensão dos Merovíngios e então Carlos Magno. Vi um império se formando naquela terra, tomando para si o nome do Império Romano.

— Vamos criar — num grunhido, ofegando.

Vi glória e maldade inominável. Uma guerra que mudaria uma geração nas trincheiras, então uma segunda guerra que ensinaria ao mundo a face do horror. Milhões assassinados numa indústria de morte e ódio que ressoaria para sempre.

Vi uma cultura, uma terra fria e também acolhedora, um povo horrendo e maravilhoso, culpado do maior dos crimes e responsável por moldar o mundo.

— *Vamos criar a terra* — ele rugiu, e eu vi a Alemanha.

Ele jorrou a si mesmo dentro de mim e, juntos, criamos. Não sei se o que criamos foi bom ou ruim, não sei se algo no passado ou no futuro poderá compensar a profundidade do horror que veio daquele ato. Sei apenas que a Alemanha nasceu naquele momento. Arminius é seu pai e eu sou sua mãe.

A Alemanha nasceu em Osning, quando um germânico criado em Roma decidiu que precisava de dois mundos.

Passei o resto da noite com ele, deitada no chão do lado de fora do fosso. Sentindo o prazer melífluo do simples contato com a pele, cheirando sua respiração e lentamente percebendo o que eu tinha me tornado.

Apenas quando o sol começou a nascer falei de novo:

— Você também viu?

Arminius fez que sim com a cabeça.

— Você entendeu? — ele perguntou.

— Sim — eu disse. — Muito do que você viu está além de sua compreensão, mas eu entendi. Tudo aquilo é obra sua.

— Eu não queria nada disso.

— Eu sei — falei. — Eu também não.

Ele me beijou.

Passei as pontas dos dedos por seu peito, seu abdome.

— Você não está mais ferido — notei.

Ele tocou no local onde estivera o ferimento, subitamente se dando conta.

Não sei como Arminius foi curado. Não foi obra minha e não foi Ithaqua, porque nenhum deus concede essa dádiva.

Acho que foi o Mecanismo do Destino. Acho que foi Osnabrück.

— Você já sabe o que fazer? — perguntei.

— Já.

Era absurdo que eu tivesse feito aquela pergunta a um humano, mas desde então esta é minha vida. Enquanto amanhecia, ele começou a falar e traçamos juntos o futuro. Arminius detalhou como seria a guerra sem a queda do Império, sem o fim da Germânia, sem que ninguém se transformasse em fera. A guerra que não iria destruir, mas criar.

— Vamos fazer isso juntos, meu amor — ele disse.

Naquela manhã, eu aceitei quem sou. Um yithiano traidor, uma entidade que para sempre vai tentar se redimir por seu crime. Um monstro que ama a humanidade.

E, pelo menos por um tempo curto, uma mulher que amou Arminius.

Os reis protestaram. Chamaram-me de bruxa e charlatã, disseram que aquele era mais um ritual fajuto. Eles se sentiam tolos por terem passado a noite no círculo, com medo de qualquer barulho na escuridão e aguardando a feitiçaria que lhes garantiria a vitória, então descontaram a vergonha sobre nós dois. Mas apenas deixamos que esgotassem a indignação e a raiva. Então Arminius explicou com calma e precisão tudo que eles iriam fazer.

— Antes, haveria uma guerra — ele disse. — Esqueçam isso. Não queremos guerra.

— Eu sabia! — Maroboduus lhe apontou um dedo com uma grossa unha amarelada. — Sabia que daria para trás, covarde!

— Não nos interessa invadir Roma — Arminius ignorou o outro. — Não vamos travar batalhas e mais batalhas ao longo de anos. Não ganharemos nada com isso, nem poderemos gastar nenhum ouro que saquearmos. Não queremos que os romanos continuem em nossas vidas para sempre! Queremos expulsá-los daqui, para que nunca mais voltem.

Os reis se entreolharam. Segimer assentiu devagar, com orgulho.

— E como vamos fazer isso? — Maroboduus perguntou.

— Não vamos atacar para que eles recuem até Oppidum Ubiorum. Isso vai fazer com que tragam mais soldados, vai começar uma guerra interminável. Precisamos provar a eles que a guerra é inútil e a vitória é impossível. Precisamos traçar uma linha no Reno e mostrar que tudo do lado de cá é nosso. Vamos atacar para destruir as três legiões.

Arminius olhou para mim.

— Vamos atacar para matar todos.

E, implícito naquelas palavras:

Todos, inclusive Varus.

II

ERA SETEMBRO QUANDO ARMINIUS RELATOU AO GOVERNADOR QUE a revolta tinha crescido.

Eles estavam no *praetorium* com todo o alto-comando de Varus. Lá estava Vala, como sempre, e também alguns que, até agora, não tiveram importância. Mas os fatos são confusos, Agnes, o que aconteceu não se importa com ordem, então ouça esses nomes. Eggius era o *praefectus castrorum* da XVII Peregrina, que já mencionei. Caeonius ocupava o mesmo cargo na XVIII Caput Victor, enquanto que Caedicius era o *praefectus castrorum* da XIX Vigilax Canis. Eles não deveriam ser importantes, mas nós os obrigamos a ser.

Estavam todos em silêncio. Alguns desconfiavam de Arminius, mas a temporada tranquila parecia ter provado que não havia nada a temer. A vida na Germânia tinha se transformado em rotina, as ordens do governador não podiam ser contrariadas, então não havia o que fazer. O germânico relatando o que acontecia longe do forte era um evento comum e aquele devia ser mais um dia como todos os outros.

— Os Angrivarii se ergueram, pai — ele disse, expressão grave e peito estufado. — Se antes os rebeldes eram apenas alguns bandos de desordeiros, agora são maioria na tribo. Eles estão se organizando e quem sofre são os Queruscos.

Varus levou a mão ao queixo.

A história de Arminius fazia sentido. Os Angrivarii eram uma tribo historicamente hostil a Roma, com território que fazia fronteira com as terras dos Queruscos. A perspectiva de impostos altos nos anos seguintes certamente era assustadora e a chegada iminente do outono seria a faísca que faltava para acender esses medos em uma rebelião aberta. Eles estariam tentando saquear tudo que pudessem para passar o inverno, amealhar riquezas para um futuro de fome. Atacar o forte romano era loucura, então a alternativa seria atacar os maiores aliados dos romanos. Tudo isso poderia facilmente ser verdade, mas era uma mentira calculada que Arminius contava sem hesitação.

— E qual seria a solução, Arminius? — o governador gesticulou. — Começar uma guerra em setembro? Não vamos passar o inverno nesta pocilga escura e gelada!

As legiões estavam prontas para ir embora — voltar a seus postos no Reno, onde aguardariam durante o inverno para retornar na primavera seguinte. Nenhum exército de ocupação passaria os meses de frio no meio do território recém-pacificado, em um forte sem infraestrutura adequada. Não havia comida suficiente e seria impossível estabelecer uma linha de suprimentos através da neve. Os legionários também não podiam perder tempo em sua retirada: caso esperassem demais, chuva e dias cada vez mais curtos tornariam a viagem impossível. A temporada de campanha sempre se organizara daquela maneira e não havia como ou por que mudar.

— Precisamos ajudar os Queruscos! — Arminius falou, colocando-se do lado de fora da tribo. Era uma frase calculada. — Os reis acabaram de aceitá-lo, pai. Se ignorarmos uma tribo aliada, eles vão se sentir traídos. Haverá um longo inverno para esse ressentimento fermentar até se transformar em ódio e rebelião. Então precisaremos repetir todo o trabalho ano que vem. E como eles voltarão a confiar em nós?

Ele olhou em volta. Não conseguiu evitar o pensamento de que todos ali estavam mortos, apenas não sabiam. Lucius Salonius Corbulus — morto. Lucius Eggius, o *praefectus castrorum* da XVII — morto. Gaius Numonius Vala — morto.

Mas aqueles cadáveres ambulantes se acenderam ante as palavras de Arminius. O tédio do verão sem combate de repente pareceu ter fim. Antes de seis meses de espera e frio, poderia haver uma batalha. Uma batalha fácil: três legiões, ainda que incompletas, contra apenas uma tribo. Uma tribo não muito forte, que nem mesmo contaria com todos seus guerreiros. Era uma perspectiva instigante.

— Arminius tem razão — disse Eggius. — Toda a confiança que conquistamos será perdida se deixarmos os bárbaros à mercê de seus inimigos.

Caeonius acrescentou:

— Será seu último ato aqui antes de retornar ao Reno, dominus. O senhor partirá como um herói para essa gente.

Varus continuou pensativo.

— E como planeja voltar depois dessa incursão? — perguntou Vala.

Os olhares se voltaram para ele. Era um romano tradicionalista e não disfarçava uma careta de desaprovação para Arminius.

— Podemos marchar até os selvagens e acabar com a rebelião — o legado continuou. — Mas então estaremos no meio da Germânia em pleno outono. Será tarde demais, passaremos fome neste buraco.

O governador manteve os olhos em Arminius, esperando uma resposta.

— Existe um atalho — ele respondeu. — Não precisamos seguir o Lupia como é o normal. Esquecem que há germânicos em suas fileiras? Nós conhecemos o terreno, podemos atravessar pelo próprio território dos Angrivarii. Os Queruscos vão se juntar a nós. Então encontraremos os rebeldes e travaremos a batalha já no início da marcha de volta ao Reno.

— Acha prudente tentar uma nova manobra no fim da temporada de campanha? — o velho desdenhou.

— Felizmente não é uma nova manobra. A cavalaria vem cruzando as terras do inimigo durante todo o verão.

Eles se encararam por alguns segundos.

— É claro que, se acha um risco grande demais — Arminius completou — talvez seja melhor dar as costas a nossos aliados.

As palavras ferinas rondaram a sala, permeando a mente de cada oficial. Nenhum deles desejava uma acusação de covardia.

— Nenhum risco é muito grande para um romano, nobre Arminius.

O ar estava elétrico. Talvez aqueles homens fossem bons, talvez fossem monstros. Talvez fossem heroicos, talvez fossem covardes. Mas todos eram militares. Gostavam da legião ou precisavam dela para seus interesses. Queriam combater ou mostrar que tinham participado de uma batalha. Sentiam a inquietude dos soldados ou desejavam provar seu valor a eles. Todos estavam ansiosos pela resposta do governador.

— Muito bem — disse Varus. — Vamos desmontar o forte e partir. Deixaremos pelo caminho alguns cadáveres.

Os oficiais trocaram sorrisos discretos, começaram a enumerar as tarefas a seguir.

Publius Quinctilius Varus olhou para Arminius e disse:

— Os deuses o colocaram aqui.

— Você me colocou aqui, pai.

O cadáver ambulante sorriu com orgulho, pensando no futuro de seu protegido.

Meu pai estava no forte e conseguiu me encontrar.

Eu era de novo a perfeita dama romana. Ficava à parte das discussões militares, mas, como sempre, tinha algum acesso ao governador. Segestes me achou numa grande tenda reservada aos oficiais, acompanhada apenas de uma escrava.

— Vá embora — deu a ordem em latim, e a mulher obedeceu.

Levantei e fiz o cumprimento adequado a um *paterfamilias*.

— Deixe o fingimento de lado — ele disse.

Meu rosto ficou sério. Cruzei os braços e esperei que ele desse o primeiro golpe.

— Tudo isso é por Arminius? — perguntou Segestes. — Você o quer a ponto de se deixar iludir por um traidor?

Ri de sua cara abertamente.

— Você ainda acha que Arminius levou sua preciosa filha à traição? — debochei. — Fui eu que convenci Arminius, meu nobre pai! Fui eu que o fiz deixar de ser um leal oficial romano.

Ele não disfarçou o choque. O que quer que estivesse esperando, não era aquilo.

— Admite então... — ele começou.

— Para você? — interrompi. — Claro. Você gastou qualquer credibilidade que tivesse ao acusar Arminius de assassinato. Por que agora acreditariam numa conspiração? Uma conspiração encabeçada por uma mulher germânica!

A raiva nos olhos de Segestes arrefeceu. Transformou-se em algo mais duradouro e dolorido.

Decepção.

— Por que está fazendo isso, Thusnelda?

— Você não entenderia.

Segestes abaixou a cabeça, fez uma careta de desgosto.

— Não importa o quanto eu tenha me esforçado por sua educação, você continua sendo germânica. Claro que acha que não entenderei; este povo maldito pensa que inteligência só vem acompanhada de força. Desprezam alguém como eu, que se dedicou a aprender tudo sobre Roma, para endeusar imbecis violentos. Mas continue pensando assim! Siga os fortes, Thusnelda! Veja no que suas táticas resultarão!

— Seu problema nunca esteve na cabeça ou nos músculos. Está no caráter. Diz que aprendeu tudo sobre Roma, mas acha que os romanos respeitariam um bajulador que lambe suas sandálias?

Ele ficou alguns segundos em silêncio. Lentamente ergueu a cabeça para me olhar. Não mais com decepção. Estava intrigado.

— O que aconteceu com você, Thusnelda?

Comecei uma resposta mordaz, mas foi a vez de ele me cortar:

— Você sempre foi rebelde, sempre fez o que queria. Mas nunca foi cruel.

— O que quer dizer?

— De alguma forma... — ele hesitou. — Não é Thusnelda.

Minha curiosidade foi atiçada. Era mais uma das complexidades de vocês, humanos. Segestes nunca poderia adivinhar o que eu era, mas uma ligação intrínseca com sua filha dizia o que eu *não* era.

— Seja você quem for — meu pai balançou a cabeça — saiba que nunca quis seu mal. Nunca quis o mal de Thusnelda. Eu acreditava que seu futuro estava entre os romanos.

— Não quero ouvir isso.

— Mas vai ouvir. Se é minha filha, vai me respeitar. Se não é, vai conhecer o tamanho de sua maldade.

Pela primeira vez, alguns futuros surpreendentes brotavam daquele homenzinho.

— Acha que fui egoísta? Acha que sirvo aos romanos por mim mesmo? Eu odeio a Germânia, mas estava condenado de qualquer forma. Nasci condenado. Meu papel de serviçal dos romanos não é melhor que minha vida como nobre desprezado pelos germânicos. E como nobre pelo menos eu teria orgulho. Pois engoli meu orgulho por meus dois filhos. Vocês, germânicos, admiram quem morre por outra pessoa. Eu não morri, mas deixei de viver!

Permiti que terminasse.

— E isso é muito pior.

O que havia de Thusnelda em mim queria confortá-lo, embora ainda sentisse asco.

Respirei fundo.

— Você está certo — falei. — Não sou Thusnelda.

Ele começou a tremer.

— Sou um espírito que tomou Thusnelda. Mas tudo que fiz estava dentro dela de alguma forma.

Segestes assentiu devagar. Sem entender, sem acreditar totalmente. Mas, para seu instinto, fazia mais sentido do que aceitar uma mudança tão drástica em sua filha.

— Ela voltará?

— Não — respondi. — E não se preocupe com despedidas. Há anos ela não está mais aqui.

Ele ficou um longo tempo quieto.

— Então posso tratá-la como inimiga sem culpa — disse, por fim. — Obrigado.

Não respondi. Ele esperou, então virou as costas e foi até a entrada da tenda. Deteve-se antes de sair.

— Segismundus...?

— Ainda é ele mesmo.

Segestes sorriu. Deixou a tenda e não o vi mais até que tudo tivesse acabado.

Mas veja, Agnes, eu estava contaminada pela humanidade. Eu tive pena de Segestes. Não tive coragem de revelar que, no futuro, sem nenhum toque do sobrenatural, seu filho também se voltaria contra ele.

No dia 7 de setembro do ano 9, as legiões levantaram acampamento e receberam a terceira parcela de seu salário anual.

Foi um dia de excitação, nervosismo e entusiasmo. Embora os oficiais já tivessem recebido as ordens, para os soldados tudo aquilo era novo. A surpresa de desmontar o forte mais cedo do que o previsto e o influxo de dinheiro causaram um zumbido de boataria e antecipação. Os legionários depositaram seu dinheiro nos clubes de poupança que havia nas legiões, pagaram dívidas com os inúmeros mercadores e artesãos civis, compraram presentes para suas amantes, apostaram em jogos de azar, contrataram prostitutas para que seguissem a coluna, adquiriram vastas quantidades de bebida. A legião era disciplinada, mas nada detém soldados entediados e com dinheiro. Eles não iriam tomar um porre ou fugir das fileiras, apenas se preparar para a recompensa no fim daquela marcha e talvez se recompensar um pouco de antemão. Os soldados também se transformaram subitamente em potes de ouro prontos a serem esvaziados pelos comerciantes e aproveitadores. Se o pagamento tivesse ocorrido alguns dias antes, eles já teriam sido sugados e provavelmente boa parte daqueles civis iria embora. Se ocorresse alguns dias depois, não haveria muita vantagem em seguir uma legião que, em marcha, não poderia gastar. Foi a coincidência do dia exato que fez com que uma longa cauda de não combatentes se agarrasse às legiões e viajasse com elas.

Então eles destruíram seu lar com gana redobrada, um trabalho rápido, cheio de conversa e ansiedade. Os *optiones* tentaram refrear as especulações, mas era um esforço inglório e na verdade desnecessário.

Em poucas horas, mesmo distraídos ou afoitos, os legionários tinham desmontado cada barraca, desfeito o *praetorium* e derrubado a paliçada. Os únicos sinais do forte de verão eram as trilhas ainda marcadas pela passagem de milhares de pés e a madeira empilhada. Para os civis germânicos que viam aquilo pela primeira vez, a coreografia de trabalho de uma legião era hipnótica e assustadora.

As três legiões se puseram em formação ordenada, uma geometria precisa feita de pessoas. Varus passou a cavalo inspecionando as fileiras. A XVIII Caput Victor foi a primeira a receber a revista do legado. Um *aquilifer* da primeira centúria carregava a águia orgulhosa da legião, o estandarte sagrado que brilhou sob o sol. A XIX Vigilax Canis tinha motivo para mostrar seu valor: a perda de Aulus Trebonius e seus soldados, embora insignificante para o poderio da legião, era uma ferida aberta, uma ofensa sem vingança. Marcus Caelius garantiu que, mesmo nas outras centúrias, não houvesse sequer um soldado com equipamento mal cuidado ou barba por fazer. Por fim, a XVII Peregrina tinha orgulho por ser a legião do favorito do governador, o *praefectus* Arminius, mas também carregava a má sorte de ter um dos seus, Marcus Aius, assassinado por bárbaros furtivos. A *ala* de cavalaria auxiliar estava postada num dos flancos da legião. Arminius bem à frente.

— Legiões de Roma! — Varus entoou, detendo o cavalo em frente às tropas. — Hoje marchamos de volta, prontos para um inverno escuro. E marchamos de cabeça erguida! Marchamos como vitoriosos, porque fizemos o que nenhum general romano jamais conseguiu! Juntos, pacificamos a Germânia!

Gritos de celebração se ergueram das legiões, mas eram poucos e anêmicos. Os homens sabiam que deveriam saudar o governador, mas não houvera nenhuma vitória marcante. Eles não se sentiam conquistadores.

— Mas não há conquista sem sangue — ele continuou — nem vitória sem custo. O inimigo se ergueu, legionários. Bárbaros surgiram das profundezas de sua floresta para atacar nossos aliados. Eles acharam que seria tarde demais para que Roma interviesse, mas estavam errados. Legiões, hoje partimos para a guerra!

Os gritos foram mais altos, mais entusiásticos. Varus era um político, sabia exatamente o que estava fazendo com aquele discurso.

— Os rebeldes estão atacando primitivos indefesos e Roma não virará as costas a seus filhos mais fracos! Legionários, hoje marchamos ao leste para derramar sangue!

As palavras do governador caíram como uma pedra. Todos os soldados, até mesmo o mais reles, sabia que era tarde demais para se aprofundar na Germânia. Então, após deixar um tempo apropriado se passar, Varus completou:

— Graças ao *praefectus* Arminius, conhecemos um atalho secreto. Pegaremos os bárbaros desprevenidos, contornaremos sua posição e iremos chaciná-los em nosso caminho de volta! Eles não irão nem mesmo nos atrasar!

Os legionários recuperaram o furor e Varus aproveitou o momento:

— E, em nossa passagem, saquearemos suas aldeias! Tiraremos tudo que eles têm! Acham que podem roubar de nossos aliados? Todo legionário enriquecerá às custas deles!

As três legiões explodiram em júbilo. Eles estavam famintos de combate e Varus oferecia vitória. Estavam num ímpeto de gastos e Varus oferecia riquezas. Os legionários tremeram de antecipação, os civis começaram a calcular seus novos preços.

— Legiões! — Varus apontou o gládio para o céu. — Mostraremos aos bárbaros que a Germânia é nossa!

— Varus! Varus! Varus! — o ar foi tomado pelo cântico.

— Varus! — Arminius puxou suas tropas em exaltação. — Varus! Varus!

Eles partiram mais tarde do que o normal e se detiveram antes do crepúsculo, mas o terreno aberto permitiu que cobrissem a distância diária prevista. As legiões seguiram em formação, com os suprimentos no fim da coluna e a cavalaria auxiliar protegendo e flanqueando todas as tropas. A enorme quantidade de civis tornava aquela marcha muito menos ordenada do que se esperava. Os veteranos torciam o nariz, mas a verdade é que de qualquer forma aqueles seguidores teriam voltado ao Reno com as legiões — a única diferença seria a batalha no meio do caminho. Não havia alternativa, então era preciso aceitar.

A retaguarda estava terminando de chegar ao ponto de parada e o forte provisório estava sendo construído quando Arminius se aproximou de Varus.

— Salve, Arminius, *praefectus* da cavalaria auxiliar — o legado sorriu.

— Salve, nobre Publius Quinctilius Varus, governador da Germânia — a voz de Arminius quase travou num soluço, mas ele se conteve.

Os dois se olharam.

Ambos estavam montados em cavalos brancos, como se fossem cópias um do outro. Varus estava cercado por seus oficiais, ouvindo relatórios e dando ordens simples, Arminius estava acompanhado de uma escolta de cavaleiros germânicos. O *praefectus* fez o animal se aproximar e estendeu a mão. O outro segurou seu antebraço com força. Os oficiais notaram o momento íntimo e se afastaram.

— Devo continuar cavalgando, pai — disse Arminius. — Segimer não conseguirá reunir os guerreiros queruscos a tempo. Vou juntá-los numa tropa coesa, então encontraremos as legiões no meio do caminho.

— Muito bem, rapaz, faça o que faz melhor. Molde esses bárbaros em algo útil.

Mais uma vez, Arminius se surpreendeu pela confiança do governador. Varus não questionou sua tarefa ou a praticidade daquilo.

— Nossas legiões são poderosas, mas lentas — ele se explicou mesmo assim. — Os germânicos são mais leves e se movem mais rápido. Vamos conseguir alcançá-los antes que fiquem com toda a diversão.

— Tenho certeza! — Varus riu. — Não se preocupe, Arminius. Sei que o verão foi tedioso, mas deixarei alguns Angrivarii para você matar.

— Obrigado, pai — ele tentou igualar o humor.

— Quem deixou no comando dos batedores? — perguntou Varus.

— Não se preocupe — o germânico disse. — Você vai estar acompanhado de meus melhores cavaleiros. São poucos, mas são rápidos e reportarão diretamente a você.

Ele apontou o grupo que o escoltava. Os auxiliares saudaram o governador.

— Sei que não preciso me preocupar — Varus se esticou para lhe dar um tapa no ombro. — Você foi abençoado por Marte.

Arminius se despediu e fez um cumprimento militar. Fez menção de direcionar o cavalo para longe e se deteve.

— Obrigado, pai.

— Não é preciso agradecer, Arminius.

— A batalha a seguir é fácil, mas é uma batalha. E entrar numa batalha afirmando que vai sair vivo é apostar contra os deuses. Então, aconteça o que acontecer, saiba que eu sou grato. Sou um romano por sua causa. E não importa de onde eu tenha nascido, você é meu *paterfamilias*.

— Não me faça acreditar que está ficando mole, rapaz! Se continuar assim não vai mais assustar os tribunos novatos!

Os dois riram. Então houve silêncio.

— Tenho filhos de minha carne — Varus disse. — Mas você é meu filho tanto quanto eles. Torná-lo parte de minha família é só uma formalidade. Você é o filho que escolhi.

Arminius tentou absorver o rosto de seu pai tanto quanto pôde. Foi inundado pelas memórias de sua abnegação, de sua ganância, de sua confiança, de sua crueldade. De como ele atraía as pessoas e de como podia executar centenas como parte da rotina. Publius Quinctilius Varus não era um herói, não era seu inimigo. Não era só o governador ou um peão numa conspiração obscura. Seria bem mais fácil se Arminius só conhecesse um dos lados daquele homem.

Publius Quinctilius Varus era uma pessoa. A maldição de Arminius foi conhecê-lo por completo.

Arminius cavalgou para longe, sabendo que tinha acabado de matá-lo.

XXI

QUANDO ARMINIUS, COMIGO E SOBRE O PELO DE UM DEUS, DEU início à criação da Alemanha, tomou uma decisão: o toque profano do sobrenatural não entraria naquela batalha. Roma seria expulsa pela força e inteligência dos humanos. E os guerreiros não seriam feras, mas homens.

Naqueles dias, antes que voltasse ao forte de verão, antes que as legiões começassem sua marcha, Arminius ensinou aos reis sobre as táticas romanas que aprendera ao longo de uma vida.

— No campo aberto, a legião é invencível — disse. — Qualquer orgulho guerreiro, qualquer tentativa de mostrar superioridade vai acabar em derrota. Ninguém vence uma legião.

Ele falava como um professor, não admitia interrupções ou discordâncias. Os reis ouviam com atenção.

— A estratégia da legião é suprema. Uma legião que consiga se colocar em formação não vai ceder, não vai recuar, não vai quebrar, a não ser que seu inimigo seja outra legião. No instante em que os romanos nos encararem de frente com seus escudos travados um ao lado do outro, estaremos mortos.

Nem mesmo Maroboduus o contradisse. A contragosto, admitiu que a formação *testudo* nunca seria derrotada por simples força bruta.

— Também não adianta matar *um* romano, ou mesmo cem. Não há heróis nas legiões. Se matarmos o maior guerreiro de Roma, tudo que acontecerá é que outro guerreiro vai tomar seu lugar na formação e o todo continuará firme. Se matarmos um oficial, as ordens serão dadas por seu subordinado e se matarmos o legado a maior parte dos soldados nem mesmo vai saber. Uma legião não é um grupo de homens. É uma coisa inteira, um monstro feito de muitas partes.

Ele tomou fôlego enquanto os germânicos absorviam aquilo.

— Um legionário morto é logo substituído, mas um legionário exausto atrasa seu contubérnio. Cem legionários mortos não fazem diferença, mas cem legionários feridos se movem mais devagar, drenam recursos, precisam ser carregados e prejudicam o moral. Devemos começar atacando pelos flancos, nunca combatendo de verdade. Se um romano morrer neste início, é porque um germânico errou. Quero que os romanos estejam todos vivos... E aterrorizados.

No dia 8 de setembro, as legiões levantaram acampamento no início da manhã e seguiram o caminho previsto. Guiadas pelos batedores deixados por Arminius, atravessaram o campo aberto e entraram numa área coberta de floresta. Era a Floresta de Teutoburgo, Agnes, e eles estavam se aproximando da colina de Kalkriese.

A manhã fria estava carregada de umidade. O céu nublado não oferecia muita luz e as copas das árvores emprestavam uma escuridão sinistra. Não havia visibilidade para além das próximas dezenas de metros. Os oficiais dependiam das orientações oferecidas pelos guias, que pertenciam à cavalaria auxiliar de Arminius.

As legiões penetraram na floresta e aos poucos suas fileiras se deterioraram. Um legionário romano marchava a uma distância precisa de seus colegas à frente e aos lados. Mas, com árvores, raízes, terreno alagado e elevações por todo o caminho, eles precisaram fazer ajustes. As fileiras ordenadas entortaram. *Optiones* e decanos sinalizaram, tentando manter a coesão do exército, mas, após algumas horas, já era difícil saber onde uma fileira começava e outra terminava. Misturados entre si, os legionários identificavam seus irmãos de centúria pelo rosto, como se fossem um bando de guerreiros qualquer.

A marcha também se tornou mais lenta. Cada obstáculo no terreno precisava ser retirado e isso significava uma pausa. A quebra de formação tornava tudo mais demorado, e também havia os suprimentos e a multidão de civis. Enquanto as duas legiões da vanguarda continuaram tentando manter o ritmo, a legião da retaguarda precisou se tornar ainda mais lenta para acompanhar a cauda que se estendia para trás. A distância entre vanguarda e retaguarda aumentou gradativamente. Em meio aos sinais para que os soldados permanecessem em suas unidades, à confusão das árvores e à simples provação de navegar pelo terreno, os oficiais das diferentes legiões tentaram se comunicar para que a coluna não se dividisse. A vanguarda então desacelerou, o que só piorou a coesão.

Os legionários foram aos poucos tomados por uma sensação desconfortável. Sem a formação conhecida, sem a orientação precisa dos oficiais, precisariam lutar por si mesmos. Em meio a milhares de seus irmãos, cada um deles estava sozinho.

O centurião *primus pilus* Marcus Caelius soube ver os sinais.

Ele estudara os poucos mapas da região. Instruíra seus homens sobre como se preparar e se preocupara com manter uma formação mesmo naquelas condições adversas. Os legionários da primeira centúria, pelo menos, saberiam achar uns aos outros no meio da desordem.

Eles avançavam ainda mais devagar que o resto da legião, mas por sua organização mantinham o ritmo. Caelius tinha ordenado que cada decano mantivesse controle absoluto sobre seu contubérnio de 10 homens. Eles andariam sempre juntos, independente do terreno: se precisassem se dividir para passar por algum gargalo, uns esperariam pelos outros, até que estivessem juntos de novo. Da mesma forma, sempre que um decano notasse que um contubérnio estava parado, ordenaria que o seu próprio também esperasse. Era um jeito exaustivo de marchar, exigia atenção e ordens constantes, mas era a única forma de manter coesão.

Caelius olhou em volta e cheirou o ar, como se pudesse farejar perigo.

— O que está pensando, senhor? — um *optio* o abordou.

Marcus Caelius se voltou ao homem. Ele usava uma crista alta e marcante em seu elmo, mas sua armadura era a mesma dos legionários. Como todo *optio*, tinha sido escolhido pessoalmente pelo centurião. Caelius confiava nele como se fosse uma extensão de seu braço.

— Isso tem cheiro de emboscada — o centurião respondeu.

— Devemos dar o alerta?

Marcus Caelius balançou a cabeça negativamente.

— As legiões estão prontas para o abate, mas nosso governador não será capaz de ver isso até que a primeira lança atravesse um legionário. Vamos apenas garantir que não seja um dos nossos.

O outro assentiu.

— Quando formos atacados — Marcus Caelius falou devagar — a primeira centúria vai se defender e manter a posição. Não vamos lutar. Não quero os homens desgastados, não quero carregar ninguém. Se não podemos proteger a Vigilax Canis, vamos proteger uns aos outros.

O *optio* não disse nada, mas seu rosto mostrava o choque de ouvir aquilo.

— Meus ancestrais sabem o quanto amo a legião — disse Caelius. — Mas para amar algo, é preciso estar vivo. Vamos ficar vivos, então poderemos fazer nosso trabalho.

No fim da manhã, Marcus Caelius ouviu um grito e uma trombeta.

— Ataque! — gritou um batedor. — Ataque!

— Primeira! — rugiu o centurião, e seus legionários obedeceram sem precisar de um comando.

Os contubérnios se juntaram. Um apito soou, chamando os legionários da primeira centúria. Era impossível fazer a formação normal de defesa no meio da floresta, então pequenos grupos de 20 soldados se uniram, começando a travar os escudos em paredes. À volta, as outras centúrias fervilhavam, legionários perdidos correndo para um lado e para outro em busca de seus oficiais. Era como um formigueiro que tivesse levado um chute.

Marcus Caelius viu centenas de bárbaros emergindo das árvores.

— *Tuisco!* — gritaram os germânicos. — Morte a Roma!

— *Testudo!* — ordenou o centurião.

O ar úmido do meio-dia explodiu em gritos e movimento quando os bárbaros correram para a legião. Tinham o peito nu ou usavam armaduras de couro simples, empunhavam lanças e escudos ou apenas porretes e facas. Eram os Bructeri, os primeiros aliados de Arminius.

— Morte a Roma! — repetiram o grito. — Morte!

Os germânicos chegaram em sua correria selvagem, pularam sobre as raízes altas, contornaram as árvores como se não fossem nada. Seus pés descalços ou metidos em botas macias conheciam o chão da floresta, pareciam se agarrar ao solo e navegar sem dificuldade. Marcus Caelius travou o escudo contra a borda do escudo de seu companheiro. Olhou em volta, sua experiência permitindo uma noção precisa do campo de batalha. Numa circunstância normal eles já estariam em formação, fazendo um caixote inexpugnável com os escudos dos lados e sobre as cabeças, mas o terreno tinha consumido preciosos segundos.

Caelius sentiu o impacto dos bárbaros contra o escudo, suas sandálias reforçadas afundaram um pouco no chão. Normalmente eles usariam os gládios para atacar o inimigo de perto, mas aquela não era uma batalha normal. Seguindo suas ordens, os legionários permaneceram apenas se defendendo.

— *Romano de merda!* — o bárbaro bem a sua frente falou em latim quebrado, sem entender o que as palavras significavam. — Morra!

Porretes bateram repetidamente contra os escudos, criando uma cacofonia de madeira e metal. Caelius viu com satisfação que o homem a seu lado tinha o semblante tranquilo, como se fosse um treinamento. Os legionários que ainda não tinham conseguido entrar em formação recuaram, mantendo os escudos à frente do corpo. O centurião escutou o barulho inconfundível de pedras acertando as proteções.

Então ouviu gritos atrás de si, no outro flanco da coluna.

— Estamos cercados! — alguém avisou.

Os apitos das outras centúrias se mesclaram aos urros do combate. Os germânicos vinham dos dois lados, mas isso não era problema dele. Caelius sabia que podia dar as costas àquele novo ataque, porque o reconheceu pelo que era. Uma lança passou por entre os escudos, bem a seu lado, mas o germânico a puxou de volta com pressa, como se pedisse desculpas. O inimigo estava poupando suas melhores armas, golpeando com paus e pedras.

O centurião maldisse a teimosia de Varus e a ingenuidade de seus irmãos menos experientes quando ouviu oficiais dando ordens de ataque.

Os legionários das outras centúrias avançaram em formação quebrada, tentando perseguir os germânicos. Caelius não conseguia ver quase nada, com a cabeça baixa atrás do escudo, os ouvidos bombardeados pelos golpes contínuos de porrete, a luz do sol tapada pelas nuvens e pelas folhas, mas adivinhou o que estava acontecendo, porque já vira aquilo incontáveis vezes. Os legionários estavam seguindo a tática normal. Estavam avançando de forma gradual, mas naquelas condições a velocidade do inimigo era vantagem. Com os buracos nas fileiras, os soldados ficavam vulneráveis aos germânicos. Com a distância entre cada fileira, não podiam rotacionar quem ficava na frente e logo muitos estariam exaustos, enquanto os que vinham atrás corriam para alcançá-los. Corriam e tropeçavam — um legionário romano não fora feito para correr naquele terreno. Um companheiro caído, mesmo que apenas com um tornozelo torcido, significava uma brecha, significava que outros legionários precisavam contorná-lo, significava um fardo.

Caelius espiou por sobre o escudo e viu a cavalaria auxiliar sumir entre as árvores em perseguição aos germânicos. Não iria insistir nas acusações, mas aquilo fez com que um gosto amargo subisse por sua garganta.

Um germânico se jogou contra ele, impulsionado pela passividade da primeira centúria. Segurou um porrete com as duas mãos acima da cabeça e bateu em seu escudo repetidamente. O clangor alto era ensurdecedor,

Caelius ficou irritando apesar de si mesmo. Ouviu o homem rir do outro lado, feliz em sua selvageria. Imaginou o rosto de Arminius gargalhando, debochando. Arminius assassino, Arminius traidor.

Marcus Caelius contrariou as próprias ordens, moveu o ombro e golpeou com o gládio por cima do escudo, uma estocada para baixo. Sentiu a resistência suave de pele e carne, logo o calor conhecido do sangue esguichando em sua mão.

O germânico caiu a seus pés e ele pôde ver seu rosto empalidecendo rápido na morte. Era um garoto. Um garoto magro e imberbe, alguém que nem teria ingressado nas legiões caso fosse romano.

— Eles não querem vencer — grunhiu para si mesmo. — Só querem lutar.

Então, súbito como começou, o ataque cessou. Caelius de repente não estava mais avassalado pelo clangor dos golpes, não sentia mais a pressão dos corpos contra seu escudo.

As árvores tragaram os germânicos.

Alguns oficiais deram ordem de perseguição, mas ele sabia que era idiotice. A uma palavra do centurião, a primeira abriu os escudos. Imediatamente os decanos começaram a avaliar o estrago e reunir os legionários. Caelius ofegou e examinou a situação.

A seu redor, o exército não parecia uma legião, mas brinquedos de uma criança espalhados pelo chão da sala. Soldados de diferentes centúrias, de diferentes legiões, estavam por toda parte. Não havia sinal dos bárbaros, exceto por algumas dezenas de cadáveres. Também não havia nenhuma arma mais elaborada que uma lança tosca. Eles não tinham usado armaduras e claramente não eram a elite do inimigo. Caelius não via diferença entre uma tribo e outra — eram todos germânicos, todos bárbaros. Mas alguém disse que, pelas tatuagens, aqueles eram Bructeri.

O centurião assentiu para si mesmo. Era uma tribo relativamente fraca, que nunca faria frente a três legiões, não importava o terreno ou a desorganização. Sua hipótese foi confirmada:

— Eles não queriam vencer — repetiu, para si e para os deuses.

Havia só um punhado de legionários mortos. Mais soldados morreriam de disenteria dentro do forte numa temporada pacífica. Mas havia centenas e centenas de legionários ofegando. Centenas e centenas de homens procurando suas armas e seus superiores. Centenas e centenas de soldados feridos.

Aqueles que não podiam mais lutar foram mandados para a retaguarda, onde seriam levados em carroças junto aos suprimentos. A cauda ficou maior e mais pesada.

As legiões prosseguiram em seu passo desajeitado.

E os germânicos prosseguiram, correndo entre as árvores, logo fora da vista.

Marcus Caelius não acreditou em seus ouvidos quando recebeu a ordem que vinha do próprio governador: a coluna toda iria mudar de direção para evitar uma nova emboscada. E assim, sem organização, sem coesão, cerca de 20 mil pessoas entre legionários e civis seguiram por um caminho diferente em terreno desconhecido. A vanguarda se tornou ainda mais lenta, permitindo que a retaguarda, com os suprimentos, os civis e os feridos, se acavalasse sobre quem ia na frente.

Poucas horas depois houve o segundo ataque. Os bárbaros surgiram das árvores uivando, berrando. Apedrejaram os legionários, avançaram e correram com suas armas primitivas.

Marcus Caelius amaldiçoou o governador quando a coluna mudou de direção mais uma vez.

Então ouviu um trovão. Logo a chuva começou a cair.

Talvez fosse efeito da fúria de Ithaqua, talvez fosse uma triste coincidência. Talvez fosse parte da genialidade de Arminius, que conhecia o clima na região. Seja como for, a chuva caiu torrencialmente, encharcando cada soldado, diminuindo ainda mais a visibilidade sob uma cortina cinzenta. O terreno se alagou em pouco tempo, criando um lodaçal interminável que ficava mais fundo e mais penoso quanto mais pés o reviravam, quanto mais água caía. A marcha se tornou ainda mais lenta, os legionários ficaram ainda mais cansados.

E tiveram de empurrar as carroças.

O lamaçal tornava quase impossível transportar os suprimentos, mas deixá-los para trás não era uma alternativa e não podiam ser levados nas costas. O ritmo da coluna passou a ser ditado pelo progresso torturante dos veículos e animais.

Em meio à chuva, veio o terceiro ataque.

A primeira centúria continuou se defendendo, suportando o assédio e a zombaria dos bárbaros. Mais enervante foi o pânico dos civis. O espírito e a resiliência dos seguidores do exército se quebraram no meio daquele dia infernal. O centurião não conseguia ouvir os próprios comandos sob os berros e o choro daqueles parasitas, sob o tamborilar incessante das gotas de chuva em seu elmo.

O fim do dia trouxe o quarto ataque, mas não o fim da chuva. A floresta era um labirinto, seria impossível saber se estavam progredindo ou andando em círculos. Mas, depois daquela nova emboscada, as legiões emergiram em terreno aberto.

Caelius não culpou os legionários que caíram de joelhos, rindo e chorando. O dia parecia ter começado anos atrás, a floresta parecera infindável. Mas, embora não houvesse mais lugares onde os germânicos pudessem se esconder, também não havia como prosseguir. O chão tinha se transformado em um lago de barro, nem mesmo toda a força das legiões seria capaz de mover as carroças. A escuridão chegou rápido, ajudada pelas nuvens pesadas, e logo veio a ordem de cessar a marcha e montar acampamento.

Os legionários agradeceram pelo trabalho conhecido. Era exaustivo e meticuloso, pesado e repetitivo — exatamente o que precisavam para afastar da mente o nervosismo daquele dia. Haveria um pouco de descanso, tempo para que os oficiais se reunissem e tomassem decisões. A noite, afinal, parecia um pouco menos hostil.

Enquanto duas legiões construíam a fortificação, a terceira se manteve em alerta, pronta para o combate. Foram horas de ainda mais tensão até que houvesse uma paliçada e os soldados pudessem enfim ter alguma segurança.

Ao cruzar o portão do forte, Marcus Caelius notou que, depois do primeiro ataque, não vira mais os guias deixados por Arminius.

À noite, o alto-comando se reuniu na tenda de Varus.

— O que aconteceu hoje, senhores? — o governador bufou, fechando o punho.

Aqueles eram os oficiais supremos das três legiões, mas todos estavam encharcados, sujos de lama, exaustos. As condições não pouparam ninguém e, não importava seu posto ou seu sobrenome, todos eles tinham sofrido quase tanto quanto o mais baixo legionário.

— Traição — disse Gaius Numonius Vala.

Todos olharam para ele. Alguns oficiais tiveram esperança de que o legado falasse o que muitos desconfiavam. Mas, mesmo com prestígio e experiência, ele escolheu ser moderado:

— Os bárbaros que nos atacaram são Bructeri. Isso quer dizer que não precisamos nos preocupar apenas com os Angrivarii. Quantas tribos estarão em conluio, dominus?

Varus não respondeu. Sua expressão era severa. A expressão que indicava fúria fria, quando podia condenar alguém à morte pelo mínimo insulto.

— Dominus — começou o jovem Salonius — não acha que Arminius...

— Cale a boca, moleque — Caeonius o cortou.

Ninguém queria falar o que todos pensavam. O primeiro teria que ser o próprio governador — e mesmo assim talvez concordar prontamente fosse arriscado.

Publius Quinctilius Varus permaneceu de boca fechada, deixando que sua pergunta inicial continuasse reverberando na discussão entre os oficiais. Decidiram que não seria possível continuar a viagem caso a chuva não amainasse. Cogitaram deixar para trás civis e boa parte dos suprimentos. Repassaram as informações sobre o terreno que tinham obtido dos batedores.

— Afinal, onde estão os guias? — alguém perguntou.

— Desapareceram após o primeiro ataque — foi a resposta de Vala.

Mais uma vez, o silêncio tomou a tenda. As palavras eram calculadas: eles tinham "desaparecido". Podiam ter morrido durante o ataque. Ou podiam ter desertado. Os oficiais aguardaram para que Varus dissesse algo.

— Cavalaria é um risco nesta situação — o governador ponderou. — Cavalo e cavaleiro formam um alvo muito maior que um legionário a pé. Sem eles, seremos menos vulneráveis.

Os outros trocaram olhares.

— Os guias germânicos deram a vida para nos trazer até aqui, senhores — Varus demoliu as esperanças com a frase curta. — Vamos fazer seu sacrifício valer. Vamos continuar no caminho que eles indicaram.

— Sim, senhor — o velho legado disse com pesar.

— Amanhã ficaremos dentro do forte e faremos um reconhecimento — o governador decretou. — Precisamos apenas de paciência e resiliência, pois em breve teremos novos guias e novos aliados! Arminius logo chegará com os Queruscos, então estaremos salvos.

XXII

O SOL NASCEU POR TRÁS DE UMA CAMADA GROSSA E INCLEMENTE de nuvens no dia 9 de setembro. A chuva não diminuiu à noite toda e foi sob a torrente incessante que um grupo de cinco legionários a cavalo partiu para encontrar Arminius.

A missão era simples: os Queruscos não podiam estar longe e, mesmo que o *praefectus* tivesse enfrentado alguma escaramuça ou sido atrasado pela chuva, encontrá-lo seria rápido. Havia só um caminho que levava das terras dos Queruscos até o forte e Arminius nunca iria se perder. As ordens eram apenas relatar a ele a gravidade da situação e fazer com que se apressasse.

Os cavalos afundavam seus cascos na lama, progredindo num ritmo tão rápido quanto conseguiam naquelas condições. Os cinco legionários sentiram um calafrio ao entrar mais uma vez numa floresta, mas não era o mesmo local onde a emboscada acontecera.

Tiveram uma surpresa, a primeira boa surpresa desde que a marcha começara, ao avistar um vulto em meio às árvores. Era um homem montado. Mesmo com a luz pálida do sol fraco, eles reconheceram a *lorica hamata* e o elmo de legionário.

— São os batedores! — um romano se entusiasmou. — Eles estão vivos!

Os cinco impeliram os cavalos à frente, ansiosos por ver rostos amigos.

— Estamos aqui! — outro deles gritou. — Trazemos uma mensagem do governador!

Arminius não tinha prazer nenhum ao observar os corpos mutilados dos cinco legionários. A seu lado, não tentei confortá-lo. Aqueles homens tinham sofrido. Resistiram tanto quanto puderam, mas depois de algumas horas revelaram tudo sobre o movimento das legiões, o estado dos soldados e os planos dos próximos dias. Foi um alívio quando enfim pudemos cortar suas gargantas e acabar com tudo aquilo.

Um germânico se aproximou dos corpos, rindo. Tirou o pênis para fora da calça e começou a mijar sobre os cadáveres romanos.

— O romano está com frio! — debochou. — Vou esquentá-lo um pouco!

Cavaleiros auxiliares e guerreiros queruscos se juntaram ao riso. Eles tinham assistido à tortura, uivado e celebrado a cada novo corte, cada nova torção. Arminius já não gostara daquele comportamento.

O germânico sentiu aço frio de encontro ao pênis.

— Falte ao respeito com eles mais uma vez — rosnou o *praefectus* — e vai desejar ter o mesmo destino.

A ponta da *spatha* pressionou só um pouco contra a pele macia. Uma pequena gota de sangue se formou.

— Perdão, Arminius — o guerreiro balbuciou.

Ele andou alguns passos e se virou para os germânicos reunidos.

— Isso — apontou para o homem que amarrava as calças — é a razão pela qual Roma os derrotou de novo e de novo. Vocês acham que a guerra é uma brincadeira. Vocês se divertem quando vencem e culpam os deuses quando perdem. Nós, romanos, somos soldados profissionais. Um romano não estaria mijando em cadáveres, estaria escondendo-os para que não fossem achados pelo inimigo.

Eles ficaram em silêncio.

— As outras tribos, meu amor — lembrei.

Arminius tocou em minhas costas, num gesto de carinho e concordância.

— Mensageiros para os Angrivarii e os Bructeri — ele ordenou. Dois jovens se apresentaram na mesma hora. — Eles devem continuar os ataques, mas acima de tudo devem acelerar a preparação do local da última emboscada.

Os dois assentiram e partiram no mesmo instante.

— Mensageiros para os Sugambri, Usipatii, Chatti, Marsii — imediatamente surgiram quatro germânicos. — A guerra começa agora mesmo. Cada fortaleza, cada aldeia, cada acampamento que tenha romanos deve ser atacado sem clemência. Se houver um romano numa estrada, quero que parem e o matem. Nenhum romano sai vivo da Germânia.

Os quatro sumiram na mesma velocidade com que tinham aparecido.

— Nenhum romano? — a voz grossa de Maroboduus emergiu do ajuntamento. — Nem mesmo você, *praefectus*?

Arminius lhe deu as costas sem responder. Eu me demorei, fitando o rei dos Marcomanni. Quando ele se afastou, esperei que estivesse sozinho e fui até ele.

— Você faz pose de urso, mas é uma cobra, Maroboduus — falei. — Mostra-se como um guerreiro franco e bruto, mas tudo que faz é espalhar desconfiança, despejar meias palavras, insinuar intrigas. Seu disfarce não engana mais ninguém. Tenha cuidado.

— Devo ter medo de seu homem? — ele debochou.

Dei um passo à frente.

— Arminius é bondoso. Arminius não gostou de torturar esses romanos. Arminius tem remorso pelo que está fazendo. Não tenha medo de Arminius, rei dos Marcomanni.

Maroboduus forçou um sorriso.

— Tenha medo de quem é maligno — falei. — Tenha medo de quem gosta de torturar e não tem remorso nenhum. Tenha medo de mim.

E ele tinha, Agnes.

Um segundo grupo partiu do forte romano. Sua missão era ainda mais simples, mas teoricamente mais arriscada. Eles desbravaram o caminho à frente, entrando mais uma vez na floresta, procurando o inimigo e avaliando as condições de progresso. Voltaram no meio da tarde.

Publius Quinctilius Varus ouviu o relato. Em muitos lugares, o chão da floresta tinha se transformado num pântano. Pequenas elevações formavam rios de lama e as sandálias ficavam presas no barro. Prosseguir com a infantaria seria difícil, com a cavalaria seria uma proeza. Com as carroças de suprimento, talvez impossível.

— Nenhum sinal dos bárbaros? — o governador perguntou.

— Nenhum, dominus. Se estão escondidos, só podem estar debaixo da terra.

Varus assentiu.

— E os batedores?

— Não vimos nada, senhor. Lamento.

Varus o dispensou e afundou em sua cadeira. Os oficiais esperaram que o pensamento sombrio fosse expressado em voz alta, mas de novo ele não disse nada. Era mais que um elefante no meio da tenda, era tudo em que qualquer um deles conseguia pensar, algo que podia ser a diferença entre a vida e a morte. Depois de vários minutos:

— O terreno deve estar mesmo muito difícil para os cavalos — disse o governador. — Devíamos ter mandado os batedores a pé.

O centurião Marcus Caelius estava organizando seus homens ao anoitecer. Metade dos soldados ficaria em alerta máximo a noite toda, plenamente equipados e armados, para o caso de um ataque noturno. Ele não sabia como alguma sentinela conseguiria enxergar qualquer coisa naquele breu. Não sabia como um germânico poderia atacar se nem mesmo uma fogueira ficava acesa com a chuva daquela terra maldita. Enquanto conjecturava aquilo, ouviu a voz de um garoto:

— Marcus Caelius?

Ele se virou. Enxergou o jovem tribuno Lucius Salonius Corbulus.

— O governador solicita sua presença na tenda de comando.

— Como você sabia, centurião? — foi a primeira coisa que Varus disse quando ele entrou.

Marcus Caelius observou com cuidado, saudou o governador e cada um dos oficiais. O rosto de Varus parecia ter derretido, como se a pele perdesse a força e os músculos desistissem. Os outros tinham um ar de ligeiro alívio, quase sorriam.

— Perdão, dominus — disse Caelius. — A que se refere?

— Não se faça de imbecil — Varus cortou. — Arminius. Sabe que estou falando de Arminius. Como, em nome de Dis Pater, sabia que Arminius era um maldito traidor?

Mais uma vez, ele varreu a tenda com os olhos, em busca de alguma indicação. Uma palavra errada e aquela poderia ser a primeira mancha numa carreira imaculada, colocando a perder o trabalho de décadas. Gaius Numonius Vala fez um minúsculo sinal com a cabeça, indicando que estava tudo bem.

— Nasci no Aventino, dominus — começou o centurião. — O Imperador fala da Pax Romana e talvez ela exista nas províncias, mas certamente não existe nas zonas pobres de Roma. No Aventino, quem manda são os criminosos. E eles são clientes de homens nobres, então não há a quem recorrer. Quando uma criança cresce no Monte Aventino, só existe a legião ou o crime.

Marcus Caelius tomou fôlego.

— Mas no fim os dois são a mesma coisa. Os soldados passam anos servindo à legião, ouvindo a promessa de que receberão terras para plantar ou alguma grande recompensa depois de lutar para conquistar mais uma província. Mas em geral essa recompensa nunca chega, ou quando chega não serve para nada. Entenda, senhor, que quando um homem passa anos e anos aprendendo a matar bárbaros, ele não está aprendendo a plantar trigo. Não está nem mesmo aprendendo a ser um vendedor ou realizar qualquer outro serviço baixo. Um legionário volta para casa e não sabe fazer nada.

Publius Quinctilius Varus olhou fundo nos olhos do centurião.

— O senhor pode imaginar como é humilhante sair de uma vida de glória e irmandade, na qual somos celebrados por nossos feitos, para chegar a um lugar onde somos tão inexperientes quanto crianças? E ainda chamar esse lugar de "lar"? Pode imaginar o que é não se sentir romano, porque as províncias parecem mais familiares do que a própria cidade? Por isso muitos de nós acabam no crime. Continuamos a ser soldados, que é tudo que sabemos ser. Então, depois de anos e anos servindo a Roma, matando seus inimigos, passamos nossa velhice destruindo Roma, matando seus cidadãos. E, quando morremos, com sorte as duas fases da vida se igualaram e conseguimos no máximo não ter piorado o Império. Com sorte somos nada. Nossos antepassados nos veem como nulidades ou parasitas.

— Centurião, eu...

Marcus Caelius continuou, parecendo não notar que o governador tinha falado.

— Muito cedo eu decidi que não seria um nada, dominus. Saí do Aventino, entrei na legião e me esforcei a cada dia para chegar num posto que me desse algum futuro na volta para casa. Enquanto alguns servem por um punhado de anos, já servi décadas. E a cada dia acordei pensando que, quando voltar a Roma, talvez eu obtenha alguma posição de destaque. Talvez, se eu nunca errar, todos os deuses sorrirem para mim e eu conhecer as pessoas certas, um dia eu possa ser elevado ao grau mais baixo de nobreza. Então, na velhice, terei evitado desfazer tudo que fiz na juventude.

Ele fez uma pausa e a tenda ficou em silêncio respeitoso.

— Arminius chegou a Roma e Roma se ofereceu como sua casa. Nascido já como príncipe, ele ainda recebeu um título de nobreza romano. Ele foi apadrinhado pelo senhor porque era exótico. Eu poderia perguntar se o senhor já apadrinhou dessa forma um romano do Aventino ou se esse privilégio está reservado para quem não nasceu em nossa cidade.

O centurião completou falando entre dentes:

— Todos os dias acordo pensando que não posso errar, porque um erro vai anular minha vida inteira. Meu maior tesouro é minha honra, minha lealdade, minha competência. Mas Arminius nunca vai valorizar essas virtudes, porque não precisa. Ele ganhou a vida de presente. E, se perdê-la, ainda tem *outra* vida de nobre esperando por ele.

Marcus Caelius ofegou. Pareceu sair de um transe.

— É por isso que nunca confiei em Arminius, senhor. Porque ele nunca precisou ser digno de confiança.

Varus fechou os olhos.

— Eu lhe devo desculpas, centurião.

— Senhor, eu não...

— Cale a boca. Eu lhe devo desculpas. Você falou a verdade meses atrás. Você trouxe Segestes até mim e ambos falaram a verdade. Eu não quis ouvir porque era dolorosa.

Caelius não respondeu.

Devagar, o governador abriu os olhos. Fitou cada um dos oficiais.

— Você sabia, Vala?

O velho legado disse um "sim" quieto e sofrido.

— Você? — para Eggius.

Sim, sim e sim. Ele perguntou para cada um dos oficiais e todos disseram que sabiam da traição. Encorajados pelas respostas anteriores, cada um foi mais enfático. Por fim, Varus se voltou para Lucius Salonius Corbulus.

— Você sabia, rapaz?

— Sim, senhor. Todos nós sabíamos e eu quase falei, mas fui instruído a ficar quieto. O senhor não aceitaria a não ser que visse com os próprios olhos.

Cada palavra foi um soco. A imprudência da juventude soterrou Varus com a noção de que ele era o tolo, ele era o assunto falado à boca pequena por todos. Num instante, o governador reavaliou todos aqueles meses, relembrando tudo que acontecera, tudo que ele mesmo dissera.

Sentiu vergonha profunda ao perceber que, na frente de outras pessoas, oferecera sua filha em casamento ao traidor.

Chamara-o de filho.

Desde o começo eu falei que Varus não era um idiota, mas foi assim que ele se sentiu. Um político hábil, uma raposa que navegara com destreza pela desgraça de sua família, um manipulador de fala mansa que chegara ao círculo interno do próprio Imperador, ele tinha se transformado numa criança. O mundo dos adultos acontecia a seu redor, sem que ele notasse.

Varus não era um idiota, apenas amou uma pessoa. Mas, como pode acontecer com qualquer amor, foi transformado em ódio pela humilhação. O peito de Varus foi tomado pelo fogo que o fazia crucificar centenas.

— Estamos em guerra, senhores — disse o governador. — Não contra a Germânia. Estamos em guerra contra Arminius.

XXIII

A CHUVA FINALMENTE OFERECEU TRÉGUA, CESSANDO POR ALGUMAS horas antes de voltar na forma de pancadas intermitentes. Durante a noite, o acampamento foi tomado por sons de destruição. Seria impossível levar a maior parte das carroças, carregar a maior parte dos suprimentos, mas eles não seriam deixados ao inimigo. Os legionários quebraram os veículos, jogaram comida na fogueira, mataram animais de carga.

Os decanos passaram entre os civis, entregando armas. Germânicos ou romanos, recém-integrados ao modo de vida do invasor ou adaptados desde a infância, eles não seriam poupados. Varus sabia que assim arriscava ter ainda mais traidores em meio à legião — mas, em seu frenesi, dificilmente os bárbaros diferenciariam entre alvos e mesmo os traidores precisariam se defender.

Logo as armas escassearam. Muitos *pila* tinham sido usados durante o primeiro dia de emboscada, então os legionários tomaram munição de balestras para fazer as vezes de azagaias. Uma impressão de miséria e finitude aos poucos tomou conta do acampamento.

E então os médicos escolheram quem ficaria para trás.

Como uma distinção macabra, os homens deitados em macas ou apenas deixados nas tendas de feridos foram avaliados um a um.

— Você vai ficar aqui recebendo cuidados — disse um médico ao passar uma sentença, mas era mentira.

Eles estavam considerando quem atrasaria demais o exército, quem seria um risco, quem não valia a pena. Estes tiveram a ordem de ficar no acampamento quando as legiões partissem. Ficar no acampamento, feridos e quase sem armas, em pequeno número, no território dos germânicos.

— Por que não me matam logo? — rosnou um legionário ferido.

O médico riu.

— Não reclame para mim. Quem você acha que também ficará para trás, para cuidar de vocês?

O centurião Marcus Caelius voltou da tenda de comando e chamou seus homens de confiança. Uma dúzia de veteranos se reuniu ao redor da fogueira, sabendo que os legionários comuns espiavam, tentando adivinhar o que eles iriam discutir. Caelius mandou que seus escravos servissem a todos as últimas ânforas de vinho. Fizeram um brinde soturno.

— Estamos lutando contra um inimigo que conhece o terreno e as táticas de Roma — disse Caelius. — Alguém que assassinou um homem que chamava de amigo, alguém que traiu o próprio pai. Não podemos esperar de Arminius o menor gesto de misericórdia.

Eles assentiram sem falar nada.

— Seu dever é pensar no bem dos soldados — Caelius prosseguiu. — Se formos capturados, se estivermos feridos e à mercê dos bárbaros, passaremos por sofrimento inimaginável. Eles profanarão nossos corpos e farão rituais sinistros para seus deuses famintos. Cada um de vocês cortará a garganta de seus legionários antes de permitir que eles sofram dessa forma. Se ninguém puder ajudá-los, contem comigo. Juro por meus ancestrais que nenhum de vocês será torturado enquanto eu ainda puder empunhar meu gládio.

— E você, Caelius?

Ele respirou fundo.

— Eu rezo para que seja capturado. Rezo para que, no fim de tudo, eles me torturem. Para que eu possa olhar nos olhos de Arminius e cuspir em sua cara. Para que eu possa resistir a tudo que ele fizer e mostrar que, até meu último momento, não cometi nenhum erro.

O *optio* ficou de pé. Fez uma saudação militar.

— Salve, Vigilax Canis! — disse o oficial. — Salve, centurião *primus pilus* Marcus Caelius!

— Salve Marcus Caelius! — os demais se levantaram e repetiram a saudação.

Marcus Caelius ficou de pé devagar.

Ali estava algo que Arminius nunca poderia roubar dele.

— Considerem que este é seu último gole de vinho — disse o centurião. — Esta é a última vez que estaremos em segurança. A partir de agora, lutaremos até o fim de nossas vidas. À morte.

— À morte — os outros fizeram coro e beberam.

O acampamento quase não dormiu e os poucos que conseguiram descansar levantaram cedo. Em vez do toque de alvorada normal, oficiais acordaram seus homens antes do nascer do sol e as legiões se colocaram em marcha sem trombetas — tudo para evitar alertar os germânicos, tentar ganhar tempo. Ao longo de horas, o exército marchou para fora dos portões em silêncio.

Os romanos atravessaram o campo alagado, agradecendo por pelo menos um alívio da chuva.

Então entraram na floresta.

O único caminho era à frente. Publius Quinctilius Varus sabia que, caso tentasse recuar, precisaria fazer uma manobra enorme com as legiões, reorganizar a vanguarda e a retaguarda, ficar talvez um dia inteiro muito vulnerável em campo aberto, apenas para voltar ao terreno que o inimigo já tinha dominado. Sua chance era continuar no caminho de morte que Arminius tinha planejado, contando com a disciplina e força dos legionários para resistir aos ataques.

Eles entraram na floresta.

E as árvores começaram a falar germânico.

— Não! — um legionário jovem berrou, no meio da coluna. — Não aguento mais!

O decano bateu nele com um cajado e uma gargalhada emergiu em meio às sombras da floresta.

— Temos fome! — as árvores falaram. — Temos fome e sua carne é macia!

E as árvores vomitaram guerreiros.

Uma curta chuva de lanças chegou antes que os germânicos surgissem correndo. As legiões entraram em formação como podiam, travaram os escudos em grupos pequenos. A estratégia de Marcus Caelius durante as primeiras emboscadas foi replicada em todas as centúrias, nas três legiões. As tropas pesadas, com mais proteção, se mantiveram em defesa, enquanto auxiliares mais leves se moveram para encontrar os bárbaros em combate.

Mas desta vez os germânicos queriam matar.

Eles se jogaram sobre os escudos retangulares como selvagens, empurrando os grupos separados pelas árvores com simples superioridade numérica. Os veteranos de Marcus Caelius resistiam bem, mas legionários comuns estavam menos preparados. Ao longo da coluna, formações quadradas ladeadas por escudos se tornaram irregulares. Então, uma a uma, começaram a quebrar.

A pé sobre a lama, escudo e gládio em punho, cercado por oficiais e sua guarda de honra, Varus observou aquilo com horror. Não ousava montar em seu cavalo, pois o animal teria pouca serventia e só o tornaria um alvo maior. Ele estava no centro da coluna, a posição mais protegida, mas não estava em segurança. A poucos metros, os germânicos se chocaram com aglomerados de legionários.

— *Para trás, dominus!* — gritou um oficial, e Varus obedeceu.

A parede de escudos se formou ao redor dele, duas linhas de soldados cercados pela proteção sólida do aço. Varus sentiu o coração disparar. Nunca fora um grande guerreiro e não lembrava da última vez que lutara de verdade. Segurou o escudo com força, manteve o gládio em posição. Os movimentos não eram naturais ou instintivos, ele precisava pensar para fazer a coisa certa a cada instante.

Sentiu um solavanco violento quando os germânicos se chocaram com a primeira linha de escudos. O suor do homem a sua frente espirrou em seu rosto, ele sentiu o gosto salgado. Firmou as sandálias na lama, tão bem quanto podia, mas teve um momento de pânico quando as solas fortificadas escorregaram. O governador estava tentando se manter de pé quando foi jogado por um segundo choque, vindo de trás.

— Vamos matar romanos! — gritou uma voz além dos escudos. — Vamos matar romanos ricos!

Varus controlou o instinto de se segurar no soldado a sua frente, recuperou o equilíbrio sozinho. Mas um legionário da primeira linha tombou ante os golpes de porrete de três germânicos. Súbito, ele foi empurrado para a frente pelo movimento do combate e havia só um soldado entre o governador e os bárbaros.

O soldado escorregou.

Um instante foi tudo que bastou. O homem dobrou o corpo, apoiou o escudo no chão, então um germânico se agarrou em seus ombros e escalou. Os olhos selvagens e a bocarra aberta do bárbaro surgiram como uma máscara de fúria enquanto ele ia diretamente com uma lança para cima do governador.

Publius Quinctilius Varus viu a ponta metálica se aproximar de seu rosto. Ergueu o escudo, bloqueou a arma, golpeou por baixo.

Foi tomado de euforia quando o sangue do germânico espirrou pela lâmina. Normalmente a manobra atingia a virilha do inimigo, mas naquela posição Varus tinha cortado os tendões de seu joelho, o que foi igualmente eficaz. O legionário à frente do governador ergueu o corpo, jogou o germânico ferido para trás. Ele morreu pisoteado por outros bárbaros.

— Roma! — gritou Varus. — Roma!

Os legionários se inflamaram. Num ímpeto de força saída do orgulho, contra-atacaram e Varus viu os germânicos começando a cair a seu redor.

— Peregrina! — ele urrou, lágrimas nos olhos. Uma felicidade estranha veio do pequeno sucesso, porque era um sucesso de todos. O governador foi tomado por um amor profundo por aqueles homens, mas o nome da legião de Arminius teve um travo amargo. — Caput Victor! Vigilax Canis!

A seu redor, os soldados gritaram os nomes das três legiões, independente daquela à qual pertenciam. O grito se espalhou pela coluna, legionários que só se defendiam e outros que lutavam se uniram no desafio desesperado.

E, por pouco tempo, as árvores falaram latim.

Assim como chegaram, os germânicos partiram. Correram de volta ao escuro, deram as costas e foram mortos, mas deixaram muitos mais mortos para trás.

Quando a primeira emboscada do dia acabou, Publius Quinctilius Varus ouviu a própria voz ordenando uma avaliação de baixas, mas não parecia ele mesmo falando. Sua visão estava tomada de pontos brilhantes, seu corpo inteiro tremia. Era uma espécie de prazer tão intenso que chegava a ser desconfortável.

Os germânicos tinham vindo para matar. E tinham conseguido.

A coluna sofreu baixas pesadas. Por onde se olhasse havia cadáveres ou legionários estirados e gemendo.

Publius Quinctilius Varus embainhou o gládio ainda sujo de sangue. Olhou em volta, atordoado. Viu o *aquilifer* da Peregrina, o legionário que tinha a honra de carregar a águia sagrada da legião. Sem falar nada, Varus arrancou o estandarte das mãos do homem. Desajeitado, ergueu-o acima da cabeça, então soltou um urro primal de ódio, de euforia, de decepção e de orgulho.

E, enquanto gritava, imaginou se Arminius podia ouvi-lo.

Arminius chegou ao acampamento semiabandonado, seguido por sua cavalaria. Todos ainda trajados com as armaduras da legião. Eu cavalgava a seu lado, agora permanentemente vestida como uma sacerdotisa.

Juntos, nós éramos a morte.

Ele fez o cavalo parar à frente do portão principal. Minha própria montaria se ergueu nas patas de trás e também parou. Os cavaleiros se aproximaram devagar, soturnos como abutres.

— Abram o portão! — ele gritou em latim. — Sua vida já acabou, só lhes resta escolher a morte! Façam-me perder tempo e perderei ainda mais com uma matança demorada. Sejam rápidos e também serei.

O acampamento e o terreno aberto a seu redor ficaram em um longo silêncio. Um trovão baixo e lento se espalhou pelo céu. Então os portões se abriram. Entramos, os cascos dos cavalos espalhando lama para todo lado. O que vi foi uma cena desoladora: restos de veículos e armas de cerco, caixotes de provisões e ferramentas, tudo arruinado em pilhas enormes. Eles tinham se preocupado em jogar a maior parte dos cadáveres de animais para fora, mas não tiveram tempo ou ânimo para fazer isso com todos. Corpos de bois e mulas se amontoavam nos cantos, exalando cheiro pútrido, cobertos de moscas. Das poucas tendas que ainda restavam, ouvi gemidos. Eram os moribundos, os feridos, os inúteis deixados para trás.

Os homens que tinham aberto os portões eram legionários que ainda conseguiam caminhar. Um médico logo emergiu de uma tenda. Tinha olheiras fundas e barba por fazer. Limpou o sangue das mãos em seu avental e veio até nós com expressão irritada.

— Estamos além do medo, Arminius — o homem disse, como se o conhecesse. E conhecia, como alguém conhece o medo que o deixa acordado à noite. — O que quer que faça conosco, não podemos ficar ainda *mais* amedrontados. Então cumpra suas ameaças, mas não espere que ninguém aqui seja um ator em seu teatro.

Olhou Arminius de baixo para cima, mas com altivez.

— Não se preocupe — respondeu o germânico. — Vocês não sofrerão.

Antes que pudesse haver qualquer discurso heroico ou resignado, ele fez um gesto e imediatamente os cavaleiros avançaram e mataram os homens que tinham aberto o portão. Nós dois chegamos mais perto do médico.

— Apenas me responda — disse o romano. — Por quê? Não me interessa sua traição. Por que precisa matar *todos* seus irmãos de legião? Fale o que quiser dos romanos, não fazemos isso. Por que todos nós precisamos morrer, Arminius?

— Para salvar o Império — foi a resposta, então ele passou pelo homem, o cortou com a *spatha* e o cadáver caiu na lama com um esguicho de sangue.

Nas tendas, os gritos se multiplicaram à medida que os germânicos entravam e faziam o serviço repetitivo de açougueiro. Desmontei, fui até o corpo do médico e me ajoelhei na lama a seu lado. Pus no colo sua cabeça quase solta do pescoço, manchando minha túnica de sangue. Fechei os olhos e vi seu espírito aterrorizado, rumando ao Psicopompo.

— *Shhhh* — sussurrei para o espírito. — Este não será seu destino.

Então eu agarrei a alma com meus tentáculos e a trouxe para dentro de mim. Engoli aquela pessoa, aquele conjunto de experiências e memórias e ele passou a fazer parte do que sou. Das tendas emergiram dezenas e dezenas de almas. O Psicopompo baixou de todo o céu sobre elas, pronto para conduzi-las até a tortura e o esquecimento, mas não permiti. Chorando, estendi os tentáculos e capturei cada uma delas. As entidades chiaram, grunhiram, gorgolejaram para mim, mas não cedi. Trouxe cada um daqueles humanos para mim, onde seriam prisioneiros eternos — mas não seriam o nada.

E é por isso que sei o que aconteceu em vários pontos desta história, Agnes. Mesmo que eu não estivesse presente, eu estava, porque aqueles que estavam fazem parte de mim. Eu iria preservar o enigma, o labirinto e o quebra-cabeça que era cada humano, mesmo que para isso tivesse que matar todos.

As identidades se misturaram em meu interior, as memórias se mesclaram e se confundiram. Durante um tempo indefinido, enquanto os legionários matavam, fiz força para lembrar de quem eu era. Repeti para mim mesma meu nome de yithiano, falei de novo e de novo que eu criara a morte.

A complexidade humana me soterrou em pouco tempo. Cada um daqueles homens tinha contradições, sonhos, mesquinharias, arrependimentos. Suas memórias estavam repletas de ações ilógicas, atos de abnegação, medos infundados. Fui cada um deles, *sou* cada um deles até hoje, mas naquele momento cheguei muito perto de perder minha identidade. Assim como eu condenara cada um de vocês a perdê-la.

Enxerguei alguém vindo em minha direção. Fui tomada de ódio, senti que havia sido traída. Então percebi que eram os sentimentos dos legionários, mais frescos e vibrantes que os meus. Forcei-me a separar minhas próprias emoções, meus próprios pensamentos. Para recuperar quem eu era, me agarrei a quem ele era. Por mais que os soldados fossem diferentes entre si, todos tinham Arminius no centro de sua mente, foco de sua raiva. Era bem parecida com o amor que eu sentia.

Arminius chegou cabisbaixo. Ajoelhou-se na lama a meu lado, tocou em meu ombro. Forcei-me a focar os olhos e vi seu rosto cinzento.

Ele me abraçou, enterrou o rosto em meu pescoço e começou a soluçar. Segurei-o com toda minha força, não falei nada porque não havia nada a falar. Reprimi juras de vingança e apelos de piedade que ameaçavam regurgitar por minha mente por meio da fala. Eu estava começando a aprender o que significava aquela perda, a perda que cada um deles sofrera, mas principalmente a perda que Arminius estava sofrendo. Estava começando a entender o conceito de não querer o sucesso em algo, a ideia de *não querer precisar* de algo. Eu só podia mantê-lo fisicamente perto e deixar que ele resolvesse aquilo consigo mesmo.

Foram longos minutos até que ele emergisse do desespero. Respirou algumas vezes, ergueu a cabeça e me olhou.

— Eu conhecia vários deles — disse Arminius. — Eu deveria ter sido seu aliado.

— Eu sei.

Os germânicos estavam recolhendo as poucas ferramentas úteis pelo acampamento, tirando sandálias de legionários que não precisavam mais delas.

— Thusnelda — ele falou. — Acha que vou ver meu pai de novo?

Ele hesitou ao fazer a pergunta que realmente queria fazer:

— Acha que pelo menos serei eu a matá-lo?

Olhei para as linhas de destino, tentei vasculhar todos os futuros possíveis. Quase passei a ser um jovem legionário recém-morto. Voltei a mim mesma, mas trouxe comigo algo que nunca me ocorrera. Um aprendizado novo, maravilhoso e terrível. Fiz uma das primeiras coisas realmente humanas de minha longa existência:

Menti por piedade.

— Sim, meu amor — beijei seus cabelos. — Você irá matá-lo.

Varus mandou que os feridos fossem deixados para trás ou, se possível, recebessem um golpe de misericórdia. A coluna não podia mais parar, não podia perder tempo.

Uma floresta é cheia de obstáculos: troncos caídos, desníveis no chão, rochas, áreas onde a lama é funda e líquida demais. Normalmente uma legião retiraria cada um desses obstáculos do caminho, permitindo que os soldados passassem livres. Mas os números reduzidos e a pressa fizeram com que o governador desse a ordem contrária. Eles deveriam contornar ou evitar obstáculos.

As baixas criaram buracos nas unidades, os legionários não sabiam mais seu papel direito e começaram a formar bandos fora da organização militar. Os oficiais tentavam reorganizar seus soldados, mas era quase impossível fazer isso sem parar o avanço. O movimento necessário para evitar os obstáculos fazia com que os legionários se espalhassem ainda mais e significou que se movessem em velocidades diferentes. Tudo isso começou a dividir as legiões. Elas se transformaram aos poucos em um amontoado de pequenos grupos com pouca comunicação entre si.

As três legiões assumiram papéis muito distintos. A Caput Victor, agora na vanguarda, atravessou emboscada atrás de emboscada, suportando o pior dos ataques dos germânicos. A Peregrina, no meio, era o que restava do comando do governador, a última esperança de comunicação entre as tropas. A Vigilax Canis, na retaguarda, tentava arrastar e forçar os civis e o que restava dos transportes de suprimentos. A distância entre elas cresceu, até que fossem três exércitos quase independentes.

Varus enviou um mensageiro para a vanguarda, na tentativa de obter alguma informação sobre o que se passava quilômetros à frente. O homem voltou no fim do dia, dizendo que não conseguira passar pelos bandos de soldados. O caminho era estreito, a escuridão cada vez maior dificultava qualquer orientação. Mesmo que ele fosse ouvido, seria preciso deter todo o avanço da vanguarda, tornando as três legiões ainda mais vulneráveis, para que ele conseguisse achar quem quer que estivesse no comando.

E qualquer líder que ainda restasse vivo poderia estar tão perdido quanto o próprio governador.

Corpos de legionários eram uma visão cada vez mais comum no caminho. Muitos já estavam afundados na lama, pisoteados por milhares de sandálias. Varus não teve alternativa a não ser pisar no rosto de um soldado alto, que ainda agarrava o escudo na morte.

Pensou em quem tinha sido aquele homem. Nunca saberia. Nunca saberia o que foi aquela emboscada, como o combate se deu. Não sabia se a vanguarda, naquele mesmo instante, não estava lutando.

Aos poucos Varus percebeu que, como não podia dar novas ordens para as outras legiões, só podia seguir o caminho previsto.

O caminho planejado por Arminius.

Milhares de soldados não tinham escolha a não ser cumprir as ordens do homem que queria matá-los.

Depois da matança no acampamento, rumando para a floresta e cada vez mais perto dos romanos, Arminius recebeu informações.

O mensageiro relatou que os Marcomanni e os Sugambri tinham sido bem-sucedidos nas emboscadas do dia, mas também tinham sofrido muitas perdas e, nas últimas horas, tinham sucumbido ao cansaço e feito apenas um esforço peremptório em seus ataques.

Ele dispensou o mensageiro e olhou para mim com um sorriso. Mostrou os dentes, mas o resto de seu rosto estava parado.

— Veja como mato os dois lados, Thusnelda. Os Marcomanni estarão fracos e assim terei poder sobre Maroboduus. Veja como todos me obedecem rumo à morte.

Cheguei perto dele e segurei sua mão.

— Acredite ou não — eu disse — entre todas as pessoas no mundo, sou aquela que melhor compreende sua situação.

O aperto em meu peito aumentou.

Arminius não sabia que estava explicando a mim mesma o grande crime que eu tinha cometido.

Eu tinha dado ordens muito tempo atrás e todos vocês as seguiam. Para a morte.

A percepção me invadiu como um frio enjoativo. Repeti em meu pensamento o nome de Thusnelda, para que os outros não tomassem o controle de mim.

Quis chorar, mas não consegui.

Varus ordenou que construíssem um forte temporário assim que acharam uma posição minimamente defensável. Os soldados se juntaram ao corpo principal das legiões ao longo de horas. Embora os centuriões estivessem fazendo a contabilidade das baixas, seria impossível saber quantos tinham simplesmente se perdido na floresta.

Com o acampamento sendo montado a seu redor, o governador convocou o que restava e o que conseguiu localizar de seu alto-comando. Viu com certa satisfação que o jovem Lucius Salonius Corbulus e o velho

Gaius Numonius Vala estavam vivos e entre eles. Salonius tinha se ferido e estava pálido, mas alguém conseguira fazer um curativo e ele se mantinha de pé. Vala estava milagrosamente intacto.

— Quais são nossas opções?

Eles ainda tinham alguma informação, obtida dos mapas, dada pelos próprios guias de Arminius e descoberta por um punhado de batedores que conseguira voltar. Havia um caminho teoricamente mais seguro, mas descia por uma ravina e estava totalmente alagado. Quase ninguém ferido ou cansado conseguiria atravessá-lo numa velocidade aceitável. Também não seria possível levar suprimentos. Outro caminho subia e por isso ainda estava transitável. Ladeava uma encosta. Era, na prática, a única alternativa.

— Existe outra opção — o rosto do governador se acendeu. — Vamos ficar parados.

Os poucos oficiais se entreolharam, confusos, mas Vala se permitiu um sorriso. Se Varus falava com aquela confiança, isso significava que tivera uma ideia.

— Não estamos em guerra contra os germânicos — Varus explicou. — Estamos em guerra contra Arminius, e Arminius é romano. Ele sabe lutar com suprimentos, com apoio logístico.

Vala aos poucos entendeu:

— Com tudo que ele não tem aqui.

— Os bárbaros estão em suas terras, mas não são organizados como nós — Varus continuou. — Se sobrevivermos aqui por algum tempo, a fome deles estará de nosso lado. Eles estão caçando e colhendo pelo caminho. Quando a caça diminuir, quando for difícil demais conseguir o que comer, a disciplina vai fraquejar. Eles vão se contentar com o que já saquearam e desertar. É assim que eles pensam, senhores, é isso que tentei mudar nesses selvagens durante todo este verão.

Ele entrou em mais alguns detalhes sobre o racionamento que os próprios romanos deveriam fazer, como deveriam se entrincheirar naquele forte.

— E depois, senhor? — balbuciou o jovem Salonius. — Como vamos vencê-los?

— Nós não vamos vencê-los — respondeu Varus.

Então olhou para Vala.

— Os deuses o preservaram, Vala. Seja Marte ou Dis Pater, não importa! Você, entre todos nós, está ileso. Reúna o que resta da cavalaria. Eles nos enganaram com cavaleiros germânicos, mas cavaleiros romanos vão nos salvar. Você será rápido, Vala. Vai atravessar as linhas inimigas e chamar ajuda. Dará o alerta a todos os entrepostos romanos até o Reno! E chegará aos Frísios, nossos aliados históricos. Eles irão se juntar a nós... Então lutaremos.

— Sim, dominus! — o velho legado se entusiasmou.

— Não precisamos ser mais fortes ou mais rápidos — disse Publius Quinctilius Varus. — Só precisamos ser mais disciplinados que esses selvagens. Então estaremos salvos.

XXIV

DA MANEIRA COMO AS COISAS SE ESPALHAM ENTRE SOLDADOS confinados, a missão de Gaius Numonius Vala se tornou conhecida e as legiões ferveram com uma faísca de esperança. Não tinham força ou ânimo para celebrar, não podiam fazer barulho demais, mas naquela noite os legionários pararam tudo que estavam fazendo para assistir à saída do velho legado e seus cavaleiros.

Alguns deles estavam feridos, mas todos conseguiam ficar eretos nas selas. Os animais já tinham visto dias melhores, mas foram escolhidos entre os que tinham escapado quase intactos. Os cavaleiros receberam o melhor equipamento, cedido de boa vontade por irmãos mais feridos ou por alguma razão incapazes de fazer a jornada. E todos no forte viam a fome chegando, mas entregaram de bom grado uma grande quantidade de ração.

Gaius Numonius Vala liderou as poucas dezenas de cavaleiros por um triunfo improvisado no meio do forte. Os soldados abriram espaço. Varus estava em frente ao portão. Vala fez o cavalo estacar e cumprimentou o governador.

— Nossos mortos o observam com orgulho — disse Publius Quinctilius Varus, devolvendo o cumprimento — e nossos vivos contam com seu sucesso.

Ele deu passagem, os portões foram abertos e os cavalos galoparam para fora do acampamento, chapinhando no chão encharcado. Varus imediatamente subiu numa torre de vigilância. Era bem mais baixa e mais simples do que existia num forte permanente, mas oferecia uma visão melhor do terreno. Chegou ao topo ofegando e sorrindo. O sol já estava se pondo, mas ele conseguiu localizar os cavaleiros diminuindo na distância. Sem discernir os detalhes, os imaginou altivos. Imaginou

Vala impondo a disciplina rígida dos antigos, liderando-os pelo caminho traiçoeiro sem hesitar.

Então o governador estreitou os olhos e seu sorriso se desfez.

— Eles estão saindo a cavalo — falei. — Vão avisar as outras fortificações ou pedir ajuda.

Arminius montou no cavalo. Antes mesmo que desse a ordem, os cavaleiros germânicos já estavam montando também.

Subi em meu próprio animal e tomei uma lança.

— Você não é uma guerreira — ele disse.

— Sou guerreira há muito mais tempo que você, meu amor — tentei disfarçar a condescendência. — Agora dê a ordem. Não vamos deixá-los escapar.

Arminius não discutiu, porque acreditou e confiou em mim. Sem olhar para trás, gritou:

— Cavalaria auxiliar!

Os homens ficaram a postos.

— *Em frente!*

Emergimos da floresta num galope selvagem. Nossos cavalos estavam descansados, nós estávamos de barriga cheia, relaxados e com o ímpeto da vitória. Éramos centenas, uma visão aterrorizante contra o breu das árvores à noite. Os cascos de todos os animais faziam um barulho vibrante de água e terremoto.

— Tuisco! — gritou alguém.

E então outros se juntaram:

— Tuisco! Tuisco!

No meio da gritaria, ouvi Arminius emitir seu próprio grito de guerra enquanto preparava um *pilum*:

— Peregrina!

Gaius Numonius Vala sentiu ódio e medo ardendo na garganta quando ouviu o galope. Mas, quando viu que o inimigo trajava as armaduras romanas, tudo que sentiu foi nojo.

— Legionários! — ele gritou, o fôlego já bem menor do que fora na juventude. — Formação de cunha!

Eles obedeceram, formando uma espécie de ponta de flecha, porque sua disciplina era suprema. Se fossem seguir seus instintos e sua vontade, iriam fugir ou se jogar no chão, porque sabiam do inevitável.

Cada vez mais cavalos saíam do meio das árvores. Nós nos espalhamos pelos lados e Vala soube que seriam engolidos.

— Honrem seus ancestrais! — ordenou o legado. — Morram bem!

Arminius arremessou o *pilum* e trespassou um legionário na frente da cunha. O corpo caiu para trás, a haste balançando cravada em seu peito. A montaria relinchou em pânico, subitamente sem liderança, e os cavaleiros mais atrás precisaram desviar.

A cavalaria auxiliar atacou num ângulo oblíquo pelos dois flancos. Os *pila* choveram sobre homens e animais. Um cavalo desabou, a arma fincada em seu pescoço, e fez outro tropeçar. Um romano foi tomado pela fúria e saiu de formação, avançando contra a massa de inimigos com a *spatha* em punho. Voou ao chão com um *pilum* no rosto e outro no estômago.

Incitei meu cavalo para o meio deles, furando sua formação pelos lados. Puxei as rédeas com habilidade milimétrica, bebendo do conhecimento de cavaleiros que já tinha possuído, de legionários que agora estavam dentro de mim. Desviei das lâminas, dos homens em desespero, sem atacar, com a lança em punho, porque meu alvo era um só.

Notei Vala no meio da cavalaria. Ele sacou a *spatha*, mas avancei em sua direção num instante. Deixei que os legionários viessem à superfície de minha consciência, perdi a mim mesma por um segundo, então me concentrei no braço, na arma, no alvo. Aqueles homens mortos haviam treinado durante anos, haviam arremessado incontáveis azagaias, haviam massacrado exércitos com chuvas de ferro. Num instante, a experiência de todos se mesclou, cada minúscula lembrança, cada pedaço de memória muscular complementando as lacunas uns dos outros. Arremessei a lança como se fosse um *pilum*. Vala foi atingido no peito, a força concentrada na ponta metálica perfurou sua couraça. Ele olhou para o cabo emergindo de si mesmo com surpresa e choque.

Passei por ele, admirando meu trabalho e voltando a ser eu mesma. Fiz o cavalo dar meia-volta e estacar.

Gaius Numonius Vala se agarrou ao pescoço de sua montaria, vertendo sangue e manchando a crina. O animal ia disparar no meio do caos, mas segurei suas rédeas.

Ele me olhou, mal conseguindo manter meu rosto em foco enquanto morria.

— Criamos uma serpente em nossa casa — grunhiu.

Cheguei mais perto.

— Você vai morrer, mas o Império continuará — sussurrei. — Saiba, general, que faço isso porque amo todos vocês.

Suas últimas forças foram gastas para cuspir em mim.

Tomei sua alma enquanto o Psicopompo descia sobre o campo de batalha.

Publius Quinctilius Varus se forçou a continuar olhando até que o último legionário estivesse morto. Não conseguia discernir nada além de um borrão de movimento no meio do escuro que descia, mas não precisava de detalhes para saber quem era o vencedor. Dentro em pouco, os gritos de vitória dos germânicos chegaram ao acampamento.

Ele permaneceu em silêncio.

Desceu da torre com passos lentos, deliberados. Pisou no chão de terra e caminhou tranquilamente de volta a sua tenda. A seu redor, os soldados estavam quietos. A indolência pela primeira vez permitida nas legiões: todos imóveis, deixando suas tarefas de lado. Nem centuriões nem decanos seriam capazes de forçar aqueles homens a qualquer atividade; nem tribunos nem o governador tinham energia para exigir isso.

Nós não permitimos que os romanos se iludissem, Agnes. Se tivéssemos esperado para atacar longe do forte, eles teriam alguns dias de esperança, mas tudo acabou para eles antes de começar. Tudo aconteceu a plena vista.

Varus encontrou o jovem Lucius Salonius Corbulus na frente da tenda de comando. Sua boca pendia aberta, seu rosto estava marcado por lágrimas.

— Não quero ser interrompido por ninguém — ordenou o governador.

Entrou na tenda enquanto o tribuno dizia um "sim" alheio.

Varus olhou em volta, para as paredes de tecido, e conseguiu ter uma impressão de privacidade. Respirou fundo e obteve um pouco do cheiro conhecido de Roma: óleo para preservar o equipamento, couro curtido, vinho e suor.

Foi até a mesa que servia como centro de comando. Recolheu os poucos mapas que restavam, enrolou-os e guardou-os um por um. Tomou nas mãos uma tigela com um resto de comida e a colocou de lado. Ajeitou a cadeira na frente da mesa, então se ocupou de seus pertences.

Guardou num baú apetrechos de escrita, roupas, uma adaga e várias condecorações. Sobre a tampa fechada, pousou seu elmo. Tirou a capa dos ombros e a pendurou num gancho.

Começou a desfazer as fivelas da couraça.

Deixou o estômago relaxar quando a proteção se desprendeu do tórax. Observou o estado da couraça, tomou um pano oleado e limpou as partes mais sujas. Encostou a armadura na lateral do baú e olhou a tenda quase ordenada. Ali estava o resumo de uma vida.

Tirou o gládio da bainha e pensou que a lâmina também podia estar mais limpa. Fez a manutenção com cuidado amoroso e quase teve um sorriso de satisfação quando estava pronta.

Notou que, fora da tenda, a noite já tinha chegado. Acendeu algumas lamparinas, então não restava mais nenhuma preparação.

Deixou o pano num canto para que não criasse uma impressão de desleixo.

Achou um pequeno tapete e o estendeu sobre o chão enlameado.

E se ajoelhou.

Publius Quinctilius Varus fechou os olhos e falou:

— Por que você fez isso, meu filho? É como o centurião diz? Você sabe que pode largar sua vida conosco porque tem outra? Realmente não vê o valor no que lhe dei?

Depois que a batalha terminou, os germânicos saquearam os corpos, mas Arminius fez o cavalo andar lentamente de volta à floresta. Fui atrás dele.

Ele não olhou para mim, manteve a cabeça baixa. Havia uma impressão de finitude no ar. Eu não precisava enxergar os futuros para saber o que estava acontecendo. Tínhamos negado a eles algo muito fundamental, tínhamos dito um "não" muito categórico. Arminius soubera o que estava dizendo a Varus:

"Não, você não terá nem mesmo isso. Terá apenas o que lhe dei."

As legiões, por falta de opção, continuavam seguindo apenas as ordens do homem que tinha decidido matá-las. Varus sabia disso.

Arminius desmontou e andou a esmo em meio às árvores.

Fiquei para trás em respeito. Mais do que respeito: assombro e maravilhamento pela emoção que nunca vou conhecer. Eu não tive pai, então nunca saberei o que é matar meu pai.

Quando parou, ele já não sabia mais onde estava, não ouvia nenhuma voz e não enxergava nenhuma luz. Olhou para cima, para a treva absoluta que era a copa das árvores e a camada maciça de nuvens no céu noturno.

— Pai — ele disse — por favor, saiba que amo tudo que me deu. Você me deu a vida que tenho, me deu quem sou. Se tivesse escolha, nunca destruiria seus presentes.

— Os homens têm ambição, os homens têm sede de poder e vingança — Varus falou sozinho. — Eu não iria odiá-lo se pisasse em mim para subir mais alto. Mas você está caindo, Arminius. Está traindo tudo e todos que o acolheram para afundar em selvageria e miséria. Eu conheço a sede de sangue, meu filho, mas não conheço este nível de ódio. Já matei muito por um objetivo, mas a morte em si nunca foi meu objetivo.

E, na floresta, Arminius também estava falando sozinho:

— Você nunca entenderá, pai. Nunca entenderá a humilhação de ver sua terra rastejando. Seu próprio pai se ergueu contra César e foi derrotado, mas não lambeu as sandálias do inimigo. Eu nunca devia ter vindo à Germânia, pai, devia ter continuado longe, imaginando que meu povo caiu lutando. Por que você fez o que fez? Por que tentou controlá-los com leis arbitrárias, por que tentou domá-los com palavras sensatas? Isso foi uma violência muito maior do que queimar suas aldeias, foi uma ofensa muito mais grave do que fazê-los passar fome. Por que não deixou que fossem derrotados como guerreiros? Como germânicos?

De joelhos, Varus segurou o cabo do gládio com as duas mãos.

— Roma é brutal, mas Roma não é a brutalidade. Roma é aquedutos e palácios, Roma é templos de mármore e a palavra escrita. Sim, tomamos para nós o que é dos outros. Sim, conquistamos povos inteiros e enriquecemos, dizendo que oferecemos a eles a civilização. Mas a verdade, Arminius, é que os filhos e netos daqueles que esmagamos vivem melhor por nossa causa. Você matou sem objetivo e eu tentei cumprir meu objetivo sem matar. Tentei fazê-los chegar à conclusão que todos chegam em duas ou três gerações. À conclusão que você mesmo chegou, meu filho.

Não havia nada sobrenatural naquilo, Agnes. Nada místico ou secreto. Apenas duas pessoas que se conheciam bem demais tendo a única conversa que se pode ter depois da morte. Ambos sabendo que nunca entenderiam o último mistério um do outro, porque chegaram ao limite de quanto podiam entender.

— Fiz o que fiz por amor a Roma, pai — Arminius disse para o escuro. — Fiz o que fiz porque Roma me acolheu, porque sou romano. A guerra era inevitável porque os germânicos são os germânicos, mas a guerra seria muito pior. Nós iríamos apenas expulsá-los e você sairia vivo, mas a guerra consumiria todo o Império. Eu esmaguei uma rebelião, eu fui um legionário. Eu ajudei a construir Roma. Não podia destruí-la. Estou matando meu pai, mas não podia matar minha mãe.

Varus encostou a ponta do gládio no estômago.

— Tudo que precisaria fazer era vir até mim, Arminius. Não importava quão sombrios fossem seus pensamentos, não importava quão baixos fossem seus desejos, nós trabalharíamos juntos para saciá-los. Meu pai lutou contra César na guerra civil e eu sou da família do filho de César, porque queria ser poderoso. Eu entenderia qualquer coisa, meu filho, eu nunca iria julgá-lo. O que quer que fosse seu propósito, podia ter sido cumprido como um romano. O que quer que fosse seu sonho, poderíamos tê-lo realizado juntos.

Arminius se deixou cair de joelhos.

— Você me deu tudo pai, e peço perdão por ter que pedir mais isso. Você me deu minha vida e agora preciso pedir a sua. Estou criando algo majestoso, pai, algo lindo e horrível. Estou criando um lugar, uma história e um povo, e você precisa me ajudar. A maior tristeza de minha vida é que você só pode me ajudar morrendo.

Publius Quinctilius Varus respirou fundo. Sentiu a ponta do gládio contra a pele, segurou a arma com mãos firmes.

— Seu propósito é sangrento, meu filho, seu sonho é macabro. Mas eu não o julgo. Nunca vou saber por que você fez o que fez, mas rezo para que acabe em triunfo. E, se minha morte puder ajudá-lo de alguma forma, que assim seja. Já vivi muito. Quantos romanos podem dizer que participaram da vida de um dos maiores homens da história?

Arminius respirou fundo. Ergueu as palmas das mãos em saudação ao antepassado que, nesta terra ou no além, estava morto.

— Você me deu o que sempre precisei. Você fez tudo da maneira certa para me trazer até aqui. Você nunca me abandonou, nem mesmo agora. Você faz parte de minha vida; está e sempre estará comigo.

Publius Quinctilius Varus teve certeza de que tinha a força necessária nos braços e nas mãos. Então deixou o tronco pender para a frente. Sentiu uma dor aguda e funda quando a lâmina penetrou em seu estômago. Empurrou o gládio contra o próprio corpo, enquanto sentia os membros formigarem.

— Eu amo você, meu filho.

Arminius chorou enquanto o honrava.

— Eu amo você, pai.

XXV

À MEDIDA QUE A NOTÍCIA DA MORTE DE VARUS SE ESPALHOU PELO acampamento, os soldados começaram a procurar a quem obedecer. A noite se desorganizou em burburinho e especulação, os legionários deixaram de lado seus afazeres para se reunir, traçar planos por conta própria, especular o que aconteceria.

Marcus Caelius viu aquilo com desprezo. Olhou ao redor e, como esperado, seus veteranos continuavam nos deveres normais, como se fosse uma noite qualquer. Muitos rostos ausentes, muitos presentes feridos e debilitados, mas nenhum deles reclamando. A Vigilax Canis tinha sofrido baixas pesadas, segurando a retaguarda, defendendo os suprimentos e lidando com o caos dos civis e tratadores de mulas. Muitos legionários tinham ficado para trás de pura exaustão e, no início da tarde, o centurião já notara uma confusão única que acontecia quando uma legião estava sem comando. O oficial superior devia estar morto ou ter desistido de tudo.

Por todo o acampamento, as tendas dos outros oficiais estavam estranhamente silenciosas. Logo escravos, centuriões e simples legionários começaram a encontrar corpos de comandantes que tinham seguido o exemplo de Varus.

Você sabe que o suicídio é uma saída falsa porque não há redenção e não há nada além de esquecimento depois, mas a moralidade romana era estranha e cruel. Talvez alguns daqueles homens estivessem apenas com medo do que aconteceria caso fossem capturados, mas a maioria desejava preservar a honra de sua família. Aquela era uma forma distorcida de tomar para si a culpa pelo que estava acontecendo, isentar seus filhos da mácula pelo fracasso dos pais.

De qualquer forma, a morte generalizada do alto-comando aumentou ainda mais a anarquia, fomentou insubordinação e principalmente criou medo. Agora os germânicos estavam matando dentro do forte, ainda que pelas mãos das próprias vítimas.

Os poucos altos oficiais remanescentes das três legiões conseguiram se reunir para decidir o que fazer. Havia os comandantes de acampamento da XVII Peregrina e da XVIII Caput Victor, mas a XIX estava quase sem oficiais vivos. Enfim chegou à tenda Lucius Salonius Corbulus, de olhos arregalados e tremendo. O único alto oficial da Vigilax Canis a se apresentar.

Aqui voltam à história dois homens que talvez você tenha esquecido, porque nunca fizeram diferença: Eggius e Caeonius. Eles figuram pouco até aqui e, se eram os mais experientes e aptos a liderar todo o exército, isso deve lhe dar uma ideia do estado de desespero.

— Salonius! — Eggius saudou quando o rapaz entrou na tenda. — Quem mais resta da XIX?

O jovem tribuno demorou a conseguir falar. Quando sua voz saiu, era um guincho gago:

— Apenas eu, senhor. Eu sou o oficial mais alto.

Eggius e Caeonius se entreolharam.

— Não me chame de senhor, agora somos iguais — disse Eggius. — Você vai assumir o comando de sua legião.

Então Salonius começou a chorar de medo.

— A XIX está sem oficiais — decretou Caeonius.

— Quem deve assumir o comando?

A pergunta pairou no ar. Havia um homem capaz: o centurião *primus pilus* Marcus Caelius. Ninguém naquele exército tinha lutado por mais tempo, ninguém era tão admirado.

— Marcus Caelius não fez parte do alto-comando e ainda desafiou o governador no forte de verão — disse Eggius. — Os homens nunca o seguiriam. Além disso, seria um desrespeito à memória de Varus.

Eles concordaram e assim acabou a última chance de Marcus Caelius liderar a Vigilax Canis. Na maior parte dos futuros, sua liderança não teria mudado a batalha, mas teria salvado vidas. E sempre havia a chance de que, sob o centurião, as legiões conseguissem sair de nossa armadilha. Mas não foi o que aconteceu.

O que aconteceu foi que, naquela tenda, pela decisão de um pequeno punhado de nobres, a XIX Vigilax Canis foi desfeita. Haveria dois "grupos de batalha", as duas legiões restantes, e a terceira seria dissolvida entre ambas. Sem oficiais, com baixas pesadas, a hierarquia do exército foi simplificada, as coortes foram divididas, os soldados foram alocados arbitrariamente. Salonius não tinha apego ou amor pela águia sob a qual servia e só respirou aliviado quando soube que estava livre de qualquer responsabilidade.

Não havia tempo a perder. Na mesma noite, a informação se espalhou e os legionários começaram a procurar seus novos centuriões, suas novas posições e tarefas.

Marcus Caelius ficou sentado no chão.

A Vigilax Canis não existia mais.

Tentou se agarrar à sensação de pertencimento que sempre o guiara, ao orgulho que tinha do nome, da águia, da primeira centúria. Mas, por uma decisão apressada de nobres, nada daquilo existia.

Disseram a ele que seu legado agora era um homem chamado Eggius. Disseram que ele agora pertencia à XVII Peregrina.

A legião de Arminius.

E não disseram o que ele deveria sentir, mas o centurião sabia que, para lutar com a disciplina e a união necessárias, era preciso amar o estandarte. Um legionário não podia conhecer todos seus irmãos, não podia gostar de todos que conhecesse, mas conhecia a legião. Ele deveria amar a águia suja da XVII.

Mesmo que fizesse isso, lá não seria o *primus pilus*. Lá não seria quem ele era. Ele era o maior guerreiro de uma irmandade desfeita, o mais glorioso de um grupo desconjuntado de soldados perdidos entre estranhos. O mais prestigiado centurião de algo que não existia, parte da história orgulhosa do nada.

Mesmo se, por intervenção dos deuses, eles emergissem vitoriosos e ele voltasse a Roma, o que ele seria?

Enfim eles tinham conseguido. Marcus Caelius nunca cometera um erro, nunca fora covarde ou desonrado, nunca tinha se tornado um criminoso, mas ainda assim sua vida se transformou em nada.

Ele se ergueu e foi até o *optio*.

— Não vou servir à legião do traidor — disse, sem emoção, como quem informa um fato banal.

De madrugada, o centurião cometeu o único ato de insubordinação de sua vida, a única mácula numa carreira impecável. Algo cuja punição era a morte, mas não havia quem pudesse puni-lo.

Os sobreviventes da primeira centúria fugiram do acampamento levando suas armas, armaduras e provisões, amaldiçoando quem ficava para trás.

Eggius e Caeonius mandaram que todos os oficiais vítimas daquela noite fossem enterrados na mesma tumba. Publius Quinctilius Varus mereceu uma cerimônia própria.

Fizeram um buraco no chão e cobriram o corpo com madeira, para que fosse cremado. Tentaram atear fogo, mas a madeira estava molhada e as chamas não vingaram. Farto, Caeonius mandou que cobrissem o túmulo com terra e deu o rito por encerrado.

Estava quase amanhecendo.

XXVI

O PRIMEIRO GRUPO DE BATALHA DEIXOU O ACAMPAMENTO EM silêncio, sem toque de alvorada. Eggius impôs um ritmo acelerado aos homens e mais uma vez entrou na floresta.

Eles estavam com medo, Agnes. Estavam exaustos, feridos e humilhados, mas acima de tudo estavam com medo. O céu nublado não deixava passar a luz do sol, as árvores pareciam ainda mais altas, a Floresta de Teutoburgo oferecia ainda mais mistério. Eles progrediram pelo terreno desconhecido, evitando obstáculos em vez de tirá-los do caminho, encolhidos e sobressaltados. Cada estalo nas árvores, cada movimento visto de longe fazia alguém gritar ou desperdiçar um *pilum*. Eram 4 mil soldados, mas podiam ser um bando de crianças, porque não tinham mais nenhuma confiança em si mesmos, mais nenhuma disciplina.

E uma das piores torturas que infligimos a eles foi não fazer nada.

Ao longo da manhã eles avançaram pela lama e entre as árvores, pelo caminho que Arminius tinha ordenado, o equipamento cada vez mais esfarrapado pela umidade e falta de manutenção. Sacaram seus gládios sem receber ordens, juntaram-se em grupos improvisados para enfrentar uma ameaça que nunca chegava. No meio da manhã do dia 11 de setembro do ano 9, seus corpos estavam vazios de qualquer ânimo, seu espírito estava arruinado e eles não tinham mais reação.

Eggius ordenou que parassem. Mandou batedores à frente para garantir a segurança e mensageiros para chamar Caeonius. O segundo grupo de batalha já podia sair do acampamento.

Poucas horas depois, os batedores voltaram tendo localizado a passagem que tinha sido relatada, na noite anterior, na tenda de comando. O caminho se bifurcava: uma das rotas seguia por baixo, ao sopé de ravinas. Era estreita demais para a coluna e tinha sido muito afetada pela chuva. Parecia ser um lamaçal e podia atrasar ou impossibilitar a passagem. A segunda rota subia pela encosta, avançando pela colina de Kalkriese. Não tinha sido tão afetada pelo clima e parecia ser transitável.

Eggius quis ver o caminho por si mesmo. Acompanhou os batedores até a frente da coluna, enquanto os milhares de soldados restantes aguardavam, olhando para os lados e temendo as sombras.

Quando avistou a única rota possível, sob sol tão brilhante quanto as nuvens permitiam, Eggius assentiu. O caminho levava para fora da linha da floresta, em terreno aberto com menos obstáculos. De um lado a encosta, do outro um enorme pântano até onde a vista alcançava, já se entremeando de novo com a mata. A situação era desesperadora, mas no meio havia uma espécie de estrada desimpedida. Ali eles teriam um avanço constante e estariam em condições mais conhecidas.

Protegendo os olhos da claridade com a mão, o comandante se permitiu um pequeno sorriso. Desde que tudo aquilo começara, o primeiro motivo de otimismo. As legiões eram o melhor exército do mundo e só estavam naquele estado porque combatiam em terreno desfavorável. Mas à frente estava algo familiar, uma topografia para a qual tinham treinado, que permitiria uma formação estudada.

Era quase como se tivesse sido planejado por um romano.

Então o sorriso se desfez e o estômago de Eggius se embrulhou.

Havia uma razão pela qual aquilo era tão familiar. Ladeando o caminho elevado e convidativo não havia uma encosta: era uma muralha de terra. Não parte natural da colina, mas algo artificial.

Exatamente como os romanos construíam.

O comandante olhou em volta, tentando achar uma alternativa. O pântano engoliria e mataria mesmo um grupo pequeno; uma legião não tinha chance. A floresta iria levá-los para dias e dias de emboscadas, agora sem mapas e perdendo tempo para achar um novo caminho que podia não existir. Voltar ao acampamento significaria atropelar a legião de Caeonius, desfazer as poucas formações que ele conseguira construir, dar as costas ao inimigo e voltar ao local vigiado pelos bárbaros para morrer de fome. O caminho inferior provavelmente seria intransponível — e, mesmo se a custo os legionários pudessem segui-lo, seriam presas ainda mais fáceis para uma emboscada.

Só restava subir a colina.

Entrar no corredor de morte que os germânicos haviam construído ao longo daqueles dias, com as técnicas romanas aprendidas de Arminius.

XXVII

OS ROMANOS AVANÇARAM, USANDO A FORMAÇÃO COMPACTA DO *testudo*. A primeira linha manteve os escudos travados e correu num ritmo ordenado, enquanto seus irmãos erguiam os escudos acima das cabeças. Era a última estratégia do último oficial: Eggius sabia que a passagem ao longo da muralha de terra seria mortal; restava apenas tentar dominá-la. Assim, em vez de seguir em paralelo à muralha, os legionários exaustos fizeram carga rumo a ela, numa tentativa desesperada de tomar a posição do inimigo.

— Legiões! — Eggius gritou, mas sua voz saiu fraca e dolorida, pelos dias e dias de frio, umidade e gritaria. — Avante!

Numa demonstração suprema de disciplina, o grupo de batalha avançou como um só, seu desafio derradeiro para os defensores da muralha. No meio da formação, um legionário escorregou na terra, suas pernas fraquejaram e ele caiu. Foi pisoteado por seus irmãos, perdeu o fôlego no meio do ar abafado do mar de corpos, tentou se levantar sobre as mãos e os joelhos, mas alguém tropeçou sobre ele e desabou pesado em seu corpo. O rosto do legionário foi prensado contra a lama e ele começou a se afogar.

A brecha na formação deu início à primeira fraqueza na disciplina, antes mesmo que os romanos chegassem à muralha de terra. Vendo os companheiros caírem e se empurrarem para evitar os obstáculos vivos, um deles se virou e tentou forçar passagem contra a maré de soldados. Viu-se frente a frente com um decano, que o rechaçou com golpes do pomo do gládio.

— Volte à formação! — gritou o oficial, em meio à passagem dos legionários. — Morra como um soldado!

Naquele momento, o legionário não era um soldado, apenas um homem comum, apavorado e exausto, sendo confrontado com a verdade.

Em vez de obedecer, ele caiu de joelhos, foi atropelado e pisoteado como o primeiro e vários outros.

O *testudo* chegou à muralha de terra balançando, ameaçando quebrar.

O toque desafinado de uma trombeta deu o sinal e os legionários da primeira fileira se agacharam, erguendo os escudos, seguidos da segunda fileira e da terceira. Eles fizeram uma rampa com os escudos e seus irmãos avançaram sobre as proteções, rumo ao topo da muralha de terra. Sob os escudos, o peso rítmico dos pés em corrida fazia os braços doerem e fraquejarem. Um legionário da primeira linha não aguentou o esforço, deixou o escudo escorregar para o lado, derrubando o soldado que corria por sobre ele. Todos os romanos sob os escudos suavam, as túnicas ficando encharcadas, os olhos ardendo de sal. O impacto constante lá em cima fazia com que todos tremessem e a lama respingava em seu rosto, sua boca. Quanto mais faziam força e ofegavam sob a rampa de escudos, mais o ar ficava quente e viciado, mais difícil era respirar. Mal conseguiam enxergar sob o escuro das proteções, mal conseguiam escutar sob o clangor da correria lá em cima e só podiam rezar para que não estivessem ajoelhados para a morte.

O topo da muralha de terra era protegido por uma paliçada baixa, feita de palha e galhos de árvore entrelaçados. Houvera uma tentativa de camuflar a construção, mas o olhar treinado de um legionário conseguia notar a obra artificial com facilidade. Os primeiros soldados que chegaram à muralha correndo sobre os escudos puxaram seus *dolabrae*, machados usados para destruição de barreiras, e começaram e golpear a paliçada, tentando fazer uma brecha e diminuir a vantagem do terreno elevado.

Acima, sobre a muralha de terra e atrás da proteção, a voz poderosa de um germânico deu o comando:

— Matem todos!

Então a colina explodiu em berros ferozes.

Maroboduus comandava os guerreiros sobre a muralha de terra. Sua ordem foi repetida pelos outros reis, pelos comandantes; foi urrada como um grito de guerra pelos homens. E, se antes eles tinham usado paus, pedras e facas, agora pegaram suas melhores armas.

Uma barragem de lanças atingiu os legionários que ainda corriam pelos escudos. Um deles conseguiu erguer o escudo; houve um estrondo de metal contra metal e um solavanco forte para trás quando a ponta perfurou a proteção de metal. Se estivesse sobre o chão, ele teria ficado firme, mas estava sobre os escudos, então desabou. O peso da queda fez os legionários abaixo cederem um pouco, criando uma fresta. Outro soldado pisou naquele vão, prendeu o tornozelo entre as bordas. Um de seus irmãos abaixo se ergueu com um urro de esforço, sem entender o que estava acontecendo, e o espaço sob a rampa foi tomado pelo som nauseabundo do tornozelo se quebrando.

O uivo de dor do legionário foi calado quando uma lança atravessou seu peito.

— Seu *testudo* não vai adiantar nada! — gritou Maroboduus. — Levem embora seu vinho e suas leis!

A primeira fileira de legionários erguia e descia os machados contra a paliçada e os germânicos aproveitaram isso às gargalhadas. Atrás da proteção, espetaram com as lanças, jogaram enormes pedras, bateram com porretes e escudos.

Um legionário urrou, segurou o *dolabra* com as duas mãos e o desceu com força, um golpe que seria decisivo para quebrar qualquer paliçada e talvez lhe rendesse uma condecoração.

— Peregrina! — ele gritou em júbilo.

Mas a paliçada não quebrou.

Feita de materiais flexíveis entrelaçados, ela só se dobrou, envergou, e continuou quase intacta. Com horror, aquele soldado percebeu que destruir a proteção não seria questão de quebrar, mas de cortar aos poucos, desfiar a paliçada como se fosse tecido. Não um ato súbito e decisivo, mas um processo lento, exigindo esforço e paciência. Ele entendeu que a paliçada não cairia, então um gládio perfurou seu pescoço.

Os germânicos tinham capturado equipamento romano dos corpos deixados para trás e agora os romanos pagavam por isso. Enquanto os legionários tentavam quebrar a proteção, os enormes escudos retangulares de seus irmãos desceram sobre seus elmos, os germânicos se abaixaram para estocar com as lâminas afiadas que já tinham pertencido a eles.

Maroboduus conseguiu uma posição elevada e viu com satisfação que as tropas romanas perdiam números e força. Olhou à distância e imaginou que Arminius já deveria estar fazendo sua parte. E eu sei, Agnes, porque Maroboduus também está dentro de mim, que naquele momento ele cogitou se seria possível usar aqueles mesmos guerreiros para emboscar Arminius. Mas riu para si mesmo e deixou a intenção de lado. Sacou um gládio e correu para a paliçada, para que também fosse visto lutando. Apenas o suficiente para manter a reputação de brutamontes.

Mesmo à distância, o som de uma batalha com milhares de combatentes podia ser ouvido. Arminius soube que a última emboscada estava acontecendo e não teve dúvida de que Maroboduus estava vencendo.

— Ele vai emergir disto tudo ainda mais poderoso — falou, virando para mim. — Será o rei que os levou à vitória.

Sobre meu cavalo, tentei discernir os futuros possíveis, usando meus sentidos de yithiano e simples lógica. As linhas ainda estavam muito enredadas e, quando chegavam a Maroboduus, se tornavam ainda mais caóticas. Os mortos ainda indomados em minha mente tentavam enxergar o destino, com um misto de fascinação e pânico. Estremeci, rapidamente sendo um deles, então o puxei de volta e retomei o controle:

— Você está acima de disputas por poder, Irmin. Estamos construindo a história.

— Os homens que estão lutando e morrendo na colina não estão acima de disputas por poder.

Lembrei a mim mesma de que os humanos importavam para ele. Então senti o mesmo remorso que já me atacara várias vezes, de novo tendo noção de quanta complexidade estava se perdendo. Era fascinante que o homem com quem eu tinha aquela ligação tinha, ele mesmo, outras ligações. É algo óbvio para vocês, Agnes, mas eu estava aprendendo o que era estar ligada a outras pessoas, à humanidade como um todo.

Voltei minha atenção à situação mais urgente. Estávamos sobre uma colina, ocultos entre as árvores. Num conjunto de colinas do outro lado, mais guerreiros aguardavam as ordens. Não sei quantos milhares éramos ao todo, mas as tribos tinham se juntado para a batalha daquele dia. Todos sabiam que era o fim.

De nossa posição de vantagem, consegui enxergar o grupo de batalha de Caeonius avançando. A coluna se estendia por alguns quilômetros, cortando o terreno como uma fronteira móvel. Em breve, tão em breve quanto é possível com o movimento de um exército, eles chegariam ao gargalo onde Eggius enfrentava Maroboduus.

— Chegou a hora — disse Arminius.

Toquei em seu braço, concordando sem palavras.

Eu podia sentir o nervosismo do homem que amava. Não pelo combate em si, mas pelo que viria depois.

Rapidamente vasculhei bifurcações milimétricas de futuros simples e nos trouxe para uma linha de destino em que um bando de pássaros levantava voo. Algo provável, descartável e sem consequência. Logo, outros bandos imitaram o primeiro e uma enorme revoada de pássaros tomou os céus.

Era o sinal.

— Cavalaria auxiliar! — Arminius ergueu a *spatha*. — Para a vitória!

Nós galopamos colina abaixo, saindo da cobertura das árvores, e uma onda infindável de guerreiros a pé nos seguiu. Todos corremos aqueles primeiros metros; nossos pés, cascos e vozes fazendo um trovão para intimidar o inimigo. O avanço não seria tão rápido em todo o caminho até eles, mas aquele era nosso primeiro golpe, o golpe em seu espírito.

As colinas do outro lado também despejaram um mar de germânicos. Eles pareciam formigas, Agnes, pareciam uma avalanche ou um maremoto, qualquer coisa que não fosse humana. Mesmo vendo aquilo com meus próprios olhos, mesmo tendo as memórias, é difícil aceitar que aquela massa fosse feita de indivíduos, que houvesse tanta gente no mundo e tanta gente unida para matar.

Quando a pinça se fechou sobre os romanos, eles já estavam em desespero e tentaram escapar para lados opostos.

Arminius chegou à frente da cavalaria, eu galopando logo atrás. Arremessou um *pilum* no meio da formação frouxa do inimigo, não precisou olhar para saber que era um acerto e uma morte. Puxou outro, arremessou, então um terceiro, e estava sobre a primeira linha romana.

Os legionários tinham travado os escudos, mas as fileiras já estavam balançando porque seus irmãos começaram a fugir. O cavalo branco de Arminius se ergueu sobre as patas de trás e desceu os cascos contra o primeiro defensor infeliz. O escudo bateu com força contra o legionário, ele caiu para trás e o cavalo caiu sobre ele, esmagando seu corpo, quebrando o esterno e as costelas.

Uma lança emergiu do meio da formação, Arminius bateu com o escudo e a tirou do caminho, então golpeou de cima para baixo com a *spatha*, atingindo um legionário no encontro entre o ombro e o pescoço. Sangue esguichou, ele puxou a lâmina, fazendo um arco vermelho. Esticou o corpo e perfurou o rosto de um soldado, ergueu a arma e rasgou seu lábio e nariz, um olho estourou como uma bolha. O homem largou o gládio e levou as mãos à ruína de pele cortada, berrando em choque.

As defesas do outro lado quebraram ante a pressão de milhares de guerreiros, a superioridade numérica cobrando seu preço inegável. Durante poucos minutos eles foram de novo uma legião, estiveram quase unidos, quase usando as táticas e a disciplina que tinham aprendido. Mas logo se desfizeram em pequenos bandos de soldados sem estratégia, sem liderança, sem identidade. A marcha desunida dos últimos dias, as mortes dos oficiais e o simples medo tinham destruído a legião. Tudo que restava agora eram guerreiros sozinhos, amontoados entre si.

E, antes de se encontrar com os soldados que enfrentavam a emboscada à frente, o grupo de batalha de Caeonius se desfez. Enquanto cerca de metade não teve escolha a não ser lutar, a retaguarda recuou em pânico, de volta ao acampamento, e a vanguarda fugiu em desespero na direção do grupo de Eggius.

Arminius limpou sangue inimigo que tinha sujado seu rosto e olhou aquilo com admiração.

O plano estava funcionando nos mínimos detalhes.

— Só precisamos fazer a coisa mais importante — ele disse.

Eu não quis ouvir, mas não tive escolha. E não consegui falar a verdade, embora fosse dolorido vê-lo se iludir daquela forma.

— Vamos encontrar meu pai — com uma ponta de esperança.

O ataque balouçante dos romanos contra a paliçada desabou por completo quando os fugitivos desesperados do segundo grupo de batalha chegaram em estado deplorável, chocando-se, empurrando, penetrando à força entre as fileiras de legionários agachados. Era uma maré contínua de homens aterrorizados, feridos, no limite da exaustão. Vários deles caíram pelo caminho, incapazes de continuar, deixando a fuga ainda mais caótica. E, quando conseguiam chegar aos irmãos do primeiro grupo, se agarravam a eles, tentavam se proteger, se encolhiam atrás dos escudos dos outros.

Maroboduus viu com satisfação as ondas de legionários se degenerarem para um emaranhado de loucos.

— Eles já estão mortos! — gargalhou o rei. — Ataquem! Ataquem!

Não havia mais nenhuma tentativa de economizar recursos, poupar as melhores armas, manter algum fôlego. Os germânicos jogaram tudo que tinham sobre os farrapos da legião: todas as lanças, os *pila* saqueados dos corpos inimigos, até mesmo montes de terra, objetos de metal, pedaços de armaduras. Já não era mais uma batalha, mas um apedrejamento, a execução vergonhosa que um legionário sofria quando cometia algum crime grave.

Os centuriões tentaram manter algum controle, gritando o nome das centúrias, chamando os *optiones*, mas a hierarquia caiu com a disciplina e o instinto falou mais alto. Eu tinha tentado transformar homens em feras antes que Arminius me mostrasse o valor dos humanos, mas aqueles homens se transformaram em animais porque o pânico não deu espaço para mais nada.

Eggius estava perdido no meio da multidão, tentando se defender dos encontrões dos próprios legionários, seu escudo na frente do corpo. Já não tinha mais voz de tanto gritar, sua rouquidão esganiçada não era ouvida por ninguém. Tentou olhar ao redor, em busca de algo ou alguém conhecido, alguém a liderar ou a seguir, mas não conseguia mais nem mesmo determinar onde estavam os germânicos. Os legionários se empurravam e fugiam em várias direções, o ataque parecia vir de todos os lados.

Então, no meio do caos, ele viu a única coisa que ainda restava da legião: o *aquilifer* da Peregrina continuava erguendo o estandarte com a águia da XVII. Perdê-la seria a maior desonra que uma legião podia sofrer e aquele veterano lutava com todas as forças para impedir isso. Eggius usou o escudo para forçar o caminho até o homem. Quando finalmente chegou perto dele, se agarrou à pele de leão que o *aquilifer* usava sobre o elmo e a armadura.

— Quero morrer com a águia — quase inaudível.

Eggius ergueu o escudo para proteger os dois, sem saber o que fazer além disso. Os fugitivos do segundo grupo continuavam chegando, impedindo qualquer reorganização. Súbito, um rosto conhecido surgiu no meio do caos.

— Eggius! — gritou o tribuno Lucius Salonius Corbulus. — Eggius, me salve!

Era um milagre que o garoto estivesse vivo. As ataduras em seu braço tinham sido arrancadas e o ferimento estava feio. Ele não tinha mais elmo e seu rosto estava lavado em sangue.

Salonius se deixou cair com os braços ao redor do pescoço do comandante. Eggius o puxou para cima e o sacudiu.

— O que aconteceu, tribuno? O que aconteceu lá atrás?

Ele não conseguia fechar a boca, seu rosto estava paralisado numa expressão de pavor.

— *Vamos, seu fedelho de merda!* — o guincho rouco era intimidador. — Vamos, fale!

E Salonius disse só uma palavra:

— Arminius.

Foi o suficiente para Eggius entender que o resto da legião fora destruído. O que ele via era tudo que restava. Ele era o último oficial verdadeiro e os homens tentavam pateticamente cumprir suas ordens, cada um por si. Aquilo era tudo que restava do exército de ocupação da Germânia.

Sua estratégia tinha sido lutar porque a alternativa era dar as costas ao inimigo e morrer. Mas a morte chegara de qualquer forma. Naquele momento, Eggius teve um novo objetivo: fazer com que pelo menos *um* legionário saísse vivo.

Em meio aos objetos, cadáveres, armas, pedaços de armadura e lama revirada no chão, ele viu uma trombeta. Abaixou-se com dificuldade e a levou aos lábios. Soprou com fôlego que não sabia ter mais: o toque de retirada. Pelo menos se alguns ouvissem poderiam fazer uma fuga mais ordenada.

E, para sua surpresa, funcionou.

O *aquilifer* urrou e ergueu a águia com braços estendidos, tornando-a visível para todos. Os soldados mais próximos entenderam o toque e começaram a correr no trote ordenado da legião, atrás do comandante e do estandarte. Aos poucos o grupo que fugia unido aumentou, incitando mais e mais legionários a se juntar a ele. Os que tinham escudos tentavam se proteger, mas o importante era tentar sair dali.

Salonius viu aquilo e não conseguiu cumprir a ordem. Suas pernas se recusaram a obedecer, os legionários passaram por ele e o deixaram para trás. Num pânico cego, ele berrou e empurrou corpos a esmo. Sentiu uma lufada de ar menos viciado — não puro, mas também não saturado de cheiro de humanidade. Esforçou-se para seguir o nariz, então se deparou com o pântano, onde o flanco da coluna desordenada derrapava e afundava.

Muitos corpos já estavam flutuando no lodaçal, as árvores escuras escondiam outros tantos. Aquilo não era uma saída, apenas um jeito diferente de morrer.

— Tribuno? — ele ouviu uma voz límpida atrás de si.

Virou-se com dificuldade. De trás de um conjunto de árvores, o centurião Marcus Caelius se ergueu. Estava encharcado, mas incólume.

Salonius chorou de alívio.

— Sim, sou eu! Sou tribuno da XIX! Por favor, me salve!

Caelius foi até ele.

— Você é o tribuno da XIX.

O garoto assentiu com ânsia, estendendo o braço para o centurião.

Bem perto de seu rosto, Marcus Caelius rosnou:

— Se tivesse assumido o comando, a Vigilax Canis ainda existiria.

Lucius Salonius Corbulus sentiu mais surpresa do que dor quando o gládio entrou em sua barriga. Logo, ele era mais um no tapete de cadáveres que boiava no pântano.

Vendo o inimigo desistir de qualquer defesa e dar as costas, Maroboduus pulou a paliçada. Imitando-o, centenas de germânicos se jogaram contra a legião em fuga.

Ao longo da muralha de terra, à medida que a legião tentava passar, grupos sucessivos e cada vez maiores de guerreiros também pularam, ávidos por ouro e matança.

O *aquilifer* caiu, mas Eggius segurou a águia com as duas mãos e tentou mantê-la erguida. Foi perfurado por uma lança anônima. Então o estandarte desapareceu na massa selvagem com o resto do saque.

XXVIII

— ABRAM OS PORTÕES — DISSE O CAVALEIRO — ARMINIUS DESEJA conversar.

Eles abriram e a cavalaria auxiliar entrou. Do lado de fora ainda restava um grande contingente de guerreiros a pé, principalmente queruscos, que tinha escolhido seguir seu líder em vez de participar do saque.

Como já acontecera antes, Arminius e eu entramos na frente dos demais, os cavalos andando calmamente. Sua armadura estava suja de sangue, seu escudo estava cheio de mossas. Seus cabelos estavam emplastrados de suor dentro do elmo e ele sentia todos os músculos formigando de esforço, mas se mantinha altivo. Altivo para a tarefa que, ele achava, viria a seguir.

Os legionários se postaram quase em sentido, olhando-o com desconfiança. Eram poucas centenas, nenhum com equipamento completo. Logo surgiu Caeonius, acompanhado de meia dúzia de veteranos que faziam as vezes de guarda de honra.

O comandante o cumprimentou como se fosse o general de um exército inimigo e Arminius devolveu o gesto de respeito. Desmontou e andou até ele.

— Deseja negociar, *praefectus*? — perguntou Caeonius. — Muito bem. Quais são seus termos?

O germânico franziu o cenho, balançou a cabeça.

— Não, comandante, você não entendeu. Vim até aqui para conversar, não negociar.

Caeonius deu um passo para trás, incerto.

— Estou ouvindo.

— Por que estou falando com você? — disse Arminius. — Onde está o governador?

Caeonius olhou para baixo.

E começou a rir.

— O governador! — ele conseguiu soltar em meio às risadas. — Depois de tudo, você veio para falar com o governador!

Arminius foi até ele, o segurou pela roupa, apontou a *spatha*. Desmontei, andei em sua direção e tentei prepará-lo.

— Irmin, você sabe que...

— *Onde está Varus?* — Arminius exigiu.

Caeonius deixou o riso morrer aos poucos. Olhou para ele sem medo da lâmina.

— Você quer Varus? — fez um gesto amplo, apontando para uma área aberta no acampamento. — Aí está Varus!

Arminius acompanhou a mão do oficial e enxergou um monte de terra e pedras.

— Meu amor, espere... — comecei.

Ele perfurou a garganta de Caeonius sem pensar. Largou a *spatha* presa ao cadáver gorgolejante, jogou o escudo no chão. Andou na direção do túmulo como um boneco.

Ele não tinha mais condições de dar ordens, então falei o que precisava ser falado. Sem gritar, porque eu seria ouvida de qualquer jeito e eles só esperavam uma desculpa para largar aquela farsa. Cada palavra me atingiu com o peso de meu crime:

— Cavalaria. Matem.

Enquanto a cavalaria auxiliar germânica e os guerreiros queruscos invadiram o acampamento pelo portão aberto, retalhando tudo que se mexia, roubando tudo que podia ter algum valor, vi o Psicopompo maior do que nunca, pairando sobre aquela terra com o dever enorme de arrastar todas aquelas almas. Ergui os braços, os cavalos e homens passando num tropel de morte a meu redor, e os tentáculos que ninguém vê se projetaram no destino.

Examinei cada futuro, cada possibilidade. Minha percepção se estendeu por Kalkriese, por Teutoburgo, por Osning. Vi a mim mesma, vi todas as vidas que poderia ter com Arminius, todas as mortes que nos aguardavam. Vi séculos no futuro, uma quantidade incalculável de bifurcações, mas todas envolvendo o país que tínhamos criado juntos. A Alemanha nasceu em Osnabrück, com a Batalha de Teutoburgo, porque marcamos o limite do Império Romano.

Roma nunca se estendeu a leste do Reno por nossa causa e assim se formou a divisão que deu origem a um país. Assim se formou sua língua, sua cultura, sua mentalidade, sua tristeza, sua capacidade para a violência, seus traumas, toda a tragédia que trouxeram ao mundo, toda a beleza. Existem muitos mitos de formação de nações, mas foi deste que participei.

E, entre todos aqueles futuros, achei um em que o Psicopompo, faminto e avassalado pelo banquete que oferecemos, trouxe consigo todas as almas que tinha reunido desde o começo desta história. Todos os que morreram em Osning, todos cuja morte alimentou Ithaqua e o Mecanismo do Destino. Existia uma possibilidade, talvez só uma, de que o cortejo dos mortos quisesse unir todos aqueles espíritos nas mesmas torturas, fazê-los reviver de novo e de novo os horrores que passaram aqui.

E, quando eles trouxeram as almas, eu as capturei.

O Psicopompo tentou se agarrar a suas vítimas num frenesi, mas nada podia contra mim. Um por um, meus tentáculos seguraram as almas já feridas e esfarrapadas. Trouxeram-nas para dentro de mim, enquanto eu negava ao cortejo também os que morriam naquele instante. Senti Ithaqua me notando, se mexendo em seu sono de morte, e continuei em minha ousadia. Senti os olhares dos outros yithianos enquanto os futuros mudavam com meu ato drástico. Os deuses prestaram atenção em mim, souberam em que tempo e em que lugar eu estava, souberam que tinham de novo um inimigo. Não mais uma guerra da Grande Raça de Yith contra as divindades, mas uma guerra particular minha contra deuses e contra yithianos.

Marcus Aius está em mim, Agnes, assim como Aulus Trebonius, Publius Quinctilius Varus, Mallovendus e todos os outros. Cada morte anônima que narrei, cada cadáver que citei de passagem. Eles estão em mim porque são meus. Vocês são meus, porque eu amo vocês como amei Arminius.

Meu amor estava de joelhos na frente da tumba. Cavou com as próprias mãos até chegar ao corpo meio queimado de Varus, começando a apodrecer. Arminius catou no chão uma arma qualquer e golpeou. Separou a cabeça do corpo e a levou ao peito num abraço de filho.

Ergueu-se, carregando a cabeça sob o braço, tanto um troféu quanto uma lembrança carinhosa. Seu rosto estava vazio, nulo.

Ele viu uma máscara de cavalaria no chão. Era um objeto cerimonial, usado por oficiais cavaleiros para desfiles e triunfos, para impressionar soldados e nobres. Uma face neutra de metal. Arminius a colocou sobre o rosto. Só o vi de novo quando tudo acabou.

— Desculpe, meu amor — falei. — Eu achei que isso iria acontecer, mas não tive coragem de dizer.

Ele não olhou em minha direção.

— Não se preocupe, Thusnelda — sem qualquer entonação na voz. — Ele precisava morrer. Nós sabíamos.

— Sinto muito, Irmin.

Ele tomou a cabeça nas duas mãos e olhou para ela. Tanto Varus quanto Arminius tinham olhos mortos.

— Eu também.

XXIX

A CABEÇA DO COMANDANTE EGGIUS FOI PREGADA NUMA ÁRVORE enquanto os germânicos gritavam e comemoravam. De volta à floresta sobre meu cavalo, tudo que eu podia ouvir eram as gargalhadas e uivos de uma festa macabra, tudo que eu podia ver eram corpos romanos sendo profanados.

Um vulto surgiu por entre as árvores. Maior que os outros germânicos, exalando cheiro de morte. O ar a seu redor zumbiu, a coisa exigindo ser temida. Exigindo sacrifício.

Não era um deus, não era nem mesmo uma criatura profana como eu. Era meu experimento, Agnes. Era o primeiro *berserker*, trazido à floresta pela fome.

Aos poucos os germânicos se voltaram para ele. Houve assombro, mas não silêncio. Em vez disso, um uivo emergiu do meio das árvores, então outro. Logo, o ar estava tomado pelos berros de todas as tribos e os guerreiros fizeram um círculo em volta do selvagem. Ele se postou no centro da carnificina e lhe trouxeram comida.

Dois germânicos se aproximaram, carregando o cadáver de um centurião. Comida com nome e história, comida que um dia tivera alma e lembranças. Depositaram o corpo aos pés do *berserker*. Minha criação urrou, aceitando o tributo, então se pôs a comer.

Os humanos reagem ao Mecanismo do Destino, reagem à presença de Ithaqua, e cedo ou tarde o cultuam. Não foi a primeira vez que uma emboscada e um festim de vilipêndio e canibalismo aconteceram para libertar a energia profana que existe aqui, mas com certeza nunca houve tantas vítimas. Os padrões, a repetição de atos ritualísticos, é algo que sempre irá mexer com o poder da Realidade.

Eu achava que não devia me importar, mas aquilo me encheu de tristeza — outra emoção nova. Qualquer ilusão que eu pudesse ter sobre a nobreza ou o altruísmo da Batalha de Teutoburgo se esfacelou quando vi o que os germânicos fizeram com os corpos dos invasores. Qualquer delírio sobre redenção de minha parte se estraçalhou quando o guerreiro do urso foi o centro da adoração e se banqueteou com carne humana. Em meio aos sacrifícios para a coisa faminta, havia pilhas de cabeças, corpos esfolados e presos em árvores, cadáveres com marcas de tortura horrenda, decorações bizarras feitas com os estandartes das legiões e os membros decepados dos romanos.

Talvez os romanos tivessem se controlado mais, caso a vitória fosse deles. Talvez sua disciplina tivesse agido em seu favor, mas duvido. Eles seriam iguais, ou quase. Não há heróis nesta história, Agnes. Só pessoas.

Fiz o cavalo parar quando enxerguei Segimer de pé, expressão soturna, junto a outros nobres e comandantes da tribo. Desmontei e fui até eles.

— Acabou? — perguntou o rei dos Queruscos.

— A última emboscada foi um massacre ainda maior do que esperávamos. Os poucos legionários ainda vivos estão sendo caçados.

— Onde está Arminius?

— Ele foi procurar a águia da Legião Peregrina — eu disse, com afeto na voz. — Apesar de tudo, ainda é romano.

Segimer olhou para baixo, balançou a cabeça. Caminhou para longe, passos lentos e alheios à gritaria. Chamou-me com um gesto e fui atrás dele.

— Você planejou tudo isso, não? — ele falou baixo. — Desde o começo.

— A maior parte — admiti. — Mas não tudo. Se fosse como eu havia planejado, seria bem pior.

Ele pareceu surpreso com minha franqueza, mas depois de um momento aceitou a resposta como demonstração de respeito.

— O mais estranho disso tudo — Segimer estava quase fascinado pela carnificina, quase contemplativo. — É que talvez seu pai tenha razão. Talvez fosse melhor abrir mão de nossa liberdade, fazer nosso povo passar fome, para que as próximas gerações desfrutassem da civilização de Roma.

— Você realmente pensa isso?

Ele não respondeu.

— Os romanos falam de imortalidade, de glória — Segimer continuou, quase para si mesmo. — E acho que quase ninguém na Germânia entende. Nós queremos ser admirados e temidos em uma vasta quantidade de terras. Eles querem ser lembrados por uma vasta quantidade de tempo. Acho que estão certos. Ser lembrado é melhor.

Olhei para ele, vi seus destinos se espalhando por uma malha de possibilidades.

— Você será lembrado, Segimer — eu disse. — Todos nós seremos lembrados.

E pelo menos minha promessa foi cumprida.

Maroboduus levava a águia da XVII Peregrina no ombro, como se fosse uma enxada. Era talvez o tesouro mais precioso obtido no saque e não fora difícil tomá-lo do guerreiro que o tinha tirado de Eggius.

Enquanto os outros reis se preocupavam com seu povo ou seus inimigos, Maroboduus aproveitava para enriquecer. Eu me arrependi das mortes que causei, Agnes, mas Maroboduus foi um arrependimento contrário. Eu devia tê-lo caçado em vez de rumar para a floresta, devia tê-lo matado quando tive chance. Maroboduus entrou e saiu desta história como e quando quis, e agora você verá por quê.

À volta, até onde ele conseguia ver, romanos mortos cobriam o chão. Germânicos também — seguidores da coluna das legiões, guerreiros de várias tribos, aproveitadores que só tinham chegado para o saque e tombaram numa luta por algum objeto precioso. Mas a lama estava tingida de vermelho com os uniformes e as capas do inimigo. Ele nunca vira tantos cadáveres de romanos juntos; talvez ninguém nunca tivesse visto. Era um feito extraordinário, uma vitória inacreditável. Arminius fora mais que um herói: seu sucesso não seria visto como nada menos que intervenção divina.

Por isso ele precisava morrer.

Os germânicos ainda estavam perseguindo os últimos legionários desgarrados em fuga, ainda estavam terminando de cortar a garganta dos sobreviventes misturados aos mortos quando o rei dos Marcomanni passou a se concentrar no novo inimigo. Arminius teria poder demais, seria idolatrado pelas tribos.

Maroboduus pensou que talvez fosse hora de se aliar de novo aos romanos.

O próximo grande líder romano provavelmente não seria tão fechado à situação da Germânia quanto Varus. Quem quer que fosse, poderia ser um bom aliado contra o inimigo em comum, assim como Arminius tinha acabado de ser. Maroboduus não precisava conjecturar; sabia que o Império teria sua vingança.

Ele começou a traçar a estratégia para os próximos anos enquanto se afastou do caminho estreito da emboscada e entrou no pântano. Logo estava sob uma cobertura de árvores que fazia o dia virar noite. A água viscosa chegava à cintura, mas o maior desafio era avançar pelo emaranhado de cadáveres. Alguns germânicos faziam a mesma coisa: sabiam que no pântano haveria mais corpos ainda não saqueados, mais tesouros a serem tomados. Os saqueadores furtivos surgiam e desapareciam atrás das árvores, nas sombras, nas áreas mais fundas.

O rei dos Marcomanni abriu um grande sorriso ao encontrar um corpo boiando de costas. Era um garoto nobre, tinha bom equipamento e vários objetos preciosos. Imediatamente começou a retirar os enfeites e as distinções, separar as partes mais valiosas da armadura. No pântano havia menos competição por espólios e ele tinha acabado de encontrar um tesouro pronto para ser tomado.

Tentou firmar a águia sob o braço, com medo de deixá-la encostada e perdê-la para algum ladrão rápido. Parecia uma criança avarenta ao segurar tudo que tinha saqueado e ao mesmo tempo usar as duas mãos para retirar a couraça do corpo jovem.

— Devolva a águia — Maroboduus ouviu atrás de si.

A voz de Arminius saiu abafada por causa da máscara cerimonial, mas era inconfundível. Ele estava a alguns metros de distância, mergulhado até as coxas no pântano, encoberto pelas sombras e troncos irregulares das árvores. Não levava escudo, mas tinha a *spatha*. Na mão esquerda, carregava a cabeça de Varus pelos cabelos.

Maroboduus largou a couraça e se virou devagar, a haste do estandarte firme na mão esquerda, a mão direita pronta para sacar um gládio que levava à cintura.

— Há tesouros para todos — Maroboduus tentou, com um sorriso perigoso.

Arminius chegou mais perto. A máscara lhe emprestava um jeito sinistro, era como um adorno fúnebre.

— A águia não é um tesouro a ser saqueado, Maroboduus. É algo sagrado e não é seu.

— Você ficou louco, Arminius! Bebeu tanto mijo dos romanos, cheirou tanto o fedor no meio das pernas de sua cadela que enlouqueceu! O que está levando aí?

— Devolva a águia — Arminius deu mais um passo, levou a mão livre à *spatha*.

Maroboduus largou o fingimento e sacou o gládio. Arminius fez o mesmo com sua lâmina.

— Você passou o dia lutando — disse. — Está ferido e exausto. E de qualquer forma só sabe lutar em cima de um cavalo. Vá embora antes que eu faça essa águia piar dentro do seu rabo!

— Talvez eu só saiba lutar em cima de um cavalo — a voz por trás da máscara metálica era fria, monotônica. — E você sabe lutar com um gládio?

— Venha descobrir.

Maroboduus abriu um sorriso de lobo faminto, mas isso era sua fachada em ação mais uma vez. Por dentro ele já possuía outro plano, uma estratégia em cima da estratégia.

Olhou a cabeça de Varus com cobiça.

— Esse é Varus? — perguntou.

— Esta é a cabeça do governador Publius Quinctilius Varus — Arminius proferiu com orgulho. — E você não tem caráter suficiente para pronunciar seu nome.

Maroboduus abaixou o gládio.

— Vamos fazer um acordo — ele disse. — Eu lhe dou a águia, você me dá a cabeça.

Arminius sentiu a fúria se acender em seu estômago mais uma vez. Maroboduus tratava os restos de seu pai como mercadoria.

— Isto não é um objeto para troca — rosnou.

— O que é mais sagrado? Esta águia bonita ou uma cabeça podre?

Arminius chegou perto, ergueu a *spatha* em posição de ataque. Maroboduus colocou o gládio na frente do corpo.

— Ajoelhe-se e peça perdão, então talvez eu o deixe vivo — disse Arminius.

— Você não vai fazer nada disso, fedelho traidor. Você se preocupa com honra, mas eu me preocupo comigo e com minha tribo. Se encostar em mim vou berrar, Arminius. Vou berrar como um porco sendo sangrado e todos vão ver você atacando um rei. Então as tribos vão lutar entre si mais uma vez! Está pronto para abrir mão de tudo que construiu aqui?

O *praefectus* hesitou.

— Por que quer a cabeça de Varus?

— Vou mijar em cima dela, depois usar o crânio como penico! Para mostrar ao espírito dele quem manda!

— Você não me engana mais, Maroboduus. Por que quer tanto a cabeça?

O rei dos Marcomanni estreitou os olhos. Notou algo logo atrás de Arminius, mas seu rosto permaneceu inalterado.

— Vou afogar seu papai na minha merda, romano.

— *Peregrina!*

Arminius soltou o grito de guerra, investiu contra ele com velocidade surpreendente dentro do lamaçal. Em um instante estava sobre Maroboduus com a *spatha* golpeando de cima para baixo.

Então sentiu a dor fina de uma linha se desenhando na parte interna de sua coxa, por trás. A perna fraquejou, ele errou o golpe. Seu sangue aqueceu a água do pântano e ele soube num instante que era o corte preciso de um gládio romano.

— Assassino! — urrou Marcus Caelius. — Como ousa falar o nome de uma legião?

Arminius se virou para trás, tentando entender o que acontecia. A perna atingida cedeu, ele se apoiou no lodaçal com o outro joelho e num instante sua visão foi tomada por metal decorado, seu mundo foi inundado de dor. Marcus Caelius bateu com o escudo em seu rosto, com toda força, antes que o germânico conseguisse ter reação. A máscara metálica protegeu de algum dano, mas o clangor de metal contra metal o deixou surdo e atordoado. Arminius piscou, mas estava meio cego com a sensação e a surpresa. Foi capaz de ver a ponta do gládio chegando rumo a seu rosto no último instante. Por instinto, soltou a cabeça de Varus, bloqueou a lâmina com o antebraço. Fez um corte feio que chegou ao osso, mas desviou a arma e recuou, ameaçando o novo inimigo com sua própria arma.

Ele ofegou, examinou a situação. Marcus Caelius estava a dois passos de distância, ileso, o escudo na frente do corpo e o gládio espiando pela lateral. Maroboduus, mais atrás, sorriu e começou a se mover para seu flanco.

— A batalha acabou — disse Arminius, engasgado de sangue. — Você ainda pode sair daqui vivo, Caelius. Basta que eu mande e o deixarão em paz.

— Vivo? — o centurião riu com desprezo. — Você sabe quantas vezes nós nos despedimos uns dos outros? Sabe quantas últimas bebidas tomamos? Sabe em quantas noites fomos dormir preparados para que aquela fosse nossa última?

Arminius recuou mais um passo. Ainda conseguia mover a perna, sinal de que não rompera nenhum tendão. Também não tinha atingido nenhuma artéria, ou a perda de sangue seria muito maior. Era um corte sério, mas não letal. Ele decidiu se manter submerso até a cintura, para esconder a ferida.

Maroboduus se moveu mais um pouco ao redor, circundando os dois.

— Morrer de verdade seria um alívio! — Caelius vociferou. — Quantas vezes um homem pode aceitar a morte? Quantas vezes pode repensar toda sua vida, antes que seu espírito vire um retalho e ele só deseje um fim?

— Se eu tivesse escolha...

— Você *tinha* escolha! — Caelius interrompeu. — Tinha muita escolha! Podia escolher o que quisesse, é uma criança mimada!

Marcus Caelius avançou, bateu com o escudo num arco, para tirar a *spatha* de Arminius da frente. Por um instante, o *praefectus* se viu aberto, desprotegido. Caelius estocou de cima para baixo, visando o pescoço. Arminius não teve escolha a não ser se jogar para trás.

Caiu de costas no lodaçal, se apoiou com o braço ferido. Estava engalfinhado num emaranhado de corpos e pedaços de equipamento. O centurião deu um passo decisivo, ergueu o escudo para atingi-lo com a borda metálica.

Com um reflexo felino, Arminius fez força com a perna ainda intacta, tomou impulso e se jogou para cima e para a frente. Escorregou por dentro da guarda do outro, entre o tronco e o escudo. Usou a *spatha* naquela posição desconfortável, golpeando de baixo para cima. O braço de Caelius ainda estava estendido, a axila estava vulnerável. Arminius sentiu a pressão da ponta da arma sobre tecido, pele, carne, quando penetrou fundo sob o braço do inimigo. Torceu a lâmina e puxou, causando um esguicho de sangue. Foi golpear de novo, mas Caelius o empurrou.

Arminius cambaleou para trás, batendo e desviando-se dos corpos.

O braço do escudo do inimigo pendia frouxo.

Maroboduus estava em seu flanco, a alguns metros, um pouco para trás, no limite de sua visão periférica.

— Você está errado — disse Arminius, tentando ganhar tempo para reagir ao rei dos Marcomanni. — Não fiz o que fiz porque não amo Roma ou a legião. Fiz o que fiz porque era a única maneira de preservar a Germânia e o Império.

— Não use meias palavras. Admita. O que você fez tem nome.

Maroboduus se aproximou com cuidado. Estava do lado esquerdo de Arminius, o lado do braço desarmado.

— Muito bem — disse Arminius. — Eu traí Roma, traí a legião, traí Varus porque, se não fizesse isso, iria perder meu berço ou meu lar. Hesitei até que tudo parecesse inevitável, mas se não tivesse feito isso seria muito pior.

— Diga isso aos homens que matou.

— Os homens que *sacrifiquei* — Arminius foi incisivo. — Vocês todos, nós todos fomos sacrifícios para criar algo.

Maroboduus deu mais um passo cauteloso, a arma à frente do corpo.

— E faria tudo de novo — Arminius grunhiu, então correu como pôde para a lateral de Caelius.

A perna ferida explodiu de dor e não teve força, mas ele se segurou num galho baixo e girou para chegar onde queria: o braço do escudo de Marcus Caelius, o braço que estava pendendo. O centurião se virou, mas Arminius agarrou a borda da proteção e a usou contra o próprio Caelius, jogando seu corpo para os lados, impedindo que ele golpeasse. Caelius deu um solavanco com o tronco para trás, tentando se soltar, mas Arminius não cedeu.

Maroboduus se moveu para trás do *praefectus*.

Então a voz do rei tomou o pântano:

— Centurião! — Maroboduus falou em latim. — Um passo para a esquerda!

Antes que Arminius conseguisse entender o que acontecia, Marcus Caelius reconheceu o aliado improvável e obedeceu. No meio da disputa com o inimigo, se moveu à esquerda. Maroboduus investiu com o gládio pelo outro lado às costas de Arminius.

O rei dos Marcomanni desferiu um golpe limpo, preciso, que cortou fundo o braço que não levava a *spatha*, o braço já ferido. Arminius foi forçado a largar o escudo, recuou desajeitado, golpeando a esmo para se proteger.

Caelius e Maroboduus se entreolharam. Agora estavam lado a lado, na frente de Arminius.

— Saia daqui, bárbaro imundo — rosnou o centurião.

— Sou imundo, mas mais imunda é a alma de Arminius! — Maroboduus respondeu em latim. — Não quero matá-lo, romano. Não quero nem seus tesouros. Só quero a cabeça do governador.

Caelius pensou por um momento.

— Faça bom proveito dela. Ele era um fraco.

Maroboduus riu alto.

Arminius estava trêmulo e confuso. O braço ferido pendia, inútil. A perna estava cada vez mais dolorida. Ele estava perdendo a força rápido. Mas acima de tudo estava atordoado com as ações do rei dos Marcomanni.

— Você é um imbecil, Arminius — Maroboduus disse em latim. — Acha-se um estrategista, mas não se preocupou em conhecer seus aliados! Bem se vê que aprendeu com Varus! O idiota me convidou para seu jantar de merda sem saber que eu era um favorito do próprio Imperador!

Gelo tomou o corpo de Arminius. Num instante ele montou as peças. Maroboduus sempre sabia o que dizer. Maroboduus usava expressões em latim. Maroboduus fez um enorme teatro sobre seu desgosto por vinho.

— Conheci Augusto muito antes que você pisasse em Roma! — Maroboduus se deleitou. — Mas você é especial, é o grande escolhido, por isso não se preocupa com os outros que fizeram a mesma coisa! Vocês todos são imbecis. O único risco para mim era Segestes, e vocês o desprezavam!

Caelius prestou atenção ao nome familiar.

Arminius fixou o olhar no centurião.

— Não confie nele, Marcus Caelius. Você pode me odiar, mas sabe que sou um soldado. Maroboduus é só um mentiroso.

— Você não é um soldado — o romano grunhiu. — Não teria durado uma estação em minha centúria.

O rei dos Marcomanni de novo se moveu devagar para o flanco de Arminius.

— Varus não conhecia *nada* sobre a Germânia! Se conhecesse, saberia que vivi perto de Roma quando era garoto! Varus não servia para nada em vida, mas servirá na morte!

Arminius quis retrucar, mas não podia deslocar a atenção de Caelius. A verdade é que ele nos enganou. Varus, por mais que fosse um político hábil, se deixou levar pela aparência de Maroboduus e não lembrou de nenhum relato sobre o rapaz que tivera contato com Augusto. A história de Maroboduus não era tão diferente da história de Arminius: depois da derrota de sua tribo, foi levado à Itália. Não se tornou oficial, mas rei. E, de resto, sempre entendera tudo que os dois lados falavam, sempre estivera pesando em quem confiar, a quem se aliar.

Então Maroboduus correu e saltou.

Arminius se jogou, tentando não expor seu lado mais vulnerável. Caelius fez menção de avançar e atacar, mas teve cautela quando viu a ponta da *spatha* apontada em sua direção. Arminius estava com metade do corpo mergulhada no lodaçal, sustentando-se com uma perna, tentando traçar uma estratégia. Arriscou um olhar rápido para Maroboduus.

O rei dos Marcomanni se ergueu do bote segurando a cabeça de Varus pelos cabelos.

— É minha agora! — ele riu. — Uma cabeça de governador tem muitos usos!

— Caelius — Arminius apelou, ofegante. — Não deixe que ele leve a cabeça de seu comandante.

— Não era meu comandante.

Maroboduus gargalhou

— Não se preocupe, Arminius — vociferou o rei. — Não vou cagar no crânio de seu pai. Não me interessa humilhá-lo, só me interessa o que é útil! É por isso que sempre saio ganhando.

Maroboduus andou para trás, por entre os cadáveres e a lama, carregando a cabeça e a águia.

— A águia... — Arminius começou.

— É um destino merecido para sua pocilga, traidor.

Maroboduus estava com o gládio embainhado, mas nenhum dos outros dois ousou se mover contra ele. Então, quando achou que estava seguro, o rei dos Marcomanni virou as costas e correu, chapinhando no pântano, até sumir por trás das árvores.

Arminius foi tomado por um vazio ao notar que o inimigo tinha vencido.

Marcus Caelius aproveitou um instante de distração para atacar.

Marchou tão rápido quanto pôde, enquanto Arminius fez força para se erguer. Usando apenas o tronco, o centurião fez um movimento amplo com o escudo, acertou um golpe forte com a borda metálica, atingindo o queixo do outro. A cabeça do *praefectus* foi jogada para trás, sua máscara voou. Ele completou o movimento às cegas; ficou de pé enquanto Caelius ofegava e se recuperava do esforço.

— É verdade, não? — perguntou o romano.

— O quê?

— Marcus Aius. Você o matou a sangue frio.

Arminius assentiu devagar.

— Você matou Aulus Trebonius e sua patrulha — o centurião continuou as acusações.

— É verdade — ele admitiu.

— Você e Thusnelda fizeram um ritual para a queda do Império.

— Sim. Você quer a verdade? Sim, Marcus Caelius. Assassinei o noivo de Thusnelda num ritual! Matei seus legionários com as mãos nuas, tomado pela fúria! Planejei a derrocada de Roma!

Arminius moveu o único braço que ainda era útil, o braço da *spatha*. Arriscou-se ao ficar vulnerável, mas colocou a mão sob a couraça. Puxou o fecho de capa de Marcus Aius. Jogou-o na direção de Caelius.

— Você tinha razão! — disse Arminius. — Você é o herói de qualquer história que tenha contado para si mesmo, mas nações não precisam de heróis!

— E de que precisam?

— Precisam de gente como eu.

Arminius investiu de surpresa, mas desta vez a perna o traiu. Ele caiu no meio de um passo, Caelius ergueu um pé e desferiu um chute de frente na testa do inimigo, como se abrisse uma porta trancada. O elmo ficou amassado.

O *praefectus* caiu na frente de Marcus Caelius, sobre mãos e joelhos.

Tão rápido quanto pôde, ergueu a *spatha* numa estocada.

Marcus Caelius golpeou com o gládio para baixo.

— *Peregrina!*

— *Vigilax Canis!*

Naquele momento, eram absolutamente iguais. Dois legionários com armas romanas, mente romana, lutando em território estrangeiro. E o resultado poderia ter sido qualquer um. A história continuaria a mesma, a Alemanha continuaria existindo, tudo continuaria igual. A única diferença seria alguns anos a menos com o homem que amei.

A *spatha* de Arminius entrou fundo na virilha de Marcus Caelius. A quantidade de sangue que saiu do ferimento mostrou que ele tinha acertado o lugar exato. O gládio resvalou inofensivo na couraça.

Então caiu no pântano.

O centurião amoleceu e desabou, espirrando lama fétida para todos os lados.

Arminius se debruçou sobre o inimigo. Não odiava Marcus Caelius. Naquele momento, queria mais do que tudo que os dois se unissem e partissem para caçar Maroboduus.

A cabeça tomada de dor, ferimentos horríveis sendo infectados pela sujeira do pântano, Arminius sentiu os olhos cheios d'água por causa de uma memória. Tudo que ele desejava era andar em formação e esmagar os inimigos de Roma.

Segurou o centurião moribundo nos braços, subitamente tocado por seu valor e sua determinação. No fim, Marcus Caelius fizera tudo certo. Nunca cometera um erro.

O romano olhou para um ponto vago à distância. As pálpebras penderam, a fagulha de vida se apagando rapidamente.

— Desculpe, centurião — Arminius sussurrou. — Estou aqui para ouvir suas últimas palavras.

O centurião *primus pilus* Marcus Caelius da Legio XIX Vigilax Canis abriu a boca. Com um último fôlego fraco, disse:

— Eu o amaldiçoo. Traidor, você morrerá traído.

III

AINDA TIVEMOS ALGUNS ANOS, AGNES, E FORAM ANOS DE FELICIDADE e de tragédia, como é qualquer vida humana. Houve acontecimentos grandiosos, mas nenhum deles foi tão importante quanto minha simples existência com Arminius. Todas as vezes que conversamos, deitamos juntos, brigamos. Eu fui plenamente, pateticamente humana. Fui inundada pela pequenez de suas vidas e quis ter dentro de mim cada vez mais de vocês.

Voltei a Oppidum Ubiorum para recrutar meu irmão para nosso lado e consegui. Segestes me "prendeu" e foi divertido lutar ao lado de Arminius para que ele me "resgatasse" — ou, como dizem os livros de história, me "raptasse". Eu poderia ter feito tudo sozinha, mas não fiz porque era melhor fazer com ele. Os romanos voltaram à Germânia para vingar suas legiões, mas nunca mais ousaram formar uma colônia deste lado do Reno. Quanto mais o tempo passou, mais clara se tornou minha visão deste país. Julgue-me como quiser, mas não se pode negar que a Alemanha nasceu neste pedaço de terra esquecido, sobre o qual ninguém fala.

Maroboduus foi nosso grande inimigo e eu devia tê-lo matado quando tive chance, mas as coisas não funcionam assim. Ele usou a cabeça de Publius Quinctilius Varus. Não para espezinhar do inimigo, mas para fazer um aliado.

Maroboduus enviou a cabeça a Roma.

Ele dizia, e a história registra, que Arminius deu a ele o troféu, mas os restos do pai de meu marido nunca foram um troféu. E ele dizia que enviar a cabeça aos romanos era um gesto de escárnio, mas sabemos que ele nunca fez nada por mero escárnio. Era, sim, um tributo, uma demonstração de boa vontade. Roma poderia oferecer ao governador os ritos que achasse necessários.

E Maroboduus se aliou a Roma contra nós. Fez guerra aberta contra Arminius, mas foi derrotado e precisou se proteger com os romanos. Foi uma serpente até o fim e foi o responsável indireto pela morte de meu amor.

Mas antes disso eu mesma fui capturada e levada a Roma. Vi futuros em que poderia ter escapado, em que poderia ficar mais alguns anos com meu marido, mas todos esses futuros levavam à perda do que eu carregava em meu ventre.

Eu e Arminius tivemos um filho, Agnes. Dei à luz em cativeiro, como escrava. Talvez nunca um yithiano tenha passado por isso, mas eu dei à luz um menino, eu criei uma vida humana e nada nunca será mais extraordinário para uma criatura como eu. Eu o batizei como Thumelicus e o amei como nunca pensei que poderia amar algo. Talvez eu ainda fraquejasse, talvez ainda tomasse a decisão fácil de ir para o lado fácil e me aliar de novo à Grande Raça de Yith, mas nunca depois de uma gravidez e um parto. Isso me transformou.

Eu e Arminius nunca mais nos vimos. Ele nunca foi derrotado em combate. Morreu assassinado de forma traiçoeira, por homens de nossa própria tribo comprados por Maroboduus. Foi preciso todo meu poder para que, desde o cativeiro, eu estendesse meus tentáculos até ele, tivesse algum contato ao longo dos anos e, por fim, arrastasse sua alma para dentro de mim, onde ele existe até hoje com Thusnelda e Varus.

Eu poderia ter deixado o corpo de Thusnelda a qualquer momento, mas não quis. Quis ser humana, experimentar o horror que os humanos sofriam, assim como as maravilhas.

Durante muito tempo, fui totalmente egoísta e não me arrependo. Todas as minhas capacidades de distorcer e escolher os futuros foram usadas para que Thumelicus sobrevivesse por alguns anos, tivesse alguma felicidade. Ele foi treinado como gladiador e obteve glória, até que as possibilidades acabaram e ele morreu na arena.

Foi então que desisti. Arminius estava morto, Thumelicus estava morto, não fazia mais sentido estar viva. Deixei de manipular o futuro e morri nas mãos de meus senhores romanos, como punição por alguma ofensa real ou imaginária. Meu algoz era alguém irrelevante. Minha morte não importa como minha vida importou.

E é por isso, Agnes, que amo a humanidade. Por isso eu peço que confie em mim. Não porque tenho qualquer ética ou moralidade como os humanos entendem. Mas porque criei duas coisas, meu filho e a Alemanha, e depois disso não consigo mais conceber a destruição de todos vocês.

Porque amei um homem, e porque ao lado dele triunfei como nunca ninguém triunfou.

As três legiões que derrotamos foram extintas. Seus números nunca mais foram usados e seus nomes são até hoje desconhecidos.

Causamos pesadelos ao Imperador, fizemos o deus vivo se ajoelhar. Augusto morreu pouco tempo depois. E antes de sua morte podia ser visto nos corredores do palácio, com cabelo desgrenhado e barba comprida, sujo e enlouquecido. Ele batia a cabeça nas paredes de mármore, Agnes, ele clamava pelo que Arminius tirou dele. Ele pedia de volta o sacrifício que fizemos para Osning, o sacrifício que alimentou o Mecanismo do Destino e fez com que este lugar para sempre decidisse guerra e paz, união e divisão.

Ele suplicava para um morto.

— Varus! — o Imperador implorava. — Devolva minhas legiões!

Despersonalização
Osnabrück, Alemanha Ocidental, 9 de novembro de 1989

J

— A DECISÃO É SUA — DISSE TRISTANO. — VOCÊ, COMO HUMANA, deve julgar se meu amor é verdadeiro.

A noite já ia alta. Jesus Cristo estivera calado, e não por intervenção de Agnes. Por enquanto, não era mais a voz constante e exigente que havia se mostrado desde que ela estivera sob a mira do revólver de um monstro. Por enquanto Jesus era como antes: permitia que pensasse sozinha, fizesse suas próprias escolhas.

Mas ela não sabia o que escolher.

— Você não tem muito tempo — o padre insistiu. — Não sei como fez isso, mas me arrastou para uma linha de destino em que concordei em falar por horas enquanto não sabemos o que acontece em Berlim. E fez uma emboscada, completou mais uma parte do ritual. Falta apenas mais um ato, Agnes. Só o canibalismo, a oferenda para apaziguar Ithaqua, então o Mecanismo do Destino vai funcionar de novo, sob o controle deles.

Agnes ficou medindo-o. Vê-lo assim vulnerável, prostrado e fraco entre as árvores, sob o céu noturno sem estrelas, provocava uma simpatia estranha. A criatura acabara de confessar um massacre, descrevendo-o como um ato de amor, e ainda assim havia uma conexão entre os dois. Ela não teve nenhuma dúvida de que ele estava falando a verdade. Como notara antes, era amor que ele sentia — o amor de um monstro.

Agnes lembrou de Ernst Hoffman matando a ex-esposa e afirmando que era um ato de amor.

— Algo não faz sentido — ela disse. — Se os yithianos temem tanto o deus que está sob esta terra, como manipulam a energia daqui?

Tristano não evitou um meio sorriso. Era a primeira vez que ela falava sobre a Realidade, seus deuses e suas entidades, como uma certeza. Soube que ela estava evoluindo. Agnes não era como Javier.

— Yithianos são cientistas — ele respondeu. — Devem ter descoberto ou inventado algo novo.

Agnes pensou nas histórias de Tristano. Se tudo era mesmo verdade, "cientista" era uma boa forma de descrevê-lo, ainda que fosse um cientista profano e sua cobaia fosse a própria história humana. Ele inventara a morte, desenvolvera um ritual para usar o poder de um deus sem despertá-lo, criara um meio de selar a geografia sagrada.

— Eles demoraram 700 anos para ousar me enfrentar — o padre continuou. — Na época de Carlos Magno, usaram o poder da terra para tentar impedir que eu selasse o Mecanismo, mas não fizeram nada com ele. Então esperaram mais 1.000 anos para abrir os selos e, mesmo assim, não tiveram coragem de fazer isso perto de Ithaqua. Demoraram mais um século para pisar aqui. Não sei o que mudou, mas agora eles têm alguma forma de manipular esta energia sem atrair a atenção do deus.

— E você acha que pode descobrir o que é essa nova técnica?

— Depois — ele deu de ombros. — Por enquanto, o essencial é fechar os selos. A colina que é a tumba de Ithaqua já bebeu sangue, já houve o trajeto pelo caminho estreito seguindo uma linha energética, então a emboscada. Se eles conseguirem forçar humanos a cometer canibalismo, não vejo como deter o sacrifício atômico.

Era uma enxurrada de conceitos naturais e familiares, que ela aprendera há menos de um dia. Mais uma vez, Agnes teve a sensação de que nascera naquela manhã.

— E então? — Tristano perguntou. — Você acredita no meu amor?

— Se você fala a verdade, o que aconteceu uma vez vai acontecer de novo.

— Isso é um sim ou um não?

Agnes estendeu a mão e o ajudou a se levantar.

Ele ficou de pé e se apoiou nos próprios joelhos. Apenas aquele esforço já era demasiado, demorou quase um minuto para recuperar o fôlego.

— Agora quem está cheio de dúvidas sou eu — ofegou o padre.

— Você disse que não temos mais tempo.

— Há mistérios demais aqui. Eu não acho que seja prudente continuar sem entender o que aconteceu.

— Você me obrigou a continuar sem entender nada o dia inteiro.

— Mas pelo menos um de nós tinha as respostas.

Ela sustentou o olhar, mal discernindo suas feições na escuridão.

— Como você conhecia o ritual do exorcismo, Agnes?

— Sou uma noviça — ela disparou sem hesitação.

— Noviças eram treinadas em exorcismo em seu convento?

— Você não tem direito de me interrogar. Você mesmo disse, a juíza agora sou eu.

Ele fechou os olhos. Sentiu uma saudade melancólica e esmagadora das almas que tinham escapado durante a tentativa de exorcismo. De uma forma muito literal, ele tinha perdido parte de si mesmo. Personalidades que estavam com ele há dois milênios tinham se desgarrado apenas para serem destroçadas, perdidas para sempre. Acessando os sentimentos de espíritos que ainda estavam em seu interior, Tristano sofreu a mesma dor que um humano sofre quando um bicho de estimação foge e morre atropelado. Eles não viam como o cativeiro era um ato de carinho.

— Não é um interrogatório, é amizade.

Agnes fez uma careta de desgosto.

— Quero saber mais sobre você — ele disse. — Você sabe tudo sobre mim. Eu sou a criatura e você é a humana, mas todo o mistério é seu.

— Por que então não invade minha mente? — em tom acusatório. — Como fez com Trudi Gossler? Você pode tomar o que quiser de qualquer um.

— Nunca faria isso com você, Agnes.

— Por que não? Você ia me possuir!

— Apenas quando precisasse. Satisfazer minha curiosidade não é razão suficiente para cometer um ato de violência como esse. Talvez eu precisasse de sua inteligência, de seu potencial, mas não *preciso* conhecê-la melhor. Quero, mas não preciso.

Ela balançou a cabeça.

Lembrou a si mesma do nome daquela coisa. Era uma coisa, não um homem. Seu nome não era Tristano, era Masmorra ao Redor do Destino. Ele justificava atrocidades num tom que as fazia parecer razoáveis. Isso era uma violência por si só.

— Vamos começar do começo — Tristano continuou. — Você lembra de algo? Qualquer coisa do passado?

Ela respirou fundo. Também queria saber sobre si mesma. Se nem Jesus fora capaz de responder, talvez um demônio conseguisse.

— Eu lembro do que contei para você — ela respondeu. — De sonhar em ser freira, de achar que era livre no convento. De fugir durante o evento de caridade.

— O que lembra de sua infância?

Ela apertou os olhos. Por que aquilo era tão difícil?

— Eu quero ajudá-la, Agnes. Quero saber por que você tem mais destino do que Carlos Magno ou Arminius. Quero saber como conhecia Don Azaghal e o rito do exorcismo. Quero saber como foi capaz de me forçar a um futuro específico. Mas, mais do que tudo, quero que você realize seu potencial. Isso só pode acontecer se uma guerra nuclear não destruir a civilização humana.

— Quanto mais você souber de mim, mais fácil será me dominar.

— Fui eu que lhe ensinei isso. Se duvida de minhas motivações, com certeza deve considerar a possibilidade de que eu estivesse mentindo desde o começo.

Ele não estava mentindo. Talvez fosse mais confortável pensar que estivesse, que todos aqueles atos fossem invenções ou exageros. Mas não estava mentindo. Pelo menos esta certeza havia.

— Não consigo lembrar de nada — Agnes balançou a cabeça.

— Deve haver algo, qualquer coisa de sua infância. Um detalhe. Uma amiga. Um brinquedo.

Uma imagem tomou a mente dela, nítida e súbita. Uma impressão estranhamente específica, perdida numa sensação vaga, como a lembrança de um sonho.

— Lembro de um desenho animado.

— Qual desenho? Fale mais.

— Era violento demais para minha idade. Eu assistia escondida.

— Continue.

— Um herói num avião. No meio de uma guerra. Sua esposa tinha morrido. Ele carregava um retrato dela.

— O que você sentia ao ver isso? Onde você estava?

— Não sei. Só lembro do herói em sua guerra.

— Qual guerra, Agnes?

Então a certeza explodiu dela:

— A Guerra Sino-Soviética. As freiras achavam o desenho de mau gosto. Diziam que era propaganda russa.

Assim que as palavras deixaram seus lábios, ela já não reconhecia mais parte da lembrança. O nome do desenho estivera na ponta da língua, mas escapou assim como chegou e, em um segundo, ela achou que inventara tudo. Qual sentido fazia uma menina no sul da Alemanha Ocidental ver um desenho soviético?

Tristano olhava para ela com seriedade total.

— Agnes — ele disse, com calma. — Essa guerra nunca aconteceu.

Por que está pensando em futilidades infantis?, a voz de Cristo interrompeu. *Ele está tentando enredá-la em sua teia de mentiras.*

O instinto imediato de Agnes foi se agarrar ao que Ele dizia, segui-Lo sem questionar. Mas, mais uma vez, pensou que o Salvador não dava respostas. E, fosse o que fosse, o discurso do yithiano não era mentira. Ela falou por cima da voz, tropeçando nas palavras:

— Era um desenho animado. Claro que era uma guerra de mentira.

— Não foi isso que você falou — Tristano prosseguiu com cuidado, como se estivesse chegando perto de um animal acuado. — Você disse que as freiras achavam o desenho de mau gosto porque era propaganda.

— Eu era criança. Posso estar confundindo.

— Agnes, por que um desenho animado soviético seria exportado para o Ocidente?

— Talvez não fosse produzido lá! Por que estamos falando disso?

Mais uma vez, quando as palavras saíram de sua boca, ela não as reconheceu. Ela queria mais do que tudo saber sobre si mesma, conhecer seu passado. Não fazia sentido que questionasse por que discutiam aquilo.

— O que quer que você esteja lembrando, não é uma vida passada, como imaginei antes.

Reencarnação e feitiçaria, disse Jesus. *Heresias de um apóstata.*

— Continue lembrando — Tristano incentivou. — Deve haver algo a mais.

— Você não estava com pressa? O ritual não era a coisa mais importante do mundo?

— Já disse, precisamos entender isso. Estou em terreno desconhecido, não posso ignorar o que está em minha frente. Você está ligada a tudo que acontece aqui, Agnes. Não nos encontramos por acaso.

Mais uma imagem dominou sua mente. Uma paisagem pintada em tons pastel. A sensação de que ela não conseguia tirar os olhos da tela, porque era muito feia.

— Havia uma pintura no escritório da Madre Superiora.

— Continue.

— Era horrível. Eu não conseguia parar de olhar. Como um acidente de carro.

— O que estava pintado?

— A Madre reparou que eu ficava encarando a pintura — Agnes ignorou a pergunta. — Achou que eu gostava. Então, quando o artista veio visitar o convento, fui uma das escolhidas para recebê-lo.

— Quem era o artista?

— Ele era muito velho. Mal conseguia andar. Quando apertou minha mão, vomitei. Não sei por quê. As freiras ficaram furiosas. Fiquei de castigo um mês.

— Quem era o artista?

— Um pintor austríaco. Sua mão era fria e enrugada. Eu podia sentir seus ossos por baixo da pele. Ele sorriu para mim de um jeito faminto.

— Quem era o artista, Agnes?

— O nome dele era Adolf.

Não, isso é mentira. Ele está colocando lembranças falsas em sua mente.

Ela não ouviu a objeção de Jesus. Tapou a própria boca, como se quisesse capturar e engolir as palavras. O absurdo e a perversidade causaram enjoo. Agnes pensou que era parecido com o enjoo que ela sentira ao apertar a mão do pintor, mas isso não fazia sentido, então escolheu abafar o pensamento. Sua mente estava zombando do massacre de milhões de inocentes. Era pior que um pensamento herético.

— Algo está colocando essas memórias em você — disse Tristano. — Algo ou alguém.

— Isso é uma linha de tempo paralela? — ela perguntou, com medo. — É outro mundo?

— Não existem linhas paralelas. Não existem outros mundos. Quando pulamos de um futuro a outro, as possibilidades deixam de existir. Pode ter certeza, Agnes, se houvesse um universo em que esse humano fosse apenas um pintor medíocre, eu faria tudo para torná-lo o único.

— Então estou criando tudo isso.

— Você sabe fazer coisas que nunca aprendeu, está lembrando de algo que nunca existiu. Tem um poder que nenhum humano possui. Isso não é acaso. De alguma forma você tem um papel no Mecanismo do Destino, mas é algo que não entendo.

Repleta das impressões de uma infância impossível, ela se sentiu pequena.

— Me ajude.

— Estou tentando, minha filha. Mas você tem um poder que não compreendo.

— Nada mais faz sentido! — Agnes fechou os punhos numa fúria desfocada. —Nesta manhã vi um homem morrer, há poucas horas matei outro. Estou alucinando e inventando memórias! Ouvi blasfêmias de sua boca, ouvi histórias absurdas de que você tentou ajudar a humanidade cometendo um massacre. E vi o que fez com uma mulher inocente!

— Não são blasfêmias, Agnes. É só uma verdade que lamento muito.

— Você me narrou seu próprio Gênesis! Não sei se é louco ou um herege!

— Não faltam loucura e heresia dentro de mim. Mas isso não é nem uma nem outra. Eu preferia que fosse.

— *Eu não tenho passado!* — ela gritou. — *Por quê?*

Tristano respirou fundo.

— Isso — deu um passo na direção dela — eu não sei.

Agnes levou as mãos ao rosto e extravasou sua frustração num berro dolorido. As linhas de destino se espalharam, mais uma vez explodindo para todos os lados.

Sentiu as mãos de Tristano em seus ombros e não resistiu. O padre a puxou para um abraço paternal. Ela relaxou. Pensou nos momentos no trem, na caminhada lenta sob o céu nublado da manhã. Sobre o mendigo na igreja. Houvera momentos de conforto com Tristano. E, quando houve perigo, ele a protegera. Talvez houvesse nele boa intenção, apesar de tudo.

Os músculos de Agnes demonstraram a dor depois de horas e horas de tensão e cansaço. Houve calmaria. Enquanto estava envolvida pelos braços possantes, não pensou em imagens sem sentido, não ouviu nenhuma voz.

— Agnes — ele disse com cuidado. — Como você foi capaz de falar tudo aquilo para o sequestrador?

O momento se espatifou. Tristano falava em ajudá-la, mas queria uma ferramenta, queria conhecê-la porque era útil. Não queria seu bem-estar, queria seu poder. Agnes o empurrou e se desvencilhou do gesto de carinho.

— Não — ela disse, com calma gélida. — Você disse que queria me ajudar, então pare de exigir coisas de mim.

Ele assentiu.

— Meu melhor palpite é que você esteja lembrando do futuro, mas isso seria otimismo, porque significa que há um futuro. E não explicaria sua lembrança sobre Hitler. Existe outra explicação, eu só não sei qual é.

Agnes deixou uma grande quantidade de ar sair dos pulmões. A demonstração de vulnerabilidade foi um alívio maior do que ela esperava. Mais uma vez, sentiu simpatia pelo monstro, antes de lembrar a si mesma do que ele fizera.

— Por que você fez aquilo com a senhora Trudi?

— Por que está falando disso agora?

— Responda.

Ele deu de ombros.

— Foi um gesto de amor — disse.

As palavras desceram sobre ela com um desconforto vagaroso.

— Ela me fez fazer aquilo — Tristano completou.

Mesmo sem memórias de si, Agnes teve uma reação primordial. Ao longo da história aquelas palavras eram usadas por tiranos. Tiranos que dominavam impérios, tiranos que dominavam uma casa.

Ouça as palavras do inimigo, Agnes, disse Jesus. *O amor dele é falso.*

11

JÁ ERAM MILHARES DE PORCOS SELVAGENS. PORCOS SELVAGENS até onde a vista alcançava, uma multidão compacta fazendo barulho e pressão contra o posto de controle de fronteira.

— Nós somos o povo! — eles não cansavam de gritar. — Nós somos o povo!

Harald Jäger sentiu a cabeça latejar no ritmo do cântico da multidão. Sentiu uma ardência funda a partir do estômago, subindo até a garganta. Imaginou se era estresse ou câncer.

Ou fome, pois o sanduíche que seria seu jantar ainda estava quase inteiro, esquecido num prato em uma mesa qualquer.

Ele estava sentado numa cadeira, por um minuto longe da vista dos manifestantes, ainda que perto de seus gritos. Tinha a cabeça apoiada nas mãos, as palmas tapando os olhos, como se aquilo pudesse fazer a situação desaparecer. Ouviu alguém limpando a garganta e se colocou de pé. Um guarda de fronteira estava ali, esperando. Jäger começou a ficar constrangido, pensando há quanto tempo aquele rapaz estava observando-o em seu esconderijo, mas estava além da vergonha.

— Fale — disse, ignorando o protocolo.

— Camarada Jäger — começou o guarda — os manifestantes não param de chegar. Eles ouviram na TV que os portões estão abertos. Também corre um boato de que as delegacias estão autorizando passagem.

A azia voltou, desenhando uma linha de ardência forte tronco acima. Se Harald Jäger acreditasse em Deus, acharia que Ele tinha decidido puni-lo naquele dia. Não só as próprias células de seu corpo tinham se voltado contra ele mesmo; o aparato do Estado parecia trabalhar ativamente para tornar sua vida um inferno. Já estava de serviço há mais de 16 horas, tinha outras 8 pela frente. E, naquelas condições, mesmo que quisesse voltar para casa, não conseguiria. A multidão não respeitava sua autoridade e a cada minuto aumentava a chance de que ficasse violenta.

— Vocês estão em risco de vida? — perguntou.

— Não sabemos — o guarda respondeu com sinceridade.

Ele controlou um suspiro.

— Como pode não saber, guarda? — a paciência de Jäger estava acabando.

— Se eles estivessem fazendo ameaças ou jogando pedras, saberíamos que existe risco. Se estivessem longe, saberíamos que não existe. Mas eles estão sobre nós, camarada. São muitos. Se só um deles tomar a decisão de agarrar uma de nossas armas...

A instrução que Jäger recebera no início daquilo tudo reverberou em sua mente. "Se houver qualquer desordem, atire". O que era desordem suficiente? O que era risco de vida?

Jäger ignorou o guarda e pegou o telefone mais uma vez. Discou o número do coronel que era seu superior, passou pelo curto labirinto de funcionários até conseguir acesso a ele.

— O que foi desta vez, Jäger? — o coronel latiu.

Ele engoliu o orgulho junto à azia. Não era hora de deixar que qualquer brio pessoal interferisse com o funcionamento do posto.

— Camarada Ziegenhorn — Jäger se forçou a ser polido — a situação está cada vez pior. Agora a TV e a polícia...

— Eu tenho um aparelho de televisão, Jäger — o Coronel Ziegenhorn cortou. — Mais alguma coisa?

— São milhares — disse Harald Jäger, na tentativa de que aquele fato simples fosse suficiente. — Milhares de manifestantes.

Ziegenhorn conseguia ouvir os gritos rítmicos no fundo. Ficou calado por um tempo.

— Nada mudou — foi sua resposta. — Continue seu turno de forma normal.

Harald Jäger nunca conseguiria descrever a emoção que sentiu naquele momento. Não era raiva, não era frustração ou mesmo indignação. Ele pareceu flutuar para fora do próprio corpo, olhar tudo de cima. Continuar o turno de forma normal. Era uma ordem tão absurda que não aceitava nenhuma reação lógica. Ele quase preferiria que seu superior tivesse ordenado abrir fogo.

— Camarada... — Jäger tentou argumentar.

— Quantas vezes já me ligou esta noite, Jäger? — o coronel explodiu. — Parei de contar depois da décima! Você tem décadas de experiência nesse posto! Faça o que sempre fez!

O apito no telefone indicava que Ziegenhorn tinha desligado em sua cara.

Ele fingiu que nada havia acontecido. O guarda fingiria que nada havia acontecido. De certa forma, estavam sendo treinados para esse tipo de fingimento há anos. Jäger discou outro número. Apenas um toque e alguém atendeu.

— Camarada Vogel? — disse Harald Jäger, a título de cumprimento.

Vogel era o oficial sênior no posto de controle de fronteira na Invalidenstrasse. Se os superiores não davam nenhuma informação, talvez os colegas fossem mais prestativos.

— Como estão as coisas aí? — Jäger perguntou.

Não precisava de resposta. A gritaria no fundo, que se confundia com a gritaria em seu próprio posto e abafava a voz no telefone, já era um retrato suficiente.

— Chamamos reforços armados — disse Vogel.

O estômago de Harald Jäger revirou.

— Acha que... — começou a perguntar, mas o outro interrompeu, ansioso para descarregar o que estava em sua mente.

— A esta altura, poderíamos colocar as armas em modo automático e atirar de olhos fechados — disse Vogel.

Eles tinham as armas. Bastava apontar e atirar.

— Vocês estão em risco de vida? — Jäger perguntou.

Silêncio.

Reforços armados não eram chamados para situações de paz.

— Boa sorte, Camarada Vogel.

— Boa sorte, Camarada Jäger.

Desligou mais uma vez, mas manteve a mão sobre o telefone. O cântico do povo explodia num ritmo contínuo. Apenas fechar os olhos e atirar.

Discou mais um número.

— Camarada Schreiber?

— Jäger! — o homem do outro lado tinha ainda menos capacidade para protocolos. Precisava gritar para ser ouvido acima das palavras de ordem. — Já tomaram alguma decisão aí?

— Estamos esperando.

Os gritos continuavam.

— Nós somos o povo! — numa cadência perene, como se eles fossem forças da natureza. — *Nós somos o povo!*

— Sabe de alguma coisa? — Jäger perguntou.

Schreiber tinha fama de tomar conhecimento de fofocas e decisões da alta cúpula da Stasi antes de qualquer oficial de sua patente. Ninguém sabia exatamente como, mas havia boatos de que tinha um caso com a filha de algum figurão. Fosse como fosse, seus palpites apresentavam uma taxa de acerto razoável e a fama se mantinha.

— O General Mittig disse que os fascistas estão por trás disso! — Schreiber respondeu, quase aos gritos. Era absurdo que aquela informação fosse oferecida de forma tão desleixada, mas aquela era uma noite absurda. — Há um aumento na atividade das agências de inteligência imperialistas!

A azia subiu mais uma vez. Agentes imperialistas por trás daquilo? Então o Camarada Schabowski era um traidor? Ou fora manipulado? Ou será que, vendo um descuido de Schabowski, os imperialistas organizaram aquele movimento na cidade toda em menos de uma hora?

— Eles vão atacar o Muro! — avisou Schreiber.

— Os manifestantes?

— Não, os imperialistas! Isto é tudo uma fachada!

Jäger se despediu e desligou.

Seu coração batia forte. Talvez fossem agentes imperialistas.

Ou talvez, como eles não cansavam de repetir, fosse o povo.

Harald Jäger lembrou do que ocorrera na China meses antes. Um estudante fora atropelado por um tanque de guerra. Aquele estudante era o povo. Ante a multidão compacta, as armas automáticas seriam tão eficazes quanto um tanque.

Então lembrou que não estava sozinho. Saiu de suas divagações e se virou para o rapaz que ainda esperava.

A expressão do guarda era pergunta suficiente. A mesma expressão de um cão faminto.

— Vamos continuar o turno de forma normal — Jäger respondeu.

Karin Mattenhauer sabia que era seu aniversário porque continuava se comunicando em Código Morse com o prisioneiro da cela à esquerda. Já estava há dois meses na prisão da Stasi. Tinha perdido a conta de quantos interrogatórios sofrera, mas sabia que as execuções simuladas somavam três. A repetição não tornava aquilo mais tolerável; nos três casos, ela achou que realmente iria morrer.

Não era algo implausível, porque o prisioneiro da cela à direita sumira, e ela não achava que tivesse recebido anistia.

Mas, mesmo que a próxima execução fosse a verdadeira, pelo menos tinha sobrevivido até os 20 anos. Tinha sido acordada bem cedo no dia 9 de novembro de 1989. Não recebeu um bolo, mas a mesma gororoba de todas as manhãs. Forçou-se a comer, sabendo que precisaria ter forças. Se morresse naquele mesmo dia, teria duas satisfações: chegar aos 20 e não ter revelado absolutamente nada.

Bateu na parede, lentamente formando as palavras.

HOJEFAÇO20

Seu amigo na cela à esquerda demorou algum tempo para entender, então bateu a resposta:

FELIZANIVERSARIO

Ela sorriu. A Stasi não podia lhe tirar isso. Logo o prisioneiro voltou a bater. Estava falador naquele dia.

COMOVAICOMEMORAR?

Ela balançou a cabeça. Aquele tipo de imaginação era uma boa técnica para não enlouquecer no tédio e na tensão constantes da prisão, mas era cansativa. Ela suspirou e entrou na brincadeira:

CERVEJAOBVIO

O prisioneiro continuava curioso:

ONDE?

Karin ergueu uma sobrancelha. Podia ser um truque da Stasi para tirar alguma coisa dela. O nome de algum amigo, algum lugar onde eles costumassem se reunir. Havia agentes infiltrados em todos os lugares, quase todos os habitantes da Alemanha Oriental tinham pelo menos um amigo, conhecido ou familiar que era um informante da polícia secreta. Infiltrar alguém numa cela dentro da própria prisão seria fácil. Imaginar uma festa de aniversário longe dali era divertido, mas ela não podia abaixar a guarda.

EMCASA

Fosse um guarda infiltrado ou um amigo que acordara com vontade de conversar, ele continuou o diálogo:

SEJAMENOSCHATA

Ela abafou o riso para evitar punição. Se aquele fosse um agente infiltrado, estava fazendo um bom trabalho. Karin respondeu.

OQUESUGERE?

Ele começou a responder imediatamente, como se estivesse esperando pela pergunta.

SAIADELEIPZIG

E o prisioneiro desconhecido continuou o raciocínio:

CIDADEDEMERDA

Então completou:

VAPARABERLIM

Apesar das desconfianças, ela se deixou levar pela fantasia. Passar o aniversário em Berlim seria uma perspectiva bem melhor. Qualquer coisa seria melhor que a cela, mas mesmo antes disso Leipzig vinha deixando-a sem ar. Era importante participar dos protestos, mas nada além de protestos e repressão aconteciam na cidade — pelo menos não para gente marcada como ela. Havia uma vida cultural ativa, mas se você era perseguido pela polícia secreta, uma missa já era uma noitada e uma aventura.

Desconfiar de todo mundo era exaustivo. Karin Mattenhauer decidiu dar um voto de confiança para seu colega:

T E N H O A M I G O S E M B E R L I M

Ele já tinha uma sugestão engatilhada:

V O C E É J O V E M N A O F I Q U E A Q U I

E, sincero ou manipulador, o prisioneiro disse o que parecia estar entalado em sua garganta:

T O D O E S T E P A I S É U M A P R I S A O

Aquilo desmanchou o sorriso de Karin. Não porque achasse que era um truque, mas porque era um sentimento que a incomodava. Fugir para o lado ocidental era muito tentador, mas seria correto? Se ela escapasse da terra-prisão, o que aconteceria com as pessoas queridas que continuavam presas?

Nas manifestações, eles gritavam "nós ficaremos aqui". Ela não queria ir embora.

Um guarda foi até a porta de sua cela, ela se afastou da parede. Ficou séria e em silêncio.

— Karin Mattenhauer? — perguntou o homem.

Ela assentiu.

— Venha comigo.

Karin não sabia, mas, se aquele não fosse o dia de seu aniversário, se não tivesse tido aquela conversa, se seu amigo da cela ao lado não recomendasse comemorar fora de Leipzig, tudo teria sido completamente diferente.

III

QUANDO AGNES OUVIU A VOZ DE CRISTO E HESITOU, O FUTURO avassaladoramente mais provável aconteceu. Quatro policiais com lanternas surgiram ao redor deles, avisando uns aos outros que haviam encontrado as duas vítimas desaparecidas. Os dois protegeram os olhos do brilho em seu rosto, Jesus se calou e, antes que percebesse, Agnes estava entrando numa ambulância.

Tristano tentou resistir fisicamente, tentou resistir escolhendo um futuro, mas foi inútil. O corpo estava no limite. Os paramédicos o colocaram sobre uma maca, restringiram seus movimentos com tiras de nylon, enfiaram a maca na parte traseira da ambulância.

De seu ponto de vista mais baixo, forçado a olhar para cima, viu Agnes sentada a seu lado. Então relaxou.

Ela olhou em seus olhos, séria e intensa, uma espécie de aviso.

— As outras ambulâncias estão em trânsito ou já foram embora — o paramédico disse a título de explicação. — A moça está bem, padre, apenas em choque. Não foi ferida.

— Eu sei — ele murmurou.

As horas haviam transformado o sítio arqueológico de um palco de emergências médicas para uma cena de crime. A única razão pela qual uma ambulância ainda aguardava ali era o desaparecimento de Tristano e Agnes.

Dois paramédicos se acomodaram dos dois lados dele, já começando a fazer seu serviço. As portas traseiras se fecharam, a sirene começou a apitar e eles partiram.

No meio de uma sequência rápida de testes de rotina, enfiaram uma máscara de oxigênio no rosto de Tristano. Tiraram seus sinais vitais. Tentaram disfarçar a preocupação, mas uma súbita explosão de urgência delatou que o caso era grave.

Agnes estava sentada num canto do espaço exíguo, tentando ser ainda menor do que era, não ficar no caminho dos profissionais. Vendo Tristano fragilizado daquela maneira, não sabia se desejava sua morte ou se rezava para que ele ficasse bem. Um monstro moribundo ainda era um monstro.

Os paramédicos prepararam uma seringa cheia de algum líquido, bateram na ampola com a unha para desfazer quaisquer bolhas. Então abriram os botões do punho da batina e arregaçaram uma manga.

Tristano começou a se debater.

— Ele tem alguma alergia? — um dos paramédicos perguntou para Agnes. — Alguma restrição com medicamentos?

— Não sei — ela disse, quase inaudível.

— Será que é daqueles que não toma remédio por crença religiosa? — perguntou o outro.

— Acho que isso não existe no catolicismo.

— Não existe — Agnes confirmou.

O paramédico aproximou a agulha, mas Tristano temia uma coisa muito mais simples. Para aplicar a medicação, era preciso olhar para o braço.

E ver as tatuagens que cobriam cada centímetro de pele.

As tiras de nylon se retesaram enquanto ele puxava. Mesmo que não conseguisse se soltar, o mais importante era se mexer, impedir que os paramédicos pudessem enxergar claramente.

— Fique quieto, padre — com a autoridade de quem lida com emergências. — Não é nada perigoso.

O outro paramédico começou a abrir os botões da batina.

Tristano forçou os músculos, acelerando ainda mais o coração. Seus olhos reviraram quando estendeu os tentáculos etéreos pelas possibilidades, buscando alguma, qualquer uma, em que não perdesse aquele tempo. Tentou se agarrar a um futuro absurdo em que o motorista da ambulância tinha um súbito impulso suicida e batia o veículo em uma árvore, mas era uma linha de destino fina e fraca, que logo se dissolveu.

O primeiro paramédico apoiou o peso do corpo sobre o braço do padre. Era um rapaz franzino, mas Tristano não tinha mais força para resistir.

— Não sabia que padres podiam se tatuar — ele falou, quase divertido, tentando amenizar a tensão enquanto mantinha a seriedade. — Ainda mais alguém da velha guarda como o senhor.

O outro abriu a camisa.

— Essas tatuagens são pelo corpo todo? — perguntou, falando sem prestar atenção enquanto agia para salvar o paciente.

Num gesto desesperado, Tristano conseguiu virar a cabeça e capturar o olhar de Agnes. O que havia em seus olhos era terror puro. Ela tentou entender.

Mais uma vez os tentáculos invisíveis eclodiram, tateando qualquer possibilidade, qualquer futuro em que pelo menos deixassem para tirar sua camisa no hospital. Mas a cada segundo esses futuros rareavam. Tristano viu com esperança brilhante uma linha de destino em que subitamente os dois decidiam interromper os procedimentos, mas bastou um gesto de um dos paramédicos para aquela linha se esfacelar.

— *Não leiam* — Tristano tentou gritar, mas a voz saiu abafada sob a máscara de oxigênio. — *Por favor, não leiam.*

— O que é isso? — perguntou o paramédico, sempre tentando diminuir a tensão, enquanto encostou a agulha na pele. — Orações?

O outro teve um vislumbre maior das palavras tatuadas no peito.

— Acho que não é latim — disse. — Até estou conseguindo entender alguma coisa.

Agnes compreendeu tarde demais:

— O Necronomicon.

Oman Aydem nascera na Turquia, mas não lembrava do país. Seus pais haviam decidido emigrar para a Alemanha muito antes de seu nascimento e conseguiram realizar o sonho antes que ele completasse 1 ano. Oman crescera no bairro Schinkel, que diziam ser pobre e perigoso, mas seus pais riam daquilo e garantiam que, perto do lugar onde moravam em sua terra natal, era uma vizinhança de luxo.

Oman ficava irritado quando perguntavam se ele gostava de viver na Alemanha. Era a pergunta mais idiota do mundo. Não perguntavam isso para as crianças com pais alemães ou ingleses. Ele não tinha um termo de comparação, não podia preferir a Turquia porque nunca tinha pisado lá — no máximo tinha sido carregado no colo. Havia uma certa pressão para que ele tivesse amigos turcos, gostasse de coisas turcas, namorasse com uma menina turca. Nada explícito: seus pais não tinham uma palavra de reprovação para os amigos, coisas ou meninas que faziam parte de sua vida. Mas, se ele se deixasse levar pela vida e pela comunidade, estaria cercado de Turquia por todos os lados. Algo que acontecia aos poucos, mas sempre acontecia.

Até o fim da adolescência, Oman era incapaz de entender por que pessoas com o sonho de emigrar faziam questão de tornar seu novo ambiente o mais parecido possível com o lugar que tinham deixado para trás. Conversa sobre raízes, condições impostas por países do Primeiro Mundo e até mesmo religião não faziam sentido. E isso nunca tinha gerado muito conflito com a família até ele acabar o colégio e pensar em qual profissão escolheria.

Foi quando o conflito chegou.

Seus pais não conseguiam entender como ele podia não querer trabalhar no restaurante da família. Um restaurante turco, é claro. Com comida turca no cardápio, música pop turca no ambiente, fotos da Turquia nas paredes. Não era apenas indignação: era real incompreensão. Eles sempre haviam presumido que ele faria algum curso profissionalizante na área de gastronomia e ingressaria no negócio. Dizer algo em contrário era como falar que o céu era vermelho. Eles podiam tolerar que ele namorasse meninas alemãs e falasse como um alemão, mas um futuro alemão era uma violência.

Oman chegara a pensar em algo no ramo da culinária, mesmo que nunca se dedicasse aos pratos turcos. Mas, frente àquela reação, descartou completamente a possibilidade. Ingressou no primeiro curso profissionalizante que conseguiu pensar e para o qual se qualificava, tudo para se afastar daquele destino escrito.

Ele dirigia ambulâncias há quase 10 anos. Não falava com os pais há exatamente uma década. Circulava em todas as regiões de Osnabrück, mas odiava entrar no Schinkel.

Ser paramédico nunca foi vocação ou paixão. Na verdade, ele tivera de passar por cima do nervosismo de ver gente ferida, mas valera a pena para ter uma carreira diferente. Oman aprendera a ser neutro com relação à profissão. Não gostava nem desgostava. Quando alguém perguntava, era como se perguntassem se ele gostava de morar na Alemanha. Como responder? Era o que era. Era a realidade.

Ele estava concentrado na estrada molhada, dirigindo em alta velocidade com a sirene ligada, focado em chegar no hospital antes que o padre morresse. Não pensava em nada, os movimentos precisos e os reflexos rápidos eram o que eram. Eram a realidade.

Então uma ideia bizarra invadiu sua mente.

Não, não era uma ideia.

Era uma voz.

Tudo isso para salvar um nazista.

Ele saiu do estado meditativo de concentração. Não sabia de onde viera a noção de que o padre era nazista.

Um velho. Um velho cristão no interior deste país. Ele foi nazista.

Oman ignorou o pensamento. Ignorou que era uma voz em sua cabeça, como se viesse de fora.

Você sabe por que, a vida inteira, perguntaram se gostava daqui. É porque nunca será bem-vindo. Eles o usam quando é conveniente, mas sempre o verão como um intruso.

Seu coração bateu mais forte.

Eles gostam de entrar no restaurante de seu pai, comer alguma coisa exótica, rir dos costumes do estrangeiro. E ele dança para que eles aplaudam, não é? Ele faz o teatro que eles pedem. Mas seu pai nunca foi respeitado.

Tirou a mão direita do volante, bateu na própria cabeça.

Nem você o respeita.

Começou a cantarolar uma melodia qualquer, tentando abafar o som.

Você também não tem o respeito deles. Dedicou a vida a rastejar no lixo dos alemães.

Então Oman respondeu, sem saber que dava todo o poder à voz:

— Eu não rastejo.

Rasteja. Lambe as migalhas do chão. Fica contente com o que jogam para você. E agora está salvando um nazista.

— Acho que ele nem é alemão.

E faz diferença? Você acha que ele condenava Hitler? O padre iria levá-lo para o campo de concentração se pudesse. Ele lembra daquela época como os velhos e bons tempos.

— Não importa! Já levei muitos bandidos até o hospital! Meu trabalho é dirigir.

Claro. Fique calado e faça o que mandam. Obedeça ao homem que gostaria de vê-lo jogado numa vala comum.

— Mesmo que seja nazista... Não posso fazer nada.

Claro que pode. Ninguém desconfiaria de um acidente numa estrada tão úmida.

— Não leiam! — Tristano berrou sob a máscara. — Não leiam, eu imploro!

Mas as palavras tatuadas em sua pele eram convidativas. Era fácil compreendê-las.

A voz que surgiu em sua mente não pertencia a Jesus. Agnes achou que estava ficando louca. Também era bem diferente da voz que invadira sua cabeça dentro da igreja, no início daquilo tudo. Era uma voz mais insidiosa, mais quente e repugnante. Menos fria, menos calculada. A nova voz sentia prazer nas coisas profanas que dizia.

Quantas vozes ainda surgiriam? Por que ela estava de repente num mundo onde diferentes entidades se comunicavam daquela forma?

Não se preocupe, Agnes, disse Jesus Cristo. *Eu vou protegê-la da voz do Necronomicon.*

A voz do Necronomicon não era a voz de Jesus.

Um choque gelado de pânico tomou seu corpo todo.

A voz de Jesus era muito parecida com a voz que estivera em sua mente na igreja.

A voz de um yithiano.

Tomados por ódio mútuo e absoluto, os dois paramédicos lutavam, chocando-se contra as paredes internas da ambulância, metade de um corpo por cima de Tristano.

— Filho da puta! — gritou um deles. — Eu sabia! Eu sabia!

O outro conseguiu segurar sua garganta com as duas mãos.

— Foi sua culpa, desgraçado. Foi *tudo* sua culpa.

Sufocando, o paramédico estendeu o braço e tateou em volta. Achou uma tesoura usada para cortar roupas de pacientes. Enterrou-a no pescoço do outro.

Tristano, Agnes e os paramédicos perderam toda noção de espaço e equilíbrio quando a ambulância girou. O sangue que esguichava do pescoço aberto fez espirais, pintando todo o interior da ambulância e os quatro ocupantes.

Apenas Oman sabia o que estava acontecendo. Tirou as mãos do volante e deu uma gargalhada.

Um carro vinha na direção oposta, levando a ex-vocalista de uma banda punk da Alemanha Oriental, subitamente apavorada com a noção de que a fronteira poderia abrir e a amiga que ela traíra pudesse achá-la.

A ambulância se chocou com o carro, matando a motorista na hora. Então ganhou o ar, deu meio giro e caiu com um estrondo terrível, de cabeça para baixo.

Se a ex-vocalista não estivesse paranoica sob efeito de anfetaminas, nada disso teria acontecido.

Se os paramédicos não decidissem abrir a batina de Tristano, nada disso teria acontecido.

Se Tristano não tivesse se exaurido até o limite na tentativa fracassada de impedir que sangue fosse derramado em Kalkriese, nada disso teria acontecido. Ele estava começando a notar que aquele futuro, onde seus esforços não tinham feito a menor diferença sobre os atos do assassino, tinha sido ocultado de seus sentidos. Não percebera que estava trilhando uma linha de destino clara onde era inútil. Se ele não tivesse traído a confiança de Agnes na saída do colégio ou arruinado a vida de Trudi Gossler na estrada, teria contado a história de Arminius numa cervejaria. Agnes teria escutado atenta. Sangue teria sido derramado em Kalkriese, como fora de qualquer forma, mas ele teria condições muito melhores de resolver a crise. Teria a ajuda incondicional de Agnes e ela já haveria confidenciado sobre a voz messiânica que escutava. Tristano já teria realizado um exorcismo e o mundo não estaria à beira de uma guerra nuclear.

Mas pessoas e monstros tomaram as decisões que tomaram.

Não importava se fossem fruto de manipulação, acaso ou erros. As decisões não podiam ser desfeitas e não era possível voltar atrás.

10

IGOR MAXIMYCHEV ESTAVA TRABALHANDO À NOITE, EMBORA SEU chefe já estivesse dormindo. Ele era o vice-embaixador da União Soviética na Alemanha Oriental. Com a ausência do embaixador, era a maior autoridade na mais importante instituição política soviética dentro do país. Porque estava fazendo serão e o embaixador resolvera ir dormir cedo, Maximychev era a ligação entre a União Soviética e a Alemanha Oriental.

Era sua a voz que narraria a uma potência nuclear tudo que estava acontecendo naquela noite.

A embaixada da URSS ficava perto do Portão de Brandenburgo — e assim também perto de um importante posto de controle de fronteira. Da janela de seu escritório, Maximychev conseguia enxergar o portão. Normalmente seria uma visão bem-vinda enquanto ele remexia em papéis, revisava relatórios e recebia ligações noite adentro.

Maximychev estava absorto no trabalho, pingando suor sobre os documentos. Mais do que absorto — trabalhava com uma dedicação advinda da raiva, descontando a frustração na papelada. A Alemanha Oriental era uma nação soberana, mas a União Soviética era um dos quatro poderes que ocupavam o país. Muito mais que qualquer um dos outros três, mantinha sua protegida sob vigilância estrita. Além disso, a economia da República Democrática Alemã ruiria instantaneamente sem o constante fluxo de dinheiro soviético. Era inegável: a voz soviética falava mais alto, mesmo em Berlim. E naquela noite essa voz pertencia ao vice-embaixador.

Mas apenas isso não bastaria para deixar Maximychev tão concentrado. Se tudo estivesse correndo bem, não haveria razão para fúria. Há poucos dias, o governo da URSS dera uma orientação para resolver o problema diplomático da Alemanha Oriental com outros países da

Cortina de Ferro. As fugas através da Tchecoslováquia tinham se tornado insustentáveis, levado a problemas de fronteira e tensão desnecessária. Mas agora havia uma diretriz — ou uma ordem, em termos mais claros.

A "variante do buraco", como fora apelidada, era a ideia simples de abrir um posto de fronteira onde fosse possível passar para o lado ocidental, desde que o viajante tivesse um visto e toda a papelada em dia. Mas havia um truque elegante: o posto estaria bem longe de Berlim, no meio do nada, numa região sem nenhum outro atrativo. Assim, um pretenso viajante deveria conseguir seu visto, ir até lá e, se houvesse qualquer problema, voltar até sua cidade para corrigir os documentos. Passaria por toda a burocracia e então voltaria ao meio do nada para repetir o processo. Uma medida de abertura aparente, mas não real, era perfeita para o Partido. A variante fora proposta por alguém em Berlim Oriental, transmitida a Moscou e então aprovada e transformada em ordem.

Parte das atribuições de Maximychev eram reuniões quase diárias com Egon Krenz, o Secretário-Geral do Partido Comunista alemão. Em outras palavras, a maior autoridade na Alemanha Oriental. Em geral, eram reuniões pacatas, em que pouco ou nada de importante era dito. Logo depois que a "variante do buraco" foi ordenada, o vice-embaixador deveria ter uma reunião importante com Krenz, na qual as minúcias da implementação da medida seriam discutidas. A voz de Moscou falaria por meio de Maximychev.

Maximychev não entendia como, em todas as reuniões desde que a "variante do buraco" fora proposta, Krenz nunca havia sequer mencionado a existência de outra norma de viagens entre as duas Alemanhas. Ele ficara sabendo daquilo no mesmo momento que Günter Schabowski e praticamente toda a população mundial: ao vivo, no fim do pronunciamento.

Maximychev era um homem enorme, ocupava toda uma mesa com facilidade, dominava qualquer sala onde estivesse. Sentira seu corpanzil fervendo e se tornando vermelho quando ouviu as palavras "Imediatamente. Agora mesmo".

Fúria indignada fizera com que apertasse os punhos. Sua respiração de touro raivoso ameaçava estourar os botões da camisa. A Alemanha Oriental acabara de enfiar uma faca em suas costas. Nas costas do embaixador. Nas costas do Camarada Gorbachev, de Moscou inteira.

A URSS tinha aprovado uma medida que já tinha sido descartada. A Alemanha Oriental tinha contrariado uma diretriz clara e um acordo já firmado. Tinha declarado ao mundo que possuía autoridade sobre a fronteira.

Na frente do mundo inteiro, fizera a União Soviética de idiota.

Egon Krenz não era um homem traiçoeiro, muito menos insolente. Não arriscaria uma represália da linha-dura em Moscou. Não arriscaria uma represália do próprio Maximychev. Se nunca mencionara que uma norma diferente estava sendo escrita, só havia uma explicação.

Ele não sabia.

Os meandros das decisões de todos aqueles altos funcionários, políticos e burocratas eram um labirinto intransponível até para eles mesmos. Maximychev nunca chegou a entender como aquilo acontecera. Não sabia das preocupações de Gerhard Lauter, da confusão que fora aquele dia, de todos os pequenos detalhes que levaram todo o governo da Alemanha Oriental a não perceber que, com aquelas palavras, estavam quebrando um acordo com a URSS.

Naquelas primeiras horas, sua fúria não tinha alvo. Era direcionada a todo aquele país insubordinado que, poucas décadas atrás, estivera sob a bota do nazismo.

Ele assinou seu nome com tanta força que quebrou uma caneta-tinteiro e rasgou uma folha de papel. Fechou os olhos, contraiu a mandíbula.

Então começou a ouvir.

Primeiro um punhado de vozes sobrepostas. Algum grupo de jovens saindo de um bar.

Então mais vozes.

E mais.

Logo, o barulho de centenas de solas de sapato em contato com o chão abafou até mesmo a conversa nervosa e animada. Igor Maximychev olhou pela janela e viu uma multidão tomando a rua, rumando para o posto de controle de fronteira.

Centenas de alemães seguindo as palavras de Günter Schabowski. Centenas de alemães desprezando sua autoridade, dizendo que a Alemanha Oriental mandava naquela fronteira.

O vice-embaixador quis dar um soco em alguém. Quis dar um tiro em alguém.

Mas sua arma estava na mesa. Não era uma pistola. Era um telefone.

Podia ligar para o embaixador. Acordá-lo e jogar o problema sobre ele. Deixar que um homem tirado da cama às pressas tomasse a decisão sobre o que fazer.

Maximychev engoliu em seco. Ele era o funcionário sênior naquela noite. A responsabilidade era sua.

Ele tremia de raiva. Ele mesmo tomaria a decisão. Ligaria para Moscou e relataria tudo que estava acontecendo. A conferência, a insubordinação de Schabowski, a incompetência de Krenz, a anarquia dos cidadãos.

Havia comunistas da velha-guarda em Berlim Oriental. Homens que, com a menor desculpa, usariam tanques e rifles. Pessoas para quem a "variante do buraco" não servia. Queriam outra solução, apelidada de "variante chinesa".

Velha-guarda esperando uma desculpa para atacar também não faltava em Moscou. A abertura promovida por Gorbachev havia gerado uma resposta proporcional nos corredores do Partido. Assim como ele estava tomado de fúria, outros também ficariam. Ele conhecia pessoalmente vários deles. Na KGB, assim como na Stasi, muitos sonhavam com tropas soviéticas em Berlim.

Olhou para o telefone.

Ele sabia o significado de um só tiro naquela noite. A Inglaterra, temerosa do poder alemão unificado, esperava por uma justificativa para aumentar as hostilidades com a Alemanha Oriental e reforçar a divisão entre os dois lados. A Alemanha Ocidental consideraria qualquer uso de força como um ato de guerra. Os Estados Unidos não permitiriam que demonstrações de repressão no molde chinês acontecessem a poucos metros de suas tropas.

Não demoraria muito para que "hostilidades de fronteira" se tornassem uma guerra.

E então havia os mísseis.

Mesmo em meio à fúria, Igor Maximychev teve clareza sobre a situação: um único tiro disparado seria o mesmo que uma catástrofe mundial.

Mas ele acreditava na União Soviética.

Olhou para o telefone.

E então para o relógio.

Os últimos dois dias tinham sido tomados por grandes comemorações estatais na URSS, nas quais todos os líderes soviéticos haviam participado de incontáveis desfiles, discursos, sessões de fotos, jantares. Com certeza todos estavam exaustos. Os altos funcionários e políticos nunca permaneciam em seus locais de trabalho àquela hora, muito menos numa noite em que estivessem se recuperando das festividades. Muitos ainda deviam estar bêbados.

Quem estaria no comando era a equipe júnior, os novatos ou terceiros-em-comando. Pessoas que não tinham sido importantes o suficiente para participar de eventos oficiais. A decisão caberia a eles.

Igor Maximychev olhou para o telefone.

Quem receberia as ligações dos funcionários júniores não seria ele mesmo. Seria a equipe do Ministério do Exterior da Alemanha Oriental. A maioria deles também não estaria trabalhando. Seriam chamados de volta para então receber por telefone instruções de homens inexperientes falando em russo.

Os funcionários do Ministério do Exterior não entendiam russo muito bem.

Cargos públicos eram decididos por status político e comprometimento com o Partido — não por competência. Uma vez num cargo, qualquer demonstração de fraqueza era um risco à carreira ou, em casos extremos, à liberdade. Precisar de ajuda era proibido. Assim, ninguém pedia para que um intérprete traduzisse ou para que um russo falasse alemão. Funcionários leais e respeitados, mas sem muita habilidade linguística, mentiam todos os dias sobre sua capacidade de falar russo. Maximychev já testemunhara incontáveis vezes aqueles homens de expressão compenetrada fingindo escutar com atenção e assentindo. Ficando calados ou respondendo com generalidades. Olhando para os lados para saber a hora certa de rir. Gesticulando.

Quem daria as ordens não tinha experiência.

Quem receberia as ordens não iria entendê-las.

Eles entenderiam palavras-chave, claro. "Soldado", "tanque", "rifle".

E tentariam adivinhar o contexto.

Tremendo de raiva, seus ouvidos tomados pelo burburinho e o caminhar da multidão, Igor Maximychev fez a única coisa que podia fazer.

Pegou o telefone.

Karin Mattenhauer não esperava nenhum presente de aniversário. Mas, de todos que podia imaginar, não esperava aquele.

Caminhou pelas ruas de Leipzig, afastando-se da prisão, olhando para trás. O sol era dolorido em seus olhos, depois de dois meses quase sem luz. Tinha a impressão de que em algum momento os guardas mudariam de ideia e sairiam em perseguição. Ainda tentava entender o que tinha acontecido.

Quando ela fora chamada pelo guarda, sua maior esperança é que fosse apenas mais uma execução simulada. Embora aquilo acabasse com seus nervos e a acordasse todas as noites com pesadelos, embora aquilo fizesse com que seu coração disparasse a cada escapamento de carro estourando, ainda que lhe causasse a sensação de ser pequena e indefesa, ainda era melhor que a alternativa. Enquanto estivera presa, ela imaginou se sua família e amigos conseguiriam transformar sua morte num símbolo, como tinha acontecido com Chris Gueffroy.

As execuções simuladas eram piores que os interrogatórios, mas se tivesse escolha, ela sempre escolheria as simulações. Durante os interrogatórios, por mais que mantivesse a postura desafiadora e não lhe faltassem respostas rápidas, ela tinha medo de fraquejar. Sempre era possível que cedesse à dor e ao medo, ou mesmo cometesse um erro idiota e revelasse algo. Antes de ser presa, ela pensara que preferir a própria morte à morte de seus amigos era conversa de filmes americanos. Mas descobrira que era pura verdade: ela preferiria morrer sob tortura do que viver sabendo que tinha causado a morte de alguém. Karin tinha menos medo por seu corpo do que por seu caráter.

Mas não fora uma execução simulada nem um interrogatório, muito menos uma execução real. Karin foi levada ao escritório do oficial que parecia comandar o lugar, assinou alguns papéis, dizendo que tinha sido bem tratada e se comprometendo a não deixar a cidade até segunda ordem. Recebeu suas coisas de volta e então foi solta. Tudo em menos de uma hora.

Não lhe disseram o motivo e ela não perguntou — era melhor não questionar. Então lhe restava especular enquanto se acostumava de novo ao sol, ao ar razoavelmente puro, a usar sapatos, a não ter paredes em volta. As pessoas na rua passavam por ela em sua vida normal, ignorando que era seu aniversário e que ela tinha acabado de sair de uma prisão da Stasi.

O motivo de sua soltura era labiríntico e obscuro. Os guardas haviam descoberto que ela se comunicava em Código Morse com o prisioneiro da cela ao lado. A solução óbvia era trocar um dos dois de cela, mas isso significaria causadores de problemas em dois pontos diferentes da prisão, o dobro de dor de cabeça. Numa cadeia pequena, dois núcleos de encrenqueiros seriam uma situação séria. Poderiam matar um dos dois ou ambos. Mas o prisioneiro da cela ao lado sabia muita coisa e, ao contrário de Karin, aos poucos estava cedendo. A própria Karin era jovem e carismática, tinha muitos amigos. Sua morte causaria um grande impacto e os responsáveis seriam usados como bodes expiatórios para saciar a mídia internacional.

Podiam mandar um dos dois para outra prisão.

Mas, por um acaso extraordinário, o oficial que cuidava desse tipo de transferências na região tinha crescido junto ao oficial que comandava a prisão. Desde os primeiros anos da infância até o fim da adolescência, fora um algoz implacável, atormentando-o todos os dias, fazendo com que a vítima desenvolvesse gagueira e incontinência noturna. Embora os jogos de intimidação tivessem ficado no passado, o comandante da prisão ainda se sentia diminuído, amedrontado e tímido quando interagia com o outro. Qualquer contato com ele reacendia os traumas, provocava ataques de pânico e choro descontrolado.

Se os dois oficiais não tivessem aquele histórico, tudo teria sido diferente. Se a vítima da tortura escolar tivesse recebido apoio psiquiátrico, tudo teria sido diferente. Se o algoz estivesse de férias ou mesmo de licença médica naquele dia, tudo na vida de Karin Mattenhauer, Harald Jäger, Igor Maximychev, Günter Schabowski, Gerhard Lauter, Egon Krenz e milhões de outras pessoas teria sido absolutamente diferente.

Mas todos aqueles fatores convergiram para que, como resposta a sua rebeldia, Karin fosse solta.

Como se estivesse no piloto automático, suas pernas a levaram para a Igreja Nikolai. Olhou a região conhecida, pensou nas atividades conhecidas. Aquilo era importante e ela nunca desistiria. Mas, ao pensar em voltar àquela rotina, sentiu-se exausta por antecipação.

Ela tinha se comprometido a não sair de Leipzig.

Mas tinha amigos em Berlim.

Não teve nenhuma dúvida sobre onde comemoraria seu aniversário.

Ligou de um telefone público assim que desembarcou na capital. Seus amigos gritaram de alegria com a surpresa e a notícia de que ela estava bem. Combinaram de se encontrar dentro de uma hora, num bar onde eram assíduos. Karin achou uma caneta enquanto segurava o telefone entre a cabeça e o ombro. No verso do termo de compromisso que assinara na prisão, anotou o endereço: Bornholmer Strasse, 79A.

Harald Jäger abriu a porta e foi avassalado pela gritaria. Estava do outro lado do portão, mas podia sentir a força da turba de porcos selvagens. Já seria impossível contar quantos eram, mesmo um palpite era difícil. Talvez fossem mais de 5 mil apenas naquele posto. Os guardas do outro lado do portão estavam expostos. Caso a multidão se tornasse violenta, não haveria tempo de reagir. Eles tinham armas, mas a vida dos primeiros agentes seria o preço de não tomar a iniciativa.

Imaginou-se explicando isso às famílias de seus colegas. Dizendo que sim, eles morreram espancados e pisoteados, mas pelo menos assim todos tiveram certeza de que os agentes de fronteira estavam em risco de vida.

Talvez fosse melhor que ele ficasse do lado de fora. Afinal, seus dias já estavam contados de qualquer jeito.

Lembrou a si mesmo de que ainda havia esperança. Ainda havia o resultado do exame. Sentiu-se queimando por dentro ao atravessar a guarita e encarar o povo reunido.

Os vidros tremiam. O portão tremia. As paredes tremiam. O chão tremia. A multidão era um monstro e conhecia o próprio poder. Jäger não sabia o que dizer — e, mesmo que soubesse, não seria ouvido. Olhou para os manifestantes mais próximos, a vanguarda que dava o tom para o resto. Um grupo em especial fazia mais barulho que todos. Puxavam as palavras de ordem, tinham energia infinita para gritar e erguer os punhos. À frente de todos, havia uma garota de no máximo 20 anos, provavelmente menos. Talvez ainda estivesse na escola. Seus longos cabelos cacheados se agitavam enquanto ela berrava cadenciadamente as exigências de todos.

Um tiro naquela garota dispersaria a multidão.

Ou provocaria um ataque.

Se Karin tinha aprendido alguma coisa nos últimos meses, era reconhecer uniformes da Stasi. O homem que tinha surgido de dentro da guarita e encarava com olhar perdido a rua tomada de gente era um oficial. Alguém importante, provavelmente o chefe daquele posto.

— Ei, você! — ela gritou, apontando para o agente. — Não finja que não está me ouvindo! Você manda aqui, não é? Abra o portão!

Não deveriam ser palavras de ordem, mas seus amigos repetiram e, em poucos segundos, a multidão as abraçou:

— *Abra o portão! Abra o portão!*

O oficial continuou alheio.

— Nós ouvimos o que Schabowski disse! — ela gritou. — Agora mesmo! Imediatamente! Sem visto!

Aquilo tirou o homem de seu devaneio. Ele olhou direto em seus olhos e Karin aproveitou:

— Você sabe o que fazer! Vamos, cumpra suas ordens!

Harald Jäger se imaginou fazendo o que a garota pedia. Sacando a pistola, apontando para ela, apertando o gatilho.

Cumprindo suas ordens.

Exceto que ninguém sabia se as ordens eram mesmo aquelas.

Virou as costas e voltou à guarita. Dois guardas tinham se refugiado lá dentro, conseguindo um alívio momentâneo do rosto da multidão. Chegou a tempo de ouvir a conversa clandestina entre os dois:

— Eu fico me perguntando se o Partido ainda consegue liderar o país.

— Não entendo mais o mundo — respondeu o outro, o corpo amolecido encostado na parede.

Notaram a presença de Jäger e fizeram sentido.

— Camarada Jäger... — começou um dos guardas, gaguejando e tremendo.

— Não se preocupe — disse o oficial. — Eu também não entendo mais.

Passou por eles, foi até um telefone. Seus dedos discaram o número sem que ele precisasse pensar, numa memória muscular treinada cerca de 30 vezes naquela noite.

— O que foi, Jäger? — disse Ziegenhorn, do outro lado.

Harald abriu a boca, mas não achou o que dizer. A pergunta era absurda. "O que foi?" Ele sabia. O que mais podia ser dito? O que foi?

Ninguém mais entendia o mundo.

— Por favor, faça algo — Jäger respondeu. — Me dê uma ordem. Qualquer coisa, menos procedimento normal. Por favor, camarada, o normal não existe mais!

O outro ficou calado por um tempo. Jäger ouviu um suspiro.

— Espere um pouco.

O Coronel Ziegenhorn desligou. Jäger fez o mesmo e ficou parado ao lado do aparelho. Como se visse a cena de fora, ele se achou ridículo. Parecia uma estátua. Mas entre esperar lá fora e esperar ali, qual a diferença?

Minutos se passaram sem que ele se movesse.

Tomou um susto quando o telefone tocou.

— Você tem uma ordem, Camarada Jäger — disse o coronel.

Harald fechou os olhos e soltou ar que não notara estar segurando.

— Escolha os maiores baderneiros — Ziegenhorn instruiu. — Os que estão liderando a turba, os que causam mais problemas. Chame-os um a um, anote seus dados, confira sua identificação. Então deixe que passem.

— Que passem? — Jäger repetiu, atônito.

— Mas antes carimbe as identidades. Um carimbo sobre a foto. Quem tiver esse carimbo não poderá mais entrar no país.

— Sim, camarada — disse Jäger.

Franziu o cenho. Lembrou das palavras de ordem. Eles queriam ficar ali. Eles eram o povo.

— Isso vai aliviar a pressão. Os mais problemáticos vão sumir e os outros vão perder a energia. Vão se cansar e voltar para casa.

Jäger resmungou mais algumas palavras de obediência, mas agora não se sentia alheio ou atônito. Os figurões não estavam apenas ignorando o que se passava. Estavam ativamente fazendo algo que daria errado. O torpor deu lugar a uma irritação morna.

Desligou e marchou de volta à multidão. Observou-os enquanto continuavam gritando. A garota ainda era a mais barulhenta.

— Você — Harald Jäger apontou para ela. — Venha conosco.

Karin gelou quando o oficial apontou em sua direção. Por um instante, a indignação e o entusiasmo deram lugar a pavor arrependido. O que ela estava fazendo? No mesmo dia em que fora solta de uma prisão da Stasi, estava contrariando uma proibição de viajar e chamando atenção num protesto bem na frente de um oficial da Stasi? Assim que tivessem sua identidade, poderiam procurar seu nome, fazer ligações, descobrir que era subversiva, mandá-la de volta a Leipzig ou a um lugar pior.

Em um segundo, teve o impulso de virar as costas e fugir através da multidão. Eles nunca iriam achá-la. Ela podia sumir, achar outro bar onde comemorar seu aniversário, abaixar a cabeça e ficar longe de problemas por pelo menos um dia.

Mas, assim como veio, o impulso sumiu. Karin olhou para o rosto do oficial e decidiu que não daria a ele o gosto de saber que ela estava com medo.

Ergueu o queixo e andou até a guarita em postura desafiadora. A multidão se calou aos poucos. Seus amigos observavam a cena, paralisados. Um guarda a conduziu para dentro.

Então ela foi levada para o interior do posto, até o local onde os agentes checavam documentos e autorizavam ou negavam a saída do país. Na escuridão quebrada apenas pela fraca iluminação artificial, Karin ficou muito consciente de que as únicas pessoas em volta pertenciam à Stasi. Se algo acontecesse com ela ali, ninguém ficaria sabendo. Eles podiam dar um tiro em sua cabeça e dizer que ela recebera permissão para cruzar a fronteira, e não haveria como desmentir.

O oficial que estava no comando se postou do outro lado do balcão.

— Identidade — ele disse.

— O que vai fazer comigo?

— *Identidade* — repetiu, irritado.

Ela rilhou os dentes.

Entregou o documento.

Um agente copiou seus dados nos intermináveis formulários e fichas da polícia secreta. Entregou o documento ao oficial. Ele pegou um carimbo.

O coração de Karin Mattenhauer saltou.

O homem desceu o carimbo de autorização sobre sua foto.

Devolveu o documento.

— Você tem permissão para cruzar a fronteira.

Karin guardou a identidade. Murmurou um "obrigada" e seguiu o guarda para fora do pequeno prédio. Então até o segundo portão. Viu-o se abrir. Deu alguns passos, ele se fechou atrás dela.

A sua frente, a larga ponte que atravessava o Rio Spree. Vazia. Silenciosa, exceto pelos gritos que vinham do outro lado.

Do outro lado.

Karin Mattenhauer ficou quase um minuto tentando aceitar que tinha atravessado o Muro de Berlim.

V

VOCÊ ESTÁ VIVA POR MINHA CAUSA, DISSE JESUS.

Agnes se arrastou pelo asfalto, saindo de sob as ferragens. Sangue e vidro quebrado por toda parte. Crepitar de fogo. A cada movimento esperava sentir dor, identificar o que fora quebrado, rasgado ou esmagado no acidente. Mas a cada movimento se surpreendeu.

Quando conseguiu se afastar o suficiente, ela engatinhou e então experimentou levantar. Suas pernas a sustentaram. Agnes olhou para as próprias mãos. As mangas do hábito estavam em farrapos, sua pele estava esfolada.

Mas não tinha nenhum ferimento sério.

Tocou na barriga.

Eu nunca deixaria nada acontecer a ele, Agnes. Ele sempre estará a salvo.

Só então ela visualizou a cena completa.

A ambulância estava virada com os pneus para cima, pegando fogo. Tudo que era vidro havia se estilhaçado. O motorista fora arremessado para fora; seu corpo estava a vários metros de distância. Agnes notou com horror que um dos paramédicos tinha sido esmagado numa pinça entre a lataria dos dois veículos.

A poça de sangue aumentava no asfalto.

O outro carro mal era reconhecível, havia se transformado num amontoado de metal mesclado com a ambulância. Alguns pedaços da motorista eram visíveis.

Você está livre, Agnes. Agora basta se afastar. Caminhar. Uma curta peregrinação, então poderá descansar e se preparar para o nascimento.

Ela olhava fixamente para as chamas. Cheiro de fumaça, sangue e gasolina.

Ele será o novo Salvador. Você passou pelas provações e mostrou ser valorosa, a mais digna entre as mulheres.

Sob o barulho do fogo, não conseguia ouvir nenhum gemido. Nenhum sinal de vida.

A chegada do Leão de Deus será anunciada hoje, por uma nova estrela-guia.

Agnes franziu o cenho. Algo estava logo abaixo de seu pensamento consciente. Uma percepção vaga, um incômodo na ponta da língua.

Vamos, Agnes. Afaste-se das chamas.

Algo não estava certo. A voz de Jesus era semelhante à voz do yithiano, mas não era só isso.

É uma jornada longa, mas no *fim haverá a recompensa. Apenas caminhe. Volte à cidade.*

Tristano estava lá dentro, vivo ou morto. Provavelmente morto. Mas aquilo não lhe dava nenhuma segurança ou alívio. Não porque tivesse pena dele. Acreditava em tudo que ele dissera, sabia que ele merecia pagar por seu crime e que a morte para ele era no máximo um inconveniente. Não era empatia. Agnes tinha a impressão de que Tristano poderia apaziguar a inquietação que sentia.

— Por que a cidade? — ela perguntou.

É onde você deve ficar.

— O que devo fazer?

Nada. Sua tarefa acabou.

— Devo apenas estar lá...

Deve apenas ver a estrela-guia e esperar o nascimento.

Cada sílaba a atingiu como uma marreta.

— A estrela-guia — seu coração disparou.

Sua mente foi tomada pela imagem que estava na cabeça dos alemães desde o pronunciamento de Günter Schabowski.

A estrela-guia.

Um míssil nuclear cruzando o céu.

Agnes, saia daí. Seu Senhor ordena.

— É um velho truque yithiano, não? — ela grunhiu, tentando espremer o corpo por entre o metal retorcido. — Enquanto eu não souber que ele está morto, pode haver um futuro em que não esteja.

Apesar da fé, do desespero e da loucura que fora aquele dia, todos seus instintos faziam coro com a voz e gritavam para que ela saísse de lá. Agnes entrou pela janela quebrada do motorista. Seu hábito ficou molhado de gasolina e as chamas estavam bem perto. Ela avançou pelos restos do painel e dos bancos, encontrou uma abertura para a parte traseira onde antes havia a porta. O metal se retorcia de uma forma esquisita, fazendo uma passagem estreita. Uma parte do carro tinha atravessado a lataria e fazia uma barra no meio da fenda. Ela forçou o corpo por aquele espaço, sentiu aço afiado rasgando seu flanco. Deixou escapar um gemido, mas continuou.

Não vê, Agnes? Nem mesmo Eu consigo mantê-la ilesa.

Ela se arrastou como uma cobra pelas ferragens e pedaços de corpos. Não conseguia pensar numa maneira de sair dali, mas não se importava.

Agarrou uma haste de metal que fizera parte da maca e puxou a si mesma ainda mais para o interior da ruína. O som das chamas preenchia o espaço fechado. Ela só conseguia sentir cheiro de gasolina.

Eu imploro, Agnes. Seu Salvador implora.

— Continue achando futuros em que não vamos todos morrer queimados — ela grunhiu.

Jesus não respondeu.

Agnes estendeu o outro braço, encontrando um caminho por onde ele cabia.

Sua mão tocou a perna musculosa de Tristano. Sentiu os dedos molhados e, pela viscosidade, não teve dúvida de que era sangue. Retirou a mão rápido, antes que pudesse notar se o sangue ainda pulsava, se o corpo tinha algum sinal de vida. O mais importante era não saber.

— Um futuro em que ele esteja vivo — ela murmurou para si mesma.

Agnes visualizou a mão de Tristano se mexendo, o corpanzil do padre fazendo um esforço supremo para erguer parte dos destroços e tirar ambos de lá. Fixou a imagem na mente, tentou notar todos os detalhes.

Mas aquilo não era um futuro, apenas um desejo.

— Um futuro em que ele esteja vivo.

Muniu-se aos poucos da certeza de que ele ainda vivia. Após alguns segundos de concentração, pensou em como era absurdo que ele morresse ali, que a jornada acabasse com um acidente de carro por uma decisão aleatória de um desconhecido.

Estendeu a mão de novo, sabendo que Tristano se moveria para tocá-la.

Mas a perna continuava estática. Aquilo não era um futuro, era fé.

— Eu já fiz isso. Só preciso fazer a mesma coisa de antes.

Por que deseja tanto salvar um demônio?

Então ela notou.

Não queria salvar Tristano. Dele só queria distância. Mas lidar com ele fazia parte de um trabalho. Depois que estivesse pronto, sua vida ou sua morte não faria diferença.

Ela não precisava querer, visualizar, acreditar. Tudo isso fazia parte da emoção, tudo isso era desejar como o mundo deveria ser. Yithianos não desejavam, apenas analisavam e manipulavam.

Por um segundo, ela conseguiu se desprender da emoção. Esqueceu o nervosismo pela explosão iminente, a irritação da voz que poderia interrompê-la a qualquer momento, o medo do que vinha a seguir, a curiosidade sobre o fim daquilo tudo, a incerteza sobre o sacrifício atômico. Nem o mundo material nem a Realidade se importavam com o que ela queria. Não adiantava ter fé ou rezar, porque Deus não existia, e o deus que existia era profano e antropófago, e estava enterrado sob uma cidade no interior da Alemanha.

Ela não era a mais digna das mulheres, muito menos escolhida para qualquer coisa. Também não era menos digna que ninguém, porque ninguém importava e todos rumavam para a mesma tortura e o mesmo esquecimento, o mesmo nada e a mesma repetição estúpida.

Por um segundo, Agnes obteve a revelação suprema de que ela, como humana, não importava.

E assim teve clareza sobre o universo.

Viu as linhas de destino se dividindo e se anulando, brotando e morrendo, num balé matemático que não era bondoso ou maligno, não a amava nem a odiava. Amor e ódio eram invenções para passar o tempo, assim como Deus havia sido. Agnes enxergou a verdade, o que existia a despeito dela, o que era inegável e inevitável.

Viu uma possibilidade fugidia em que Tristano se arrastava por um rombo na lateral da ambulância. Agarrou-a com um tentáculo e, num movimento reflexo, agarrou tudo a seu redor: o carro e a ambulância, os cadáveres e a gasolina, o fogo, a fumaça e o céu noturno. A colina e Osnabrück e tudo que existia. Puxou tudo para a linha de destino escolhida e teve a satisfação seca de uma equação resolvida quando a totalidade das coisas que existiam se encaixou perfeitamente, até as menores partículas, no futuro que ela havia decidido. Infinitos futuros possíveis desapareceram no mesmo instante, a improbabilidade reverberando antes de se equilibrar e tudo fazer sentido matemático mais uma vez. A mesma quantidade infinita de destinos surgiu antes que fosse possível notar sua ausência, criando uma nova correnteza de possibilidades entrelaçadas.

— Agnes... — o padre grunhiu.

Eles já estavam bem longe quando a ambulância explodiu.

Tristano estava enrolado em retalhos e tiras de tecido que havia conseguido recuperar do acidente. Um talho fundo descia por sua bochecha, chegando ao lábio. O rosto estava pontilhado de pedaços de vidro, o corpo era um grande amontoado de cortes, hematomas e pele esfolada. Agnes notava sua dificuldade de respirar. Um braço estava quebrado, mas pelo menos as pernas permaneciam intactas.

A estrada escura se estendia para os dois lados, cercada de floresta e terreno aberto, como se estivessem numa das épocas antigas que o padre descrevia. A única luz vinha do fogo.

— Precisamos sair daqui — Tristano conseguiu dizer. — Logo vão chegar bombeiros, mais ambulâncias, polícia de novo. Não vou conseguir nos livrar deles.

Parecia impossível que ele estivesse vivo. A clareza que revelara as linhas de destino durara por apenas um instante, mas Agnes não tinha dúvida de que os futuros que evitavam sua morte eram poucos e diminuíam a cada decisão microscópica.

— Se eu quiser continuar vivo até o fim disso, não posso parar de manipular o destino por um segundo... Não conte mais com meus poderes, Agnes. Não tenho força para mais nada.

Ele está vulnerável agora, disse Jesus. *Você cometeu um erro, mas Eu a perdoo. Mate-o e tudo ficará bem.*

— Vamos sair da estrada — a noviça falou, segurando a manzorra do outro com cuidado.

Eles se embrenharam no meio das árvores, notando poucos sinais de civilização e modernidade ao longe. Agnes estava exausta e cheia de dores, mas se sentia forte e plena em comparação com Tristano. Ele andava arrastando os pés, tomando cuidado com cada movimento. O braço ainda intacto agarrava os tecidos esfarrapados, impedindo que as tatuagens ficassem à mostra. Quando ouviram sirenes, já estavam a salvo. As equipes de resgate demorariam muito para descobrir que havia dois corpos a menos entre as ferragens.

— Precisa descansar? — ela perguntou.

— Não temos tempo. Nossa chance é alcançar a cidade antes do sacrifício atômico.

O dia era infinito. Ela já quisera ajudar aquele homem, já confiara nele, já o temera, o odiara e o desprezara. Talvez em algum momento ele tivesse sido um amigo, mas nada disso importava, porque Tristano era a única pessoa que ela conhecia. Se quisesse desvendar o mistério que era ela mesma, se quisesse impedir uma guerra nuclear ou desmentir a suspeita em que nem mesmo queria pensar, dependia dele.

Mais uma vez, Agnes completou todo um ciclo de emoções. Depois de salvá-lo com uma desculpa para si mesma, depois de se resignar e começar mais uma vez a se preocupar com ele, depois de achar uma justificativa para continuar a seu lado, ela percebeu que, de uma forma ou de outra, ele a tinha isolado de tudo e de todos. Estava com ele porque não tinha escolha.

Se já estava exausta, sentiu-se ainda mais exaurida ao, de novo, olhar em volta e tentar descobrir uma forma de se afastar, uma pessoa a quem recorrer. Talvez algum capataz numa fábrica ao longe ou um fazendeiro numa das propriedades que se espalhavam por aquela região. Ela já fizera aquilo, tudo era repetição, um círculo infinito que voltaria aos dois juntos, a ele se fazendo indispensável e ela o perdoando, dizendo a si mesma que não perdoava.

Agnes pensou que não desejava se afastar dele agora, mas teria sido melhor que nunca o tivesse conhecido.

No escuro da floresta e da periferia, sem nada para ocupar sua mente além do esforço e da pressa, a introspecção fez com que julgasse a si mesma. Ela notou o absurdo do pensamento anterior. Se seu maior desejo era que nunca tivesse visto aquele homem, por que não ia embora? Por que não acelerava o passo e o deixava para trás?

Julgou a si mesma quando segurou o braço dele e o ajudou a caminhar.

O raciocínio foi que a alternativa era pior, porque então ficaria sozinha com a voz de Jesus Cristo. E, enquanto formulou aquela justificativa temporariamente satisfatória, ela soube que dali a algum tempo pareceria incoerente e ela começaria o ciclo mais uma vez.

— Eu acredito — disse.

— O quê? — Tristano nem parecia tê-la ouvido direito, concentrado na dor e no destino.

— Acredito em tudo que você disse. Acredito que seja um yithiano e que tenha se arrependido. Acredito que você nos ama, da maneira como compreende o amor.

— Obrigado.

— Acreditar é a palavra errada. Eu *sei*.

Ele não respondeu. Porque deixou espaço para ela falar ou porque não conseguia.

— Sei que Deus não existe — Agnes continuou. — Sei que, quando morrer, vou ser torturada e esquecer tudo que vivi. Sei que na Realidade só existe ódio.

— Como...?

— Porque eu estou vazia, Tristano. Estou vazia, Masmorra ao Redor do Destino ou Thusnelda ou como queira chamar a si mesmo. Não há mais nada aqui, então eu aceito que não haja nada em lugar nenhum.

Ele ficou em silêncio.

— Perdoe-me, Agnes.

— Eu perdoo — ela mal deixou que terminasse. — Eu perdoo e você vai fazer alguma coisa horrenda de novo e vou perdoá-lo mais uma vez. Porque haverá um motivo para seus atos e porque você me ama.

Avançando devagar para a cidade que não conseguiam ver e que não parecia se aproximar, ambos tiveram a impressão de que a floresta e a noite estavam tomadas de escuridão absoluta. Uma escuridão primordial, que não fazia sentido porque o universo não tinha sentido.

— Imagino que queira saber sobre as tatuagens... — ele começou.

— Não — Agnes interrompeu. — Não quero mais nada. Não consigo mais querer. Você vai falar em forma de enigmas ou me levar para um futuro onde eu não estou curiosa, então vai contar a verdade quando e como quiser. Vai me narrar tudo num momento em que você pareça grandioso. Eu o conheço. Conheço desde que estou viva.

Escuridão além da escuridão, tristeza além da tristeza.

— É o Necronomicon — Tristano falou, como se ela tivesse perguntado. — Há muito tempo o homem a quem este corpo pertencia realizou este ato de coragem e sacrifício. O livro não podia ser destruído por meios normais ou místicos. Ele cogitou levar o Necronomicon até o alvo de uma explosão atômica, mas achou que não daria certo.

Ela deixou que falasse.

— Mas descobriu uma brecha. As páginas não eram indestrutíveis. Indestrutível era o conhecimento profano. Se o Necronomicon fosse copiado, haveria como destruir o objeto.

— Entendi — de forma neutra.

Tristano hesitou. A conversa unilateral era estranha, mas ele não sabia o que fazer além de continuar. Estava conhecendo uma nova faceta da experiência humana: vergonha.

— Ele era um homem bom, Agnes. Passou meses reunindo tatuadores místicos e explicou a cada um deles o que aconteceria. Um por um, eles fizeram sua parte do trabalho e enlouqueceram, então tiveram de morrer. Um a um se sacrificaram, contribuindo para o sacrifício maior, que foi o de Tristano.

— Certo.

A indiferença dava a ela uma estranha superioridade. Tristano se sentiu pequeno.

— Era a única maneira de sempre saber onde estava o Necronomicon, de ter controle absoluto sobre quem o lia. Ele destruiu o livro, tendo se tornado o livro.

Silêncio.

— Foi então que o possuí. O padre decidiu tomar para si aquela missão, mas eu sabia que ele precisava de mim para cumpri-la. Eu poderia usar minhas capacidades para garantir que o Necronomicon humano estivesse a salvo. Eu conhecia os rituais que selaram seu poder em mim. Desde que não seja lido, sua maldade está sob controle.

Ela olhou para trás. Seu rosto mal discernível na treva.

Não precisou falar nada para dizer que, assim como previra, Tristano tinha contado sua história de maneira a parecer grandioso.

Eles avançaram.

Agnes cogitou por um momento que a voz de Jesus a tivesse abandonado, mas sabia que era só um alívio momentâneo. Assim como Tristano sempre estaria com ela, Jesus também. Talvez ela fizesse o que o Messias ordenasse, talvez não. De qualquer forma, nunca seria livre e havia transcendido o luto por si mesma.

Eles avançaram.

— Como você fez aquilo, Agnes?

— O quê?

— Como manipulou o destino? Em Kalkriese você me arrastou para uma linha em que eu obedecia. Na ambulância, achou um futuro em que eu estava vivo. Sei que não deveria estar. Não tenho mais que um punhado de destinos agora.

Ela deu de ombros, sem se importar se ele conseguia vê-la.

— Como fez aquilo? — Tristano insistiu.

Ela estacou.

Virou-se para ele.

— Não sei — disse Agnes, sem emoção. — Acho que Jesus me ensinou.

— Agnes, você mesma disse, Deus não...

— Eu sei o que disse antes e sei o que disse agora. Ao contrário de você, eu nunca menti. Sempre disse que Jesus fala comigo.

— Mas...

— Aceite o que estou dizendo, Tristano — sua frieza vazia trouxe autoridade. — Jesus fala comigo. Eu ouço a voz de Jesus.

E foi então que ele entendeu. Foi então que parou de ouvir o que queria.

E ouviu o que ela falava.

— Você ouve uma voz? — ele perguntou com cuidado.

— É um yithiano. Eu sei que é. Ele me aconselhou em tudo que fiz. Ele me disse para ajudá-lo, ele me guiou por todo este caminho. Então, quando lembrar de seus atos hoje, saiba que você foi sempre vigiado. Que nunca esteve no comando.

O coração bateu forte, estreitando as possibilidades em que aquele corpo não cedia à morte iminente.

— Não escondi a verdade de você, embora isso pudesse ser uma pequena vingança. Também descobri há pouco tempo.

O rosto de Tristano foi de novo tomado de suor, misturando-se com o sangue, fazendo os cortes arderem. Falta de ar, enjoo sufocante.

— Mas já estou acostumada. E você, Tristano? Como é saber que sempre existe um tirano maior?

VI

UM DOS MAIORES PROGRAMAS JORNALÍSTICOS DA ALEMANHA Ocidental começou sua transmissão. O âncora olhou para a câmera e falou palavras que foram ouvidas por milhões de cidadãos dos dois lados:

— Ao se usar superlativos, é necessário ter cuidado, mas hoje podemos arriscar. Este dia 9 de novembro é um dia histórico. A República Democrática Alemã anunciou que suas fronteiras estão imediatamente abertas para todos.

Gerhard Lauter tivera um dia estressante. Escrevera a nova norma de viagens internacionais de manhã e esperara pelo retorno e pelas correções a tarde inteira. Quando seu expediente acabara, ele havia rumado para casa. Tomou banho e trocou de roupa. Conduziu sua esposa à traseira do carro oficial que esperava o casal. Abriu a porta para ela, entrou pelo outro lado, então deu ao motorista a ordem de partir.

Em pouco tempo chegaram a um teatro, onde Gerhard passou horas absorto, longe do mundo. No fim do primeiro ato, seu estresse já se dissolvera quase por completo e os meandros legais do texto daquela manhã já pareciam uma lembrança distante. No meio da peça, segurou a mão da esposa e sorriu, satisfeito porque tudo estava bem.

Eles saíram do teatro satisfeitos, discutindo a produção e os atores, no meio do burburinho do público que se derramava educadamente pelas portas. O motorista estava esperando, Gerhard mais uma vez cumpriu um ritual de gentileza, abrindo a porta para a esposa. Sentou ao lado dela e fechou a própria porta, então o carro arrancou num ritmo suave que podia embalá-lo até dormir.

Ele não queria rádio, não queria nada além do ronco do motor e dos comentários esparsos que o casal trocava. O trajeto até sua casa foi tranquilo. O carro estacionou, o motorista saiu e abriu as portas para os dois. Lauter saiu do carro como se estivesse flutuando numa nuvem de dramaturgia e contentamento.

Viu a porta da casa aberta. Seu filho estava de pé na soleira, esperando os dois com uma expressão indecifrável. Gerhard franziu o cenho e apressou o passo naqueles últimos metros.

— O que...

— O ministro ligou — disse o garoto. — Ah, e, por falar nisso, o Muro está aberto.

Quando chegou de volta ao escritório, ligou o interruptor e se viu sozinho frente a um quadro de dezenas de luzes piscantes, anunciando ligações telefônicas que não paravam de chegar. Sentou numa cadeira qualquer e começou a atender aos telefonemas ele mesmo. Falou com os mais altos oficiais do Partido, com agentes da Stasi confusos, com jornalistas em busca de manchetes. Mas atendia às ligações aleatoriamente, dando igual atenção a repórteres novatos e a oficiais com poder de vida e morte. Após alguns minutos, já nem sabia com quem estava falando.

Então, levando o fone ao ouvido mais uma vez, num gesto automático, foi puxado de volta à concentração quando ouviu o interlocutor falando inglês.

— Com quem estou falando? — perguntou a voz do outro lado.

— Gerhard Lauter — com cuidado, tentando determinar pelo tom a importância do estrangeiro.

— Senhor Lauter! — ele conseguiu escutar o sorriso. — Não acredito! Obrigado por me atender, tive medo que não conseguisse falar com alguém que pudesse me dar alguma resposta.

— Perdão, mas...

— Desculpe, não quero lhe faltar com o respeito. Aqui é Richard Barkley. Embaixador dos Estados Unidos.

Tendo dito seu nome, o americano não precisava apresentar mais nenhuma credencial. O coração de Lauter disparou — num instante, ele estava representando a República Democrática Alemã numa interação diplomática histórica.

— É claro, Camarada Barkley. Em que posso ajudá-lo?

Um diálogo de loucos. Ambos sabiam o assunto daquela noite, o único assunto que existia no mundo inteiro. Ambos precisavam cumprir certos protocolos para evitar um incidente.

— Serei direto, pois imagino que esteja muito ocupado. O governo americano gostaria de ter uma ideia sobre os próximos passos na abertura das fronteiras. Não vou mentir, senhor Lauter, fomos pegos desprevenidos.

Silêncio.

— Entendo que não pode me dar detalhes, mas uma previsão geral sobre como será a abertura...

— As fronteiras não estão abertas — Lauter interrompeu.

— O quê?

— As fronteiras não estão abertas, Camarada Barkley.

— A mídia do mundo todo está noticiando o contrário.

— Apenas boatos. Tudo continua igual. Cidadãos pegos cruzando ilegalmente para Berlim Ocidental serão considerados desertores.

Assim como pudera ouvir o sorriso, Lauter escutou a preocupação crescendo no embaixador.

— Nossas forças armadas estão de prontidão desde o pronunciamento de Günter Schabowski — disse Barkley.

— Não há razão para alarme.

— Com todo respeito, senhor Lauter, tenho olhos e ouvidos. Não tente me convencer de que não vejo e não ouço o que está a meu redor.

— A posição oficial do Partido é essa. Não houve nenhuma mudança.

— O que a Stasi vai fazer com as pessoas que estão tentando sair?

— O povo não vai sair, camarada.

Gerhard Lauter não acreditava em tudo aquilo. Em sua mente, ainda havia as preocupações daquela manhã: alguém que quisesse visitar sua tia não devia ser tratado como um desertor. Mas como dizer isso ao embaixador dos Estados Unidos naquela noite?

— Vou falar algo como indivíduo, senhor Lauter. Só por um minuto, esqueça que sou embaixador.

— É livre para falar o que quiser.

— Washington e Bonn não tolerarão uma resposta ao estilo chinês.

Silêncio.

— Tem alguma notícia de Moscou? — perguntou Barkley.

— Ainda não consegui falar com o embaixador.

— Seria bom saber o que eles pensam disso tudo.

— Não há “isso tudo”, camarada. Nada está acontecendo.

Richard Barkley suspirou fundo.

— O presidente está pronto para dar uma resposta enérgica a qualquer atitude hostil — arriscou.

— Quão enérgica?

— Isso depende de Berlim. E de Moscou.

As palavras não ditas ressoaram alto.

— Estou lhe pedindo como ser humano, senhor Lauter. Não deixem que nenhum tiro seja disparado contra um cidadão alemão. Isso não será tolerado.

— Não se preocupe. Nada vai acontecer. Porque nada está acontecendo.

Despediram-se com as formalidades de um dia comum.

Lauter colocou o fone no gancho e deixou as várias linhas tocarem por um tempo.

Falou em voz alta para as paredes:

— Aconteceu uma catástrofe.

Pouco depois alguns funcionários chegaram para ajudá-lo. Um deles trazia um recado anotado num papel. Lauter desdobrou a folha e leu as palavras escritas às pressas. Eram ordens de seu superior.

De manhã, ele deveria aparecer em vários programas de TV.

Para explicar que ninguém podia cruzar a fronteira sem autorização especial.

— Uma catástrofe — ele repetiu, mas não foi ouvido por ninguém.

Harald Jäger não sabia de onde chegava tanta gente. Estimava que já fossem mais de 10 mil no posto de controle de fronteira da Bornholmer Strasse.

— Os novos guardas chegaram! — gritou um de seus subordinados.

— O quê?

O homem pôs a mão em concha e se aproximou de seu ouvido, gritando ainda mais alto:

— *Os novos guardas chegaram!*

Jäger também berrou a resposta:

— Mande-os ficarem de prontidão!

À medida que a multidão tinha inchado, ele notara que nem mesmo fuzis automáticos fariam frente a tantos porcos selvagens. Tinha acionado um alarme de emergência, chamando novos guardas armados para o posto. Eram agora cerca de 60 agentes sob seu comando.

Lembrou de sua própria conclusão ao ficar sabendo que um colega fizera o mesmo: ninguém chama reforços armados para situações de paz.

— *Abram o portão!* — o chão tremia a cada palavra. — *Abram o portão!*

A algazarra causava uma dor de cabeça tão forte que ele se sentiu tonto. Teve dificuldade de focar a visão. Enquanto eles liberavam dois ou três dos desordeiros mais barulhentos de cada vez, esperando aliviar a pressão, centenas chegavam para substituí-los. E todos que chegavam ouviam o mesmo boato:

Quando mais gritassem, quanto mais confusão causassem, maior era sua chance de passar pela fronteira.

Um dos novos guardas falou algo, mas era como se apenas tivesse mexido a boca. Jäger mandou que se aproximasse. O homem gritou de novo:

— Quantas balas temos aqui?

A azia subiu pela garganta, lembrando-o do câncer.

— *Abram o portão! Abram o portão!*

— Não o suficiente se eles ficarem violentos! — dita aos gritos, a frase soturna soava ridícula.

— Então não vamos desperdiçar nenhuma!

Não desperdiçar nenhuma. Cada tiro deveria matar alguém.

Jäger fechou os olhos.

Estava se iludindo. Naquela situação, o melhor era atacar primeiro. Debelar a turba e começar protocolos de controle de multidão. Por meio da rede de boataria telefônica, ficara sabendo que o Secretário-Geral Egon Krenz colocara o exército em alerta e aumentara o contingente de soldados armados e prontos para a ação em Berlim. Eles estavam na beira de uma situação de guerra urbana. Se hesitasse demais, aquele homem podia morrer. Ou qualquer outro de seus comandados.

— *Abram o portão! Abram o portão!*

Um dos agentes mais jovens surgiu, vindo do portão ocidental. Ele tremia, seus olhos dardejavam para os lados, como se um bicho selvagem pudesse atacar a qualquer momento.

— Camarada Jäger! — berrou, sua voz falhando pelo uso excessivo. — Temos um problema!

Karin Mattenhauer andou pela ponte. À medida que seus amigos emergiram do portão, a sensação de que tudo aquilo era real aumentou. Eles se abraçaram, gritaram em comemoração. Os próximos a sair eram estranhos, mas ela os abraçou também. Um homem na faixa dos 50 anos enterrou a cara em seu ombro e soluçou sem controle.

Eles estavam em Berlim Ocidental.

Karin se desvencilhou do homem que chorava, aceitou uma garrafa de cerveja vinda de algum lugar, bebeu um gole e se maravilhou com a jornada daquele dia. De uma cela da Stasi ao outro lado do Muro. Ela tocou no asfalto, como se assim pudesse se convencer de que aquilo era mesmo verdade.

Já havia uma pequena festa daquele lado do portão, mas não passavam de 15 pessoas. Um de seus amigos disse que estavam indo até a cidade em si para beber. Iriam aparecer de surpresa na casa de um conhecido e passariam a noite lá. Karin pediu o endereço, mas decidiu que só iria mais tarde. A saída dos cidadãos de Berlim Oriental era um espetáculo, quase um fenômeno natural, e ela queria ver mais um pouco.

— Se quiser voltar para o outro lado, pode dormir na minha casa! — falou um dos rapazes que a acompanhara até ali. — Tome a chave, só não deixe o gato fugir!

Colocou a chave em sua mão e correu para alcançar o grupo.

Ela ainda não sabia o que fazer. Não teria onde ficar em Berlim Ocidental. Iria passar mais algumas horas ali, talvez arriscar um passeio pela cidade, então voltaria ao lado oriental e usaria a chave que tinha acabado de receber. Afinal, alguém precisava alimentar o gato. Voltaria a Leipzig à tarde.

A noite continuou. Ela meio atônita, meio maravilhada, comemorando o absurdo.

Não sabia quanto tempo tinha passado entre conhecer estranhos, ir até o fim da ponte, explorar Berlim Ocidental, beber mais cerveja e voltar. Notou uma pequena aglomeração no portão.

Um jovem casal estava frente a alguns guardas. O homem brandia sua identidade, a mulher falava aos gritos. Afinal, não poderia ser ouvida de outra forma.

Karin se aproximou e viu dois agentes com os fuzis prontos. Mais dois vinham das instalações internas do Muro, acompanhados do oficial que ela vira antes.

— Deixem-nos passar! — a mulher gritou. — Queremos voltar para casa!

O guarda foi o mais contido possível enquanto mantinha o volume para ser escutado:

— Sua identidade tem o carimbo de saída permanente! Vocês estão banidos!

Karin Mattenhauer começou a perguntar o que estava acontecendo, quando tudo ficou claro:

— Nos deixem voltar! Não vamos abandonar nossos filhos!

Jäger chegou ao portão inteirado da situação, mas sem saber como resolvê-la. Os guardas abriram espaço e ele foi imediatamente reconhecido como a autoridade.

— Diga para seus homens saírem da frente! — gritou uma mulher que ele acabara de deixar passar. — Queremos voltar para casa!

Jäger não disse nada. Tomou as identidades nas mãos, deu uma olhada rápida. Mero fingimento, pois sabia o que iria ver. A tinta do carimbo ainda estava fresca.

— Vocês requisitaram saída da República Democrática Alemã — ele não tinha energia para gritar e não se importou em ser ouvido. — Já saíram. Vão embora.

O homem arrancou os documentos de sua mão. Dois fuzis foram apontados na mesma hora.

— Deixamos nossos filhos dormindo em casa! — ele berrou. — Ninguém disse que a saída era permanente!

Jäger passou os olhos pelo grupo daquele lado do portão. Todos tinham parado o que estavam fazendo para assistir. A primeira garota que ele deixara passar estava ali perto. A expressão em seu rosto só podia ser chamada de horror.

Eles estavam expulsos. Com a roupa do corpo, o dinheiro e os objetos que por acaso tinham levado consigo naquela noite aleatória em que tinham decidido verificar se o que Schabowski falara era verdade. O Muro dividira famílias em 1961 e a história se repetia ali. Crianças acordariam de manhã sem seus pais. Irmãos nunca mais se veriam, casais seriam separados. Jäger fizera parte daquilo, tinha orgulho de ter participado da construção do Muro.

Então por que a sensação era diferente?

— Saia da minha frente! — berrou a mulher.

Ela investiu e os fuzis se voltaram para ela, os dedos nos gatilhos.

Por um segundo, tudo ficou estático.

Os guardas esperavam o sinal de Harald Jäger para matar uma cidadã alemã em território da Alemanha Ocidental.

Karin Mattenhauer gelou ao ouvir as armas sendo engatilhadas. Olhou nos olhos do oficial, esperando sua reação. Ele disse uma palavra:

— Esperem.

O homem virou as costas.

E caminhou para longe.

Jäger voltou à estrutura principal do posto, trêmulo. Ignorou as perguntas e interpelações de seus comandados, até porque não conseguia escutar.

— *Abram o portão! Abram o portão!*

Pegou o telefone e teve dificuldade para discar. Os guardas estavam esperando. Dedos nos gatilhos, fuzis apontados, frente à fúria de pais separados dos filhos, estavam esperando. Frente aos mais barulhentos, aos mais desordeiros porcos selvagens, estavam esperando.

— O que quer agora, Jäger? — disse o Coronel Ziegenhorn.

— Camarada — disse Harald — a situação piora cada vez mais. Eles não param de chegar.

Precisou repetir três vezes até que Ziegenhorn entendesse no meio da gritaria.

— *Abram o portão! Abram o portão!*

— O que quer que eu faça? — o coronel explodiu.

Harald fechou os olhos, controlando-se mais uma vez. As palavras subiram a sua garganta, mas ele as engoliu. O Muro precisava dele. O Partido precisava dele. Não podia ser insubordinado.

— Precisamos tomar uma decisão agora — disse por fim.

Houve silêncio do outro lado da linha.

— Muito bem — disse Ziegenhorn. — Vou falar com meu superior. Você vai ficar na linha para escutar as instruções, mas faça silêncio. Não quero que ninguém saiba que está ouvindo.

Jäger tapou o bocal do telefone, torcendo para que aquilo fosse suficiente para abafar o ruído.

Ouviu enquanto Ziegenhorn foi enviado por uma pequena sequência de ramais e subordinados, até chegar ao homem que podia falar pela Stasi inteira. Um dos subordinados diretos de Erich Mielke, uma autoridade inquestionável.

O coronel cumpriu o cerimonial exigido, então resumiu a situação de Jäger e o posto da Bornholmer Strasse.

Por um tempo, ninguém disse nada.

— Esse Jäger é capaz de avaliar a situação realisticamente? — o alto oficial foi ríspido. — Ou é apenas um covarde?

Harald Jäger ouviu o apito que significava que tinha sido derrubado da ligação.

VII

HAVIA HUMOR NA DESGRAÇA. AGNES QUIS RIR QUANDO NOTOU O pavor da criatura que se chamava Tristano. Se todos iriam morrer numa hecatombe nuclear, o que havia a fazer senão rir?

Era possível ver as poucas luzes da estrada que dobrava sobre si mesma, ao longe. Depois dos terrenos abertos e da floresta cada vez mais esparsa, havia mais sinais de construções periféricas. Mais cedo ou mais tarde, eles voltariam a Osnabrück, mas talvez fosse tarde demais.

— Por que não me contou? — o padre conseguiu dizer, atônito.

Ela ficou alguns segundos calada, esperando que Tristano percebesse o que acabara de falar. Mas não perceberia. Alguém como ele — *algo* como ele — nunca perceberia.

— Porque não devo satisfação a você — Agnes respondeu com simplicidade.

— Agnes, se eu fui manipulado, você foi de uma maneira muito pior.

— Deixe que eu me preocupo se sou manipulada ou não. Você não é meu salvador.

Ele deu um passo em sua direção, cada pequeno movimento causando ondas de agonia. A parte humana de Tristano não queria olhar para o próprio corpo, descobrir o tamanho do estrago que estava fazendo.

— Sou salvador de toda a humanidade, Agnes.

Ela riu.

Tristano sentiu a frustração ferver, aos poucos se tornando raiva destilada. Tentou ver os futuros, mas dentre os poucos que lhe restavam não conseguia discernir nenhum sem mísseis. Já era possível enxergar as primeiras possibilidades do fim da raça humana. Diferentes cenários em que um ou outro lado era o agressor, diferentes cidades sendo alvo primário.

Também não havia nenhum em que confrontasse o yithiano que falava com Agnes.

— Se você acredita em mim, por que não me contou? — ele se forçou a manter a voz sob controle. — Toda a humanidade está em jogo.

— Eu não pedi por isso. Nunca quis ter essa responsabilidade.

— Não interessa! — ele rugiu, as palavras distorcidas pelo corte no rosto. — Você não pode condenar toda essa gente!

— Por que não? — Agnes arregalou os olhos, desafiante. — O que devo a este mundo? Não sei de onde vim! Não reconheço ninguém, não poderia voltar para casa mesmo que quisesse!

— Agnes...

— Não lembro de meu sobrenome! Não tenho nenhuma memória clara antes de procurar um homem que não existe!

— Podemos descobrir a resposta, mas precisamos impedir uma guerra nuclear.

— *Eu* não existo! Não me encaixo em lugar nenhum! Por que os outros deveriam existir? Por que eles merecem mais do que eu?

Tristano começou a retrucar algo, mas se conteve.

A única resposta adequada, a única reação que demonstrava qualquer respeito por ela era o silêncio.

— Eu conheço um punhado de pessoas — Agnes continuou. — Alguém que me deu um endereço que não existe. Alguém que tentou me ajudar e aceitou que eu ficasse sozinha. Alguém que conseguiu me ajudar e perdeu tudo por causa disso. Alguém que tentou me matar. Isso é tudo. Você conta histórias de como passou a amar a humanidade por causa de pessoas extraordinárias, mas a humanidade ainda não me convenceu. Ainda não me deu um motivo.

— Você conheceu outras pessoas.

— Quem? — ela abriu os braços, num gesto ostensivo. — Adolf, o pintor?

De novo, Tristano não respondeu. Mais alguns futuros se fecharam. Mais alguns cenários de devastação brotaram. Pela primeira vez em mais de 300 anos, viu um fim para si mesmo. Não a morte do corpo que habitava, nem mesmo o ciclo que podia enxergar perto de um humano moribundo. Uma linha simplesmente interrompida, então o nada. O fim do futuro.

Uma nova sensação humana começou a tomá-lo: o pavor existencial.

— Por favor — disse Tristano. — Se você me salvou, deve ter tido um motivo.

O comentário causou um choque de estranheza. Há pouco tempo estivera resignada ao dever, tirara aquele homem das ferragens porque a humanidade dependia dele. O desprezo súbito por tudo e todos não se encaixava bem.

Agnes levou as duas mãos à cabeça.

— Não sei mais o que está acontecendo...

Mas Eu sei, disse Jesus.

Você está apenas cumprindo seu papel, Agnes. Eu disse que era superior a todas as mulheres, disse que seu filho seria o Salvador. Não menti. O mundo dos homens terá um fim e o Messias reinará. A ciência perversa e a feitiçaria profana dos mortais ficarão nas cinzas de uma civilização fracassada. A pureza será restaurada e os deuses nunca mais tocarão a Terra.

— Eu sei que você não é Cristo — ela disse em voz alta.

Tristano soube que ela falava com o yithiano, estivesse onde estivesse. Seu primeiro impulso foi interromper, instruí-la a não cair nas armadilhas da entidade. Então pensou que, num esforço derradeiro, poderia arrastá-la para um futuro em que fizesse a coisa certa.

Olhou para Agnes, vendo o destino que jorrava dela sem cessar. Destino de destruição e morte, destino de apocalipse e barbárie, o fim do mundo emanando de uma noviça sem memória.

Mesmo que tentasse, agora não conseguiria possuir seu corpo. As probabilidades de que ela continuasse naquele caminho nuclear eram avassaladoras. Masmorra ao Redor do Destino, o yithiano que usava o corpo de Giacomo di Monti e o nome Padre Tristano, aprendeu mais um pouco sobre a humanidade ao se sentir indefeso. Não podia fazer nada, seu futuro estava nas mãos dos outros. Foi banhado pelo desespero de todas as pessoas que matara ao longo dos milênios, pelo pânico enlouquecido de todos que se deparavam com um mundo sobrenatural incompreensível.

Só podia esperar.

E rezar para que ela tivesse clemência.

Rezar a um deus nunca adiantara nada. Então ele rezava a uma humana.

Meu nome não importa, disse a voz. *Para você sou Cristo, poderia ser outro se você acreditasse em outra coisa. Isso não muda o que vamos fazer juntos.*

— Eu o segui porque acreditei.

Você me seguiu porque quis. Nunca foi forçada a nada, exceto por Masmorra ao Redor do Destino. Você ouviu uma voz em sua mente e, em vez de procurar ajuda psiquiátrica, obedeceu a ela. Eu nunca poderia obrigá-la a fazer qualquer coisa.

— Você é um yithiano.

Sim. Não menti antes e não mentirei agora. Sou um yithiano e não sou o primeiro a ser cultuado. Não sou o primeiro a sussurrar na mente de um humano, nem serei o último.

— Por que eu?

Você não tem o pecado original.

— Então sabe a verdade sobre mim.

Sei. E posso contar, se continuar colaborando comigo.

Ela abriu os olhos. A proposta era tentadora.

— Primeiro a sua parte — disse Agnes.

Não. Eu já tenho o que quero. O ritual foi completado quando você levou o padre a uma emboscada. Você não entendeu, Agnes. O que está em jogo não é o fim do mundo. Isso já foi decidido. O que está em jogo, como sempre falei, é o nascimento do Salvador.

Ela levou a mão à boca. Num reflexo, procurou os olhos de Tristano na escuridão.

— O que ele disse, Agnes?

O Mecanismo do Destino está ativo, espalhando sua ruína pelo mundo. Vocês estão no meio do nada e não conseguirão sequer testemunhar o momento decisivo. Tudo já aconteceu. Escolha apenas se deseja o esquecimento ou a glória.

Ela pensou automaticamente na satisfação de dar à luz o Messias de um novo começo. De saber enfim tudo sobre si mesma e descartar o mundo podre de violência e traição que conhecera naquele dia infinito.

Ela sentia aquilo, pensava aquilo, mas ao mesmo tempo tudo parecia vir de fora. Agnes ficou confusa. Era difícil saber o que era ela e o que era outra coisa.

— O que ele disse? — Tristano perguntou de novo.

— Que o ritual já está completo.

A sensação de derrota foi grande demais. Ele derramou lágrimas, cada soluço um esforço para o corpo destroçado. Os futuros se apagavam a seu redor.

— Como...? Não houve canibalismo.

O que escolhe, Agnes?

— Ele disse que a emboscada foi a última parte.

O que ele pode lhe oferecer?

— O que você vai fazer? — o padre perguntou.

— Tristano — ela disse, sentindo-se feita de retalhos. — Eu não aguento mais. Acho que é melhor morrer.

Ele foi até ela com dificuldade, apoiando a mão no joelho, exaurindo os músculos a cada passo.

Abraçou-a com o braço que restava intacto.

— Nunca é melhor morrer, Agnes.

Faça a escolha.

— Se eu decidir ficar ao lado deles — ela falou em voz pequena — você irá me perdoar?

— Não há o que perdoar e eu não tenho essa capacidade. Eu estive do lado deles por muito, muito tempo.

— Tristano, acho que é isso que eu quero.

Ele a segurou mais forte. Conseguiu contar os futuros que ainda lhe restavam. Não chegavam a uma dezena.

— Tudo bem — ele murmurou. — Ninguém pode julgá-la.

Boa escolha.

Ela chorou, tomada de alívio. Viu as linhas de destino, como conseguira ver antes de salvar Tristano. Eram futuros magníficos e terríveis. Os mísseis quase já não faziam mais parte — estavam tão próximos que eram apenas o início de tudo, quase o agora. No futuro, fosse qual fosse, ela conhecia a verdade sobre si mesma e reinava num trono de lixo ao lado de um filho onipotente.

— Vou morrer, Agnes — ele disse.

— Vamos nos encontrar de novo?

— Não. Vou morrer de verdade. Vou morrer como os humanos morrem. Não sei como ou por que, como os humanos também não sabem. Mas os yithianos sabem, porque fizeram isso comigo no passado.

Ela o segurou firme.

— Agnes — disse Tristano — estou com medo.

— Eu sei.

Ela detinha o conhecimento, ela possuía o futuro. Ela sabia que iria perdurar. Ele rumava para o desconhecido, para o nada.

— Quero saber como — ele balbuciou. — Terei menos medo se souber como. Como eles conseguiram?

— Desculpe, você não vai saber disso. Os humanos quase nunca sabem como vão morrer.

Ele apertou os olhos.

— Quando isso começou? — Tristano insistiu. — Quando o yithiano passou a assombrá-la?

Ela respirou fundo. Viu o destino curto e estático do padre. Seu segredo não fazia mais sentido.

Não conte.

Agnes sentiu um clarão súbito. Abriu os olhos, cenho franzido.

Não conte! Ele não deve saber.

Havia algo na voz do yithiano.

Medo.

Não conte!

— O que houve? — Tristano perguntou com uma ponta de esperança.

— Comecei a ouvir a voz...

Não! Não conte! Não blasfeme contra o Messias! A anunciação é apenas sua!

— ... quando descobri que estou grávida.

Os dois viram os futuros se multiplicando. Tristano ganhou um emaranhado de possibilidades de sobrevivência. Era improvável que tivesse força para continuar andando.

Mas ele se empertigou com dificuldade, segurou o braço de Agnes.

— Vamos a Osnabrück.

— Eu fiz a escolha — ela retrucou.

— Não vê, Agnes? Foi assim que eles completaram o ritual.

— O que está falando?

— O canibalismo. Não é preciso que um humano coma carne humana. Não com a boca e os dentes. O ritual não é esse.

Ela já começava a acompanhá-lo em alguns passos.

— Você o está alimentando com seu corpo.

É mentira!

E foi assim que ela soube que era verdade. Agnes sentiu a violação, o horror da coisa que tinha profanado o que havia de mais puro dentro dela. O Messias inverso, que não dava Seu corpo aos devotos, mas parasitava o corpo humano. Era uma verdade que pertencia a ela, e foi ela que a colocou em palavras:

— O yithiano possuiu o corpo não nascido do meu filho.

Eles voltaram a andar rumo à cidade, sob os gritos de protesto da entidade que habitava o feto. Muito mais do que a descoberta de que a voz de Cristo pertencia a um monstro, aquilo a fez odiar cada instrução que aceitara, cada ordem que obedecera. Ela e a entidade eram um pouco uma coisa só e assim ela tinha acesso a seus poderes, assim ele tinha acesso a suas intenções. Assim ele falava em sua mente e ela o alimentava, dando o próprio corpo como sacrifício para a fome daquilo que crescia em seu ventre.

— O ritual está dentro de mim.

Os padrões repetidos e refletidos, assim acima como abaixo. O corpo de Agnes transformado em geografia sagrada, um enigma e um labirinto, carregando o poder do Mecanismo do Destino por onde passava.

— Quem é ele? — perguntou Tristano.

Não lhe dê ouvidos. Estou dentro de você, Agnes. Ama seu filho, não é mesmo? Eu sou seu filho.

Ela voltou a concentração para dentro de si mesma, para as perguntas sem resposta. Entre elas, como ouvira falar de um obscuro exorcista espanhol do início do século. Lembrou de Don Azaghal jovem, do rosto de Javier e do Padre Tobias. Mas não eram memórias suas: vinham até ela por uma ligação umbilical etérea.

Eram memórias da coisa que habitava seu filho.

— Seu nome é Nenhum Caminho Exceto o Declínio.

Os futuros explodiram em possibilidades.

Tristano assentiu.

Por mais de 100 anos, aquele yithiano estivera desaparecido.

Talvez estivesse vigiando.

Talvez se preparando.

— Ele já me matou uma vez — Tristano rosnou, lembrando da humilhação e da dor, tomado pelas lembranças de uma caravana aterrorizada e de um bebê devorado no Natal, de uma guerra que não tinha fim e de um apocalipse particular. — E antes disso já havia me derrotado. Mas ainda podemos vencer.

— Não há mais nada a fazer — ela disse.

— Temos uma última chance — a fúria e o fiapo de esperança renovaram sua voz, sob a respiração pesada. — Ainda existe uma coisa que pode impedir o sacrifício atômico.

— Em Osnabrück?

— Não — ele respondeu. — Mas, se você estiver lá, a chance será maior.

Eles se puseram na peregrinação a pé, arrastando-se contra o tempo, assim como a caravana de Golgotha Hill fizera um século atrás.

— Vou lhe contar minha última história, Agnes. A história de meu maior sofrimento. A história do Juízo Final.

A Cidade da Paz

Praga, Boêmia, 1618

J

UM COMETA CRUZOU OS CÉUS E MUITOS ACREDITARAM QUE ERA um aviso do fim do mundo.

Em parte, estavam certos. Aquela foi a época do Juízo Final.

Foi a era dos Habsburgo e do Sacro Império Romano-Germânico. Um império que tomava para si o nome de Roma e descendia das ruínas daquilo que fora criado por Carlos Magno. Eu defendera os antigos impérios por convicção, mas defendia este por interesse.

Você ouvirá muitas vezes que não era sacro nem romano, mas Roma e Deus estavam no centro do poder na época, assim como fora antes. O Império era um leviatã que abarcava a maior parte da Europa, um monstro costurado dos corpos de milhares de territórios. Como quase sempre acontece com algo tão vasto e tão complicado, se movia de forma lenta e contraditória. As bocas, garras, caudas e asas do monstro existiam num estado de semi-ignorância umas das outras, interessadas em sobreviver, por vezes esquecendo que morreriam se o corpo morresse.

O que alimentava o monstro eram vidas humanas.

O que ele nos dava em troca era a paz.

Eu já disse e repito: um império é algo terrível. O Sacro Império Romano-Germânico clamava para si o direito e a glória de Roma mais de 1.000 anos antes e, como o Império Romano original, pisava sobre os indivíduos, derramava seu sangue e os prendia em celas de ordem e previsibilidade.

Mas ordem e previsibilidade eram privilégios naquela época, como foram durante boa parte da história. No início do século 17, o Sacro Império vivia o período de paz mais longo da história alemã, que nunca foi superado. Os cidadãos podiam planejar suas vidas e as vidas de seus filhos. Se havia as botas de um imperador e de inúmeros nobres sobre sua cabeça, ainda era melhor que ser pisoteado por bandidos ou selvagens. Cientistas descreviam o mundo em termos mecânicos, falando de organismos e de corpos celestes com a mesma precisão elegante, descartando a superstição e o obscurantismo. A prensa dava início aos jornais e aos livros como os conhecemos hoje. A alfabetização se espalhava. Pessoas comuns escreviam diários, relatando suas histórias, deixando sua marca no mundo para sempre. Calendários eram cada vez mais presentes, organizando o tempo e a vida de forma que todos pudessem entender.

Quanto mais a Europa se tornava estável e mais se voltava à filosofia natural, mais longe ficava do objetivo de ruína dos yithianos. E também mais a humanidade se afastava dos conhecimentos arcanos que levariam aos deuses. O Império era cruel, mas era bom.

Por isso eu habitava um corpo que transitava na corte. Por isso eu era um espião. Por isso conspirava para que o Império continuasse forte e centralizado. Por isso eu estava em Praga, no papel de agente do Imperador católico, disfarçado como um rico burguês protestante.

Não se preocupe em entender todos os detalhes, Agnes. Se o mais provável acontecer e morrermos todos numa troca estúpida de explosões nucleares, você não desejará ter passado mais tempo aprendendo as minúcias de uma política que não lhe diz respeito. Saiba apenas que a família do Imperador era católica, o que significava que o Império de certa forma era católico. Uma crença unificada me favorecia, pois facilitava o combate aos cultos que invariavelmente levavam aos deuses profanos. Mas o Império também era vasto e variado. Havia uma grande população protestante; cidades, feudos e regiões inteiras em que o Protestantismo era a norma.

Praga era uma delas.

Praga era a capital da Boêmia, como era chamado o reino que hoje faz parte da Tchecoslováquia. A Boêmia, por sua vez, era subordinada à coroa imperial. Em um dos vários nós da política da época, o rei da Boêmia era um católico, membro da família imperial. Assim, a população protestante do reino vivia sob uma autoridade católica. Foi essa a origem dos problemas. Era por isso que eu estava lá.

Estávamos do lado de fora do Castelo de Praga. Eu era um rosto anônimo numa pequena multidão. Naquela vida fui especialista em ser esquecido. Usava o mesmo bigode, cavanhaque, chapelão, casaca e capa de todos os outros, com uma rapieira à cintura. Hoje em dia, eu pareceria um figurante num filme de capa e espada. Não era a vestimenta do povo, mas era a da turba: juntos formávamos um bando furioso, mas um bando de aristocratas. Todos amontoados numa ruela, olhando com raiva e ressentimento para o castelo onde nosso destino era decidido por estrangeiros que não compartilhavam de nossa fé.

Na verdade, apenas o destino deles. Eu era estrangeiro e membro de uma organização que eles temiam. Era um inimigo infiltrado e estava lá para observar.

Quem nos liderava era o Conde Thurn, um homem largo e altivo, com uma vasta barba que escondia seu pescoço e o colarinho rendado de sua camisa. Thurn suava e respirava com força, mas em seus olhos só havia determinação.

— "Com que rapidez 'agora não' se transforma em 'nunca'"! — ele recitou, igualmente soturno e beatífico. — Chega de espera, cavalheiros. Hoje colocaremos fim à tirania.

Eles se entreolharam. Alguns eram soldados de profissão e de espírito; não queriam nada além de partir para a ação. Outros não passavam de herdeiros, diletantes ou mesmo mercadores. Queriam o resultado daquele ato, mas não queriam agir.

— Vossa Graça — disse um nobre jovem, a mão tremendo sobre o punho da rapieira. — Não há outra saída?

Thurn fixou o olhar nele, com a severidade de todos os pais que jamais viveram.

— Não ouça minhas palavras, rapaz. Ouça as palavras de Martin Luther! "O Evangelho não pode ser verdadeiramente pregado sem tumulto e ofensa."

Tumulto e ofensa eram objetivos por si só, mas a aprovação tácita de seu grande líder espiritual os inflamou para o grande ato. No meio da ruela, à sombra do castelo, a turba de nobres exclamou palavras de exaltação a Cristo.

— Vamos mostrar aos católicos — disse Thurn — quanto tumulto e quanta ofensa estamos dispostos a causar na defesa do Evangelho!

Ele se virou e começou a marchar, sabendo que todos o seguiriam. Sua voz poderosa puxou um cântico sacro. Ganhamos a rua principal com nossas roupas coloridas, nossos adornos requintados, nossas barbas bem aparadas e nossas espadas delgadas. O povo se afastou, reconhecendo a ira dos poderosos.

Entramos pelos portões principais do castelo, sem medo, a canção sacra anunciando nossa presença. Atravessamos o pátio frontal ante a vista de guardas e plebeus. Rumamos a uma ala lateral, onde estariam nossos alvos. Thurn se postou frente a uma grande porta que levava ao interior do prédio. Não demorou muito para que ela fosse aberta.

Do outro lado estava um capitão da guarda.

— Entrem rápido — disse o homem.

— Não precisamos de pressa, porque estamos protegidos por um castelo — o conde respondeu. — "Um castelo forte é nosso Deus."

O capitão não respondeu nada. Afinal, aquele era um ditado luterano, e ele era católico.

Mas abriu a porta para os conspiradores, o que foi uma pequena amostra do labirinto de alianças e traições que estava por vir.

A fúria dos nobres tinha um motivo. Um motivo do espírito, mas principalmente do corpo e do orgulho.

Subimos as escadarias rumo ao terceiro andar, os saltos de nossas botas fazendo barulho, as vozes misturadas num burburinho de indignação crescente. Era uma indignação que vinha de longe, de todos os cantos do reino e de anos sob o que eles viam como tirania católica.

Havia tolerância religiosa, mas não como se entende hoje. A doutrina imposta dizia que a fé do lorde local determinava a religião oficial. A Boêmia tinha maioria protestante. Mas sob a coroa católica, com muitos nobres católicos apontados pelo Imperador, a religião do povo era uma crença marginal. Os protestantes se viam com cada vez menos direitos, enquanto o Imperador lentamente se tornara um fanático. Terras tinham sido tomadas e presenteadas à Igreja católica, cidades inteiras haviam tornado o Protestantismo ilegal. Direitos dos indivíduos protestantes foram removidos um a um, inclusive o direito de praticar a religião. Tentativas de resolução legal resultaram em ainda mais repressão, com líderes protestantes aprisionados e sanções financeiras a paróquias protestantes. Duvido que até mesmo os nobres indignados lembrassem de todas as ofensas dos últimos anos, pois era uma lista interminável, suficiente para incitar uma revolta.

Naquele momento, cinco homens se reuniam numa sala no terceiro andar do castelo. Já deviam estar ouvindo o barulho da turba, mas não sabiam o que era. Quatro deles eram regentes — representantes do Imperador escolhidos para exercer poder em seu lugar. O quinto era apenas um secretário. Eram o rosto católico da humilhação que o povo protestante sofria.

Thurn esmurrou a porta.

— Abram, covardes! Já se esconderam por tempo demais atrás de suas mentiras!

A porta se abriu um centímetro, então a turba invadiu o salão.

Thurn foi o primeiro a entrar, se jogou sobre a porta com seu corpo robusto e derrubou um homenzinho confuso. Uma mesa comprida dominava o ambiente, ocupada por quatro figuras debruçadas sobre papéis. Eles ergueram os olhos ao mesmo tempo e pude ver o pavor em seu rosto.

— Comecem a rezar, papistas! — gritou alguém, puxando a espada. — Rezem para suas imagens! Ajoelhem-se para sua riqueza!

Um grupo de nobres correu para o homem que estava mais perto. Ele tentou se erguer, mas tropeçou na cadeira. Num instante, vários pares de mãos o agarraram pela roupa, ele foi jogado contra a parede.

O jovem nobre protestante que antes demonstrara hesitação encostou a ponta da espada em sua garganta.

— Acha-se superior a Deus? — berrou o rapaz. — Acha que pode nos proibir de chegar ao Paraíso?

Antes que o regente católico pudesse responder, alguém lhe deu um chute, um punhal encostou em seu flanco.

— *Não!* — o homem se desesperou. — Eu juro! Sempre defendi...

Havia uma série de idas e vindas naquele processo de derrocada, mas naquele momento os revoltosos só tinham ódio e fervor.

Outro regente começou a correr, mas foi impedido por uma barreira de protestantes armados. Eles o acuaram, gritando e brandindo as espadas, até que ele também encostasse na parede.

— Sempre ouvi suas reclamações! — lágrimas escorreram de seus olhos. — Argumentei a seu favor! Juro por Deus!

O homem franzino que fora derrubado continuava no chão, uma bota sobre seu peito, uma lâmina apontada para seu rosto.

— Quem é você? — rugiu um dos conspiradores.

Eu estava bem atrás, pude ver seu rosto com clareza. Não era um homem, não ainda. Não passava de um garoto.

— Fabricius, senhor — gaguejou. Então, quase em tom de desculpas: — Eu... sou o secretário.

— Um secretário? — um sujeito alto, com uma cicatriz no pescoço, se aproximou e o chutou no flanco. — Então deve saber tudo que se passa neste antro!

Os outros dois regentes estavam encurralados atrás da mesa. Um deles fez menção de fugir, mas um grupo de conspiradores bloqueou seu caminho.

Thurn se aproximou do secretário, que se contorcia no chão. Segurou sua casaca, colocou-o de pé à força. Então lhe deu um tapa no rosto.

— Fale, plebeu! Diga quem escreveu a carta que recebi! Mostre-me o responsável pelo insulto derradeiro!

A faísca que acendera o pavio fora a resposta que Thurn recebera a uma carta de reinvindicações. Mas àquela altura qualquer ato causaria a explosão da revolta.

O secretário estava mudo de pavor. Seus olhos dardejavam, saltando entre o reluzir das muitas lâminas. Então um dos homens encurralados ergueu a voz:

— Fui eu, Vossa Graça! Deixe o menino em paz e dirija sua fúria contra mim!

Talvez por não ter saída, talvez pela inspiração do colega, o último dos regentes estufou o peito:

— Eu também! Tenho orgulho de servir ao Imperador e ao Papa! E não tenho medo de você!

Thurn dirigiu a eles um olhar cheio de ódio e satisfação. E, acima de tudo, apetite.

— Tirem os outros daqui — ordenou.

Os católicos que haviam se declarado inocentes foram expulsos a empurrões e pontapés. Rolaram escada abaixo, manchando os degraus de sangue. Fabricius se moveu para acompanhá-los, mas a porta se fechou.

Os dois regentes saíram de trás da mesa com passos deliberados, as mãos para cima. Fabricius olhou para eles em busca de algum conforto, mas o que ouviu só aumentou seu medo:

— Que Deus tenha piedade de nós.

Os três foram colocados no meio da sala e um círculo se formou a seu redor. Lâminas sedentas e acusatórias apontadas por todos os lados, como os dentes de uma das bocarras do Sacro Império.

— Vocês são nossos inimigos e inimigos de nossa religião — proferiu Thurn. — Foram uma peste horrenda sobre seus súditos protestantes. Tentaram forçá-los a adotar sua própria religião ou os expulsaram.

— O que vão fazer conosco? — perguntou um dos réus.

Thurn abriu um sorriso largo.

— Justiça de Praga.

A sala explodiu em comemoração selvagem. Alguns embainharam as espadas, outros as jogaram no chão. Todos enxamearam para cima dos três católicos. O primeiro se debateu, ouvi o som de sua roupa rasgando. Mãos fortes seguraram seus tornozelos e ele foi erguido, chutando e tentando morder.

Os revoltosos abriram as janelas e o vento quente da primavera invadiu a sala, fazendo papéis voarem.

— Peça para a Virgem Maria segurá-lo no colo, herege!

A turba o arrastou, passou-o de mão em mão. O homem berrava, tentava a todo custo se soltar, seus urros eram abafados pelas gargalhadas. Então, num movimento ligeiro, como se fossem um só, os algozes o arremessaram pela janela.

O segundo já estava sobre a cabeça dos conspiradores. Ao contrário de seu colega, ele não se debateu. De olhos fechados, rezava como se estivesse na igreja.

— Quero me confessar — pediu.

Isso provocou um rugido coletivo, como se fosse mais um desrespeito.

— Deus o odeia, idólatra!

Ele estava mole como um boneco de pano quando a turba o levou à janela e o jogou no vazio.

O mais jovem dos revoltosos olhou para baixo e gritou:

— O primeiro ainda está se segurando!

Ele riu enquanto puxou um punhal e estocou os dedos do regente. O homem se agarrou como pôde ao parapeito, mas enfim a dor foi demasiada, o sangue tornou a pedra escorregadia e ele se soltou.

Fabricius se encolheu.

— É só um secretário — tentei.

Eu estivera calado durante todo aquele processo. Meu dever para com o Império era observar, lembrar e relatar. Se os protestantes tinham aquela sede de sangue, não cabia a mim controlá-la. O Imperador decidiria o que fazer, eu era seus olhos.

O garoto deu um salto rápido, evitou um grandalhão e se jogou sobre mim. Agarrou-se a meu corpo num abraço de pânico, suas lágrimas molhando minha casaca.

— *Por favor, meu senhor, por favor por favor...*

— É só um secretário — repeti.

— Como podemos confiar num maldito católico? — vociferou um nobre. — Ele pode ser o mais poderoso de todos, apenas disfarçado! É um velho truque jesuíta!

A especulação infundada foi recebida com aprovação entusiástica e logo aceita como verdade. Fabricius jurou aos berros que não era jesuíta ou poderoso, mas suas palavras se degeneraram para um guincho de pânico primordial. A turba se uniu a seu redor, todas as mãos queriam a satisfação de arremessá-lo. Puxaram-no de mim, ele ainda estendeu os braços como se pudesse me alcançar ou ao menos apelar para minha misericórdia.

— Vai pagar por seus pecados, idólatra — disse o Conde Thurn.

Então, tomado por pânico, o jovem Fabricius também foi jogado pela janela aberta.

Eu não devia intervir, apenas observar.

Mas havia um futuro em que ele sobrevivia.

— Não é possível! — um dos conspiradores se debruçou no parapeito.

Mais tarde a propaganda católica afirmou que eles foram carregados por anjos e pela Virgem Maria — e um dos conspiradores, mesmo a contragosto, disse que testemunhara a santa recolhendo os três em seus braços. Todos os demais protestantes juraram que os três caíram sobre um enorme monte de esterco e foi isso que salvou sua vida.

Cada lado enxergou o que quis, mas a verdade foi uma só: não era impossível que os três sobrevivessem a uma queda de 20 metros.

Apenas muito improvável.

II

— VOCÊ ACHA QUE RUDOLF SABIA? — PERGUNTOU O IMPERADOR.

Sua voz mal era audível, precisei me curvar e pedir que repetisse. O quarto imperial fedia a poeira, mofo, dejetos e doença. O Imperador Matthias não saía de lá há mais de dois meses, nem deixava que trocassem os lençóis. Ele dizia ainda sentir o cheiro da Imperatriz na roupa de cama, mas era apenas mais um sinal de sua mente indo embora.

— Do que Vossa Majestade está falando? — tentei esconder o nojo e a preocupação em minha voz.

Ele se virou para mim e arregalou os olhos, como se fosse dizer uma verdade transcendental.

— Que o cometa traria o fim do mundo.

Havia curandeiros de todos os tipos dentro de mim e, frente à figura alquebrada do Imperador Matthias, eles por vezes deixavam de me odiar e formavam uma espécie de conselho de conhecimento combinado. Mas qualquer ignorante chegaria à mesma conclusão: Matthias estava se entregando. Ele queria morrer.

— Por que Vossa Majestade acha que o cometa traz o fim do mundo?

Ele franziu o cenho, demorou alguns segundos para entender a pergunta.

— Olhe a seu redor, Tiefenbach! — gesticulou para o mundo, mas seu mundo era o quarto fechado. — O frio e as geadas! A perversidade e devassidão do povo! Cristãos matando uns aos outros!

Escolheu um dos vários livros que estavam abertos sobre a cama. Pegou-o nos dedos frágeis, folheou e achou a passagem que queria.

— Os astros falam claramente! — apontou um dedo trêmulo para um diagrama celeste e um amontoado de números. — O céu nos avisou que chegaria a época do Juízo Final, e fomos idiotas demais para aceitar!

Acabamos de entrar num período de ruína e azar, de sangue e trapaça! Rudolf já sabia!

— Seu falecido irmão era sábio — falar a verdade não teria utilidade nenhuma naquele momento. — Ele diria que, além de olhar os astros e consultar os alfarrábios, deveríamos nos preocupar com os diplomatas e os exércitos.

O Imperador ensaiou um riso, que logo se transformou num acesso de tosse. Amparei-o com uma mão em suas costas. Uma das portas do quarto imperial se abriu e um valete espiou para dentro, perguntando sem palavras se deveria fazer algo. Dispensei-o com um gesto. Naquele estado, Matthias acharia que qualquer um escutando atrás da porta era um inimigo.

— De que adiantam diplomatas e exércitos, Tiefenbach? — ele grasnou, depois de parar de tossir. — De que adiantam acordos e promessas, piques e mosquetes, quando estamos lidando com estrelas e planetas?

Apontou para algo numa das várias prateleiras atopetadas de bibelôs, pequenos objetos esotéricos e lixo.

— Traga-me a cabeça encolhida! Vamos, vamos, quero lhe mostrar uma coisa!

Segui seu gesto e forcei os olhos para achar o objeto no meio da bagunça. As cortinas pesadas estavam fechadas, como estavam há meses, e dentro do quarto era sempre noite. O falecido Imperador Rudolf colecionara aqueles trastes durante anos, mas Matthias ficara obcecado por eles em menos de um mês. A superstição pairava na família Habsburgo, assim como pairava em muita gente naquela época. O triste destino de Rudolf — isolamento, doença, paranoia e obsessão com ocultismo — repetia-se em seu irmão. Matthias parecera imune àquilo, mas a morte de sua esposa fizera com que mergulhasse de cabeça e abraçasse com um prazer masoquista a decadência de seu antecessor.

Achei a cabeça encolhida. Levei-a ao Imperador.

— Veja, veja! — ele manipulou o objeto nas mãos ossudas. — Perfeitamente preservada! Meu irmão estava trabalhando numa fórmula alquímica que permitiria que ela falasse! Tenho razões para crer que a cabeça nos contaria o futuro, Tiefenbach. Mesmo que haja pouco futuro a ser contado!

Ele se voltou a um tratado de alquimia que estava aberto a seu lado. Vasculhou as centenas de anotações lidas e relidas que o Imperador Rudolf deixara nas margens.

— Tem que estar aqui em algum lugar...

— Majestade — interrompi. — Não acha que precisamos dar alguma ajuda a Deus? Ele não poderá nos proteger se não agirmos por nós mesmos.

Ele voltou a me dirigir um sorriso zombeteiro. Não fez segredo de que estava respondendo à pergunta tola de um parvo.

— Deus! — disse Matthias. — Deus já está farto de nós! Deus nos odeia! Deus avisou na Bíblia e não soubemos ouvir! O fim está próximo, Tiefenbach!

— Pelo menos ouça Ferdinand e negocie a paz com os rebeldes.

— Não vamos perder tempo com bobagens — ele descartou. — Em vez disso, ajude-me a desvendar o legado de Rudolf.

As relações entre as dezenas de nobres que se cruzavam e se enredavam nos jogos de poder eram obscuras naquela época até para mim. Rudolf, o antigo Imperador, fora deposto num golpe de Matthias quando a aristocracia deixou de tolerar a ruína que era sua mente, mas agora Matthias seguia seus passos e vasculhava de maneira obsessiva suas anotações e seu lixo. O Conde Thurn também se chamava Matthias, o que levara o Imperador a uma espiral de semanas em que especulara sobre as implicações numerológicas do próprio nome. Ferdinand era filho adotivo do Imperador, estava entre os que pediam medidas sobre a rebelião e tentava suprimi-la com diplomacia. E, no meio de tudo, isso havia uma infinidade de nobres, cada um com seus próprios interesses e seu direito dinástico, cada um pensando em uma forma diferente de lidar com a rebelião ou fomentá-la. Isso se estendia além do mundo germânico, para o resto da Europa e até mesmo para o Novo Mundo. O monstro que era o Sacro Império seguia se movendo em diferentes direções, sem que cada parte soubesse o que a outra fazia.

— Você não pode fazer nada, Tiefenbach?

— Como assim, Majestade?

— Não pode usar nenhum de seus rituais? Sua ordem não pode recorrer a algum segredo? As criaturinhas que vivem no céu e são controladas por você... Elas sabem algo sobre o cometa?

Olhei fundo naqueles olhos e não soube o que era loucura e o que era vontade de ser louco.

A pergunta certa a fazer, que sei que você está fazendo, é o quanto disso era verdade. Afinal, você sabe que tudo é verdade e que só porque algo é falso não significa que não seja real. A resposta é que havia verdade em tudo aquilo, Agnes. Por meio daqueles diagramas astrológicos seria possível acessar poder da Realidade e saber quais forças influenciariam o destino. Por meio de rituais que se traduziam em alquimia era possível transformar metais, obter respostas ou, sim, fazer cabeças encolhidas falarem. Todo o lixo esotérico carregava pelo menos um fundo de potencial, porque até mesmo os charlatães tropeçam em fragmentos de tradição mística verdadeira.

Mas o Imperador Matthias tinha a incrível capacidade de sempre errar. Se numa página havia dez fórmulas com poder real e uma inócua, Matthias seria atraído pela fórmula inócua. Se apenas um jeito de manipular um amuleto não resultasse na invocação de uma entidade, seria o único jeito que ocorreria a Matthias. Não sei se era um resquício de inteligência, alguma proteção que fora colocada nele ou pura sorte. Mas, num mundo sobrenatural, o Imperador Matthias possuía o incrível talento de só se deparar com o banal.

Um bom exemplo era a pergunta que ele acabara de me fazer.

— O que Vossa Majestade quer dizer?

— Não se faça de bobo, Tiefenbach! As criaturinhas! Se elas estão no céu, devem saber algo sobre o cometa! Ou então use sua feitiçaria, fale com o Papa!

— Majestade, nada disso...

— Você é inútil! — ele esbravejou. — Fora daqui! Deixe-me estudar!

Fiquei de pé, fiz uma mesura profunda e me retirei, deixando o monarca do Sacro Império Romano-Germânico para suas crendices e seu fedor.

— E então? — perguntou Ferdinand.

Apenas balancei a cabeça.

— Ele segue os passos de Rudolf — falei. — Lamento dizer, mas não irá viver muito.

Ferdinand e todos os outros nobres reunidos na sala adjacente se entreolharam. Entre todos nós havia o entendimento mútuo de que ninguém lamentava ao dizer aquilo. Pelo contrário — se fosse possível apressar a morte, todos ali mandariam seu cavalo mais rápido buscar o ceifador.

— Os protestantes marcham por nossas terras! — esbravejou Ferdinand. — Espalham sua heresia e zombam de seu rei! E o que nosso Imperador faz?

Ninguém respondeu. Tanto concordar quanto discordar seria perigoso.

Ferdinand fora rei da Boêmia até a Defenestração de Praga e o início da rebelião. Sua tentativa de apaziguar os luteranos enquanto lhes tirava terra e direitos fora uma aposta alta que agora todos estavam pagando. Mas, fosse quem fosse o rei, o conflito entre católicos e protestantes era provável.

— Ele desconfia de algo? — Ferdinand perguntou, mais calmo.

— De tudo, Vossa Graça — respondi. — Mas apenas das coisas erradas.

Quem escolhi ser naquela época foi um homem de mistério, o que servia bem a meus propósitos. Você nunca encontrará Tiefenbach em nenhum livro de história, apenas o sobrenome da família ligado a outras pessoas. Ao contrário de Turpin ou Thusnelda, Tiefenbach foi útil porque era anônimo, vivia às margens do poder. Fazia parte de uma organização que tinha acesso à alta nobreza e a recursos escusos.

Era um jesuíta.

Quase nenhuma teoria de conspiração atual ou antiga sobre os jesuítas é verdadeira, mas tínhamos nossos segredos. Até hoje lunáticos pensam que jesuítas criaram alienígenas que vêm à Terra em discos voadores, como o Imperador Matthias acreditava, ainda que não tivesse o vocabulário para expressar. Até hoje ingênuos juram que os jesuítas eram assassinos do Vaticano, parte de um grande plano para criar um império mundial controlado pelo Papa. Nada disso é verdade — mas é verdade que estávamos em toda parte.

Ferdinand, o filho adotivo do Imperador, fora criado num colégio jesuíta. Usando a rede de espionagem jesuíta eu tinha me infiltrado nos protestantes. Por causa das influências jesuítas, eu sumira de Praga sem chamar atenção, para reportar tudo às lideranças católicas.

O Padre Tiefenbach era um espião da Igreja, um conspirador e mercador de segredos. Através daquele corpo, eu vigiava Matthias, garantindo que ele não tropeçasse em nenhum poder sobrenatural, e movia os títeres da família Habsburgo, para que continuasse no poder e mantivesse o Império unido. Através de Tiefenbach, eu arquitetava o domínio ideológico sobre a Europa, para que o Mecanismo do Destino nunca fosse utilizado, os rituais antigos nunca fossem redescobertos.

— Acha que temos alguma esperança, Tiefenbach?

Observei Ferdinand e as linhas de destino que passavam por ele. Estava no centro do futuro, como seria de se esperar, mas não era um nexo como Carlos, Arminius, Don Azaghal ou você. Era apenas um Habsburgo.

— A esperança está nesta sala — respondi, soturno.

Ferdinand assentiu, mas os demais me olharam com desconforto, reprovação ou medo. Regicídio estava nas entrelinhas de tudo que eu dizia. Uma das marcas da Sociedade de Jesus.

Um ex-jesuíta tentara assassinar o rei da França pouco mais de 20 anos atrás, um membro da Sociedade publicara um livro em que defendia abertamente a eliminação de algumas cabeças coroadas. Desconfiava-se que os jesuítas tinham estado por trás da Conspiração da Pólvora na Inglaterra e esse era apenas o começo da longa lista de acusações justificadas e fantasiosas contra a ordem. Mesmo entre os católicos, provocávamos hostilidade, porque éramos pragmáticos e eficientes.

Enquanto outras ordens católicas se retiravam da vida mundana e abraçavam a humildade, os jesuítas se comprometiam a estar sempre adjacentes ao poder. Éramos os confessores dos príncipes, aqueles que ouviam seus segredos mais obscuros e os aconselhavam em assuntos de espírito e de Estado. Sempre ao lado dos reis e com uma aura de ameaça a nosso redor, éramos os melhores amigos e os maiores pesadelos dos nobres. A inimizade de um jesuíta bem-relacionado podia fazer um aristocrata cair em desgraça; a ingenuidade frente a um jesuíta sanguinolento podia fazer um rei apenas cair.

— O que acha que Deus condenará mais? — perguntou Ferdinand. — Um ato maligno do corpo contra um pai adotivo? Ou um ato maligno do espírito ao deixar a heresia se disseminar?

— Talvez um ato maligno da mente, ao tentar adivinhar Seus desígnios — respondi. — Os atos de um príncipe pertencem a ele mesmo, não a Deus.

Seria fácil puxar o Imperador Matthias a um futuro em que morresse dormindo. Não era o objetivo e não seria de grande benefício.

A Sociedade de Jesus acreditava que o diabo tentava os governantes a fazer concessões aos protestantes, que chamavam de hereges, e não estavam de todo errados. Parte de minha missão autoimposta na época era descobrir onde estava o yithiano infiltrado. Eu não tinha dúvidas de que havia um de meus irmãos num corpo nobre, ou ao menos influenciando um deles de alguma forma, como você mesma está experimentando agora. Restava saber quem e como.

Se o Imperador Matthias morresse, o novo Imperador seria eleito e a dúvida persistiria. O risco persistiria. Não adiantava que Ferdinand ou qualquer outro candidato fosse coroado se eu não soubesse quem era a entidade infiltrada. Pior ainda: o yithiano podia estar na corte imperial ou entre os nobres luteranos, ou em qualquer outro lugar. A única certeza era que havia um yithiano.

Sempre havia um yithiano.

— O poder do Imperador sempre veio diretamente de Deus — disse uma voz inesperada. — Por isso este é o Sacro Império. E, eu rogo, continuará sendo.

Os nobres ficaram surpresos e a sensação de medo aumentou. Ferdinand sorriu quando o recém-chegado colocou a mão em seu ombro.

— É claro — disse o Padre Lamormaini — que o Imperador deve fazer jus a este poder.

Ninguém nunca ouvia Lamormaini chegar. Um irmão da Sociedade de Jesus, ele era duro e intransigente, um crítico ferrenho dos protestantes e uma das maiores forças da doutrina católica na corte. Era o confessor de Ferdinand, o que gerava segurança e inquietude em iguais partes.

Lamormaini me cumprimentou.

— Não sabemos se eu sequer serei eleito — disse Ferdinand, fingindo modéstia.

— Não há necessidade de dar voz a um destino que apenas o diabo deseja — o padre respondeu.

Imperador não era um título hereditário no Sacro Império. Os imperadores eram eleitos por um conselho de nobres — os eleitores. Possuindo enorme influência política, os eleitores eram algumas das figuras mais poderosas da Europa. Com influência vinham terras, casamentos vantajosos, ouro e muitos soldados. Normalmente os eleitores escolhiam o candidato indicado pelo Imperador atual — que invariavelmente era um Habsburgo. Mas não havia nenhuma garantia disso. Assim, os imperadores não presumiam demais e mantinham boas relações.

— O que pensa disso tudo, irmão? — perguntei.

Lamormaini não tirou a mão do ombro de Ferdinand.

— A heresia é uma erva daninha — falou. — O Imperador Matthias, que Deus o tenha, foi tolerante com a erva daninha, confiou que sua bondade fosse suficiente para que a praga não atacasse o resto do jardim. Mas existe apenas uma forma de lidar com uma erva daninha.

Mais sugestões de regicídio.

— Nem sempre queimar a erva é a melhor solução — retruquei. — Um jardineiro eficiente pode se livrar do problema sem causar danos ao resto das plantas.

Apesar de tudo, eu aprendera minha lição quando fora Turpin, quase mil anos antes. Sabia que não devia ser um fanático, não devia tentar esmagar os movimentos religiosos normais da humanidade. Luteranismo não era um passo na direção da redescoberta dos rituais, apenas uma variação da mesma crença. Uma guerra por motivos religiosos resultaria em massacres inúteis, como havia sido antes.

Mas ninguém pensava em guerra aberta naquela época. Eu nem conseguia ver aquele futuro no horizonte. Era só uma rebelião de nobres injuriados.

— Não estamos falando de ervas e jardins! — Ferdinand cortou. — Estamos falando de reinos, homens e política! Estamos falando de leis e de guerra.

— Estamos falando de império, meu senhor — disse Lamormaini. — Império dos homens e de Deus.

O destino se agitava ao redor do padre. Eu desconfiava que fosse o yithiano, e que sua rigidez fosse uma estratégia para fomentar guerra e caos. Não era improvável, mas eu não podia me concentrar apenas nele. De qualquer forma, um jesuíta estaria sob escrutínio suficiente para que eu fosse avisado caso ele demonstrasse qualquer comportamento suspeito.

Ele poderia ser meu inimigo direto ou meu maior aliado. O problema de estar entre conspiradores e espiões era saber quando as conspirações e a espionagem se voltavam contra mim.

— Todos concordamos que nosso Imperador está rumando ao reino de Deus — arrisquei. — E que o Rei Ferdinand seria a melhor opção para sucedê-lo. Nossa dúvida se refere apenas ao que fazer nesse meio tempo.

Eu era bom em falar de regicídio sem falar de regicídio. Estranho como eu e Lamormaini falávamos as mesmas coisas e parecíamos sempre acabar como inimigos.

— Não se preocupe, Tiefenbach — o padre não tirava a mão de seu protegido. — O Imperador já decidiu o que você vai fazer.

Referir-se a Ferdinand já como imperador era um equívoco útil.

— Como...?

— No confessionário — ele sorriu.

Procurei os olhos de Ferdinand. Procurei seus destinos. Talvez fosse hora de uma mudança radical. Eu não fazia parte da hierarquia imperial oficialmente. O futuro imperador não podia me dar ordens. Lamormaini não era meu superior. Eu não precisava obedecer. Mas nunca era sábio contrariar a vontade daquele que sentava no trono, nem de quem cuidava de sua vida espiritual.

— Há um homem que precisa ser vigiado — disse Ferdinand.

E, antes que ele completasse, eu já sabia quem era:

— Wallenstein.

Todas as linhas de destino se agitaram e se confundiram. O nome caiu como uma pedra entre nós e deixou todos desconfortáveis. "Wallenstein" era uma palavra de azar, um tabu. Ninguém estava à vontade com sua existência e mencioná-lo parecia convidar sua presença. O Coronel Albrecht von Wallenstein surgia gigantesco em quase todos os futuros. Não admirava que quisessem um informante a seu lado.

— Duvido que Wallenstein queira um confessor — eu disse.

— Wallenstein seguirá a correnteza e não vai rejeitar alguém que venha com a recomendação do Imperador — Lamormaini retrucou. — Lembre-o de suas lealdades.

Havia motivos para crer que Wallenstein fosse o yithiano. E, de qualquer forma, a seu lado eu estaria no exército, perto da ação, onde o futuro era mais volátil. Por outro lado, estando com ele, eu estaria longe da corte.

Eu podia apenas arrastar todos nós para uma linha de destino de minha escolha e tudo estaria resolvido. Eu ficaria na corte e manteria o rei e seu confessor sob vigilância.

O rosto de Lamormaini não me dizia nada. Meu maior aliado ou meu inimigo ferrenho; eu não sabia.

E, se um yithiano, espião e jesuíta, não sabia, significava que o destino naquele momento era realmente imprevisível.

Afinal, era o fim do mundo.

III

FIQUEI IRRITADO E SURPRESO QUANDO, AO CHEGAR NO ACAMPAMENTO militar, soube que Matthias tinha morrido e Ferdinand ascendera ao trono. Algo daquela magnitude não deveria acontecer sem que eu notasse pelo menos algumas ramificações. O futuro estava nublado, eu só enxergava balas e lâminas em todas as linhas de destino, e o homem chamado Wallenstein no meio de tudo.

Era um acampamento militar, mas era quase uma cidade. Em alguns aspectos, parecido com um forte das legiões, mas muito mais diverso, colorido, caótico. Dezenas de milhares de pessoas se espalhavam por quilômetros. E era uma sociedade cosmopolita — cada exército continha múltiplas nacionalidades, uma Europa em miniatura. Falavam-se várias línguas e a comunicação muitas vezes dependia de um misto de contexto, palavras mutuamente aprendidas e mímica. O contramestre se preocupava em separar nacionalidades que notoriamente não conviviam bem — alemães e italianos, por exemplo, nunca podiam ficar próximos.

Não havia dúvida: aquele era um exército mercenário.

Era um lugar de pompa e sujeira, de cultura variada e rica, e também de medo. Crime e tumulto eram constantes. Jogos de azar, embriaguez, roubo, duelos, até mesmo assassinato faziam parte do cotidiano. Um imenso contingente de civis, desde famílias dos soldados até trabalhadores e aproveitadores, inchava o acampamento, garantindo que sempre havia algo para erodir a disciplina. A qualquer momento se ouvia gargalhadas, ordens, ameaças, canções bêbadas, gritos de crianças, vômito, choro de bebês, relinchos de cavalos, clangor de espadas. Um cadafalso era proeminente num ponto bem visível, avisando que apesar de tudo havia consequências.

Cada regimento ou companhia marcava seu território com estandartes se erguendo do chão, suas "cores", codificando visualmente as vizinhanças formadas por militares e suas famílias. Em cada uma, o alferes exibia as cores do lado de fora de sua tenda. Próximo a ele ficava o tamboreiro da companhia. Um mosqueteiro sempre estava de guarda frente àquelas barracas. Os soldados comuns habitavam cabanas de palha e madeira que eles mesmos construíam. Fincavam suas armas, principalmente alabardas e piques, do lado de fora da cabana, mostrando a todos o posto e divisão dos habitantes. Piqueiros eram vistos como honrados e virtuosos, enquanto mosqueteiros tinham fama de trapaceiros e degenerados. Nenhum soldado morava sozinho: cada cabana era habitada por dois a quatro soldados, com suas esposas, filhos e cães.

Os oficiais ficavam em tendas cônicas. Os comandantes, nobres e demais lideranças tinham tendas enormes e decoradas, elevadas do chão por tablados, para que se destacassem das habitações comuns.

Era vibrante como uma colmeia. Eu sabia, por meio de relatos, que aquele era um exército eficiente e vitorioso, mas, vendo-o de perto, parecia só uma bagunça. A diferença estava em seu comandante.

O acampamento era tão vasto e labiríntico que precisei passar a primeira noite numa estalagem entre as tendas. Apenas no segundo dia consegui localizar o centro do acampamento: um espaço deixado vazio e guarnecido por sentinelas ao redor da enorme tenda de comando. Finalmente pude me apresentar ao Coronel Wallenstein.

Recebi autorização, a tenda foi aberta. Pisar lá dentro foi como entrar em outro mundo.

Toda a algazarra ficou do lado de fora. A tenda de comando estava tão quieta que parecia impor seu silêncio aos ruídos externos. Um punhado de homens vestidos em casacas e couraças estava sentado ao redor de uma mesa, com pilhas de papéis e mapas tomando todo o espaço. Um pajem aguardava a chance de ser útil. Ao contrário de quase qualquer tenda de comando que eu já vira, nenhuma garrafa de vinho.

Na cabeceira estava um homem vestido inteiramente de preto.

Sua expressão era tão neutra que podia ser um manequim. Era magro, usava bigode vistoso e um cavanhaque pontudo. Seus cabelos escuros estavam oleados para trás, o que lhe conferia uma aparência ainda mais soturna. Ele ergueu os olhos sem demonstrar o menor interesse.

— Com sua licença, senhor — um jovem alferes em posição de sentido me anunciou. — O novo intendente acaba de chegar.

Tirei meu chapéu emplumado e fiz um volteio, curvando-me numa mesura.

— Tiefenbach, a seu serviço — cumprimentei.

Eu não poderia chegar lá como um bisbilhoteiro do Imperador, muito menos como um jesuíta. Depois de receber a missão, eu havia forjado documentos que mostravam que eu era um novo intendente pessoalmente designado para Wallenstein pelo Conde de Tilly, o generalíssimo das tropas imperiais. O coronel valorizava a logística acima de tudo. Seria fácil conseguir acesso pessoal a ele com esse pretexto.

— Ah, sim — o rosto de Wallenstein mal se mexeu. — Pegue uma cadeira e sente.

Obedeci, tentando ser discreto. Imediatamente o coronel voltou ao assunto anterior: uma cantilena interminável de números. Em poucos segundos, ficou claro que ele tinha na memória a quantidade exata de sacas de grãos, balas de canhão, ferraduras, pares de botas e uma infinidade de outros recursos de que o exército precisava. Mais do que isso, sabia o preço de cada uma, conhecia intimamente as rotas de suprimento, fazia cálculos sem olhar uma folha de papel e sem parar de falar com sua voz monotônica. Os outros ao redor da mesa se esforçavam para acompanhá-lo, anotando tudo e dando sugestões quando ele parava para respirar. Pontuou o discurso com estimativas sobre a quantidade de suprimentos que seria gasta em variados cercos a diferentes cidades, projetando previsões otimistas e pessimistas quanto a sua duração. Era a guerra transformada em contabilidade.

E, enquanto meus ouvidos escutavam aquilo, meus sentidos yithianos viram o destino eclodir daquele homem como uma erupção vulcânica. Nenhum dos imperadores Habsburgo, novos ou antigos, fora um nexo de destino, apesar do sobrenome. Mas aquela estátua em forma de gente, vestida de preto e arengando, brilhava como um herói.

Silêncio. Wallenstein não mudara o tom de voz, então todos na reunião demoraram alguns instantes para notar que ele havia acabado.

— Muito bem, senhor — disse um dos oficiais em volta da mesa. — Mais alguma instrução?

— Garantam que tudo esteja em ordem — ele disse. — Nos próximos meses, tanto o Imperador quanto os rebeldes pedirão empréstimos e todo tipo de ajuda financeira à metade da Europa. Estoquem tudo que for preciso agora. Haverá escassez ou, pior ainda, um influxo de dinheiro que vai aumentar todos os preços. Deixe que os demais lutem por migalhas.

— Sim, senhor — correndo para anotar tudo.

Wallenstein se ergueu sem aviso.

— Tiefenbach, ande comigo.

Sem nenhum tipo de despedida ou indicação de que a reunião acabara, ele caminhou até a saída, olhando sempre em frente. Não me esperou nem me deu nenhuma atenção a não ser a ordem. Segui-o com pressa, consegui alcançá-lo alguns metros fora da tenda. Wallenstein andava na lama num passo cuidadoso, como alguém que não quer piorar alguma dor.

— Pois não — eu disse.

— É um jesuíta então? — sem alterar o tom de voz.

Ser pego de surpresa era algo raro e irritante. Acontecera duas vezes em dois dias. Certas almas ressentidas zombaram. Pensei que estava confiante demais, influenciado por nobres arrogantes dentro de mim.

— Perdão, senhor? — trouxe à tona uma atriz grega para emprestar credibilidade ao fingimento. — Sou o novo intendente.

— Você é um jesuíta. Foi mandado aqui para me espionar e reportar ao novo Imperador Ferdinand.

Continuávamos andando na lama. Por onde passávamos, morria qualquer conversa; desde soldados até altos oficiais se calavam.

— Fui mandado pelo Conde...

— Minta mais uma vez e morrerá agora mesmo.

Ele ainda não tinha olhado em minha direção. Virou bruscamente à direita, contornando a grande tenda que tínhamos acabado de deixar. Permaneci atônito, avaliando possibilidades e tentando discernir os futuros imediatos.

Optei por obedecer.

— Certo, sou jesuíta. Fui mandado pelo Imperador para vigiá-lo.

— Pelo Imperador e por Lamormaini.

— A boca é do Imperador — admiti — mas a voz é do confessor.

Wallenstein me dirigiu um olhar de esguelha.

— Tenho regras simples — ele engoliu em seco, claramente tentando disfarçar uma dor forte. — Aqui dentro não há Deus, não há reino, não há família. Não há nem mesmo o Imperador. Aqui existe Wallenstein, que está acima de tudo isso.

— É claro, coronel.

— Não tolero parasitas — continuou. — Não estou aqui para encher sua bolsa ou alimentar seus fedelhos. Vou lhe dar comida suficiente para que continue cumprindo seu dever. Qualquer coisa além disso é sua responsabilidade. Se quer enriquecer, consiga riquezas. Se quer dar de comer a qualquer número de crianças, consiga comida. A guerra deve pagar por si mesma.

Com aquelas palavras, vi uma constante nos diversos futuros. Os exércitos eram pragas de gafanhotos pela terra. Aquele era um exército mercenário, como falei, mas entenda que o que chamamos de mercenários hoje eram soldados normais naquela época. Era comum que soldo fosse descartado ou diminuído em favor da permissão de saquear. Eu viria a descobrir que Wallenstein aperfeiçoara aquela doutrina e a transformara num dogma.

— A última regra é simples. Não fique em meu caminho. Sua ascensão depende de você mesmo e não me importo com os métodos que utilize para alcançá-la. Mas no instante em que qualquer ato seu atrapalhar meu avanço, vou matá-lo. Você não terá tempo de se explicar ou de se arrepender. Pode se reportar ao Imperador à vontade, desde que não diga nada que me comprometa e me informe de tudo que ele ficou sabendo. Este deve ser seu Pai-Nosso, sua Ave-Maria. *Não fique em meu caminho.*

Dobramos mais uma vez, seguindo o contorno da tenda de comando.

— Sua primeira missão começa agora — Wallenstein manteve o fôlego com certa dificuldade, disfarçou uma careta de dor. — Assim que completarmos uma volta na tenda, você vai entrar e vai me dizer quem é o traidor lá dentro.

A surpresa foi menor. Conspirações e tramoias estavam ao redor dele, na forma de futuros oblíquos e escorregadios.

— Apenas dizer? — perguntei.

— Deve matá-lo, é claro — ele disse, impaciente. — E não demore, posso escolher outro para esta mesma missão.

— Tem certeza de que há um traidor entre seu alto-comando?

— Não — ele disse, sem qualquer sarcasmo. — Mas provavelmente há. A chance de que nenhum de meus muitos inimigos tenha conseguido infiltrar um informante é ínfima. Tenho bons inimigos. Além disso, com toda a troca de alianças, provavelmente resta em algum deles certo orgulho patriótico ou lealdade por um príncipe.

Desacelerou o passo sutilmente, forçando-se a não mancar.

— Se não houver um traidor — Wallenstein continuou — todos terão tanto medo de parecer traidores que serão leais ao extremo. Denunciarão uns aos outros. Às vezes precisamos de uma execução.

— Sim, senhor.

— Todos terão se tornado comida de vermes em poucos anos, na melhor das hipóteses. Só vamos adiantar a refeição.

Dobramos mais uma vez e enxerguei a entrada da tenda. Trouxe à tona alguns *hashashin* e uma velha sábia islandesa. Estranhamente, meu coração bateu mais forte. Wallenstein mandava de forma tão factual e deliberada que me flagrei querendo agradá-lo.

Entramos. Vi a mesma mesa, os mesmos homens ocupados. Todos pararam o que estavam fazendo para saudar o coronel — a única interrupção no trabalho até então.

Wallenstein tomou seu lugar na cabeceira. Fiquei de pé, observando.

Olhei aqueles homens um a um. Eram todos velhos para os padrões da época, veteranos de uma ou duas guerras locais. Um deles claramente havia sido um soldado de infantaria — ainda tinha porte físico avantajado, sua mão tentava fugir para tocar o cabo da rapieira a cada mínima pausa na escrita. Durante a saudação, notei um esgar de ressentimento. Seu futuro se esquivava do destino avassalador do coronel, como um gato arisco. Outro ostentava a pele delicada e a escrita ágil de um nobre de alta educação. Traía pequenos sinais de desprezo sempre que o coronel falava. As probabilidades a seu redor o empurravam para os caminhos tradicionais das famílias antigas, destinos sólidos que vinham de muito tempo atrás.

Alguns eram tão evidentemente servis que os descartei de imediato. Um deles seria um bajulador tão patético que Wallenstein o mandaria para uma posição onde pudesse morrer facilmente.

Havia um militar que quase conseguia acompanhar o raciocínio de Wallenstein, alguém com um destino robusto que, fora da sombra do coronel, pareceria tão genial quanto ele. Outro que ostentava adornos caros e desencontrados, claramente alguém de origens humildes obcecado com a aparência de status. Seu futuro era como um cão esfomeado, correndo atrás de quem oferecesse um pedaço de carne, ainda que envenenada.

— Então? — disse Wallenstein.

Levei a mão à cintura, no cabo da pistola.

Virei-me, apontei a arma para o rosto do alferes que me anunciara, puxei o gatilho. O garoto não teve tempo de soltar uma exclamação — o nariz e os olhos explodiram fumegando, o corpo esguio caiu para trás.

Deixei o cano esfriar, comecei a limpar a arma. Todos os velhos do alto-comando me olhavam com assombro, indignação e pânico.

— Por quê? — perguntou Wallenstein.

— Ele era muito jovem — eu disse. — Muito jovem e muito bem tratado. Não era um plebeu no qual alguém viu potencial. Estava aqui porque era filho de alguma família nobre. E o garoto foi obrigado a deixar para trás essa família nobre quando o senhor se amotinou, deixou os protestantes e se aliou ao Imperador. Sendo tão jovem, ele com certeza ainda sentia saudade da família.

A pistola limpa, puxei uma bolsa de pólvora. Depositei o pó dentro do cano, então uma pequena bala redonda. Pus-me a socar a pólvora e a bala com socador feito de uma fina haste metálica.

— Ele usava abotoaduras de ouro que não fazem parte de nenhum uniforme. Estão novas, então foram um presente. Ele não as vendeu para conseguir dinheiro para bebida ou mulheres, como seria normal para essa idade, então é um presente de alguém querido. Sinal de que ainda mantinha correspondência com a família. Mesmo que não quisesse, iria entregar algum segredo nessas cartas. Sua relação com a mãe, as irmãs ou qualquer parente que tenha deixado para trás é muito emocional. Mais cedo ou mais tarde, ele se descuidaria e falaria o que não deve.

Puxei uma alavanca, fechando a pistola. Engatilhei-a e sopesei-a na mão. Era uma bela ferramenta: mais comprida que meu antebraço, bem trabalhada. Era um prazer segurá-la.

Andei na direção da mesa.

— Além disso, o próximo alferes terá tanto medo de parecer um traidor que será leal ao extremo.

Wallenstein continuou me olhando com seu rosto gélido.

Então me virei para um de seus conselheiros, apontei a pistola e atirei. A cabeça do homem se abriu como uma fruta podre, ele caiu de cara na mesa, formando uma poça de sangue que se espalhava rapidamente.

— Um alferes é facilmente substituído e duvido que você tivesse algum amor por ele — ignorei os outros militares e continuei falando com Wallenstein. — Era um bom sacrifício para medir as reações de seus homens. Alguns se encolheram, um fez menção de colocar o corpo em sua frente.

Apontei para o morto.

— Este levou a mão à pistola e se virou para o senhor. Se a bala fosse destinada ao coronel em vez de ao alferes, ele estaria pronto para me ajudar.

Wallenstein assentiu.

— Preciso cuidar de um assunto particular — ele se ergueu. — Quando voltar, quero esta bagunça limpa.

O coronel saiu da tenda. Como eu não tinha recebido nenhuma ordem, não o segui.

Você deve estar imaginando que usei meus sentidos de yithiano para ver o destino daqueles homens e saber quem trairia Wallenstein. Realmente usei-os no início, mas desconfiei do garoto sem essa ajuda e, quando parti para a segunda morte, por um momento esqueci que eu sequer poderia fazer isso. Por um momento quis provar a mim mesmo e ao comandante que eu era bom o suficiente.

Não senti nenhum remorso pelos dois assassinatos.

Wallenstein era um homem estranho e deixava tudo mais estranho a seu redor.

E o mundo se tornou estranho, Agnes. O mundo ficou irreconhecível.

IV

WALLENSTEIN TINHA RAZÃO PARA DESCONFIAR DA PRÓPRIA SOMBRA. Enquanto imperiais e rebeldes se enfrentavam, ele era odiado por ambos.

O coronel nascera numa família nobre menor, um ramo dos Waldstein, da Boêmia — viera, em outras palavras, dos inimigos do Imperador. Criado como protestante, chegara a estudar numa universidade calvinista, uma fé que enfrentava desprezo de católicos e luteranos. Sem grandes recursos, conseguira enriquecer ao casar com uma viúva abastada que convenientemente morreu de peste algum tempo depois. Serviu aos Habsburgo numa guerra anterior e sua sede de ascensão social ficou evidente quando se converteu ao catolicismo porque era mais vantajoso para sua carreira.

Ele estivera em território rebelde quando a Boêmia se ergueu e deveria estar do lado do inimigo. Contudo, seu regimento de infantaria se amotinou. Wallenstein desertou para o serviço do Imperador, reuniu mais dois regimentos, confiscou o tesouro de um nobre rebelde e se apresentou com tropas e recursos.

A resposta imperial foi considerar essa riqueza como ilegal e forçar o coronel a devolvê-la.

Wallenstein tinha todos os motivos para odiar o Império, para se colocar ao lado dos rebeldes, mas despontou como um dos maiores líderes militares da Liga Católica. Com aquele histórico, era difícil convencer seus aliados de sua lealdade.

E era fácil atribuir a ele malícia e crueldade, pois não fazia questão de ser agradável. Dava presentes generosos, mas sempre como uma forma de criar obrigações ou dívidas. Wallenstein era capaz de mostrar uma personalidade encantadora e entusiástica, mas quem passava longos períodos com ele notava que era uma farsa. Ele era melancólico, seco e objetivo — e muito, muito eficiente. Numa época em que ainda se esperava que generais fossem grandes guerreiros e heróis, agia de forma pragmática e conservadora, avançando a própria riqueza e a causa católica com paciência insuportável. Enquanto estive com Wallenstein, questionei se qualquer um, mesmo sua mãe, seria capaz de gostar dele.

Nunca saberemos a resposta, pois ficou órfão muito cedo.

Amei Arminius e me devotei a Carlos Magno, mas ali estava alguém que eu só via como uma força da história. Ele não parecia uma pessoa. Minhas desconfianças recaíram sobre Wallenstein, assim como as de todos sempre recaíam, e logo comecei a procurar sinais de possessão yithiana.

Então por que traí a confiança do Imperador Ferdinand para cumprir suas ordens?

Porque abandonei minha missão de informante e rumei disfarçado à cidade de Ulm, a mando do coronel?

Cheguei a cogitar que Wallenstein fosse mesmo um yithiano me arrastando para uma linha de destino em que eu simplesmente cedesse. Mas, assim como eu não sabia quem estava possuído, também não carregava uma placa dizendo que eu era uma entidade sobrenatural. Eu me comportava como se esperava que um conspirador jesuíta se comportasse, não demonstrava interesse por nada oculto e seguia a vida do acampamento. Mas eu havia chamado sua atenção e ele me escolheu. Ordenou que eu fosse a Ulm e cumprisse sua vontade, ao invés da vontade de Ferdinand.

Ferdinand me ordenara a vigiar e espionar Wallenstein. Wallenstein deu a ordem oposta: eu deveria monitorar o homem que falava com a voz do Imperador e reportar tudo ao coronel. As alianças se dobravam sobre si mesmas e a escultura de traições que se formava disso era quase bela.

Era junho de 1620 quando cheguei a Ulm. As notícias me acompanharam pelo caminho; eu podia sentir a comunicação ficando mais rápida ao redor da Europa, cada vez mais pessoas tendo acesso a jornais e livros, escrevendo cartas e trocando impressões. Eu sabia que a situação do Império não era boa: Viena, a capital, já fora sitiada. Os rebeldes da Boêmia avançavam por território católico e o Imperador se via enredado num novelo de favores, parentescos e dívidas. Não havia dúvida de que as forças imperiais eram mais numerosas — o Império se via como um patriarca tolerando a malcriação de seus filhos petulantes. Mas, como aconteceu de novo e de novo nessa guerra, as coisas eram mais complicadas do que pareciam.

Vou poupá-la do poço sem fundo de minúcias, Agnes. Você conhecerá os detalhes que interessam quando forem relevantes.

Ulm estava num clima de festa nervosa. Uma cidade livre, parte da União Protestante, recebia as comitivas de dois duques, um príncipe e um rei. Era uma cidade grande para os padrões da época, murada como todas as cidades, fulgurante de burgueses em diferentes profissões. Eu não seria proibido de entrar em Ulm com minha identidade normal, mas escolhi entrar sem ser visto. Vestido numa camisa e casaca comuns de plebeu, pulei o muro à noite e, de manhã, já estava mesclado à multidão no mercado, puxando conversa e absorvendo os assuntos, a maneira de falar, o cotidiano.

Passei dois dias vagando pela cidade, vestido como mendigo ou nobre, protestante ou católico, jantando em diferentes tavernas, aprendendo onde tudo e todos estavam. O relógio astronômico na fachada do Mosteiro de Ulm era um lembrete sinistro da obsessão do Imperador Rudolf e de Matthias após ele. Era uma igreja protestante agora, o que certamente incomodava os católicos mais fervorosos. O castelo abrigava a comitiva do Rei Frederick, líder dos rebeldes da Boêmia, além do Príncipe Christian de Anhalt, um de seus maiores apoiadores. O Duque Maximilian da Bavária, um eleitor e o mais ativo dos altos nobres católicos, estava hospedado na casa de um dos senhores que compartilhavam de sua fé. Por fim, o Duque de Angoulême, vindo da França, ocupava uma habitação cedida pela própria cidade.

As batalhas rugiam na Boêmia, na Áustria e por onde os protestantes marchassem. Aldeias eram dizimadas, soldados devoravam tudo em seu rastro, Wallenstein mantinha seus oficiais num clima de paranoia e tensão. Mas, em Ulm, haveria um encontro diplomático para deter a guerra.

A primeira reunião aconteceu no castelo. Em vez de intervir diretamente, decidi continuar observando. Infiltrei-me entre os guardas, fiz um deles sumir, vesti seu uniforme. Magia não é um de meus pontos fortes, mas com a ajuda das habilidades de disfarce de Tiefenbach e um pequeno ritual de anonimato, criei a meu redor uma aura de banalidade, fazendo com que ninguém olhasse detidamente para meu rosto.

Assisti em posição de sentido quando a comitiva do Duque de Angoulême cruzou o pátio do castelo e se postou em posição cerimonial, para cumprimentar oficialmente todos os envolvidos. O nobre francês era altivo, não olhava duas vezes por onde passava, mostrava não ter medo de nada. Em seguida, Maximilian, o Duque da Bavária, entrou com sua comitiva de faces sérias. Era magro e soturno, quase lembrava Wallenstein. A diferença estava no ardor em seus olhos. Maximilian não disfarçou o desprezo pelos protestantes a seu redor. Exibia um camafeu com a imagem da Virgem Maria e fez questão de trazer alguns padres consigo.

Os nobres protestantes vieram em seguida. Christian, Príncipe de Anhalt, era teoricamente a maior autoridade presente. O representante oficial da União Protestante, a aliança dos nobres daquela fé. Seus olhos dardejavam para todos os lados. Franzi o cenho quando notei que ele sutilmente fez um gesto ritualístico com a mão esquerda.

Então surgiu o Rei Frederick.

Eu devia estar acima daquilo, Agnes, mas bastou um olhar em sua direção para que eu o odiasse.

Era o suposto rei da Boêmia. O Imperador Ferdinand tinha sido deposto daquele cargo pelos rebeldes, que escolheram Frederick e julgavam que ele era um monarca divino, destinado a guiar os fiéis até o Juízo Final. Frederick tinha pouco mais de 20 anos e qualquer um podia ver que gostava de ser visto como uma figura mítica.

Ele ganhou o pátio cercado por uma comitiva luxuosa, sobre um cavalo branco. Vestia cota de malha dourada, um elmo com asas e uma longa capa vermelha. Levava um gládio na cintura e um pajem a seu lado carregava um estandarte com uma águia romana.

Talvez você não reconheça a descrição, mas naquela época eu já estava acostumado às liberdades que os artistas tomavam para representar o homem que o rei imitava.

Frederick estava fantasiado como Arminius.

Ele fez o cavalo se deter e ergueu a mão direita em saudação.

— Amigos, bons cristãos, não temam! — ele exclamou com um sorriso. — Arminius está aqui para defendê-los dos invasores! Rechaçaremos seus modos estrangeiros, sua religião idólatra!

O Duque Maximilian tocou o camafeu com a imagem da Virgem, como se pedisse a ela que acalmasse sua fúria. Frederick desmontou e caminhou a passos largos para ser saudado pelos demais.

Depois que o teatro acabou, ele também tomou seu lugar, mal contendo a satisfação consigo mesmo. Houve alguns protocolos, então o Duque de Angoulême tomou a palavra.

— Nobres senhores, Vossas Graças e Vossa Majestade — disse, com voz tranquila e acalentadora. — As terras do Sacro Império Romano vivem um momento de tristeza, com irmãos se voltando contra irmãos. Um abismo começa a separar vosso domínio. Estamos aqui para obter, senão a paz, ao menos um limite para a guerra.

O objetivo daquele encontro era simples e decisivo. Dois nobres protestantes, Frederick e Christian, e dois nobres católicos, Maximilian e o Duque de Angoulême, iriam discutir a paz. Os rebeldes da Boêmia eram protestantes, mas não haviam sido aceitos pela União Protestante.

Em outras palavras, embora eles tivessem tomado para si a causa de defender direitos e crença, essa luta não era reconhecida pela autoridade dos demais nobres protestantes do Império. Christian de Anhalt não era um rebelde, não havia renegado o Imperador — apenas era luterano, como qualquer um tinha permissão de ser. O rei Frederick, por toda sua pompa, estava sozinho lá. Queria ser aceito pela União, para que tivesse respaldo no Império inteiro.

Já Maximilian tinha o objetivo de conter a rebelião, impedir que a luta se espalhasse para as terras que hoje compõem a Alemanha. Por fim, o Duque de Angoulême estava lá como mediador, por uma série de alianças e relações.

Christian de Anhalt encheu o pátio com sua voz intensa:

— Estamos aqui para decidir se há um limite para a guerra, ou se é uma questão que só irá acabar no céu! Falamos por nosso Imperador, por nossos príncipes, mas procuramos entender a vontade de Deus. É isso que está em jogo!

Um leve burburinho se espalhou. Era apenas o início das cerimônias e já tentavam adivinhar a vontade de Deus.

— A fé não é tomada de furor ou guiada pela superstição — Maximilian forçou todos a fazerem silêncio para que fosse ouvido. — A fé não se deixa levar por volubilidades humanas. Estamos aqui porque existe apenas um Imperador e apenas uma fé. O Imperador, em sua bondade, tolera todos. Mas tolerar não significa celebrar.

O interesse do Duque da Bavária deveria ser apaziguar Christian. Mas sua impetuosidade religiosa falou mais alto, como costumava acontecer. Pensei na missão que Wallenstein tinha me dado, em como eu poderia cumpri-la, quando Frederick deu alguns passos para a frente e ergueu os braços.

— Estamos aqui para decidir quem somos! Heróis ou vilões? Devotos ou hereges? Aceitamos que uma família que afirma ter direito divino governe metade da Europa? Ou escolhemos idolatrar os verdadeiros campeões de nossa terra? Lembrem-se de quem são seus heróis, seus ídolos, seus cavaleiros!

Parecia que ele esperava aplausos, mas o pátio ficou em silêncio áspero.

— Que Deus nos guie — disse Angoulême.

Christian de Anhalt entrou em seu quarto escuro. Alguns valetes acenderam lampiões, prepararam suas roupas e sua cama. Em vez de deixar que o desnudassem e o vestissem, ele os dispensou. Com um gemido de cansaço e idade, sentou à escrivaninha. Retirou alguns livros de um baú e os dispôs sobre a mesa.

Ergueu-se de novo. Tirou a roupa e puxou um pergaminho que estivera sob sua camisa, em contato com a pele. Estendeu-o sobre a mesa com reverência. Pude ver que era um diagrama místico, uma árvore de significado cabalístico — um *ilanot*. Nu, Anhalt pescou um pedaço de giz de uma bolsa e desenhou um grande círculo no chão. Completou-o com seis hastes e um círculo menor, formando uma roda.

Foi até um canto do quarto, retirou um pano preto que cobria algo. Era uma gaiola com um coelho branco. Trouxe-a para a luz dos lampiões.

Anhalt abriu a gaiola, tomou o coelho nas mãos e quebrou seu pescoço. Apanhou uma faca e o decapitou num movimento treinado. Depositou a cabeça decepada na mesa com cuidado. Então, munido de uma régua e um transferidor, pôs-se a desenhar linhas no chão com o sangue do coelho, usando seu corpo como um pincel grotesco. Consultou os livros, balbuciou números para si mesmo e mediu cada linha cuidadosamente.

Quando terminou a última, falou em voz alta:

— Animal do apocalipse, animal que se esconde na terra, traga para mim a sabedoria do fim do mundo.

Nada visível mudou no quarto, mas as chamas de todos os lampiões se agitaram. Christian de Anhalt se sobressaltou com o susto beatífico que acompanha os primeiros efeitos de um ritual bem-sucedido.

Pousou o corpo do coelho ao lado da cabeça. Lavou as mãos numa bacia com água, secou-as, pegou de novo o giz.

Postou-se de joelhos no meio do círculo e ergueu as mãos.

— O nome do Pai tem quatro letras — entoou num cântico monotônico. — O nome do Filho tem cinco letras. Revele-me o nome do rei.

Continuou falando aquilo, cada palavra se mesclando na próxima, as frases se juntando sem pausa, as sílabas se transformando em meros sons até que perdessem o significado e fossem apenas uma ferramenta de concentração.

— O nome do Pai tem quatro letras o nome do Filho tem cinco letras revele-me o nome do rei o nome do Pai tem quatro letras o nome do...

Depois de alguns minutos, começou a desenhar números ao redor do círculo, de olhos fechados, numa escrita automática.

— *O nome do Pai tem quatro letras o nome do Filho tem cinco letras revele-me o nome do rei o nome do Pai tem quatro letras o nome do Filho tem cinco letras revele-me o nome do rei o nome do Pai tem quatro...*

Os números interagiam uns com os outros e com as medições sagradas das linhas no chão. Cheiro de enxofre tomou o quarto, os lampiões se apagaram, mas continuaram emitindo luz. Um filete de líquido negro escorreu por uma parede.

Decidi intervir antes que fosse tarde demais.

— *O nome do Pai tem quatro letras o nome do Filho tem cinco letras revele-me o nome do rei.*

— O nome de seu rei é Ferdinand — minha voz surgiu do nada e Christian deu um grito agudo.

Saí da sombra num movimento ágil. Pisei no círculo de giz e arrastei o pé, quebrando a continuidade da linha. Ele saltou de pé, cambaleou e me olhou com horror.

— Você não está mais protegido — sussurrei. — Terá de lidar com o que trouxer.

Meu coração batia descontrolado, mas consegui manter a voz tranquila. A Realidade estava bem próxima. Se eu fosse detectado, seria capturado e usado para que os deuses descontassem sua raiva milenar de minha raça inteira. Eu estava bem mais vulnerável do que ele, mas Christian não sabia.

— Quem é você? — ele gaguejou.

Deu um passo para trás por instinto, mas tomou cuidado para não sair do círculo.

— Sou um anjo — falei. Eu trajava minha batina preta e um chapéu largo que escondia meu rosto. — Vim com instruções de Deus.

Segurei seu pescoço com uma mão, fiz com que se ajoelhasse de novo.

— Veste as roupas dos idólatras — ele grunhiu. — É um diabolista, ou o próprio diabo!

— Você tenta invocar o conhecimento de Deus e a sabedoria secreta do céu, mas seu ritual produz cheiro de enxofre. Se eu for o diabo, é mesmo uma surpresa?

— Minha pureza me protege, besta do abismo!

Apertei os dedos em sua garganta.

— O nome de seu rei é Ferdinand — rosnei. — Você perguntou e eu respondo, seja eu anjo, diabo ou homem. Você virará as costas a Frederick.

Ele se debateu, estendeu o braço para trás, na direção da mesa. Esbarrou nas orelhas da cabeça decepada, tateou entre os livros. Puxou um deles, derrubando os demais.

Uma corrente pendeu do teto. Engoli em seco.

— Está tudo aqui! — ele esganiçou, brandindo o livro. — A conspiração católica, a missão dos luteranos!

Larguei seu pescoço, ele se ajoelhou por medo ou instinto de subserviência. Arranquei o livro de sua mão. Era pouco mais que um panfleto. Escrito por alguém chamado "Rosenkreuz", falava sobre como a sociedade secreta dos Rosacruzes desvendara os segredos da compreensão divina para levar o mundo a uma nova era. Folheei suas páginas gastas. Havia conhecimento místico real ali. Depois descobri que não passava de charlatanismo, mas isso não impedia que a parte prática funcionasse. Tudo é verdade.

— Frederick é o rei profetizado! — o fervor de Anhalt soava enlouquecido enquanto ele estava nu e ajoelhado no quarto cada vez menos material. — É o escolhido de Deus para esmagar a conspiração católica!

Líquido negro escorria grosso de todas as paredes. Eu precisava me apressar.

Joguei o livro longe, Anhalt engasgou como se eu tivesse cometido uma heresia.

— Você fará as pazes com sua crença depois da morte — improvisei. Não tinha tempo de quebrar seu fanatismo esotérico. — Mas por enquanto ainda habita este mundo. Nem todos que são profetizados se mostram dignos da profecia. Acha que Frederick está à altura de uma tarefa divina?

Assumi um alto risco e estendi meus tentáculos etéreos, tentando achar algum futuro patético para Frederick. Se pudesse descrevê-lo em detalhes, conseguiria apavorar e convencer Anhalt. Não devia ser difícil. Mas as probabilidades estavam confusas, demorei muito tempo desenredando linhas de destino apenas para descobrir que não eram de Frederick, mas de outro jovem nobre com o mesmo nome.

Uma boca de dentes brancos surgiu na sombra. Não havia mais tempo.

Irritado, chutei o peito de Anhalt.

— Frederick é uma criança brincando de governar. Não siga seus passos, pois os adultos estão chegando.

Corri para a janela, enquanto ela ainda estava lá. Já havia se distorcido, transformado-se num vitral retratando o esquartejamento de um bebê. Abri-a com um safanão e virei para trás uma última vez.

— Desfaça isso rápido. Esta cidade não merece ser amaldiçoada.

Então pulei para o vazio da noite. Eu ainda tinha outra visita a fazer.

— Perdoe-me, padre, porque pequei — disse o Duque Maximilian da Bavária. — Não me confesso há mais de um dia.

Confissão à noite não era comum, mas a rotina árdua de oração e penitência de Maximilian obrigava que seu confessor abrisse exceções o tempo todo. Eu não enxergava o rosto do duque por causa da recente inovação chamada confessionário. Maximilian preferiria confessar seus pecados frente a frente, como sempre se fizera, mas tinha aderido à nova prática como bom católico. Por isso não precisei me esgueirar para dentro de seu quarto, apenas substituir seu confessor habitual.

— Conte o que pesa em sua alma, meu filho — respondi.

Notei o choque do outro lado.

— Você não é...

— Não sou o padre que o acompanha sempre — interrompi. — Mas hoje ouvirei sua confissão.

— Quem é você? O que está acontecendo?

Ele fez menção de abrir a porta. Poderia chamar sua guarda com facilidade.

— Sou um enviado da Virgem, Maximilian. Estou aqui para guiá-lo em sua decisão. Você falará com a voz do Imperador. O que dirá?

Ele hesitou.

— Preciso de uma prova — disse. — Não revelarei os segredos de meu senhor a qualquer um, apenas porque diz ser um servo divino.

— Muito bem — retruquei. — Muito bem, Maximilian. Apegue-se ao mundo. Exija uma prova. Peça para ver meu rosto e verá apenas um homem, que você condenará como um farsante. Chame sua guarda e me prenda, me interrogue, me mate. Então, com base nessas decisões de razão e lógica, vá ter com os hereges.

— O Imperador me confiou uma missão.

— E você a cumprirá com frieza e política? Ou com fé?

Vários segundos se passaram. Pude notar o vulto do duque se agitando do outro lado.

— Dê-me algo — ele pediu. — Algo para apoiar minha fé.

— Não — respondi, seco. — É isto que significa a fé. Escolha comprovar com sua mente ou acreditar com sua alma. Escolha fazer parte das tramoias da nobreza ou do plano de Deus. A quem você pertence? A quem pertence seu Imperador?

Às vezes as estratégias mais simples são as mais eficazes. Anhalt era um estudioso da cabala que, como vários intelectuais da época, tentava enxergar no mundo um padrão que abrisse as portas para segredos místicos e mundanos. Com ele precisei de teatro. Maximilian era um devoto. Segundo ele mesmo, pertencia à Virgem Maria. Rezava por sua intervenção em manobras militares, tomava decisões estratégicas para que movimentos e batalhas cruciais acontecessem nos dias dedicados à santa. Eu só precisava deixar que ele acreditasse no que queria acreditar.

— O Império é uma monarquia divina — ele respondeu, por fim. — O Imperador é escolhido por Deus.

— E quais são as instruções que recebeu do escolhido, Maximilian?

Ele respirava pesado. Fervor e bom senso duelavam em seu interior.

— Ainda exige uma prova? — eu o incitei.

— Não! — o duque se apressou em responder. — Não, eu... Não preciso de provas. Mas posso estar sendo tentado pelo demônio.

Ele era um fanático, mas também era inteligente.

— Proteger-se contra o demônio é algo justo — respondi. — Dê-me a coisa mais sagrada que traz consigo, Maximilian. Eu a segurarei nas mãos, como prova de que não sou enviado do inferno.

Enfiou a mão por baixo da camisa, assim como Anhalt fizera. Retirou um pergaminho. Abri a portinhola e deixei que ele visse minha mão. Peguei a coisa e fechei a divisória.

Desenrolei o pergaminho e admito que senti meu corpo humano gelar. Era um voto à Virgem Maria escrito em sangue.

— Meu próprio sangue — explicou Maximilian da Bavária. — Usei meu próprio sangue para me dedicar à Virgem. Para mim, é o mais sagrado objeto.

Mais uma vez, havia poder real ali. Aos poucos, naquela época de ciência e superstição, pesquisa e fanatismo, alguns humanos redescobriam os antigos rituais, quase sem querer. Meus irmãos yithianos tinham razão em temer o progresso da humanidade, mesmo que eu não concordasse com seus métodos. Imaginei de novo quem seria o yithiano infiltrado, ou se havia mais de um. Com certeza não era Anhalt, agora eu também duvidava que fosse Maximilian.

— Acredita que não sou um demônio?

— *Sim* — ele sussurrou com as mãos postas.

Examinei de novo o ritual que estava escondido no voto católico. Com certeza prenderia Maximilian a *algo,* principalmente tendo sido escrito com seu sangue. Não seria uma santa benevolente. E era infeliz que ele acreditasse que fosse, porque não pedira nada em troca. Estava dando a si mesmo como um presente, um simples tributo.

— Quais são as ordens divinas de seu Imperador? — perguntei de novo.

E neste ponto da narrativa até mesmo eu duvido de minhas próprias memórias. Normalmente eu teria analisado os futuros possíveis e adaptado minha estratégia. Mas as linhas de destino continuavam nebulosas.

O que aconteceu a seguir não aconteceu porque me preparei ou conspirei. Aconteceu por puro acaso.

Eu tive sorte.

— Ele disse para eu usar meu discernimento — Maximilian respondeu, como se confessasse o pior dos pecados. — Eu precisarei *decidir.*

Sorte, Agnes. *Sorte.* Assim como alguém que recebe uma herança de um parente desconhecido, demorei para aceitar a conveniência.

Maximilian da Bavária, apesar da devoção extrema, era capaz de conversar com pessoas de outra fé. Assim, era possível que negociasse e cedesse algo aos rebeldes. Mas ele acreditava completamente que o Império era mesmo Sacro, era o quarto reino previsto na Bíblia, que levaria o mundo até o Apocalipse. Assim, ele considerava a hierarquia imperial como divina e sempre esperava uma ordem do Imperador antes de tomar qualquer decisão importante.

Por sorte, ele estava numa posição em que precisava decidir algo enorme por si só. E isso o deixava apavorado.

Entende, Agnes? Eu estava infiltrado numa reunião que definiria boa parte do destino da Europa. E o representante do lado mais forte estava implorando para receber uma ordem, qualquer ordem, de um guia que ele considerasse divino.

Sorte.

— O Imperador me deu a tarefa de avaliar a situação! — ele continuou. — Medir o tamanho da ameaça e a disposição dos protestantes! Fazer concessões a eles ou exigir rendição total! Segundo minha escolha, minha volição, meu julgamento!

Fiz silêncio, deixei que seguisse falando. Era uma confissão, como se a ordem de Ferdinand lhe impusesse um pecado.

— Em vez de direção, tenho liberdade! O que a liberdade nos trouxe? Liberdade de religião é apenas uma licença para servir ao diabo!

Sua voz tremia.

— Que direito tenho de impor minha vontade imperfeita ao monarca de Deus? — ele perguntou para mim do outro lado, para Ferdinand em Viena, para Cristo no céu. — Como posso ser o detentor de sua sabedoria?

— Não pode — falei o que ele queria ouvir.

Escutei choro de alívio do outro lado.

— Eis o que você dirá aos hereges, Maximilian da Bavária.

Quando acabei de ditar as ordens, ele me agradeceu.

Por que fiz o que fiz?

Contando minha própria história, sei explicar meus atos, até mesmo meus erros. E quase tudo tem como pano de fundo um grande plano, minha luta eterna para que o Mecanismo do Destino não seja usado pelos yithianos, para que a humanidade dure um pouco mais.

Não foi meu motivo naquele ano de 1620.

Nos dias que se seguiram, Christian de Anhalt rejeitou a aliança do Rei Frederick. A União Protestante permaneceu neutra. O próprio Anhalt continuou depositando sua fé no rei rebelde, mas era só um, e Frederick mal registrou isso. Fantasiado como um herói da mitologia, o rosto bestificado e branco como a neve, ele lentamente entendeu que estava sozinho.

O Duque de Angoulême tentou mediar um acordo entre Frederick e o Imperador, mas as negociações ruíram por completo quando Maximilian deixou explícito seu julgamento, que era meu julgamento:

— Nada mais pode ser ganho com acordos. O Imperador está resoluto a assegurar a completa obediência de seus súditos. E isso só pode ser obtido por meio da espada.

O jovem Rei Frederick não conseguiu disfarçar o horror.

Por que fiz o que fiz?

Não era o melhor para preservar a humanidade. Não era a missão que me tinha sido dada pelo Imperador, nem a missão traiçoeira que recebi de Wallenstein. Não era algo baseado na análise das linhas de destino.

Fiz o que fiz porque vi Frederick imitando o homem que eu amava, transformando-o numa caricatura e numa ferramenta, e quis que ele morresse da pior forma possível.

Agi como um humano. Apenas mais tarde descobri todas as implicações disso.

V

ERA UM DIA CINZENTO, GELADO E CHUVOSO QUANDO NOS REUNIMOS com a certeza de que a rebelião acabaria ali mesmo e a guerra nunca chegaria a durar três anos. Wallenstein estava a cavalo, as pequenas gotas finas e doloridas como agulhas caindo continuamente em sua roupa preta vistosa, sua couraça, seu elmo metálico. Suas tropas eram parte do exército católico, que estava sob comando do Conde de Tully, generalíssimo do Império. Eu estava a seu lado, também a cavalo, como foi minha posição muitas vezes, com muitos líderes. Não trajava armadura, mas uma casaca e um chapelão emplumado de oficial mosqueteiro. Minha arma longa estava presa à sela do cavalo, minha pistola e meu sabre estavam à cintura, minha pólvora estava bem protegida da umidade.

Névoa espessa cobria quase todo o campo de visão, mas eu conseguia discernir algo das massas de piqueiros e alabardeiros que se posicionavam. Também havia um contingente grande de mosqueteiros e de cavalaria. Os rebeldes estavam de costas para uma elevação. Ao longe estava a cidade de Praga.

Wallenstein tinha uma visão bem melhor, porque olhava através de uma luneta. Tanto soldados quanto oficiais espiavam aquele comportamento estranho, tentando entender o que era o aparato.

— Conhece? — ele retirou a luneta do olho e a estendeu a mim.

Peguei o objeto com cuidado. Examinei-o, olhei pelo buraco. Imediatamente as formas dos piqueiros se tornaram mais nítidas, mesmo através da névoa, e muito mais próximas.

— É um prodígio! — devolvi a luneta.

— É um conjunto de lentes — o coronel respondeu em sua voz monotônica. — Já existe há mais de dez anos, mas militares ainda relutam em usá-lo. Isto é muito mais útil que uma espada ou mesmo um mosquete,

Tiefenbach. Guerras são vencidas por quem consegue enxergar mais longe.

Eu podia sentir que ele estava prestes a embarcar num de seus longos raciocínios. Wallenstein despejava fatos e conclusões sem dar muita importância ao interlocutor. Sua mente era um ábaco e as palavras eram apenas o barulho das peças batendo umas nas outras, processando os cálculos.

— Você ouve as notícias dos outros teatros de guerra, Tiefenbach? — ele perguntou.

— Sim — minha resposta não importava, ele nem tinha ouvido. Só queria uma deixa para a próxima frase, como um instrumento de percussão marcando o ritmo.

— Os cossacos espalharam a barbárie na Morávia. Invadiram um casamento, raptaram a noiva e mataram o noivo. Raptaram centenas de mulheres e meninas para serem suas escravas. Deixaram um rastro de cadáveres por dezenas de quilômetros, à medida que elas iam morrendo ante seus maus tratos. Eles queimam e arruínam tudo por onde passam. Arrastam homens por cordas ao redor do pescoço, ou então apertam as cordas até que seus olhos saltem das órbitas. O Imperador ficou indignado.

Ele não falava de inimigos, mas de tropas mercenárias do próprio Império. Não fazia diferença em termos de selvageria.

— Pagamos para que eles fizessem isso, e não são os únicos — Wallenstein continuou como se estivesse lendo um roteiro. — Na Áustria, os soldados de Maximilian saquearam tanto igrejas luteranas quanto católicas.

— Mas o senhor não considera isso importante — provoquei.

Wallenstein ficou um pouco desconcertado. Não era a fala que ele reservara para mim no roteiro que tinha na cabeça. Mas continuou, sem emoção nenhuma.

— O Imperador, o Rei Frederick e todos os generais dos dois lados só veem a brutalidade que está a sua frente, chamando atenção. Mas ignoram o que está mais longe. O que vai realmente decidir a guerra.

Inclinei-me para ouvir melhor. Eu sabia que estava prestes a revelar algo que só ele sabia.

— Pouco importa que os cossacos matem plebeus de formas horrendas. Um plebeu não produzirá menos por ter morrido de forma horrenda ou da forma mais piedosa possível. Não são os cossacos as piores ameaças infiltradas no Império. Um perigo muito maior é a febre húngara.

Eu já ouvira algum relato disso, mas não dera tanta importância. Epidemias eram comuns em guerras.

— É a verdadeira arma — disse Wallenstein. — E mata sem ser empunhada por ninguém. Está, neste momento, matando tropas bávaras de Maximilian. Pelos relatos que ouvi, calculo que um décimo das tropas que ele reuniu este ano estivesse infectado. Juntando isso com relatos de outros focos, com a boataria e as histórias supersticiosas dos soldados, fiz uma estimativa. Cerca de 12 mil dos nossos homens terão morrido de febre húngara até o fim deste ano. Frente a isso, o que são alguns plebeus enforcados?

Não evitei que minha boca pendesse aberta. Eu não enxergara aquilo. E, embora parecesse uma quantia hiperbólica, se Wallenstein falava em números, eu acreditava. A história provou que ele estava certo.

— Isso é quase metade de todas as tropas que temos aqui — ele ponderou.

— Acha que perderemos esta batalha por causa da epidemia?

— Não estou falando desta batalha — ele estranhou a pergunta. — Esta batalha já acabou antes de começar, nós já vencemos. Pense maior. Imagine 12 mil homens mortos depois de terem se esvaído em merda, perdendo os últimos farrapos de dignidade. Imagine o que isso faz com seus irmãos em armas.

— O quê? — agora eu queria ouvir suas conclusões.

— Transforma-os em animais. Se não podem nem controlar quando defecam, se não podem nem ter calças limpas, se não podem nem morrer direito, o que os separa de animais? Esta guerra, acabe ou não hoje, vai espalhar animais pela Europa, Tiefenbach. Animais armados que foram instruídos a tomar da terra o que quisessem. Isso provocará pânico. As pessoas não conseguirão trabalhar, não conseguirão pensar no futuro. E isso criará escassez.

Eu estava fascinado, mas fui sacudido pelo que ele falou em seguida:

— Todos os preços vão aumentar.

Então, à beira de uma batalha decisiva com dezenas de milhares de combatentes, o Coronel Wallenstein explicou como uma onda do que hoje chamamos de hiperinflação varreria a Europa. Falou sobre como ele já tinha mandado ordens para que seus burocratas e castelães comprassem as mercadorias, matérias-primas e materiais que seriam indispensáveis a todos. Sobre como espiões mantinham certas propriedades sob vigilância para que ele pudesse abocanhá-las quando seus senhores caíssem em desgraça financeira.

Ele já contava com uma projeção otimista e outra pessimista de seus ganhos nos próximos cinco anos.

— Os nobres implorarão ao Imperador por ajuda — ele voltou a olhar pela luneta. — Mas, por meus cálculos, a dívida imperial cresce em cerca de 4 milhões de florins por ano. Nosso Imperador está falido, Tiefenbach, e não tem como socorrer aristocratas pobretões.

— Onde quer chegar?

Ele me olhou com algo que se assemelhava a uma expressão facial.

— Os homens rezam a Deus — disse Wallenstein — mas se ajoelham ao dinheiro.

O destino explodiu daquele homem tedioso. Eu estava tão enredado em religiões, crendices e misticismo verdadeiro que não pensava no óbvio. A razão do conflito não era Deus; eram direitos. Direitos eram uma questão política e, assim, podiam ser comprados pelo preço certo. No fim, tudo que ambos os lados queriam podia ser concedido por quem tivesse dinheiro suficiente.

Wallenstein teria dinheiro. Wallenstein teria nas mãos tudo que católicos e protestantes desejavam.

Ele pensava em ser rei? Ou algo mais? Sua trajetória era linear a ponto de ser confusa. Mais uma vez fiquei enfurecido com aquela época traiçoeira que escondia o futuro.

— Fique com ela — o coronel me estendeu a luneta. — É um presente.

— Obrigado — eu disse com cuidado.

— Nunca esqueça que Wallenstein lhe deu a dádiva de enxergar longe.

Então ele olhou para a frente, como se eu não existisse, e deu uma ordem de marcha.

A escassez já chegara nos exércitos, embora ainda não tivesse tocado as tropas de Wallenstein. Naquele dia, os regimentos da Liga Católica marcharam assombrados pelo espectro da fome. O próprio Conde de Tilly, generalíssimo do Império, fora flagrado roubando uma maçã de um frade. O frio também rondava: havia relatos de soldados morrendo congelados durante a noite. Passar o inverno em campanha não era uma opção, então atacamos os protestantes em Montanha Branca por Deus, pelo Imperador e pelo medo da miséria.

Montanha Branca era a última posição defensável dos rebeldes antes de Praga, uma elevação marcada por uma encosta íngreme. Recebia o nome por causa da pedra branca que despontava sob a vegetação, mas contava com trechos de floresta e um forte. Os protestantes sabiam que, dentro do forte, seriam incapazes de defender a capital. Assim, estavam do lado de fora, no sopé de Montanha Branca, atrás de um pequeno rio lamacento, hesitando antes de atacar.

Nossas forças eram quase iguais em números. Sessenta mil homens divididos entre os dois lados, famintos e pobres, gelados e apavorados, vigiados por Deus e por seus senhores.

No início da manhã, a névoa pesada que desceu de Montanha Branca encobriu nosso avanço. Sem pressa e sem alarde, a guarda avançada dominou os dois pontos de cruzamento do rio. Em seguida o resto do exército se moveu. Era impossível fazer silêncio com 30 mil soldados, mas a névoa obscurecia a visão do inimigo — saber que estávamos tomando posição não fazia muita diferença para eles. Aos poucos, o Conde de Tilly dividiu infantaria e cavalaria, piqueiros e mosqueteiros, escolhendo o terreno da batalha e encurralando os rebeldes. Mesmo em igualdade numérica, eles estavam cercados. Quando a artilharia, composta de 10 canhões, se moveu e apontou suas bocarras monstruosas para as tropas protestantes, a névoa começou a se dissipar. Eles nos viram como uma imensa matilha de lobos nos últimos estágios de uma caçada. Éramos os arautos do acerto de contas, a Defenestração dois anos antes finalmente cobrando seu preço.

E assim ficamos durante a manhã, convidando os rebeldes a fazerem o primeiro ataque. Mas o pouco de ímpeto que eles ainda possuíam se esvaiu ao ver nossa manobra. Qualquer comandante sabia que um ataque agressivo seria o mesmo que nos servir a vitória numa bandeja de prata.

O sol não despontou. Nossas roupas estavam impregnadas de umidade, todos tremíamos de frio. Os capelães conduziam uma missa para os soldados e o alto-comando estava reunido numa tenda temporária.

— Eu digo que esta batalha é desnecessária! — um nobre insistiu. — Podemos passar ao largo dos rebeldes e entrar em Praga sem derramar uma gota de sangue!

Wallenstein me olhou de esguelha. Não sendo ainda um general, ele falava apenas em momentos estratégicos.

— E prolongar esta rebelião ainda mais? — disse o Conde de Tilly. — Não quero passar mais um inverno sabendo que Frederick dorme confortavelmente em sua cama de usurpador.

Tilly, como generalíssimo de todas as forças do Império, tinha a palavra decisiva, mas ouvia seus generais. Um deles obtivera a informação de que o rei da Boêmia não estava com o exército, mas em segurança, em Praga. Um insulto a mais.

— Com todo respeito, cavalheiros — disse Maximilian. — Vocês não viram o que eu vi em Ulm. Não viram Frederick se portando como um bufão. Não viram...

Ele deixou a frase incompleta. Mais uma vez, Wallenstein me dirigiu um olhar cheio de significado. Ele não sabia o que eu fizera em Ulm e preferia não descobrir.

— Fale! — Tilly ficou impaciente.

— Não importa — Maximilian desconversou. — O que importa é que esta é uma batalha por Deus! Não podemos pensar na maneira mais fácil ou mais confortável de vencer. Nosso dever é punir os hereges!

— Deixá-los alguns dias sob cerco vai diminuir o moral — ofereceu outro nobre.

Eles entraram numa pequena discussão. Houve um momento de silêncio, quebrado por Wallenstein:

— Vossa Graça, se me permite.

Tilly se voltou ao coronel.

— Tem uma opinião sobre isso, Albrecht?

Wallenstein deu um passo respeitoso à frente. Todos o conheciam como um homem calculista e objetivo. O generalíssimo pensou que teria mais apoio para tomar uma decisão cautelosa.

— Com o devido respeito, cavalheiros — disse Wallenstein. — Acho que, com toda a heresia e profanação que os luteranos espalharam por nosso Império, o mínimo que podemos fazer é esmagá-los.

Aquilo os tomou de surpresa. Tilly levou um segundo para se recompor e começar uma resposta, quando a tenda se abriu de supetão. Uma figura entrou intempestivamente, interrompendo a discussão e atraindo os olhares de todos. Era um frade de pés descalços.

— Vejam isto! — ele gritou, espalhando lama com cada passo. — Vejam a obra diabólica de nossos inimigos!

Apesar de frade, era também um general, porque aquele era o século 17 e o mundo era tomado de uma estranheza onírica. Ele brandia uma grande imagem da Virgem, feita de madeira, seus olhos escavados em profanação explícita.

— É contra isto que estamos lutando! — berrou o religioso. — Alguém que cega a Virgem ficará impune?

Aquele homem tinha reputação de profeta e pretensos poderes medicinais. Maximilian jurava que ele o havia curado de uma infecção nos olhos. Sua chegada com o ícone macabro só podia ser interpretada como um sinal.

Tilly estava fixado em Wallenstein.

Eu encontrara aquela imagem três semanas atrás. Deixara-a num ponto estratégico para que o religioso a achasse naquela manhã. Eu não tinha explicação para a precisão cronometrada do comentário de

Wallenstein, mas ele era Wallenstein e calculara o momento exato. Ou tivera sorte.

A imagem profanada foi exibida para os soldados quando eles receberam a ordem de ataque. O grito de exaltação de dezenas de milhares atravessou o acampamento inimigo e chegou aos ouvidos do Rei Frederick, em Praga.

Avancei a pé, no meio da infantaria, enquanto regimentos de cavalaria rápida mantinham nosso mesmo passo. Eu não fazia parte de nenhuma unidade regular, mas estava junto aos mosqueteiros. Comecei a notar o terreno ficando inclinado sob meus pés, a elevação que dava vantagem aos protestantes se tornando evidente.

Os tamboreiros marcavam o ritmo acelerado. Meu coração batia forte, em expectativa do combate em poucos minutos. Eu sentia o mesmo nervosismo e entusiasmo nos homens ao redor. Ouvi um mosqueteiro anônimo que mantinha o passo comigo rezando baixinho. O futuro distante era nebuloso, mas os milhares de destinos possíveis segundo a segundo se desenhavam bem claros. Todos os guerreiros dentro de mim subiram à superfície, seus sentidos se tornando aguçados com a perspectiva da luta. Uma caçadora pré-histórica tomou meus olhos, atenta para uma presa específica. Naquela batalha eu não era um soldado; era um assassino. Estava lá para matar Thurn ou Anhalt, acabar com as lideranças da rebelião. Depois mataria o insolente Frederick.

Os rebeldes tinham a mesma mistura de cavalaria e infantaria. Seus piqueiros se postaram em linha, prontos para receber nossa carga e duelar com os nossos. Seus mosqueteiros esperavam que chegássemos ao alcance.

A nossa frente, visíveis sob a tela prateada do ar úmido, estavam os canhões inimigos.

Centenas de vozes dentro de mim gritaram. Os que conheciam aquelas armas avisaram que estávamos sob a mira e que as equipes de artilharia tinham uma visão aberta de nossas tropas. Os que pertenciam a épocas anteriores se encolheram, tentando não estar no campo de batalha, com um terror supersticioso dos canhões.

— Pela Virgem e pelo Imperador! — gritou um comandante a nossas costas.

Todos nos agachamos. Tínhamos nossos próprios canhões e agora começava o duelo atroz da artilharia. Um estrondo chacoalhou meus tímpanos. O chão tremeu, o ar foi tomado por cheiro de pólvora e fumaça difusa. O terreno à frente dos rebeldes explodiu quando a bala de canhão atingiu o solo, jogando lama e pedras para todos os lados.

— *Fogo!* — a voz de outro comandante se elevou, e permanecemos abaixados.

Meus olhos lacrimejaram enquanto a fumaça tomou tudo a nosso redor. Um homem perto de mim começou a tossir. Logo era impossível escutar qualquer coisa exceto a percussão infernal que balançava o mundo, impossível enxergar qualquer coisa exceto a cortina cinzenta.

Uma pausa de um segundo trouxe a palavra gritada a nossa frente:

— *Fogo!*

Nossos comandantes imediatamente berraram ordens, trompetes soaram comandos de marcha acelerada. Meus ouvidos, tomados por um zumbido agudo, discerniram o toque rápido dos tambores, incitando nossa pressa.

— Avante, cristãos! — um tenente ergueu seu sabre. — Avante por Deus!

Os regimentos correram como um só, tomando impulso enquanto um grito cada vez mais alto saía de nossa garganta, como uma reação involuntária. Minha boca toda ardia, mas fui tomado pela bravura da multidão e gritei junto.

Uma bala de canhão atingiu o espaço a dez metros de onde eu estava. Os soldados não tiveram tempo de gritar, apenas sumiram numa chuva de sangue, trapos, metal e madeira. Ergui o braço para proteger meu rosto, mas ainda assim um estilhaço fez um corte em minha testa. Continuei correndo, senti o chão escorregadio com a lama que fora espalhada, com as entranhas e pedaços de carne que há poucos segundos haviam sido pessoas.

Dentro de mim, cavaleiros que em vida não tiveram medo de nada imploraram para que eu recuasse. Ocultistas que haviam se deparado com entidades horrendas choraram de medo. Contra todos os instintos, avancei na direção do som da canhonada.

Vi um futuro imediato de interrupção brutal, saltei para o lado. Caí de bruços, protegendo a cabeça, fui jogado para cima como um boneco quando o chão corcoveou. Fui coberto por uma chuva de sujeira e pedaços de gente. Quando fiquei de pé, demorei um tempo para me orientar. Meu cérebro vibrou com o impacto tão próximo. Cambaleei por um segundo, notei de repente a cratera formada pela bala de canhão.

— Avante! — gritou um oficial a cavalo. — Avante!

Os tamboreiros insistiram no ritmo frenético, continuamos correndo montanha acima. O apito dentro de meus ouvidos e os estouros dos canhões me deixaram surdo, mas tive a sensação de linhas de destino se entrelaçando às minhas com cada vez mais probabilidade e soube que estávamos chegando perto. Eu dependia dos soldados próximos para saber a direção correta, e eles dependiam uns dos outros, dos trompetes e dos oficiais a cavalo.

A nuvem espessa de fumaça se abriu por alguns segundos e enxerguei uma equipe de artilharia 100 metros a nossa frente.

Corri na diagonal, cortando o caminho dos outros soldados, mantendo os artilheiros em vista. Quando achei um ponto desimpedido de nossas próprias tropas, fiquei de joelhos, apoiei o mosquete no ombro, fiz mira.

O sargento que comandava a equipe de artilharia inimiga se empertigou, fez um gesto e abriu a boca para dar uma ordem. Os sentidos de um arqueiro inglês e de um fundeiro persa me concederam a mira perfeita. Apertei o gatilho, o estampido de minha arma sumiu nos trovões da artilharia, a pequena nuvem de fumaça se juntou à nevoa de pólvora que recobria tudo.

A cabeça de meu alvo esguichou sangue, ele caiu mole sobre o canhão. A arma se moveu, disparou sem controle, acertou o terreno próximo a outra equipe de artilharia protestante.

Isso foi a chance de que precisávamos.

— Morte aos hereges! — gritou um oficial. — Protejam a Virgem Maria!

Nossa cavalaria galopou para dois lados diferentes, abrindo-se para os flancos do inimigo. Os piqueiros abaixaram suas armas e avançaram em formação compacta, enquanto que os mosqueteiros imitaram o que eu mesmo fizera. Dividiram-se em grupos, apoiaram as armas longas no chão com hastes forquilhadas, deitaram mira e atiraram à vontade. Logo os artilheiros começaram a cair.

Os piqueiros inimigos avançaram e seus mosqueteiros se posicionaram.

Eu estava terminando de recarregar meu mosquete. Soquei a pólvora e a bala. Eu carregava um longo pavio aceso enrolado em volta de meu pescoço e de meu ombro, como era o padrão para os mosqueteiros. Usei a ponta em brasa, ao lado de meu rosto, para acender o curto pavio do mosquete. Fiz mira e, ao mesmo tempo, expandi meus tentáculos para centenas de linhas de destino. Agarrei uma em que eu acertava o alvo perfeito, puxei o gatilho.

Vi a mão de um dos mosqueteiros inimigos explodir em sangue, seu mosquete disparar sem querer. Os outros entenderam isso como ordem de tiro, começaram a disparar a esmo.

— Parem! — gritou um oficial rebelde. — Não receberam a ordem!

Seus tiros sem disciplina ou coordenação foram quase inofensivos. Os oficiais tentavam retomar o controle, eles recarregavam as armas sem prestar atenção uns aos outros, o desespero começando a se fazer visível.

— Fogo! — gritou um de nossos oficiais.

Disparamos a nosso próprio tempo, com calma, e algumas dezenas caíram.

Os inimigos se apressaram em recarregar.

Enquanto o primeiro de nossos batalhões recarregava, o segundo disparou, criando mais buracos na formação frouxa deles, mais cadáveres.

Os piqueiros inimigos gritaram e desceram a encosta, ávidos por encontrar os nossos e sair da mira de nossas armas. Os piques eram lanças enormes; suas hastes tinham cinco metros de comprimento. Eram letais se os soldados mantivessem formação compacta. Nossos próprios piqueiros se prepararam para receber a barragem de aço.

Então, nos dois flancos, nossa cavalaria atacou.

Os cavalos se aproximaram a galope. Os piqueiros se voltaram para eles, porque esse era seu reflexo, mas os oficiais gritaram para que não perdessem tempo. Os cavaleiros atravessaram fumaça e tiroteio sem medo. Um terço de cada flanco se destacou, rumando direto para os piques. Então, a 10 metros, os cavaleiros puxaram pistolas e atiraram.

Poucos piqueiros caíram com o ataque, mas era possível notar a raiva em seu rosto quando os cavalos galoparam para longe num semicírculo, logo fora do alcance das armas de haste. Então um segundo grupo a cavalo os seguiu — quando chegaram ao alcance, os cavaleiros dispararam as pistolas e continuaram na espiral, dando lugar ao terceiro grupo, enquanto o primeiro já tinha em mãos a segunda pistola. Era o *caracole*, a formação de cavalaria alemã que destruía os nervos do inimigo antes de seus corpos. Num carrossel de morte, os cavalos passavam de novo e de novo, sem que a infantaria conseguisse revidar.

— Venham até nós, malditos! — gritou um protestante desesperado. — Lutem com honra!

O campo de batalha estava mais uma vez encoberto pela fumaça das armas. Nem oficiais nem soldados conseguiam ver nada a frente. Ouvi ordens de nosso lado para que os piqueiros continuassem avançando às cegas. Um cavalo tropeçou numa cratera aberta por um tiro de canhão. Caiu com um relincho medonho, quebrando a pata e esmagando o cavaleiro. Os berros de agonia do animal foram só parcialmente abafados pelo pipocar contínuo das pistolas do *caracole*, até que trompetes duplos deram a ordem para nossa cavalaria recuar.

Uma rajada de vento soprou a fumaça para longe, revelando a infantaria inimiga. Eles estavam espalhados, seguravam os piques sem unidade, deixando as hastes balançarem. Qualquer comandante experiente sabia avaliar o moral dos piqueiros pela forma como seguravam as armas. Vi que aqueles homens estavam à beira de uma debandada.

— Liga Católica! — ouvi a voz do próprio Conde de Tilly atrás de mim. — Carga!

Nossos piqueiros avançaram com as armas em riste e encontraram o inimigo num estardalhaço de metal contra metal, madeira contra madeira. A luta de piques era uma espécie de esgrima pesada, em que os soldados tentavam ao mesmo tempo atacar e bloquear os piques inimigos, empurrando suas pontas para longe. Nosso contingente, um bloco único de disciplina, avançou sobre os protestantes abalados. Um de nossos soldados bateu com força no cabo do pique inimigo, abrindo seu peito para um golpe, numa precisão surpreendente para uma luta àquela distância. Então outro soldado completou o serviço, passando pela guarda aberta, aproximando-se e estocando o estômago do inimigo. Girou a arma e a puxou, deixou o cadáver no chão para ser pisoteado por seus irmãos, enquanto os duelos seguiram a toda volta.

— É uma punição! — gritou alguém do lado dos rebeldes. — Deus nos pune por nossos pecados!

E então, como se aquilo fosse o sinal que estavam esperando, os piqueiros começaram a recuar.

— Me perdoe, Senhor, me perdoe! — implorou alguém.

Dois largaram as armas no chão e tentaram correr montanha acima.

Atrás, os oficiais tentavam conter a debandada, mas o pânico é contagioso. Quando os primeiros fugiram, a centelha se espalhou num incêndio. Logo os gritos de contrição tomaram as linhas rebeldes; a hipótese de punição divina virou certeza.

— Arrependam-se! — gritou um mosqueteiro protestante. — Arrependam-se enquanto é tempo!

Então foi trespassado por um pique.

Levei a luneta ao olho, vasculhando o campo de batalha.

Enxerguei Thurn, do alto de seu cavalo, espada na mão, tentando impedir a fuga.

Decidi que iria matá-lo primeiro.

Poucos de nós usavam uniformes. Eu me vestia como todos os mosqueteiros irregulares: uma capa pesada para proteger os dois chifres de pólvora que levava pendurados no ombro. Não me separava da sacola com ferramentas para manutenção e conserto das armas que estava em minha cintura. Cruzando meu peito havia uma bandoleira com o equipamento que mais nos caracterizava: os "doze apóstolos", doze pequenas caixas de madeira, cada uma com uma carga de disparo composta de bala e uma quantidade de pólvora medida de antemão. O longo pavio queimava enrolado no pescoço e no outro ombro, protegido da umidade por um chapelão emplumado. Eu tinha calças largas e, ao contrário da maioria dos soldados, não estava de pés descalços, mas de botas.

Eu podia ser qualquer um de milhares de mosqueteiros católicos ou protestantes, imperiais ou rebeldes, e corri pelo caos das linhas inimigas em busca de meu alvo.

Enxerguei nossa infantaria capturando um canhão dos rebeldes. Deitei para me proteger de uma saraivada de tiros, olhei de novo pela luneta, vi Thurn mais perto. Ele não sabia o que o esperava. A caçadora pré-histórica me guiava rumo à presa com foco obsessivo.

Avancei me arrastando pela lama, a luneta guardada e o mosquete nas duas mãos, à frente do corpo, muito ciente do cheiro de queimado que vinha do pavio em brasa. Um soldado inimigo recuou de costas, brandindo uma rapieira a esmo, tentando achar um alvo para sua pistola. Em silêncio, pousei o mosquete no chão por um momento. Então dei um bote, agarrando seus tornozelos por trás. Ele deu um berro curto enquanto caiu de cara no chão. Num movimento fluido, subi em suas costas e firmei o joelho em sua nuca, afundando o rosto na lama. O soldado se debateu enquanto morria asfixiado. Tomei sua pistola e procurei a melhor forma de avançar.

Corri agachado, o mosquete carregado e pronto para disparar. O ar tomado por fumaça transformava todos em vultos. Alguém se aproximou de mim cambaleando, segurou meu braço.

— Existe algum lugar seguro? — ele suplicou com voz rouca de tanto gritar. — Para onde vamos fugir?

Era um soldado rebelde. Pouco mais que um garoto, seus olhos vermelhos pela pólvora e pelo choro.

Apontei a direção de onde nossos mosqueteiros avançavam.

— Montanha abaixo? — ele perguntou. — Mas...

— Os imperiais estão interessados em tomar o forte mais acima — menti. — Se você passar correndo, vão ignorá-lo.

Ele me agradeceu com mãos postas.

— Você não vem? — ele disse, agarrado a mim como uma criança.

— Preciso entregar uma mensagem para o Conde Thurn. Você sabe onde ele está?

O rapaz apontou. Despedi-me dele com uma bênção.

Avancei através da fumaça na direção que ele indicara. Instantes depois já o havia esquecido e não vi quando morreu.

Se você acha meu comportamento estranho ou cruel, saiba que também acho. E, na época, deveria ter notado.

Eu já estava bem no alto e a fumaça era menos espessa. Pude ver o campo de batalha mais abaixo. Nas outras áreas, os estandartes da Liga Católica também avançavam sobre os rebeldes. Havia uma debandada geral dos soldados mal pagos, famintos, lutando uma causa perdida por um rei que nem mesmo estava lá.

E, a menos de 100 metros, estava Thurn.

Estremeci de antecipação. Ele estava cercado por cavaleiros e veteranos com mosquetes e piques de prontidão, mas nada disso iria salvá-lo de um único tiro certeiro no pescoço. Demorei um instante para observá-lo com a luneta. Vi seu rosto vermelho, esbaforido, gritando ordens. Lembrei dos três homens jogados pela janela em Praga — a cidade que iríamos tomar assim que passássemos pelo exército inimigo. Salivei por vingança. A caçadora que me guiava não conhecia o mosquete, mas conhecia a morte. Usando seus instintos, fiquei agachado e avancei aos poucos, mantendo Thurn à vista com a luneta.

— Tiefenbach! — ouvi atrás de mim.

Num segundo, as defesas ao redor de Thurn se eriçaram. Os mosqueteiros veteranos vasculharam o campo, mas consegui me esconder atrás de uma elevação pedregosa.

— Tiefenbach! — a voz repetiu. — Apareça! É uma ordem!

Thurn recuou, cercado por sua guarda de honra. Sussurrei uma praga e me mostrei, abanando meu chapéu.

Afinal, quem me chamava era Wallenstein.

— Tiefenbach, volte! — ele gritou, a maior demonstração de emoção que eu já vira do coronel. — É uma ordem!

Olhei pela luneta. Thurn já estava desaparecendo atrás dos últimos batalhões que ainda restavam em formação. Wallenstein denunciou minha posição mais uma vez.

— O que está usando para caçar o conde? — ele gritou deliberadamente. — O presente que lhe dei?

Corri de meu esconderijo, achei outro no meio de algumas árvores nuas.

— Isso não é assunto seu! — respondi.

— Muito bem! — meu comandante seguiu sendo o menos discreto possível. — Use meu presente para perseguir e assassinar um nobre! Mas saiba que irei espalhar sua história! Todos saberão de suas ordens e o Imperador saberá que você recebeu de mim um presente valiosíssimo!

Àquela altura, qualquer pretensão de furtividade seria uma piada. Praguejei de novo e recuei até onde Wallenstein me aguardava com um séquito de cavaleiros e piqueiros. Ele me observou durante todo o caminho.

— Eu disse que venceríamos facilmente — o coronel falou a título de cumprimento.

Eu não disse nada. Abri caminho até onde ele se postava, altivo no cavalo. Estendi para ele a luneta.

— Fique com ela — disse Wallenstein. — É um presente. Todos sabem que é um presente.

A Batalha de Montanha Branca durou cerca de duas horas. Ninguém, ou quase ninguém, esperava uma vitória tão decisiva. Tomamos o forte, avançamos até Praga. A cidade se rendeu imediatamente, o Rei Frederick fugiu como um covarde. Ao longo dos próximos dias, começaram as capturas e execuções de nobres capturados.

Mas nada disso interessa, não é mesmo?

O que você deve estar se perguntando, Agnes, é por que fiz isso tudo. Por que quis vingança contra Thurn, por que odiei tanto Frederick. Por que há tanto tempo não falo no Mecanismo do Destino. A guerra deveria ser uma distração, um meio para se chegar a um fim.

Você deve estar desconfiando de meus motivos, já que afirmo amar a humanidade e lamentar cada morte, mas matei indiscriminadamente e sem necessidade. Matei inocentes e coloquei a morte de desafetos humanos acima do combate ao verdadeiro inimigo. Até agora você me viu quase neutro em relação aos humanos, exceto aqueles que amei.

Por que, então, eu estava tão envolvido em seus pequenos dramas?

Eu devia ter notado isso na época. Se tivesse notado, tudo teria acontecido de modo diferente. Mas, mais uma vez, tive sangue nas mãos. E, você vai descobrir, esta história é sobre isso.

Durante as semanas que se sucederam, fiquei em Praga, cumprindo os deveres de Tiefenbach e quase esquecendo os deveres de um yithiano renegado. Enfim houve um dia em que estive no castelo, dentro da sala onde ocorrera a Defenestração, com Wallenstein e seu alto-comando. Ele fez um gesto para que todos se retirassem.

— Você fica, Tiefenbach.

Voltei a sentar. Enquanto a porta fechava, servi dois cálices de vinho, mas ele recusou.

Ficou me olhando em silêncio por mais de um minuto.

— Por que odeia tanto Frederick? — ele perguntou quando eu já não aguentava mais.

— Frederick é o inimigo — respondi. — O usurpador.

— Mentira — ele decretou em sua voz plana. — Você não é tão leal ao Imperador, ou não seria um agente duplo. O que vejo em seu rosto não é ódio por um inimigo de seu monarca. É um ódio pessoal. Por quê?

Isso soa improvável até mesmo para mim, mas naquele instante tive um ímpeto de falar a verdade. Só por um momento, pareceu natural contar sobre Arminius e Thumelicus, confessar que ver aquele bobo da corte assumir a imagem do pai de meu filho me causou ódio maior do que eu pensava ser possível. Entenda, Agnes, eu odiava Frederick mais do que odiei Maroboduus. Não havia dúvida em mim que aquele desrespeito merecia punição. Tive muita vontade de contar tudo a Wallenstein para me justificar, para que ele soubesse que Frederick merecia morrer. Quase confessei.

Mas, é claro, me contive.

— Em Ulm, ele zombou de coisas muito importantes para mim — respondi.

O coronel continuou me fitando, esperando que eu cedesse.

— Não falarei mais do que isso. É uma questão de convicções.

— Muito bem — ele deu de ombros sem mover o rosto. — Frederick é um palhaço, acredito que tenha zombado de coisas importantes.

Silêncio.

— Por que odeia Thurn? — ele perguntou.

Eu já estava de novo no controle de meus segredos. Comecei a inventar uma mentira qualquer sobre minha raiva do Conde Thurn, quando percebi que não sabia a resposta verdadeira.

— Eu... — hesitei.

— Você atravessou um campo de batalha para caçá-lo — disse Wallenstein. — Sabendo que se colocaria em perigo extremo depois. Por quê? É algo a ver com a Sociedade de Jesus?

Procurei em meu interior as razões daquilo. Mas não achei a verdade. Apenas a mentira. E, quando falei a mentira, a sensação foi de sinceridade.

— A mando de Thurn, três homens foram arremessados destas janelas — eu disse.

— Mas sobreviveram — Wallenstein retrucou. — O secretário foi até mesmo elevado à nobreza. Agora é o Barão von Hohenfall, o Barão da Queda Alta. Por que o sentimento de vingança?

— Porque eu estava aqui e não fiz nada para impedi-lo — falei antes que me desse conta.

Franzi o cenho, surpreso comigo mesmo. Era a típica resposta humana, a resposta superficial. Eu deveria ter razões cósmicas, pedaços do grande plano a esconder. Mas estava oco.

De repente, lembrei que eu *fizera* algo para impedir a morte dos três defenestrados. Eu manipulara o destino. Salvara sua vida. Por que me sentia culpado?

— Um espião com consciência pesada — Wallenstein quase adquiriu um tom divertido.

Remexi-me na cadeira, desconfortável comigo mesmo.

— Por que me impediu? — perguntei.

— Eu lhe disse quando nos conhecemos. Você não deve atrapalhar meu avanço, e sou apenas um coronel por enquanto.

— Mas a rebelião acabou e Thurn será capturado ou executado. Que diferença faria adiantar sua morte?

Wallenstein me fitou e tive certeza de que ele sentia um profundo prazer em sua superioridade. Balançou a cabeça devagar.

— A guerra está só começando — ele disse.

— Estamos no Castelo de Praga!

— Esqueça Praga, Tiefenbach, esqueça a Boêmia. Esta rebelião sempre esteve condenada. Mas os Habsburgo são tiranos, todos sabem. E os tiranos acabaram de ter uma vitória esmagadora. À medida que a notícia se espalhar, toda a Europa começará a temer o poderio do Sacro Império. Aos poucos, o continente tomará noção do perigo. Decidirá que o monstro precisa ser domado, o Império precisa ser detido, controlado, podado. Preciso de Thurn vivo para residir na corte e contar a história. Preciso de um relato em primeira mão. Preciso das histórias da derrota e da tragédia de um nobre, para que outros nobres saibam que não estão em segurança.

Ele fez uma pausa. Não fosse monotônico, seria teatral.

— Nossa vitória criou um inimigo em comum.

Fiquei mudo. Tentei vasculhar as linhas de destino e não vi nada.

Então percebi que minha certeza sobre o fim da rebelião não viera de meus sentidos yithianos.

Eu estava confiando no que os humanos diziam.

— Preciso de uma guerra longa. Uma guerra que dure enquanto for útil. Seja útil também, Tiefenbach. Mate as pessoas certas.

Eu gostaria de dizer que vi o destino jorrando de Wallenstein naquele momento.

Mas a verdade, Agnes, é que não lembrei que podia enxergar isso.

VI

A GUERRA NÃO ACABOU, É CLARO. A GUERRA CONTINUOU, COMO continuaria por muito tempo. Wallenstein foi promovido a general e aos poucos galgou títulos de nobreza. A Dinamarca se aliou aos protestantes contra o Imperador. Foi como Wallenstein predisse: os Habsburgo eram tiranos. A vitória decisiva em Montanha Branca espalhou uma onda de medo pela Europa. Foi o combustível para que a chama da rebelião na Boêmia se transformasse em um incêndio.

Em Praga houve a Corte de Sangue, em que dezenas de nobres e cidadãos ligados à rebelião foram condenados à morte pelo crime de traição. Foram execuções especialmente bárbaras. Antes de morrer, os criminosos tiveram suas mãos amputadas e sua língua arrancada. Os responsáveis pela Defenestração morreram, assim como o capitão da guarda que os havia deixado entrar, um reitor de universidade que discursara a favor de Frederick e muitos outros. O executor precisou de quatro machados para terminar o trabalho. Era uma época sofisticada de arte, pompa e ciência; mas cabeças, mãos e línguas ficaram penduradas nos portões de Praga por uma década.

Todos enxergavam a tirania dos Habsburgo.

E houve batalhas, Agnes, houve muitas batalhas. Wallenstein enfrentou os dinamarqueses de novo e de novo. Venceu e venceu. Eu estive em algumas delas, não estive em outras, mas nenhuma é importante. Aquela guerra foi brutal e repetitiva. Embates de dezenas de milhares de soldados aconteceram tantas vezes que se tornaram banais. Nem mesmo lembro de todos. No meio da década de 1620, eu seguia o general de batalha em batalha, de cerco em cerco, alheio à missão que o Imperador tinha me imposto, de espionar Wallenstein e reportar seus movimentos, e a minha missão autoimposta, de detectar e desmascarar o yithiano. Wallenstein me mandava roubar planos do inimigo, assassinar figuras-chave, sabotar canhões, subornar e ameaçar sentinelas.

Eu obedecia.

Vi as previsões de Wallenstein se concretizarem.

Sua especulação financeira rendeu frutos; ele enriqueceu enquanto a fome se alastrava. Embora a lei imperial ditasse que o exército só podia confiscar bens em território inimigo ocupado, o general fez valer sua ideia de que a guerra pagaria por si mesma. Onde quer que suas tropas parassem, Wallenstein exigia que os plebeus sustentassem cada soldado. Depois de nossa passagem só restava a miséria.

Continuei a seu lado. Não porque o admirasse, muito menos por amizade. Sua fortuna crescente só o tornava mais soturno. Estar a seu lado era arriscar acusações. O alto-comando competia constantemente por seu favor. Era exaustivo, mas ainda assim eu permaneci. Não reportava ao Imperador há anos. Permaneci porque a decisão de ir embora era drástica demais, exigiria iniciativa demais. Eu estava sendo levado pela guerra, assim como todos os outros.

Estava sendo levado por Wallenstein. Quando ele olhava para mim ou para qualquer um com seu rosto pétreo tingido apenas de mau humor, não havia a opção de questionar suas ordens.

Estávamos acampados em algum lugar arruinado, um de tantos quase idênticos, quando um arauto me chamou. O general requisitava minha presença. Segui o rapaz e logo soube nosso destino: a latrina.

O arauto fez uma mesura e se retirou o mais rápido possível. O fedor era insuportável e comum em qualquer acampamento daquela época. Fiquei em sentido ao lado de uma divisória de madeira, ladeado por dois guardas.

— Está aí, Tiefenbach? — ouvi do outro lado da divisória.

— Sim, meu senhor.

— Então me diga. Em sua sabedoria de padre, me esclareça algo. Como Deus pode abençoar tanto um homem em seu cérebro e amaldiçoá-lo nos intestinos?

Não disse nada.

— Responda! — ele latiu.

— Não sei, senhor.

— Você é um inútil. Para que serve sua educação eclesiástica e suas conspirações jesuítas se não pode nem dizer por que um homem não consegue cagar?

Ignorei o insulto, como costumava ignorar naquela época. Eu sabia que Wallenstein chegaria ao assunto depois de algum tempo.

— Oito dias, Tiefenbach! — ele esbravejou. — Já se vão oito dias! Você tem noção do que isso faz com um homem?

— Para ser franco, não, senhor.

— Você é um inútil.

Eu o ouvi se erguer com dificuldade. Um pajem se dirigiu ao outro lado da divisória para ajudá-lo a se vestir. Wallenstein então surgiu mancando.

— Já ouviu falar de Kepler? — ele perguntou, sem contexto.

— É claro.

Estávamos falando do astrônomo que você conhece. Kepler podia não ser um nome famoso entre a plebe, mas eu me mantinha inteirado sobre os intelectuais, especialmente aqueles que se envolviam com misticismo de algum tipo.

— Ele está fazendo meu mapa astral — disse Wallenstein. — Espero que me dê algumas respostas. A explicação para as maldições que me afligem não está na natureza nem em Deus. Devem estar no horóscopo.

Assenti em silêncio. Apesar da inércia de meu serviço ao general, eu lembrava da obsessão mórbida do Imperador Rudolf, da decadência esotérica de Matthias. A astrologia consumia mais um homem a meu redor.

Wallenstein fez sinal para que eu o acompanhasse e manteve a guarda a uma certa distância.

— Estou sendo alvo de feitiçaria — sussurrou em meu ouvido.

— Por que acha isso, senhor?

— Há alguns dias tive uma premonição. Uma sensação de que algo terrível estava por vir. Tive certeza de que ia morrer, Tiefenbach. Mas meu espírito foi mais forte, porque eles não me mataram.

Fui tomado por um lampejo de clareza sobre meu propósito. Se Wallenstein estava mesmo sendo atacado por feitiçaria, talvez o yithiano enfim se mostrasse. Tentei lembrar da última vez em que havia ativamente procurado a entidade infiltrada, mas o general exigiu minha atenção.

— Nada adianta, Tiefenbach. Estamos rumando ao abismo. Mas não darei a eles o sabor de me derrotar dessa forma. Se quiserem me ver morto, que me encontrem no campo de batalha. Não triunfarão com sortilégios a distância.

— Quem são "eles", general?

— Não faça perguntas idiotas. Eles estão sempre à espreita, Tiefenbach!

Assenti.

— E é por isso que o chamei. Você tem uma missão.

Naquela época, todas as cidades eram muradas e bem defendidas. Havia apenas alguns portões e quase todos eram estreitos, vigiados por sentinelas. A maior parte da população tinha alguma instrução marcial e as cidades mais ricas contavam até mesmo com artilharia pesada.

Passau certamente era uma das mais ricas.

Entrei em Passau sem nenhum disfarce. Ou melhor, com o disfarce que usava normalmente, a batina de jesuíta. As camadas se sobrepunham, disfarces sobre disfarces, mentiras sobre mentiras. Era difícil manter em mente qual camada de verdade eu deveria expor a cada momento. Mas, em Passau, a roupa de padre me emprestava uma aura de respeito e poder. As pessoas me evitavam e me olhavam com deferência, porque era uma cidade profundamente católica, apesar de sua indústria.

Passau fervilhava de gente e ouvi várias línguas sendo faladas nas ruas. Havia inúmeras tavernas e hotéis, os burgueses trajavam roupas caras que não pertenciam ao mesmo mundo que eu via fora dos muros, nas aldeias e estradas. Os prédios eram altos, amontoados, cheios de movimento. Eu podia sentir o cheiro de lucro e barganha tanto quanto de comida, esterco e perfume francês.

Estrangeiros chegavam de toda parte atrás dos produtos de Passau; oficiais mercenários trazidos pela guerra vinham gastar seu soldo e contrair dívidas, nobres do continente inteiro desejavam exibir o brasão de Passau como marca de poder. A cidade ressoava com o clangor de metal sendo forjado. Armeiros legítimos e trambiqueiros trabalhavam com o mesmo afinco, produzindo espadas que, por sua fama, alcançavam preços assombrosos.

Por todo o Sacro Império e além, soldados, oficiais, nobres e intelectuais acreditavam que as armas fabricadas em Passau eram imbuídas de feitiçaria e concediam ao usuário o dom da invulnerabilidade.

Abri caminho contra o fluxo dos pedestres numa rua larga. Minha aparência sinistra e cara fechada eram suficientes para fazer a maioria dos cidadãos me evitar. Aqueles que não desviavam automaticamente logo eram intimidados por um olhar direto. Passau vivia no limiar entre devoção e bruxaria; qualquer elemento capaz de quebrar aquele equilíbrio precário era uma ameaça à prosperidade de todos.

Um grupo barulhento dobrou a esquina e não me deu atenção. Eram três rapazes vestidos em roupas espalhafatosas. Todos tinham esporas nas botas, embora não pudessem cavalgar com aqueles trajes. Um deles exibia a cabeça raspada de um lado; os cabelos compridos amarrados numa trança do outro. Um segundo tinha cabelos muito longos e encaracolados, enquanto o terceiro ostentava um chapéu bizarro com abas moles. Suas roupas tinham cortes e rasgos propositais em lugares estratégicos, todos carregavam espadas na cintura. Estavam acompanhados por duas jovens com vestidos longos, também rasgados e cortados, vermelhos, roxos e verdes, decorados com renda e ossos de baleia. Uma delas segurava uma máscara ao rosto, a outra se abanava com um leque feito de penas coloridas.

E eles riam. Gargalhavam de coisas que só eles mesmos entendiam. Um plebeu tentou passar ao largo, carregando um cesto cheio de pães, um dos jovens puxou a espada e bateu em suas coxas, como se usasse uma vara de marmelo. O coitado cambaleou por um momento, os outros aproveitaram para se servir de seus pães. Um deles se pôs a fazer malabares, outro deu uma mordida num dos pães, cuspiu o miolo mastigado de volta ao cesto.

— Senhores, eu imploro... — disse o plebeu.

— *C'est terrible!* — o francês do jovem rufião era sofrível. — Que porcaria! Volte à escola de padeiros!

As duas moças tinham encurralado uma burguesa que carregava um bebê, fazendo vozinhas agudas, tentando convencer a mulher a deixá-las segurar a criança. Achavam seu choro muito engraçado.

Avaliei a espada que o arruaceiro usava para atormentar o plebeu. Em seu cabo havia o lobo de Passau, brasão e marca comercial da cidade. Mesmo a distância, consegui distinguir símbolos cabalísticos na lâmina.

Caminhei até eles. Só quando estava bem perto me deram atenção. Um círculo vasto se formou a nosso redor; ninguém queria chegar perto de um jesuíta e uma matilha de dândis.

— A bênção, *mon père* — disse o que parecia ser o líder, com uma mesura exagerada, controlando o riso.

— Qual de vocês virá comigo? — perguntei.

— Não nos condene ao inferno! — uma das garotas gritou em desespero teatral, ajoelhando-se e segurando as duas mãos em reza. — *Nous sommes innocents!*

Não respondi. Continuei olhando fixamente para o líder. Aos poucos, seu sorriso se desfez.

— Saia da nossa frente — ele disse.

— Vou repetir apenas uma vez. Quem virá comigo?

Os outros dois começaram a se posicionar às minhas costas, como bandidos comuns. Eram tão iniciantes na arte da emboscada quanto na língua francesa.

O líder me deu um empurrão provocativo, como um jovem procurando problemas faria hoje em dia.

— Não tenho medo de padre. Meu pai é amigo do arcebispo.

— Todos virão comigo, então. Muito bem.

Estendi a mão para trás num movimento preciso, agarrei o cabo da espada do arruaceiro a minha direita. Saquei num movimento contínuo que peguei emprestado de um samurai. A lâmina descreveu um arco, sibilando no ar. Senti a vibração dos entalhes ritualísticos ressoar com minha presença sobrenatural. Antes que eles conseguissem reagir, a ponta da rapieira estava encostada na garganta do dândi a minha frente.

— Só resta uma pergunta agora — falei. — Será que vocês conseguem me matar pelas costas antes que eu perfure a traqueia de seu amigo?

— Padre, por favor... — começou uma das moças.

— Cale a boca — interrompi.

— Meu pai é... — o rapaz choramingou.

— A não ser que seu pai se chame Ferdinand, você não tem amigos mais importantes do que eu. Você teve muito azar, fedelho. Entre todos os padres caminhando nas ruas de Passau, você cruzou com o único que pode matá-lo sem nenhum esforço. O único que não tem medo de facínoras ricos, o único que ouviu os segredos do Imperador, o único que arquitetou a queda de um rei.

Aquilo não significava nada para ele, mas o garoto viu a seriedade em meu rosto. Eu estava furioso, Agnes. Eles eram alvos fáceis e sua torpeza me dava algum aval moral para humilhá-los, mas a verdade é que queria descontar minha raiva em alguém. E, com seus modos galhofeiros e roupas berrantes, eles me lembravam de Frederick.

Atrás de mim, um deles tentou:

— Perdão, padre! Piedade!

— *En français!* — rosnei.

— *Pardon! Pardon!*

As poucas palavras que eles sabiam eram afetações, porque estava na moda falar francês. Além de tudo, eram idiotas e pretensiosos.

— O mais engraçado — eu disse — é que, se vocês não tivessem tantos contatos importantes, poderiam sair livres.

— O que vai fazer conosco? — um deles perguntou num muxoxo.

— Dei a chance de que só um me acompanhasse. Agora todos virão comigo.

Olhei ao redor. Antes que eu pudesse falar algo, a burguesa com o filho no colo respondeu:

— Ninguém aqui viu nada.

O padeiro confirmou:

— Até onde sabemos, nada aconteceu.

O círculo de cidadãos que assistia à cena se desfez aos poucos. Quando guardas e lacaios de famílias nobres investigassem, descobririam que não havia nenhuma testemunha disposta a falar sobre o incidente.

Nenhum deles tentou pedir ajuda, porque estavam apavorados. Fizeram exatamente o que mandei e usaram seus recursos para garantir o espaço de que eu precisava para torturá-los.

O dono do hotel *Wilder Mann* se preocupou com os danos que os quartos sofreriam, mas a vasta quantidade de dinheiro que meus reféns pagaram de antemão falou mais alto. Quando um daqueles bandos escolhia um hotel ou taverna como palco de sua festa, podia ser o maior lucro da história do negócio ou um prejuízo capaz de levá-lo à falência. O hoteleiro decidiu aceitar o risco.

Assim, tive a privacidade de um andar inteiro.

E a certeza de que quaisquer gritos seriam interpretados como diversão.

O líder dos dândis estava estirado no piso do quarto de hotel, as pernas e os braços abertos. Eu havia desenhado símbolos de contenção, na pele de seus pulsos e tornozelos, com uma faca. Ele tentava se debater, mas mãos e pés estavam chumbados no chão. Por enquanto eu precisava de silêncio para me concentrar, então tinha entalhado um símbolo parecido em seus lábios. Ele estava nu e eu estava ajoelhado a seu lado, segurando a faca como um lápis.

Mas deixei seus olhos abertos.

Os outros quatro estavam amarrados e amordaçados de um jeito bem mundano, sentados um ao lado do outro, encostados na parede. Os olhos quase saltando das órbitas enquanto acompanhavam o ritual.

— Existe mais uma razão pela qual vocês são idiotas — suspirei para o rapaz estendido no chão, como se ele fosse um aluno frustrante. — Você ainda estava segurando a espada. Ela o deixava invulnerável. Pelo menos é nisso que os soldados acreditam.

Sorri e completei:

— Eu estava blefando.

Lágrimas escorreram de seus olhos. Ele quis gritar, mas não conseguiu abrir a boca.

— Gastaram todo esse dinheiro em espadas de Passau e nem acreditam nelas! Que desperdício.

As três espadas estavam dispostas sobre a cama. Sua manufatura era magnífica. O brasão da cidade, um lobo rampante, era reproduzido nos cabos. Isso era tanto propaganda quanto misticismo, pois o brasão fora levemente alterado para conter, entre os pelos do lobo, um pequeno diagrama ritualístico. As inscrições nas lâminas eram abertamente esotéricas. Um estudioso do ocultismo "normal" iria reconhecê-las, e alguém que conhecesse os verdadeiros rituais perceberia que eram marcas poderosas que se comunicavam com a Realidade.

Era esta a grande indústria de Passau: espadas com entalhes místicos que, segundo a crendice, protegiam o usuário de qualquer ferimento. Militares de todos os tipos usavam muitos outros rituais de poder verdadeiro durante a guerra, trocando-os entre si como se fossem objetos colecionáveis. Eram chamados indiscriminadamente de "Artes de Passau". Eu estava lá para descobrir sua origem, a mando de Wallenstein.

— Não posso culpá-los totalmente por seu comportamento — continuei. — Qualquer um enlouqueceria um pouco carregando essas coisas o tempo todo. Resta saber se o que receberam em troca valeu a pena.

Encostei a faca no peito do rapaz. Ele se desesperou em gritos mudos. Fiz um gesto ritualístico e pressionei a lâmina contra a pele, tirando sangue. Então cortei uma linha reta do esterno ao umbigo, minha mão firme e minha intenção focada. Os quatro prisioneiros encostados na parede bateram pés no chão, mexeram-se de um lado para o outro, berraram por trás das mordaças.

Pousei a faca no chão. Fechei os olhos e enfiei os dedos por dentro da pele de minha vítima. Dei um pequeno sorriso quando encontrei o que procurava.

Primeiro foi um toque sutil, e precisei usar as pontas dos dedos como pinça para segurar a coisa. Logo o objeto etéreo se tornou maior e mais material. Puxei com força e pude usar as duas mãos.

Uma camisa feita de pelos trançados saiu de baixo da pele do prisioneiro. Ele berrava de boca fechada. Além da dor física, estava sentindo a proteção mágica sendo arrancada. E, francamente, da forma mais desconfortável possível. Quando terminei de puxar a vestimenta, seu tamanho era quase cômico. Era absurdo que estivesse sob a pele de um humano, mas assim é a interação com a Realidade.

Joguei a coisa no chão. Fez um barulho molhado e espalhou sangue por tudo. Um fedor horrendo de podridão tomou o ar.

— Eu podia ter feito de outro jeito — falei, como se fosse uma conversa. — Podia ter vasculhado sua alma. Mas você deve ser um ralo atraindo todo tipo de dejeto da Realidade desde que começou a usar um objeto ritualístico sem entendê-lo. Tenho nojo.

Além disso, era mais fácil daquela maneira.

A camisa de pelos era uma materialização da proteção oferecida pela espada. Quando enfiei os dedos sob a pele do rapaz, não sabia que forma a defesa mística teria. O fato de ser aquele objeto já me dizia bastante coisas sobre sua origem. Concentrei-me no cheiro, tentei separar a parte mundana do fedor espiritual. Não era o odor normal de um deus vulgar ou mesmo a impressão de podre dos mortais que buscam a vida eterna. Era um cheiro estranho, algo que hoje em dia você reconheceria como carne estragada e congelada, quando começa a descongelar. Era frio e repulsivo, mas de alguma forma também sutil.

Franzi o cenho.

Passei as mãos pelas fibras, analisei como eram tecidas. As interações entre um fio passando por baixo e outro por cima formavam o que hoje chamamos de código binário. Li com os dedos as equações que estavam descritas ali. Precisão total.

Virei-me para os quatro amarrados.

— Vou escolher um de vocês — falei. — Tirarei sua mordaça. Se o escolhido gritar, vai morrer. Então escolherei outro e outro, até achar alguém com bom senso. Entenderam?

Todos assentiram com a cabeça.

Tirei a mordaça de uma das moças. Imediatamente ela berrou, enterrei a faca em sua garganta. Calou-se gorgolejando.

Suspirei fundo.

— Próximo.

Escolhi um dos rapazes.

Tirei a mordaça e ele ficou quieto.

— Boa escolha — eu disse.

Ele não respondeu.

Sorri.

— Vocês não compraram essas espadas na oficina de um armeiro vigarista — comecei. — Muitos oficiais andam por aí com o lobo de Passau, mas é só um desenho que impressiona os tolos. Vocês, não. Vocês buscaram o produto verdadeiro. Não é?

— Sim, padre — ele murmurou.

— Mas alguém que tenha só aprendido a reproduzir os símbolos sem entendê-los não chegaria a esse nível de poder. Vocês não estão apenas mais resistentes ou vigorosos. Estão verdadeiramente *invulneráveis*. É a propaganda e a fama das espadas de Passau, mas em seu caso é verdade. Por acaso, desde que comprou essa lâmina, você pegou alguma gripe? Torceu o pé? Perdeu uma aposta?

— Não, padre — ele confessou, cada vez mais apavorado.

— Claro que não. Por isso tinham tanta confiança. Vocês se acostumaram a nunca ser prejudicados por nada, ao custo de alguns pesadelos todas as noites, alguns ímpetos violentos, algumas vozes na cabeça. Sou a primeira dificuldade que enfrentam desde que compraram essas armas. Estou errado?

— Está certo — quase inaudível.

Passei um tempo ponderando aquilo.

— Tive sorte — continuei. — Muita sorte. Depois de poucas horas em Passau, me deparei com um bando portando espadas ritualísticas. E nem mesmo são trabalhos de aprendizes, mas do mestre! Qual a chance de isso acontecer?

Ele não tinha resposta, então ficou em silêncio.

— Achei que vocês seriam o primeiro elo de uma longa investigação. Achei que me levariam a um armeiro, que me levaria a outro e outro, e enfim ao feiticeiro original. Mas a resposta está aqui. De quem compraram as espadas?

Ele hesitou.

— Não me faça perder tempo — bufei, mostrando a faca ensanguentada. — Você pode ter medo de quem quer que seja, mas neste momento deveria ter mais medo de mim.

O garoto começou a tremer.

— Ele disse que, se eu revelasse, a proteção se voltaria contra mim.

— Você não está protegido agora — dei de ombros. — Se estivesse, eu não poderia fazer isto.

Enterrei a faca na coxa do prisioneiro. Ele deu um grito. Mas, provando o poder do medo, conseguiu se conter e diminuir o volume para um choramingo.

— Fale — eu disse.

— É Kaspar Reinhard — ele gemeu.

O nome era familiar.

— O *commissarius inquisitionis* — os olhos fechados, como se pedisse perdão. — O juiz de bruxas.

Peguei uma colher e a aproximei do rosto do prisioneiro. Inseri pela cavidade ocular, sob o globo. Com um movimento rápido, fiz o olho saltar.

Os quatro quiseram berrar, mas a esta altura todos já tinham símbolos de silêncio. Com uma tesoura, cortei o nervo óptico. Pousei o olho no chão com cuidado.

Fui até o próximo.

Era um ritual primitivo e demorado, mas eficiente. Depois de retirar um olho de cada um, tracei linhas entre os cinco arruaceiros infelizes, formando um pentagrama com ângulos específicos.

Foi muita sorte encontrar exatamente cinco dândis.

Peguei o primeiro olho e o coloquei na cavidade de outro prisioneiro, de acordo com as ligações das linhas. A cada vez eles tentaram gritar, o que era irritante.

Mas, no fim, a feitiçaria deu certo. As imagens mentais de todas as vítimas se materializaram e se complementaram. Uma imagem nítida se formou no centro do quarto.

Eu conhecia o nome e agora conhecia o rosto.

Kaspar Reinhard, o homem que eu viera encontrar.

O yithiano.

Eu o achei num salão de bebidas reservado a nobres e pessoas da elite, dentro da Casa do Conselho da cidade. Depois que fiz a dança de sutileza, falando sem dizer que conhecia suas inclinações místicas, Kaspar Reinhard me conduziu até seu escritório, naquele mesmo prédio. Por um momento apenas observei as paredes forradas de madeira escura, os retratos de figurões, a grande cruz pendurada, as prateleiras repletas de livros, a mesa com duas cadeiras estofadas. O cômodo tinha cheiro de bolor e fumaça de cachimbo.

Reinhard era um homem alto e corpulento, que parecia ocupar a totalidade de qualquer espaço disponível. Fechou a porta e fez sinal para que eu sentasse em uma das poltronas.

— Tem algum parente acusado de bruxaria? — perguntou. — Alguém que "com certeza é inocente"?

— Você sabe do que vim tratar.

— Muitos me acusam de feitiçaria na tentativa de me desacreditar e solapar minha credibilidade. Não importa o que faço em minha vida privada. Mesmo que eu fosse um bruxo, aqueles que foram condenados não se tornariam inocentes por isso. Bruxos são bruxos e a Bíblia nos ensina o que fazer com eles. Então, seja você ou não membro da Sociedade de Jesus, saiba que não respondo bem a sugestões de improbidade ou tentativas de me dissuadir.

Jogou-se em sua própria poltrona, pontuando o fim do discurso.

Continuei impassível.

— Você é um juiz de bruxas — comentei, como uma observação casual.

— O melhor! — ele fez um gesto grandiloquente. — Ninguém em todo o Império tem mais condenações, ninguém é mais metódico e detalhista! Claro, todos fazem o teste da água e sabem ver o corpo de uma bruxa ser rejeitado pelo rio. Todos são capazes de mandar que ela recite uma oração. Mas quantos sabem a quantidade exata de urina e cinzas para fazer um bolo de bruxa? Quantos mantêm uma medição precisa das marcas no corpo das acusadas, registrando o quanto cada uma cresceu? Sou o mais severo juiz, meu bom padre, e tenho duas centenas de casos de sucesso para atestar isso!

Mais uma vez, deixei que terminasse. Mantive o olhar fixo.

Ele pigarreou, desconfortável.

— Se não veio interceder por um parente, o que deseja?

— Você é um juiz de bruxas... — repeti. — E ainda assim é o maior mestre da arte de Passau. Imagino que tenha introduzido a prática a esta cidade, não? É o responsável por espalhá-la pelo exército, então para toda a Europa.

Ele desinflou um pouco, lambeu os lábios de forma nervosa.

— Muitos artesãos aqui utilizam da prática...

— Então por que não os acusa de bruxaria? — interrompi. — Por que permite que encantos e feitiços sejam comercializados livremente sob seu nariz?

— Pelo que entendo, boa parte da técnica se origina de orações dos santos.

— Deixe de fingimentos, Reinhard. Continuarei usando esse nome, enquanto não revelar seu nome verdadeiro. Você sabe esconder seus rastros, duvido que qualquer armeiro em Passau lembre de ter aprendido com você. Apenas sua clientela seleta conhece parte da verdade. Mas eu sei de tudo. Reconheço a precisão matemática do ritual como se fosse uma assinatura.

Ele fechou os olhos e soltou a respiração.

— O que quer? — perguntou, impaciente. — A Sociedade de Jesus veio acabar com o que está movimentando nossa economia e protegendo nossos soldados? Se vão perseguir a Arte de Passau, perseguirão também a pólvora?

Mantive os olhos e os sentidos etéreos atentos para qualquer mudança no ambiente. Até agora ele não fizera nenhuma pergunta que fosse me deixar vulnerável, nem mesmo quisera saber meu nome. Algo esperado de um juiz arrogante, mas não de um yithiano.

— Fico surpreso por você arriscar tanto — mantive a voz tranquila. — Não acha que um desses ignorantes pode abrir passagem para uma entidade qualquer?

Ele franziu o cenho.

— Não estou invocando demônios, disso não pode me acusar! É apenas proteção.

— Chega de teatro, Reinhard. Você está deixando humanos terem contato com a Realidade. Quanto tempo até que um deles cumpra algum ritual sem querer? Quanto tempo até que você seja exposto a um deus?

Ele ficou de pé.

— Não entendo suas acusações, mas, se fala em deuses falsos, é culpado de coisas muito piores do que vender amuletos. Quem está fora de contato com a realidade é o senhor! Se deseja proteção, podemos negociar. Caso contrário, ponha-se daqui para fora antes que eu chame a guarda.

Também me ergui, prestando atenção a suas mãos.

— Não me importo de continuar a farsa, mas não entraria no local de poder de um membro da Grande Raça sem minhas próprias proteções. Como conseguiu manipular os eventos tão longe do Mecanismo do Destino? Qual é o plano? Esta civilização é sólida demais para ser destruída com uma guerra, não importa seu tamanho.

Ele moveu o braço com rapidez. Saquei uma pistola escondida debaixo da casaca e com a outra mão empunhei uma Bíblia. Para minha surpresa, ele também puxou uma pistola.

— Está me convencendo de que é um bruxo! — ele rugiu. — Seus delírios de apocalipse e idolatria não serão tolerados aqui!

— Minha paciência chegou ao fim — eu disse com frieza. — Vou exorcizá-lo agora mesmo.

Falei a primeira palavra do ritual, ele apertou o gatilho. Saltei por sobre sua mesa. O barulho do tiro coincidiu com a primeira badalada do sino da igreja e foi abafado. Atingi seu peito com o pé, ele foi jogado contra a parede, balançando a grande cruz. Encostei o cano da pistola em seu pescoço e mantive a Bíblia aberta.

— *Vade retro Satana*! — rugi. — *Numquam suade mihi vana*!

Seus tentáculos começaram a emergir lentamente, puxados pela força mística do exorcismo. Os olhos físicos de Kaspar Reinhard foram tomados de pavor.

Enxerguei a forma yithiana emergindo de sua alma. Tropecei nas palavras, desconcertado. A entidade que chamava a si mesma de Reinhard era diferente de tudo que eu já vira.

Aquele yithiano tinha uma face.

No meio do amontoado de tentáculos, havia uma versão rudimentar do rosto físico de Kaspar Reinhard. Igualmente aterrorizado, igualmente confuso. Cheguei a imaginar que pudesse ser algum tipo de híbrido, mas não fazia sentido. De alguma forma, o espírito monstruoso da Grande Raça fora distorcido, alterado para copiar a forma humana.

Deixei as palavras em latim morrerem em meus lábios antes que o ritual estivesse completo. A entidade foi engolida de novo pelo corpo e lá se escondeu, como uma criança na saia da mãe. Reinhard se deixou escorregar pela parede. Ficou sentado no chão, catatônico.

Guardei a arma. Guardei a Bíblia.

O yithiano não estivera mentindo.

Não estivera fingindo.

Pela primeira vez desde que a Grande Raça começara a usar corpos humanos em sua fuga eterna, um de nós falava a verdade.

Kaspar Reinhard havia esquecido que não era humano.

Se alguma vez tive pena de um yithiano, foi ali. Reinhard demorou algumas horas para conseguir falar. Durante esse tempo, mantive sua privacidade. Livrei-me de seus secretários, adiei seus casos e suas obrigações, mandei embora bajuladores e suplicantes. Não foi preciso nenhum ritual, somente as habilidades de um orador ateniense e uma atriz catalã.

Sentei a seu lado, pacientemente, vendo o sol na janela descer até que a noite caísse e eu acendesse os lampiões. Trouxeram-lhe uma janta, que coloquei a sua frente e ele não notou. A comida ficou fria e perdeu o cheiro, o óleo dos lampiões acabou e eu os reabasteci. Quando faltava cerca de uma hora para amanhecer, ele quebrou o silêncio:

— Por quê?

Devagar, virou a cabeça para mim. Seus olhos estavam afundados em círculos cor de chumbo, as escleras tomadas de teias de aranha vermelhas. Seu rosto estava mole, a pele pendendo sem força.

— Por quê? — repetiu.

Dei de ombros.

— Por que veio até aqui? Por que me fez lembrar?

— Vim em busca da Arte de Passau, a mando de um homem cujo corpo está ruindo.

— Qualquer um... Qualquer um pode lhe vender uma camisa de cabelos ou uma oração para usar junto ao peito. Por que eu?

— Você deu origem a isso, não?

Ele concordou, a cabeça mexendo como se houvesse um titereiro puxando uma corda.

— Eu estava procurando um mestre da Arte de Passau e cheguei a você. Encontrei-o quase imediatamente, por uma série incrível de coincidências.

Ele fechou os olhos com força. Fez um esgar de nojo.

— Você escolheu o futuro — gemeu. — Agora também posso fazer isso. Ver as linhas. Escolher o destino. Tudo de novo. Por que me fez lembrar?

— Não escolhi futuro nenhum para encontrá-lo — eu continuava sentado no chão, como se estivéssemos trocando uma fofoca de acampamento. — As condições surgiram na minha frente.

Ele enfiou as mãos no rosto e ficou um longo tempo chorando. Permaneci atento. Mesmo que fosse digno de pena, era um yithiano.

— Como você soube? — ele perguntou, em meio ao choro. — Se nem eu sabia...

— Você conduz rituais como um yithiano. Retirei a proteção de um de seus clientes e no meio do feitiço havia um código. Um código preciso e intrincado demais para um humano.

Aquilo pareceu empurrá-lo mais fundo no desespero. Ele chacoalhou em pranto convulsivo por longos minutos.

— O que aconteceu com você? — perguntei quando os soluços tinham se transformado num lamento baixo e contínuo. — Como esqueceu o que é?

Ele deu um suspiro profundo.

— Não sei.

— Foi vítima de algum ritual? Quem eram seus inimigos?

Reinhard fez menção de se erguer, mas desistiu. Deixou a cabeça pender para trás, fixou os olhos no teto.

— Eu não tinha inimigos — ele disse em tom saudoso. — Eu... Estava cansado. Sei quem você é pela forma como se porta, sei de sua traição e já nos enfrentamos séculos atrás. Mas você não era meu inimigo. Nem sabia que você estava nesta época.

Confesso que uma parte um tanto infantil de mim, por um segundo, teve a esperança de que eu tivesse encontrado um aliado.

— Os outros yithianos, então? — tentei.

— Os yithianos têm mais o que fazer — ele respondeu para o alto. — Não querem saber de um covarde escondido numa existência humana. Estão planejando o colapso da civilização ou dominando as linhas energéticas ou fazendo o que quer que façam. Eu não era seu inimigo. Apenas estava exausto.

— A Grande Raça não fica exausta.

— Espero que você esteja certo, porque então não sou membro da Grande Raça e tudo isto é um pesadelo. Mas eu *estava* exausto. Estou exausto desde que você destruiu nossos corpos. Se nunca mais teremos nossa forma física original, por que não se acostumar com os corpos humanos?

Tentei observar as linhas de destino, mas o destino de um yithiano é sempre nublado. Era difícil discernir o que iria se passar dali a um minuto ou 500 anos no futuro. Chamei conhecedores da natureza humana de muitas culturas, sacerdotes que cumpriam a função do que hoje chamamos de terapeutas. Mas logo os esqueci. Observei por mim mesmo a fisionomia de Kaspar Reinhard. Tentei ver a entidade em seu interior, mas ambos eram quase a mesma coisa.

— Você... — quase tive vergonha da hipótese absurda — abraçou a vida mortal?

— Por alguns anos deliciosos.

— E para isso escolheu a identidade de um juiz de bruxas?

— Um ofício em que eu poderia queimar pessoas — falou com certo saudosismo. — Achei que seria divertido.

Ele era, afinal, um yithiano.

— Então ninguém o prendeu nesse corpo? — avancei um pouco mais no insólito. — Você *esqueceu?*

— Sim... Até você chegar.

Ele contou sua história, pelo menos a parte que conseguia lembrar. Passara alguns anos como Kaspar Reinhard e fizera seu nome como juiz. Para enriquecer, aplicou o pensamento lógico yithiano e achou um lugar onde pudesse oferecer um serviço que ninguém mais possuía. Escolheu uma das capitais da manufatura de armas no Império. Introduziu suas artes a Passau e não demorou muito para que a fama da cidade se espalhasse.

— Eu fazia a mesma coisa todo dia — a nostalgia foi nítida em sua voz. — Não pensava em escala cósmica, não dava atenção ao destino, exceto futuros imediatos que poderiam ser lucrativos. Quando ver o futuro se tornou difícil, perdi o hábito.

É quase engraçado falar do extraordinário e misterioso em termos banais, mas era a forma honesta como duas entidades se expressavam em corpos humanos com linguagem humana. As comparações com atividades mundanas são inevitáveis, porque era o que estava acontecendo. Aos poucos, ele abandonou a si mesmo.

Foi possuído pelo humano.

— A repetição... — Reinhard adquiriu um pouco de intensidade, entrando na explicação. — É como um ritual por si só. É um ritual invertido. Em vez de traçar e desvendar padrões místicos, imbuindo o comum e material de poder, o contrário. Um padrão que é só uma mancha, a repetição infinita, transformando o sobrenatural em banal.

Desta vez ele se levantou, tomado por curiosidade e descoberta. Um yithiano não mudava tanto assim.

— Eles têm seus próprios rituais — falou, montando o raciocínio. — Eles podem nos prender.

Assim como um feiticeiro humano aceita a maldição do sobrenatural em troca de poder, ele aos poucos aceitara a tragédia da vida ignorante dos mortais em troca de serenidade.

Minha natureza também se manifestava: eu achava aquilo fascinante.

— As coincidências... — eu disse, enquanto me erguia. — Sempre acontecem a seu redor?

Minha hipótese era que ele estivesse manipulando o futuro inconscientemente, agitando as probabilidades até que se comportassem de forma esquisita.

— Não — ele balançou a cabeça. — Não lembro de grandes coincidências.

Aquela parte ainda era um mistério.

E o mistério maior era o yithiano que estava infiltrado nos bastidores da guerra. Kaspar Reinhard não teria capacidade para manipular metade da Europa, mesmo que estivesse em posição para isso. Ele era apenas mais uma peça que não se encaixava.

No fim, não havia nada de revelador ou transcendental ali. Pelo contrário, tudo que restava era a transação comercial que eu viera fazer.

— Você quer a Arte de Passau? — ele perguntou com ar triste. — Venha comigo.

A transfiguração do obscuro em mercadoria era atraente e repugnante ao mesmo tempo. Reinhard me mostrou a oficina onde ele mesmo forjava espadas em seu pouco tempo livre. Até me encontrar ele não questionara por que tinha menos necessidade de sono, por que era incansável. Também não questionara por que um juiz seria também um mestre armeiro. O processo de fabricação era por si só ritualístico e ele inscrevia os símbolos e diagramas pessoalmente em cada lâmina.

Também havia um porão onde trabalhavam suas "donzelas". Reinhard raptara doze meninas com menos de sete anos. Marcara sua testa com símbolos de obediência e as colocara para fiar linho e costurar camisas feitas desses fios. Subornava o arcebispo para que as camisas ficassem sob o altar até que três missas fossem rezadas sobre elas, completando o ritual.

— Quando elas fazem 7 anos — explicou — preciso descartá-las e conseguir novas. O ritual não funciona de outra forma.

Também me mostrou os pergaminhos onde escrevia orações e trechos bíblicos que continham enigmas, manipulando as letras para que invocassem poder real. Puxou um livro de uma prateleira oculta.

— *Encantos contra todas as estocadas, cortes e tiros, cheio de grandes segredos* — abriu o livro e me mostrou o título desajeitado. — Escrito por um canhoneiro chamado Samuel Zimmerman.

— Quem foi Samuel Zimmerman?

Ele folheou o livro, alheio.

— Talvez tenha sido eu. Não sei. Por que um canhoneiro conheceria tantos rituais? Como sabia escondê-los em práticas religiosas respeitáveis?

Andei por seu escritório oculto. Avaliei os pergaminhos.

— Todos os rituais têm a mesma finalidade? — perguntei. — Tornar o usuário invulnerável?

— É o que os mortais querem — ele fechou o livro. — Não a vitória ou a glória, não vingança ou mesmo felicidade. Só querem não morrer. Já tentei oferecer feitiços de triunfo, de hipnotismo ou mesmo de riqueza, mas há pouca demanda. Mais do que tudo, eles querem ficar vivos.

Ponderei aquilo por um tempo.

Ele guardou o livro e se virou para mim lentamente.

— Você não é meu inimigo — disse Reinhard. — Mas sei que para você, eu sou. Vai me exorcizar?

Ele sabia que não teria chance contra mim. Passara anos adormecido, afundado naquela existência de julgamentos e comércio, enquanto eu não fazia nada a não ser caçar yithianos. Pensei em todas as pessoas que ele condenara à fogueira. Nas meninas raptadas e escravizadas. Em todas as crueldades que ele cometera antes de se recolher a uma vida de sadismo recreativo.

— Permaneça aqui, com suas bruxas e suas armas — eu disse. — E, se ouvir qualquer coisa sobre um yithiano infiltrado, arranje uma forma de me avisar.

— Obrigado.

— E não cruze meu caminho.

Abri minha bolsa, pedi que ele me recomendasse o encanto mais eficiente contra doenças. Não barganhei. Voltei a Wallenstein, como um bom garoto de recados.

Apenas quando já estava na estrada lembrei dos arruaceiros que eu prendera no hotel. Eu deixara a escadaria que levava àquele andar selada por um símbolo de evitamento. Se os prisioneiros conseguissem se soltar, seus gritos seriam interpretados como qualquer coisa, exceto o que realmente eram. Mesmo que vasculhassem cada centímetro do corredor e dos quartos, nunca encontrariam a escada ou as janelas. Ninguém sequer lembraria que o hotel tivera um quarto andar, até que o diagrama perdesse a força. O que deveria acontecer em dois anos.

Depois disso, não pensei mais neles, nem na forma como devem ter morrido.

VII

DOIS SOLDADOS AMARRARAM AS MÃOS E OS PÉS DE UM FAZENDEIRO. Tinham arrastado uma mesa longa de madeira para o meio da praça e o colocaram ali, à vista de todos, para que servisse de exemplo. A esposa e os filhos do homem berravam de horror e de frio. Assim como a maioria dos aldeões, estavam nus, enquanto vários de nossos soldados disputavam ou já negociavam as roupas que haviam tirado deles.

— Não tenho mais dinheiro nenhum! — berrou o fazendeiro. — O último exército já nos tirou tudo!

— Sovina mentiroso — grunhiu um dos militares.

Empurrou a testa do homem, segurando sua cabeça no lugar. Outro soldado enfiou um pedaço de madeira entre os dentes da vítima, forçando a boca a ficar aberta. E mais um lhe enfiou um funil de lata, até que a ponta do objeto tocasse na garganta. O fazendeiro engasgou, tentou tossir, mas eles seguraram o funil e a cabeça. Era um trabalho em equipe: um novo torturador chegou trazendo um barril cheio d'água. Mergulhou um grande caneco, então derramou o líquido funil abaixo. O corpo do homem convulsionou enquanto ele se afogava.

— Não temos mais nada! — a mulher caiu de joelhos. — Já pagamos o imposto!

O dia estava nublado, com nuvens baixas cor de chumbo. Boa parte do chão enlameado tinha virado gelo. Aquela era nossa última parada antes de chegar a Stralsund, uma cidade que teimava em desafiar o domínio católico e já estava sob cerco há mais de um mês. Nosso acampamento se mesclava com a aldeia. Os homens tratavam os aldeões como seus servos e exigiam pagamento, mas aquela gente tinha sido exaurida. Os soldados haviam destruído os colchões de palha, rasgado as fronhas, quebrado prateleiras, sempre em busca de algum dinheiro escondido.

Eu olhava tudo aquilo como se estivesse acontecendo longe de mim.

Um aldeão se aproximou do oficial que supervisionava a coleta de impostos. Estava nu, tremia, sua pele começava a ficar azul. Tentava esconder a genitália com as mãos e por isso não conseguia fazer uma mesura adequada. O frio fora de época era mais um espectro que pairava sobre católicos e protestantes — as colheitas haviam sido magras e a fome das tropas não diminuíra.

— Meu senhor — disse o aldeão nu.

— Se veio se justificar — respondeu o oficial — poupe seu fôlego. Não quero ouvir, quero que paguem meus homens.

— Vocês acabaram de tirar nossas últimas coisas. Nossas roupas.

— Está guardando dinheiro para os protestantes, não é? Eles não virão. Todo o ducado já se rendeu.

O frio incessante e o tempo sempre hostil me faziam pensar em Ithaqua, no Mecanismo do Destino, no yithiano infiltrado. Mas era difícil manter a concentração nesses assuntos.

— Já nos disseram isso... — o aldeão manteve os olhos na lama a seus pés. — Senhor, eu imploro. Já comemos nossos cães e gatos. Já comemos os ratos dos celeiros.

— Vocês têm uma dívida. Não me interessa como vão pagar.

A meus olhos, era uma peça de teatro. Eu sabia que deveria sentir alguma coisa, mas era uma obrigação externa. Nem mesmo as almas dentro de mim expressavam qualquer emoção.

Um alferes me tirou do devaneio, avisando que o general requisitava minha presença.

Entrei na tenda de comando e encontrei Wallenstein dando ordens em meio a grunhidos. Ele segurava o estômago, mas eu sabia que a dor se espalhava por todo seu tronco. Mesmo assim, sua memória não falhava para quantidades exatas de suprimentos e munição. Estava calculando a duração do cerco com base no que poderia restar nos depósitos de Stralsund.

— Isso é tudo, general? — perguntou um de seus comandantes, quando ele fez uma pausa.

— Ainda não — foi tomado por uma pontada especialmente forte. — Vamos fazer a contabilidade de meu crédito.

Fiquei parado de pé na tenda, observando a reunião com o mesmo desinteresse com que assisti à tortura. Wallenstein participara de um consórcio que conseguira permissão para cunhar novas moedas, feitas com uma quantidade menor de metais preciosos. As moedas de pouco valor inundaram o Império, fazendo com que os preços disparassem, como o general previra anos antes.

Wallenstein obtivera essa permissão porque tinha o Imperador no bolso. Ferdinand estava endividado. Desde o início da guerra, tinha dificuldade de pagar pelos exércitos e agora seus cofres sangravam ouro como porcos abatidos. O general emprestara dinheiro ao Império. E, agora que fabricara aquele dinheiro artificial de pouco valor, usava-o para continuar emprestando. Era um moto contínuo de enriquecimento.

Quando os dois terminaram de mexer com as somas de milhões de florins, o comandante fez uma mesura e se retirou. Wallenstein me dirigiu sua atenção.

— O amuleto que me trouxe não serve para nada — jogou no chão o pergaminho com uma oração ritualística. — Quantas vezes ainda vai falhar, Tiefenbach? Quantas vezes tolerarei sua incompetência?

Recolhi o pergaminho do chão e passei os dedos pelas inscrições. De alguma forma, a tinta se desgastara em pouco tempo, apagando partes cruciais do padrão ritualístico. Agora era mesmo só um trecho bíblico.

— Às vezes me pergunto por que continuar me sacrificando por gente burra e ingrata — ele falou para mim, mas principalmente para si mesmo. — Depois de tudo que fiz para o Império, continuo subordinado de uma nulidade como Tilly! Depois de tudo que fiz para o Imperador, continuo com um espião a meu lado!

O Conde de Tilly permanecia como generalíssimo das forças imperiais, o que era um lembrete constante de que Wallenstein tinha origem humilde para os padrões nobres. Metade da corte dizia que alguém com seu sangue nunca estaria à altura da tarefa de general e a outra metade garantia que ele era astuto demais e estava à beira de se coroar rei.

— Não existe no Império alguém mais torturado do que eu — a dor pareceu arrefecer e ele ofegou. — Com o peso total da guerra em minhas costas e aturdido por todas as doenças da cristandade. Tendo idiotas como superiores e imbecis como comandados!

— Deseja alguma coisa? — interrompi a arenga.

Ele me olhou detidamente.

— Sabe qual é meu erro, Tiefenbach? — ele não esperou que eu respondesse: — Confiar no potencial daqueles a meu redor. Eu tinha uma estratégia perfeita. A guerra pagaria por si mesma. Mas o que os soldados fazem? Em vez de tomar o que precisam e cobrar seu soldo, eles se empanturram sempre que encontramos uma região próspera! Bebem e comem como se já fossem vitoriosos! Tomam muito mais do que podem consumir, então a comida estraga e passam fome de novo. A verdade é que a burrice é mais poderosa que a inteligência. A inteligência pode criar, mas a burrice destrói muito mais rápido.

Esperei um momento antes de repetir:

— Deseja alguma coisa?

Ele bufou.

— Sim. Sim, eu desejo. Você vai voltar à corte, Tiefenbach. Vai entregar ao Imperador uma carta que vai escrever para mim. Dirá que, depois que conquistar Stralsund, me retirarei do posto de general e da guerra como um todo. Viverei o resto de meus dias como um nobre preguiçoso, já que é o que eles respeitam.

Como se o general fosse uma criança birrenta e eu, sua babá, confortei-o. Deixei que ele ditasse a carta e prometi que a levaria. Alguns dias depois, ele cancelaria a ordem.

Wallenstein já havia deixado o cargo de general seis vezes desde o início da guerra. Eu já perdera a conta de quantas vezes o impedira de fazer isso com uma mentira condescendente.

Saí da tenda de comando e a chuva começou imediatamente.

Olhei a meu redor e não reconheci ninguém, embora os rostos fossem familiares. O fazendeiro tinha morrido afogado no meio da tortura, os outros aldeões estavam improvisando roupas a partir de sacos de estopa.

Não seria tão ruim se aquela chuva fosse o despertar de Ithaqua. Não seria tão ruim se a humanidade regredisse à selvageria e os yithianos reinassem.

Stralsund era a última cidade protestante na Pomerânia. A região como um todo era adepta ao luteranismo e resistira por um longo tempo ao domínio católico, mas já fazia 10 anos desde que os regentes tinham sido jogados pela janela e uma rebelião começara na Boêmia. A terra estava exaurida, o povo estava doente e até mesmo os generais tinham chegado ao limite. A Pomerânia acabou cedendo.

Com exceção de Stralsund.

A cidade se considerava independente. Tinha posição invejável, na costa de um trecho interno do Mar Báltico, tornando o porto facilmente acessível e ao mesmo tempo muito defensável. Não sabíamos, mas isso mudaria o destino de toda a guerra. A própria cidade era uma ilha triangular, com lagoas separando-a do continente. Só havia cinco pontos de passagem. As tropas de um dos comandantes de Wallenstein estavam estacionadas do outro lado dessas barreiras naturais desde maio. A expectativa de que o verão trouxesse calor, a seca das lagoas ou ao menos um alívio das chuvas constantes tinha se provado frustrada. Stralsund continuava bem alimentada e irredutível, abastecida pelo mar e em contato constante com poderes estrangeiros.

Nosso exército chegou para encontrar as tropas sitiantes desmoralizadas, cumprindo ordens com o mínimo esforço possível. Isso enfureceu Wallenstein.

— Preciso fazer tudo sozinho, Tiefenbach — ele resmungou. — Preciso conquistar pessoalmente cada cidade.

Então o resmungo se degenerou para um lamento:

— Preciso apertar cada gatilho! Empunhar cada sabre! Costurar cada uniforme, limpar o esterco de cada cavalo!

A reclamação desandou para um grito e ele esporeou o cavalo. Saiu a galope, forçando a guarda de honra a persegui-lo. Atropelou os soldados que não saíram do caminho a tempo, berrando o tempo todo o nome do comandante responsável.

Eu me perguntei, como você deve estar se perguntando, por que aquele homem era tolerado. E a resposta é que ele vencia. E, quanto mais vencia, mais enriquecia. Mais favores comprava, mais gente puxava em seu caminho de ascensão.

Eu não me reportava à Sociedade de Jesus há quase uma década, mas não deixava de me reportar ao General Wallenstein.

A fúria de Wallenstein deu resultado. No dia seguinte, todos os canhões sitiantes já estavam em posição, apontados para as muralhas, fazendo um semicírculo como uma alcateia encurralando a presa. Nossos regimentos estavam de prontidão. Um cerco era demorado e tortuoso, mas o general queria acabar com aquilo da forma mais rápida e agressiva possível. Assim que o inimigo desse qualquer sinal de fraqueza, correríamos pelas pontes que levavam à cidade, jogaríamos nossos corpos contra os portões até que quebrassem.

Eu estava ao lado de Wallenstein quando o sol raiou naquele dia. De um ponto elevado, com uma luneta semelhante à minha, o general olhava o exército em formação. Defesas feitas de madeira forneciam cobertura aos mosqueteiros, enquanto que uma espécie de casamata protegia as equipes de canhões. A chuva não tinha parado, mas Wallenstein ignorava o desconforto.

— Senhores, hoje vou compor uma sinfonia — ele proclamou. — Espero que a música agrade seus ouvidos, porque é o que ouvirão continuamente, até que Stralsund se ajoelhe para me aplaudir.

Todos sabíamos o que aconteceria, todos tínhamos participado das reuniões de estratégia. Ele estava fazendo um discurso político.

Virou-se para um arauto.

— Que soem os instrumentos!

O rapaz ficou parado, olhando para ele sem saber o que fazer. Wallenstein fechou a cara, adquiriu um ar soturno que iria acompanhá-lo pelos próximos dias. A voz que saiu dele tinha perdido toda a teatralidade, parecia vinda de outra pessoa:

— Comecem o bombardeio.

O arauto levou o trompete aos lábios e tocou. O tamboreiro o acompanhou e o estandarte imperial foi erguido. Ouvindo e vendo aquilo, dezenas de oficiais ao longo da faixa comprida que formava o exército ordenaram que seus próprios arautos tocassem, seus próprios tamboreiros marcassem a percussão. Estandartes coloridos da Espanha, da Polônia, da França, da Itália e de uma infinidade de feudos dentro do Sacro Império ganharam o céu, transformando o dia cinzento numa exibição caleidoscópica. Por alguns minutos, a pompa e o orgulho dos militares imperiais e mercenários brilhou. Eles inflaram o peito e cantaram músicas sacras em uma miríade de línguas diferentes.

Então o primeiro canhão disparou.

O estrondo inicial se espalhou pelo vale, fazendo os pássaros levantarem voo, assustando os oficiais mais jovens. Senti o interior de meu crânio tremer, meus dentes baterem. Logo o primeiro estouro se misturou com o segundo, o terceiro e então uma trovoada constante de canhões. Todos os sons se dobraram à cacofonia infernal, a nuvem de fumaça que se ergueu encobriu as tropas e Stralsund pouco a pouco. Nós tínhamos munição à vontade, tropas treinadas e muitos motivos para desejar a queda de uma cidade rica. Era questão de tempo. A única incógnita num cerco como aquele era se o sitiante possuía dinheiro suficiente para mantê-lo. Dinheiro ganhava a guerra.

— É a música mais bela! — um oficial gritou para Wallenstein.

— O quê? — o general levou a mão ao ouvido, mal-humorado.

— É a música mais bela! — o homem repetiu. — Os instrumentos mais doces!

— Que diabos está falando?

— Dos... — hesitou. — Dos canhões, senhor.

Foi quase inaudível sob a percussão mortal, mas Wallenstein entendeu o suficiente.

— Música? Instrumentos? — vociferou o general. — Esqueça a poesia e vá fazer seu trabalho! Não temos tempo para essas frivolidades!

Sempre que começava um bombardeio, eu tinha a impressão de que nunca me acostumaria com a barulheira. Mas, depois de algum tempo, ela se tornava ruído de fundo. A estratégia de Wallenstein se provou capaz de erodir essa resiliência. Da manhã até a noite os canhões dispararam, com pausas apenas para troca de equipe. E quando os soldados começaram a fazer fila para comer, esperaram que em algum momento a canhonada cessasse.

Mas a ordem não veio.

Em vez disso, os oficiais organizaram as equipes de artilheiros para comer e dormir em turnos, mantendo os canhões sempre ativos. Vez por outra, um deles silenciava porque ficava quente demais ou precisava de alguma manutenção, e os soldados daquela área do acampamento tinham um alívio, mas os demais continuavam disparando.

Deitei a cabeça no travesseiro e senti o tremor do chão. Quando a exaustão me pegou pela primeira vez e o pipocar dos canhões mais distantes era quase tolerável, o que estava mais perto disparou e acordei imediatamente, o coração querendo sair do peito. Tentei dormir de novo. Mais uma vez, quando consegui relaxar, houve um estouro. E assim sucessivamente.

Em algum ponto da noite, o canhão se calou por alguma razão, mas isso foi pior. Fiquei antecipando o disparo; a ansiedade de que a qualquer momento ele pudesse acontecer parecia pior que o estrondo em si. Não lembrei de olhar o futuro — linhas de destino eram a coisa mais distante de meu pensamento. Tentei não ter esperança de que a manutenção durasse a noite toda, mas acabei me apegando àquela noção. Comecei a sonhar embalado pelo repouso.

Então o canhão disparou e eu gritei.

Saí de minha tenda pela manhã, com a sensação de descolamento do mundo que vem com a falta de sono. Não percebi a estranheza de que apenas uma noite me deixasse assim, como se eu fosse humano.

Sentei à mesa dos oficiais. Wallenstein entrou na tenda, reclamou da comida, jogou uma tigela cheia no chão, abriu espaço e enfiou a cara em papéis cheios de números.

O mingau grosso do desjejum ondulava com o ribombar dos tiros.

— Bom dia, general — disse alguém.

Wallenstein não respondeu.

— Bom dia — ele falou um pouco mais alto, mas foi interrompido:

— Vai desperdiçar meu tempo com as boas maneiras de um plebeu? É um militar ou uma velha saindo de casa para ordenhar as vacas?

Todos pararam de comer e se entreolharam. Um dos oficiais mais velhos incentivou um mais jovem a falar. Era uma clara armadilha, mas alguém precisava trazer o assunto à tona. Eu deveria ter lembrado do jovem tribuno finalmente falando a verdade a Publius Quinctilius Varus, pois era uma situação parecida. Mas não me ocorreu.

— General — começou o escolhido — os homens não conseguiram dormir esta noite.

Wallenstein ergueu a cabeça lentamente, os olhos voltados para ele como uma pantera prestes a dar o bote.

— Todos entendem a necessidade de exaurir o inimigo, mas não podemos também exaurir os nossos...

Não conseguiu completar.

Wallenstein fixou o olhar nele e não alterou a voz.

— Os soldados não conseguiram dormir — sem qualquer entonação. — Nem o general. O general não dorme há dois anos, capitão. O general não dorme porque não consegue respirar, porque suas tripas se revoltam, porque um demônio invisível senta sobre seu peito à noite e o deixa paralisado.

— Sinto muito, senhor.

— Você está dizendo que os soldados têm mais direitos que o general.

— Não, senhor, de forma alguma.

— Não perguntei. Estou afirmando e não me contradiga. Você falou isso, não tente negar.

O capitão olhou em volta, em busca de um aliado ou uma pista do que fazer, mas todos estavam concentrados na comida.

— Deve preferir ser um soldado então — estendeu o braço, segurou uma condecoração do peito do rapaz e a arrancou. — Parabéns. Você agora é um soldado. Reporte-se a seu sargento.

O ex-capitão se ergueu.

— Sou filho de um duque!

Wallenstein enfiou a mão numa bolsa que trazia à cintura. Puxou um punhado de moedas de ouro. Arremessou-as no oficial rebaixado.

— Um duque? Eu compro o filho de um duque! Traga seu pai aqui e ele vai rastejar pelo privilégio de vender seu filho a mim! Tome! Tome! Você não vale nada, soldado, posso comprá-lo e vendê-lo quando quiser!

O bombardeio de moedas continuou e o dos canhões também. O ex-capitão começou a chorar e fugiu da tenda, atingido por ouro até sumir da vista.

Wallenstein respirou fundo.

— Dormiram bem, cavalheiros? — perguntou.

— Muito bem, general.

Eu não achava que poderia haver tantas balas de canhão no mundo, mas a artilharia não cessou. Eu estava tonto, o mundo parecia distante por causa da barulheira. Minha cabeça latejava de dor há horas e era difícil me concentrar. Os soldados não estavam em melhor estado e eu não conseguia imaginar a situação dos defensores. As muralhas estavam marcadas por toda sua extensão, as ameias desabando em várias partes, mas eles não cediam. Disparavam seus próprios canhões, atiravam com mosquetes em nossa direção. Wallenstein me chamou para uma inspeção de tropas. Seguimos a cavalo na frente da linha de tiro. Cada canhão silenciava temporariamente à medida que passávamos. O general não dava atenção a eles, como se fosse invulnerável. Estava virado de costas, a luneta ao olho, observando um grupo de defensores tentando recuperar alguma coisa no topo da muralha.

— Observe, Tiefenbach — ele disse. — Aprenda como se faz guerra. Eles têm coragem, mas eu tenho balas de canhão, porque as comprei. E balas de canhão valem mais que coragem. É por isso que as comprei, enquanto os inimigos conseguiram coragem de graça.

Olhei através da luneta. Um grupo de 20 ou mais homens e mulheres tentava tirar algo dos escombros da ameia, impossível saber o quê. Eu podia ver sua boca se movimentando enquanto eles gritavam na tentativa de coordenar o esforço, mas suas vozes distantes eram consumidas pelos estouros, como todo o resto.

Uma bala de canhão atingiu uma torre logo ao lado. Vi uma explosão de sangue, uma nuvem de poeira subir com os escombros, um homem agarrado na borda da ameia destruída, uma mulher se equilibrando sobre as ruínas, lavada em sangue, tentando puxá-lo. E, de forma grotesca e quase cômica, um corpo sem cabeça tombou para o lado de fora da muralha. Então outro e outro. O tiro atingira o grupo de forma a decapitá-los. Um a um, os cadáveres choveram como uma prova da carnificina.

Wallenstein estava contando.

— Quatorze — ele se entusiasmou. — Quatorze! Quem duvida disso que vá ver os restos de seus miolos grudados na parede.

Em outras circunstâncias, eu diria que a rendição seria melhor para Stralsund. Mas as lideranças imperiais já haviam oferecido uma quantia para que a cidade desistisse e a proposta fora rejeitada. Quando caísse, seria alvo de toda a fúria e ganância de nossos soldados. Mesmo que os sitiados estivessem condenados, não fazia sentido apressar a própria morte.

O dia se passou em repetição e rotina. Tentei forçar comida goela abaixo, mas a percussão maldita me deixava enjoado. Experimentei aliviar o nervosismo com álcool, mas também me repugnava.

À tarde, mais uma vez de um ponto de vantagem, olhamos a totalidade da cena. Algo tinha mudado no mar.

Uma esquadra de navios estava se aproximando.

A presença de nossa marinha ali era simbólica e as naus não podiam fazer frente à quantidade de navios que chegava. Começaram manobras evasivas, mas os recém-chegados não pareciam lhes dar atenção. À medida que ficavam maiores em meu campo de visão, consegui discernir a bandeira sob a qual navegavam. Meu estômago deu um nó. Não porque eu os temesse ou porque questionasse nossa vitória. Fiquei nervoso porque sabia o que aquilo faria com o general.

— São suecos — Wallenstein grunhiu.

A Suécia era um reino protestante, mas se mantivera fora da guerra até então. A tirania dos Habsburgo os arrancara da inércia, apesar de inimizades e relações políticas labirínticas. Wallenstein ficou calado o resto do dia, enquanto observávamos os movimentos dos navios.

Quando estavam perto do cais, ancoraram. Era uma distância muito grande para fazer transporte de soldados — vi dois ou três botes ganharem a água e se dirigirem à cidade. A situação não se alterou até que a noite barrou nossa visão.

Quando voltamos ao acampamento, a notícia já era de conhecimento geral. Nenhum dos oficiais ousou falar com Wallenstein. Ele comeu em silêncio, passou horas fazendo cálculos em sucessivas folhas de papel. Desisti de dormir, embora algumas imagens de sonho já estivessem se mesclando ao que eu enxergava acordado. O estrondo constante dos canhões já era parte da vida, um inferno ao qual eu estava conformado.

Não sei há quanto tempo eu não analisava as linhas de destino ou mesmo observava o potencial luminoso de Wallenstein. Não sei em que ponto parei de tentar enxergar o futuro.

Quando amanheceu, os navios continuavam parados. Wallenstein comeu o desjejum sobre o cavalo, olhando pela luneta.

Quando o sol já estava alto, os botes partiram da cidade, de volta aos navios.

Pouco depois, eles se aproximaram de Stralsund e começou o desembarque de tropas.

O general tirou a luneta do rosto e falou as primeiras palavras desde a chegada dos suecos:

— Vamos atacar.

Ninguém ordenou que eu, um jesuíta, espião e informante do Imperador, braço direito do general, reunisse meu equipamento de mosqueteiro, acendesse o pavio longo e me metesse no meio dos soldados comuns. Quando percebi, já estava terminando de prender a bandoleira com os doze apóstolos e cobrindo meu tronco com a capa. Era a única coisa que fazia sentido. A única coisa que me dava a sensação de ter um propósito.

Porque, num ataque frontal a uma cidade sitiada, era fácil morrer.

Consegui me meter num regimento espanhol. O sargento nos organizou em turmas que avançariam por uma das cinco pontes em ondas sucessivas. Eu carregava meu mosquete e, até que conseguíssemos chegar à muralha, minha principal tarefa seria proteger os soldados que transportavam as escadas altas. Tomar uma cidade subindo escadas encostadas nos muros fora letal quando as armas eram espadas, arcos e bestas. Agora, que havia pistolas e mosquetes, era suicídio.

Postei-me na primeira turma, ao lado de um pequeno grupo com uma escada.

— Por Cristo! — gritou o sargento. — Morte aos hereges!

Os trompetes soaram, o tambor marcou um ritmo acelerado, nós gritamos e corremos em direção a Stralsund. Meu rosto foi atingido por um espirro de sangue quando o homem a meu lado foi derrubado por um tiro. Senti uma bala de mosquete raspar em meu chapéu, continuei correndo sobre o chão molhado. Um dos soldados que carregavam a escada desabou com um tiro no bucho. Dois de seus companheiros tropeçaram no cadáver e ficaram para trás, mas outros avançaram para continuar levando o objeto.

— Por Cristo! — gritaram. — Pela Virgem!

Meus próprios gritos eram apenas urros sem palavras, mas seria bom morrer na companhia daqueles espanhóis.

Ganhamos a ponte e os tiros se multiplicaram. Três carregadores tombaram, deixaram uma escada pelo caminho. Balas de nossos canhões zuniram sobre nossas cabeças, dando cobertura para a investida. Uma delas atingiu a muralha, arrancando uma nuvem de poeira e escombros. No instante em que a nuvem se dissipou, puxei a pistola e apontei em ângulo para cima. Fiz mira instantânea contra um defensor armado de mosquete, puxei o gatilho, vi seu rosto desaparecer numa mancha vermelha.

— Saiam da frente! — alguém berrou na retaguarda. — Mais rápido, excomungados!

Uma equipe de artilheiros empurrava um canhão. Aquelas armas não tinham sido projetadas para mobilidade; eram levadas devagar e a muito custo. Os artilheiros estavam protegidos por grandes escudos, erguidos e seguros por colegas à frente. Alguns mosqueteiros também os acompanhavam, protegendo-os com tiros intermitentes. Mesmo assim, no instante em que o canhão surgiu, se tornou o principal alvo. Ouvi o clangor de múltiplas balas pipocando nos escudos e no canhão. Corri mais rápido, abandonando qualquer noção de cautela.

Chegamos à muralha e as escadas subiram em arcos imensos, chocando-se com as ameias. Segurei uma adaga nos dentes, deixei o mosquete pendurado no ombro e me joguei para os degraus, o primeiro a escalar.

Olhei para cima e vi um mosqueteiro apontando diretamente para mim. Rosnei com os dentes fechados sobre a lâmina, aumentei a velocidade, puxando meu corpo o mais rápido que conseguia. Ele puxou o gatilho, o tiro saiu por trás, a arma estourou em seu rosto. Ouvi seu berro de morte enquanto ele sumiu e o mosquete fumegante passou por mim, em queda livre.

Não foi intervenção minha. Apenas sorte.

Meu coração batia na garganta e eu parecia estar vivo pela primeira vez em meses ou anos. Arrisquei um olhar para o lado, vi os outros soldados subindo pelas escadas enquanto os defensores atiravam. Senti um vínculo tremendo com cada um deles.

Como um reflexo, vi as linhas de seus destinos.

Quase todas acabavam rápido, não tinham nós ou complexidades. Eram diretas e brutais, mas eu as achei tão belas que por um segundo esqueci de escalar.

— Não fique parado, traste! — gritou alguém mais abaixo.

Os defensores conseguiram empurrar uma das escadas para longe da muralha. Vi o pavor no rosto de meus companheiros enquanto eles despencavam para a morte certa, todas as possibilidades interrompidas pela queda. Disse um adeus mudo, continuei subindo.

Precisei me agarrar forte na escada quando a muralha inteira tremeu com um tiro de canhão.

Nossos artilheiros haviam conseguido empurrar a arma pela ponte, mesmo deixando um rastro vermelho e chegando com a equipe reduzida. O primeiro tiro acertou em cheio o portão. Começaram o processo acelerado de limpar e recarregar o canhão, enquanto todo o fogo dos defensores se concentrava neles.

Com um surto de entusiasmo, galguei o último degrau. Ergui-me acima da ameia, vi Stralsund lá embaixo, fervilhando de cidadãos armados e já queimando por nosso ataque incessante. A minha frente estava um velho com uma pistola em punho. Firmei o pé na ameia, pulei o último passo. Cuspi a adaga em minha própria mão, caí sobre ele com a lâmina enterrada em seu pescoço.

Vi o Psicopompo chegando para levar toda aquela gente, mas não estava interessado. A alma do velho foi capturada, enganchada, acorrentada e colocada num dos muitos lugares de honra do desfile dos mortos.

— Defendam sua crença! — gritou um cidadão protestante ensanguentado, segurando um arcabuz. — Resistam aos papistas!

Apontou a arma para mim e disparou. Mergulhei em sua direção, meu corpo atravessou alguns metros de cadáveres, escombros e armas. O susto e a surpresa o fizeram errar; empurrei-o com o cotovelo, agarrei o arcabuz e o arranquei de suas mãos. Então segurei pela coronha e bati com o cano de metal em sua cabeça, como se fosse um porrete. A segunda pancada fez o crânio rachar. Ele caiu e me virei para os defensores de Stralsund.

As ameias estavam repletas de uma mistura de soldados e cidadãos. Muitos estavam feridos, quase todos tinham armas de fogo. Eu gastara o tiro de minha pistola, precisava escolher bem o momento de usar o mosquete. Enquanto isso, os espanhóis subiram as escadas e surgiram na ameia, soltando cheiro de pavio queimado e berrando pragas.

Eu me sentia vivo. A massa de protestantes ergueu as armas numa demonstração surpreendente de coordenação e disciplina. Metade as apontou para os novos invasores, metade para mim. Larguei o arcabuz e corri como um louco na direção deles, sacando a rapieira enquanto gargalhava sem sentir.

E, porque eu estava vivo, enxerguei as infinitas linhas de destino que me ligavam a cada um deles num emaranhado em que todos se odiavam e quase todos encontravam um fim ligeiro. Minha própria linha desaparecia em uma cascata de possibilidades interrompidas enquanto eu ia na direção dos inimigos e eles apertavam os gatilhos. Como uma criança, escolhi uma linha aleatória e a segui, pulei para outra quando foi interrompida, então para outra, como um quebra-cabeça, uma brincadeira que decidia se eu sairia vivo. Puxei a mim mesmo de um futuro para outro dezenas de vezes num segundo. Minhas roupas se encharcaram de suor, minha visão se estreitou num túnel escuro, mas não importava, porque o prazer do esforço que eu não fazia há anos era maior. Eu estava vivo, eu podia fazer aquilo, e isso já era razão suficiente para fazê-lo.

Um dos defensores puxou o gatilho e adquiriu uma expressão de decepção e horror ao ouvir um "clique" — ele esquecera de recarregar. Outro tinha colocado uma quantidade insuficiente de pólvora; a bala saiu sem força e não atravessou a proteção de minha casaca e minha capa. Outros erraram, mesmo que eu estivesse bem a sua frente e cada vez mais perto. Um deles não teve coragem de disparar e o último lembrou de uma ofensa antiga e decidiu atirar em um de seus conterrâneos.

Futuros improváveis, mas não impossíveis.

— Peregrina! — gritei. — Montjoie!

Aquela vida nunca me oferecera nenhum grito de guerra, nada em que eu acreditasse. Cheguei até eles, bati em um mosquete com a espada, como se estivéssemos esgrimando. A arma disparou no instante exato e atingiu de raspão a orelha de outro defensor. Aproveitei a brecha e trespassei o peito do inimigo numa estocada elegante. Segurei a adaga na mão esquerda, usando uma célebre técnica de esgrima, mantive vários deles a distância e me virei para um oficial. Ele largou o mosquete e puxou uma espada com fluidez surpreendente.

Deu um passo rápido e saltitante em minha direção, equilibrando-se de maneira perfeita sobre a ameia semidestroçada. Estocou de cima para baixo. Recuei, também com um salto, escondi o braço da espada sob a capa. Num instante ele tentou adivinhar onde eu atacaria, mas minha intenção estava oculta pelo tecido. Moveu-se para me desarmar pelo lado, estoquei de baixo para cima e perfurei seu peito.

Enquanto ele morria, agradeci pela luta.

Cortei um pescoço com a adaga, matei outro pelas costas. Quando dei por mim, os defensores estavam todos no chão, enquanto os espanhóis se derramavam das escadas. Olhei para baixo, para os defensores que se organizavam em regimentos dentro da cidade, frente ao portão que estava prestes a cair com os tiros.

Foi a primeira vez que o vi.

Ele estava no centro de um batalhão de cavalaria. Os cavaleiros eram garbosos, trajavam armadura reluzente. Usavam mosquetes e sabres, seus cavalos eram impetuosos. Seu líder estava vestido de dourado, ao lado do estandarte com o brasão de três coroas da Suécia. Usava um chapéu vistoso de abas largas e, sobre a couraça, um cinturão branco atravessado. Ele seria um alvo fácil, um chamariz para qualquer atirador inimigo, mas isso não parecia amedrontá-lo.

Seu cavalo empinou, ele ergueu a espada.

— Cavaleiros! — gritou com voz límpida que cortou a barulheira dos canhões. — Hoje lutamos por Deus e pela vingança! Hoje faremos o tirano nos respeitar e o Papa nos temer! Hoje eles lamentarão por sua vida de maldade e pecado!

Os cavaleiros sacaram os sabres. Pareciam saídos de outra época.

— Hoje lutaremos por algo maior que a pátria!

Mais um tiro atingiu o portão.

— Hoje venceremos a tirania católica!

Eles gritaram em triunfo, como se a vitória já tivesse sido alcançada.

Pois aquele era o rei da Suécia, o grande campeão da causa protestante. O herói que acabara de chegar para mudar o rumo da história. O homem que seria considerado o maior general de toda a guerra.

Gustavus Adolphus.

O rei espalhou seus cavaleiros e os demais defensores nas ruelas transversais. Poucos momentos depois, uma bala de canhão destroçou madeira e metal, atravessou o portão e passou pela rua principal deserta. Abriu uma vala no chão mais à frente, mas não matou ninguém.

— Soldados de Deus! — gritou Gustavus Adolphus. — *Carga!*

Os invasores atravessavam o portão enquanto a equipe de artilharia tentava puxar o canhão para trás. A imensa arma atravancava o caminho, dificultava a entrada de nossos soldados.

Gustavus foi o primeiro a cavalgar até eles. Um soldado católico estacou, fez mira com o mosquete e atirou contra o rei, mas ele não deu atenção e a bala passou inofensiva. Outros avançaram com piques. O ímpeto de Gustavus Adolphus o levou numa manobra suicida em direção às pontas metálicas. Ele desceu a espada, cortou o cabo de um pique. Seu cavalo empinou, ele puxou uma pistola e matou outro piqueiro.

— Fujam, servos do tirano!

Mais cavaleiros se juntaram a ele, suas couraças os protegeram dos primeiros piques. Dispararam as pistolas, cada um a seu tempo, acertando sempre. Os soldados de infantaria caíam um a um, enquanto os cavaleiros não paravam de chegar. Gustavus impeliu o cavalo para um grupo compacto, gritando em desafio para as armas de haste. Os piqueiros da linha de frente se assustaram, recuaram, ele matou um com a espada, tomou seu pique com a mão esquerda. Fez o cavalo girar, mantendo os invasores a distância com as duas armas.

— Venham! Estou aqui! Venham me capturar, idólatras! Venham me matar!

Os cavaleiros avançaram a seu redor e a infantaria sueca veio atrás, correndo numa massa organizada para encontrar nossos homens espalhados pelo ataque.

— Majestade, tomamos o canhão! — gritou alguém mais à frente.

Gustavus Adolphus riu e louvou a Deus.

— Honrem São Jorge! — gritou. — Honrem Lancelot!

Ele continuou lutando, enquanto seus cavaleiros se esforçavam para manter o ritmo. Sua guarda de honra tentava protegê-lo, ainda que não precisasse de proteção. Ele se abaixou, pegou nas mãos o mosquete que levava preso na lateral da sela. Disparou sem fazer mira e mesmo assim matou um inimigo.

— Honrem Roland e Oliver!

Quando o rei saiu de vista, corri para uma escadaria interna, desci rumo à cidade para encarar a massa de defensores.

Finalmente havia um inimigo a minha altura.

Eu estava coberto de sangue e já recarregara o mosquete três vezes. Cruzei a ponte, saindo das muralhas de Stralsund, passando por cima dos cadáveres de nossos soldados. Os paralelepípedos estavam escorregadios e vermelhos. Corri até um ponto onde pudesse analisar o campo de batalha e respirar, atrás de uma grande pilha de escombros. Sentei no chão com pressa, ofegante. Comecei de novo o processo de recarga. Ergui-me um pouco para espiar.

Era o caos. Se eu não soubesse quem atacava e quem defendia, seria impossível discernir isso olhando a batalha. A tática de Gustavus Adolphus era idiota ou delirante, exceto que era a única opção. Uma cidade sitiada cairia mais cedo ou mais tarde, a não ser que os sitiantes não tivessem mais como financiar o cerco. Os bolsos de Wallenstein eram inesgotáveis, então Stralsund estava condenada. A única esperança era forçar um ataque frontal — o que o rei da Suécia fizera com sua mera presença. Ou tentar a tática mais arriscada de todas: abrir mão da vantagem de estar atrás das muralhas e enfrentar o exército sitiante em campo aberto. Isso nunca funcionava.

Então era difícil acreditar em meus olhos quando vi que a cavalaria sueca e os vários regimentos de mosqueteiros protestantes estavam forçando nosso exército a recuar.

Gustavus Adolphus no meio de tudo.

Eu não odiava aquele homem, Agnes. Eu nem o conhecia. E, para falar a verdade, quando ouvi o nome de Roland e Oliver em sua boca, não considerei um insulto. Minha impressão foi que o traidor bem-intencionado Roland fora honrado ao ser invocado pelo rei. Eu não precisava usar meus sentidos sobrenaturais para saber que ele brilhava com destino infinito.

Mas decidi que iria matá-lo.

Porque finalmente ali estava um adversário digno.

Foram 10 anos matando garotos em tendas, matando esfomeados em cercos, matando jovens tolos em hotéis. Foram 10 anos permitindo que o horror acontecesse a meu redor, mas eu finalmente acordara. Naquela guerra eu só matava quem não tinha a menor chance. Ali estava um alvo difícil.

Corri para longe da cobertura. Alguns mosqueteiros me enxergaram e dispararam, mas as balas atingiram o chão. Um cavaleiro sueco tinha se desgarrado dos demais e duelava com dois de nossos soldados de infantaria. Matou um deles com uma estocada no peito e o outro recuou. Esgueirei-me por trás do cavalo.

De repente, me agarrei na sela e me impulsionei para cima. Ele gritou de susto. Caí sentado atrás do cavaleiro, puxei sua cabeça para trás, cortei sua garganta. O cadáver caiu no chão. Olhei para o homem cuja vida eu acabara de salvar.

— Preste atenção a este momento! — eu disse, como um fanfarrão. — Isto ficará escrito nos livros de história!

Puxei as rédeas do cavalo e galopei em direção ao grosso da batalha. Ao rei.

Mal notei os outros no caminho. Era uma multidão de católicos e protestantes. Alguns regimentos ainda organizados operando em sincronia ao redor de um estandarte e sob um oficial, muitos outros espalhados, perdidos em pequenas escaramuças, como bandidos. Matei alguns, mas não lembro.

Abri caminho no meio de um batalhão de piqueiros católicos. Forcei o cavalo a investir contra os cavaleiros suecos. Aproveitei um segundo antes que eles registrassem que eu era inimigo, trespassei a nuca do primeiro. Eles se voltaram para mim, as espadas em riste, mas eu só tinha olhos para Gustavus.

Dois cavaleiros impeliram as montarias em minha direção, bloqueei uma espada e desviei de outra. Fiz o cavalo trotar de lado, troquei a adaga e a rapieira de mãos, duelei com os dois com a mão esquerda. Escondi a direita sob a capa, esporeei o cavalo e o joguei em cima de um dos inimigos. Revelei a mão direita no último instante, minha faca atingiu a axila desprotegida do cavaleiro. Ele amoleceu na sela.

Deixei o cavalo montado por um cadáver entre o último inimigo e eu. Ele puxou uma pistola.

Virei-me na sela, firmei o pé e saltei. Pisei nas costas do outro cavalo, ele relinchou de medo. Num relâmpago eu estava sobre o cavaleiro. Estoquei com a espada e a deixei enfiada em seu olho. Ainda no ar, agarrei a pistola que caiu de sua mão.

Eu estava no chão, a pé, e os cavaleiros em polvorosa. Um corredor de lâminas e canos se voltou para mim. Abaixei-me e corri como um rato por entre as patas dos cavalos, em zigue-zague, evitando um e outro. Sorrindo.

De repente, surgi ao lado do rei.

Gustavus Adolphus me enxergou imediatamente. Apontei a pistola para ele, disparei, mas ele já não estava mais lá. Havia jogado o corpo para o outro lado da montaria. Então se endireitou, puxou as rédeas e fez os cascos enormes descerem sobre mim. Rolei no chão, soltei a pistola, segurei o mosquete. Apontei para suas costas.

Gustavus se virou no último segundo, arremessou um saco de pólvora em meu rosto. O pó negro se espalhou, acendeu no pavio que eu carregava. Foi um clarão e uma chama rápida, mas foi o suficiente para me desorientar. Tossi, apertei o gatilho por reflexo e perdi o tiro. Lacrimejando, apavorado e esfuziante, eu estava desarmado, exceto por uma adaga, mas uma adaga era tudo de que eu precisava.

Saltei para ele, agarrei o cinturão que levava ao redor do peito. Girei o corpo e puxei com toda a força para derrubá-lo.

Gustavus Adolphus se deixou puxar, girou o tronco numa espécie de balé. O cinturão se desprendeu, passou por sobre seu pescoço e sua cabeça, levando o chapéu. Agarrei a aba larga, tentando segurar qualquer coisa a meu alcance. Ele ficou ereto na sela, os cabelos loiros empapados de suor.

Eu estava com seu chapéu na mão, como um idiota.

Ele sorriu.

— Pode ficar com ele — disse o rei. — Você mereceu.

Então virou as costas para mim, certo da própria segurança. Ergueu o sabre e deu uma ordem aos cavaleiros.

Eu estava paralisado. Gustavus Adolphus coordenava a batalha enquanto lutava; vencia ao mesmo tempo em que se exibia em façanhas heroicas. No meio daquela década de matança repetitiva e anônima, ele tratara um inimigo como uma pessoa. A cavalaria sueca se reorganizou, preparando-se para investir em uma carga compacta, como se fossem cavaleiros medievais.

Enquanto o tropel passou dos dois lados, espirrando lama sobre minha capa, minhas roupas e o chapéu do rei da Suécia, ouvi o último som que eu esperava ouvir naquele dia.

O toque de retirada do exército imperial.

VIII

UMA TENDA ENORME E POMPOSA HAVIA SIDO ERIGIDA NA TERRA de ninguém entre Stralsund e nosso acampamento. Se eu não soubesse o contexto, diria que era um local de festividades e banquetes em um torneio qualquer. O gênio logístico de Wallenstein, que estava preparado para tudo, garantira que restasse pelo menos uma tenda digna de um rei, limpa e nunca utilizada, brilhante sob o sol desmaiado, reluzindo com fios de ouro. Em volta havia inúmeros estandartes, representando as nações, famílias nobres e facções privadas que emprestavam sua força a ambos os lados daquele conflito. Lá estava o brasão da cidade sitiada, uma flecha prateada apontando para cima, sob uma cruz, em fundo vermelho. Lá estava o brasão de Wallenstein, um leão azul sobre fundo dourado. E, maiores que todas as outras, lá estavam bandeiras com os brasões da Suécia e do Sacro Império Romano.

Parecia mesmo um local de comemoração, em vez de rendição.

Os dois lados haviam trazido uma guarda de elite e alguns secretários. Stralsund mandara um de seus conselheiros para falar em nome da cidade, mas todos sabiam quem tomaria as decisões: Albrecht von Wallenstein e Gustavus Adolphus.

Ao lado do general, eu olhava discretamente de um para o outro. Não podiam ser mais diferentes: Wallenstein de preto dos pés à cabeça, como era normal, testa ampla tornada ainda maior pelos cabelos oleados para trás, expressão taciturna. Após tantos anos sob seu comando, eu conseguia notar que ele estava se controlando para não demonstrar a dor de uma cólica. Gustavus Adolphus, em contraste, tinha pouco mais de 30 anos e parecia ter ainda menos. Era loiro e luminoso, usava roupas tão coloridas quanto sua armadura. Estava inclinado para a frente, os cotovelos na mesa, agitado e interessado.

— Você sabe o que vai acontecer, Albrecht — disse o rei. — Não conseguirá tomar Stralsund. A única dúvida é quanto dinheiro, suprimentos e vidas ainda vai desperdiçar.

Wallenstein disfarçou um momento de dor intensa que não o deixaria falar, fingindo que ponderava as palavras do outro.

— Um único ataque rechaçado não significa nada — respondeu, enfim. — Você não está na Távola Redonda, nenhuma donzela está observando seus feitos.

Gustavus Adolphus levou as mãos aos olhos, exasperado.

— Albrecht! — elevou a voz. — Realmente quer fazer toda essa dança? Você me insulta, eu o insulto, você diz que sou um garoto perdido em sonhos, eu digo que é um sanguinário obcecado com a riqueza, nossos conselheiros intervêm e chegamos à conclusão que ambos já conhecemos. É isso que quer? Toda essa conversa é mesmo tão divertida? É mesmo tão necessária?

— Você está em uma mesa de negociações, Gustavus. Porte-se como um rei.

Gustavus Adolphus se endireitou na cadeira.

A intimidade entre os dois era acachapante. Ouvir Wallenstein chamar um rei pelo primeiro nome provocava sensação de perigo. Ouvir Adolphus dizendo que sabia o que se passava na cabeça do general soava absurdo. Os dois eram velhos conhecidos de negociações que não tinham chegado a lugar nenhum ao longo dos anos. Por mais que a Suécia odiasse a tirania católica e a mão de ferro dos Habsburgo, também odiava a Dinamarca e no passado considerara se aliar ao Império. As tratativas haviam sido iniciativa do próprio Wallenstein, passando por cima da autoridade do Imperador. Gustavus Adolphus encerrara a conversa, decidindo se juntar aos protestantes — o que era um golpe ainda dolorido no ego do general.

— Não — disse Gustavus Adolphus, olhando firme nos olhos do inimigo. — Não vou me portar como um rei. Pelo menos não como o que você espera de um rei. Não vou exigir que me chame de Majestade, não vou reafirmar minha própria linhagem ilustre, nem ofender sua família de nobreza menor. Vou tratá-lo como o que é, Albrecht. Meu igual.

Wallenstein pigarreou, desviou o olhar.

— Garanto a você que temos recursos suficientes para sitiar Stralsund por anos — desconversou. — Este cerco seguirá o curso de todos os cercos.

— Você sabe que isso é mentira. Podem sitiar esta cidade por anos, décadas, até o dia do Juízo Final. Mas qual será seu ganho? Vai deixar

25 mil homens aqui parados por todo esse tempo, tentando conquistar uma única posição estratégica? Enquanto isso, a posição estratégica será minha! Pouco me importam as estradas ao redor de Stralsund, o mar pertence a mim e a vida seguirá como normal.

— Podemos bombardear por semanas a fio.

— Podem — o rei deu de ombros. — Mas os soldados sabem o que vem acontecendo com exércitos envolvidos em batalhas fúteis. Sabem que batalhões se amotinam o tempo todo. Sabem que isso é uma possibilidade e, se é uma possibilidade, é uma tentação. Se acharem que sua vida e seu lucro estão sendo desperdiçados, não vão cumprir ordens. Eles sabem exatamente quantos motins já aconteceram nos dois lados. Você tem certeza de que eles vão obedecer quando você os mantiver num ritmo de trabalho exaustivo que os impede de dormir direito?

— Meus soldados não se amotinam.

— Quanto está disposto a apostar nisso?

Os dois fizeram silêncio.

Minha contraparte no lado sueco era um homem mais velho, barbudo e corpulento, vestido em cores sóbrias, tão impassível quanto Wallenstein fora na primeira vez que o vi. Enquanto Gustavus Adolphus gesticulava, revirava os olhos, apaixonava-se por seus próprios argumentos, seu braço direito se portava como uma estátua. Eu conhecia sua reputação: aquele era Oxenstierna, companheiro inseparável de Gustavus, oposto a ele em quase tudo.

— O que seu homem diz? — perguntou o rei, apontando para mim.

Wallenstein franziu o cenho.

— Tiefenbach? Por que quer saber?

— Foi você que o trouxe à mesa. Ele deve ter algo a contribuir.

Hesitei. Reconheci em mim mesmo o medo de desagradar Wallenstein, mas depois da batalha era um sentimento distante, como se eu tivesse acordado e lembrasse de um pesadelo. Eu estava no controle de minhas ações. Era a oportunidade de sair da sombra das mesquinharias dos humanos e cumprir minha verdadeira missão. Então falei:

— Vossa Majestade tem algum plano em relação a Osnabrück?

Até agora eu estava me afogando nos maremotos da guerra humana e quase não tivera chance de sequer pensar no Mecanismo do Destino. Mas aquela era a única preocupação verdadeira, meu único interesse em preservar o Império. Manter Osning em paz, garantir que ninguém realizasse lá um ritual, fosse intencional ou acidental.

— Não vou revelar sobre meus planos de guerra, é claro — disse Gustavus Adolphus.

— Se Vossa Majestade fizer um juramento de que não invadirá Osnabrück...

— Deixe de falar bobagens, Tiefenbach — Wallenstein me interrompeu.

A cidade havia sido palco de algumas manobras durante a guerra, mas ninguém podia saber o papel crucial que teria. Wallenstein deve ter pensado que eu enlouquecera. Não importava, pois manter humanos no escuro era o que eu fazia — em vez de ser mantido no escuro por eles.

— Existe a questão da reputação do general — Oxenstierna falou pela primeira vez, numa voz redonda e estática. — Simplesmente abandonar o cerco seria fornecer argumentos para os nobres que se recusam a reconhecer a maestria de Wallenstein na guerra.

Não era bajulação. Aquele homem não parecia ser capaz de bajulação. Eram apenas fatos.

— Minha vida não está em discussão aqui — Wallenstein cortou.

Havia uma garrafa de vinho sobre a mesa, mas permanecia intocada. Tanto rei quanto general tinham asco a bebida em excesso.

— Muito bem, então vamos falar das vidas dos outros — Gustavus Adolphus retomou seu furor. — Vou lhe contar o que aconteceu atrás das muralhas de Stralsund. O conselho quis se render! Estava pronto para aceitar o pagamento que você ofereceu, abrir os portões e dar boas-vindas à supremacia católica!

— Eu sei disso. Depois voltaram atrás como tolos.

— Não sabe! Na verdade, eles não voltaram atrás! Queriam mesmo encher a bolsa e se render! — o rei fez um gesto para o conselheiro presente, que até então ficara calado e fingia não ter nada a ver com aquilo. — O povo não permitiu, o povo quis lutar! *O povo,* Albrecht. No fim, não somos nós que decidimos. É o povo. Eles reconhecem nossa autoridade, nosso direito divino. Os nobres fingem que você é um vassalo com mania de grandeza, mas seus soldados lhe obedecem! Os nobres de Stralsund queriam se curvar, mas o povo quis lutar! O povo decide!

Pontuou o comentário com um soco na mesa. Então continuou, mais calmo:

— E é isso que importa. O povo quer lutar e eu lhes darei recursos. Se você mantiver o cerco, ficará aqui até todos morrermos de velhice e nunca deixará de ser subordinado do Conde de Tilly.

Wallenstein não teve resposta. Não havia resposta para a verdade. Virou-se para o conselheiro da cidade.

— Stralsund pagará um tributo a mim — disse o general. — Em troca, desistiremos de manter uma guarnição imperial aqui. Vocês serão governados por um duque reconhecido pelo Imperador.

O conselheiro arregalou os olhos e começou uma mesura de gratidão, mas Gustavus Adolphus o interrompeu:

— Não. Ninguém pagará nada e o Imperador não decidirá coisa nenhuma aqui. O cerco acabou, Albrecht. Você perdeu.

Wallenstein ficou calado. Vi seus ombros caírem. Seu rosto perdeu algo da resolução pétrea. Eu sabia reconhecer sua tristeza.

Oxenstierna tomou a palavra mais uma vez:

— Ficará registrado que o cerco acabou de forma inconclusiva, porque o General Wallenstein foi chamado às pressas pelo duque.

— O que acha disso, Albrecht? — perguntou Gustavus Adolphus.

E o resto foram protocolos e formalidades.

Papéis foram assinados, juramentos foram proferidos, acordos foram negociados. Combinou-se a mentira, a história de que Wallenstein não tinha sido derrotado, apenas forçado a levantar o cerco. Mas não foi uma mentira eficiente, pois logo a Europa inteira soube da derrota, soube que Stralsund era a base sueca nas terras do Império.

Quando a rendição estava completa e Wallenstein estava concentrado ouvindo algo de Oxenstierna, Gustavus Adolphus se ergueu e se espreguiçou. Virou-se para mim e sorriu:

— O que você fez com meu chapéu?

Também deixei um sorriso se alastrar em meus lábios:

— Entreguei como tributo ao general.

— Droga, eu adorava aquele chapéu! — o rei deu uma risada. — Vou roubá-lo de você na próxima batalha.

— O duelo está marcado, Majestade.

Estendi a mão e ele a apertou com força.

Em plena madrugada, encontrei Wallenstein acordado, sozinho, sentado à mesa da tenda de comando sob a luz de um lampião moribundo. Segurava a cabeça nas mãos como se ela pesasse uma tonelada.

Ergueu os olhos para mim. Seu rosto flácido escancarou o abismo melancólico em que ele estava afundado. Nunca esquecerei as primeiras palavras de fragilidade que o general disse para mim, expondo-se como em carne viva:

— Nós não vamos vencer a guerra.

II

QUANDO CHEGUEI EM VIENA, AS PALAVRAS DE WALLENSTEIN FAZIAM cada vez mais sentido. Aquele não fora, afinal, mais um de seus humores sombrios ou ataques de pessimismo. Tinha sido uma tristeza criada pela derrota, mas amparada em fatos. Antes o general fizera tudo para que a guerra continuasse, porque era de seu interesse. Agora os números e os acontecimentos mostravam que não era do interesse de ninguém. Wallenstein, racional como quase nenhum militar da época, fizera uma previsão do futuro da guerra.

A previsão era que não haveria futuro.

Meus sentidos etéreos continuavam embotados, eu tinha menos capacidade de enxergar as linhas de destino do que Wallenstein. Mas analisei seus escritos, escutei suas conclusões e o destino se desenhou muito claro.

— É o fim dos tempos! — gritou um profeta de rua. — Arrependam-se! O Leão da Meia-Noite chegou!

Viena era a capital do Sacro Império sob Ferdinand, e ainda seria por bastante tempo depois dele. Eu estava lá para ter acesso à corte, mas boa parte das informações importantes circulava entre o populacho. Era uma cidade cheia de gente, colorida e próspera, mas agora estava cinzenta e empobrecida. Estivera sob cerco mais de uma vez, fora palco de conspirações e expurgos religiosos. As construções tinham rachaduras e marcas de balas de canhão. Muitas janelas tinham se quebrado nos ataques e nunca foram consertadas — por falta de dinheiro ou porque seus donos sabiam que seriam quebradas de novo. O povo estava magro e macilento. Muitos cidadãos, inclusive burgueses importantes, usavam roupas remendadas. O céu carrancudo ameaçava com nuvens constantes e piorava a sensação de frio. Seria de se esperar que a cidade estivesse banhada por sol forte naquela época, mas há anos quase só havia temperaturas baixas e clima ruim.

As paredes estavam cheias de cartazes colados. A alfabetização se tornava cada vez mais comum e, com a prensa, viera a propaganda em larga escala. Eram papéis grandes e chamativos, uns por cima dos outros, exaltando ou ridicularizando nobres, invocando a fé do povo católico, denunciando a tirania do Papa ou avisando sobre um ou outro Anticristo.

Um cartaz antigo me chamou atenção:

Recompensa oferecida por notícias de um rei que fugiu alguns dias atrás.

Idade, adolescente; cor, sanguínea; altura, média; vesgo; nenhuma barba ou bigode dignos de menção; disposição não muito ruim, desde que não haja um reino roubado em seu caminho.

Nome, Frederick

O Rei do Inverno

Era uma zombaria com Frederick, o rei usurpador da Boêmia, que fugira de Praga depois da Batalha de Montanha Branca. Chamavam-no de "Rei do Inverno" por causa da curta duração de seu reinado. Aquilo me levou de volta aos anos anteriores. Tentei fazer sentido de minha raiva contra aquele menino, apenas porque ele havia se fantasiado como Arminius, e não achei mais nenhum traço do sentimento. De alguma forma, fora uma época mais simples.

E havia muitos cartazes, atuais e de anos ou décadas anteriores, que falavam sobre uma pretensa profecia: a Águia e o Leão da Meia-Noite. Ambos estariam envolvidos numa luta pelo destino da cristandade e eram identificados como diversos monarcas ou generais ao longo do tempo. O Leão era geralmente apresentado como o redentor, enfrentando o Anticristo, mas a Águia também já fora adotada como símbolo heroico pelo Império.

Recentemente, o Leão da Meia-Noite passara a ser identificado como o rei da Suécia. O profeta de rua tinha na mão uma pequena pilha de panfletos com aquela propaganda. Vinte ou trinta pessoas se reuniam a seu redor.

— O Leão da Meia-Noite chegou! — repetiu o profeta, aos gritos. — E seu nome é Gustavus Adolphus!

O público se manteve quieto, sem concordar ou discordar.

— A profecia sempre foi clara! — o pregador continuou. — Paracelso nos deixou o mapa do Juízo Final e não fomos capazes de entender! Agora pagamos por nossa iniquidade!

Cheguei mais perto, fiquei mesclado na multidão.

— A Europa está nas garras cruéis da Águia, e a Águia se chama Habsburgo! Nós baixamos a cabeça ao Imperador e ao Papa, os Anticristos que nos levaram à luxúria, à ganância, à ira! A Igreja Católica se afundou na fraqueza de seus padres e bispos! E nós, os pecadores, somos fracos também! Nós celebramos o Anticristo!

Prestei atenção aos murmúrios em volta. Os católicos empobrecidos não estavam satisfeitos em sangrar pelos Habsburgo. Muitos enxergavam o confisco de terras protestantes como crueldade arbitrária. Católicos e protestantes estavam em guerra, mas dividiam as mesmas cidades. Um dos estopins daquela carnificina fora a tentativa de unificar as províncias sob a religião de seu governante. Nunca daria certo.

— Fomos nós! — gritou o profeta. — Eu sou culpado, vocês todos são culpados! Nós expulsamos os luteranos de seus mosteiros! Nós saqueamos suas igrejas! Nós os chamamos de hereges em nome do Anticristo e agora vamos pagar! O Leão da Meia-Noite chegou! Gustavus Adolphus usará a espada de Deus para nos punir!

— Que venha a espada! — uma mulher berrou a meu lado. — Se o Imperador pisa em nossa cabeça, prefiro os hereges!

Aquilo foi o incentivo de que a pequena multidão precisava para demonstrar sua aprovação. Todos se uniram em impropérios contra Ferdinand, lamentos por parentes mortos, súplicas por comida e calor.

— O que a Águia nos trouxe? — o profeta redobrou o zelo. — Demônios estrangeiros! Cossacos, croatas e finlandeses que massacram nossas aldeias! Eu saúdo o Leão! Ele traz a punição que merecemos e a expiação de nossos pecados!

— Morte aos soldados! — uma voz embargada se elevou na multidão. — Devolvam minha filha, malditos!

O ódio e a frustração eram palpáveis. Eles tinham raiva do Imperador por sua tirania, tinham raiva dos estrangeiros que ele trouxera por sua brutalidade. Tinham raiva dos soldados imperiais e protestantes igualmente, porque todos significavam ruína. Com certeza vários ali tinham fugido de alguma região devastada pela passagem das tropas e da estratégia financeira de Wallenstein. Tinham raiva do Papa, porque não podiam ter raiva de Deus.

Tinham raiva de si mesmos e achavam que sua própria fraqueza trouxera aquilo ao mundo.

— O cometa foi um aviso! — o profeta ergueu os braços e espalhou panfletos por todos os lados. — É o Apocalipse!

Uma pedra atingiu a cabeça do homem. Ele se desequilibrou, caiu do palanque improvisado. Foi amparado pela multidão, mas o alento durou pouco.

— Hereges! — a acusação veio de uma ruela. — Blasfemadores ímpios!

E do beco escuro surgiu um bando de jovens armados com paus e pedras. Num instante reconheci suas roupas garbosas, seu jeito educado de falar. Eram estudantes universitários. E as universidades eram controladas pelos jesuítas.

Escapei incógnito enquanto os estudantes atacaram a multidão que ouvia o profeta e a praça foi tomada por uma escaramuça caótica. Comerciantes fecharam suas tendas, tiraram sua mercadoria do caminho. Uma carroça puxada por dois bois magros tombou na confusão, espalhando sacos de farinha. O povo enxameou, agarrando as sacas, disputando-as aos puxões.

— É o fim do mundo! — ouvi a voz longínqua do profeta. — A culpa é nossa!

Não era difícil acreditar que fosse mesmo o fim. Poucos nobres ou mesmo generais entendiam a totalidade da guerra; duvido que qualquer cidadão compreendesse. Tudo que viam eram estrangeiros e compatriotas marchando de um lado para o outro, tomando o que queriam, falando de vitórias contra regiões que há pouco tempo eram aliadas. E os soldados certamente não entendiam nada. Recebiam a ordem de matar determinadas pessoas e a permissão de saquear determinadas aldeias. Era tudo que importava.

A quantidade de mendigos nas ruas era assustadora. Em uma via tortuosa, coberta de paralelepípedos, todos passavam por cima de um homem estirado no chão, que podia estar bêbado, desmaiado ou morto. Na passagem, um garoto apalpou o corpo, buscando qualquer coisa valiosa. Mas se antes houvera, já tinha sido roubada.

Um cartaz esmaecido e meio descolado numa parede rachada lembrava os primeiros anos da guerra: um crucifixo falava com o Imperador Ferdinand, dizendo "Não vou abandoná-lo!". Ao mesmo tempo engraçado e trágico.

Era também o fim do mundo nos distritos dos nobres recém-chegados a Viena. Gente que enriquecera com a guerra e adquirira propriedades suntuosas na capital. Eles passavam o Apocalipse dentro de seus salões, bem vestidos e cheirando a perfume.

E era o fim do mundo dentro do palácio Hofburg, o centro do governo de Ferdinand, onde um tirano afundado em dívidas comandava uma guerra que massacrava seu próprio povo.

— E como podemos ter certeza — disse Lamormaini — de que ainda serve a Deus e ao Imperador?

Para minha surpresa, havia sido difícil conseguir um convite à corte imperial. Desperdicei semanas, assistindo ao povo de Viena brigando e passando fome na rua, recebendo notícias atrasadas de todos os fronts, absorvendo a guerra por meio de boatos. E em todas essas semanas o sol quase não brilhou.

Eu me sentia preso. Não sabia o que se passava com Ferdinand ou com Wallenstein. Não sabia quais eram os movimentos de Gustavus Adolphus ou os interesses dos inúmeros outros poderes envolvidos naquele conflito labiríntico. O povo não se importava com a política dos salões e dos tratados. Os refugiados que chegavam num fluxo constante só falavam de destruição indiscriminada.

O maior jornal da cidade, o *Correio Regular*, sempre trazia notícias sobre a benevolência e a genialidade de Ferdinand. Exaltava as negociações astutas do Imperador e comemorava suas vitórias constantes, ignorando as derrotas. Também falava sobre a vida social e os bailes dos nobres de Viena. Uma edição em particular descreveu em detalhes o casamento de dois cidadãos com nanismo, ressaltando como o noivo tocou violino de forma comicamente horrenda. A supervisão do jornal era feita pela universidade — pelos jesuítas.

Assim, fiquei esperando, adivinhando o que acontecia no resto da Europa, assistindo ao preço dos alimentos disparar, ouvindo que era tudo uma grande punição divina pela torpeza moral da humanidade, lendo sobre como tudo estava bem.

E eu tentei, na verdade, manipular o destino. Os futuros eram vagos, mais borrões do que linhas. As probabilidades eram aproximações. Mesmo assim arrisquei e me arrastei a um futuro mais favorável, apenas para descobrir que tudo continuava igual.

Minha vida era decidida por pessoas distantes. Só me restava esperar.

Quando finalmente fui recebido na corte e consegui ficar a sós com o Imperador, descobri que estar a sós com ele significava estar com ele e com seu confessor. Lamormaini, o poderoso jesuíta que auxiliara na conspiração para colocar Ferdinand no trono, estava sempre por perto, como se a coroa coubesse em duas cabeças. Antes que eu pudesse expor minhas preocupações e transmitir a mensagem de Wallenstein, ele perguntou se podia ter certeza de que eu servia a Deus e ao Imperador, e eu soube que havia me metido num novo perigo.

— Há inúmeras testemunhas de que nunca fraquejei em minha lealdade — respondi. — Nobres, generais, até mesmo padres e bispos dirão que sempre fiquei ao lado de Wallenstein, exceto em missões que interessavam ao Império.

Estávamos numa das várias salas de reuniões e conversas no palácio, como um grupo de valetes fofocando. Ferdinand sentava numa cadeira de destaque e Lamormaini permanecia de pé, com a mão em seu ombro. No outro lado da sala, eu me sentia como o réu em um tribunal.

O Imperador ainda não abrira a boca.

— Sempre ficou ao lado de Wallenstein — disse Lamormaini. — Essa frase tem dois sentidos, e nela jaz a origem de meu questionamento. Você foi mandado para espionar Wallenstein, informar a corte sobre suas manobras e intenções, mas permaneceu em silêncio por mais de uma década.

Eu já esperava uma acusação do gênero. Apenas não esperava que viesse da boca do confessor e fosse tão explícita. Eu tinha negligenciado minha missão original desde o primeiro dia. Ao lembrar nos últimos anos, mesmo quando estava longe dele, só conseguia visualizar a presença gigantesca de Wallenstein.

— Não nego que tomei uma decisão que pode parecer traiçoeira — mantive a voz respeitosa. — E por isso peço humildemente a clemência de Vossa Majestade.

— Você está falando comigo — Lamormaini cortou. — Dirija-se a mim.

Engoli em seco. Ele nem tentava fingir.

— Assim que cheguei ao acampamento, tantos anos atrás, o general me desmascarou. Tive de escolher entre ficar a seu lado e reportar apenas em caso extremo, ou abandonar a vigilância por completo. Nunca houve um caso extremo, Irmão Lamormaini. Wallenstein permaneceu leal, dedicou a vida ao Império.

— Assim você diz. Mas quais provas apresenta?

Tentei analisar o Imperador. Ele não parecia ter destino nenhum. Mas Lamormaini também mostrava apenas uns fiapos de destino fraco. Meus olhos dardejaram pelas portas da sala, em busca de uma rota de fuga em caso de emergência. Eu não lembrava de todos os detalhes da arquitetura do palácio, nem sabia quais portas fechadas estariam mais guarnecidas por soldados.

— O general é um servo do Império — reiterei.

— Mostre-me uma única prova disso.

Suspirei fundo. Eu tinha uma prova. Apenas não queria usá-la.

— Wallenstein está falido — confessei. — Nem mesmo consegue pagar os juros a seus credores.

Era uma informação poderosa demais e logo me arrependi de oferecê-la. Wallenstein enriquecera de forma vertiginosa durante a guerra — e decaíra mais rápido ainda. Possuía propriedades e um título de nobreza, mas seu dinheiro acabara. Os cofres estavam vazios e ele perdera a confiança de quem investira em seus esquemas. Eu poderia descobrir como exatamente isso acontecera, mas não me interessava. Era o destino imprevisível, uma linha oculta em que estávamos todos presos para sempre.

— Falido...? — Lamormaini pronunciou a palavra com cuidado.

— Seu maior financiador se jogou num poço quando viu os números — expliquei. — Preferiu morrer, porque não há mais nada a ser feito. Não há mais dinheiro. Não há mais esperança.

O suicídio do credor foi a última pá de terra em qualquer chance de recuperação. Mesmo que Wallenstein continuasse tentando, a sombra daquela morte pairaria eternamente, lembrando de sua ruína abrupta. Nem mesmo ele conseguia forçar a guerra a fazer sentido.

— Muitos acusaram o general de guerrear por interesse próprio — continuei. — Mas qual seria seu interesse agora? Se fosse mesmo traiçoeiro, poderia vender seus serviços a qualquer nação e seria coberto de ouro. Ele permanece fiel, mesmo frente à pobreza.

Lamormaini ficou calado por um tempo.

— Muito bem — disse, sem que Ferdinand se manifestasse nenhuma vez. — Qual é então a mensagem tão importante que o General Wallenstein tem para o Imperador?

Hesitei. Não seria fácil, mas não havia alternativa.

— A guerra precisa acabar, Majestade.

Lamormaini me deixou marinando na insegurança por quase um minuto. Então puxou uma cadeira e enfim sentou.

Para minha surpresa, Ferdinand se fez ouvir:

— Você é um homem corajoso, Tiefenbach. Não teme o machado do executor.

Ignorei a ameaça óbvia.

— Acuse o general do que quiser — segui em frente — mas ele é um homem da guerra e sabe ver o que está por trás das batalhas e dos cercos. A guerra o elevou. Ele desejava a guerra! Se Wallenstein diz que precisamos da paz, deve ser ouvido acima de qualquer voz no Império!

— A voz mais alta pertence ao Imperador — disse o jesuíta, mas continuei falando:

— Nesta guerra, cada vitória é uma derrota! Vencemos em Montanha Branca, retomamos Praga, e isso fez com que a Europa nos odiasse e se apiedasse dos rebeldes. Recebemos ajuda dos reinos católicos e isso fez com que poderes neutros nos vissem como uma ameaça ainda maior e se tornassem inimigos! Quanto mais vitórias conquistamos, mais de nossas próprias cidades saqueamos!

Era uma tentativa duvidosa. Somente uma entidade como eu, que vira o futuro da Alemanha em sua concepção, poderia pensar daquela maneira. O Sacro Império tentava ser uma unidade, mas não havia quase nenhum sentido de união entre as diferentes regiões.

Mesmo assim, não foi a isso que Ferdinand objetou.

— *Nossas* cidades? — disse o Imperador.

— Peço perdão, Majestade. As terras pertencem ao Império. O Império não as deveria estar destruindo!

— As terras pertencem a mim — ele retrucou.

Mais uma peça se encaixou naquele quebra-cabeça do inferno. O Sacro Império era uma colcha de retalhos. Partes eram propriedade direta dos Habsburgo, mas muitas outras pertenciam a nobres que deviam lealdade à coroa. Tomando para os Habsburgo as terras que conquistava dos protestantes, Ferdinand se transformava cada vez mais em um autocrata. Aquela não era a causa por trás da guerra, porque nada era tão simples. Era só mais um problema.

— Se pertencem a Vossa Majestade — tentei me manter firme — por que arruiná-las?

Os dois trocaram um olhar.

— Continue — ordenou o rei.

— Não podemos pagar os exércitos, porque o dinheiro vem das cidades e aldeias, e cada vitória diminui a riqueza. Sem pagar os exércitos, não podemos dissolvê-los, ou eles se amotinarão. O Império está cheio de estrangeiros que veem o povo como gado para o abate! Enquanto não receberem o que lhes é devido, não vão embora. E basta uma liderança forte, uma única insubordinação, para que se transformem em mais um inimigo.

Tomei fôlego para terminar:

— A esta altura, Majestade... Por que estamos lutando?

Foi a deixa de que Lamormaini precisava. Ficou de pé mais uma vez, estufou o peito como uma estátua heroica.

— Você esquece de quem é, Tiefenbach! Pergunta por que lutamos? Ousa perguntar isso? Diga-lhe, querido Ferdinand!

Como sempre, as coisas eram piores do que eu imaginava.

— Lutamos pelas almas de meu povo — o Imperador não parecia especialmente convicto. — Lutamos pelo catolicismo.

Nada do que eu dissesse adiantaria. Ferdinand continuou falando sobre como a guerra não acabaria enquanto a população não fosse inteiramente católica, sobre como todos que recusassem a conversão seriam inimigos.

Como uma pequena rebelião que já fora debelada dera origem àquilo?

Não importavam as verdadeiras motivações, não importava se isso fosse uma cortina de fumaça para mais um interesse oculto. Enquanto houvesse a justificativa de conversão pela espada, a guerra seria eterna.

— Em breve os hereges serão declarados criminosos! — proclamou o jesuíta. — O Édito de Restituição devolverá o Império ao povo de Deus!

Se pelo menos Lamormaini fosse um yithiano, eu poderia entender seus propósitos.

Minha tarefa secundária na corte, caso não conseguisse impelir o Imperador à paz, era no mínimo impedir que ele propusesse o maldito Édito de Restituição. Mas estava bem claro que era uma causa perdida.

Pouco importam os meandros e as sutilezas. O Édito de Restituição era uma tentativa de voltar no tempo e reverter o Império a um antigo conjunto de leis que essencialmente concedia aos católicos supremacia econômica e civil. Se fosse aprovado, o decreto apagaria quase um século de concessões, tolerância e convivência entre as religiões. Com um punhado de palavras, o Imperador esperava que a população protestante que ainda continuava leal abrisse mão de suas propriedades. Esperava que pastores luteranos abandonassem suas igrejas, que mosteiros fossem entregues aos católicos, tudo sem nenhuma contrapartida. Era conversão pela espada e pela lei. E, de uma forma quase cômica, o Édito tornaria a religião calvinista totalmente ilegal.

Rumores sobre o Édito rondavam toda a Europa. Wallenstein implorava para que o Imperador desistisse da ideia. O tribunal de nobres que aprovava ou rejeitava esse tipo de proposta já se manifestara de forma contrária. Nobres católicos se posicionavam do lado dos protestantes e opostos ao Imperador.

Ferdinand recebeu uma carta do Papa, na qual ele se recusou a apoiar o Édito.

Mesmo assim, o Imperador e seu confessor diziam que aquela seria uma ferramenta para expurgar a heresia.

Desisti de falar com Ferdinand. Encontrei Lamormaini na Universidade de Viena, onde ele era reitor.

— Espero que não tenha vindo insistir na ideia de rendição — ele falou, a título de cumprimento.

Suspirei e sentei numa cadeira austera. Seu escritório era suntuoso, repleto de objetos tomados de igrejas protestantes.

— Ambos pertencemos à Sociedade de Jesus — eu disse. — Se, na presença do Imperador, precisávamos usar de algum subterfúgio, agora podemos falar livremente. Qual é seu verdadeiro motivo, irmão? Por que deseja tanto evitar a paz?

Ele ficou me olhando. Então deu um pequeno sorriso.

— Realmente não consegue adivinhar?

Verifiquei mentalmente onde eu havia escondido uma Bíblia e uma pistola sob minha casaca. Tive ao mesmo tempo medo e esperança de que ele revelasse ser um membro da Grande Raça.

— A única motivação que imagino — respondi com cuidado — é manter a Europa num estado de guerra.

Ele não disse nada.

— É isso que você quer, não? — acusei. — Você quer uma guerra eterna.

— Por que eu desejaria isso?

— Para apagar o conhecimento humano. Para trazer o Juízo Final.

Era um confronto direto. Se ele fosse um yithiano, saberia com quem estava falando.

— Não entendo o que você diz, irmão — respondeu Lamormaini.

— Eu sei quem você é — ganhei coragem. — Sei *o que* é.

— E o que acha que sou?

Falar a palavra "yithiano" seria apostar tudo. Optei por manter uma saída:

— Um demônio. Você está possuído.

Ele abaixou os olhos. Meneou a cabeça.

Ergueu-se e foi até mim.

— Apesar de tudo, tive fé em você, Irmão Tiefenbach. Pensei que talvez não tivesse se desgarrado completamente dos princípios da Sociedade de Jesus. Mas você passou a acreditar nas conspirações contra sua própria ordem. Durante anos, ouviu que os jesuítas são diabolistas, que dispõem de segredos sombrios, que praticam a feitiçaria e controlam o mundo dentro de salas escuras.

— Não estou falando de jesuítas.

— Mas é o que pensa, não? Que, de alguma forma, por algum sortilégio ou alquimia, eu controlo a alma e as ações do Imperador. Imagina que Ferdinand está enfeitiçado e por isso não fala durante as reuniões.

Fiquei sem resposta, mas ele continuou.

— É mais fácil pensar que o confessor imperial é um feiticeiro sinistro do que aceitar a verdade.

— E qual é a verdade?

— Que ele confia em mim.

Permaneci sério. Se fosse um truque yithiano, era um truque esquisito. Os membros da Grande Raça não costumavam se esconder em palavras conciliatórias.

— O poder do Imperador vem de Deus — continuou Lamormaini. — Mas ele é humano. Ferdinand não queria falar algo difícil, então pediu ajuda a um amigo.

Franzi o cenho.

— Algo difícil...?

— Wallenstein será dispensado. O Imperador está farto de lidar com tamanha arrogância e duplicidade. A mensagem já foi enviada, o ex-general deve recebê-la nos próximos dias.

A sala girou a meu redor. Seria mais fácil se ele fosse um yithiano.

— Isso não significa que você não é um demônio, Lamormaini — gaguejei.

— De fato, não. Se você está tão afundado no pântano da superstição, acuse-me formalmente. Requisite um exorcismo. Convoque um tribunal eclesiástico. Mesmo se eu morrer, minha missão continuará.

Minha paciência se esgotou. Levantei num repelão, gritei em sua cara:

— E qual é sua maldita missão, Lamormaini?

Ele não se alterou. Continuou com seu sorriso condescendente.

— Salvar as almas da Europa.

Pela primeira vez considerei que aquilo fosse a verdade literal. Que não houvesse nenhum interesse escuso.

Apenas a conversão em massa, à força

— Não se engane, Tiefenbach — ele disse. — Estamos em uma guerra santa. Não precisamos nos preocupar com dívidas ou generais, porque Deus está do nosso lado. Mesmo que sejamos derrotados, poderei encarar meu Criador de cabeça erguida, certo de ter cumprido meu dever.

Eu desejava ser capaz de arrancar sua alma, prendê-la dentro de mim, vasculhar suas memórias em busca de alguma mentira. Mas, a cada instante, eu ficava mais convencido de que não havia nada oculto.

Ele realmente acreditava naquilo.

— Não me interessam terras — disse Lamormaini. — Não me interessam batalhas ou saques. A única coisa que me interessa são almas. É meu dever punir os hereges e trazer o povo de volta ao seio da Igreja

Católica. Se todos morrerem nessa cruzada, que seja. Morrerão numa empreitada sagrada e serão recompensados.

Lembrei de quando fui Turpin. Lembrei de minha tentativa desesperada de unir o continente numa só religião para controlar o Mecanismo do Destino. Aquele homem era um fanático ainda maior, pois não tinha um objetivo específico. Ele só estaria satisfeito quando o último plebeu fosse tirado do protestantismo. Não importava o que um general ou o Papa dissessem.

— Wallenstein flerta com a feitiçaria — o confessor falou com desprezo. — Emprega permanentemente o astrônomo Kepler para fazer seu horóscopo. Carrega um amuleto de Passau. Ele não é digno de nossa guerra santa.

— O que você quer é impossível — murmurei. — Creia em mim, Lamormaini, eu sei que...

— Wallenstein é um bruxo e conspira para ser rei. Deveria agradecer pela clemência do Imperador, que apenas o expulsou e não o queimou na fogueira. Se eu realmente fosse o poder por trás do trono, a sentença seria outra.

Tentei enxergar as linhas de destino. Não havia nenhuma. Apenas uma parede sólida de violência para todos os lados. Não existia nenhuma brecha, nenhuma chance de aquela guerra acabar. Em minha cabeça, ouvi a voz do profeta de rua.

— É o fim do mundo — eu disse, alheio.

— E você também deve agradecer por minha clemência, Tiefenbach. Não será executado nem preso. Será apenas excomungado.

Fui excomungado, mas isso não foi o maior choque.

Eu me vi num mundo em que Wallenstein não era mais general. Não havia mais uma mente genial, ainda que soturna e egoísta, pensando a guerra. A notícia se espalharia em ondas, varrendo o continente. Eu só podia imaginar a reação de Wallenstein e quase fiquei feliz por não precisar suportá-la.

O general estava fora da guerra.

A guerra era o único futuro, o único destino, a única possibilidade.

E a guerra continuava. Para sempre.

PENSEI EM MORRER, AGNES.

Yithianos são covardes por natureza e, nos meses seguintes, a covardia foi muito tentadora. Lamormaini não ordenou minha execução e não teve nenhum grande motivo conspiratório para isso. Apenas decidiu ser piedoso com um ex-irmão de congregação. Meu destino mais uma vez foi decidido pelo capricho de um humano.

Pensei muito em morrer. Escapar daquela época maldita em que cada êxito arrastava todos mais ao fundo. Abandonar a Europa, o Mecanismo do Destino e a humanidade para qualquer estratagema yithiano que estivesse acontecendo e tentar consertar os estragos mais tarde. Seria fácil morrer, porque o corpo de Tiefenbach já sentia o peso da idade e das punições que sofrera. As almas dentro de mim estavam retraídas, quase silenciosas, como se não quisessem experimentar o mundo a minha volta, já há bastante tempo. Era difícil invocar suas habilidades e seus conhecimentos. Era fácil esquecer que elas existiam.

Desde a Defenestração de Praga, eu não absorvera mais nenhuma. Não preservara nenhuma experiência humana.

Talvez porque fosse melhor que os mortos esquecessem.

Mas não morri, porque sabia que merecia aquele suplício.

O Édito de Restituição inflamou ainda mais a guerra. Protestantes moderados se radicalizaram; católicos perderam confiança no Império. Muitas regiões ainda incertas abriram as portas para as tropas suecas, em desafio ao Imperador.

Aquela parecia uma estratégia yithiana. Era a guerra pela guerra, a guerra fora de controle na qual todos saíam perdendo. Mas eu tinha bastante certeza de que Wallenstein não era um yithiano, nem Lamormaini, nem o Imperador. Talvez algum alto nobre, como o Conde de

Tilly, que comandava todos os exércitos católicos. A criatura estava em algum lugar. Eu só precisava descobri-la.

Após minha excomunhão, deixei Viena. Seria ótimo dizer que eu tinha um plano, mas seria mentira. Andei a esmo pelas regiões fantasmagóricas. Após uma semana, ou quase, encontrei uma aldeia totalmente silenciosa. De uma grande árvore no centro pendiam dez ou doze cadáveres enforcados. Eu mal registrava o fedor de podridão.

Andei pelo povoado. Nenhuma casa tinha teto. As marcas de fuligem tornavam fácil concluir que o sapé fora incendiado. Um celeiro jazia em ruínas, um pedaço de cerca me deixou saber que em um lugar houvera um curral. Não havia sinal de grãos estocados, nem de animais. Boa parte da madeira fora levada. Os cadáveres não tinham roupas, os lençóis e travesseiros haviam sido transformados em trapos enquanto saqueadores buscavam por qualquer coisa de valor. Não havia panelas, talheres, nem mesmo canecos. Nem mesmo brinquedos. Tudo tinha sido levado e o que não fora levado estava destruído, esmigalhado.

Impossível saber se os saqueadores tinham sido imperiais, protestantes ou ambos. Quem quer que fossem, apagaram tudo daquele lugar, não deixaram nenhuma memória, nenhum relato. Seu nome se perdera para sempre, porque não havia ninguém vivo para lembrar.

Dormi na aldeia morta, cobrindo-me com palha suja de sangue para me proteger do frio. Ao longo das semanas seguintes, descobri como a fome que já parecia letal podia piorar, como a miséria absoluta podia ser mais abjeta.

Antes não havia animais nas aldeias. Agora não havia gente. Antes casas e armazéns eram destruídos no saque. Agora o próprio solo havia mudado. Aquela não era mais a Germânia que eu conhecia. Pensei no que Arminius e eu parimos em Teutoburgo. Uma filha minha, que estava sendo devastada. Antes de amar a humanidade, eu planejara uma guerra autofágica que destruiria a Europa.

Essa guerra estava acontecendo.

Eu tinha algum ouro, mas não havia onde gastar. As provisões que eu comprara em Viena se esgotavam sem que eu encontrasse caça ou mesmo vegetais comestíveis. O inverno não acabava. Encontrei uma família escondida numa igreja em ruínas. Uma mulher de no máximo 30 anos, os ossos do crânio surgindo sob as bochechas, acompanhada de três filhos. Toda a área em volta estava nua, sem grama ou arbustos, porque era a única coisa que havia para comer. Eles se encolheram ao me ver e, por mais que eu tentasse, se recusaram a falar comigo. A mãe da família me ameaçou com uma faca e fui embora. Seriam mais quatro mortes, entre tantas. Gente morta, numa terra morta, não fazia diferença.

Passei por uma aldeia marcada por uma fileira de grandes cruzes de palha cravadas no chão. Estavam nas portas de várias casas, como enfeites macabros. Escolhi me manter longe, pois era a marca de uma aldeia tocada pela peste negra.

Há mais de um mês sem encontrar um humano vivo, senti falta das almas aprisionadas em mim. Mesmo aquelas que me atormentavam seriam um alento.

Eu não sabia para onde estava indo.

Andar a esmo no terreno devastado era suicídio lento. O tempo havia se tornado vago, os dias se mesclavam uns com os outros, então não sei quando tomei a decisão. Era a coisa mais óbvia a fazer desde o começo.

Eu deveria voltar ao Mecanismo do Destino.

Se houvesse explicação para a guerra, estaria lá. Se houvesse algum grande ritual, algum sacrifício ou mesmo um movimento do deus enterrado, estaria lá.

Encolhido de frio, encostado nas grandes raízes de uma árvore desfolhada, chorei de exaustão e de esperança quando decidi voltar ao mais próximo de um lar que eu poderia possuir na Terra.

Osnabrück.

xj

EU PRECISAVA ATRAVESSAR QUASE TODO O TERRITÓRIO QUE HOJE é a Alemanha. Uma jornada gigantesca, mas melhor do que andar sem rumo. Os dias seguintes foram tomados por uma sensação que não chegava a ser entusiasmo, mas algo que existe logo antes. Propósito. Ou ao menos a sensação de haver um futuro.

A muralha de guerra ocultava as linhas de destino, mas tendo um propósito eu poderia criar minha própria linha.

Tive o primeiro alívio quando, no terceiro dia depois de tomar a decisão, encontrei dois viajantes no sentido oposto. De início, pareciam bonecos de pano; formas que eu só sabia serem humanas pelos braços e pelas pernas. A figura adulta estava coberta por uma capa pesada que escondia o rosto, envolta em camadas sucessivas de tecido: pedaços de uniformes, sacos de estopa, bandeiras rasgadas. A figura menor, obviamente uma criança, se escondeu atrás da outra assim que me notou na estrada. Usava um gorro grande demais e tinha um cobertor amarrado em volta do corpo.

O adulto puxou um machado feito da cabeça e da haste quebrada de uma alabarda. Brandiu a arma em minha direção.

— Não vou lhes fazer mal — eu disse, erguendo as mãos. — Precisam de ajuda?

O adulto segurou o machado com as duas mãos acima da cabeça.

— Muito bem — andei para trás. — Não precisa ter medo, não sou imperial ou rebelde. Não tenho rei nem religião.

Ainda sem resposta.

— Vou deixar minhas armas no chão — falei. — E então vou me afastar. Se achar que deve me atacar, será sua escolha.

Pousei o mosquete, a pistola, a espada e a adaga no meio da estrada. Andei de costas até que estivesse bem longe. A figura envolta em trapos chegou perto, examinou os objetos. Pegou o mosquete, verificou que estava carregado e o apontou para mim.

— Mate-me se quiser — falei.

Depois de alguns segundos, abaixou o cano, mas manteve a arma preparada.

— Estou indo para o norte — anunciei. — O que há nas proximidades?

Ele hesitou.

Apontou o mosquete para mim de novo e só então falou:

— A cidade de Nördlingen — voz de mulher. — Evite.

— Você tem razão de desconfiar de estranhos — respondi. — O que há em Nördlingen?

— Esteve sob cerco dos imperiais, mas já deve ter caído.

— Vocês estão fugindo da cidade? Ou do exército sitiante?

Ela hesitou.

— Estamos fugindo do diabo.

Franzi o cenho, imediatamente interessado.

— Por que acha que o diabo está em Nördlingen?

O cano do mosquete tremia, ainda apontado para mim.

— Não vá para lá.

— Por que acha que o diabo está em Nördlingen?

Eu podia ouvir sua respiração pesada mesmo a distância.

— Os católicos chegaram com 60 mil soldados — ela disse. — Pelo menos foi isso que me falaram. Nós tínhamos só 500.

Ela estava fugindo da cidade, então.

— Não queríamos nos entregar — continuou. — Eles estão atrás das nossas almas.

— Estão mesmo.

— Destruímos a cidade para nos proteger. Derrubamos prédios, cavamos trincheiras. Era melhor do que deixar tudo para os católicos. Mas eles eram muitos. Conseguiram entrar.

— E então?

Seu tom era de confissão. Ela não queria parar. Eu podia reconhecer aquele ímpeto em qualquer humano, principalmente um cristão.

— Então criamos incêndios. Queimamos a cidade.

A narrativa continuou no ar durante o silêncio. Ela manteve o mosquete apontado.

— E o que aconteceu?

A história forçou sua resistência, como água numa represa começando a rachar. Ela roubou um olhar para o filho. Encheu os pulmões.

— Eles tomaram uma torre e ateamos fogo. E eles estavam lá dentro, o fogo subiu e as portas estavam barricadas. Eles se jogaram.

— E então?

— Os corpos queimados... — ela tinha medo da própria voz, dos próprios pensamentos. — Cheiravam a carne assada.

Silêncio.

— E nós estávamos com fome.

Uma eletricidade gelada se espalhou por minha pele. O ritual.

— O que vocês fizeram?

— As crianças estavam com fome. As mulheres da cidade cercaram a torre... Não deixamos nossos filhos saberem de onde vinha a carne.

Assim que eu começara a jornada a Osnabrück, encontrara canibalismo. Meu coração batia forte.

Mas a culpa não era dela.

— Então você precisou fugir dessas mulheres — falei, entoando bem cada palavra. — Não é?

Ela demorou algum tempo para entender.

— Sim... Fugi delas.

— Tudo que você fez foi correto.

A cumplicidade não dita tirou um peso enorme de cima da mulher. Seus ombros relaxaram um pouco.

— Você está perdoada — eu disse. — Em nome do Pai, do Filho e do Espírito Santo.

— Não sou uma maldita católica papista.

— Não importa. Você está perdoada.

Ela não respondeu.

Depositou o mosquete no chão, segurou a mão da criança e seguiu seu caminho.

Sob sua capa havia uma sacola cheia de alguma coisa.

Talvez provisões.

A viagem ao norte foi árdua e demorada. Encontrei vários outros viajantes e nenhum tinha histórias de sorte ou de prosperidade. Havia aldeias destruídas e outras só abandonadas; campos congelados ou queimados.

Eu já estava perto de meu objetivo quando comecei a notar sinais de tropas. A destruição era recente, os corpos nas estradas estavam frescos.

Encontrei um destacamento de mercenários escoceses que disse que aquele era o exército do Conde de Tilly. Eles estavam se aproximando da cidade de Magdeburg, pouco menos de uma semana a cavalo de Osnabrück.

— Você é mercenário? — perguntou um dos escoceses.

— Bem, não sou um padre.

Eles riram.

— Se quiser ganhar dinheiro, é sua chance — o homem aconselhou. — Ninguém ainda tocou na cidade. Ela se aliou a Gustavus Adolphus, deve estar nadando em ouro.

Ponderei aquilo. Era uma chance de ter refeições regulares — algo que sumira de minha vida assim que deixei Viena, como minha magreza podia atestar. Também parecia uma oportunidade de saber o que se passava num exército tão perto do Mecanismo do Destino. Seria idiota ignorar a possibilidade de o generalíssimo ser um yithiano e ter algum plano para Teutoburgo.

Agradeci aos escoceses.

Foi assim que voltei ao exército imperial e participei do cerco a Magdeburg.

— Este homem afirma que já foi um espião sob seu comando, general — disse um arauto.

O exército estava acampado em volta das muralhas da cidade, como eu já presenciara tantas vezes. Havia a cidade de tendas, os canhões atrás de barreiras, as trincheiras, os regimentos falando idiomas variados, tudo que já se tornara normal. Daquela vez eram 40 mil soldados, além de famílias, mercadores e todo o resto. A vastidão não impressionava mais.

No comando de tudo, sobre um tablado elevado, a tenda onde os altos oficiais se reuniam.

O Conde de Tilly estreitou os olhos e me examinou. Já era um homem velho. A fragilidade do corpo estava escondida sob roupas pesadas e refinadas, os cabelos totalmente brancos rareavam mesmo quando puxados para trás. Ele fez um esforço de memória.

— Já o vi em algum lugar — disse o conde.

— Montanha Branca, senhor — respondi.

— Montanha Branca! — ele se perdeu por um momento. — Uma vida atrás.

Não falei nada. As imagens daquela batalha eram muito claras em minha mente, destacando-se entre todos os acontecimentos marcantes que eu presenciara em milênios. Achei-me um idiota por pensar que a rebelião seria vencida naquela época. Achei que todos ali haviam sido idiotas.

— Você era a criatura de Wallenstein, não? — perguntou Tilly.

— Sim, senhor. Servi como agente e espião do general.

— E por que vem falar comigo?

Dei um passo à frente.

— Nesta guerra, posso ser vítima ou algoz. Prefiro ser algoz.

A resposta me surpreendeu, como se outra pessoa falasse através de minha boca. Era o pensamento de muitos plebeus: se precisavam sustentar os soldados de qualquer forma, melhor que fossem eles mesmos soldados e passassem a miséria adiante. Eu não sabia de onde o raciocínio viera. Era como estar possuído.

— Wallenstein era tudo que havia de errado com nossos oficiais — o nobre provocou. — Não precisamos de alguém que pense como Wallenstein.

— Não estou aqui para pensar.

A resposta o agradou. Tilly tamborilou os dedos na mesa, então chegou a uma decisão rápida.

— Como é seu nome?

— Tiefenbach.

— Muito bem, Tiefenbach. Vou lhe dar uma chance, mas precisará passar por um teste. Estamos todos fartos da ladainha de Magdeburg.

Magdeburg ainda negociava, porque podia. Ainda era rica, uma das poucas cidades que conseguia prosperar apesar de tudo. Era protestante, mas contava com uma grande população católica. E, eu viria a saber depois, estava enrolando os imperiais porque esperava pela ajuda que lhe fora prometida. A ajuda de Gustavus Adolphus.

Até mesmo os oficiais tinham emagrecido. Todos estavam famintos por uma cidade com dinheiro.

— Eles estavam esperando pelos suecos — Tilly falou quase para si mesmo. — Mas precisarão da proteção de Deus.

Os canhões dispararam em preparação. O fogo foi respondido pela artilharia nas muralhas. Magdeburg usava tiros duplos, duas balas de canhão unidas por uma corrente. O estrago que isso fazia nas tropas encheu nossos homens de fúria. Os trompetes soaram, os estandartes foram erguidos, os tambores deram o ritmo da marcha. Os regimentos avançaram rumo a Magdeburg, levando escadas sobre as cabeças, prontos para tomar o que achavam que mereciam.

— Não vão me matar de fome! — gritou um soldado enquanto avançava correndo. — Não vou morrer à míngua!

Eles alcançaram as muralhas, deixando um rastro de corpos. As escadas se ergueram, descrevendo meios círculos e se chocaram contra a pedra com estalos sucessivos. Soldados imperiais se puseram a escalar, enquanto os defensores se debruçavam das ameias e atiravam com mosquetes e pistolas. Quando o primeiro dos nossos alcançou o topo da escada, gargalhou e puxou uma granada. A arma explodiu com um estrondo horrendo nas ameias, espalhou fragmentos que retalharam um punhado de defensores.

— Este é o som dos anjos! — gritou alguém.

Vi aquilo tudo de longe, através da luneta, porque não era minha função. O Conde de Tilly me dera um teste. Se eu cumprisse bem uma tarefa delicada, poderia retomar minha posição como agente dos oficiais. Não era algo que eu queria, porque estava indo a Osnabrück em busca de algo que explicasse o morticínio, mas a oferta fora tentadora e eu obedecera sem pensar.

— Aqui, novato — disse um sargento croata.

Duas companhias de mercenários croatas haviam sido destacadas para o serviço de infiltração. Eu era o único de outra nacionalidade, mas falava sua língua perfeitamente. Estávamos andando abaixados na água rasa da margem do rio. Apenas nossas cabeças eram visíveis acima da superfície. Eu estaria encharcado pelo resto do combate e não podia levar nenhuma arma de fogo ou mesmo carga de pólvora. Deveria obter todo o equipamento durante a invasão.

Era um bom teste.

Continuei andando na formação esparsa. O sol fraco da manhã reluzia na água, criando centenas de reflexos ofuscantes. Era difícil enxergar qualquer coisa, mas também seria difícil enxergar um bando de pontos se movendo na água brilhante. Os gritos e estrondos do começo do ataque eram altos, mas pareciam longínquos enquanto eu estava concentrado na missão.

Ladeando a margem, chegamos ao fosso que protegia a cidade. Seria mais difícil atravessá-lo, pois não haveria como evitar a parte mais funda. Os sargentos deram uma ordem silenciosa e as cabeças flutuantes desapareceram, enquanto todos mergulhamos para nadar até o outro lado do fosso.

As roupas pesadas eram um incômodo, puxavam para baixo, faziam uma resistência irritante contra a água. Eu não enxergava quase nada na água turva. Conseguia discernir os vultos dos homens a meu redor, notar quando cadáveres caíam sobre nós. Um croata começou a se debater. Sua bota ficara presa em uma alga, detrito ou qualquer coisa que houvesse no fundo. Uma cena angustiante, mas era impossível parar e ajudá-lo, nenhum de nós teria fôlego suficiente e atrasaríamos toda a missão. Seu desespero cresceu à medida que passamos por ele, até que seus movimentos se tornaram mais espasmódicos. Ficou parado quando finalmente se afogou.

Emergi quando achei que já estava perto da outra margem. Meus ouvidos ganharam a superfície e o ruído da batalha me envolveu de uma vez só. Gritos de guerra e berros de fúria, o som inconfundível de gente agonizando ao longe. O pipocar constante dos mosquetes e das pistolas, os estrondos ocasionais da artilharia e das granadas. Mesmo àquela distância, o cheiro de pólvora já permeava o ar.

Um cadáver despencou a meu lado, espalhando água, lentamente tingindo os arredores de sangue.

Era perfeito para nossa estratégia.

Fomos cadáveres. Avançamos com movimentos imperceptíveis, os braços estendidos como se simplesmente boiássemos no fosso. Quando atingimos a outra margem, um a um nos agarramos à estrutura de pedra do outro lado. Algum tipo de oxidação estranha tinha tomado a pedra; algo vermelho escorria por toda a volta, como se a cidade estivesse sangrando.

Circundamos parte da cidade agarrados às bordas do fosso. Depois de talvez meia hora, chegamos ao objetivo.

Havia um portão pequeno, quase escondido. Portas duplas de madeira reforçada com ferro, como haveria em um forte. Não suficiente para que tropas passassem. Nem mesmo havia uma ponte que levasse dele ao outro lado do fosso. Uma saída de emergência para nobres, uma entrada para contrabandistas.

Ou invasores.

O sargento fez sinal para mim. Passei pelos outros e me pus a trabalhar na fechadura.

Abri o portão com o mínimo de barulho. O estalar da fechadura e o rangido das dobradiças não se comparavam ao rugido da batalha. Empurrei uma das folhas da porta com cuidado. Espiei do outro lado. Havia meia dúzia de soldados com mosquetes e alabardas. Embora estivessem guarnecendo aquele portão secundário, tinham as costas viradas para nós. Estavam prestando atenção à batalha. Batiam os pés no chão, ansiosos ou temerosos de se juntar aos demais.

Fiz sinal para os croatas.

Esgueirei-me, agachado, deixando um rastro sinuoso de água gotejando. Avancei por um beco entre duas casas grandes. Mais à frente, a rua continuava, cruzava com outra e outra. Todas as janelas estavam fechadas. Cada casa prometia riqueza, mas não havia como saber quem estava lá dentro.

O sol já nascera há bastante tempo, mas as ruelas estreitas e apertadas bloqueavam a luz. A fumaça da pólvora e o pó de construções esmigalhadas criavam noite artificial, uma nuvem que grudava nas narinas e na garganta.

Cheguei perto do soldado que se postava mais atrás. Totalmente ignorante de minha presença, ele espichou o pescoço para a frente e perguntou sobre o combate:

— O que está acontecendo nos portões?

— Os papistas estão entrando — disse alguém.

Enquanto ele ouvia essa resposta, aproximei a mão do cabo da adaga que ele levava numa bainha à cintura. Puxei a arma, discreto como um punguista.

Então me ergui com um bote, segurei sua cabeça para trás e cortei a garganta antes que ele percebesse.

O homem caiu, gorgolejando. Seu colega ao lado teve tempo de virar o rosto, mas não conseguiu gritar antes que a lâmina penetrasse em seu rim e ele emudecesse de dor.

— São os papistas! — gritou o comandante do grupo.

Os croatas invadiram o beco, correndo sem nenhuma discrição. Um dos guardas conseguiu firmar o mosquete no ombro e disparar, mas acertou uma parede e a bala resvalou, inofensiva. Três mercenários se jogaram sobre um deles, o derrubaram com o peso do corpo, arranharam seus olhos, revistaram seu corpo, acharam uma faca e uma pistola. Enfiaram a faca em seu bucho de novo e de novo, bateram em sua testa com a coronha da pistola até que os miolos se espalhassem nos paralelepípedos.

O enxame durou poucos segundos. Antes que um novo tiro fosse disparado, os seis estavam mortos. Eu já estava saqueando as melhores armas. Meus companheiros mais rápidos fizeram o mesmo, enquanto os outros reclamavam.

— Não se preocupem — disse o sargento. — Não faltarão burgueses mortos.

Foi como um comando. Num instante, eles deixaram de lado o silêncio e a precisão. Um uivo agudo emergiu da garganta de um croata, eles riram um riso enervante e correram pelas ruelas. Fiquei paralisado por um segundo, sem saber o que fazer, muito consciente de que eu colocara aqueles saqueadores para dentro da cidade. Mas era a guerra, eram minhas ordens. Não deveríamos abrir portões ou cumprir alguma tarefa estratégica: nosso dever era apenas estar dentro da cidade, atrás das defesas, e criar o maior caos possível.

Eu nem lembrava do Mecanismo do Destino.

Corri atrás deles, sem saber se iria me juntar ao saque ou tentar detê-los. Viramos uma esquina.

A rua seguia serpenteante, os paralelepípedos irregulares ameaçando nos fazer tropeçar. Dois homens podiam passar lado a lado, mas seus ombros rasparíam nas paredes. A escuridão era quase total: tetos de sapé pendiam frouxos por sobre as janelas fechadas, cordas cheias de roupas se cruzavam acima de nossa cabeça. Os croatas corriam por ali como se não fossem pessoas, mas a água de um rio que inexoravelmente seguia seu curso. Como se soubessem aonde ir.

Eles seguiram um dos volteios da ruela e seus risos de hiena tomaram o espaço exíguo. Meu coração disparou, corri mais rápido. Eu não enxergava o futuro, mas soube que algo terrível estava para acontecer. Entre a névoa e os tecidos pendurados, enxerguei luz.

Contornei a volta da serpente. Uma parede de croatas bloqueava meu caminho.

A poucos metros deles estava uma menina. Não podia ter mais de 12 anos. Carregava um lampião.

Mais croatas surgiram atrás dela.

Ela usava um vestido branco. Seus cabelos e sobrancelhas eram tão claros que se confundiam com a roupa. Estava de pés descalços.

Um dos croatas uivou.

A garota tinha o rosto sério. Não de pavor, não de ingenuidade. Estava séria como se tivesse certeza de tudo.

Os croatas se aproximaram pelos dois lados.

— *Não!* — gritei.

A menina fechou os olhos e abraçou forte o lampião. O vidro se quebrou sob seus braços magros, o sangue esguichou, logo se misturou ao óleo e ao fogo.

O vestido incendiou instantaneamente. A chama lambeu os cabelos longos e se alastrou para a cabeça. Ela abriu os braços em chamas, os pulsos sangrando como estigmática. Olhou para mim sem demonstrar dor, então seu rosto foi engolido pelo fogo.

Minha boca pendeu. Vi a menina explodir com destino, então aquele sentido se apagou totalmente.

Ela caiu de joelhos, tomada de chamas, os braços abertos, olhando para cima, sem fazer nenhum som.

Uma fagulha se desprendeu de seu cabelo e voou como uma bailarina incandescente.

Tocou o sapé.

Nunca soube quem foi a menina, por que ela andava sozinha com um lampião ou como teve aquela serenidade enquanto escolhia um de dois destinos horrendos. O choque foi tamanho, o mistério tão imediato, brutal e profundo, que pela primeira vez em muitos anos lembrei de tragar sua alma para dentro de mim. Mas não encontrei nenhuma alma saindo daquele corpo. O Psicopompo não deu atenção a ela, embora já estivesse arrastando muita gente dentro da cidade.

Nenhum espírito que carrego comigo tem lembrança da donzela de Magdeburg.

O fogo se espalhou pelo sapé, cobriu o primeiro teto. A ruela foi tomada por uma súbita ventania. O vento uivou em nossos ouvidos, alimentando e empurrando as chamas. Uma labareda imensa desabrochou do corpo infantil enquanto tombava. Alcançou as roupas penduradas nos varais. E das camisas, calças e vestidos o fogo se espalhou por sobre nossa cabeça, pulando de um varal a outro como numa brincadeira bizarra. Meus olhos começaram a lacrimejar com a fumaça. Tapei o nariz e a boca com um lenço ainda molhado, tentei voltar por onde tinha vindo. Os croatas se aglomeraram no espaço exíguo, todos se acotovelando para sair do corredor cada vez mais quente.

Lá em cima, o vento semeou as chamas de um teto a outro. Aquela vizinhança coberta de palha se acendeu em poucos minutos. Logo o fogo tomou vigas de madeira no interior das casas. Ante meus olhos que ardiam, as chamas se alastraram por venezianas fechadas. A fumaça começou a vazar das frestas nas janelas.

Dois croatas se engalfinharam numa briga no meio da fuga, bloqueando o caminho à frente. Juntei-me aos outros, empurrando, tentando achar uma brecha na parede de braços e pernas em movimento. A fumaça já era tanta que, mesmo subindo, se acumulava o suficiente para me fazer sufocar. Tossi e minha tosse se confundiu com o som de um machado estraçalhando madeira.

Olhei ao redor, tentando identificar a fonte do ruído. A lâmina atravessou uma veneziana e logo surgiu a cabeça e o tronco de um homem. Tive um vislumbre do interior da casa; ela brilhava em chamas. Ele tentou abrir caminho pela janela. A rua foi tomada por um estampido, o pescoço do desesperado esguichou sangue. Não vi qual dos croatas tinha disparado, mas a fumaça da pistola se misturou à do incêndio e logo não importava mais.

Corri para o lado oposto, procurando ar em meio à fumaça, tentando escapar da rua que se transformara em armadilha. Refiz o caminho, cheguei até onde o corpo da menina tinha se juntado aos corpos dos mercenários numa grande pira funerária, uma parede de chamas bloqueando a rua. Tossi, sabendo que meu fôlego não duraria muito. Procurei alguma linha de destino, qualquer uma, mas não havia nada. Nem mesmo a muralha de guerra que bloqueava meu sentido antes. O futuro havia desaparecido.

Protegi o rosto com o braço, apertei os olhos e atravessei as chamas.

Senti o princípio sinistro da ardência de queimadura na pele, milhares de agulhas se espalhando. Não precisei olhar para saber que minhas roupas estavam em chamas. Caí no chão do outro lado, rolei em desespero para apagar o fogo. Quando tive coragem de abrir os olhos, procurei focos e vi, horrorizado, que uma de minhas botas ainda ardia. Bati no fogo com as mãos espalmadas, gritando sem palavras, desperdiçando fôlego, apavorado que meu pé fosse ferido demais. Eu não tinha nenhuma noção de que, se morresse ali, seria transportado para o futuro e possuiria outro corpo. Não havia futuro, Agnes.

Naquela passagem em chamas, eu tive certeza de que era o fim do mundo.

O interior de todas as casas ardia, formando um corredor flamejante, mas o caminho estava menos impedido naquela direção. Corpos de mercenários e de cidadãos estavam estendidos pelo chão, alguns com marcas de ferimentos, outros ainda queimando. Continuei pela macabra pista de obstáculos até que um estrondo terrível chacoalhou paredes, chão, a vizinhança, talvez toda a cidade. Fui jogado para cima e então desabei contra os paralelepípedos ferventes. Uma casa atrás de mim ruiu, precisei me arrastar o mais rápido que pude para evitar os destroços.

O fogo tinha se espalhado e chegado a um boticário.

Um lugar onde se armazenava pólvora.

Uma bola de fogo gigantesca tomou um quarteirão quando o paiol explodiu. Destroços varreram cidadãos e invasores, destruíram centenas de janelas e telhados. O chão rachou, uma torre caiu como um brinquedo.

As chamas se espalharam por Magdeburg.

O inferno a meu redor se reproduziu em dezenas de focos. Tetos de sapé incendiaram, criando uma camada de fogo pela cidade inteira. Outro depósito de pólvora explodiu, então outro. As explosões atearam fogo a tudo que era de madeira. Celeiros eclodiram imediatamente, a palha servindo como combustível instantâneo. Cavalos em chamas surgiram num galope aterrorizado, atropelando o povo e os militares, espalhando o incêndio ainda mais.

Finalmente emergi da ruela para uma praça aberta. Tudo a meu redor exalava fumaça ou escorria sangue.

Em meio àquilo, a infantaria imperial avançava, piques em riste, mosquetes disparando. Uma figura a cavalo no centro de tudo.

— Sejam cruéis! — incitou o Conde de Tilly, espada desembainhada num gesto heroico. — Encham de terror o coração dos suecos!

Um bando de escoceses puxava um casal aos berros de dentro de uma casa. Outros mercenários vinham logo atrás, arrastando sacolas de moedas, candelabros, joias, roupas, panelas.

— Nunca se viu tão terrível punição divina desde a destruição de Jerusalém! — exaltou o general. — Deus está conosco e todos nossos soldados ficarão ricos!

Por alguns segundos assisti enquanto eles enriqueciam. Roubo, assassinato, tortura e estupro. Treze anos desde 1618, treze anos de miséria, fome, ódio fomentado. Treze anos em que uma geração crescera entendendo aquilo como a normalidade. Treze anos de raiva e frustração descontados numa cidade. Assisti à barbárie, às pilhas de mortos, aos aglomerados de gente que preferia estar morta.

Os trompetes soavam, mas os gritos eram muito mais altos.

Não havia necessidade de sinais ou ordens, porque as tropas católicas já não eram mais um exército.

O sino da catedral tocava, nervoso e insistente, chamando os fiéis para dentro. Não era uma missa, embora todos estivessem rezando e implorando o perdão de Deus. Era um refúgio e estava aceitando protestantes e católicos.

A multidão se aglomerava, uns empurrando os outros, pais puxando seus filhos, os mais fortes chutando os mais fracos para que saíssem da frente. Um pastor tentava coordenar a entrada dos fiéis. Um homem grandalhão lhe deu um soco, ele cambaleou para trás, foi derrubado por um grupo de lavadeiras desesperadas. A cabeça bateu no chão e ele sentiu o molhado do sangue nos cabelos. Olhou para cima, enxergando a confusão de pernas e pés. Ainda tentou falar algo, mas a sola de uma bota desceu sobre seu rosto num pisão cego, os dentes da frente quebraram, então outra pessoa o pisoteou e o mundo se apagou.

E, enquanto o povo se espremia na entrada exígua, tentando ocupar a catedral, uma mulher havia escalado as decorações de arquitetura gótica. Pendurada por uma mão em uma viga, os pés equilibrados numa borda saliente, ela gesticulava com vigor, uma maestrina louca regendo o incêndio. Segurava na mão algum objeto grande, obscurecido pela fumaça, que balançava com seus movimentos.

— Fomos avisados! — ela guinchou. — Fomos avisados e não demos ouvidos aos augúrios! Nossas casas desabaram sem motivo! Os céus ficaram vermelhos no alvorecer! Tempestades derrubaram as torres das igrejas!

Um grupo se derramou de uma ruela próxima. Um jovem caiu na metade do caminho, uma faca em suas costas. Um homem a seu lado se deteve, puxou a faca e a tomou para si.

— Um cavaleiro branco pairou sobre a cidade e se tornou vermelho-sangue! Sangue escorreu das paredes do fosso!

As janelas de um prédio próximo explodiram quando as chamas lá dentro foram alimentadas por algo e incharam. Duas crianças que corriam de mãos dadas desabaram no mesmo instante, varadas pelos estilhaços afiados. Fogo surgiu pelas frestas das telhas, fumaça negra emergiu em colunas ameaçadoras para se juntar ao domo escuro que envolvia a cidade.

— Eu mesma avisei! — a mulher esganiçou. Lágrimas escorreram de seus olhos, fazendo trilhas sobre a fuligem em suas bochechas, mas ela também gargalhava. — Um augúrio saiu de meu ventre e vocês o ignoraram!

Só então alguns desesperados entenderam o que era o objeto que ela brandia: o cadáver de um bebê com quatro pernas e o tórax aberto, que nascera morto daquela mãe enlouquecida.

— O fosso nos avisou! O céu nos avisou! O monstro nos avisou! Queimem, tolos! Vamos todos queimar por nossa arrogância!

O Psicopompo se mesclou à fumaça, na maior cerimônia desde o início da guerra.

Corri pela cidade, incerto sobre o que poderia fazer além de coletar as almas. Entrei numa rua larga, ladeada por casas de teto pontiagudo. As chamas já haviam tomado a rua por completo. Vi um homem se equilibrando nas telhas fumegantes, apavorado. Carregava um barril cheio d'água. O peso era grande demais e ele balançava em desespero.

— Solte isso! — berrei com voz rouca. — Não vai adiantar nada!

Ele se virou para mim com olhos arregalados.

— Vou apagar o incêndio.

Então entornou o barril, cambaleou para trás, a água se derramou sobre ele. Gritei aterrorizado quando seu corpo exalou vapor. Sua carne derreteu, ele convulsionou de agonia.

Era água fervente.

O barril rolou pelo teto, vindo se espatifar na calçada. Miseravelmente, o homem queimado manteve o equilíbrio. Olhou para mim, como se pedisse uma confirmação.

Assenti.

Ele se jogou. Agonizou por poucos segundos antes que eu acabasse com seu sofrimento.

Segui pela rua, dizendo a mim mesmo que aquela fora uma boa ação. O corpo de uma mulher estava cercado de cães. Em vida, ela carregara uma cesta cheia de carne. Os cachorros disputavam a carne e o cadáver fazia parte do banquete.

Um grupo de soldados imperiais veio correndo na direção contrária.

— Alguma coisa boa para esse lado? — um deles me perguntou.

Franzi o cenho. Genuinamente não havia entendido.

— Já pegamos tudo de valor lá atrás — apontou com o polegar para a direção pela qual tinham vindo. — Não desperdice seu tempo.

Todos eles carregavam sacolas transbordando de saque. Nem tinham condições de levar mosquetes ou piques, contentavam-se com pistolas e espadas. Não era uma batalha. Para eles era uma festa.

Não sei como os matei. Sua morte foi irrelevante, porque já tinham feito estrago suficiente e eram só um punhado entre dezenas de milhares. Continuei e vi as marcas de seu festejo. Um enorme barril de cerveja estava de pé no meio da rua. Cheio d'água, talvez porque alguém tivera a mesma ideia do homem que eu sacrificara. Do barril emergiam as pernas de quatro ou cinco mulheres. Já estavam mortas. Afogadas ou de outro jeito, não fazia diferença.

Escutei os uivos de um batalhão. Corri, pensando que poderia impedir algo.

Deparei-me com um bando de 15 ou 20 soldados imperiais. Tinham mosquetes apontados para um grupo de mulheres. Às costas delas, uma casa já totalmente em chamas, suas paredes mal visíveis sob a cortina de fogo.

Estavam de mãos dadas.

Um dos soldados se aproximou, estendendo a mão.

Todas elas andaram para trás, segurando forte umas nas outras. Berraram quando foram tocadas pelas chamas, mas não hesitaram. Deram mais um passo para trás e foram engolidas pelo incêndio. Uma delas caiu, as outras foram rápidas em refazer a corrente humana.

Entraram na casa em chamas, sem tirar os olhos dos pretensos algozes, escolhendo a forma de morrer.

— É melhor não haver cidade alguma do que uma cidade herética! — gritou alguém.

Virei-me para olhar. Para minha surpresa, era um pastor protestante.

— Somos pecadores! Somos hereges! Hereges não merecem nada além de fogo e conflagração!

Foi silenciado por um tiro. Soldados apareceram de toda parte para tomar o que ele tinha de valioso.

Continuei em meu caminho a esmo.

Um beco apertado terminava em uma casa que também ardia. Havia gente aglomerada ali. Avancei pelo beco, aos poucos compreendendo as formas sob a fumaça.

— Quem está aí? — perguntou uma voz masculina. — É do Império?

— Não — respondi.

E era verdade.

— Eles estão vindo, não é?

Então uma voz infantil interrompeu.

— Não quero! — disse a vozinha. — Por favor, não!

Cheguei mais perto. Três homens apontavam lanças para um grupo de meninos. Às costas das crianças havia o fogo.

— Estão vindo, não é? — o homem perguntou de novo.

— Estão — eu disse.

— E são piores que o incêndio?

Hesitei.

— São.

Um dos três homens desatou a chorar.

— Que Deus me perdoe, ou que o diabo me dê a punição que mereço.

Então, antes que os soldados chegassem, eles forçaram os meninos à casa em chamas. Quando os gritos agudos tinham cessado, jogaram as lanças no chão e entraram também.

Alguns dirão que a culpada pelo massacre de Magdeburg foi a turba, mas estão mentindo. Não foi uma turba, não foi a mente bruta e burra de um bando. Os soldados se espalharam pela cidade. Não havia comando para que dissessem que só cumpriam ordens, também não havia culpa diluída entre milhares de criminosos atuando juntos.

Cada um fez o que fez como um indivíduo. Cada um de seus atos foi uma escolha.

As vítimas não eram uma massa sem face, sublimadas em uma bandeira ou um uniforme. Não havia um rei, uma nacionalidade ou mesmo uma religião que os tornasse diferentes e irreconhecíveis. Vi cada soldado imperial atacar cada cidadão enquanto reconhecia sua humanidade. Os invasores ouviram as súplicas, negociaram com as vidas. Entraram nas casas e conheceram a intimidade de quem matavam e estupravam. Enxergaram os rostos antes que fossem carbonizados, aprenderam a história dos objetos que roubaram e destruíram. Souberam quantos filhos tinham, qual era sua profissão, quem eram seus amigos. Eles sabiam exatamente o que estavam fazendo e o fizeram com voracidade. Cada assassino e cada vítima tinha nome.

O Psicopompo não estava só no céu. O desfile dos mortos se confundia com os regimentos fragmentados, com as famílias em fuga desesperada. A escuridão das entidades se misturou com a escuridão da fumaça; a luz das chamas se confundiu com o destaque dos incontáveis lugares de honra para toda a população de Magdeburg.

Vaguei pela cidade em fúria detendo uma ou outra truculência, deixando milhares de atrocidades impunes. Dezenas de milhares de soldados haviam decidido chacinar uma cidade inteira. Eu era apenas um e não podia fazer nada. Podia apenas agarrar as almas, tirá-las do Psicopompo. Não lembrava da última vez em que eu cumprira este dever.

Um plebeu gritou para que seus filhos e sua esposa corressem mais rápido. Eram quatro crianças; o menino mais novo ainda andava de forma desajeitada. O homem parou frente a um amontoado de cadáveres que bloqueava o caminho.

— Eles não conseguem subir! — sua esposa gritou.

Ele então empurrou o topo da pilha com um grunhido, conseguindo rolar dois corpos para o outro lado. Com esforço, abriu uma passagem para as crianças. A mãe puxou o menor pelo braço, tirando seus pés do chão. Ele estava atônito demais para chorar. O mais velho correu para o lado do pai.

— Os soldados chegaram!

O plebeu ordenou que a mulher levasse os filhos embora. Ela não objetou, não disse nenhuma última palavra, porque não havia tempo. O homem se virou e surgiram dois imperiais. Nem mesmo usavam as armas do exército: um deles tinha uma picareta e outro simplesmente carregava um pedaço de madeira pegando fogo, como uma tocha improvisada.

O plebeu ergueu os punhos num gesto fútil, encarando a morte com dignidade. Mas não havia dignidade na morte.

Sua esposa saltou de volta sobre os corpos e correu em direção aos soldados.

— Covardes sem Deus! — ela gritou. — Não temos mais nada! Não poderão gastar nosso ouro no inferno!

O soldado com o pedaço de madeira chutou seu estômago. A mulher caiu sobre as mãos e os joelhos. O marido estendeu as mãos, horrorizado com o destino que adivinhava para ela. Então os quatro meninos surgiram do meio dos corpos. Sujos de fuligem e sangue, as mãos pequenas tentando alcançar os algozes.

— Não matem nosso pai! — gritou o mais velho. — Não matem nossa mãe!

Um deles se agarrou às calças do soldado com a picareta. Enterrou a cara no tecido, soluçando.

O mais novo chegou até ele com dificuldade. Seus olhos arregalados, estendeu as mãozinhas, oferecendo algo. O tesouro rebrilhou sob a luz do incêndio.

— Por favor, senhor — ele disse, tropeçando nas palavras. — Por favor, deixe meu pai viver. Eu lhe dou as moedas que ganho todo domingo.

O homem da picareta se deteve. Trocou um olhar com o outro. As crianças continuaram chorando, puxando suas roupas. Ele olhou para o rosto do mais novo.

Abriu um sorriso.

— Que belos rapazes vocês são!

Os dois adultos emudeceram de surpresa e incerteza. O soldado se voltou para o homem, de um jeito amigável:

— Se quer fugir com seus filhos, vá imediatamente! Os croatas estão chegando. As crianças não vão sobreviver.

Ele então desarrumou o cabelo do mais novo, num gesto carinhoso. Foi embora com sua picareta, para procurar outra casa para saquear, outra família que tivesse mais coisas de valor ou cujos filhos fossem menos carismáticos.

Eram pessoas. Pessoas matando pessoas.

Cruzei com os dois soldados e a família em fuga. Passei pelas esposas dos soldados, que os seguiam para carregar o saque. Elas reclamaram da decisão idiota dos dois, continuaram xingando sua incompetência até que suas vozes sumiram no meio da cacofonia de destruição.

Ouvi gritos dentro de uma casa em chamas. Gritos como tantos gritos, casas como todas as outras, todas pegando fogo em meio à destruição. Passei por cadáveres fumegantes, outros abertos como peças de carne num açougue. Empurrei a porta quebrada, fiz força contra a barricada que os habitantes tinham improvisado com uma cômoda. Fumaça espessa vinda de dentro deixava claro que havia um foco dentro da casa.

Logo me deparei com um soldado. Ele carregava um mosquete em cada mão, três rapieiras enfiadas no cinto. Parte de suas roupas estava calcinada, ele exalava cheiro de pólvora, como se fosse um demônio. Um homem estava caído a sua frente, tentando se levantar. Pelas roupas, pude ver que era um pastor protestante.

— Pare de mentir! — gritou o soldado. — Padre, me dê dinheiro!

O pastor começou a falar algo, o soldado apontou para ele um dos mosquetes. Sua esposa me notou e deve ter pensado que eu era mais um saqueador. Não havia razão para não pensar isso.

O soldado apertou o gatilho, mas a arma não disparou.

— Não tenho mais nada... — gemeu o pastor.

O soldado soprou o pavio do mosquete. A fagulha acendeu, ele apontou de novo, apertou o gatilho.

A mulher gritou e se jogou sobre ele.

Talvez tenha sido a visão de um segundo algoz que tenha atiçado sua coragem. Ela empurrou o cano do mosquete com as duas mãos. A bala passou por cima da cabeça do pastor e se alojou na parede atrás. Ela continuou segurando o cano, suas mãos queimando no metal.

— Não temos mais dinheiro — ela grunhiu — mas temos prata.

O homem a empurrou.

— Prata? — deu um sorriso feroz. — Mostre.

Ela manteve o olhar firme, tanto nele quanto em mim. O soldado me notou finalmente, resmungou alguma coisa sobre o saque pertencer a ele. Observei como se não estivesse lá. A mulher tirou a roupa, sem demonstrar constrangimento ou medo. Seu corselete tinha fechos de prata. Ela os arrancou e os entregou ao soldado.

— Isso é suficiente? — perguntou, desafiadora.

O saqueador abriu um sorriso ainda maior.

— É sim. Mas, se eu descobrir que esconderam alguma coisa, vou voltar para terminar o serviço!

Ele saiu pela porta da frente, enquanto guardava os fechos numa sacola. O pastor me olhou com medo, sua esposa se manteve à frente dele, protetora e sólida.

— Não tenho mais nada para aplacar sua ganância — ela disse. — Faça seu pior.

Assim como o soldado que se sensibilizara com os filhos de um plebeu e demonstrara piedade arbitrária, eu também estava numa posição em que, não importava o que fizesse, seria um criminoso. Se eu tivesse matado o soldado, outros viriam para tomar seu lugar. Se eu atacasse o casal, seria um monstro como todos os demais. Se ficasse parado, seria uma clemência pífia, uma zombaria com os milhares que não tiveram essa chance. Eu fazia parte daquilo. Nunca mais poderia ser inocente.

— Há um caminho de fuga — eu disse. — Sigam para o oeste. Encontrarão um pequeno portão aberto.

Expliquei como chegar à passagem. O pastor agradeceu, a esposa apenas se vestiu e continuou séria. Eles foram embora. Fiquei mais algum tempo naquela casa, vendo-a queimar, tragando almas para dentro de mim.

Salvei aqueles dois, mas não significou nada.

Eles fizeram parte dos poucos sobreviventes de Magdeburg.

De uma cidade de 24 mil pessoas, mais de 20 mil morreram. Cada morto tinha uma história como as dos que se salvaram, eles apenas não puderam contá-las. Uma cidade quase inteira chacinada, e nada nunca redimirá isso.

Bastou um dia para que Magdeburg acabasse. Um dia para que uma população desaparecesse. No ano seguinte, Magdeburg contaria com menos de 500 habitantes. Foi destruição como o continente nunca vira.

Só posso comparar o resultado com os bombardeios durante a Segunda Guerra.

Recolhi as almas como um coletor de cadáveres durante a peste, até que todas estivessem comigo ou com o Psicopompo e eu não aguentasse mais. Andei pelas ruas em chamas, preservando minha própria vida apenas porque eu devia isso a eles. Todas as memórias dentro de mim foram abafadas pelo horror da cidade morta.

Em algum momento saí da cidade, carregando meu novo fardo. Eu era tão culpado quanto todos os outros. Tão culpado quanto qualquer um que fez parte daquela guerra.

Magdeburg, o "Castelo da Donzela", estava envolta num imaginário sobre a suposta Donzela de Magdeburg. Até hoje penso sobre a Donzela, tento descobrir se é a menina que encontrei ao entrar pelos portões. Talvez a cidade tenha sonhado a Donzela. Talvez fosse uma entidade etérea. Talvez fosse só uma menina.

Eu não entendia como aquilo pudera acontecer. Não entendi o massacre, a crueldade deliberada, o furor dos soldados. Imaginei se um exército inteiro podia estar possuído.

Imaginei se um continente inteiro podia estar possuído.

E foi assim, perdido em imaginações imbecis, que vaguei por mais de um dia, até que caí de exaustão na frente de um grupo de soldados e um jovem nobre a cavalo.

XII

Abri os olhos.

Estava deitado numa cama, pela primeira vez desde que deixara Viena. Demorei alguns segundos para entender a textura dos lençóis, o ar cheirando a algo que não fosse fumaça ou pólvora. Silêncio em vez de gritos.

— Finalmente — disse uma voz sobre mim. — Pelo menos tratá-lo não foi um desperdício total.

Pisquei, tentando me localizar. Não reconheci o teto ou as paredes forradas de madeira.

— Chamem o coronel! — a voz ordenou. — O desconhecido acordou!

Ergui-me sobre os cotovelos, quase sem força. Havia outros feridos em volta. Eu estava numa grande sala aristocrática transformada em enfermaria. Quem falara comigo era um homem com um vasto bigode, mangas arregaçadas e roupas sujas de sangue. Outros dois atendiam os demais pacientes.

A palavra "coronel" despertou uma lembrança.

— Coronel Wallenstein...? — balbuciei.

Um instante de silêncio, então os três homens caíram na gargalhada.

— Você realmente está desafiando a morte! — disse o médico. — Fique quieto, não quero ter que costurá-lo de novo.

Obedeci, sem entender o que se passava. Eu não enxergava futuro nenhum. Ainda ouvia lamentos das almas de Magdeburg.

Alguns minutos depois, um rapaz trajado em roupas pomposas, um chapelão na cabeça e uma espada na cintura, adentrou a enfermaria em passos decididos. Seus cabelos eram loiros, estava vestido de azul e dourado. Franzi o cenho.

— Gustavus...?

Pela segunda vez fiz todos rirem.

— Não se levante — disse o jovem, com voz divertida. — Se você morrer, perderei uma aposta.

Ele chegou mais perto. Parecia mesmo Gustavus Adolphus. Idêntico a ele, exceto pela idade. Mesmo assim, não havia grande diferença. Talvez fosse um irmão mais novo.

— Quem é você? — perguntei.

— Essa pergunta deveria vir de mim! Mas não importa. Não sou Gustavus Adolphus, sinto muito por decepcioná-lo. Mas sou uma cópia razoável!

Estendeu a mão para que eu apertasse.

— Coronel Gustav Gustavsson — apresentou-se. — Você disse que conhece meu pai.

Apertei a mão do filho do rei. Lembrei vagamente de quando ele havia me achado vagando numa estrada.

— Que lugar é este?

Gustavsson abriu os braços. Era um gesto grandioso, mas vindo dele parecia uma criança imitando os trejeitos dos adultos.

— Ora, você não parava de falar nesta cidade! Acho que mesmo morto teria esperneado se fosse levado a qualquer outro lugar.

Fui tomado pela sensação indefinível de familiaridade.

— O mínimo que podíamos fazer era trazê-lo a Osnabrück.

Tentei usar o truque yithiano de cura, mas sem enxergar as linhas de destino eu não era capaz de me arrastar de uma a outra. Confiei na medicina e na resistência dos humanos. Levei meses para me recuperar.

De alguma forma, a demora foi um alívio. Tive uma justificativa para não fazer nada. Muitas vezes acordei no meio da noite, chorando e assaltado por pesadelos. Fui tomado de pavor ao ver uma tocha ou uma fogueira; fiquei catatônico ao escutar o choro de um bebê. Respondi a estímulos inofensivos como se estivesse mais uma vez no massacre de Magdeburg. Minha mente não estava pronta para voltar ao mundo. Agradeci por meu corpo também não estar.

E, enquanto me recuperava, conheci Gustav Gustavsson e sua curta história.

Era o filho ilegítimo de Gustavus Adolphus, nascido quando o rei era ele mesmo ainda um garoto. Acabara de ingressar no serviço militar

— por seu parentesco, com menos de 20 anos já era coronel e administrador de uma cidade.

Mas, de forma impressionante, não parecia estar fazendo um trabalho ruim.

Adolphus estava travando batalhas em algum lugar do Império, construindo uma reputação de general invencível. Saudado como o Leão da Meia-Noite, comparado com Alexandre da Macedônia, aclamado como um herói contra o tirano Ferdinand, podia estar em qualquer lugar. Mesmo assim, deixara ordens explícitas para que Gustavsson defendesse Osnabrück a qualquer custo. Tanto o rei quanto seu fiel conselheiro Oxenstierna se recusavam a sequer citar o nome da cidade em qualquer negociação ou consideração de retirada estratégica. Haviam sido lentos para chegar à rica Magdeburg e, como resultado, não conseguiram impedir o massacre, mas não descuidavam de Osnabrück.

Imaginei se Gustavus Adolphus estava possuído por um yithiano.

Mas, mesmo que estivesse, não podia ser pior do que Tilly.

Eu encontrara Gustavsson por pura sorte — mais uma das estranhas coincidências que pontilhavam aquela época inexplicável. Estivera vagando por mais de uma semana quando um grupo de batedores encabeçado pelo próprio coronel me enxergou. Iriam me deixar para morrer ou pelo menos me jogar num campo de prisioneiros qualquer, mas eu balbuciara algo sobre Osnabrück, sobre o rei e sobre seu chapéu. Aquilo despertara a curiosidade de Gustavsson e ele pedira para que os médicos avisassem quando eu recobrasse a consciência.

Sorte.

A enfermaria tinha sido improvisada dentro da Casa do Conselho. Era um lugar de honra. Eu tinha a impressão de que lá podia me curar com mais rapidez. Tinha a impressão de estar perto de Carlos Magno.

A familiaridade fez com que eu adotasse uma rotina. Logo, eu era mais um cidadão, uma visão corriqueira naquele farol de paz. Cada minuto apenas existindo em Osnabrück era uma delícia transcendental. Eu queria permanecer na cidade para sempre.

Quando o tempo permitia, Gustavsson caminhava comigo, incentivando-me a não deixar as pernas enfraquecerem.

— Você era mais que apenas um soldado, não é mesmo? — perguntou o jovem coronel, numa de nossas caminhadas.

Evitei olhar para ele. Concentrei-me na bengala que apoiava meus passos incertos.

— Era um oficial? — Gustavsson insistiu.

— Prefiro não dizer o que eu era.

— Posso falar o que sou, se isso o deixar mais confortável. Sou um bastardo que recebeu um alto posto militar e uma cidade inteira de presente de seu pai, passando por cima de uma dúzia de homens mais competentes.

Ele me olhou com um sorriso franco, esperando minha reação.

Tive que rir.

— Não pode ser pior que isso!

— Pode ser bem pior — retruquei.

Ele continuou me olhando, num interrogatório mudo.

— Muito bem — cedi. — Eu era um espião. Um assassino. Um agente do Imperador e do General Wallenstein.

Apesar de tudo, Gustavsson era pouco mais que um garoto. Precisou de algum tempo para se recompor e recuperar a pose.

— Um assassino?

Assenti.

Silêncio.

— Foi um dos que tentaram matar meu pai?

Apertei os lábios. Disse sim.

— Mas não como assassino — emendei. — Encontrei o rei no meio do campo de batalha, como um soldado comum. Puxei-o do cavalo. Quase consegui derrubá-lo.

— Foi então que roubou seu chapéu?

Concordei, já com mais leveza.

— Ele fala muito desse chapéu! Disse que lembrava do mosqueteiro que o tinha roubado. Sabia que era alguém especial.

Franzi o cenho. O rei enfrentara centenas de mosqueteiros desde que se lançara à guerra. O incidente do chapéu era suficiente para que lembrasse de mim e me achasse especial? A única explicação era que Gustavus Adolphus fosse iniciado em alguma forma de feitiçaria ou tivesse algum poder premonitório. Ou fosse um yithiano que ainda era capaz de enxergar o destino.

— Foi por isso que o salvamos! — Gustavsson achou aquilo divertido. — Um mosqueteiro falando do chapéu de meu pai não podia ser ignorado!

Andamos em silêncio por um tempo.

— Há quanto tempo o Império não ataca Osnabrück?

— Anos — ele suspirou. — E graças a Deus por isso. Se Magdeburg não resistiu, iríamos cair como um bêbado num terremoto. Não temos condições de resistir a 40 mil homens e tenho ordens expressas de não abandonar a cidade.

— Por que seu pai quer tanto este lugar? — meu coração acelerou, esperando alguma resposta que fizesse sentido.

— Ele nunca explicou — Gustavsson deu de ombros. — Também deixou claro que deveríamos manter o arcebispo católico, mesmo que eu fosse o administrador protestante.

Gustavus sabia de algo. Precisava saber.

— Por alguma razão, ele quer que católicos e protestantes convivam aqui — disse o rapaz, pensativo. — Parece absurdo que estejamos tão perto de Magdeburg.

Acaso. Ou influência dos selos que eu e Carlos Magno havíamos colocado na região.

Ou talvez Gustavus Adolphus tivesse um propósito maior.

Flagrei-me imaginando se ele poderia ser um novo Carlos. Se naquela guerra não haveria, afinal, lugar para Paladinos.

XIII

ERA IMPOSSÍVEL ESQUECER DA GUERRA, MESMO ENQUANTO convalesci numa cidade que aceitava as duas religiões. Osnabrück sofrera bastante com a ocupação das tropas imperiais e a imposição do catolicismo. Então fora conquistada pelos suecos, que cobraram contribuições de guerra e instauraram o filho bastardo do Leão da Meia-Noite como administrador. Trazia as marcas da guerra, mas tinha um estranho ar de paz.

O conselho era todo luterano, mas a cidade era a sede do Principado Episcopal católico da região. Estava de posse dos protestantes, mas a maior parte da população era católica. Havia duas igrejas católicas e duas protestantes.

Osnabrück parecia apontar o absurdo da guerra em sua maneira simples, quase ingênua, de apenas deixar que os dois lados coexistissem.

Assim, embora fosse impossível esquecer da guerra, um dia comecei a aceitá-la. Com a mesma rotina de ócio repetitivo, sem enxergar o futuro, me acomodei no conformismo de que o mundo acontecia longe de mim. E fui grato por isso. Eu não entendia o que estava acontecendo, mas também não ficava alarmado. Yithianos são criaturas de medo, mas eu parecia estar além do medo — ao menos do medo do futuro. Ainda tremia ao lembrar de Magdeburg, mas o amanhã parecia tão longínquo que não representava ameaça.

Eu caminhava com Gustavsson num dos muitos dias nublados. Ele frequentemente arranjava tempo para conversar comigo, perguntar sobre meus dias com Wallenstein ou com o Imperador. Não eram perguntas estratégicas, apenas curiosidades.

— Não sei se foi Deus que o trouxe aqui, Tiefenbach — disse o rapaz. — Mas certamente foi a resposta a algumas preces minhas.

— Preces? — fiz uma careta de estranhamento.

— Preces antigas. De quando eu era um menino.

— E por que eu estaria atendendo às preces de uma criança?

Ele sorriu, olhando para baixo, constrangido. A expressão foi um lembrete de sua pouca idade.

— Nunca tive esta figura em minha vida. Sempre estive na corte, no exército ou escondido como um segredo incômodo.

— De que figura está falando?

— Alguém como você... — ele disse. — Um avô.

Então as experiências de dezenas de almas emergiram, sem que eu notasse que pertenciam a elas. Entendi o que estava acontecendo.

Eu estava me sentindo velho.

— Desculpe! — Gustavsson notou que eu ficara atônito. — Não quis dizer...

— Você tem razão — interrompi. — É o que sou.

Menos de 20 anos não tornam um yithiano velho. Nada torna um yithiano velho. Eu lembrava de um tempo antes da humanidade, lembrava da Realidade onde o tempo não existe da mesma forma. Mas aquele piscar de olhos em que católicos e protestantes lutavam na Europa me deixara cansado e complacente. Eu sentia que meu trabalho já estava feito, mesmo que não houvesse nem começado e minha tarefa real não possuísse fim. Em algum lugar havia um yithiano conspirando, fazendo alguma estratégia para erodir a civilização, mas parecia não ser mais problema meu.

Não havia mais ninguém na Terra capaz de lidar com isso. Mas, de alguma forma, eu sentia que podia passar o dever adiante.

Deveria ser um momento de terror, mas o sentimento de comodidade me blindou. Eu já passara por tantos momentos de terror, já tivera tantas experiências extremas, que aquela parecia só mais uma. Sem nenhum motivo, presumi que tudo ficaria bem.

Eu já caminhava sem ajuda da muleta quando me ocorreu verificar os selos, garantir que Ithaqua ainda dormia morto, que o Mecanismo do Destino não estava sendo usado. Demorei mais uma semana para colocar o pensamento em prática.

Quando enfim segui as linhas energéticas, descobri que as sentia de uma maneira muito vaga e não lembrava mais onde estavam. Busquei as almas de Turpin e Thusnelda para me orientar, mas o espaço etéreo que me compunha também estava nebuloso.

Eu me sentia tonto.

— Estou deixando de ser yithiano — falei para mim mesmo.

Com um sorriso no rosto.
Como se fosse apenas mais uma anedota.

Meu torpor só foi quebrado quando o rei chegou a Osnabrück.

Assisti da janela do quarto que haviam me designado, numa das melhores casas da cidade, quando Gustavus Adolphus desfilou triunfante sobre as mesmas ruas onde Carlos Magno andara. Ele não trazia o exército inteiro, nem aquela era uma visita oficial. As tropas estavam acampadas em algum lugar da região e o rei entrou com uma guarda de cavaleiros e seu braço direito, o chanceler Oxenstierna. Observei enquanto Gustavsson e o arcebispo católico o saudaram. Ouvi o povo gritando seu nome, gritando "Leão da Meia-Noite".

Era uma visão que entusiasmava.

Mas só saí de casa quando Gustavus me convocou para cavalgar com ele, no dia seguinte.

— Não lembro de você tão velho — disse o rei.

Eu seguia a seu lado, sobre um cavalo castanho musculoso que pertencia a um membro da guarda de honra. Um punhado de cavaleiros e alguns servos iam conosco, além do onipresente Oxenstierna. Estávamos embrenhados na Floresta de Teutoburgo, que eu conhecia tão bem, porque Gustavus Adolphus queria caçar.

— O tempo passou, Majestade — respondi.

— Poucos anos — ele retrucou. — E me chame por meu nome. Os formalismos da corte só vão incentivá-lo a mentir para mim.

Tentei reunir interesse suficiente para analisar aquelas palavras, mas era como se um vitral granulado estivesse entre mim e o mundo.

— Eu nunca diria que o homem a meu lado roubou meu chapéu em Stralsund. Você parecia mais jovem que eu.

— Não sou.

Cavalgamos em silêncio por algum tempo.

— O que acha, Axel? — perguntou o rei.

Oxenstierna tomou a palavra:

— Ele não está escondendo nada. Não exatamente. Sua alma está ferida e ele não reconhece a si mesmo.

Estavam falando de mim. Um pequeno susto quando notei a precisão do comentário.

— Não é um espião? — Gustavus insistiu. — Não está atuando o tempo inteiro?

— No estado em que se encontra, divulgaria todos os segredos que conhece ao primeiro que levantasse a voz. Ele é inofensivo.

Gustavus Adolphus se concentrou na caça. Quando achou um pássaro digno de ser um alvo, puxou um arco, encaixou uma flecha. Assobiou, fazendo com que a ave levantasse voo. Soltou a flecha e abateu a caça em pleno ar.

— Os Cavaleiros da Távola Redonda tinham a Besta Ladradora, nós precisamos nos contentar com pássaros! — o rei reclamou. — Naquela época, a magia era mais presente e Deus era mais óbvio. Hoje em dia precisamos fabricar nossa própria demanda sagrada!

Ninguém respondeu.

— O que acha mais digno, Tiefenbach? Buscar um cálice ou um império?

Ele me olhou com firmeza, as palavras no ar como uma espécie de provocação.

— Depende de quem busca o cálice — minha voz ganhou um pouco de vida — e de quem busca o império.

Ele deu uma risada curta.

— Você esteve em Magdeburg, não? Foi o saque que o transformou nesse farrapo?

— Eu participei do cerco a Magdeburg — ignorei a farpa.

— Então vamos deixar de meias palavras. Você era um soldado impetuoso que atacava um rei a cavalo e se tornou um velho cuja maior emoção é passear com um garoto que dá ouvidos a suas arengas. Você perdeu algo durante o saque, Tiefenbach. Roubaram sua alma! Sua fome!

Com voz límpida e expressão cálida, aquilo não era um insulto. O rei estava se solidarizando.

— De quem é a culpa? — ele perguntou.

— Da guerra.

— A guerra não tem rosto nem nome, a guerra não usa coroa nem faz parte de uma família de déspotas! A culpa de sua morte em vida é de Ferdinand. E ninguém tem coragem de levá-lo à justiça!

Oxenstierna prestava atenção. Era óbvio que já haviam tido aquela conversa muitas vezes. Era uma opinião compartilhada por ambos.

— Os rebeldes da Boêmia apenas se ergueram contra um ato de tirania. Os príncipes protestantes estão apenas lutando pelo direito a suas terras. As outras nações estão apenas tentando refrear o poder dos Habsburgo. Ninguém faz o que é preciso! Ninguém arranca Ferdinand do trono, ninguém une a Europa sob um império que não envergonhe Deus!

Eu já ouvira discursos parecidos milhares de vezes, mas aquilo me fez sentar mais ereto na sela. Era impossível ver o destino de Gustavus Adolphus, mas ele com certeza era um nexo.

— O povo começou a me chamar de Leão da Meia-Noite — continuou Gustavus. — A sabedoria comum dos príncipes poltrões e seus conselheiros sibilantes diria que devo rejeitar o epíteto. Que devo ser humilde para que Deus me abençoe. Sabe quem não é humilde? Ferdinand!

Oxenstierna assentiu em silêncio.

— Não é humilde quem toma para si o domínio do Império Romano! Como um tratante que nunca travou uma batalha ousa clamar para si o título de Augustus?

Mesmo que eu quisesse, não teria tempo de interromper:

— Eu sou Augustus! Sou Augustus e Alexandre! Este Império pertence a mim! Enquanto os pérfidos forem orgulhosos e os heróis forem humildes, a garra da Águia de Habsburgo continuará sangrando a Europa!

Silêncio.

Cavalgamos. Gustavus abateu mais um animal com uma flecha.

Súbito, olhou para mim.

— Meu filho me conta que você era um espião de Wallenstein.

A mudança repentina me deixou atordoado, mas definitivamente atento. Para acompanhá-lo na megalomania e na rapidez de raciocínio, era preciso deixar de lado a calmaria de um avô.

— É verdade — admiti. — Fui espião de Ferdinand e então de Wallenstein. Fiz o serviço sujo de ambos. Aterrorizei os diplomatas protestantes em Ulm. E você não foi o único rei que tentei matar. Eu teria matado Frederick, se ele não fosse um covarde que nem deu as caras.

Foi a vez de Gustavus se surpreender. Ele então deu uma risada.

— Eu disse, Axel! O ladrão de chapéu não estava louco nem era imbecil! Só precisava de uma boa sacudida!

— Não vou emitir uma opinião definitiva sobre sua sanidade — disse Oxenstierna.

O rei se voltou a mim de novo:

— Foi a providência divina que fez com que caísse de cara na lama na frente de Gustav, mas eu não o trouxe para caçar conosco por acaso. Não faltam velhos feridos nesta guerra, e poucos são os que me interessam.

— Você quer segredos do Imperador?

— Ainda é leal a ele? Mesmo depois de Magdeburg?

— Fui dispensado de seu serviço antes de Magdeburg. Fui acusado de traição.

Gustavus e Oxenstierna trocaram um olhar.

— Na época eu não era um traidor — falei. — Eles conseguiram mudar isso.

Passei diversas tardes com Gustavus, e as tardes invariavelmente se estendiam noite adentro. O rei sofria de insônia crônica; podia ser visto de madrugada planejando, exercitando-se, fazendo a manutenção do próprio equipamento, estudando e incomodando altos oficiais. Oxenstierna, pelo contrário, afirmava pegar no sono minutos após fechar os olhos — uma das únicas fontes de conflito entre os dois. O chanceler se retirava das longas reuniões quando afirmava ser hora de dormir, sempre sob torrentes de insultos de Gustavus, mas o rei continuava com sua sede insaciável de informação. Queria saber tudo sobre as tropas e táticas imperiais, suas fraquezas e seus trunfos.

Até a chegada da Suécia, a guerra fora marcada por supremacia católica quase ininterrupta. Ao analisar a sequência de vitórias do Império, não fazia sentido que o conflito durasse tanto tempo. Era apenas porque a Europa temia os Habsburgo e o fanatismo de Lamormaini fazia o Imperador pensar que podia converter uma população com um decreto. Stralsund, quando Wallenstein fora obrigado a recuar e eu roubara o chapéu do rei, tinha sido marcante por isso: era uma vitória protestante decisiva, ainda que pequena. Gustavus queria repetir o feito tantas vezes quanto fossem necessárias.

As reuniões em geral começavam em volta de uma mesa na Casa do Conselho, mas a comida e a bebida que costumavam embalar esse tipo de encontro não seduziam o rei. Assim como Wallenstein, ele desprezava o excesso de álcool. Ao contrário de Wallenstein, não conseguia ficar parado. Depois de cinco minutos sentado, invariavelmente levantava, andava em círculos, ajeitava os quadros na parede, estragava a mesa com uma faca. Se Gustavus mantinha os olhos em mim, eu podia ter certeza de que não me escutava. A única forma com que conseguia se concentrar na audição era ocupando a visão e o corpo com outras atividades.

Por isso nossas reuniões saíam da Casa do Conselho e se estendiam por toda a cidade, pelo acampamento das tropas e pelos ermos ao redor.

Naquele dia específico, Gustavus Adolphus queria duelar.

— De tudo que falamos até agora — o rei ergueu a rapieira, ficando em guarda — qual você diria que é a maior fraqueza de Ferdinand? Se pudesse citar apenas uma?

Também fiquei em guarda. Esperei que ele atacasse, pois sabia que Gustavus não aguentaria a imobilidade.

— A maior fraqueza é o próprio Ferdinand.

O rei investiu com uma estocada contra meu peito. Recuei e me pus a bloquear sua lâmina com uma série de movimentos curtos.

— Ferdinand não é idiota — ele retrucou. — Sabe se cercar das pessoas certas.

— Se Ferdinand fosse idiota, estaria mais protegido contra si mesmo. Seu grande problema é estar cercado das pessoas certas... E saber do que elas são capazes. Ele sabe que é só um filhote no meio de uma alcateia voraz.

Oxenstierna não participava das caçadas, duelos, rotinas de exercícios, práticas de tiro e outras atividades que mantinham a mente do rei livre para mergulhar nas complexidades da estratégia. Em vez disso, estava sempre cercado por dois ou três assistentes que levavam papel, pena e tinta, além de uma mesa e uma cadeira dobráveis que permitiam que ele fizesse anotações enquanto Gustavus exercia sua inquietude.

— Ele tem inveja? — perguntou o rei.

— Pior — fintei para o lado. — Tem desconfiança.

Ataquei Gustavus com uma estocada no flanco. Ele saltou, esquivando-se da lâmina. Ficou na defensiva, aparando meus golpes, enquanto circundamos um ao outro.

— Ferdinand quer poder absoluto e não entende como alguém pode ter outra ambição — falei. — Ele tinha em Wallenstein o comandante perfeito. Genial o bastante para vencer sempre, dotado do carisma de um pedaço de carvão, fisicamente fraco o bastante para ser mantido sob controle com um ou dois soldados.

— Os boatos não são verdadeiros então? — ele parou por um instante, a espada erguida em posição atenta. — Wallenstein não desejava uma coroa?

— Ninguém sabe o que Wallenstein deseja. Mas dispensá-lo naquele momento foi uma enorme burrice.

— Por quê?

— Porque ele queria o fim da guerra. Sem uma guerra, nunca conseguiria usurpar coroa nenhuma.

Gustavus avançou de repente. A ponta da espada foi em direção a meu rosto numa velocidade espantosa. Consegui me abaixar.

— Poucos amam Ferdinand — continuei. — Podem acreditar no

direito dos Habsburgo ou na necessidade da existência do Império, mas o Imperador poderia ser qualquer um. Assim como nós conspiramos para derrubar Matthias quando enlouqueceu, deve haver gente conspirando contra Ferdinand. Mas não Wallenstein, nem os outros que ele teme.

— Quem, então? — Gustavus perguntou, sabendo a resposta.

Por isso não respondi. Apenas lhe dirigi um olhar de confirmação.

O título de Imperador não era hereditário, embora na prática pertencesse à família Habsburgo. Havia eleitores protestantes. Se havia alguém conspirando contra Ferdinand, eram os eleitores.

— Ele volta suas suspeitas para os mais próximos, mas deveria desconfiar dos mais distantes. Ferdinand ataca aqueles que podem derrubá-lo, em vez de conquistá-los com diplomacia. Ninguém ama Ferdinand. Mas podem amar o Imperador.

— Podem amar um Imperador vindo de longe?

— Se ele se mostrar vantajoso.

Gustavus Adolphus recuou num salto. Avancei demais, perdendo o equilíbrio por um instante, desperdiçando uma quantidade ínfima de tempo. Ele aproveitou a brecha para atacar pelo lado. A ponta da rapieira tocou meu peito.

— *Touché.*

Cumprimentei-o e sequei o suor com um lenço trazido por um pajem.

— O Império é fragmentado — concluí. — E, enquanto continuar nos mesmos moldes, sempre será visto como fragmentado. Ferdinand não tem força para conquistar a autoridade e a unidade que deseja. Nenhum nobre aceitará que o Império atual simplesmente mude para acomodar os anseios de um Imperador existente.

— Mas um Imperador que não faça parte dessa estrutura pode ser aceito.

Assenti.

— Talvez seus filhos tenham dificuldade de manter seu legado, Gustavus — falei. — Talvez sua dinastia enfraqueça tanto quanto a de Carlos Magno. Você não pode controlar isso. Mas neste momento você tem a capacidade de conquistar o coração da Europa.

A avidez no rosto dele era indisfarçável. Se pudesse escolher, Gustavus Adolphus montaria num cavalo e atacaria o Império naquele instante.

— O que você quer, Tiefenbach? — ele perguntou.

— Como assim?

— Você foi descartado pelos imperiais. Não tem um propósito e, quando cheguei aqui, estava encostado como uma vassoura velha. O que você deseja? Quer continuar no armário de vassouras? Quer voltar a ser um espião?

Lembrei do que viera fazer na cidade. Lembrei que, durante o duelo, poderia ter usado o conhecimento dos espadachins em meu interior.

— Qual seu interesse em Osnabrück? — perguntei.

— Que relação isso tem com suas ambições?

— Responda e explicarei.

Ele trocou um olhar com Oxenstierna. Sorriu com o canto da boca. Gustavus não apreciava subserviência total, gostava de ser testado.

— É uma região estratégica — ele disse.

— Não justifica. Mesmo com uma grande importância estratégica, por que concedê-la a seu filho? Por que visitá-la? Qual seu real interesse?

Oxenstierna assentiu. O rei suspirou fundo.

— Não é preciso conhecer todas as explicações para conhecer os fatos — ele começou, sério. — E o fato é que Osnabrück foi palco de acontecimentos importantes ao longo da história. Por alguma razão, este lugar está no centro de muita coisa. Os parvos que só enxergam o militarismo e os iludidos que buscam respostas na astrologia ignoram esse padrão. Mas para mim é muito claro que Osnabrück tem alguma importância. Não estou disposto a cedê-la ao inimigo ou negociá-la como se fosse um boi gordo. Não sem entendê-la.

Hesitei, considerando o quanto podia revelar.

— Já procuramos bastante — Oxenstierna se ergueu. — Pensamos que poderia haver uma relíquia enterrada. Ou talvez que a cidade tivesse sido palco do sacrifício de um mártir esquecido. Mas não existe nada aqui. Apenas a história.

— Este lugar está em paz, Tiefenbach! — Gustavus aceitou uma caneca com água. — Deus está esfregando sinais em minha cara. Ignorá-los seria blasfêmia.

Tive o ímpeto de revelar tudo. Confessar que eu não era humano, explicar a importância da cidade. Gustavus Adolphus não era um herói. Nem mesmo era o melhor rei que eu já conhecera. Mas era um alívio.

— Minha ambição é corrigir meu erro, Gustavus — enfim respondi.

— Erro?

Para mim aquilo tinha vários significados, mas só revelei um.

— Achei que preservar o Império seria o melhor para nossa civilização e por isso apoiei tiranos. Sou culpado pelas aldeias fantasmas, pelas cidades morrendo de fome. Sou culpado por Magdeburg.

— Quer lutar pelo lado certo então? — ele deu um sorriso cheio de empáfia.

— Quero vingança.

XIV

QUANDO GUSTAVUS ADOLPHUS ESTAVA SACIADO DE INFORMAÇÕES e eu estava recuperado, cavalgamos ao leste para encontrar o exército sueco principal. A impressão de velhice sumiu com tanta velocidade quanto havia chegado, mas eu não notava essas estranhezas. Seria preciso me concentrar e montar uma linha de tempo meticulosa para perceber que aquilo acontecera e a razão pela qual tinha sido tão marcante. Sem esse esforço, eu lembrava do saque de Magdeburg, do repouso em Osnabrück e do encontro com o rei. Nada mais.

Tudo que ocupava meu pensamento era o dever de corrigir o mal que eu havia causado no Sacro Império. Nada cósmico ou transcendental: apenas meu papel na tirania dos Habsburgo.

A viagem foi longa e as paisagens eram tão ou mais desoladoras do que antes. Passamos por uma pequena cidade com portões fechados. Como um selo místico, sobre o portão havia uma cruz de palha, símbolo da peste. Gustavus quis se aproximar do muro pessoalmente, apesar dos protestos de Oxenstierna.

— Respondam ao chamado do Leão! — ele gritou na direção do topo do muro, a mão em concha ao lado da boca. — Não quero seu ouro, apenas respostas!

Depois de algum tempo, um homem esfarrapado surgiu na ameia. Chamá-lo de guarda seria um exagero, mas era o papel que cumpria.

— Vão embora! — disse. — Aqui só existe a morte!

— O que aconteceu?

Lá em cima, o vigia ficou confuso. Não estava acostumado à curiosidade de um rei.

— O povo de uma aldeia vizinha ficou com medo dos soldados e veio para cá! Esconderam que havia infectados no meio deles!

Gustavus balançou a cabeça em desaprovação.

— Tentamos manter os doentes em casa, mas eles fugiam! — o homem continuou. — Agora a cidade inteira está maculada!

— Sua doença se chama catolicismo! — Gustavus respondeu, também gritando. — A doutrina da avidez, em que cada um só pensa em si! Mas não tenham medo! Vou livrá-los do Papa e também da peste!

O homem ficou um segundo calado. Então fez a única pergunta possível:

— Como?

— Com a graça de Deus, meu amigo! — Gustavus abriu os braços. — Com a graça de Deus e a força da pólvora!

Não foi o único lugar devastado pela peste em nosso caminho, nem o pior caso de monstruosidade humana. Cada vez mais, aldeias desabitadas eram a norma — a população do Império estava diminuindo. Além dos animais domésticos e de trabalho, também os animais silvestres tinham sumido. A própria vegetação estava um pouco diferente do que eu lembrava no início da guerra. Não achei que fosse algo sobrenatural ou efeito de alguma entidade, e realmente não era. A guerra alterava o mundo natural, tamanha a devastação, a passagem constante de tropas, a caça desesperada por qualquer coisa que pudesse matar a fome.

O rei não se importava com a distância que precisávamos percorrer. Na verdade, parecia apreciá-la. Gustavus Adolphus pisava nas terras do Sacro Império como um animal deixando seu cheiro. Examinava cada lugar com olhos no futuro, decidindo qual papel poderia ter em seu reino. À noite, me convidava para participar de longas discussões com Oxenstierna. Eu não era o único: ele sabia reconhecer potencial mesmo em oficiais de baixa patente ou origem modesta, e garantia que fossem promovidos de acordo com seu talento. Nessas conversas ao redor da fogueira, o chanceler recitava o passado de cada lugar, ressaltando os fatos principais e seu papel na história. Assim como fora com Osnabrück, Oxenstierna e Gustavus Adolphus pensavam em mais do que o estado imediato das terras. Buscavam padrões e adivinhavam o que poderia acontecer com base nisso.

Eu notava a estranheza daquela visão ampla. Parecia algo místico. Mas não havia nenhuma sugestão de rituais ou feitiçaria em torno dos dois.

Aproveitei uma das noites em que o rei se misturava com os soldados para abordá-lo longe dos outros.

— Você enxerga a história do mundo como uma narrativa — falei. — Como se tudo rumasse para um desfecho e todas as pontas soltas fossem se amarrar.

— Isso lhe parece errado? — ele provocou.

Um grupo de mosqueteiros passou por nós. Tiraram o chapéu para Gustavus, mas a cerimônia não passou disso. Um deles deu um tapinha no ombro do rei.

— Você se comporta como se fosse predestinado — eu disse. — Parece superstição.

— Um jesuíta vem me falar de superstição?

Não escondi a surpresa. Eu nunca revelara meu passado na Sociedade de Jesus. Estaquei por um momento, ele deu sua risada de satisfação consigo mesmo.

— Como descobriu?

— Por isso gosto de você, Tiefenbach — ele me puxou para que acompanhasse seu passo. — Não tentou me convencer de que estou errado. Mas, respondendo a sua pergunta, Oxenstierna concluiu que você era jesuíta ainda em Osnabrück. Ficamos esperando você revelar, mas tem direito a seus segredos. Ou ao menos a achar que tem segredos.

Ele explicou todo o raciocínio do chanceler. Eu havia sido denunciado por meu sotaque, meus gestos de quem estava acostumado a usar batina, minha erudição que traía uma educação universitária, minha proximidade com o Imperador e meu papel de espião. O conjunto não deixara dúvidas de que eu tinha sido jesuíta.

— Não é nada pessoal — disse Gustavus. — Axel faz isso com todos. Certa vez, informou um conde de que seu pai não era seu pai verdadeiro, sem nunca botar os olhos no pai falso ou no real!

Apenas a mente de Wallenstein se comparava à de Oxenstierna. Mas o chanceler era bem menos enervante.

— Você não respondeu a minha pergunta — eu disse. — Você enxerga a história do mundo como a história de um livro.

Gustavus Adolphus começaria a falar de qualquer forma, melhor que eu o direcionasse.

— Ah, sim — ele aceitou um pedaço de pão oferecido por uma plebeia. — A história segue um curso, tem padrões e tem um fim. Tem heróis e tem vilões.

— E você é um dos heróis?

— O que acha?

Deu uma gargalhada.

— Se uma cidade queima por inteiro uma vez, pode ser que um padeiro tenha sido descuidado — ele prosseguiu. — Se queima duas vezes, pode ser apenas azar. Mas, se queima três vezes, algo inerente à cidade a torna vulnerável a incêndios. E pode apostar que o fim dessa cidade será durante um incêndio, no pior momento possível.

— Por que o pior momento?

— Porque é quando as pessoas cometem erros. E quando faz sentido.

Ele deu três passos em silêncio. Então se abaixou e se uniu a um grupo de soldados de infantaria que trocavam piadas de católicos. Ficou feliz porque estavam bebendo água em vez de cerveja, bebeu com eles. Despediu-se depois de alguns minutos.

— Essa água não deve ter sido fervida — falei.

— Se é boa o suficiente para os soldados, é boa o suficiente para mim!

— Nunca ficou doente?

— Algumas vezes — ele resmungou. Então desconversou, voltando ao assunto original: — A história só parece caótica para quem a enxerga em pedaços. Com a ajuda de Axel, eu consigo enxergar o todo.

Não percebi o quanto aquilo soava como os sentidos de um yithiano. Gustavus Adolphus descreveu uma versão mundana da percepção de linhas de destino.

— A terra precisa de heróis, Tiefenbach — ele disse. — Talvez não sejamos perfeitos, mas não somos comuns. A terra produz heróis quando são necessários, e por isso estou aqui. Assim como Augusto, Carlos Magno e Alexandre já estiveram.

— Você não tem dúvida de que vai vencer?

— Nenhuma — ele me olhou com a franqueza de um garoto. — Meu povo descende dos hebreus, meu reino foi fundado pelo neto de Noé! É o mais antigo do mundo todo. Eu sou o Leão da Meia-Noite, Tiefenbach, eu vim libertar a Europa dos tiranos.

Eu sabia que aquele passado era fictício, Agnes. Mas, ouvindo Gustavus falar, acreditei que o futuro era real.

Nossa jornada ao leste terminou no cerco e na conquista da cidade de Neubrandenburg. Gustavus transformou heroísmo em genialidade ao trazer de volta a carga de cavalaria como tática decisiva. As batalhas não eram vencidas pela morte dos adversários, mas quando eles batiam em retirada. Cavalaria pesada armada com sabres, galopando resplandecente, eliminava mais mercenários mal pagos do que qualquer canhão. A carga de cavalaria fazia o moral das tropas inimigas se esfarelar. Os comandantes trabalhavam em dobro para manter a disciplina, o medo se alastrava pelo exército como uma praga. Piqueiros, que dependiam de formação sólida e trabalho em equipe bem coordenado, perdiam sua eficácia e se tornavam presas fáceis para nossos mosqueteiros enfiados entre as unidades montadas.

A agressividade de Gustavus Adolphus era apoiada por planejamento cuidadoso. A Suécia padronizara o calibre e as cargas de pólvora das pistolas e dos mosquetes; os homens treinavam para recarregar mais rápido e manter as armas funcionais mesmo sob chuva pesada. Antes de começar o treinamento, o rei já garantia a lealdade e o amor de seus soldados ao recrutar cidadãos suecos, em vez de depender de mercenários de diferentes culturas. O serviço militar obrigatório também possibilitava que o rei pagasse os homens com terras — com um futuro. Soldados que sabiam que teriam onde criar sua família tinham motivação para lutar até o fim.

Ele possuía uma visão única da guerra. Uma mentalidade que não estaria deslocada três séculos depois.

A vitória em Neubrandenburg fez com que as tropas imperiais recuassem em outra cidade, que caiu sem muito esforço. Foram batalhas, foram os acontecimentos mais trágicos ou heroicos da vida de muita gente, mas ao lado de Gustavus eram meras marcações num caminho inexorável à frente. O rei tinha pressa; mesmo alguns dias de descanso ou assentamento nos pontos conquistados eram um teste a sua paciência.

Notícias chegaram dizendo que o exército de Tilly havia atacado Neubrandenburg, torturando e massacrando os soldados protestantes deixados lá. Em seguida, o generalíssimo do Império recuara, pois sabia estar em desvantagem numérica.

— Você disse que queria vingança — Gustavus rosnou. — Terá sua vingança, Tiefenbach.

Frankfurt an der Oder era um ponto estratégico do Império, mais ao sul do que Gustavus jamais penetrara. Marchamos para a cidade, fizemos um cerco de dois dias.

— Amanhã é Domingo de Ramos, Tiefenbach — disse Gustavus, esfregando as mãos enquanto examinava os mapas sob a luz de um lampião. — O dia em que Jesus entrou em Jerusalém montado num jumento! Será o dia em que o Leão entrará nesta cidade montado em um cavalo! O dia em que os imperiais vão se arrepender!

Olhei para ele com um misto de zombaria e admiração. Ao lado de Gustavus Adolphus, eu podia respirar pela primeira vez em anos.

— Você realmente está se comparando a Jesus Cristo? — provoquei.

— Claro que não. Estou apenas dizendo que Nosso Senhor veio como um cordeiro. E agora, bem...

Apontou para o leão bordado em sua casaca.

Ambos desatamos a rir.

No Domingo de Ramos, levantamos cerco e invadimos a cidade. Experimentei a batalha como um cavaleiro, ao lado do rei, saboreando sua tática heroica e eficiente de cavalaria pesada. Era uma posição mais confortável do que ser um infiltrador, mas eu não sabia por quê. Não lembrei de meu tempo com Carlos, muito menos invoquei a habilidade de luta dos Paladinos. Lutei como Tiefenbach, o ex-jesuíta que agora seguia o Rei da Suécia, e fui pleno dessa forma.

Quando Frankfurt an der Oder caiu, Gustavus soltou os homens para que saciassem sua sede de ouro e sangue. E assim eles saquearam a cidade, mataram muitos de seus habitantes. O próprio rei deu a ordem para que um grande número de soldados defensores fosse executado.

As tropas imperiais imploraram piedade aos vitoriosos, mas os soldados suecos já haviam preparado uma resposta:

— A trégua de Magdeburg! — eles gritaram, enquanto matavam os inimigos em fuga. — A trégua de Magdeburg!

Gustavus Adolphus observava tudo aquilo, suado e intenso sobre o cavalo. Não havia prazer sádico em seu rosto, mas também não havia tristeza. Era como se ele assistisse a uma peça de teatro.

— Nunca conseguirei desfazer Magdeburg — disse o rei. — Nunca trarei de volta os homens que perdemos em Neubrandenburg. Mas agora eles sabem com quem estão lidando.

Não recolhi nenhuma alma naquela batalha. Não vi quando o Psicopompo chegou para levá-las.

Chegamos ao território de Brandenburg, que era governado pelo Duque Georg Wilhelm, um calvinista que tentava se manter neutro. Tropas imperiais já haviam acampado na região sem encontrar resistência, mas boa parte da população era luterana e o próprio duque era cunhado de Gustavus Adolphus.

Avançamos até Berlim, a capital, e paramos à frente de suas muralhas. Não era um cerco — não ainda.

O duque recebeu uma delegação sueca que incluía o rei, Oxenstierna, eu e um pequeno grupo de oficiais. Ele era um homem gorducho e alarmado, seus olhos sempre dardejando de um lado para o outro.

— Preciso de mais tempo para pensar, Majestade — ele disse, as mãos pequenas à frente do tronco, os dedos se mexendo de maneira nervosa. — Prezamos muito nossa neutralidade.

— Tempo? — Gustavus bateu com o punho na mesa. — O que você vai fazer com mais tempo?

Para a surpresa de ninguém, ele se levantou e se pôs a andar de um lado para o outro.

— O que Sua Majestade quer dizer — Oxenstierna auxiliou — é que o Imperador Ferdinand há muito já mostrou sua verdadeira face. Há mais de uma década ele mostra quem é, e há séculos o catolicismo mostra o que é.

— Não falo do Imperador... — Georg deixou a voz murchar.

Gustavus se virou para ele, impaciente. Apoiou-se na mesa e curvou o tronco, chegando mais perto.

— De quem você fala, então?

— Bem... — o duque procrastinou a resposta bebendo vinho, mas Gustavus não desviou o olhar e Oxenstierna tinha uma pena em mãos, pronto para anotar o que fosse preciso. Enfim não havia mais como postergar: — Gostaríamos de conhecer melhor os suecos.

O rei levou as mãos à cabeça, como se aquele fosse o maior disparate que já tinha ouvido.

— O que Vossa Graça gostaria de saber sobre o povo sueco? — perguntou o chanceler.

— Nós ouvimos histórias... — Georg examinava cuidadosamente seu cálice. — De que os suecos são bárbaros. Selvagens vindos de uma terra congelada. Sua Majestade deve entender que não conhecemos vosso reino.

— Poderíamos apresentar os mosquetes e canhões desenvolvidos em nosso exército nos últimos anos como prova de que não somos selvagens — Oxenstierna disse, em voz controlada.

— Bárbaros! — o rei cortou. — Selvagens! Então permitiu que sua irmã casasse com um selvagem? O que isso diz sobre você?

O duque balbuciou algo.

— Se quer saber o que é barbarismo — falei, de repente — pergunte aos habitantes de Magdeburg.

Minha intervenção foi inesperada. O Duque Georg ergueu as sobrancelhas, meio assustado. Gustavus Adolphus sorriu satisfeito.

— Eu era um jesuíta — continuei. — Minha ordem domina boa parte do Império, e ainda assim escolhi ficar ao lado do rei, pois é o lado justo. Por que um calvinista faria algo diferente? Por que Vossa Graça permanece neutro com quem o odeia?

Georg falou algo tênue sobre terras, direitos, estradas e palavras que faziam sentido superficial. Por fim admitiu:

— Eu gosto da neutralidade.

Gustavus sentou mais uma vez. Fitou o rosto de seu cunhado até que ele foi obrigado a devolver o olhar. Então seguiu com voz tranquila.

— Não quero ouvir falar de neutralidade. Vossa Graça deve ser amigo ou inimigo. Esta é uma luta entre Deus e o diabo. Se Vossa Graça está com Deus, deve se juntar a mim. Se está com o diabo, deve me enfrentar. Não há um terceiro caminho.

Silêncio.

— E então? — perguntou o rei. — Deus ou o diabo?

— Deus — quase num sussurro.

Gustavus esticou os braços por sobre a mesa, segurou os ombros do duque.

— Bem-vindo ao lado certo.

Depois das formalidades, de um jantar e de muito ouvir a arenga do duque, saímos de Berlim e voltamos ao acampamento, onde passaríamos apenas uma noite antes de seguir viagem.

— Ainda bem que ele não escolheu o diabo — Gustavus Adolphus disse, meio para mim, meio para si mesmo, com o ar de um garoto travesso. — Porque Deus teria que voltar à Suécia com o rabo entre as pernas se não conseguisse alguns aliados.

Tudo era engraçado, tudo dava certo.

Até agora sempre havíamos vencido. Nada podia deter Gustavus Adolphus; nossa marcha pelo Império deixava corpos de soldados católicos e arrastava novos homens — que seguiam seus senhores ou que simplesmente desertavam e se juntavam ao rei. Mas eram batalhas pequenas. As tropas comemoravam e já gastavam os espólios da próxima vitória, mas Gustavus e Oxenstierna sabiam que nenhuma daquelas conquistas fazia diferença real para Ferdinand. Era preciso dar um golpe decisivo para que suas ambições começassem a se concretizar. Precisávamos enfrentar um grande inimigo e ter uma vitória avassaladora.

Ao mesmo tempo, eles sabiam que isso seria um risco. Uma derrota poderia afastar os novos aliados e acabar com o moral do exército. E, se a guerra ensinara uma coisa até aquele momento, era que os Habsburgo nunca perdiam as grandes batalhas. Tudo que o resto da Europa podia fazer era resistir.

Estávamos chegando perto da cidade de Leipzig quando os batedores trouxeram notícias de tropas imperiais na região. Não demorou para que tivéssemos os primeiros combates.

Foram escaramuças em que pequenos batalhões avançados se encontravam, ou tentávamos bloquear o caminho de alguma força maior que rondava. Por meio de prisioneiros, notícias e mapas, soubemos quem era o inimigo e o que ele fazia. O exército do Conde de Tilly, com uma imensa concentração de soldados imperiais, cruzava a região na tentativa de anular as alianças de Gustavus. Não houve dúvida de que iríamos enfrentá-los. Só restava decidir onde e quando.

— O quanto antes! — Gustavus andava de um lado para o outro. — Não consigo dormir desde que ouvi o nome de Tilly! Sinto-me como uma criança antes do Natal.

— Eu venho dormindo muito bem — disse Oxenstierna.

— Para o diabo com você e seu sono!

Talvez fosse o primeiro chiste que o chanceler fazia desde que eu o conhecera. Ou talvez apenas um fato relatado da forma mais neutra possível.

Cavalgávamos cercados pela cavalaria, na vanguarda do exército. Chegaríamos a Leipzig no dia seguinte. A tarde era úmida e cinzenta. Não especialmente fria, mas comecei a tremer.

— Terá chance de se vingar, Tiefenbach — disse o rei, talvez notando meu estado. — Não do Império... Do culpado.

Ouvir o nome "Tilly" me causou uma sensação estranha. Senti cheiro de fumaça e tive a impressão de que um bando de saqueadores podia me atacar pelas costas a qualquer momento. Meu coração bateu sem controle.

— É melhor que Tiefenbach fique na retaguarda desta vez — opinou Oxenstierna. — Muitos soldados relatam reações estranhas quando se deparam com algo que traz memórias de tragédia.

— Não — falei, categórico. — As vítimas de Tilly não têm mais memória nenhuma, então sua memória serei eu. O conde vai pagar por Magdeburg.

Gustavus deu um pequeno uivo de satisfação.

— Se meu ardor não colocasse um pouco de vida em sua fleuma, Axel — disse o rei — nunca faríamos nada!

Cavalgando naquela tarde, eu acreditava que as vítimas de Magdeburg não tinham mais memória de nada. Durante o massacre, eu andara pela cidade toda, recolhendo suas almas, mas era como se não houvesse ninguém dentro de mim.

— Devemos atrair Tilly para nos enfrentar — Oxenstierna ignorou a zombaria, ou talvez não tenha entendido como zombaria. — Há uma pequena aldeia numa planície aberta a norte de Leipzig.

Então disse o nome que ficaria entalhado no destino:

— Breitenfeld.

A região favorecia o exército imperial, e Tilly postou suas tropas de forma vantajosa. O terreno levemente elevado aumentava o alcance da artilharia pesada católica. Suas fileiras estavam dispostas numa linha única e ampla, para maximizar o poderio dos mosqueteiros. Além de tudo, contava com uma barreira natural contra nosso avanço: o Rio Lober, que separava seu acampamento de nossos soldados.

Tilly cometeu apenas um erro: dormiu.

Ao contrário de Gustavus Adolphus.

Acordamos de madrugada. As tropas não comeram desjejum. O estômago roncava e eles eram lobos — mais ferozes por causa da fome. Avançamos em silêncio, tanto silêncio quanto um exército daquele tamanho é capaz de fazer. O rio era raso e lodoso. Era defendido por alguns regimentos de croatas, que não puderam fazer frente a nossos números. Cruzamos o Lober com o sol do alvorecer nos olhos, escondendo o terreno à frente num brilho irritante. A memória da infiltração em Magdeburg tomou minha mente numa série de clarões de pensamentos intrusos. Com água na altura das coxas, levando meu cavalo pelas rédeas, eu só conseguia pensar na menina que morrera queimada.

Gustavus segurou meu braço, como se pudesse ler meus pensamentos.

— Tilly já lhe mostrou tudo que é — disse o rei. — Ele nunca vai ser pior do que foi em Magdeburg. Você o conhece e, aliado ou inimigo, já sobreviveu a ele. Não tem razão para ter medo. Tenha apenas raiva.

Meu coração tentava sair do peito.

Em menos de duas horas atravessamos a distância entre os dois exércitos. O nervosismo de antes do combate aflorou aos poucos de regimento em regimento, um misto de ânsia e pavor. As escaramuças contra os defensores do rio tinham alertado Tilly, mas éramos rápidos.

O sol nasceu, lento e relutante. Pude ver e ouvir o inimigo se organizando às pressas. Seus enormes canhões estavam apontados para nós. Os trompetes soaram dos dois lados.

Já não estávamos mais escondidos. Gustavus Adolphus montava em seu cavalo, sua armadura brilhando ao sol, cercado por seus cavaleiros cobertos de metal. Eu destoava, vestindo minhas roupas de mosqueteiro. Eu não lutaria da mesma forma que eles. Minhas balas e minhas lâminas eram dedicadas ao homem que queimara Magdeburg, todos os outros seriam danos colaterais.

Gustavus ergueu o sabre.

— Poucas vezes Deus se mostrou tão claro! Poucas vezes o diabo se mostrou sem disfarces! Hoje vamos retalhar os açougueiros! Vamos vingar as mulheres e crianças! A cada vez que matarem um imperial, estarão matando o Imperador! Cada metro que avançarem é rumo à liberdade!

E então completou:

— Trégua de Magdeburg!

Os trompetes soaram, os tambores ribombaram e 40 mil soldados gritaram:

— *Trégua de Magdeburg! Trégua de Magdeburg!*

E, em meio a isso, surgiu o novo cântico:

— O Leão da Meia-Noite!

A ordem de ataque veio junto à canhonada inimiga.

A planície se encheu do trovão que eu conhecia bem, os estrondos aterrorizantes dos tiros de canhão. As linhas frontais foram atingidas, fazendo chover terra e carne sobre nós. Os gritos familiares dos mutilados soaram numa ópera macabra, mas os soldados continuaram marchando sob o ritmo de suas vozes:

— O Leão da Meia-Noite! O Leão da Meia-Noite!

Cada sílaba marcava um passo, de forma quase perfeita, e era acompanhada por uma batida de tambor. Mais um canhão disparou, abrindo uma fenda enorme na infantaria. Nossos próprios canhões, muito menores, eram empurrados por equipes protegidas por barreiras.

Um novo tiro escavou um rombo no meio de uma formação de mosqueteiros, a cratera resultante exalou pó. Minha garganta estava coberta da camada de sujeira que eu conhecia de tantas batalhas: terra e pólvora em iguais partes. O inimigo era um vasto vulto nublado sob a cortina de poeira, mas era fácil saber onde estavam seus canhões. Cada um deles disparava em intervalos regulares e bem espaçados, sempre de um ponto fixo.

Então nossos trompetes soaram, oficiais gritaram por toda a linha, estandartes foram erguidos. E o próprio rei gritou:

— *Fogo!*

Nossos canhões pipocaram numa trovoada rápida e contínua. A linha inimiga explodiu em uma dúzia de pontos diferentes. Cada impacto muito menor que os que sofríamos — mas os disparos vinham de toda parte, a todo momento.

As equipes de artilharia do Império se apressavam para recarregar as armas. Enquanto isso, nossos artilheiros empurraram os canhões para novas posições.

— Fogo!

Antes que eles atirassem, disparamos mais uma vez. Os vultos católicos estavam em polvorosa, assaltados em ângulos imprevisíveis. Impossível calcular onde seria seguro antes que os canhões leves tivessem sido movidos e já estivessem mais uma vez prontos para atirar. Eles gritavam enquanto tentavam se concentrar na tarefa da recarga. Se eram vultos para nós, também éramos vultos para eles. Não sabiam o que iríamos fazer, como estávamos movimentando nossas armas, qual nossa estratégia.

— Fogo!

Uma terceira canhonada os atingiu antes que conseguissem revidar. Os trompetes soaram, anunciando os próximos tiros imperiais. Já sabíamos quais seriam os alvos, pois não lhes demos tempo de se mover. Os soldados abriram caminho, a primeira bala atingiu o chão quase sem fazer estrago.

— Fogo!

Os estrondos e a nuvem constante de pólvora me deixaram atordoado, mas não temeroso. Eu tinha alguém para me guiar e estava pronto para a próxima fase da batalha.

Detivemos a marcha e começamos o longo e exaustivo duelo de artilharia. Gustavus sabia que a vantagem era nossa. Tudo dependia da calma e da disciplina dos soldados. Era enervante esperar pelos tiros inimigos, sabendo que cada um poderia matar dezenas. Mas a coragem da infantaria e da cavalaria era impelida pelos canhões. O pipocar era constante e frenético, não dava descanso ao inimigo. Uma cantiga acalentadora para nossas tropas. Os homens seriam sempre capazes de encarar a morte se enxergassem a vitória.

Por fim, os canhões imperiais silenciaram. Eu sabia o que viria a seguir: Tilly desistira da artilharia e se preparava para o ataque frontal. Dentro em pouco, a linha inimiga eclodiu com o tropel de cavalos.

Eu não precisava ver o rosto de Gustavus Adolphus para saber que ele estava sorrindo. Melhor que uma vitória, apenas uma vitória que alimentasse sua vaidade.

Os cavaleiros imperiais galoparam em nossa direção. Suas armaduras negras lhes emprestavam a aparência de corvos. Eles vinham nos devorar como se já fôssemos carniça. Cada um tinha uma pistola em mãos e outras quatro ou cinco a postos, prontas para serem sacadas, além de sabres na cintura. Quando ultrapassaram a barreira da nuvem de fumaça, nossos cavalos relincharam, sentindo o nervosismo dos ginetes.

— Firmes! — Gustavus Adolphus gritou com voz límpida. — Esperem!

Nossa cavalaria ficou parada, segurando as rédeas e os sabres. Ver a carga inimiga chegando cada vez mais perto e não fazer nada despertou todos os instintos de sobrevivência que existiam dentro de mim. A situação inteira gritava suicídio. Apenas a disciplina e a lealdade ao rei impediam os homens de fugir ou atacar.

Os cavaleiros imperiais começaram a descrever a primeira volta de um enorme semicírculo. Eu conhecia bem aquela manobra.

— O *caracole*? — Gustavus riu de forma teatral. — Ainda insistem nisso? Qual sua próxima tática? Paus e pedras?

Eles chegaram mais e mais perto, galopando no ângulo da espiral, ficaram próximos o bastante para que eu pudesse discernir detalhes das armaduras e da pelagem dos cavalos. Sob o tropel e os ruídos da batalha no outro flanco, ouvi o som metálico de mosquetes tremendo perto de mim. Batalhões compactos de mosqueteiros estavam postados entre nossas unidades de cavalaria. Assistindo à aproximação do inimigo.

Esperando um comando do rei.

— Não se movam! — Gustavus reforçou as ordens. — Vamos rezar juntos! Não, vamos fazer melhor do que isso... Vamos pensar em como gastaremos o ouro da pilhagem!

Sua voz quase desaparecia sob o barulho dos cascos na terra. Enxerguei o branco dos olhos dos cavaleiros, senti o cheiro do suor dos cavalos. Homens e animais exalavam calor. Eles chegaram no ponto culminante do semicírculo. A poucos metros de nós, fizeram a curva e apontaram as pistolas.

Gustavus Adolphus encheu os pulmões e gritou com voz clara:

— Somos invulneráveis!

Minha visão foi tomada pelo brilho das pistolas inimigas disparando, meus ouvidos se encheram do tamborilar macabro dos tiros. Minhas narinas arderam com o cheiro de pólvora, meus olhos lacrimejaram.

Um cavaleiro despencou a meu lado, vertendo sangue pelas frestas da armadura, espasmando na lama ao lado dos cascos da montaria. Outras balas atingiram cavalos e mosqueteiros. Uma delas resvalou no chapéu de Gustavus Adolphus, mas ele não se moveu um centímetro.

— Desta vez o chapéu está amarrado!

Um chiste só para mim.

— Acham que seu rei vai morrer desta maneira? — ele continuou, como um orador num palanque. — Estou aqui com vocês! Corro o mesmo risco! E, se não vou morrer, nenhum de meus soldados vai!

A cavalaria inimiga continuou na espiral, com novos homens, novos cavalos, novas armas. A segunda leva do *caracole* disparou. Três cavaleiros suecos tombaram para trás. Um quarto caiu para a frente, movendo os braços sem força, tentando gritar algo para o solo revirado. Um mosqueteiro começou a chorar, mas não fugiu.

— Somos imortais!

A terceira leva do *caracole* disparou. Alguns mosqueteiros caíram. Vi um deles ser atingido no tórax, mas se manteve impávido e não largou a arma. Os primeiros cavaleiros imperiais já estavam com a segunda pistola em mãos, prontos para tomar o lugar dos colegas.

Cada um deles já havia participado do *caracole*. Todos estavam girando na espiral de morte.

Todos juntos.

— Agora! — gritou o rei. — Armas!

Como um só, todos os batalhões de mosqueteiros apoiaram as armas com as hastes forquilhadas e fizeram mira. Todos os cavaleiros sacaram pistolas. Num instante, os pavios estavam acesos, uma coreografia ligeira executada de forma idêntica por milhares de mãos treinadas, todo um flanco do enorme exército.

— *Fogo!*

Ao longo de toda a linha, apertamos nossos gatilhos ao mesmo tempo.

Se os tiros do *caracole* eram um tamborilar, nossa saraivada foi uma erupção vulcânica. Não era preciso mirar, apenas disparar no momento certo. Uma onda de chumbo varreu os cavaleiros imperiais, tão vasta que tomou o lugar da precisão, da velocidade e da sorte. Era impossível errar.

Quando pude enxergar de novo através da nuvem de fumaça, o chão estava atapetado de cadáveres. Como num passe de mágica, a saraivada transformou o terreno, desfez a formação inimiga, criou uma paisagem hedionda de carne estraçalhada e metal retorcido. O horror estava estampado no rosto dos cavaleiros sobreviventes.

O *caracole* estremeceu.

Um cavaleiro negro imperial incitou a montaria para cima de outro, galopando às cegas, os olhos vidrados no espetáculo de morte.

— Soldados de Deus! — Gustavus ergueu o sabre. — Carga!

Com a mesma coordenação ensaiada dos tiros, os cavalos irromperam num galope furioso. Milhares de cavaleiros com sabres em riste avançaram ao mesmo tempo. Os inimigos, apanhados no meio da manobra, eram alvos fáceis: mostravam a lateral do corpo dos animais, enquanto os ginetes estavam surpresos e apavorados.

O clangor do impacto se espalhou pela planície, avisou todos os milhares de combatentes de que o Rei da Suécia estava lutando.

Descemos as lâminas sobre eles. Um cavaleiro negro deixou cair a pistola e tentou puxar o sabre para bloquear um de meus golpes. A arma trancou na bainha. Cortei seu rosto, rasguei sua bochecha enquanto ele gritava de dor e frustração. Nossos cavaleiros usaram as pistolas como armas de curto alcance. Um ginete impetuoso investiu contra um imperial, encostou o cano em seu peito e disparou. A armadura se abriu como uma flor.

O choque abriu um rombo na formação espiralada. Eles perderam a unidade, sua visão da batalha mudou em segundos. Estavam desorientados, os oficiais gritando para recuperar a ordem. A voz de Gustavus Adolphus se destacou:

— Recuar!

Nossos trompetes soaram. Num instante, a cavalaria se abriu e deu meia-volta, oferecendo as costas aos imperiais. Eles atiraram com suas pistolas, mas sem unidade, por instinto e raiva. Aos poucos se juntaram de novo. Os estandartes católicos se ergueram, os homens acharam seus postos. Sob ordens furiosas, galoparam em carga compacta contra nós, anulando nossa maior vantagem.

Continuamos fugindo, ignorando os tiros, a ameaça iminente. Encontramos nossa infantaria como se chegássemos em casa.

Nossos mosqueteiros não ficaram parados durante nossa carga e recuo. Suas armas já estavam recarregadas, prontas e apontadas. Ouvi a música marcial dos trompetes, mas aqueles homens nem precisavam de ordens. Como um só atirador gigantesco, deram todos juntos um passo à frente.

— *Fogo!*

Mais uma vez, o trovão da saraivada fez o céu estremecer. Os cavaleiros negros estavam bem juntos, o alvo perfeito. O chumbo passou por eles como um gadanho, a nuvem de fumaça se desfez para revelar mais uma colheita de cadáveres.

Por um instante, tudo ficou estático, exceto nossos cavaleiros que giravam para estar de novo voltados para o inimigo, e nossos mosqueteiros, que socavam pólvora e balas, aprontando-se para uma terceira saraivada.

O primeiro cavaleiro imperial puxou as rédeas e incitou o cavalo ao lado contrário. E, quando isso aconteceu, foi como a rachadura numa represa. Outro se juntou ao primeiro, então dois, três, dezenas e centenas. O jorro de soldados em fuga não podia mais ser detido.

Saudamos o pavor do inimigo com a exaltação ao rei:

— O Leão da Meia-Noite! O Leão da Meia-Noite!

Gustavus sorriu:

— A batalha está apenas começando! Hoje teremos diversão à vontade!

O sol já estava se pondo e as últimas linhas imperiais tinham se fragmentado. Cada homem era um só homem, cada oficial gritava ordens para soldados que não enxergava, rezando para que não ouvissem. Todos queriam a permissão de fugir.

— Pela Virgem! — berrou alguém. — Resistam aos hereges!

Nosso exército havia sofrido baixas pesadas, mas restava a cavalaria. Gustavus avançou, ofegante e suarento, mas com vigor inesgotável. Seu sabre era vermelho de sangue, o leão em sua túnica tinha se esfiapado. Havia um buraco em sua armadura, perto de seu estômago, mas o rei se recusava a reconhecer que ele existia.

— Cavaleiros de Deus! — ele gritou. — Comigo!

A cavalaria pesada, espalhada pelo campo de batalha repleto de corpos, ouviu sua voz, então os trompetes. Batalhões de cavaleiros escoceses e finlandeses urraram seu nome e correram para se juntar ao Leão. Não eram suecos, mas naquele momento também eram seus súditos.

— Carga!

A investida encontrou o centro caótico dos imperiais. Desgarrei-me da unidade e me enfiei no meio de cavaleiros e piqueiros. Alguns em fuga, outros tentando lutar, muitos mudando de ideia minuto a minuto. Enxerguei um pequeno bloco recuando às pressas.

— Tilly! — gritei. — Não fuja! Venha conhecer a Donzela de Magdeburg!

Incitei o cavalo em direção à guarda de honra do generalíssimo. Eles se viraram para mim, sacaram pistolas e dispararam. Não prestei atenção; eu tinha um alvo e podia morrer depois. Larguei as rédeas, saquei duas pistolas que havia roubado dos católicos. Disparei, acertei o rosto de um cavaleiro, o pescoço de um cavalo. Joguei as armas fora, puxei mais duas. Fiz mira e apertei o gatilho. Um homem bem ao lado de Tilly caiu sobre a sela. O general urrou.

— A trégua de Magdeburg! — gargalhei. — A trégua de Magdeburg, maldito carniceiro!

Atirei de novo, acertei o peito de um cavaleiro. A armadura o protegeu, mas ele balançou para trás, perdeu o fôlego, ficou desorientado. Saquei o sabre, passei por ele e enterrei a lâmina em seu olho. Deixei a espada para trás.

Puxei o mosquete.

— A Donzela está esperando por você, Tilly!

Disparei.

O conde foi jogado da sela, espirrando sangue. Caiu de mau jeito sob as patas dos cavalos. Joguei o mosquete no chão e puxei outro, que estava preso à sela, enquanto a guarda de honra se dividia entre acudir o general e se voltar contra mim.

— *O que você quer?* — o berro de Tilly paralisou a cena.

Os homens o ajudaram a ficar de pé. Vi que acertara seu braço, sangue escorria e se misturava à terra e à fuligem em suas roupas. Outros cavaleiros, em volta, me mantinham sob mira ou faziam uma barreira de espadas a minha frente.

— Eu o reconheço — ele grunhiu, apontando para mim com o braço intacto. — Você é o espião de Wallenstein. O homem que pediu para servir em meu exército. E agora me persegue como se fosse meu maior inimigo.

Abri a boca, mas não soube o que responder.

— Quem é você? — sua voz trazia a frustração exigente dos altos nobres. — Acha que é um vingador? Um santo ou juiz? É apenas um louco! Um louco que a cada batalha encontra uma nova justificativa para sua sede de sangue!

Hesitei por um momento.

— Vamos falar de sede de sangue — consegui retrucar. — Vamos falar de Magdeburg.

— Sim, Magdeburg — Tilly mostrou os dentes num esgar de dor e ódio. — Eu massacrei Magdeburg. Eu tinha um motivo. Queria pagar meus soldados e esmagar um aliado de Gustavus Adolphus. Matei a cidade inteira, mas cada morte teve uma razão. Deixei que meus homens fossem monstros, mas soube o que estava fazendo e por quê. E você? Por que está matando?

Seria fácil responder algo heroico, atirar de novo, investir se ele ainda sobrevivesse. Mas, em vez disso, pensei em suas palavras.

— Não sei — me ouvi dizendo.

Tentei lembrar de minhas razões. Eu sabia que tinha boas razões para estar naquela guerra. Minha memória voltou ao tempo mais remoto que pude recobrar: a loucura e a doença de Matthias, a conspiração de Ferdinand pelo trono imperial. Eu lutara pelo lado errado, mas agora estava a serviço de um herói.

Mas por que aquilo era tão importante? Qual o motivo de tanto fervor?

— Você precisa de uma boa razão para matar um homem como eu — ele disse. — Se não tem razão nenhuma, abaixe sua arma e vá embora.

— Não recebo ordens de você.

— Se veio atrás de mim por honra ou desforra, isto é um duelo. Eu o reconheço como um igual e aceito duelar. Mas, pelas regras, o duelo acabou. Você me feriu, seu orgulho deve estar satisfeito. Deixe-me em paz e o deixarei ir embora.

Raciocinei por um tempo. Eu não sentia medo de morrer — mas isso não fazia sentido. Tentei encaixar as peças. Por que minha própria morte não parecia importante?

Abaixei o cano do mosquete.

Tilly fez uma mesura, que devolvi. Os soldados o ajudaram a montar no cavalo. Então, devagar, prestando atenção ao louco que recém tentara matá-lo, ele foi embora. Assisti a sua retirada, sentindo-me realizado, como se um capítulo de minha vida estivesse completo.

Mas eu não conhecia aquele homem.

O pensamento de que eu era vitorioso e digno parecia vir de fora, como se alguma força externa enfiasse ideias em meu cérebro.

Decidi que poderia pensar naquilo depois.

Foi uma batalha difícil. Foi a maior batalha da guerra até então.

Foi uma vitória magnífica.

Os príncipes protestantes se uniram ao redor de Gustavus Adolphus. Depois de Breitenfeld, o Leão da Meia-Noite se ergueu mais imponente. A Águia estremeceu em suas garras.

Eu sabia que estava fazendo a coisa certa. O mais importante era avançar em meu grande propósito, cumprir minha grande missão.

Servir a Gustavus Adolphus.

XV

POR ONDE PASSÁVAMOS, O POVO ESTENDIA AS MÃOS AO REI. Ele não era mais chamado de Gustavus Adolphus, de Majestade ou mesmo de Leão da Meia-Noite. Chamavam-no de Josué, o líder bíblico das tribos de Canaã, no Velho Testamento. E ele repetia para quem quisesse ouvir passagens do Livro de Josué:

— "Seja forte e corajoso!" — eu o ouvi proclamar para um grupo de refugiados que o ouvia como se fosse o Messias. — Foi o que Deus disse para Josué, está na Bíblia! "Não se apavore nem desanime, pois o Senhor, o seu Deus, estará com você por onde você andar". E Deus disse o mesmo para mim. Até hoje vocês viveram sob a sombra do Anticristo. Irei libertá-los! Deus prometeu a Josué e estou lhes prometendo. Todo lugar que puserem os pés eu darei a vocês!

Aquele grupo de refugiados chorou e quis encostar nele, ser abençoado pelo toque de suas roupas, pelo simples olhar do salvador. Não lembro onde estávamos, nem importa. Aquele grupo era só mais um; houve muitos, que ouviram muitos discursos muito parecidos. O que lembro era que eu ouvia aquilo de pé, entre as tendas esfarrapadas de desabrigados que tinham sido reduzidos ao nomadismo. A meu lado estava Oxenstierna.

— Ele acredita nisso? — perguntei.

O chanceler me olhou de esguelha, com sua expressão de estátua. Tínhamos uma relação cordial, mas sempre através do rei. E eu sabia que o vínculo entre os dois era mais forte que qualquer coisa.

— A pergunta real é — ele disse — você acredita?

A resposta não veio fácil. Pensei em minha formação como jesuíta e na recuperação miraculosa que eu experimentara ao conviver com Gustavus.

— Acredito que estamos no Apocalipse — falei.

— Mesmo? — ele pareceu interessado.

— Já ouvi isso tantas vezes... Parece estranho que todos que disseram isso estejam errados. Não há mais comida, não há mais animais. Há anos não há mais calor. Não há mais pessoas. Ninguém tem nada a ganhar, mas continuamos lutando. Por alguma razão, não consigo imaginar o futuro.

E, naquele momento, eu realmente não sabia por que não conseguia visualizar o futuro.

— E qual seria o papel de nosso rei nesse fim do mundo? — Oxenstierna me incentivou.

— Precisa existir alguém para redimir a humanidade — franzi o cenho. — *Alguém.* E não vejo ninguém melhor do que o rei.

— Ele é Josué?

— Preciso que ele seja.

Eu nunca havia falado aquilo tão às claras nem para mim mesmo. Eu precisava desesperadamente de alguém que me mostrasse o caminho.

— E você? — perguntei. — Acredita?

O chanceler ajeitou sua casaca, tomando postura para falar algo importante.

— Eu vejo padrões — ele disse. — Todos enxergamos padrões, mas os vejo melhor que os demais. Há um padrão bem claro aqui, que se confirmou com Breitenfeld.

— E qual é?

— Até nossa chegada, o Império era sempre vitorioso. Quando chegamos, isso mudou. Parece o raciocínio de uma criança quando dito dessa forma, mas é a verdade. Podemos determinar o momento exato em que o padrão se quebrou e um novo padrão se formou. Talvez o Josué do Velho Testamento tenha sido alguém assim. Alguém capaz de reconhecer e estabelecer padrões.

Seu discurso acendeu algo dentro de mim, mas eu não sabia o que era.

— Percebendo padrões, podemos prever o futuro. Esqueça astrologia, profetas santos e todas essas superstições. Preste atenção aos padrões a sua volta. O Império continua governado por Ferdinand, os Habsburgo continuam poderosos, a Europa continua hostil. Nada mudou. A única variável é Gustavus.

Havia uma beleza naquilo. Deus nos havia dado ferramentas para entender Seu mundo. Como numa história, agora que tudo se encaminhava para o fim, estávamos compreendendo sua moral. A moral da existência.

Cidade após cidade, continuamos vencendo. Em cada ponto conquistado, os soldados e oficiais saqueavam livros, para depois entregá-los como presentes à Rainha da Suécia.

— Christina ficará extasiada — disse o rei. — Mas logo não haverá mais livros no Império.

Gustavus Adolphus guerreou inverno adentro. Tomamos Frankfurt, a outra Frankfurt, e o rei entrou na cidade com um desfile, um triunfo digno de um imperador romano. E seguimos lutando.

As forças imperiais quebraram uma trégua que se estendia do Natal até o início do novo ano. Atacamos, nossos soldados se aqueceram com fogo e suor.

O rei liderava a cavalaria sobre um rio congelado quando ouviu o som tétrico de algo se quebrando. As rachaduras se espalharam pela superfície de gelo, o cavalo relinchou em pânico quando um de seus cascos abriu um rombo e sua pata afundou na água gélida. O buraco se alargou, as rachaduras espalharam uma teia de aranha, então a superfície congelada cedeu. Animais e cavaleiros foram tragados pelo rio. Com horror, todos vimos Gustavus Adolphus desaparecer na bocarra de gelo.

Então o contato com o ar fez a superfície da água endurecer de novo. O batalhão foi levado pela correnteza. O Rei da Suécia estava entre eles, girando na torrente gélida, preso no escuro, ficando sem ar, o corpo perdendo calor segundo a segundo.

Gustavus nadou em meio a soldados sendo puxados para baixo pelo peso das armaduras, em meio a cavalos enlouquecendo e esperneando na terrível morte por afogamento. Sentindo os pulmões arderem, empurrou uma das montarias que se debatiam. Protegeu-se do frenesi do cavalo, os cascos golpeando por todo lado em terror irracional. Um coice cego atingiu o gelo. Criou uma rachadura.

A visão tomada pela treva da água e pelo escuro do afogamento, Gustavus Adolphus notou aquela última chance. Antes que a rachadura se fechasse, pegou uma pistola, golpeou com a coronha contra a superfície dura, de novo e de novo. O esforço e o nervosismo consumiram o ar que ainda restava. Seu peito entrou em espasmos, querendo a todo custo fazer o movimento de inspiração, que levaria água aos pulmões e selaria seu destino. Bateu mais uma vez, sentiu o gelo ceder. Sua mão emergiu, criando uma saída temporária.

O rei se agarrou na borda de gelo. Ergueu a outra mão, puxou o próprio corpo. Sua cabeça ganhou a superfície numa enxurrada, com uma enorme respiração e um grito de triunfo. Seus ombros abriram mais a passagem, ele colocou um joelho sobre a superfície precária.

Viu um cavaleiro sendo carregado pelo rio, girando sem entender onde estava. Num gesto rápido, mergulhou o braço mais uma vez, segurou a roupa do soldado.

Puxou-o para a superfície. O soldado o agarrou num abraço e o rei devolveu, sob gritos de louvor do exército inteiro.

À noite, Gustavus contou a história de novo e de novo enquanto tomava vinho quente. E, de manhã, se recusou a descansar. Impôs um ritmo acelerado à marcha, afugentou os imperiais e só admitiu que estava enfraquecido quando o último soldado inimigo estava em fuga.

Voltamos a Frankfurt para passar o restante do inverno. O rei se tornou radiante com a surpresa de que a Rainha Christina estava lá, esperando por ele. Em meio a um baile formal, ele fez sua entrada, cercado por seus cavaleiros. Ela abandonou todo o protocolo, atravessou o salão correndo tanto quanto o vestido permitia e se jogou em seus braços.

Com a rainha a seu lado, Gustavus Adolphus viu que faltavam mulheres no baile. Rindo, organizou uma expedição e todos nós cavalgamos por Frankfurt, batendo de porta em porta, trazendo aos cidadãos atônitos o convite do rei.

O baile se encheu de mulheres de todas as idades, então também dos homens de suas famílias.

— Eu acredito — falei para mim mesmo, ouvindo a música, vendo as pessoas dançarem. — Eu acredito que ele veio para nos salvar.

O que eu via era o maior milagre desde o início da guerra.

Era a felicidade.

A campanha continuou. A previsão de Gustavus Adolphus se confirmou: o saque de livros foi tão grande que uma universidade foi obrigada a fechar as portas até que tivesse obras suficientes mais uma vez. Atravessamos o Sacro Império, numa rota quase direta ao sul. Houve uma batalha em que Gustavus, de maneira nem um pouco característica, estava na tenda de comando, traçando estratégias com os oficiais, em vez de sobre um cavalo, liderando a carga. O inimigo conseguiu avançar sua artilharia e uma bala de canhão atravessou a tenda.

Enquanto os homens convergiram apavorados, gritando para que Deus tivesse poupado o rei, Gustavus emergiu dos farrapos da tenda. Lavado em sangue dos outros, sabre em punho, intacto e ileso, exigindo saber quem ousava atacar daquela forma. Todos que estavam lá dentro morreram.

Exceto o Leão da Meia-Noite.

E vencemos aquela batalha assim como vencemos todas as outras. Gustavus Adolphus sobreviveu ao tiro de canhão, sobreviveu à queda no rio congelado, sobreviveu a várias ocasiões em que seu cavalo foi morto em pleno combate, sobreviveu a um tiro no pescoço.

Fomos recebidos com festa em Nuremberg. Das ruas, das janelas, dos becos, o povo gritava:

— O Leão da Meia-Noite!

Eu não tinha nenhuma dúvida de que ele era o escolhido. Sua vida era protegida por Deus. Eu estava no caminho certo.

Antes do meio do ano, entramos na Bavária, completando nossa jornada ao sul com um rastro de terras conquistadas e inimigos mortos. Avançamos até Munique, uma das mais poderosas cidades do Império, o maior reduto católico.

A nós se juntaram as tropas do usurpador Frederick, o rei rebelde da Boêmia, fugido e caído em desgraça.

Noite após noite sentei à mesa com Frederick, enquanto ele discutia táticas e o futuro dos reinos com Gustavus e Oxenstierna. Ele era um tolo, mas estava aprendendo. E não era cruel ou traiçoeiro. Tentei fazer sentido de meu antigo ódio por aquele homem, mas as peças não se encaixavam. Eu lembrava das cenas. Lembrava de Frederick vestido como o herói Arminius. Lembrava de ter ficado ofendido com aquilo, mas não fazia ideia do por quê. Cheguei à conclusão de que era apenas a indignação equivocada de um jovem. Afinal, eu era muito jovem naquela época. Todos vivíamos num mundo de fantasia antes que a guerra mostrasse a realidade.

Os imperiais bateram em retirada, abandonando Munique. Tentaram esconder equipamentos que não conseguiram levar em sua fuga, enterraram mais de 100 canhões, mas conseguimos recuperar todos. Os plebeus católicos nos deram trabalho, os generais do Império se entrincheiraram em outras fortalezas, mas entramos em Munique sem nenhuma oposição. A cidade era nossa.

O mundo era nosso. Até o fim.

Com aquela capital conquistada, Gustavus se tornou mais que um herói. Mais até do que um rei bíblico.

Ele passou a ser uma personificação da terra. A Europa na forma de um homem, a intenção da história e o progresso do tempo tornados materiais. Não importava quem usasse a coroa. O Império pertencia a Gustavus Adolphus.

Entre muitas manobras militares e visitas diplomáticas, aparições em público para ser adorado ou temido, Gustavus recebeu a informação de que um grande contingente de tropas imperiais convergia para a cidade de Fürth, muito próxima a Nuremberg.

Voltamos a Nuremberg, prontos para encontrar os imperiais. Ficamos atrás das muralhas da cidade, prontos para defender nossa posição, mandando batedores para avaliar o poderio do inimigo.

As primeiras semanas naquela espera foram enervantes para o rei, mas entrei numa rotina intensa e até prazerosa. Pela manhã, eu liderava os exercícios e a prática dos mosqueteiros, garantindo que continuassem rápidos na recarga e sincronizados nos disparos. À tarde, começavam as reuniões com Gustavus e Oxenstierna, interrompidas apenas quando havia algum assunto que não me interessava. Então eu me juntava às sentinelas nas ameias, recebia relatórios dos batedores, organizava a inteligência reunida sobre sinais do inimigo. As noites eram tomadas pela insônia e pela inquietude do Leão da Meia-Noite; eu o acompanhava no que quer que fizesse, discutia as últimas informações e quase sempre pegava no sono em seu escritório ou em algum ponto aleatório da cidade, onde estivéssemos nos ocupando de qualquer coisa.

Foi num desses dias comuns, enquanto Gustavus recebia conselheiros de Nuremberg, que decidi subir às ameias. Logo me apressei: as sentinelas anunciaram que havia movimento de tropas ao longe.

Juntei-me a elas e enxerguei o que apontavam.

Um batalhão avançado despontava ao longe. Deviam ser batedores imperiais, um regimento rápido que avaliava nossas defesas e nossa resposta. Levei minha luneta ao olho, em busca de qualquer informação.

Então um enjoo frio enviou uma onda de gelo até minha garganta.

Os estandartes se erguiam com a figura de um leão. Um leão muito diferente, embora as cores fossem quase as mesmas. Um leão azul sobre fundo dourado.

O brasão de Wallenstein.

XVI

PASSEI OS PRÓXIMOS DIAS SOBRESSALTADO, COM A IMPRESSÃO DE que Albrecht von Wallenstein iria pular de uma sombra e, com algumas palavras, arruinar tudo que havíamos construído. Nuremberg fora nossa aliada desde o começo, nos recebera como heróis, mas agora tinha se tornado uma prisão. Pensei em desertar mais uma vez, abandonar Gustavus apenas para sair daquelas muralhas, mas a perspectiva não oferecia alívio. A prisão não era Nuremberg: era o mundo. Enquanto Wallenstein existisse, eu estaria preso, ele me acharia em qualquer lugar. Podia voltar a qualquer momento, não importavam suas doenças, sua ruína financeira, sua intransigência e os inimigos que colecionava por todos os lados.

Ao longo de algumas semanas, soubemos da situação, enquanto jornais de diferentes cidades, trazidos por mensageiros, publicavam os desenvolvimentos da guerra sob a perspectiva de católicos e protestantes.

Após ser ferido em combate, Tilly adoecera. Meu tiro havia partido um osso, que foi tomado por infecção. O veneno que saía de seu próprio corpo circulou por suas veias, osso morto e carne podre tomaram seu braço. O general delirou de febre. Os médicos puderam apenas remover a necrose que se espalhava e oferecer algum alívio da dor. Em seu contínuo pesadelo semiacordado, Tilly reclamou sobre ter estado em batalha e mesmo assim morrer na cama. Conseguiu se confessar, ou ao menos balbuciar algumas palavras que um padre interpretou como confissão, mas não mencionou Magdeburg. Tilly nunca se arrependeu e teve uma morte ruim.

Então o Sacro Império Romano estava sem um generalíssimo. Os generais não tinham um líder, os altos nobres começaram imediatamente uma disputa feroz pelo posto.

Mas só havia uma pessoa capaz de preencher a lacuna deixada por Tilly.

O Imperador convocou Wallenstein mais uma vez. Agora não apenas um general: como generalíssimo, ele estava no comando de todas as tropas de terra e mar do Sacro Império Romano. Na guerra, sua voz soava mais alta do que a de Ferdinand. Um jornal protestante o chamava de ditador.

Tremi, sentado no chão, encostado na parede, sozinho no escuro com minha respiração rasa, ao perceber que Wallenstein finalmente realizara suas ambições. Não havia ninguém acima dele.

Minha bala o tornara o homem mais poderoso da Europa.

Gustavus tinha uma seriedade incomum. Ordenou que milhares de plebeus cavassem um fosso gigantesco em torno de Nuremberg. Tomou 300 canhões do arsenal da cidade. Ele estava preparado para uma batalha ou um cerco. Os cidadãos contavam com seu Josué para protegê-los de um destino como o de Magdeburg. Wallenstein era temido e obedecido, mas Gustavus Adolphus era amado.

E, por ser amado, ele se tornou um farol para o povo ante a ameaça da chegada do generalíssimo. Nuremberg tinha 40 mil habitantes, que agora eram responsabilidade do Rei da Suécia. Outros 100 mil refugiados incharam a cidade, um êxodo em busca de um salvador.

Os batedores voltavam com notícias ruins, então deixaram de voltar. Wallenstein tomou a cidade de Fürth e outras próximas. Ocupou a fortaleza arruinada de Alte Veste, localizada em terreno elevado, transformando-a num forte ativo e moderno. Bloqueou as estradas que saíam de Nuremberg. Queimou os moinhos fora da cidade. Antes que os batedores parassem de voltar e as informações secassem, soubemos de longas linhas de suprimentos abastecendo os exércitos imperiais. Então não recebemos mais nenhuma notícia. Wallenstein dominava a região.

Enquanto o generalíssimo usava a logística a seu favor e mantinha suas tropas alimentadas, Gustavus Adolphus assistia a mais de 150 mil pessoas sob sua proteção lentamente acabando com as reservas. Nuremberg não estivera preparada para alimentar mais que o triplo da população normal. A fome chegava mais perto a cada dia. Um inimigo que nunca recuava, não tinha medo e não era vulnerável a uma carga de cavalaria.

O rei ainda não conseguia dormir ou ficar parado, então a reunião do alto-comando acontecia de madrugada, enquanto ele rachava lenha como um fazendeiro comum.

— Nós já o vencemos uma vez! — Gustavus tentava convencer a si mesmo mais do que qualquer outro. — Podemos fazer isso de novo!

Oxenstierna estava atento a mim — sua falta de sono àquela hora era sinal da gravidade da situação. Os outros oficiais se juntavam ao rei no trabalho braçal ou tentavam oferecer ideias que não parecessem idiotas demais.

— Qual o problema? — o rei perguntou, irritado.

— Wallenstein passou anos parado — disse o chanceler. — Sem fazer nada exceto estudar. E nossas vitórias não foram discretas.

— Nós também aprendemos durante esse tempo.

— Aprendemos sobre a guerra — Oxenstierna retrucou. — Não sobre Wallenstein. Nossa preocupação sempre foi ampla. Vencer os católicos, libertar o Império. Wallenstein não se preocupa com nada disso. Ele estudou para lutar contra *você,* Gustavus. Nada mais.

O Leão quis argumentar, mas não achou as palavras. Voltou-se de novo ao trabalho e descontou a raiva na lenha.

— Você serviu sob ele, Tiefenbach! — pontuou o comentário com uma machadada. — Como vencemos Wallenstein?

Tentei esconder meu medo.

— Os únicos inimigos à altura de Wallenstein são seus aliados — falei sem pensar.

Gustavus limpou suor do rosto e se voltou a mim com raiva, que logo virou decepção.

— A última coisa de que preciso é um perdedor a meu lado — ele disse. — Tenha fé.

Assenti, mas nenhuma fé era suficiente. Roubei um olhar para Oxenstierna. Ele enxergava um padrão.

— Isso pode ser uma vantagem — o chanceler ofereceu. — Podemos infiltrar Tiefenbach em suas fileiras.

— *Não* — cortei, mais afoito do que pretendia. — Este foi o erro do Imperador. Wallenstein não será enganado. Não vai tolerar nada menos que obediência total. Se eu for até ele, voltarei a lhe servir.

— O que sugere que eu faça, então? — Gustavus vociferou e cravou o machado num toco de lenha.

O silêncio foi resposta suficiente.

— Na verdade — o rosto de Oxenstierna se iluminou — Tiefenbach já deu a resposta.

O rei sinalizou para que continuasse.

— Estamos cercados — disse o chanceler. — Sem suprimentos. Sem reforços. Com bocas demais a alimentar. Tudo que podemos fazer é... nada.

— Péssima hora para adquirir um senso de humor, Axel.

— Isso não é humor. Não podemos fazer nada. Então é o que faremos. Nada.

— E vamos deixar que os únicos inimigos à altura de Wallenstein façam o serviço.

As peças se encaixaram.

— O povo o ama, Gustavus — Oxenstierna disse como um fato banal. — Mas todos odeiam Wallenstein. Qualquer um dos 150 mil plebeus entrincheirados nesta cidade passará fome por você, e considerará isso um privilégio. Mas ninguém, por mais bem-alimentado que esteja, vai tolerar Wallenstein. Precisamos só resistir, e para isso a fé fala mais alto que a fome. O amor do povo só precisa durar até que ele seja traído mais uma vez, ou mais uma vez pise no calo errado.

Gustavus ponderou, deixando o corpo esfriar depois do trabalho.

— Tem certeza, Axel?

— É o padrão.

Naquele ano houve verão. Mas o que inicialmente parecia uma bênção provou ser mais uma praga. Uma onda de calor sufocante tomou a Bavária. Ratos se proliferaram como nunca, espalhando doença. O calor fermentou a sujeira, cozinhando um fedor doentio. Os depósitos secavam com rapidez alarmante — a comida estragava com mais facilidade, os ratos devoravam o que encontrassem pela frente.

Mas, depois de dois meses, houve uma boa notícia. Um embate entre católicos e protestantes ao norte exigira que Wallenstein mandasse parte de suas tropas como reforço. Conseguimos enviar batedores, que contaram a história lúgubre e animadora do acampamento imperial.

A prosperidade e a abundância de comida haviam atraído dezenas de milhares de seguidores de acampamento. As fortificações imperiais haviam inchado tanto quanto nossa cidade. A doença se alastrara da mesma forma. Wallenstein, o gênio logístico, se deparou com um problema curioso: a quantidade avassaladora de pessoas e bichos produzia excremento demais. Os soldados não conseguiam remover os dejetos rápido o bastante. E a proximidade da sujeira fez as doenças explodirem, enquanto todo tipo de parasita e criatura nojenta se refestelava entre militares e civis.

Gustavus estava otimista.

— O que acha, Tiefenbach? — ele perguntou um dia. — Foi isso que aconteceu antes? Este é o início do fim de Wallenstein, mais uma vez?

Examinei o rosto de Gustavus Adolphus. A guerra cobrara seu preço. Ainda era belo, mas estava magro, como qualquer plebeu. A maior diferença estava no tom de voz. Antes Gustavus fazia perguntas por curiosidade ou para ter a chance de dar a resposta. Agora fizera uma pergunta buscando conforto.

— Foi exatamente isso — menti. — Wallenstein não pôde sustentar sua ambição e foi expulso.

As situações eram totalmente diferentes. Wallenstein não fracassava sem aprender.

Antes que percebêssemos, o verão chegou ao fim, sem que a situação mudasse. Não havia mais comida. Doenças, fome e violência causada pelo confinamento mataram milhares dentro de Nuremberg. A desova de cadáveres se tornou uma emergência e uma prioridade. A terra não aceitava mais corpos sepultados. Ninguém tinha noção dos números, porque não havia tempo para isso, mas notei a cidade desinchando da pior forma possível. Todos em Nuremberg, sem exceção, conheciam pelo menos uma ou duas pessoas que haviam morrido de doença ou de fome.

Então os batedores avistaram movimento entre as tropas imperiais. Aos poucos, eles se afastavam. Ao longo de alguns dias observamos as forças inimigas diminuírem. A conclusão era apenas uma: Wallenstein estava levantando o cerco. Quando achamos que o exército católico já estava pequeno o bastante, Gustavus deu a ordem de ataque.

Abrimos os portões e marchamos para Alte Veste. A manhã nos recebeu com chuva imprevista. O terreno foi tomado por lama e os soldados enfraquecidos não conseguiram empurrar os canhões pela inclinação que levava à fortaleza inimiga. Deixamos a artilharia para trás, investimos contra o forte.

Alte Veste estava cercada por abatis, fortificações feitas de galhos de árvores voltados para fora, tornando impossível a carga de cavalaria. A chuva aumentou e o rei ordenou que os cavaleiros desmontassem e seguissem a pé.

Fomos rechaçados.

Não há nada de marcante nesta batalha exceto a lenta decepção, a tristeza da derrota se construindo ante nossos olhos. Permanecemos dias acampados, tentando montar uma ofensiva. Os cavalos morreram de doença, exaustão ou ferimentos. Logo a maior parte dos orgulhosos cavaleiros não tinha opção senão pisar na lama e tentar subir a elevação como qualquer piqueiro da infantaria. Até mesmo o rei foi obrigado a desistir da luta gloriosa e empunhar o mosquete que ia preso na lateral da sela.

Demoramos a compreender, mais ainda a aceitar, mas enfim a realidade se mostrou.

Gustavus Adolphus deixou de ser invencível.

E, se narro essa derrota inédita de forma tão casual, é porque assim pareceu. A guerra nos ensinara a banalidade do horror, mas também a banalidade do fracasso. Não foi necessário um evento grandioso para derrotar Gustavus Adolphus, apenas o tipo certo de banalidades. Sua derrota não foi épica ou trágica, e por isso foi uma decepção ainda maior.

Milhares de soldados desertaram em poucas noites.

Tentamos mais uma vez. A chuva nos castigou de novo. Sob os canhões imperiais, empurrados para baixo pela lama e pela exaustão, frustrados, assistindo a rostos familiares morrerem ou fugirem, todos compreendemos o que aconteceria.

O rei ordenou que retornássemos a Nuremberg. Cada soldado remanescente tinha a mesma dúvida: aquilo fora uma derrota? Ou apenas um movimento estratégico?

Ao longo dos dias, continuamos recebendo informações sobre a fortaleza inimiga. A doença se alastrava cada vez mais entre as tropas católicas. A sujeira apenas aumentava. O exército estava enfraquecido. Houve um período curto em que ninguém sabia qual dos dois lados cederia primeiro.

De novo era madrugada e de novo a insônia afligia o rei. Mas Gustavus Adolphus não estava rachando lenha, treinando ou mesmo andando em círculos. Ele mandou me chamar e o encontrei sozinho numa mesa, com uma garrafa de vinho pela metade, a cabeça enterrada num braço.

— Faça isso por mim, Tiefenbach — ele disse.

— Qualquer coisa.

— Não consigo dar a ordem a Axel... Não consigo dar a ordem aos oficiais. A tarefa é sua. Perdoe-me, Tiefenbach, a tarefa é sua. Eu não consigo.

— Qual tarefa, Gustavus? Qual ordem?

Mas eu sabia qual era.

— Vamos abandonar Nuremberg — disse o Leão da Meia-Noite.

E ele demorou um longo tempo até articular as próximas palavras. Quando as pronunciou, foi como uma blasfêmia. O Messias negando a si mesmo, Josué admitindo que desobedeceria às ordens de Deus.

— Wallenstein venceu.

Gustavus Adolphus precisara realizar façanhas históricas para ascender a santo e herói. Mas, para macular sua santidade, para roubar seu heroísmo, não era preciso façanha nenhuma.

Era preciso apenas esperar.

Sem nenhum heroísmo, Wallenstein arrastou Gustavus de volta à humanidade. De volta à lama, lembrando a todos o que era aquela guerra.

XVII

ARAUTOS OSTENTANDO O BRASÃO DE WALLENSTEIN CHEGARAM a Dresden, capital do eleitorado da Saxônia, com uma mensagem. O duque da Saxônia não precisaria de velas para iluminar seus banquetes: as tropas imperiais forneceriam toda luz necessária com o incêndio das aldeias saxãs.

Gustavus Adolphus decidira que Wallenstein não era mais ameaça quando, após deixar Nuremberg, soube que o generalíssimo incendiara sua própria fortaleza, perdera mais de mil carroças de suprimentos por causa da morte dos animais de carga e levantara acampamento rumo ao norte.

Mas então aquela notícia, trazida a nós pelos meandros da espionagem e da boataria, desferiu um golpe severo na confiança do rei. Wallenstein não havia fugido. Ele havia apenas se retirado para ameaçar outro inimigo.

Gustavus ouviu as palavras do espião e ficou calado. Todos nós já havíamos percebido o erro anterior. Ele subestimara Wallenstein. Mesmo com soldados doentes e sem suprimentos, o generalíssimo imperial mantinha a empáfia e a brutalidade. Entre nossos soldados, corria o rumor de que os católicos nunca haviam estado realmente em perigo — tudo fora encenação para nos enganar e nos humilhar. Entre as fileiras, onde antes Gustavus Adolphus era Deus, agora Wallenstein era o diabo.

O rei dizia que passaríamos o inverno aquartelados numa região próxima, mas ninguém em seu círculo interno acreditava. O Leão nunca se resignara a descansar durante uma estação inteira. Aquela seria uma decisão ponderada e cautelosa demais para ele. A notícia de que o generalíssimo viajara ao norte para atacar um de nossos maiores apoiadores destroçara a frágil paciência de Gustavus como um martelo em uma casca de ovo. Ocupávamos o castelo de um nobre aliado, mas muitos oficiais nem tinham se dado o trabalho de mandar desempacotar seus baús.

— Gustavus... — começou Oxenstierna.

— Ele está me provocando! — o rei cortou.

— Exato. E você não deve cair na provocação.

Gustavus olhou o amigo quase com raiva.

— Por acaso você acha que Wallenstein está blefando? — gesticulou. — Acha que ele não vai realmente massacrar a Saxônia, destruir o que resta das provisões logo antes do inverno? Acha que não vai condenar meu povo à destruição e à fome?

— O povo não é seu, Gustavus.

O rei se ergueu de súbito, levou a mão ao sabre, berrou:

— Repita se ousar!

Oxenstierna permaneceu sentado. Não moveu um músculo.

— Não é seu povo — disse o chanceler. — Seu povo está na Suécia. Por enquanto você não é imperador. Wallenstein vai matar o povo de seus aliados. Que, aliás, só se juntaram a você depois de Breitenfeld, quando era seguro e vantajoso. Você vai arriscar *seu* povo em nome de um povo estrangeiro?

Gustavus resmungou alguma coisa, fingiu examinar um defeito no punho de sua casaca. Então voltou os olhos a mim.

— É uma armadilha, Tiefenbach?

Respirei fundo. Tentei lembrar de tudo que acontecera no início da guerra. A época em que eu conhecera Wallenstein era nublada. Eu lembrava das missões, mas não de meus motivos para estar lá.

— Wallenstein não faz apenas uma coisa de cada vez — expliquei. — Ele sempre tem dois, três ou mais planos funcionando ao mesmo tempo. No início da guerra, enquanto esmagou a rebelião, também forçou o Imperador a se endividar e galgou postos de nobreza.

— Então...?

— Deve ser uma armadilha. Mas isso não quer dizer que ele esteja blefando.

Gustavus andou de um lado para o outro.

— Nós já o vencemos uma vez — ele retomou o argumento antigo. — Ele venceu uma, nós vencemos outra. Não é um general supremo.

— Com seu perdão, Majestade... — comecei.

— Trate-me como um homem, ou acharei que está mentindo.

— Gustavus — corrigi. — Não foi você que venceu Wallenstein em Stralsund. Naquela época, ele chegou à conclusão de que a guerra inteira era uma derrota. Tentou forçar o Imperador a fazer a paz. Não foi você, foram todas as circunstâncias. Ele nunca teria voltado a lutar se não tivesse mudado de ideia.

O rei me olhou como se eu fosse seu maior inimigo, mas não disse nada.

Ambos eram invencíveis. Ambos haviam sido derrotados. Gustavus Adolphus era invencível porque criava condições de obter a vitória. Wallenstein era invencível porque só entrava em situações em que a vitória era garantida.

— Perdemos homens demais — disse Oxenstierna. — Perdemos até mesmo cavalos demais. Precisamos de tempo para nos recuperar. A Saxônia deve aguentar pelo menos alguns meses, ou não sobreviverá aos próximos anos de qualquer forma.

— Perdemos homens porque eles perderam a fé — o rei disse, grave.

Os dois se mediram.

O duelo entre Gustavus e Wallenstein era heroísmo contra pragmatismo, mas também havia ali outro duelo. O rei enfrentava seu chanceler no embate entre paixão e racionalidade. Era difícil dizer qual dos dois estava mais correto. O exército continuaria tão eficiente se não enxergasse Gustavus como um representante de Deus na Terra? Continuaria tão leal se fosse forçado além dos limites, numa batalha contra um gênio?

— O exército de Wallenstein está doente — Gustavus insistiu.

— Já estava doente em Alte Veste. Além disso, não sabemos quantos reforços ele pode receber ou quanto dinheiro tem para contratar mais mercenários. Ninguém pode garantir que algumas cidades saxãs não mudem de lado por interesse.

— Nunca fariam isso comigo.

— *Fariam,* Gustavus. Você não está lá, não pode garantir sua lealdade.

— Por isso deveria estar!

O chanceler não respondeu. Assim como um adulto falando com uma criança, não se deu ao trabalho de argumentar.

— Existe outra questão — disse o rei. — Se Wallenstein dominar a Saxônia, cortará nosso contato com as bases do norte.

— Você sabe que isso é só uma desculpa — Oxenstierna foi incisivo, mas frio. — Você não está pensando em comunicação, está pensando em orgulho e ódio. Nem mesmo está pensando; está apenas sentindo.

— Não me acuse de ser irracional. Quem reformou o exército, quem criou as táticas que estão sendo imitadas em toda a Europa?

— Essa pergunta tem duas respostas.

Gustavus.

Oxenstierna.

O duelo entre os amigos chegara ao ápice. Ambos sabiam que o próximo movimento poderia ser irreversível.

— Quem é o rei? — Gustavus atacou. — Por acaso há mais de uma resposta para esta pergunta?

Oxenstierna se levantou. Arrumou a casaca, colocou a cadeira no lugar, reuniu seus instrumentos de escrita.

— Darei a ordem para partirmos, Majestade.

Somente um tolo presumiria saber o que se passava na mente de alguém como Gustavus Adolphus, mas o tormento era evidente em sua face todos os dias. Ele nunca saberia se fora impetuoso demais ao atacar Alte Veste. Ou se, por outro lado, fora cauteloso demais ao deixar Nuremberg. Eu tinha certeza apenas de que ele se condenava por não ter feito naquela batalha o que fizera durante toda a guerra. Não fora heroico, não confiara na carga de cavalaria e no amor dos soldados. Tentara aguentar o cerco e, previsivelmente, fora derrotado pelo gênio pertinaz de Wallenstein.

Gustavus não iria cometer o mesmo erro de novo.

Assim, nossa marcha ao norte foi uma corrida alucinada. A ânsia do rei parecia protegê-lo do cansaço, mas o mesmo não valia para os soldados e os animais. Seguíamos ao dobro da velocidade normal. Botas, roupas e equipamentos se desgastaram, centenas de homens caíram de exaustão. Sem dormir direito, cometeram erros, sofreram acidentes. Soldados irritadiços pela falta de sono testaram os limites da disciplina. Oficiais foram obrigados a impor a proibição de duelos com castigos pesados e, mesmo assim, a cada manhã havia um punhado de cadáveres frescos.

Correndo para o norte, também corríamos de encontro ao frio.

O inverno se aproximava à medida que os dias passavam. Cada dia de progresso nos levava para as regiões de clima mais rigoroso. Enfrentamos granizo e solo congelado. Até mesmo os suecos, acostumados a condições gélidas, foram desafiados pela combinação de pressa e falta de preparo. Os primeiros que perderam dedos por causa da hipotermia ficaram horrorizados. No meio da jornada, aquilo já havia se tornado cotidiano. Os mutilados levavam os pequenos suvenires em colares pendurados no pescoço.

Mas não foram os soldados a sofrer o pior com a marcha. Deixamos um rastro de milhares de cavalos mortos pelo caminho. Centenas a cada dia, transformando a viagem num massacre silencioso, embotando pouco a pouco o espírito dos homens. E os cavaleiros, os mais heroicos e extraordinários do exército do rei, sofreram os piores golpes com essa mortandade. A imensa maioria deles já ia a pé. Era difícil enxergar um futuro em que repetissem os feitos que os haviam levado à vitória.

Já era novembro e estávamos congelando.

Gustavus permitiu uma curta pausa para descanso na cidade de Erfurt, a poucos dias de onde Wallenstein se entrincheirava. Grupos de batedores foram destacados para reconhecer o terreno, avaliar a disposição do povo e espionar o inimigo. No mesmo dia, um destacamento voltou de peito estufado e sorriso no rosto. Traziam um aldeão.

O Leão da Meia-Noite reuniu o alto-comando para ouvir o que o plebeu tinha a dizer. Qualquer boa notícia seria uma injeção de ânimo nos oficiais, que logo se espalharia aos soldados. Então, frente a uma junta de nobres, oficiais e o rei em pessoa, aquele homem humilde amarrotava o próprio chapéu, enquanto examinava tudo de olhos arregalados e boca aberta.

— Dizem que você traz boas notícias — o rei falou, com simplicidade.

O plebeu suava. O sargento que o conduzira até lá colocou a mão em seu ombro e disse que estava tudo bem.

Ele ensaiou alguns inícios, tentando achar a primeira palavra a falar para um rei. Não havia nenhuma apropriada, então ele respirou fundo e disse a verdade, do único jeito que sabia:

— O General Wallenstein está fraco e doente.

Gustavus pulou da cadeira como se uma mola tivesse sido solta. O plebeu recuou sobressaltado.

— Continue!

— Ele fica de cama — o homem foi ganhando confiança. — Não come. Não consegue montar num cavalo, precisa ser levado numa coisa que parece uma carroça, mas carregada por soldados, não sei explicar...

— Uma liteira.

O aldeão deu de ombros.

— Wallenstein mal caminha... Alguém está sempre ajudando.

Gustavus bateu o pé no chão num ritmo acelerado, assentindo com a cabeça, tentando devorar as novidades mais rápido do que o outro conseguia falar.

— Tem certeza disso? — o entusiasmo do rei estava evidente, mas ele se forçou ao ceticismo. — Como ficou sabendo?

— Vi com estes olhos que a Terra vai comer, rei! — o plebeu se empertigou. — Vi o general sofrendo para caminhar só uns metros, parando para descansar, os soldados segurando ele! Ouvi os gritos de dor. Ele reclama e geme como um velho no leito de morte.

Gustavus roubou um olhar para Oxenstierna. O sargento incentivou o aldeão:

— Isso não é tudo, Majestade. Vamos, conte o que mais você viu.

— O exército se dividiu! — ele falou com mais confiança. — Muitos imperiais foram embora!

O sargento completou a informação com o que ele mesmo conseguira descobrir vigiando o acampamento e capturando prisioneiros: um dos generais de Wallenstein insistira para levar um grande contingente para longe dali. O generalíssimo não queria, mas estava tão debilitado que acabou cedendo.

— Tem certeza de que não é um plano? — o rei perguntou, mais para satisfazer Oxenstierna do que por qualquer dúvida verdadeira.

Quem respondeu foi o aldeão:

— A fofoca dos imperiais é que Wallenstein está com a corda no pescoço e um pé fora do banquinho! Dizem que nenhum nobre respeita ele!

Gustavus olhou para o sargento. Falou devagar, controlando a expectativa:

— Quantos soldados foram embora nessa divisão?

O militar mostrou ter algum dom para a oratória. Empertigou-se e fez uma pausa dramática antes de dar a resposta:

— Ao todo... Quase 6 mil, Majestade.

Gustavus pulou sobre os dois com um bote. Abraçou o plebeu contra o peito, como se fossem melhores amigos. O homem foi tomado de surpresa. Então segurou seu rei firme nos braços, começou a chorar.

— Obrigado, meu senhor! — disse Gustavus Adolphus. — Obrigado! Você é o Arcanjo Gabriel, trazendo a boa nova do nascimento de Jesus! Você é Martin Luther, pregando suas teses na porta da igreja!

O homem soluçava.

— Como é seu nome?

— Hans, meu rei — ele conseguiu responder.

— Você serviu a seu rei, a seu povo e a seu Deus, Hans! Será recompensado! Será muito bem recompensado, com ouro e comida!

Largou o aldeão em prantos e segurou o ombro do sargento.

— Quanto a você, tenente — sorriu. — Fez um bom trabalho. Vá reportar sua promoção e descanse! Garanta que seus homens tenham carne e vinho esta noite!

Gustavus olhou para Oxenstierna com um pedido mudo de trégua. O chanceler se permitiu um sorriso, admitindo o erro sem falar. Era a melhor forma de estar errado.

Tentei acompanhar o otimismo. Repeti mentalmente que aquele era Gustavus Adolphus, o Leão que venceria o Anticristo. Mas não conseguia esquecer de Wallenstein mancando e se lamentando, Wallenstein paralisado de dor e de nervos, Wallenstein gemendo e reclamando na latrina, enquanto vencia todas as batalhas.

A aldeia de Lützen tinha apenas 300 casas e um castelo cercado por uma muralha. Foi em suas proximidades que encurralamos os católicos para uma batalha decisiva.

Wallenstein estava recuando à medida que avançávamos. Mas logo ficou claro que seríamos mais rápidos. Então o generalíssimo acampou em Lützen e se pôs a fortificar o lugar com trincheiras. Canhões foram colocados na Colina do Moinho, de forma a manter sob mira qualquer força invasora. Um dos flancos da aldeia era protegido por um córrego lodoso. Os civis que seguiam o exército fizeram as vezes de tropas adicionais, erguendo lençóis como se fossem estandartes para criar a impressão de um maior número de soldados.

Mas Gustavus Adolphus sabia que contava com uma vasta vantagem numérica. Wallenstein tinha pouco mais de 12 mil homens, enquanto que nosso exército chegava a 20 mil.

A noite anterior ao ataque foi insone, como sempre. Nosso acampamento estava mais agitado do que de costume — dividido entre ânsia de lutar e medo de morrer. Por toda a extensão, sacerdotes celebravam missas improvisadas, batalhões se reuniam numa comemoração com ar de despedida, soldados gastavam em mulheres o soldo que ainda não haviam recebido. A disciplina sueca não desaparecera, mas a tensão no ar gelado fazia os oficiais ignorarem pequenas infrações.

Gustavus Adolphus fingia não enxergar tudo isso, enquanto liderava o alto-comando numa reunião itinerante, caminhando por todo o acampamento, numa inquietude entusiasmada que eu não via desde Nuremberg.

— Já chegamos até aqui — disse Gustavus. — Não há mais o que decidir. Vamos atacar.

— Nosso plano anterior já está dando certo — argumentou Oxenstierna, mantendo o passo com o rei. — Wallenstein foi abandonado por um de seus generais. Podemos cercá-lo nessa aldeia, esperar que a doença o leve ou que haja um motim.

— Esperar? — o rei abriu os braços num gesto de impaciência. — Como fizemos em Alte Veste? Esperar para que nossos soldados desertem, até que nossa superioridade numérica desapareça e Wallenstein nos ataque em condições de igualdade?

— A força de nosso exército é você, Gustavus. O amor que os homens têm por seu rei. Você pode mantê-los firmes até que o tempo faça o trabalho por nós.

— Então serei um saltimbanco, entretendo as tropas e implorando para que não me abandonem, enquanto rezo para que Wallenstein morra de causas naturais?

— Ou até que ele atraia o ódio de todos e seja escorraçado mais uma vez.

— Então é uma disputa de popularidade? — Gustavus vociferou. — O vencedor será aquele que contar com mais aplausos do populacho?

— Sim.

Os dois se encararam.

— O que você quer, Axel?

— Quero que você seja nosso Imperador.

— E é assim que a história registrará meu triunfo sobre o cão de guerra dos católicos? Uma derrota vergonhosa e então uma espera covarde até que o acaso me dê a vitória?

— O que você quer? — Oxenstierna devolveu a pergunta.

— *Quero Breitenfeld!*

Silêncio. Gustavus estacou e todos nós o imitamos.

A primeira grande vitória dos protestantes, o momento de apoteose de Gustavus Adolphus. A batalha vencida por ousadia e heroísmo.

A única coisa que podia saciar Gustavus Adolphus era uma repetição de Breitenfeld.

— Você não tem nada a provar a ninguém — disse o chanceler. — Nenhum imperador é invicto. Até mesmo Augustus foi vencido em Teutoburgo.

Ouvir aquela palavra me causou uma sensação estranha, mas não soube dizer o que era. Tentei lembrar do nome do herói germânico daquela batalha, que Frederick imitara tanto tempo atrás. Decidi que não era importante.

— Não sou Augustus — disse o rei. — Sou maior que ele.

Oxenstierna não respondeu. Era uma bravata absurda. Ou o brado de um libertador que não aguentava mais ser detido em sua missão divina.

Nada além de Breitenfeld iria satisfazer o rei.

Ele continuou andando e seguimos atrás dele.

E fizemos o que estava planejado, preparando o ataque.

Fiquei o tempo todo calado, na retaguarda do grupo. Ninguém prestou atenção em mim, ninguém quis saber minha opinião. Quando o sargento que havia sido promovido a tenente passou por nós e cumprimentou todos os nobres e oficiais, não me viu.

A manhã chegou com névoa baixa e pesada. Gustavus Adolphus deu a ordem que reverberou em trompetes, estandartes e tambores por todo o exército. Começamos a marchar, Lützen pouco mais que um vulto sob a camada espessa de neblina.

Eu estava a cavalo, como se tornara meu costume. Acompanhava a cavalaria pesada do rei, embora vestisse minhas roupas de mosqueteiro. A meu redor, o regimento era uma procissão escura e fantasmagórica. Nenhuma armadura reluzia, nada era brilhante sob o cinza do ar em volta. Eu não conseguia enxergar mais do que alguns metros para cada lado. Guiava-me apenas pelos sons, e mesmo a audição parecia distorcida naquele ambiente soturno. Os trompetes se misturaram com preces repetidas em murmúrio nervoso, com o leve clangor de couraças e armas se chocando entre soldados desorientados, com as pragas dos homens que não viam o caminho à frente.

— Vamos vencer! — ouvi a voz de Gustavus a alguns metros de distância. — Não importa o que aconteça, isso eu prometo! A vitória é nossa!

Houve alguns vivas, mas nada perto do fervor de costume.

Nosso ataque não seria frontal — Gustavus era um herói inteligente. Desviamos para o sul, atravessamos o córrego usando pontes improvisadas. Então fizemos uma larga curva para uma das laterais da cidade. A névoa não nos abandonou durante todo o percurso. Era impossível ter uma visão geral das tropas, impossível saber se algum regimento havia se perdido.

A manhã já ia alta, mas a névoa impedia que víssemos o sol. A noção de tempo se esvaiu, só tínhamos alguma ideia de estar no caminho certo pelo vulto dos prédios de Lützen.

Então a névoa se iluminou quando o vulto se transformou num súbito e gigantesco brilho alaranjado.

O rugido de chamas chegou até nós — toda a pequena cidade eclodiu num incêndio de uma só vez. Logo a fumaça se misturou à névoa e a visibilidade diminuiu ainda mais. Os soldados imediatamente berraram xingamentos e provocações, gritaram de frustração por todos os lados.

— Maldito covarde! — ouvi a voz do rei bem perto de mim.

Eu não soubera que ele estava ali.

— Gustavus! — falei, erguendo a voz sobre o barulho do incêndio e a gritaria dos homens.

— Veja o desespero de Wallenstein, Tiefenbach! — ele respondeu. — Está se escondendo como uma criança com medo do pai!

— Gustavus, vamos recuar! Eu imploro, vamos recuar!

— Seu coração ainda está em Magdeburg, meu amigo. Mas nem todos os incêndios são iguais! Aquele foi o incêndio de um monstro, este é o incêndio de um filhote assustado!

— Como iremos lutar?

— Com Deus! — ele exclamou. — Ouça minha promessa, Tiefenbach, porque nunca minto! Nós vamos vencer! Mesmo que o diabo traga o fogo do inferno para esconder Wallenstein, nós vamos vencer!

Já era o meio da manhã quando chegamos ao alcance de um ataque. Era difícil respirar por causa da fumaça, impossível enxergar qualquer coisa. Apenas o fogo marcava nosso alvo.

Gustavus deu a ordem, que foi cumprida com um atraso incomum. Os primeiros canhões pipocaram, somando nuvens de pólvora à camada de névoa e o ruído repetitivo dos tiros rápidos à cacofonia. Minha cabeça latejava. Logo, o trovão dos pesados canhões imperiais ressoou lento e lúgubre. O chão explodiu com um tiro a algumas dezenas de metros. O sangue dos soldados destroçados era menos vermelho sob a fumaça.

— Infantaria! — ordenou o rei. — Avante!

A linha comprida desaparecia na cobertura, mas os tambores soaram o ritmo. Piqueiros e mosqueteiros avançaram para o inimigo, enquanto a artilharia abria rasgos na formação de ambos os lados. Lützen brilhava com luz difusa, destacando nossos soldados. Gustavus deu mais ordens, movimentando a infantaria pelas laterais, para que cobrissem os flancos do inimigo. Achei que estava ouvindo o clangor contínuo de piques se chocando, tive certeza de escutar o estouro seco dos mosquetes.

Uma onda de movimento ao longe me confundiu, até que entendi que os imperiais estavam avançando. Gustavus recebeu a notícia com alegria. Eles abriam mão de sua posição defensiva para nos encontrar no meio do campo de batalha — estavam desesperados. A sinfonia metálica dos piques e a percussão dos mosquetes continuaram, até que ouvi um toque de avanço vindo de nossas tropas. Em seguida, os canhões pesados das forças do Império ressoaram de novo. Esperei alguns segundos, as pernas firmes na sela, preparado para o impacto. Mas não senti nada.

Um estrondo distante marcou o impacto da bala no outro lado do campo.

— Tomamos os canhões imperiais! — um oficial veio galopando com o anúncio. — A artilharia deste flanco é nossa!

Nossa infantaria havia virado as armas de Wallenstein contra ele próprio. Os gritos do inimigo me fizeram acreditar na promessa do rei.

Não importava quanto barulho houvesse. Não importava que a artilharia pesada me deixasse surdo ou que as chamas rugissem cada vez mais. Havia um ruído inconfundível: o sabre de Gustavus Adolphus sendo desembainhado. Meu coração bateu mais forte, pois eu sabia o que estava por vir:

— *Carga!*

O clangor da carga de cavalaria se espalhou pela cobertura opaca, enchendo meus ouvidos com a história da batalha, enquanto eu tentava adivinhar quais vultos eram inimigos e quais eram aliados. Com pistola e sabre em punho, impeli o cavalo até um grupo de figuras enevoadas. Estavam a pé, então deviam ser imperiais. Os cascos do animal os espalharam em todas as direções. Quando me aproximei, vi que estava certo. Eram piqueiros católicos, brandindo suas longas armas a esmo. Dois piques se engancharam um no outro, os soldados entraram numa disputa confusa. Encostei a pistola por trás na cabeça de um piqueiro perdido, apertei o gatilho. O estouro da pólvora se misturou com o som horrendo do metal do capacete sendo destruído. O elmo se abriu, sangue e miolos esguicharam. Desci o sabre em outro soldado, cortei seu ombro. Ele não tinha me visto, ou então julgara mal a distância. A dor súbita foi um susto grande demais. Ele berrou, andou para trás, tropeçou na terra revolvida, caiu de costas. Um de seus irmãos achou que era um cavaleiro desabando da montaria — golpeou seu rosto com a coronha de um mosquete, quebrando nariz e dentes antes de enxergar o uniforme.

— Trégua de Magdeburg! — uma voz gritou ao longe.

— Trégua de Magdeburg! — outra respondeu.

Não era um grito de guerra; eram palavras em sueco para que os cavaleiros se achassem e se reconhecessem.

Guardei a pistola, puxei as rédeas com a mão livre na direção das vozes. Atropelei um grupo de soldados imperiais, mas só tarde demais notei que eles enxameavam sobre um cavaleiro protestante a pé. O homem se defendia com o sabre, mas foi jogado ao chão com outros, para morrer pisoteado ou asfixiado na lama, uma morte anônima e sem testemunhas.

Eu entendia a ânsia de Gustavus Adolphus para atacar assim que possível. Entendia a necessidade de repetir Breitenfeld. Mas não entendia a estratégia de Wallenstein. Por que ele incendiara a aldeia se aquilo cegava os dois lados? Ou será que o incêndio fora apenas um erro?

— Trégua de Magdeburg! — a voz continuou me guiando.

De repente, um cavaleiro surgiu quase sobre mim. Seu galope tinha sido abafado pela gritaria e pelo barulho do fogo. Num relance, vi que sua armadura era negra por baixo da fuligem; era um cavaleiro imperial. Sua pistola estava apontada para mim, no alcance mortal em que era quase uma arma branca.

Pulei do cavalo enquanto ele apertava o gatilho. Não sei se o tiro teria me matado, mas rolei às cegas na lama, tentando proteger a cabeça dos cascos do cavalo dele e do meu. Consegui me ajoelhar, para então ficar de pé, mas outra montaria veio por trás e precisei me arrastar no chão. Não sabia mais para onde estava indo.

— Trégua de Magdeburg!

Saltei de pé, corri às cegas, cobrindo o rosto com os antebraços.

— ... Magdeburg!

Não entendi as primeiras palavras, mas sabia o que eram e só precisava me orientar.

— ... gdeb...

O resto da frase foi um borrão, mas não importava. Continuei correndo na direção do chamado. Um homem a minha frente brandia um pique quebrado, como se fosse uma lança curta. Não parei para identificar seu uniforme; apenas desviei para o lado, cravei o sabre em sua nuca, deixei que o impulso da corrida puxasse a lâmina e rasgasse seu pescoço. Abandonei-o com a cabeça segura por um fiapo.

Ouvi o mesmo brado, mas já não conseguia identificar nenhuma palavra, nem mesmo o nome da cidade. Não distingui onde uma palavra começava e outra terminava.

Mas a voz era conhecida, eu podia notar padrões de vogais, então continuei me guiando.

Por fim cheguei ao regimento de cavalaria. Quase fui de encontro a um cavaleiro montado. O homem virou para mim, sabre em punho. Mas, quando me reconheceu, apenas começou a vociferar.

Não entendi uma palavra.

— Não é hora para dialetos! — berrei. — Fale direito!

Furioso, o cavaleiro continuou gesticulando e emitindo sons que não faziam sentido. Súbito, percebi. Ele não estava usando um dialeto ou falando sandices. Estava falando sueco.

Por que eu achava que sabia falar sueco?

Os últimos anos se embaralharam em minha cabeça. Tentei refazer as lembranças das longas conversas com Gustavus. Era impossível identificar palavras específicas, mas a única coisa lógica era que o rei sempre tivesse falado comigo em alemão. Por que eu pensara algo diferente?

O cavaleiro apontou para algo que eu não via, despejou sobre mim mais glossolalia, então desistiu. Empertigou-se e impeliu o cavalo na direção que indicara.

Eles estavam gritando uns para os outros, mas era impossível discernir ordens, gritos de guerra ou qualquer outra coisa naquele idioma. Amaldiçoei o regimento que, de uma hora para a outra, resolvera ter orgulho nacional e falar apenas em sueco, em vez de continuar numa língua que eu entendesse.

Então, atrás de mim, uma voz conhecida gritou algo em meu próprio idioma:

— Gustavus Adolphus se perdeu dos cavaleiros!

Era Wallenstein.

Ele mal conseguiu completar a frase. Sua voz falhou e se desfez num grunhido de dor.

Meu coração latejando nas têmporas, virei para identificar onde ele estava. Ouvi o tropel de meia dúzia de cavalos. Tentei me tornar o menor possível, agachado na lama como uma criança. Eles passaram por mim — os cavaleiros negros com suas pistolas. Mas não iam a todo galope. Controlavam-se para manter o ritmo mais lento do generalíssimo.

Wallenstein parecia prestes a cair. Curvado para a frente, sem força para manter o tronco ereto. Não tinha armas em punho, precisava das duas mãos para se segurar no cavalo. Cada solavanco arrancava um gemido e balançava seu corpo como um boneco de pano.

— O Leão está vulnerável! — Wallenstein esganiçou. — É hora da caça!

Usou o que devia ser seu último fôlego para que os homens ouvissem a instrução que mais importava:

— O tesouro do rei será de quem o matar!

O esforço de Wallenstein para ficar sobre o cavalo era óbvio. Ele não era um general que se metia no meio do combate, como Gustavus. Tinha adotado esta tática apenas naquela batalha. Com certeza um movimento rumo à vitória, assim como eram todos.

Então entendi.

Era uma estratégia simples. Gustavus Adolphus atacava em carga junto a seus cavaleiros. Nós usávamos o choque da cavalaria pesada e a inspiração do rei como armas. Mas, sem visibilidade, a cavalaria poderia se separar, se perder no meio da confusão. Gustavus não seria o farol que uniria todos. O melhor resultado possível era que ficasse isolado.

Para tirar proveito, Wallenstein precisaria manejar os soldados de perto, mover cada peça do tabuleiro com as próprias mãos.

Corri atrás dos cavaleiros imperiais e suecos. Meus pés escorregaram na lama, precisei me apoiar com a mão espalmada. Dei de cara com um mosqueteiro imperial moribundo, estirado no chão, quase enterrado, o rosto coberto de sangue. Ele me segurou pela gola. Por um momento achei que fosse pedir perdão, fazer uma confissão ou me dizer algo. Então abriu a boca e tentou morder meu rosto.

Empurrei meu corpo para cima, afastando-me dele. Seu mosquete estava ao lado. Agarrei a arma, bati em seu rosto com a coronha. Consegui me levantar. Senti-o agarrando minha calça, os dedos presos no tecido de forma desesperada.

— Volte aqui! — ele gorgolejou. — *Não quero morrer sozinho...*

Dei um coice para trás, atingi algo que podia ser sua cabeça, continuei correndo. Um cavalo sem ginete passou a galope por mim, solto e apavorado. A névoa se abriu no que parecia uma pequena colina, mas logo vi que eram corpos empilhados de cavalos e cavaleiros, seus membros entrelaçados até que não houvesse diferença entre um e outro. Escalei o monturo. Havia três piqueiros do outro lado. Eles estocaram com as armas longas contra mim assim que minha cabeça surgiu. Voltei para trás da cobertura. Os piqueiros escalaram pelo outro lado. Firmei os pés no peito de um cavalo morto e empurrei o topo da pilha. Os corpos besuntados de sangue escorregaram e derrubaram os soldados. Corri ao largo deles, meus pés fazendo barulho em ossos e carne.

Enxerguei um amontoado de grandes vultos. Gritos na língua que eu não entendia e em alemão. Eram cavaleiros engalfinhados em luta.

Um cavaleiro afastado dos demais.

Uma golfada de fumaça fez a cortina translúcida se abrir por um segundo, revelando a escaramuça e o cavaleiro isolado. Ele estava debruçado na sela, sobre o pescoço do cavalo. Vestia preto da cabeça aos pés. Ao contrário dos outros, não tinha sabre ou pistola. Não lutava.

— Wallenstein — eu disse para mim mesmo.

O nome era uma praga, uma oração. Algo repugnante e sublime.

Eu estava tremendo, mas respirei fundo para me acalmar. Firmei os pés tanto quanto podia na lama.

Levei o mosquete ao ombro, fiz mira. A fumaça encobriu o generalíssimo mais uma vez, o transformou numa sombra borrada, mas o segundo de visibilidade tinha sido suficiente. O cano estava alinhado com meu olho aberto, minhas mãos pararam de tremer.

Wallenstein estava em minha mira.

Apertei o gatilho.

O estouro se uniu às centenas de estouros iguais. A pequena nuvem de pólvora se mesclou à fumaça que envolvia mundo.

O ginete caiu.

Larguei o mosquete, corri para ele. Não importava se eu fosse visto, não importava se fosse atacado. Eu precisava ter certeza. Wallenstein não morreria com um mero tiro. Eu precisava enfiar uma faca no coração de Wallenstein, precisava cortar sua cabeça e o enterrar bem fundo. Wallenstein era um monstro que assustava soldados como se fossem crianças. Eu precisava garantir que estava morto.

Desviei do cavalo apavorado, me joguei sobre ele, um joelho em seu peito, o outro apoiado na lama. Ergui o sabre acima da cabeça.

Em um instante, vi que a roupa não era preta. Apenas estava coberta de fuligem.

O cavaleiro não estivera debruçado sobre a montaria porque não tinha forças para se erguer. Em sua mão havia um mosquete — a arma que ele costumava levar na lateral da sela, ele estivera se abaixando para pegá-la. Ele não estivera sozinho para evitar o combate. Estivera sozinho porque já havia matado todos a seu redor e estava em busca de novos alvos.

Gustavus Adolphus olhou para mim com horror e decepção.

Meus dedos amoleceram, o sabre caiu. Sangue espesso vazava para fora da armadura do rei. Ele disse alguma coisa que não compreendi, porque não falava sueco.

Um cavaleiro surgiu atrás do Leão da Meia-Noite, gritando alguma coisa. Gustavus tentou se erguer. Eu o ajudei, mas minhas mãos trêmulas não tinham mais força. O cavaleiro o puxou para sua própria sela,

Gustavus se agarrou nele como pôde. Antes que o rei estivesse montado, o cavalo partiu a galope.

Os dois se tornaram vultos imediatamente. Houve um novo estouro, o brilho apagado de pólvora explodindo. Uma das figuras na sela chacoalhou para o lado. Então este mesmo vulto caiu mais uma vez, levado pelo impacto do tiro. Seu companheiro tentou mantê-lo sobre a montaria, mas era tarde demais.

Figuras embaçadas surgiram de todos os lados. Desceram como abutres sobre o corpo no chão.

Quis acreditar que o homem caído era o cavaleiro anônimo. Apenas um soldado que fora atingido por um tiro de mosquete, como tantos outros. Quis acreditar que Gustavus Adolphus continuava na sela e que aquela seria mais uma de suas incontáveis histórias de sobrevivência.

Mas eu sabia da verdade.

Não vi a morte do Leão da Meia-Noite. Ninguém viu.

Eu ainda estava ajoelhado na lama, engolfado pelo horror de meu crime.

— Tiefenbach! — uma voz lamurienta soou atrás de mim.

Virei-me. O pequeno grupo de cavaleiros imperiais se aproximou devagar. Wallenstein no meio deles. Sem armas, mal se mantendo na sela.

— O que está fazendo? — ele disse, como se nunca tivéssemos ficado separados, como se eu nunca tivesse deixado de servir a ele. — Seja útil. Ache um cavalo e junte-se a mim. Verifique a distância dos reforços.

Observei-o por um segundo.

— Não — falei. — Eu sirvo a Gustavus Adolphus.

— Pare de falar bobagens — Wallenstein grunhiu. — Apenas obedeça.

Eu me ergui.

Olhei em volta.

E obedeci.

Segurei as rédeas de um cavalo solto. Acalmei o animal, coloquei o pé no estribo, subi à sela.

— Preste atenção a sua tarefa. Tenho mais o que fazer além de repetir ordens para oficiais idiotas.

Wallenstein estava mais pálido sob a fuligem, mais esquálido e ao mesmo tempo mais rotundo. Um de seus pés fora do estribo, a perna esticada e quase imóvel. Passei alguns instantes com o olhar fixo no generalíssimo. Lembrei dos anos servindo a ele. Servindo à tirania.

Lembrei de Magdeburg.

Dei a única resposta possível:

— Sim, senhor.

XVIII

FOI UM INSULTO AINDA MAIOR SABER QUE A SUÉCIA VENCEU A Batalha de Lützen.

A vitória não significou nada. Foi mais uma entre dezenas, centenas de batalhas. Com Gustavus Adolphus morto, seu exército se tornou apenas mais um.

E a guerra continuou.

Porque a guerra não precisava de motivo. A guerra só continuava, independente dos homens, até o fim do mundo.

Descobri que, não importava quanta miséria eu testemunhasse, ainda poderia haver miséria pior. Eu achava que o fundo do abismo eram os massacres, as pragas, o vazio das aldeias mortas, a fome que levava ao canibalismo. Mas fui ingênuo. Ao longo dos próximos dois anos, senti saudade das épocas mais amenas, quando estávamos esperando pelo Juízo Final em vez de vivê-lo.

Um exército de 20 mil soldados doentes invadiu cidades com a única intenção de espalhar a peste. Não buscavam mais pilhagem ou mesmo brutalidade. Sabiam que estavam condenados e só queriam compartilhar a morte. Plebeus em territórios católicos tentaram montar resistência contra os próprios soldados católicos. A violência não possuía mais alvos. A França, mesmo sendo católica, interferiu pesadamente em favor dos protestantes. Não havia mais diferença entre aliado ou inimigo. Independente de juramentos, crenças, nacionalidades, sobrenomes ou hierarquia militar, todos podiam lutar contra todos.

Com o exército de Wallenstein, continuei observando as florestas e os campos sem animais, as próprias plantas incapazes de ressurgir. Territórios inteiros se transformaram — flora, fauna, até mesmo topografia.

A população continuou a diminuir. Mas isso não foi nada perto da sensação de isolamento.

Wallenstein capturou e prendeu um comandante católico que traíra o Império, apenas para libertá-lo e deixar que voltasse a servir ao inimigo. As lealdades mudavam de forma vertiginosa. Qualquer oficial poderia se tornar um inimigo, por lucro, orgulho, fé ou desespero. Nenhum nobre ou soldado era capaz de fazer sentido das forças conflitantes de vassalagem, religião e ódio pessoal.

Cercado por dezenas de milhares de pessoas todos os dias, eu estava completamente sozinho.

Não tenho nenhuma clareza sobre a ordem dos acontecimentos, porque não houve lógica, não houve uma sequência. O Juízo Final significava que o tempo estava deixando de existir. Não havia estações, apenas um frio cinzento constante. Não havia vitória ou derrota, apenas luta. Participei da conquista de cidades que já haviam sido conquistadas antes, que mudavam de lado, que pediam ajuda, que simplesmente possuíam algo que um general ou nobre desejava.

Do generalíssimo ao mais reles mercenário, do Imperador a um plebeu esfaimado, ninguém sabia o objetivo da guerra. Ninguém sabia o que tornaria um dos lados vencedor, o que poderia decretar uma rendição. Apenas lutávamos, tentando sobreviver até a próxima batalha, que poderia ser contra qualquer um.

Então não sei se foi logo após a morte de Gustavus ou anos mais tarde. Não sei onde estávamos, muito menos por quê. Lembro da cena. Eu estava na tenda de comando de Wallenstein, de pé, observando-o fazer cálculos durante horas enquanto falava ocasionalmente.

— O Imperador é um imbecil — disse Wallenstein, em resposta a algo que só existia em sua cabeça. — Um imbecil e um lacaio, que é o pior tipo de imbecil. Como você, por exemplo, que serve sem questionar e nunca conseguiu servir direito.

Assenti.

— Então comemore, Tiefenbach! Você tem o intelecto e o caráter de um Imperador!

Podia ser uma piada, mas Wallenstein não ria nem do que ele mesmo falava. Em vez de rir, ele se dobrou num gemido de dor, rilhou os dentes, levou as mãos ao estômago. Seu rosto pálido se tornou vermelho e pontilhado por gotículas de suor.

— Tanta gente com tantas pragas! — grunhiu. — Tanta gente espalhando disenteria! E não conseguem me infectar! Eu receberia a disenteria de braços abertos se ela me fizesse cagar, Tiefenbach.

Arengou mais um pouco, até que a dor passasse.

— É por isso que vivo num inferno e nunca conseguirei um minuto de felicidade — ofegou. — O Imperador é um lacaio imbecil e meu lacaio imbecil é igual ao Imperador. Posso matar dez mil pessoas com uma palavra, mas ninguém consegue me obedecer direito. Nem minhas tripas me obedecem. O mundo é um antro de imbecis.

— Mas já está no fim — eu disse.

— Cale a boca. Se eu quisesse ouvir sobre o futuro, estaria falando com quem realmente prevê o futuro.

Fiquei calado.

As palavras de Wallenstein passavam ao largo, como se eu estivesse separado do mundo por uma redoma de vidro. Cada insulto era estranhamente alheio, mas também uma confirmação que me confortava. Tentei lembrar da vida antes de vir espionar Wallenstein. Não consegui. Também não lembrava direito dos anos com Gustavus Adolphus. Pareciam improváveis. Eu não entendia sua língua; como poderia ter sido seu confidente? Como poderia ter vivido tudo aquilo?

Wallenstein considerava o Imperador um lacaio; um pano velho usado por outros para limpar as botas. As histórias dos soldados e os lamentos do próprio general tinham me ensinado o que acontecera nos anos em que fiquei longe. Quando Wallenstein recebeu a carta que o dispensava oficialmente do exército, estava com seu astrólogo de confiança. O homem garantiu que, quando as estrelas estivessem alinhadas, ele seria reinstituído. Por isso o general não demonstrou irritação nem deu importância a sua própria queda em desgraça.

As palavras "estrelas alinhadas" ressoavam comigo por alguma razão.

Ele então se retirou para uma de suas residências, um castelo onde imediatamente tomou o papel de governante e senhor de terras local, dominando a vida da plebe com naturalidade. Estava falido, mas não teve dificuldade em extorquir e arrancar dinheiro de fontes diversas. Wallenstein possuía uma qualidade autoritária assombrosa e humilhante. Dava ordens a qualquer um e, assim que falava, elas deixavam de ser ordens. Tornavam-se fatos. Ele transformava o ato de obedecer no comportamento normal; qualquer questionamento era uma aberração. Durante os anos de exílio, acostumou a região do castelo à subserviência. Passou a ser visto como um nobre maior. Uma coroa em sua cabeça seria o próximo passo natural.

Quando Ferdinand o chamou de volta, Wallenstein desprezou a proposta. A única coisa que o Imperador poderia fazer para conquistar um mínimo de respeito seria lhe virar as costas e arranjar outro general para fazer frente a Gustavus. Mas ele insistiu e, assim, passou a ser um verme aos olhos de Wallenstein.

Foram meses de negociações, em que o Imperador bajulou Wallenstein como um adolescente apaixonado. E a resposta continuou negativa.

Wallenstein concordou em erguer um exército, mas não em comandá-lo. Disse que estava farto da guerra, mas sua autoridade e sua reputação reuniram a quantidade de homens de que o Império precisava. Homens que não seriam sua responsabilidade.

Então o Imperador implorou.

Wallenstein impôs condições humilhantes. Ferdinand estaria proibido de se juntar aos exércitos de seu próprio Império. Terras hereditárias dos Habsburgo foram doadas ao general. Ele poderia condenar e perdoar quem quisesse. Poderia escolher e dispensar seus próprios generais. Em todos os quesitos, exceto no título, Abrecht von Wallenstein teria mais poder que o Imperador Ferdinand.

Ferdinand aceitou.

Qualquer lealdade que ainda pudesse restar se desintegrou. Onde quer que Wallenstein estivesse, Ferdinand era alvo de zombaria, piedade ou raiva. Conhecido como ditador do Império, o generalíssimo nunca mais teve meias palavras ao se referir ao Imperador como um inseto pusilânime, uma barata moribunda implorando por clemência. Um plebeu que defendesse sua cabana de palha tinha mais orgulho e nobreza que o Imperador. Em meio ao oficialato, à soldadesca, a dignitários estrangeiros e a nobres imperiais, insultava Ferdinand sem nenhum constrangimento.

Mas agora lutávamos em nome do Imperador. Não significava nada, era apenas a guerra.

— Para onde vamos agora, general? — perguntei.

— Lugar nenhum — Wallenstein respondeu, impaciente. — Vamos ficar parados.

Ficamos parados.

Ficamos longos meses parados. Os altos oficiais tomaram residências na cidade de Pilsen e as tropas acamparam ao redor. Ninguém conhecia os planos ou a estratégia do general. Wallenstein mandou todo o alto-comando embora, deixando que se envolvessem em suas próprias pequenas campanhas, levando seus batalhões. Ignorou as cartas e os relatórios que chegavam com notícias de seus comandados. Com o tempo, as informações cessaram. Ele estava isolado por vontade própria.

O silêncio foi quebrado por uma carta que nenhum oficial ou servo teve coragem de entregar. O próprio papel onde fora escrita estava dobrado de forma a fazer um envelope, como era o costume. A dobra mais externa fechava o envelope e tinha o selo imperial.

Aguardei na porta do escritório de Wallenstein até que ela se abrisse. Três homens saíram do cômodo, carregando braçadas de papéis, pergaminhos, instrumentos de escrita e aparatos de cartografia. Vestiam mantos com adereços propositalmente exóticos. Quase como se estivessem fantasiados de feiticeiros.

Entrei no escritório. Encontrei Wallenstein atrás de sua mesa coberta de papéis. O maior deles era um vasto mapa astral. Havia um modelo dos seis planetas do sistema solar pendurado no teto. O general examinava seu astrolábio esférico.

— General — falei. — Há uma carta do Imperador Ferdinand para o senhor.

Minha postura era servil. Fiquei de pé, fazendo pose para que ele apreciasse, enquanto Wallenstein prestava atenção à astrologia. Tive a vaga impressão de que eu deveria ser mais orgulhoso, mais decidido, mas isso não condizia com a realidade. Eu era um empregado do general; nem mesmo tinha um posto militar. Era um privilégio participar de sua intimidade daquela forma.

Depois de alguns minutos, ele se voltou para mim.

— Ainda está aí? — um suspiro de cansaço e frustração. — Que seja. Vejamos o que o capacho tem a dizer.

Pedindo licença, apanhei um abridor de cartas de sua mesa e quebrei o selo. Meu coração bateu forte. Há anos não havia comunicação entre aqueles dois.

— Leia — ele ordenou.

Foi uma honra pronunciar as palavras ditadas por Ferdinand e seu confessor, o santo Lamormaini. Na carta, o Imperador expressava preocupação pela passividade de seu generalíssimo, questionava a razão de sua recusa em continuar a campanha e o lembrava de que libertara um prisioneiro importante sem autorização imperial. A mensagem terminava com uma ordem para que Wallenstein retomasse as atividades.

— Idiotas por toda parte! — ele esbravejou. — Ferdinand ainda não se cansou desta guerra ridícula. Aproxime-se, Tiefenbach.

Obedeci. Wallenstein espalhou alguns diagramas e fórmulas na mesa. Apontou para um deles.

— Você sabe ler isto, não? Apesar de tudo, conhece a ciência oculta.

Franzi o cenho.

— Bem... Não, general.

— Não desperdice meu tempo, não é hora para modéstia! Anos atrás, eu o mandei a Passau para obter meu amuleto. Era um trapo inútil, mas você sabia o que estava fazendo.

— General, minha missão em Passau se resumiu a entrar na cidade, falar com o armeiro que fabricou o amuleto, comprá-lo e trazê-lo de volta. Não houve nada místico envolvido.

Ele resmungou alguma coisa. Eu não sabia o que pensar. Talvez Wallenstein estivesse me confundindo com outro servo.

— Não importa — decretou. — Nada de bom pode vir desta guerra. Os próximos meses trazem desgraças. Talvez o próximo ano inteiro! A melhor maneira de evitá-las é ficar longe.

Com os mapas zodiacais, diagramas de planetas e páginas cheias de cálculos, o general explicou que o futuro não era favorável a grandes manobras militares. Era preciso esperar uma nova configuração astral, então consultar os horóscopos mais uma vez.

— Sabe quem são os homens que estavam aqui?

— Não, senhor.

— Claro que não. São alguns dos maiores astrólogos do mundo! Ferdinand é um imbecil. Influenciado por seus jesuítas, não sabe de onde vêm as vitórias de seu próprio Império. Por que jesuítas odeiam tanto a astrologia, Tiefenbach? É puro medo de perder seu poder político?

— Apenas eles podem saber, meu senhor.

Wallenstein me olhou com estranheza, mas balançou a cabeça e continuou.

— Anos atrás, fui avisado de que sofreria uma decepção, mas voltaria à glória! Ferdinand achou que me destruía ao me expulsar, mas eu já estava preparado. Fizemos o mapa astral de Gustavus Adolphus para conhecê-lo melhor e o resultado está enterrado em algum lugar, sendo comido por vermes. É exaustivo ser o único que está certo o tempo todo.

Fui tomado por uma estranha sensação de reconhecimento. Era como se eu já tivesse testemunhado aquilo. Não a cena, não as palavras. A derrocada de alguém para o fanatismo astrológico, um homem importante paralisado e isolado com seus horóscopos, as grandes decisões do Império sendo tomadas com base nas estrelas.

— Responda à carta — disse Wallenstein.

— O senhor vai ditar?

— Não tenho tempo! Escreva qualquer coisa. Diga que uma campanha nesta época do ano seria ruim para a saúde dos soldados. Diga que o prisioneiro que libertei era tão incompetente que vai fazer mais estrago comandando as tropas protestantes.

Passei os olhos pela carta de Ferdinand mais uma vez. Se eu respondesse o que Wallenstein ordenava, estaria registrando em papel um ato de rebeldia e desobediência.

Mas não cabia a mim questionar.

Wallenstein me honrava. Quando uma pequena comitiva chegou a Pilsen no meio da noite, todos a pé, sob capuzes nas ruelas desertas, fui eu o escolhido para conduzi-los até a mansão onde o general residia. Eram oito homens com pistolas e rapieiras na cintura, olhando para todos os lados sob o tecido escuro que escondia seus olhos, em volta de um sujeito alto e digno, que andava com postura ereta. Seguimos com apenas um lampião, que eu carregava meio coberto por um pano, fornecendo o mínimo de luz para que pudéssemos nos orientar.

Levei-os por um caminho estreito que se espremia entre a lateral da mansão e um muro alto. Puxei um molho de chaves, abri uma porta de empregados, sinalizei para o interior da casa. Os guarda-costas sumiram porta adentro, averiguaram a segurança, então permitiram que seu senhor também entrasse. Entrei por último, depois de garantir que não fôramos seguidos.

Os nove convidados tiraram seus capuzes. Os guardas eram todos loiros e fortes, vestidos em casacas discretas. Seu chefe era um homem de cabelos esbranquiçados, barba longa e bem cuidada, rosto impassível.

Virou-se para mim, falou alguma coisa em uma língua estrangeira. Sorri, fiz uma mesura e sinalizei para que me seguissem. O convidado de honra me deteve com um toque no braço. Perguntou algo em seu idioma, tentei disfarçar minha confusão.

— Bom vê-lo, de novo, Tiefenbach — ele falou em alemão, um pouco hesitante. — Estranho que seja nestas circunstâncias, mas vivemos em tempos estranhos.

Tentei responder, mas a surpresa de ouvir meu nome na boca de um dignitário estrangeiro me deixou mudo. Senti meu rosto ardendo de vergonha: um nobre lembrava de mim e eu não lembrava dele.

— É um privilégio, meu senhor — gaguejei. — Agora, se me permite...

— Não me reconhece?

Sua voz não demonstrou emoção. Parecia Wallenstein antigamente, antes que a melancolia e a dor o tivessem dominado. Tropecei nas palavras. A última coisa de que precisava era cometer uma gafe que arruinasse algum grande acordo diplomático.

— Sou Oxenstierna — ele disse. — Chanceler de nosso amado e saudoso Gustavus.

É claro. Eu não sabia como ele conhecia meu nome, mas o rosto de Axel Oxenstierna estava reproduzido em centenas de panfletos, jornais, até mesmo pinturas.

— Perdão, meu senhor — fiz uma mesura profunda. — A tensão destes tempos afeta minha memória.

— Não é preciso pedir perdão, Tiefenbach. Agora, por favor, me leve até o general.

Liderei o caminho até as dependências sociais da casa, então escada acima. Abri a porta do escritório, fiz mais uma mesura e deixei que entrassem, ficando do lado de fora.

— O que está fazendo? — disse Oxenstierna. — Quero que esteja conosco.

Era uma exigência estranha, mas seria pretensão adivinhar o comportamento da nobreza estrangeira. Fiz o que ele mandava. Wallenstein e Oxenstierna me olharam, intrigados. Procurei me tornar tão discreto quanto possível. Enfim, se puseram a falar entre si. Respirei aliviado.

— Entenda o tamanho de meu gesto — disse Oxenstierna. — Este é um tremendo voto de confiança. Um pequeno grupo de mosqueteiros não seria suficiente para garantir minha segurança contra todos os milhares que obedecem a você.

— Existem maneiras menos irritantes de matá-lo, se fosse meu objetivo — o general respondeu. — Se sua morte fosse me tirar deste buraco sem fundo, você estaria morto. Mas preciso que fique vivo. A única coisa que pode acabar com a guerra é nossa união.

As palavras foram como um tiro. Todos sabiam o que estava em negociação naquele encontro clandestino, mas falar em traição explicitamente era uma jogada ousada.

— Pronto! — Wallenstein grunhiu, levou a mão ao estômago e disfarçou uma careta de dor. — Agora ouviu algo que me incrimina. Se um de seus guardas for um alto oficial, como imagino que seja, basta que um de vocês dois sobreviva para que possa me denunciar a Ferdinand. Ao diabo com isso. Tudo que quero é o fim da guerra.

Nenhum vinho fora oferecido. Havia a desconfiança sobre envenenamento, mas outra razão era predominante: cada um sabia que o outro bebia pouco ou nada. Generais inimigos se tornavam íntimos, mesmo se encontrando poucas vezes.

— O que causou esta mudança? — perguntou o sueco.

— Estou exausto — Wallenstein murmurou entre gemidos. — A guerra não serve a nenhum propósito. Já enriquecemos e já empobrecemos. Os regentes da Boêmia foram vingados, a rebelião acabou. Já houve um rei idealista, que morreu. Você luta para conseguir sair da guerra com o menor prejuízo possível. Eu luto porque é a melhor maneira de manter em xeque meus inimigos na corte. Espanha, França, Dinamarca... Cada um luta porque o outro está lutando. Isso não tem fim.

Uma postura de racionalidade surpreendente. Um eco do antigo Wallenstein.

— Você me chamou até aqui para negociar a paz? — Oxenstierna perguntou. — Ou para mudar de lado?

Houve um silêncio pesado.

— Ambos — Wallenstein grunhiu. — Quando estivermos do mesmo lado, Ferdinand se verá ameaçado novamente. Vai ser obrigado a assinar uma trégua.

Os dois se mediram.

— Há mais motivos — disse Oxenstierna. — Preciso de sua franqueza absoluta para considerar essa proposta.

Wallenstein respirou fundo. A conversa se movia em velocidade estonteante. Um tratado de paz demoraria anos, mas estava sendo negociado entre dois homens, numa sala fechada, como se fosse o preço de uma saca de trigo.

— Ferdinand nunca vai fazer a paz enquanto a guerra for uma possibilidade — disse o general. — Por causa dos padres. Padres o cercam o dia inteiro. Eles acreditam que esta é uma guerra santa. Guerras santas só acabam quando os príncipes percebem que na verdade eram guerras por dinheiro e poder. Não há mais dinheiro nem poder nesta guerra, só despesas e humilhações.

O outro continuou encarando-o. Não moveu um músculo, não piscou.

— Há mais motivos.

Uma sombra cobriu o rosto de Wallenstein e ele pareceu murchar.

— Se quer saber — ele disse, num misto de rosnado e lamento — as estrelas me dizem para fazer a paz! Meu horóscopo só mostra a ruína caso a guerra continue. Todos os astrólogos concordam!

— Uma decisão de Estado guiada pelo horóscopo?

Wallenstein bateu com o punho na mesa. Naquele estado, era uma raiva patética, impotente, sem forças.

— Foi o horóscopo que matou seu rei! — ele esganiçou. — Foi com um mapa astral que conheci seu belo Gustavus Adolphus, o enganei e dei cabo dele! As estrelas não se importam com o que você acredita ou com o fanatismo dos católicos!

Oxenstierna deixou o acesso de fúria acabar.

— Você se guia pela superstição — disse o sueco. — Mas o caminho leva à racionalidade.

Wallenstein estava ofegante. Impossível dizer se iria chorar ou ordenar um ataque.

— Deixe os fanáticos com sua guerra santa — disse Oxenstierna. — Vamos forçá-los à paz.

III

COM O EXÉRCITO PARADO, OS SOLDADOS ADOECERAM E PERDERAM motivação. As carreiras dos oficiais ficaram estagnadas. Não havia espólios, vitórias ou atos de bravura. Não havia reforço dos laços de lealdade. Trancado em seu escritório com seus astrólogos e seus horóscopos, Wallenstein ignorava o alto-comando. Um panfleto chamado *Escrito de Bamberg* começou a circular, enumerando as insatisfações do exército para com o general.

Ele me designou uma tarefa muito além de minhas capacidades. Na noite da véspera, chorei de nervosismo e mal consegui dormir. No dia, não consegui comer nada; meu estômago se revoltou de medo e antecipação. Eu gostaria que Wallenstein percebesse que um mero servo não podia cumprir aquela missão, mas contrariar as ordens do general era suicídio. Eu temia a retribuição caso recusasse; temia a retribuição caso falhasse. Rezei com fervor, pedindo a Deus que me perdoasse. Não podia me confessar, porque os padres reportavam a um bispo que também era um dos comandantes de Wallenstein — leal ou já se erguendo contra ele, não importava.

O alto-comando foi chamado de volta. Mais uma vez Pilsen ficou tomada de nobres e oficiais de alta patente, com seus regimentos e suas guardas de honra. Wallenstein se manteve recluso, ainda mais escondido do que o normal, mas os figurões foram bem recebidos em sua casa.

Naquela noite, todos se reuniram em um banquete.

Eram mesas compridas, repletas de pratos, ainda mais repletas de copos. Os empregados circulavam com cerveja, vinho e licores, não deixando nenhum oficial com sede. O salão era amplo, mas tinha se tornado aconchegante pela decoração. Uma lareira crepitava, os rostos rosados de várias dezenas de homens ficavam semiocultos à meia-luz enquanto eles se embriagavam. A conversa iniciara comedida, mas logo se tornara uma disputa de exclamações, gargalhadas, gritos e histórias que não chegavam a lugar nenhum. Um quarteto de cordas tocava uma música da moda, usando partituras que tinham nos custado uma pequena fortuna.

O banquete não devia nada à corte de Viena ou de Paris. Estávamos gastando comida estocada durante anos. Os cofres sofreram um baque severo. Eu não lembrava de ver fartura maior em toda minha vida. Quando os convivas já estavam soltos pela bebida, o estômago cheio o bastante para causar um leve torpor, eu soube que era o momento certo.

Fiz o sinal da cruz, sussurrei um Pai Nosso e pus no rosto meu melhor sorriso falso. Tomei a frente do salão, ficando bem visível para todas as mesas. Os músicos silenciaram. Pedi licença em voz alta, repeti de novo e de novo até que os comensais ouvissem.

Dezenas de nobres, generais, até mesmo o bispo, todos com os olhos em mim. Minhas pernas fraquejaram. Tentei parecer confiante.

— Senhores! — exclamei, sorrindo. — Meus distintos senhores! Se puderem dedicar sua atenção a mim por um minuto, trago os votos do anfitrião desta noite.

— Onde está Wallenstein? — uma voz bêbada reclamou.

— É sobre isso que vim falar! — mantive o sorriso, sentindo-me como uma marionete. — Sua Graça, o Generalíssimo Albrecht von Wallenstein, se ausentou das festividades porque não desejava lhes causar constrangimento.

O silêncio e o ambiente vasto amplificaram a batida de um garfo num prato de louça, uma tosse contida, o rangido de uma cadeira.

— Ele está ciente dos boatos e das maledicências que circulam entre as fileiras — continuei. — Não tapa os ouvidos para as palavras mesquinhas e as falsidades que os inescrupulosos espalham... E também não se ressente daqueles que, em sua boa-fé e lealdade imperial, ficam alarmados com tais perfídias!

Eu conseguira conquistar um pouco de seu interesse. Mal podia acreditar.

— Que culpa tem alguém que, movido por devoção genuína, desconfia do alvo de uma conspiração? Tal é o poder dos complôs, meus senhores! Eles transformam a honestidade em ferramenta e a bondade em arma. Mas acreditem... Tudo isso não passa de uma campanha de mentiras!

Eles se entreolharam. Alguns murmúrios tomaram o salão.

— Dizem que o General Wallenstein é um traidor. Dizem que vai mudar de lado. Dizem que faz planos contra nosso Imperador. Assim como disseram no passado, maculando sua reputação, apenas para que ele desse a outra face e voltasse a servir ao Império e à Igreja num momento de necessidade!

Todos ali conheciam aquela história — tanto a versão real quanto a fictícia. Eu estava apenas repetindo as palavras de Wallenstein, oferecendo uma narrativa plausível para que eles aceitassem a proposta.

— O generalíssimo pede a seus comandantes algo muito simples. Algo com que ele sempre foi generoso — fiz um gesto singelo com as duas mãos. — Lealdade. Albrecht von Wallenstein deseja apenas que seus irmãos em armas permaneçam a seu lado neste momento instável.

Eles sentiam que havia algo a mais.

— E que assinem esta carta de compromisso, selando o pacto.

Puxei o documento dobrado de dentro da casaca e o salão explodiu em reclamações. Eles gritaram comigo, gritaram uns com os outros, gritaram com os guardas, gritaram o nome de Wallenstein para que desse as caras. Pedi calma de novo e de novo, tentei silenciá-los como um tutor de crianças birrentas. Após vários minutos, ficaram quietos o bastante para que eu fosse ouvido no meio do burburinho.

— Esta carta afirma apenas que os senhores são leais ao General Wallenstein e que irão acompanhá-lo no futuro — o volume das vozes iradas cresceu mais uma vez. — Mas, se não puder contar com a lealdade de seus companheiros, ele renunciará ao comando e se tornará apenas um cidadão do Império.

Aquilo calou todos imediatamente.

A carta estava em minha mão, como uma isca ou uma recompensa — ou ambas. Wallenstein desejava com isso uma medida da lealdade dos oficiais. A renúncia era algo extremo, podia causar tumulto em todo o Império. Ou seja, aqueles que aceitassem o exército sem Wallenstein estavam dispostos a encarar qualquer coisa para se ver livres dele. Eram inimigos declarados. Mas, é claro, o general contava com a desonestidade de seus homens, contava que assinassem o documento sem nenhuma intenção de cumprir a palavra. Considerava a mentira como o padrão. Eles iriam enganá-lo... E então seriam culpados de traição. De posse de um compromisso assinado, Wallenstein poderia acusá-los formalmente, teria autoridade para torná-los párias e marcar como rebeldes todos que os seguissem. Um traidor não tinha a confiança de ninguém; o próprio Wallenstein era prova viva disso. Ele duvidava que o Imperador ou os altos nobres fossem dedicar muito esforço a proteger traidores, por mais que tivessem inimigos em comum. Não era um movimento perfeito, mas era um começo.

Um dos generais mais veteranos se ergueu da cadeira. Não parecia estar muito bêbado. Falou com a voz de quem está acostumado a ser ouvido:

— Somos leais a Wallenstein! — manteve o teatro. — Mas, antes de mais nada, somos leais a Deus. Wallenstein já foi protestante! Não podemos assinar nenhum documento que possa nos colocar contra a Igreja Católica!

Meu coração disparou. Era o momento de maior tensão de minha vida. Como um reles servo chegara à posição de fazer aquilo eu nunca entenderia. Mas recitei o que o general ordenara:

— Para isso há uma garantia — mantive a voz firme a muito custo. — A carta diz que os senhores só devem lealdade ao general enquanto ele lutar pelo Imperador e pelo catolicismo.

Silêncio.

A jogada estava feita. Com aquela cláusula, Wallenstein se colocava numa posição vulnerável, à mercê do Império. Assumia um compromisso que essencialmente sufocava todas suas ambições por uma coroa e suas negociações com o inimigo. Jogava no lixo a superioridade que obtivera sobre Ferdinand. O menor descuido, a menor falha, e ele seria condenado por traição. Não teria aliados.

Era uma oferta tão generosa que tomou os oficiais de surpresa. Ficaram paralisados, esperando que alguém fizesse algo.

O general que falara antes estendeu a mão. Entendi a ordem muda, fui até ele, me curvei e entreguei a carta. Ele leu a primeira página, então a segunda, onde estava a cláusula de garantia. Por fim a terceira, com um amplo espaço para que todos assinassem.

Antes que ele pedisse, eu já estava com pena e tinta a postos.

Apoiou o papel na mesa, uma gotícula de vinho tingiu um dos cantos. Rabiscou seu nome de forma decidida, passou o documento ao próximo.

Então a conversa voltou, em volume e intensidade normais. Os oficiais se levantaram, cálices em mãos. Espicharam o pescoço para ver a carta, espicharam o braço para assiná-la.

Estava dando certo. Eu não acreditava. Toquei a folha de papel dentro de meu bolso, num gesto nervoso.

A carta passou de um a outro. Foi respingada de gotas de vinho e de tinta. Dedos engordurados deixaram suas marcas. Foi amassada e dobrada. Mas as assinaturas se multiplicaram. Alguns se recusaram a assinar; uma discussão estourou, um general antes indeciso defendeu Wallenstein apenas para contrariar um desafeto.

No fim, enquanto os empregados serviam a sobremesa e preenchiam mais uma vez os cálices, o primeiro signatário me devolveu o documento.

— Transmita uma mensagem a Wallenstein — ele disse.

Fez uma pausa por ênfase.

— Todos queremos acreditar nele. Ele deve nos dar motivos para acreditar.

— É claro, meu senhor.

Peguei a carta. Num gesto rápido, tirei a mão do bolso, escondendo na palma e no antebraço a página que seria trocada. Inseri a nova folha de papel entre as outras duas, puxei a página anterior e a enfiei no bolso sem ser visto.

Dobrei o documento alterado, formando um envelope. Fiz sinal para que um dos empregados me trouxesse a cera e o selo para fechar o documento. Derreti e pinguei a cera sobre a aba exterior.

— O que é isso? — disse o general.

— Perdão, meu senhor?

— O que é isso? — ele repetiu, mais incisivo.

— Ora, o documento...

O círculo de cera derretida esfriava rapidamente sobre a carta. Aproximei o anel com o sinete para fazer a marca de Wallenstein e fechá-la.

O general agarrou meu pulso.

— Deixe-me ver esses papéis.

Balbuciei alguma coisa, ele arrancou o documento de minha mão. Virou o envelope, examinando as dobras e abas visíveis. De imediato suas sobrancelhas se ergueram. Ele abriu a boca numa máscara de revolta:

— É uma farsa! — vociferou. — Um truque barato!

A página do meio estava intacta, sem as marcas de vinho, gordura, tinta e descuido. Pequenas áreas do papel dobrado revelavam a brancura, a falta de desgaste. Um detalhe que passaria despercebido por todos que estivessem bêbados.

Se aquele militar tivesse bebido o que oferecemos, tudo teria sido diferente.

Ele quebrou a cera endurecida, separou as três folhas. A diferença era evidente. Tomou a segunda página, que eu havia inserido entre as outras duas, destacando ainda mais sua limpeza. Leu em voz alta.

— É o contrário do que assinamos! — rugiu. — A cláusula afirma que nossa lealdade é incondicional! Diz que permaneceremos com Wallenstein mesmo que ele se volte contra o Império!

Eram cláusulas opostas. O plano era selar o documento com a afirmação explícita de que os oficiais eram fiéis a Wallenstein, não ao Imperador ou à Igreja. O truque não iria obrigá-los a nada, mas seria difícil convencer o Imperador de que fora um truque. Por um lado, aqueles que assinassem de bom grado mostravam estar com ele a qualquer custo. Por outro, os demais estavam aprisionados numa lealdade forçada. Com aquela prova, Wallenstein seria seu único aliado possível.

Um bom plano.

Se desse certo.

Pratos e cálices se espatifaram no chão. Os empregados se afastaram de medo. Um general deu um tiro para cima. Cadeiras desabaram para trás, alguém cravou uma faca na mesa. Outro puxou a espada. O salão foi tomado por urros de ódio a Wallenstein, de devoção a Deus e de indignação embriagada.

Corri porta afora, sem ver o resultado completo da fúria dos oficiais. Confiei que não lembrariam de meu rosto. Afinal, eu não era ninguém.

Meu peito apertado de culpa por minha própria incompetência, me perguntei de novo por que Wallenstein confiara aquela missão a um mero servo.

Haviam se passado três dias desde o banquete e eu ainda estava vivo. Desde que Wallenstein me confiara aquela missão, não conseguia comer direito. Meu coração batia num estado constante de descontrole e eu pulava de medo de cada sombra. Mas, ao que parecia, os nobres e generais não lembravam de meu rosto — uma vantagem de ser um servo. Talvez eu conseguisse escapar.

Eu caminhava pela praça da cidade ao meio-dia, carregando uma cesta cheia de carne seca para ajudar na cozinha da mansão. Ninguém me mandara fazer aquilo; apenas achei que deveria ser útil de alguma forma. Eu evitava sair de casa depois do crepúsculo. Mesmo entre os dias nublados, aquele era o momento de máxima iluminação e eu estava bem à vista. Se quisessem me matar, seria na frente de todos.

Senti os olhares dos cidadãos me seguindo enquanto eu carregava a comida. Não havia nenhum cão na rua, porque todos já tinham ido para a panela há muito tempo. A população havia se tornado um punhado esparso de faces magras. Nenhum deles tinha dinheiro para comprar aquela quantidade de carne. Mesmo se antes tivesse, a mansão esgotava os produtos e isso jogava os preços às alturas. Caminhei com mais pressa, olhando para os lados, atento para qualquer movimento hostil.

Alguém segurou meu braço por trás.

Não evitei um engasgo de pânico. Derrubei a cesta; imediatamente surgiram crianças de todos os lados, dos becos, de trás das barracas dos mercadores, de dentro da igreja. Em segundos a carne desapareceu. O estranho não me largou.

— Ouça bem — ele sussurrou com sotaque esquisito. — Wallenstein está cercado de inimigos, mas Oxenstierna ainda tem alguma gratidão a você.

— Sou inocente — choraminguei. — Só estou cumprindo ordens.

— O chanceler não acredita que Wallenstein vá pedir trégua. A aliança está desfeita e ele não será bem-vindo em nossas tropas.

— Por que está me dizendo isso?

— Caso seu general deserte e procure abrigo entre os suecos... Fuja para bem longe.

Ele me soltou. Murmurei uma prece de alívio. Deixei a cesta para trás, corri da praça, de volta à relativa segurança de meu quarto. Não cheguei a ver quem era o estranho que me emboscou com aquela informação. Os nobres e militares insistiam em me envolver em seus jogos.

Quando cheguei à mansão, comecei a subir as escadas e gelei. Notei o perigo.

Desci rápido, antes que alguém me visse. Escapei de volta à ala dos empregados.

Por alguma razão, eu estivera prestes a entrar num dos quartos da casa, pensando que era meu. A falta de sono e de comida deviam estar me deixando louco. Fui até o alojamento coletivo dos servos, sob olhares de estranhamento do resto da criadagem. Andei de cabeça baixa, com vergonha de minha falha. Eu não sabia se eles me julgavam por ter a pretensão de dormir num quarto de hóspedes ou se sabiam de meu fracasso no banquete.

De qualquer forma, eu só queria me esconder na cama, ser esquecido por todos até que me dessem alguma nova ordem.

Não lembro quanto tempo se passou. Não havia cama disponível para mim no alojamento dos criados. Claro; eu era um intruso, eles eram os servos da casa. Felizmente, foram caridosos. Deram-me alguns cobertores e deixaram que eu dormisse no chão, a seus pés.

Ninguém me dava ordem nenhuma, então eu tentava ajudar. Descobri que, apesar de tudo, eu podia esfregar o chão com bastante sucesso.

Eu não tinha um uniforme como os outros empregados, então precisava trabalhar longe das vistas dos patrões. Daquela maneira, pelo menos fazia jus a comer na mesma mesa que os outros.

Certa noite, finalmente meu apetite voltara. Os dias de trabalho duro faziam minhas juntas doerem e minhas costas ficarem curvadas, mas pelo menos me davam fome. Sentei num dos bancos compridos, ao lado de uma camareira. Peguei uma tigela e me servi de ensopado.

— O que você está fazendo? — disse a mulher.

— Jantando — gaguejei.

— Por que está comendo conosco?

— Desculpe, eu...

— Aqui não é seu lugar — ela falou. — Um criado levará suas refeições, como fazemos com os outros.

Quis me esconder de vergonha. Saí da mesa com passos rápidos, tão amedrontado quanto estivera na praça. Enterrei meu rosto nas lapelas da casaca, mas todos me conheciam.

Fiquei do lado de fora. Esperei bastante, mas não trouxeram nada. Ela disse que me dariam comida, assim como faziam com os outros mendigos, mas seria presunção esperar que a camareira de uma casa importante lembrasse daquela promessa de caridade. Procurei entre os restos do dia anterior, mas não havia nada. Eu chegara tarde demais. Pelo menos a noite não estava tão fria. Consegui me cobrir com palha e peguei no sono com facilidade.

Eu estava na rua, encostado num muro, vendo o sol se pôr e imaginando de onde viria minha próxima refeição. As famílias eram espertas e não deixavam sobrar nenhum lixo comestível. Havia bandos de indigentes como eu. Eles eram mais fortes e estavam sempre juntos. A melhor estratégia era me manter longe, escondido, procurando o que eles deixassem para trás.

Um soldado se aproximou, tapando a luz avermelhada do sol com seu chapéu e seus ombros largos. Abaixou-se para falar comigo. Fiquei encolhido, implorando para que ele fosse embora.

— Eu sei quem você é — ele disse.

— Por piedade, seja o que for, não fiz por mal...

— Fico feliz em saber que o generalíssimo ainda tem seus truques. O que quer que estejam tramando com esse disfarce, pegará todos desprevenidos. Fique tranquilo, seu segredo está seguro comigo!

Meus braços tapavam meu rosto. Talvez, se eu o ignorasse, ele fosse embora.

— Sou leal a Wallenstein — o soldado continuou. — Ainda há vários de nós, mesmo que a maioria esteja desertando. Ele precisa saber o que circula entre o exército.

Segurou meu pulso, colocou um panfleto impresso em minha mão.

— Todos já leram isso. Está nas barracas dos soldados e nas casas dos capitães. Passa de mão em mão entre os civis. Tenham cuidado, a cidade não é segura!

— Não fiz nada...

— Estaremos sempre com vocês. Mesmo que pareçam estar sozinhos, sempre há alguém a seu lado!

Ele se afastou, apressado. Virei as costas, escondendo o papel com meu corpo. Consegui ler quase todas as palavras.

Era uma ordem do próprio Imperador Ferdinand. Dirigia-se ao exército como um todo. O palavreado era difícil, mas depois de alguns minutos entendi o significado. O Imperador liberava todos de obedecer às ordens de Wallenstein. O generalíssimo era considerado um rebelde. Havia uma recompensa por sua captura.

Vivo ou morto.

Meu estômago se contorceu. A única motivação possível para que entregassem uma mensagem como aquela a um mendigo era me usar de bode expiatório. Wallenstein mataria quem lhe trouxesse notícias tão ruins. Todos tinham medo dele e precisavam de alguém descartável. Eu não fazia falta.

O soldado avisara que estaria me vigiando: *"sempre há alguém a seu lado!"*. Eu nunca estaria sozinho. Uma ameaça velada, mas até um mendigo era capaz de entender. Eu morreria se cumprisse a ordem e morreria se não a cumprisse.

Chorei a noite inteira. Pedi perdão a Deus por meus pecados. Era estranho saber que a manhã traria minha morte. Era mais estranho ainda ser obrigado a escolher entre dois assassinos. Mas, quando o sol nasceu, tomei a decisão.

Minha vida inteira fora inútil. Eu crescera nos ermos, na rua e na cauda de exércitos, revirando lixo e comendo migalhas. Nunca quisera nada além de sobreviver, nunca fizera nada além de parasitar. Eu era um exemplo da perdição da humanidade. A guerra era punição divina por nossa degradação moral e eu degradava o mundo apenas por estar nele. Minha vida era uma mácula, mas minha morte serviria para algo. Eu não iria ignorar a ordem. Em vez de morrer como castigo por me acovardar, iria morrer entregando uma mensagem a um grande homem.

Andei a passos lentos até a mansão do General Wallenstein. As casas de pedra, a igreja e o céu cinzento seriam as últimas coisas que eu veria. Eu rezava, mas sabia que estava destinado ao inferno. Arrastei os pés, demorei de propósito, mas não parei. Um condenado forçando a si mesmo rumo ao cadafalso.

Cheguei às portas da mansão. Apresentei-me aos guardas.

Os minutos seguintes foram um borrão. Eles me colocaram para dentro; talvez já esperassem a mensagem. Conduziram-me até o escritório. Fiquei com vergonha de sujar o chão bonito com meus pés imundos. Eu segurava o panfleto nas duas mãos, como um rosário. Abriram a porta, me empurraram para dentro, me deixaram sozinho com um homem soturno, todo vestido de preto. Abri a boca, maravilhado com ele e com o ambiente. Havia grandes bolas coloridas presas ao teto, um brinquedo de bronze e muitos papéis.

— Tiefenbach! — ele disse. Eu não sabia se era uma palavra estrangeira, um código ou apenas um termo que gente estudada conhecia. — Até que enfim! Pensei que estivesse morto. O que fez nos últimos meses?

Comecei a tremer. Aquele era Wallenstein. Demorei para aceitar que ele estava mesmo falando comigo. Eu não fora escorraçado ou passado de secretário a secretário. Era o ápice de minha existência.

— Eu estava na rua, senhor.

Apenas quando comecei a falar percebi que não fazia ideia de como tratar alguém daquele porte. Eu não entendia todos os postos e títulos de Wallenstein, mas sabia que ele mandava em tudo. Não queria colocar minha tarefa a perder com um insulto acidental. Rezei para que pelo menos ele me permitisse entregar a mensagem antes de me matar por insolência.

Wallenstein me olhou de cima a baixo.

— Devia castigá-lo por não se reportar a mim — ele esganiçou, colocando a mão no estômago. — Mas o que quer que estivesse fazendo, deu certo. Todos os astrólogos concordam. Todos os horóscopos dizem a mesma coisa. A vitória será minha mais uma vez.

Apenas assenti.

— Veio até aqui apenas para ficar me olhando como um imbecil?

Engoli em seco. Fechei os olhos. Respirei fundo.

— Há uma recompensa por sua morte — falei.

— Recompensa?

— Do próprio Imperador.

Ainda de olhos fechados, estendi a mão, oferecendo o panfleto.

— O que é isso? Leia para mim, não tenho tempo a perder.

Gaguejei e tropecei nas palavras difíceis, mas fui capaz de decifrar quase todo o texto. Li em voz alta o trecho que o chamava de rebelde e aquele que dizia que ninguém mais precisava obedecer a ele. Fiquei em silêncio submisso, esperando sua fúria.

Ouvi uma gargalhada.

Abri os olhos para ver o general rindo, enquanto segurava a barriga e a perna, com expressões de dor. Era a primeira vez que eu via Wallenstein rindo. Claro — era a primeira vez que eu o via. Um pensamento sem sentido.

— Deixe Ferdinand esbravejar em seu buraco! Deixe que os oficiais traidores sussurrem contra mim! Pilsen está infestada de farsantes, mas há um lugar onde todos são leais a mim e onde estaremos seguros. Arrume suas coisas, Tiefenbach! Vamos a Eger, e então escreveremos mais uma vez a história do Império.

Eu não podia acreditar, mas não contrariei o general. Se por alguma razão ele queria que um mendigo o acompanhasse até outra cidade, cabia a mim obedecer. Assisti atônito enquanto soldados e servos reuniram seus pertences. Durante a noite, eles arranjaram os animais e o equipamento para a viagem. Partiram antes do amanhecer. Acompanhei-os na retaguarda, seguindo o exército e combatendo a fome com seus restos, como fizera tantas vezes ao longo da vida. Era uma posição que eu conhecia bem: parasita das tropas, forçando os pés em marcha enquanto o estômago se contorcia por estar vazio, esgueirando-me durante a noite para catar o que os soldados jogavam fora.

Era impossível saber quantos soldados acompanhavam Wallenstein, mas havia regimentos de cavalaria, de infantaria, até mesmo canhões. Ao longo dos dias, as tropas mais lentas ficaram para trás. Eu me esforcei para manter o ritmo, pois minha esperança de sustento estava na coluna principal. Batalhões inteiros fugiam a cada noite. Quando chegamos à cidade de Eger, restavam apenas os cavaleiros. Todos tinham pressa e estavam nervosos.

Era uma cidade fortificada, suas muralhas altas deviam ser capazes de resistir a qualquer número de tiros de canhão. O contingente minguado do general acampou do lado de fora. O general entrou pelos portões, acompanhado de um pequeno grupo. Eu sabia que havia mais segurança dentro de uma cidade, mais lixo a revirar, mais pessoas caridosas. Antes que os portões fechassem, corri como um rato atrás do grupo de oficiais. Ninguém me deteve, então me escondi num beco.

Quando eles desmontaram e homens vestidos em roupas coloridas começaram a dar ordens uns aos outros, tentei lembrar de quem eles eram e de por que eu estava lá. Com algum esforço, remontei a narrativa.

Havia uma guerra e era minha culpa. Eu era um pecador e o mundo estava sendo punido por minha maldade.

Achei que estivera escondido, mas eles me acharam num instante. Caminharam com passos decididos até o beco, apontaram dedos e gritaram comigo.

— O que está fazendo, Tiefenbach? — perguntou um dos oficiais.

— Desculpe, senhor — murmurei, olhando para baixo. — Não quis incomodá-los, só queria entrar na cidade.

Dois militares se entreolharam, intrigados com algo. Eu não sabia o que podia ter feito para atrair sua atenção e sua ira, mas agora não havia para onde fugir. Talvez eu finalmente recebesse a punição que merecia por ser o responsável pelo Juízo Final.

— Não sei para qual missão o general o designou — disse um dos homens. — Mas você não pode ficar disfarçado o tempo todo. Wallenstein precisa que esteja presente nas reuniões dos nobres.

Tentei lembrar de quem eles eram.

Tentei lembrar de quem eu era.

Nada fazia sentido, mas tive medo de contrariá-los.

— Sim, senhor — sempre de olhos baixos. — Vou para onde me mandarem, senhor.

Eles me olharam de cenho franzido. Enfim desistiram e me deixaram em paz.

Enquanto se afastavam, espiei pelo beco, escondido atrás de um monte de palha suja. Um homem de preto que fazia caretas de dor era o centro das atenções. Devia ser Wallenstein, pois parecia mandar em todos. Outro nobre, um homem alto e rosado, de barba bem aparada, veio recebê-lo. Fez uma mesura, então um cumprimento militar.

— General Wallenstein! — saudou. — Seja bem-vindo a Eger. Fico feliz que tenha chegado em segurança.

Wallenstein grunhiu, segurando o estômago. Depois de alguns segundos, conseguiu responder:

— Eu me sentiria mais seguro se meu exército pudesse entrar na cidade.

— Não temos mais espaço para tropas, meu general — disse o outro — mas cada um de meus 1.200 soldados daria a vida pelo senhor.

— Soldados dão a vida por mim todos os dias, Gordon. Vou precisar de mais do que isso.

O militar chamado Gordon hesitou, disfarçou o desconforto.

— Mesmo assim, fico feliz com sua chegada.

— Se ainda fica feliz com algo, é um imbecil como todos os outros — resmungou Wallenstein. — Mas você é leal, Gordon. A esta altura, prefiro um imbecil leal a um gênio hipócrita.

Gordon levou Wallenstein para dentro da cidade, agindo como um anfitrião, cercado por sua própria escolta e pela guarda do general. Os oficiais que haviam chegado com Wallenstein foram atrás deles. Eu os acompanhei de longe, tentando discernir se poderia contar com alguma esmola naquela cidade desconhecida. Logo, todos os homens importantes entraram numa grande casa com três andares de altura. Não cheguei muito perto, por medo de ser escorraçado.

Eger era tão sovina com seu lixo quanto as outras cidades. Vaguei por entre as ruas por mais de um dia, mas não achei nada para comer. Àquela altura, eu aceitaria qualquer coisa. Resignei-me a mastigar o couro de minhas botas, como já fizera outras vezes. A fome me cortava por dentro, mas estragando os calçados eu me expunha ao frio do fim de fevereiro. Era uma escolha entre dois martírios.

Eu sabia que havia muita gente como eu. Conseguia lembrar de alguns lampejos de minha vida até ali, tinha vagas memórias de ser um seguidor de exército, disputar migalhas com outros desesperados. Eu merecia aquilo, era culpa minha, eu era o grande pecador, o mais odiado por Deus.

Mas, como era fraco, não aguentei a punição. Achei mais uma vez a casa onde Wallenstein tinha se hospedado. Fiz uma espécie de ninho com lixo e palha nos fundos da casa, esperando que algum dos homens importantes me visse e me concedesse alguma caridade.

No meio da noite, fui acordado por alguém me sacudindo.

Tentei me proteger, fiquei encolhido. Mas, para minha surpresa, as palavras que ouvi não foram de ódio ou indignação.

— *Tiefenbach* — sussurrou o homem.

Mais uma vez aquela palavra. Eu não sabia o que era, mas não quis questioná-lo.

— Tiefenbach! — repetiu, em voz baixa. — Sou eu, Ilow.

Devagar, ergui a cabeça para ver quem tinha me acordado, quem não tinha nojo de tocar em mim. Era o mesmo oficial que me abordara no beco, quando chegamos a Eger. Ele não parecia furioso. Pelo contrário: se não fosse absurdo, eu acharia que estava feliz de me ver.

— Por piedade... — choraminguei. — Se tiver algo para me dar...

— Não precisa fingir, Tiefenbach. Estamos sozinhos aqui.

Tentei entender. Na dúvida, decidi ficar calado, não o contradizer.

— Você tinha razão — disse o homem chamado Ilow. — Eu achava que devia ter se juntado a nós, mas fez bem. Chegou disfarçado, continuou disfarçado quando entramos na cidade, permanece disfarçado! Você enganou todos eles.

Era complicado demais. Eu não sabia sobre o que ele falava. Queria que me deixasse dormir.

— Estamos em território inimigo, Tiefenbach — Ilow continuou. — Tentei convencer Gordon, Leslie e Butler a continuar leais, mas estão envenenados por propaganda imperialista... E por ambição. Farei uma última tentativa pela manhã, mas não podemos contar com os três.

Assenti, fingindo que acompanhava o raciocínio.

— Eles já me conhecem, já conhecem minha lealdade... Mas, graças a sua esperteza, não o conhecem! Você precisa me acompanhar, Tiefenbach. Precisa se juntar a nós durante as reuniões. Eles tentarão recrutá-lo para a conspiração. Mas eu saberei que tenho ao menos um aliado! Juntos, poderemos nos proteger e defender o general.

Minha cabeça girou.

— Senhor, por favor — comecei. — Não entendo...

Ele me olhou com estranheza.

— Se prefere manter o teatro, que seja — deu de ombros. — Vou tentar arrancar um juramento dos três. Mas à noite, provavelmente haverá outro jantar, e será perigoso. Tome banho, esteja apresentável e me acompanhe à mesa. Só posso contar com você.

Ilow fez um cumprimento rápido, olhou para os lados, então sumiu casa adentro. Eu não entendia o que ele queria de mim.

Mas ele havia prometido um banho e um jantar. Chorei de antecipação. Era uma chance única e eu não iria desperdiçá-la.

Tinham me deixado entrar na casa e já havia um banho preparado para mim. Entrei na tina de água quente e senti meu corpo relaxar tanto que foi quase dolorido. Uma grande quantidade de sujeira começou a se desprender imediatamente, tornando a água escura. Eu não conhecia os hábitos das pessoas ricas, não sabia direito como usar o sabão que estava ao lado da tina, mas me esforcei ao máximo.

Quando achei que já estava limpo o bastante, fiquei de pé, espalhando água por todo o piso. Meus andrajos tinham sido recolhidos, mas alguém deixara uma roupa de nobre para mim. Demorei um longo tempo até entender como vestir tudo aquilo e me achei meio ridículo, fantasiado de oficial militar. Eu ainda achava que, se me descobrissem, eu seria punido por fingir ser alguém superior.

Um soldado entrou no cômodo enquanto eu terminava de me vestir.

— O general está esperando por você — anunciou.

Meu coração bateu com força. Todos aqueles homens estavam me jogando de um lado para o outro, exigindo que eu estivesse em sua casa e ouvisse suas arengas. Os confortos pareciam uma isca. Eles estavam brincando comigo antes que me submetessem a algo terrível.

Mas eu merecia.

— O Coronel Ilow mandou que lhe entregasse isso — disse o rapaz.

Ele me estendeu uma pistola e uma espada. Dei um passo para trás. O jogo estava indo longe demais. Armas eram território de aristocratas e militares, eu nunca tocara numa coisa como aquelas.

— Vamos, pegue — ele insistiu.

Obedeci. Tremendo, tentei enfiar as armas de qualquer jeito no cinto. O soldado perdeu a paciência e me ajudou, colocando uma de cada lado.

— Não sei quem você é, nem por que lhe dão tanta atenção — ele reclamou.

— Eu também não — gani. — Me ajude.

Fez um esgar de nojo e estranhamento. Eu estava acostumado com aquilo. Assim se tratava a escória.

O rapaz me levou pela casa até o maior quarto da propriedade. Estava guardado por dois homens com alabardas. Eles abriram as portas duplas, meu guia fez uma mesura e me empurrou para dentro.

Quando as portas se fecharam, fui tomado de um cheiro conhecido. Era fedor de doença, uma aura de morte lenta que acompanhava alguém que estava além da cura. Um cheiro que combinava comigo. Fiquei um pouco mais à vontade.

O quarto era dominado por uma grande cama no centro de tudo. Embora ainda fosse dia, o ambiente estava escuro, porque as cortinas estavam fechadas. Uma quantidade impressionante de papéis com números e desenhos complicados se espalhava por tudo. Um homem estava recostado na cama, as cobertas emboladas a seu redor, uma perna inchada estendida, cercado de livros. A cena me pareceu familiar, mas eu não conseguia lembrar de onde.

— Tiefenbach! — gemeu o homem na cama. — Aproxime-se.

Mesmo naquele estado, reconheci a autoridade com que falava. Era Wallenstein. Engoli em seco. Pela primeira vez eu estava na presença do homem mais importante do mundo.

Andei em sua direção, atrapalhado com as botas, tentando não pisar sobre a papelada no chão.

— O verme finalmente teve coragem — as palavras se transformaram num grunhido, antes que ele completasse: — Depois de todos esses anos, demonstra um mínimo de orgulho.

Brandiu um papel em minha direção. Eu não soube como reagir. Gritou, repreendendo-me, e comecei a tremer de pavor. Peguei o papel nas mãos ante a enxurrada de impropérios.

Impossível discernir o que era. Estava repleto de palavras e eu não sabia ler.

— Tornou-se um imbecil completo? — ele rosnou. — Perdeu a pouca utilidade que tinha?

— Desculpe, meu senhor.

Fiquei de joelhos, implorando sua piedade.

— Todos são vermes e imbecis! — disse Wallenstein. — Todos inúteis! Ferdinand finalmente teve coragem de me acusar formalmente de traição! Até que enfim parou de se esconder! E agora você se tornou um pústula rastejante? A falta de caráter é uma peste que se alastra pelo Império!

Fechei os olhos, aceitando qualquer destino que ele me reservasse.

— Há muito não preciso de Ferdinand! Vou combater o verme! Ele rejeita a paz? Muito bem, terá a guerra!

Senti a carta ser arrancada de minhas mãos.

— Vá embora, Tiefenbach! Diga aos outros que não quero ver mais ninguém! Todos são vermes!

Ergui-me, apressado. As armas bateram de forma incômoda contra minhas coxas. Corri para fora do quarto. Não havia mais guardas ou soldados. Achei que fosse me perder, escolhi uma direção aleatória, precisava sair da mansão antes que me achassem e me matassem.

Deparei-me com um oficial no corredor, parado como se estivesse de tocaia.

— Tiefenbach, não é?

Aquela palavra de novo. Fiquei mudo.

— Ainda não nos conhecemos — ele disse. — Sou Leslie.

Murmurei uma prece, tentando não o ofender.

— Tenho uma pergunta muito simples para você — disse Leslie. — Está disposto a lutar por Wallenstein?

Arregalei os olhos. O general havia falado em combater alguém chamado Ferdinand. Eles estavam me empurrando para o conflito.

— Não, senhor — consegui dizer. — Por favor, não...

Aquilo pareceu agradar a ele.

— Muito bem — disse Leslie. — Está convidado para o jantar desta noite.

— Obrigado — respondi.

— Estamos contando que Wallenstein não compareça. Que esteja doente demais.

— Ele disse que não quer ver mais ninguém.

— Ótimo — Leslie sorriu.

Aquele homem me tratava bem. Talvez eu pudesse ser seu servo. Talvez ele me deixasse viver num celeiro ou num canil.

— O senhor pode convidar Ferdinand — arrisquei, tentando ser útil.

— O que quer dizer?

— O general disse que vai atacar Ferdinand. Mas, como ele não estará no jantar...

Leslie adquiriu expressão intensa. Segurou meu ombro num gesto de amizade. Quase não consegui controlar as lágrimas. Finalmente eu teria um protetor.

Peguei a pistola e a espada, ofereci-as a ele.

Leslie segurou as armas com mãos firmes. Assentiu.

— Muito bem, Tiefenbach.

Imaginei se não era meu nome. Então me achei tolo. Uma coisa como eu não merecia nome.

Mas Leslie me tratava quase como gente. Era um bom homem. Estava cuidando de mim, aliviando meu fardo.

II

EU EXISTIA.

Não sabia quem era, mas eu existia de alguma forma.

Estava sentado, frente a uma mesa. Em volta estavam os nobres, os oficiais, meus senhores, que tinham se apiedado de mim. Tentei lembrar do que acontecera antes. Eu entrara naquela casa em busca de abrigo e comida. Não sabia se deveria ser um servo ou um animal, mas de qualquer forma eu estava lá, num enorme salão de banquete, cercado de portas por onde outros servos passavam, trazendo grandes quantidades de comida e bebida. Antes de estar na casa, eu lembrava de experimentar fome e medo, nada mais.

Eu não sabia quem eu era, porque não era ninguém, mas sabia quem eram meus senhores. Leslie, o homem que me afagara, sentava-se à cabeceira. Perto dele estavam Gordon e Butler, também oficiais militares da cidade. Ilow estava a minha frente e, vez por outra, dirigia-me um olhar indecifrável que devia significar alguma coisa. E havia outros — vários nomes que eu me esforçava para decorar.

Afinal, eles existiam muito mais que eu.

Súbito, Leslie se ergueu. Levantou seu cálice e falou, em voz límpida:

— Longa vida ao General Wallenstein!

— Viva! — responderam os outros.

— Por ele, seremos leais até o fim!

Todos ergueram os cálices, brindaram e beberam. Logo seus copos já estavam cheios de novo. Ilow me perfurava com os olhos, mas eu não sabia o que ele poderia querer de mim.

— Fico muito feliz — disse Ilow, devagar — que os senhores tenham jurado lealdade a Wallenstein.

— Não poderia ser de outra forma — Gordon sorriu. — A quem mais seríamos leais? À corte, em Viena?

Todos riram, como se aquilo fosse uma enorme piada. Tentei lembrar de como rir, para imitá-los, mas só consegui mostrar os dentes. Ilow continuava olhando para mim. Estava nervoso, eu podia sentir.

— Apesar de tudo — outro tomou a palavra — talvez haja a paz.

Os demais continuaram fazendo os movimentos automáticos, levando comida à boca, enchendo-se de vinho. Eu tentava comer tanto quanto possível, pois não sabia de onde viria a próxima refeição.

— Se alguém é capaz de forçar uma trégua, é Wallenstein — disse Ilow.

— E queremos isso? — Leslie perguntou.

— Queremos obedecer ao general... Não?

Fizeram uma pausa longa.

— Queremos também obedecer a Deus — disse Gordon. — Esta guerra nunca foi apenas por soberania ou dinheiro. Sempre foi pelas almas da cristandade.

— Se é assim — Ilow falou devagar — um calvinista como o senhor tem todas as razões para apoiar Wallenstein. O Imperador tornou sua crença ilegal.

— É claro. Nunca houve dúvida de minha lealdade ao general.

Eles seguraram as facas com mais intensidade, cortando a carne nos pratos como se ela fosse uma ameaça.

— Em breve, não haverá mais diferentes crenças — disse um oficial até então calado. — Todos vamos nos deparar com nosso Criador, então seremos julgados.

A palavra ressoou comigo de alguma forma. Sequei mais um cálice de vinho. Eu estava tonto, mas era uma sensação agradável.

— Acredita que estamos no fim do mundo? — perguntou Leslie.

— Existem crenças mais absurdas. Crenças que são até mesmo heréticas. Astrologia, por exemplo.

Aquilo pareceu incomodar Ilow. Ele chamou minha atenção de maneira sutil. Seus olhos dardejaram para as portas por onde os servos entravam.

— De fato, dinheiro ou poder não devem ser nossas principais preocupações — Ilow dividia a atenção entre a conversa e as saídas. — Não devemos buscar recompensas materiais acima de nossos princípios. Devemos valorizar nossa palavra.

— Há um trecho na Bíblia que sempre achei especialmente forte — disse Leslie. — "Se teu olho direito te faz pecar, arranca-o".

— Nem todos podem ser caolhos.

— A beleza desse trecho é que não se aplica apenas ao corpo. Também fala de uma comunidade, até mesmo um reino... Ou um exército.

— Se há inimigos dentro de um exército, devem mesmo ser expurgados.

Um servo entrou no salão, fez uma mesura e então se dirigiu à cozinha. Leslie e Gordon se entreolharam. Um movimento sutil, mas que fui capaz de notar. Eu me sentia menos ali, menos presente. Embora estivesse parado, era como se aos poucos me afastasse. Leslie limpou os lábios com um guardanapo e levantou da cadeira.

— Com licença.

Sem meu mestre, comecei a ser tomado por uma insegurança profunda. Não havia quem me protegesse, quem me dissesse o que fazer.

Ele se moveu até uma porta. Quis ir atrás, mas Ilow segurou meu pulso antes que eu pudesse me mover. Leslie desapareceu pela abertura. Tentei lembrar como era o mundo fora do salão de banquete, mas era muito difícil.

— Aonde foi o Coronel Leslie? — perguntou Ilow.

— Ele tem um compromisso — Gordon sorriu.

— Um compromisso no meio do jantar?

— Não precisamos saber o que um homem faz ao se ausentar depois de ter bebido vinho, não é mesmo?

Eu sabia que, por trás daquelas palavras, havia intenções obscuras. Mas precisava me concentrar em cada som para discernir o significado, não conseguia prestar atenção a tudo aquilo ao mesmo tempo. Olhava de um para o outro, repetindo mentalmente seus nomes. Eles eram importantes. Eles existiam.

— É uma pena que o General Wallenstein não tenha aceitado o convite para o jantar — disse Gordon.

— Os senhores sabiam que ele não estava se sentindo bem... Dificilmente sairia do quarto.

Eu tinha quase certeza de existir. Segurei forte na mesa, tentando aumentar meu contato com o mundo, lembrando a mim mesmo das sensações físicas. Se eu podia sentir algo, precisava existir. E eu não sabia por que, mas existir era algo importante. Eu não devia deixar de existir. Então comecei a repetir para mim mesmo, sob a respiração:

— Eu estou aqui. Eu sou alguém.

Ilow moveu a cadeira só um pouco. Parecia de prontidão para se erguer. A conversa continuava polida, embora as vozes estivessem mais travadas, mais duras e intensas.

— Talvez seja hora de Wallenstein se preocupar mais com sua saúde— disse Gordon. — Mudar alguns hábitos.

— Mudar os hábitos que defenderam o Império e a Igreja até hoje?

— Eu existo — repeti. — *Eu existo.*

Mas, no fundo, duvidava disso.

— O que seu homem está resmungando? — perguntou Gordon.

— Não é meu, é um homem do General Wallenstein. Assim como todos nós.

Leslie ressurgiu pela porta. Meu mestre. Meu estômago se embrulhou de emoção. Eu não o conhecia, mas precisava me agarrar a ele. Enquanto eu servisse a ele, teria alguma ligação com o mundo.

Não deixaria de existir.

— Por que se ausentou, Leslie? — perguntou Ilow.

— Tinha algo a fazer.

— O quê?

— Um assunto privado, caro Ilow.

— Privado a ponto de escondê-lo de seus irmãos em armas? De seu general?

— Meu general não está aqui.

— Onde está, então? No andar de cima... Ou em Viena?

Quando Ilow pronunciou aquelas palavras, o ambiente explodiu em movimento. Leslie sacou a espada e a ergueu. Gordon e Butler se levantaram das cadeiras, também puxando as armas. Uma serva gritou, deixou cair uma bandeja de comida e fugiu por uma porta. Os outros oficiais olharam em volta, confusos por um instante, levaram a mão às lâminas ou pistolas que carregavam.

Um grupo de soldados armados com mosquetes irrompeu no salão. Seu líder gritou:

— Quem aqui é um bom imperialista?

Leslie, Gordon e Butler responderam num brado simultâneo:

— *Longa vida a Ferdinand!*

Ilow saltou de pé, espada na mão. Olhou para mim, berrando:

— Agora, Tiefenbach! Agora, pelo general!

Ergui-me, mas para recuar de pânico. Minha cadeira desabou. Eu não sabia o que ele queria, não entendia todas suas palavras. Não sabia se aquela fúria era dirigida a mim ou se era algum tipo de exigência. Senti minhas costas tocarem na parede, então não podia mais me afastar.

Se eu deixasse de existir, não estaria em perigo. Era muito tentador.

Os soldados atacaram os convivas em volta da mesa. Dois deles atiraram contra um oficial ainda sentado. Seu peito explodiu em sangue, o estampido ressoou nas paredes. Dois agarraram a mesa e a empurraram, virando-a num estrondo. Os soldados pularam por cima do obstáculo, de espadas em punho. Sangue esguichou quando usaram as lâminas para retalhar o rosto, o pescoço e o peito dos dois.

Alguém se abaixou atrás da mesa, atirou com uma pistola por trás da cobertura. Fogo de mosquetes pontilhou toda a superfície com buracos e rachaduras.

— Tiefenbach! — Ilow estava desesperado. — O que você está fazendo?

Talvez eu pudesse deixar de existir.

O mundo era morte e traição. Talvez fosse melhor não existir.

Ilow ergueu a espada.

— Por Wallenstein!

Correu na direção de Gordon, urrando, mas os soldados foram mais rápidos. Um tiro de mosquete acertou em sua perna, ele tombou. Leslie, Gordon e Butler estavam sobre ele num instante. Desceram as espadas, enquanto seus desafios se tornaram guinchos de dor, e então se calaram.

Os três ficaram de pé, o rosto e as roupas pomposas manchados de sangue.

Um dos soldados veio em minha direção. Agarrou-me pela casaca, encostou a ponta da espada em meu rosto.

— *Quem é você?*

— Não sei — respondi com sinceridade.

Leslie se aproximou, limpando a lâmina da espada com um guardanapo.

— Esse velho nos ajudou — disse. — Fez questão de vir desarmado. Wallenstein confia nele. Traga-o conosco.

Eles me arrastaram. Meus pés escorregaram no sangue. Ouvi os últimos estertores de alguns dos oficiais assassinados. Eles estavam morrendo. Em breve todos iriam morrer e a culpa era minha, disso eu tinha certeza.

Eu devia mesmo deixar de existir. Seria melhor para todos.

Leslie liderou os oficiais e os soldados amotinados através da mansão. Subimos as escadas. Encontramos um pajem no caminho. O garoto deu um berro, mas logo uma lâmina perfurou sua garganta. Ele gorgolejou e caiu. Seu cadáver deslizou pelos degraus, lubrificado pelo sangue.

Era minha culpa.

A única punição adequada, que também seria o fim de meu martírio, era deixar de existir.

Chegamos à frente do quarto de Wallenstein. Imaginei qual seria a melhor forma de apagar a mim mesmo da existência.

O mundo pareceu ainda mais distante.

A espada de um dos oficiais tinha se perdido nos curtos combates. Ele viu um pique quebrado, jogado no chão. Sobra de alguma escaramuça ou emboscada que ocorrera aqui, para que tivéssemos caminho livre. Tomou a arma.

Leslie abriu as portas do quarto de Wallenstein.

O general estava de pé, embora com dificuldade. Seus pés descalços sobre os papéis no chão, ele trajava apenas calças e uma camisa. Estivera pronto para dormir. Não havia nenhuma arma por perto.

O cheiro de morte dentro do quarto era doce e convidativo.

Os soldados o cercaram, apontando mosquetes em sua direção, aproximando-se com cuidado de lâminas em riste, como se ele pudesse revidar a qualquer momento.

— Renda-se, Wallenstein! — disse Leslie. — Todos os outros já estão mortos.

O general ficou imóvel. Para onde se virasse, havia armas e inimigos. Havia intenção de matar.

— Da falsidade de meus amigos — Wallenstein grunhiu, solene — emerge meu azar. Não preciso que as estrelas me digam isso.

— A falsidade pertence toda a você — o outro respondeu.

Então Wallenstein olhou em minha direção.

— Muito bem... — disse, num rosnado que quase podia ser um riso. — É este o privilégio de meu velho amigo. Sangue está sendo derramado, Tiefenbach. Seu privilégio é derramar o meu.

Não respondi. Tentei lembrar se já vira aquele homem.

— E meu amigo mais querido — olhou para os conspiradores — já caiu por mim. Não? Já derramaram o sangue de Ilow?

— Você está sozinho — foi a resposta.

Wallenstein ficou em silêncio.

— O fim de tudo já começou — sua voz fraca adquiriu o tom de um profeta. — E tudo acaba em nada. Que seja então! Vamos ao nada! À escuridão e ao silêncio!

Os soldados chegaram mais perto, como se Wallenstein tivesse lhes dado permissão. O oficial com o pique quebrado se aproximou.

— Vocês são nada. Sempre serão nada. Eu sempre serei Wallenstein.

O oficial correu de repente, o interrompeu no meio da última palavra, enfiou o pique em seu estômago. Wallenstein caiu para a frente, se agarrou na arma e no assassino de forma desajeitada. Seu sangue escorreu farto.

Os oficiais começaram a falar algo entre si, mas eu não conseguia entender. Na verdade, não conseguia escutar. Tudo estava muito longe.

Wallenstein falara em ser "nada".

Aquilo era muito atraente.

Tentei lembrar *o que* eu era.

Eu ainda era algo. Eu tinha um corpo. Eu tinha consciência, pensamentos.

E desesperadamente queria deixar de tê-los.

Meu corpo foi seguro por algo. Por alguém. Fui puxado para longe do quarto. Eu não tinha mais controle. Tentei mover as mãos e os pés, mas estavam alheios a minha vontade.

Perdendo as sensações, perdendo as referências, tentei lembrar de onde eu estava, de quem eram aquelas pessoas, do que acabara de acontecer. Era difícil compreender os conceitos de "antes" e "depois". Era cada vez mais difícil manter em mente que havia um indivíduo que era eu.

Seria mais fácil ser nada.

XXI

DEMOREI A ENTENDER QUE ESTAVA DO LADO DE FORA. REPASSEI as sensações que conhecia, identifiquei que estava com frio. Eu estava deitado sobre algo, cercado de árvores. Meus olhos estavam fixos no céu noturno, porque eu não conseguia me mexer. Ouvi relinchos de cavalos por perto. Eu estava ao mesmo tempo apavorado e indiferente. O horror acontecia comigo, e eu estava longe de mim mesmo.

"Eu."

Eu não era as árvores, eu não era o céu, eu não era os cavalos. Sabia que era muito importante lembrar dessa diferença, mas não sabia por quê. Se eu fosse nada, o problema estaria resolvido.

— O processo está quase completo.

Havia gente a meu redor. Formas conhecidas. Eu começara a existir naquele instante, então era estranho que tivesse alguma noção daquelas pessoas. De alguma forma elas faziam parte de algo. *Antes.* Elas haviam me conhecido antes. Antes daquela noite, muito tempo antes.

Imagens imateriais se formaram em minha mente. Relutei contra aquilo, senti uma pontada funda de dor trespassar minha cabeça. Então recobrei alguns lampejos de memória. Lembrei de quem eles eram.

Um pajem na tenda do Coronel Wallenstein.

Um soldado que rezava em voz baixa a meu lado, na batalha de Montanha Branca.

Um padeiro que fora atacado por um grupo de jovens e ricos malfeitores na cidade de Passau.

Um soldado logo abaixo de mim numa escada, entrando na cidade de Stralsund.

Um mercenário escocês que me indicara onde conseguir trabalho com o Conde de Tilly.

Um mosqueteiro sueco que fazia a guarda de Oxenstierna.

E muitos, muitos outros. Eram dezenas. Dezenas de pessoas cujo nome eu não conhecia, de quem nunca mais lembraria se não tivessem reaparecido ali. Pessoas incidentais, ocultas em sua banalidade, que haviam me observado durante minha vida inteira.

Minha vida. Eu estava vivo. Eu existia.

Era muito incômodo.

— Ele está recuperando algo!

— É apenas o efeito da alma parasítica emergindo. Apenas memórias deste corpo. Ele está sob controle.

Eu não estava preso, mas não podia me mexer. Apenas com muito esforço conseguia manter alguma noção de individualidade. Qualquer conexão com meu corpo material estava muito além de meu alcance.

— Ele ainda pode ser perigoso.

— Quase não existe mais "ele". Os últimos rituais terminaram. Só resta a cirurgia.

Vários deles se aproximaram, vindos de todos os lados. Encostaram as mãos no corpo material da coisa que era eu. Afundaram as mãos em mim, rompendo a pele sem romper, mesclando um corpo e outro.

A diferença entre mim e eles diminuiu.

Em breve eu seria poupado do fardo de existir.

Senti seu toque.

Quis gritar, mas não tinha voz. Eles encostaram em minha personalidade, em minhas memórias. Encostaram em minhas intenções. Todas já estavam bem fracas. Encostaram em algo inchado e infeccionado, que se espalhava por tudo que era eu. Seus tentáculos afiados abriram a coisa e a puxaram, descolando-a de mim. Um casulo repugnante que me envolvia.

O casulo se chamava Tiefenbach.

Então eu lembrei de tudo, Agnes. Lembrei e entendi.

E soube que estava cercado de yithianos, sendo arrastado de volta ao estado de não existência antes do início do tempo, no momento mais vulnerável de minha longa existência.

Quando a alma de Tiefenbach foi separada da entidade que era eu, recuperei tudo que eu era e fui tomado pelo horror. Eu estava muito fraco. Conseguia ver o destino restrito daquelas pessoas, o destino que só levava a uma direção — a mim. Mas não conseguia fazer nada. Até os pensamentos eram fugidios.

Eu estava cercado de yithianos, enquanto ainda existia.

Durante aquela vida, eu sempre estivera cercado de yithianos. Sempre estivera sendo observado.

— Está se recuperando! — avisou um dos algozes.

— Sabíamos que isso aconteceria — outro retrucou. — Ele já não pode fazer mais nada. Só não está mais possuído.

Eu não reconhecia a voz, porque era a voz de um humano. Mas reconheci a liderança fria, o ódio mal contido por uma barreira de racionalidade.

Mais uma onda de compreensão me tomou. Tive medo e nojo de mim mesmo ao entender. Eu possuíra Tiefenbach, como já possuíra tantos desde o início da humanidade. Mas a relação se invertera. A sensação de violação extrema me fez odiar o pouco que restava de mim.

Uma serra removeu um de meus tentáculos. A dor que me invadiu era angústia, rancor, apatia. Amputaram aquela parte de minha essência. Nunca saberei o que era.

— Onde está seu amor pelos humanos? — um deles rosnou com escárnio. — Não apreciou ser um deles? Não foi sua maior realização?

Não era apenas um deles. Não era um qualquer. Era Nenhum Caminho Exceto o Declínio, que me venceu na trilha da Caravana Donner e que habita o filho que cresce em seu ventre.

Uma agulha penetrou em meu desejo por redenção. Puxaram o êmbolo, sugando a intenção pouco a pouco.

— Onde está o nome? — um deles reclamou, explorando meu interior com tentáculos nervosos. — *Onde está o nome?*

— Calma — disse Nenhum Caminho Exceto o Declínio. — Não se deixe levar por emoção humana.

— *O nome* — rosnou o yithiano. — Enquanto tiver o nome, ele ainda pode...

Seccionaram meu raciocínio lógico. A dor era terrível, mas pouco a pouco deixei de compreendê-la. Tentei montar um pensamento antes que aquela capacidade se esvaísse. Para ter alguma chance de escapar, eu precisava entender o que estava acontecendo.

Puxei uma veia especulativa, mas foi cortada, então me agarrei em memórias para criar um padrão. Uma broca destruía pouco a pouco cada lembrança, mas, se eu fosse rápido, poderia obter o entendimento.

Durante anos eu procurara um yithiano infiltrado, pois acreditava que algum deles estaria por trás da guerra ou ao menos movimentando as peças para controlar o Mecanismo do Destino. Mas isso me impedira de enxergar o mais óbvio: naquela época, a conspiração não era contra os humanos.

Era contra mim.

A alma parasitária estivera devorando minha identidade, minhas memórias, minhas capacidades, durante décadas. Espelhando as personalidades a meu redor, impondo-as a mim. Cada pequeno ato de obediência, cada pequena anulação de minha natureza corroía mais e mais tudo que eu era.

Estranhas coincidências aconteciam a meu redor: primeiro a manipulação mística e mundana dos yithianos, depois minhas próprias capacidades usadas contra mim. Eu fora levado por uma correnteza de acasos, sem nenhum controle de minha própria vida, até aquele ponto culminante.

Fui vítima de centenas de rituais, Agnes. Rituais sutis. Um ritual apagava minha capacidade de notar o ritual seguinte, até que eu estivesse fazendo sacrifícios humanos e andando por linhas energéticas sem perceber. Eu me moldara a Wallenstein, a Gustavus Adolphus, a qualquer presença forte que estivesse por perto, até que sobrasse tão pouca individualidade que existir se tornou um esforço.

O que restava de mim era minúsculo e débil.

— Veja! Ele está entendendo!

— Não importa.

Sem nenhuma sutileza, um deles esmigalhou com um alicate minha força de vontade. Com horror, comecei a achar que deixar de existir não seria tão ruim.

— Não resista — Nenhum Caminho Exceto o Declínio sussurrou. — É mais fácil assim. Você nunca teve chance. Tiefenbach foi resultado de um longo ritual. Preparamos os antepassados deste humano, forçamos sua família a viver em pontos de confluência mística, tudo para criar a armadilha perfeita. Todos os futuros apontavam para que você o escolhesse.

É muito difícil notar quando uma pequena parte de você desaparece. Porque o que resta ainda é você. O que resta passa a ser o todo. Então, ao longo daquela vida, não notei tudo que fui perdendo. Não notei quando pouco a pouco perdi a capacidade de enxergar o destino. Não notei quando perdi a empatia por humanos. Não notei quando perdi o instinto de usar as almas em meu interior, quando passei a usar lógica humana. Não notei quando esqueci a verdade sobre o universo, nem meu grande propósito. Não notei quando comecei a acreditar no Deus dos cristãos.

Não notei quando perdi cada gota de orgulho, tornando-me mais e mais servil entre os humanos, até que restasse pouco mais que um animal.

— Se você fosse humano, esta seria sua personalidade — chiou Nenhum Caminho Exceto o Declínio. — Você seria cruel e obediente. Rastejaria para qualquer um que lhe desse uma ordem, deixaria que tiranos o usassem como marionete. Sem seu poder, você é isso.

Era verdade.

Era verdade, Agnes. Não falei seu nome por muito tempo, porque tenho vergonha e porque é difícil entender o que se passou comigo sem mergulhar nesta memória horrenda. Tiefenbach, a alma parasita moldada pelos yithianos, foi o vetor do ritual, mas meus atos foram só meus. Sem garantia de vida eterna, sem noção de superioridade sobre todos a minha volta, sou alguém que se dobra aos mais fortes e pisa sobre os mais fracos.

Mas mesmo isso era *algo.* Ao longo dos anos eles me transformaram em nada e agora estavam completando o serviço.

Vários tentáculos me puxaram — puxaram minha essência inteira. Era a última parte da cirurgia, um exorcismo científico e carniceiro, que me tiraria do corpo para que eles pudessem me destruir por completo.

Liberto das amarras de Tiefenbach, fraco e preso pelos tentáculos de meus irmãos, enxerguei o destino jorrando por toda a volta. Havia uma chance. Uma única linha que eu poderia agarrar.

Estiquei um tentáculo e toquei uma alma rudimentar. Uma mente simples, desprovida de noções humanas. Uma criatura sem nome, que podia ser possuída com facilidade.

— *Não!*

Eles seguraram minha saudade de Arminius. Meu tentáculo envolveu a alma de um cavalo. Eu estava preso pela emoção, que se misturava com quase tudo que eu ainda era. O animal revirou os olhos, relinchou, pateou a terra.

Fiz um corte com um de meus próprios tentáculos. À medida que o talho se alargou, a dor diminuiu. Eu queria chorar por perder o sentimento por Arminius, mas foi isso que sacrifiquei.

Com um corte limpo, completei a amputação.

A emoção ficou para trás, segura pelos yithianos, e o que restou passou a ser tudo que eu era. Num instante, a falta que eu sentia de meu maior amor se foi, e com ela se foi algo que me aproximava da humanidade.

Vi aquele pedaço de corpo etéreo murchar e ressecar. Então, como carne podre, ele diminuiu e se desfez num pó grosso. Tentei tocar em uma partícula, ter um último vislumbre do que estava perdendo, mas não consegui.

Eu era menos eu. Mas eu ainda existia.

Puxei a mim mesmo para o cavalo. Envolvi a alma do animal com sofreguidão, meus tentáculos aderindo a cada superfície, sorvendo a individualidade primitiva. Fixei-me nos instintos de comer, sobreviver, acasalar.

Olhei para eles e bufei. Ergui meus cascos no ar.

Um dos yithianos apontou um mosquete.

Outro segurou o cano, impedindo que atirasse.

Ficamos nos medindo.

Sem poder falar, eu os desafiei a puxar o gatilho.

— Não vamos jogá-lo ao futuro.

Assim que eu morresse, poderia navegar pelo tempo até achar outro hospedeiro. Desta vez tomando cuidado para que não fosse uma armadilha.

Eles precisariam me exorcizar. E, para isso, precisariam me alcançar fisicamente. Frenético, pulei entre as linhas de destino, ignorando qualquer consequência, apenas buscando alguma em que eu tivesse sucesso. Não era impossível que conseguissem acertar um tiro, me deixar mais lento, então me alcançar em perseguição.

Apenas muito improvável.

Garanti que aquela improbabilidade não acontecesse.

— Você é menos que humano — a frieza yithiana de Nenhum Caminho Exceto o Declínio era quebrada por seu desprezo absoluto. — Sempre foi menos que humano, e sua decadência continua. Viva como um animal. Nós podemos esperar.

Galopei para longe, pela noite.

Antes do amanhecer eu já havia esquecido que não era um apenas um cavalo.

Não vi o fim da guerra, porque não tinha mais noção de que os humanos faziam guerras. Comi pasto, fui capturado e forçado a puxar uma carroça. Fui chicoteado e me esforcei sem entender a razão daquela dor.

E confesso que, por algumas décadas, foi bom não ser ninguém.

Quando morri de velho, recuperei a lembrança das mutilações. Senti medo retroativo pelo que poderia ter acontecido. Senti medo deles — eles sabiam como me anular. Como me destruir. E quase tiveram sucesso na primeira tentativa.

Medo.

Foi por puro medo que passei o próximo século encarnando em animais.

XXII

Eu gostaria de dizer que a guerra acabou ali, com a morte de Gustavus Adolphus e de Wallenstein. Mas ela continuou num absurdo crescente, até matar um quinto da população da Europa.

Gostaria de dizer que a Guerra dos Trinta Anos foi uma conspiração yithiana, mas foi resultado de simples brutalidade humana. Gostaria de dizer que trabalhei pela paz, usando o Mecanismo do Destino, mas quem fez isso foram os próprios humanos.

Eles se reuniram em Osnabrück e em Münster durante cinco anos. E, em Osnabrück, guiados por si mesmos e por selos de unidade colocados por mim e por Carlos Magno, os humanos deram fim à guerra.

Em Osnabrück eles assinaram os tratados que definiram a forma de toda a política internacional e das relações entre países até hoje. Em Osnabrück eles destruíram o mundo velho, o ponto culminante daquela guerra do Juízo Final. Então criaram o mundo moderno, assim como Arminius e eu criamos a Alemanha. E esqueceram a cidade de novo, como sempre fazem, ainda que tenham passado a chamá-la de Cidade da Paz.

Esta história não tem moral, Agnes. Não tem moral e não tem sentido, assim como a guerra. Mas, se puder tirar algo disso, que seja uma mensagem simples.

A verdadeira maldade é humana.

E também a verdadeira bondade.

Não importam os atos de nenhuma entidade, a fúria de nenhum deus. Os humanos sempre são capazes de tomar uma decisão. A responsabilidade sempre pertence a vocês. A decisão é apenas sua pela guerra.

Ou pela paz.

Escatologia

Osnabrück, Alemanha Ocidental, 9 de novembro de 1989

1

A CIDADE ESTAVA DESERTA, PORQUE TODOS ESTAVAM EM CASA, vendo as notícias de Berlim. Agnes e Tristano andaram pelas ruas escuras e silenciosas de Osnabrück à noite. Uma noite ainda mais imóvel com a ameaça implícita da guerra nuclear. Alguns cidadãos tinham feito as malas às pressas, entrado em seus carros ou num trem, então começado a fuga para qualquer lugar que não fosse a Alemanha. Todos haviam passado as últimas décadas aprendendo sobre o poder das armas atômicas. Sobre o que aconteceria nos anos seguintes a um ataque nuclear. Sobre o que restaria.

Moscou poderia lançar um míssil contra os Estados Unidos, mas também contra Bonn, a capital da Alemanha Ocidental. Cidades como Hamburgo e Colônia também seriam alvos prováveis. Washington teria como alvo, é claro, a União Soviética, mas muitos temiam que a Alemanha Oriental sofresse um bombardeio. A Inglaterra desejava uma Alemanha fraca e faria pressão para um ataque.

De repente, estar na pacata Osnabrück, a cidade esquecida onde nada acontecia, não parecia mais seguro.

A noviça e o padre chegaram à Casa do Conselho, no centro antigo da cidade, onde a Paz da Westphalia fora assinada. Onde a Guerra dos Trinta Anos acabara. Onde fora criado todo o contexto que, ao longo de 300 anos, levara o mundo à beira de uma guerra nuclear.

Tristano precisou se apoiar de costas numa parede. Seu rosto estava coberto de suor e crostas de sangue coagulado, seus cabelos estavam empapados. Segurava com uma mão trêmula os trapos que cobriam seu corpo, para que Agnes não enxergasse nenhuma passagem do Necronomicon. A outra mão pendia, latejando de dor, do braço quebrado.

Ela o observou quase sem empatia. Era difícil aceitar que ele era um monstro ao vê-lo daquela forma, frágil e moribundo.

— Por que me contou tudo isso?

Tristano demorou um longo tempo para recuperar o fôlego e ser capaz de responder.

— Porque é a esperança que ainda temos, Agnes. Os selos estão quebrados, o ritual está completo. Fomos vigiados pelos yithianos desde o começo. Feitiçaria e misticismo não podem mais nos ajudar.

Ela manteve a expressão dura. Também sentia o suor se acumulando na pele, sob o hábito, apesar do frio. Tentava aquecer os antebraços esfolados, expostos ao ar noturno pelas mangas esfarrapadas do hábito. As solas dos pés ardiam. A longa caminhada deixara seus sapatos e a barra de sua saia imundos de lama. Comera pela última vez no Gymnasium Carolinum e quase morrera engasgada. Não lembrava da última vez em que tomara um copo d'água. Sua mente vibrava com a enxurrada de informações daquele dia. Agnes sentiu o peso das ogivas nucleares sobre seus ombros, a vida de todas as famílias que assistiam à TV em suas mãos.

— Só isso? — ela disse.

— É a esperança...

— Você falou durante horas para dizer que, no fim, não pode fazer nada? Que os humanos devem tomar a decisão?

— Agnes...

— Você me contou a história de Thusnelda em Teutoburgo. Narrou todas as atrocidades que cometeu, detalhou seu plano para destruir a civilização. Mas então redimiu a si mesmo com uma decisão que matou três legiões.

— Você precisa entender...

— Então contou a história da Guerra dos Trinta Anos — ela interrompeu. — Quando você deveria estar lutando pela humanidade, mas passou décadas em busca de um suposto yithiano infiltrado, fazendo o mesmo que os humanos faziam. Agarrando-se a reis e generais, sobrevivendo às custas da matança.

Ele não respondeu.

— Quando tudo acabou, você fugiu das consequências! — o absurdo era tamanho que ela quase achou algum humor naquilo. — Deixou a Europa cheia de yithianos e se refugiou no corpo de animais para que fosse incapaz de ajudar!

— Se eles me destruíssem, eu não estaria aqui.

— Não, não estaria. Não teria estado em Golgotha Hill para ser enganado e derrotado, para tentar manipular um jovem que não deu ouvidos a seus discursos.

Memórias chegaram a ela por meio do cordão umbilical etéreo. Nenhum Caminho Exceto o Declínio estava calado, mas lentamente vazava conhecimento para sua mãe terrena.

— Você não estaria em Osnabrück na Segunda Guerra Mundial para possuir o corpo de um herói — ela se surpreendeu ao saber aquilo. — Tristano teria continuado lutando por vontade própria, em vez de ser humilhado ao servir de hospedeiro para um monstro!

Ele tentou se defender, mas Agnes o ignorou e continuou.

— De todas as histórias que me contou, em só uma fez algo altruísta. Apenas com Carlos Magno. E, mesmo assim, foi pela sanguinolência.

Tristano ficou calado.

Agnes fixou seus olhos. A compreensão chegou de uma vez só, como se alguém tirasse um véu de seus olhos.

— Você me disse o que é. Quer mascarar a verdade com histórias longas em que parece um herói, mas se sente culpado e não consegue mentir. Você *disse.*

— Agnes...

— Você é um monstro.

Mais uma peça se encaixou. Era razão para temer ainda mais, mas a satisfação de decifrar outra parte do enigma trouxe autoconfiança. Apesar do cansaço, ela se empertigou.

O mundo se revelou para Agnes. Tudo fazia sentido.

Deus não existia. Aquele que se dizia Jesus Cristo era uma entidade covarde e parasítica em seu ventre. O universo era hostil e a Realidade era o inferno. A humanidade estava sozinha: mesmo uma criatura que dizia proteger os humanos era um monstro disfarçado.

Chamá-lo de tirano, acusá-lo de manipular sua vontade, questionar seus métodos... Nada disso era real. Julgá-lo pela moralidade humana era ingenuidade. Ele não era humano. Ele era um yithiano, e por isso era um inimigo.

— Que seja — Tristano ofegou. — Sou um monstro. É verdade. Houve séculos inteiros em que permaneci escondido. O Imperador Ferdinand foi só um dos déspotas a quem me aliei para proteger o Mecanismo do Destino.

Ela fez um esgar de nojo. Não queria saber.

— Mas o monstro que há dentro de você é pior! — ele deu um passo na direção da noviça. — Entre dois demônios, ao menos escolha aquele que se arrepende!

Agnes tocou na própria barriga. A sensação de amor por aquela coisa que crescia sem que ela visse se mesclou a um ódio intrínseco. Era seu filho, mas era também a entidade.

— Venha comigo — ela disse.

Virou as costas e caminhou sobre pés doloridos e ensanguentados. Cruzou os poucos metros até a Casa do Conselho, ao lado da Marienkirche, onde ela ouvira a primeira história. Subiu os poucos degraus até a entrada. Era uma casa imponente, mas ao mesmo tempo convidativa. As paredes amareladas emprestavam um ar cálido, mesmo do lado de fora. As portas grossas de madeira antiga, inteiramente marcadas por sulcos criados ao longo dos séculos, pediam para ser abertas.

Agnes tocou a maçaneta. Era esculpida em bronze, com o brasão da cidade e os dizeres "Paz 1648". Uma pomba, também de bronze, estava pousada sobre a maçaneta, como uma guardiã sutil.

Ouviu Tristano subindo as escadas com dificuldade atrás dela.

— O que vai fazer? — o padre gemeu de esforço.

— Abrir.

Era muito improvável que alguém tivesse esquecido de trancar as portas da Casa do Conselho, de acionar os alarmes, de cumprir qualquer um dos vários protocolos de segurança do prédio.

Werner Richter se interessava pela história de Osnabrück desde muito cedo. Durante a infância, tinha sido o "garoto esquisito", que preferia se afundar em livros mofados ou visitar algum prédio velho a correr e brincar com os outros. Werner aprendeu a disfarçar seus interesses para não se tornar um pária. Passou a adolescência cultivando aquele gosto como um vício secreto, enquanto convivia em casa com o vício explícito de seu pai.

Durante a guerra, o pai de Werner Richter recebera de seu sargento uma droga para "aumentar sua performance". Chamava-se Pervitin. Fazia com que ele e os colegas de pelotão se sentissem muito bem, com energia para matar ingleses o dia inteiro, sem cansaço e sem sono. Quando a guerra acabou e ele voltou para casa, o pai de Werner começou a sentir falta do Pervitin. Começou a se sentir doente sem o remédio. Pedindo ajuda a outros veteranos, descobriu que, entre os civis, a droga tinha outro nome. Chamava-se metanfetamina.

Werner Richter cresceu vendo seu pai se deteriorar, corroído pela droga. Mergulhava no passado de Osnabrück para não enxergar o presente de sua família. Pelo menos seu pai não conseguia vender livros com facilidade — como fizera com a TV, o toca-discos, o telefone, o fogão.

Seus estudos eram a única atividade que estava a salvo daquela sanha. Um dia, o pai de Werner Richter não voltou para casa. Sua mãe não quis chamar a polícia por vergonha. Pouco depois, acharam-no pedindo esmolas numa sarjeta, mas fingiram não o ver.

Werner Richter trabalhava para ajudar a mãe com as despesas da casa, ao mesmo tempo em que frequentava a escola e cuidava do irmão mais novo. Por isso, apesar de seu gosto pela leitura, suas notas foram insuficientes para que continuasse a estudar. De acordo com seu desempenho escolar, os alunos na Alemanha eram encaminhados para uma de três rotas. A universidade estava disponível apenas para aqueles considerados aptos ao caminho mais longo e intelectual. Para Werner, restou o caminho mais curto e direto, que levava ao mercado de trabalho.

Mesmo não podendo estudar a história de Osnabrück como gostaria, Werner arranjou um emprego que, de alguma forma, o manteve conectado ao passado de sua cidade. Como segurança na Casa do Conselho, ele protegia documentos, relíquias e pedaços materiais da história viva de seu lar.

Quando o Capitão Tony Green do exército inglês descobriu o local da Batalha de Teutoburgo, Werner Richter ficou eufórico. Era mais uma parte daquela história. Uma parte gigantesca. Acompanhou com atenção as notícias que pingavam de tempos em tempos nos jornais locais.

Os boatos sobre o pronunciamento de Günter Schabowski o deixaram nervoso, mas todos estavam nervosos. A situação com reféns em Kalkriese fez sua cabeça girar, mas não conhecia nenhuma das vítimas. Não foi isso que fez Werner Richter desabar. Ele perdeu qualquer controle sobre si mesmo quando trabalhadores abriram a Marienkirche em busca de uma ferramenta que tinham deixado para trás e encontraram lá dentro o cadáver de um mendigo.

O mendigo era Hans Richter, seu pai.

Fora vítima de violência. A Marienkirche mostrava marcas de uma luta aguerrida em meio aos materiais de construção. O corpo exalava um cheiro horrendo. Deveria estar ali desde o início da manhã.

Se Werner tivesse contado a história a seu superior, receberia a ordem de ir para casa e uma licença de alguns dias para cuidar do funeral. Mas os anos de vergonha falaram mais alto. Não quis admitir que seu pai era aquele farrapo humano, por isso se refugiou na história de Osnabrück, como sempre fizera.

Se, ao longo dos anos de casamento, tivesse confessado à esposa o passado trágico de Hans Richter, ela teria sido compreensiva e se mostrado uma rocha nos momentos mais difíceis. Mas ele temia que ela o visse como um homem maculado, que não desejasse aquele histórico para seus próprios filhos. Então sempre manteve a mentira de que seu pai morrera de um ataque cardíaco.

Quando chegou o fim do expediente, menos de uma hora depois da descoberta, Werner Richter não quis voltar para casa. Não quis encarar a esposa. Distraiu-se com os documentos e os objetos em exposição. Entrou em um depósito, dizendo a si mesmo que logo acionaria os alarmes, trancaria as portas e iria embora.

Mas a sensação de conforto proporcionada pela história de sua cidade o envolveu. Ele se sentiu protegido, assim como fora durante a infância. Adormeceu encolhido em posição fetal no chão frio de um depósito escuro na Casa do Conselho.

Agnes girou a maçaneta, empurrou as portas pesadas e entrou.

A Casa do Conselho se abriu para ela, escura, exibindo sua história antiga e sua banalidade moderna. As paredes tinham a austeridade de uma construção que fora palco da guerra e da paz. Logo depois da entrada, abria-se um salão todo ladeado por cadeiras muito próximas entre si. Era o lugar onde, no passado, o conselho se reunira, onde grandes decisões haviam sido tomadas. Um grande lustre circular de madeira pendia do teto. Pinturas retratando antigos conselheiros forravam as paredes.

A escuridão era quase total, mas Agnes não precisava enxergar. Foi até o meio do salão.

Ouviu a respiração pesada e os passos cambaleantes de Tristano logo atrás.

— O que você vai fazer?

Agnes não se virou.

— Vou quebrar o último selo.

O pavor foi óbvio na voz do padre:

— Como... Não! Não pode...

— Se o que falou é verdade, então os selos não importam. Se a humanidade é capaz de decidir sozinha, não quero depender de você. E, se estivermos mesmo condenados, não quero que meu último ato seja um pedido de ajuda a um monstro.

— Você não conhece os rituais — ele tentou.

— Não — disse Agnes. — Não ainda.

Tristano sentiu o coração bater mais forte. Isso foi quase esforço suficiente para derrubá-lo. Sem que ela falasse, entendeu o que aconteceria.

— Sei que você não é Jesus — a noviça disse em voz alta. Não estava mais falando com o padre. — Conheço seu nome e parte de sua história. Sei que você está dentro de mim. Fale comigo, Nenhum Caminho Exceto o Declínio. Fale a verdade. Só então serei sua escolhida.

— Agnes, por favor — Tristano ofegou. — Não peça ajuda a ele. Não pergunte nada a ele. Eu imploro, Agnes, não responda a mais nenhuma pergunta!

— Por que não?

— Ainda lhe resta algum controle sobre si mesma. Você ainda é Agnes.

— Mas isso vai durar pouco. Você me condenou a perder quem sou, quando minha alma for torturada e destroçada pelo Psicopompo. O que importa se acontecer hoje ou daqui a algumas décadas?

— Eu tento me redimir, você sabe disso. Preservo dentro de mim as almas...

— Em algum momento, perguntou se algum desses espíritos deseja estar preso a você? Deu escolha a algum deles?

— A alternativa seria tortura e esquecimento.

— Não importa. A decisão não é sua. Talvez algumas dessas almas *quisessem* esquecer. Talvez as vítimas do Saque de Magdeburg não desejassem passar a eternidade lembrando daquilo, talvez não quisessem ser para sempre definidas pela maneira como morreram. Mesmo que seja a decisão errada, não cabe a você julgar. Já me mostrou tudo que tem a oferecer, Tristano, ou seja quem você for. Agora quero ouvir outra oferta.

O salão ficou em silêncio. Tristano ouvia a própria pulsação, o corpo se mantendo vivo a todo custo. Ele não tinha acesso aos pensamentos de Agnes. Por isso, desde o começo presumira que, ao dizer que falava com Jesus Cristo, ela não estava sendo literal. Agnes não mentira. Dissera a verdade, ele apenas se recusara a acreditar. Da mesma forma, ele dissera a verdade, embora a tivesse mascarado com histórias de batalhas e sacrifícios. Finalmente os dois aceitavam as verdades que ouviam. Agnes era uma noviça que, ao ouvir a voz de Jesus Cristo, em vez de procurar ajuda psiquiátrica acreditara que Ele a estava guiando. Tristano era uma criatura que tomara para si o dever de proteger a humanidade, por quaisquer meios possíveis, sem cogitar que pudesse estar condenando os humanos a um destino igualmente terrível.

Não havia mais fingimento.

Vamos negociar, Agnes.

— Não aceite nada dele, Agnes! Não ouça as mentiras...

Mas ela não estava mais escutando. A voz fraca de Tristano era um ruído irritante enquanto Agnes se concentrava na entidade que habitava seu útero.

— Para começar, quero que me explique. O que está acontecendo? Qual é seu plano?

— Não! Não faça perguntas!

Você já conhece a resposta. Você possui lembranças que não deveria ter. Entende o que nenhum humano consegue assimilar em tão pouco tempo. Aceita a verdade sobre a Realidade. Porque eu alimento sua mente com tudo isso, Agnes. É uma troca.

— Eu não concordei com nenhuma troca.

Não. Você é humana. Você é inferior a mim, inferior a todos os yithianos. É inferior a tudo que existe. Talvez a única criatura abaixo de um humano seja Masmorra ao Redor do Destino, que você conheceu como Tristano.

A crueldade explícita foi menos agressiva do que as incontáveis mentiras e meias palavras. O desprezo a libertou.

— Por que então não me possuir? Se desejava meu corpo, meu destino ou qualquer outra coisa, por que lidar com todos esses subterfúgios?

Uma humana possuída por um yithiano é um estratagema que nosso inimigo conhece. Já o enfrentamos dessa forma com Widukind, com Gottfried Gutmacher. Ele desconfiava de você.

— Até que um yithiano tentasse me possuir — ela completou o raciocínio.

A simplicidade daquilo era quase elegante, ainda que ela fosse a vítima. Tristano poderia suspeitar de qualquer humano, principalmente uma humana que chegasse até ele repleta de destino, cercada de coincidências. Ele mesmo planejara possuir Agnes, seria lógico que outros yithianos fizessem o mesmo. Mas o ataque na Marienkirche a inocentou por completo. Se um yithiano tentara possuir Agnes, ela não poderia já estar possuída.

Masmorra ao Redor do Destino perdeu a racionalidade ao decidir proteger os humanos. Ele os ama. Por isso quis acreditar em você.

Por isso presumira sempre o melhor.

Não prestou atenção aos pequenos atos profanos que você realizou sobre o Mecanismo do Destino.

Agnes não lembrava direito do que fizera durante o longo tempo em que ouvira as histórias de Tristano. Foram horas em que ela mal falara, em que ele estivera absorto na narrativa e em sua feitiçaria.

Enquanto a noviça e o padre estavam perdidos em lembranças e rituais, o yithiano em seu ventre agira. Alimentara Agnes com conhecimento simples. Plantara nela pequenas vontades, minúsculos ímpetos.

O corpo de Agnes se movera sem que ela tivesse pleno controle. Sabotara cada um dos rituais de Tristano.

— Os selos estão abertos.

Sim. Falta apenas um.

— Quero abri-lo.

Eu sei.

— Quero que me ensine.

Você irá aprender tudo, Agnes.

— O que vai acontecer com o mundo?

Você conhece a resposta.

Os mísseis no céu, como a estrela anunciando o novo Messias. Agnes enxergou infinitos futuros. Os alvos dos ataques nucleares variavam, mas o resultado era sempre o mesmo. Em algumas linhas, agentes da Stasi descarregavam metralhadoras contra os manifestantes no Muro de Berlim. Tropas americanas atacavam em retaliação, os tanques atravessavam o Muro, o primeiro míssil caía em Moscou. Em outras, os Estados Unidos começavam as hostilidades, tomando um posto de fronteira para impedir a ação dos agentes. Em alguns futuros, o primeiro míssil caía em Los Angeles. Em outros, a primeira explosão era em Berlim, com um míssil disparado por qualquer um dos lados, preferindo sacrificar a cidade a entregá-la ao inimigo. De qualquer forma, novos mísseis não demoravam. A Alemanha seria cravejada de explosões nucleares. Os Estados Unidos seriam transformados num cemitério atômico, a União Soviética desapareceria. Cuba, Inglaterra, China, todos seriam dizimados. A guerra se espalharia pelo mundo em poucos dias. O resultado seria ruína universal. A Terra transformada num deserto radioativo.

Nesse deserto, os yithianos reinariam supremos.

Enquanto houvesse humanidade, eles teriam corpos para habitar. Mesmo que os corpos tivessem vidas curtas, mesmo que sofressem com doenças e deformidades, era melhor do que estar à mercê dos deuses. Os yithianos preservariam os restos e reinariam para sempre, escondidos no lixo.

Todas as pessoas que ela conhecia estariam mortas.

Então Agnes pensou em todas as pessoas que conhecia.

Tristano, que não era humano. Trudi Gossler, que sangrava sozinha na beira da estrada. Seu namorado sem nome e sem rosto, que não existia. Figuras vagas de seu passado no convento, gente que não tinha importância. Um pintor sem talento que de alguma forma era um ditador genocida. Ao longo daquele dia, ela conhecera humanos que não mereciam viver, como Ernst Hoffman, e humanos que tentavam fazer o bem e eram suas vítimas, como a ex-esposa do assassino. As pessoas que não infligiam dor e miséria eram massacradas. Os monstros prosperavam.

Qual a diferença?

Um mundo paralisado de medo, governado por decisões arbitrárias e comandado por aqueles que tinham dinheiro, armas e brutalidade suficientes para tomar o poder. Aquilo era melhor que um mundo morto?

— E eu vou sobreviver?

Sim, Agnes. Aconteça o que acontecer, você estará protegida. Nenhum míssil atingirá esta cidade. Todos os yithianos garantirão que as linhas de destino sempre a levem para longe da radiação.

Era uma existência livre.

— Agnes — Tristano gemeu. — Não importa o que ele esteja dizendo, lembre-se. Eles só querem fugir. Só querem se esconder.

— Eles querem fugir de seus algozes — a noviça respondeu. — Consigo entender isso. Eu também quero.

Silêncio.

— Acho que faria qualquer coisa para ser livre.

Tristano caiu de joelhos.

— Algo não se encaixa — Agnes mais uma vez estava falando com a entidade. — Vocês são cientistas. São racionais. Não conhecem gratidão ou empatia. Uma vez que você tenha nascido, por que me manter viva? Eu conheço a verdade. Sou um risco.

Na escuridão imóvel, ela conseguiu sentir o sorriso incorpóreo do yithiano.

Exatamente por isso. Somos cientistas, somos racionais. Você foi um projeto que exigiu muito esforço, muitos recursos, muita pesquisa. Não faz sentido jogá-la fora.

Agnes respirou fundo.

Fez a pergunta que, desde o início da manhã, a incomodava como um espinho no fundo da mente:

— O que eu sou?

11

A TV ESTATAL DA REPÚBLICA DEMOCRÁTICA ALEMÃ TRANSMITIA um filme. Os poucos telespectadores que assistiam foram surpreendidos por um corte súbito no meio de uma cena. Em vez de atores, surgiu na tela um porta-voz do Partido. Ele olhou diretamente para a câmera e anunciou em voz estridente:

— Viagens precisam de autorização!

As explicações atabalhoadas que vieram a seguir não diminuíram a confusão de quem assistia. Então um novo corte abrupto trouxe de volta os atores em sua história aprovada pelo regime.

Mais tarde, um noticiário oficial do governo repetiu a informação. Com mais calma e clareza, mas ainda assim uma mensagem idêntica:

— Viagens precisam de autorização.

A posição oficial continuava a mesma. As fronteiras estavam fechadas. Nada estava acontecendo. Os agentes da Stasi tinham autorização de abrir fogo se julgassem estar em perigo.

Os espectadores confusos mal tiveram tempo de mudar de canal. Trocando para uma emissora da Alemanha Ocidental, cujo sinal inevitavelmente chegava até suas antenas, eles assistiram a um âncora abrir seu programa de TV com uma declaração:

— Este dia 9 de novembro é histórico. A República Democrática Alemã anunciou que suas fronteiras estão desde já abertas para todos.

Alguns espectadores decidiram acreditar no órgão estatal, julgando que tinha acesso a informações mais precisas. Outros deram ouvidos ao Ocidente, imaginando que do outro lado do Muro havia mais liberdade para averiguar o que acontecia. Não importava em quem confiassem: milhares saíram de suas casas, rumo aos postos de passagem. Queriam cruzar a fronteira. Ou, no mínimo, ver o que estava acontecendo.

Foi por mera sorte que um dos maiores jornalistas dos Estados Unidos estava em Berlim Ocidental naquele dia, com uma equipe de filmagem pronta. Também foi uma grande coincidência que a emissora americana tivesse alugado espaço em um satélite de retransmissão durante as horas em que a população rumava ao Muro. E, por um acaso avassalador, o repórter contava com uma estrutura completa, incluindo uma plataforma elevada de onde poderia falar e holofotes para dar maior efeito às cenas, já montada exatamente ao lado do Muro de Berlim.

A plataforma permitia que ele enxergasse claramente por cima do Muro. Os holofotes iluminavam a multidão, os guardas e o Portão de Brandenburg, do lado Oriental, o maior símbolo da cidade. Não havia um posto de passagem ali. Era improvável que alguém tentasse cruzar a fronteira naquela área.

Mas os holofotes transformaram a noite em dia e possibilitaram que várias pessoas escalassem o Muro. Os primeiros foram detidos por guardas — mas, como aquele não era um posto de passagem, não havia muitos agentes.

A TV americana mostrou ao mundo quando os primeiros cidadãos de Berlim Oriental chegaram ao topo da muralha, os braços erguidos em desafio à faixa da morte que se descortinava na barreira entre o lado Ocidental e o Oriental.

Também mostrou quando chegaram os reforços da Stasi, armados com mangueiras de alta pressão para derrubar os manifestantes.

Karin Mattenhauer viu a agitação aumentar. Ela também gritava, também erguia os punhos em desafio aos agentes que apontavam os fuzis para ela e os outros. Estava do outro lado do Muro, finalmente em Berlim Ocidental. Mas a notícia de que estava banida e nunca mais poderia voltar a encheu de medo e raiva. Ela ouvia sua própria voz como uma espectadora. A situação era surreal demais para ser levada a sério, mesmo olhando para o cano das armas.

Ela passara horas exigindo o direito de ir embora.

Agora tudo que queria era voltar.

O regime não parecia entender que ela não desejava abandonar o país, abandonar seu lar, abandonar todos que conhecia.

Queria apenas visitar o outro lado.

Karin não sabia que seu raciocínio era exatamente o mesmo que levara Gerhard Lauter a redigir a nova norma de viagens internacionais: alguém que desejava fazer turismo ou visitar um parente não podia ser tratado da mesma forma que um inimigo do Estado. Mais do que a brutalidade, mais do que a arbitrariedade, a burrice fundamental do governo fazia sua cabeça girar.

Os primeiros a exigir o retorno a Berlim Oriental haviam sido o casal que deixara os filhos em casa. Mas já era uma pequena multidão fazendo pressão daquele lado, espelhando a multidão enorme que pressionava do outro. Karin ouviu a gritaria se avolumando como um maremoto. A noção de que os maiores agitadores seriam admitidos causava um frenesi crescente que não parecia ter fim.

Ela viu os agentes que apontavam as armas tremer. Um deles roubou um olhar para trás. Tinham medo do que podia chegar pelas costas. Tinham os dedos trêmulos nos gatilhos.

Havia uma agitação do outro lado, nos portões que saíam de Berlim Oriental. Karin viu um pequeno grupo abrindo espaço por entre a multidão, o portão se abrindo sob olhar vigilante dos guardas, as armas mantendo o resto do povo para trás. Os homens e mulheres que entraram estavam carregando algum tipo de equipamento, um emaranhado de fios. Era uma equipe de TV.

E, assim que passaram pelos portões, eles começaram a filmar o interior do posto de passagem. A visão de Karin foi tomada por uma luz forte. Ela piscou algumas vezes, protegeu os olhos da ofuscação, então enxergou o cinegrafista focando o rosto dos agentes, a área interna que deveria ser segredo militar. O repórter que liderava o grupo enfiou um microfone na cara de um dos agentes.

— Por que não deixa seus próprios cidadãos passar? Por que não cumpre as diretrizes do pronunciamento de Schabowski?

Os guardas não responderam, mas as perguntas continuaram, até que um deles o empurrou com a arma. O microfone caiu no chão, o repórter cambaleou para trás.

A equipe de TV recuou, sempre focando os soldados.

O repórter olhou para seus colegas e deu algum comando. Imediatamente eles correram, passaram ao largo dos soldados, sob mira das armas. O coração de Karin parou por um instante — ela teve certeza de que os agentes abririam fogo. Mas ninguém atirou e os jornalistas escalaram uma cerca. Passaram a câmera pesada de um a outro, tomando cuidado para que não caísse. Dentro em pouco, do topo da cerca, tinham uma visão privilegiada do interior do posto de passagem, das dezenas de milhares de pessoas no lado oriental, dos agentes paralisados e confusos.

— Não podem filmar o interior do posto! — gritou alguém de uniforme.

As armas continuavam apontadas, os dedos continuavam nos gatilhos, os homens continuavam tremendo.

Karin teve certeza de que ouviria os disparos, quando a cena foi interrompida.

O oficial que comandava aquele posto retornou, andando com passos firmes, a mão no cabo da pistola à cintura. Deu uma ordem, seus agentes agarraram os membros da equipe de TV que ainda estavam no chão. Conduziram-nos aos empurrões de volta ao interior do posto, onde sumiram ao passar por uma porta. Vendo aquilo, o repórter e o cinegrafista desceram num pulo, de novo quase derrubando o equipamento. Perseguiram os agentes, tentando mostrar tudo que acontecia. Foram agarrados e conduzidos junto aos outros.

O oficial então atravessou a área interna do posto, abriu o portão que levava a Berlim Ocidental. Postou-se sozinho em frente à pequena multidão, como em desafio.

Olhou para Karin.

Ela engoliu em seco. O que havia na face daquele homem era ódio.

"Covarde".

A palavra ressoava na mente de Harald Jäger. Por 25 anos, ele defendera o Muro; por 25 anos, fora leal. Agora, enquanto sentia o câncer matando-o aos poucos, enquanto cumpria sem reclamar um turno de 24 horas, deixando a esposa sozinha esperando o diagnóstico, sua coragem fora questionada.

O que ele já entregara não era suficiente.

O Partido precisava de mais.

Sentiu o cabo da pistola no coldre que levava à cintura.

Olhou a agitadora que ele mesmo selecionara como primeira a cruzar o portão. Ela não estava satisfeita. Também o povo não via como suficiente tudo que ele já fizera. Aquela garota exigia ainda mais.

"Covarde".

— Você — Harald disse em voz ríspida. — Venha comigo.

A menina deu dois passos para trás. A multidão estava calada ao redor. Nem mesmo o casal que deixara os filhos em casa ousava falar qualquer coisa.

— Não! — ela gritou. — Estou do lado ocidental! Você não pode...

Harald Jäger sacou a pistola, engatilhou e apontou para sua cabeça.

— Venha comigo.

"Covarde".

Era isso que pensavam dele nos mais altos escalões. Nenhum questionamento de suas habilidades, sua capacidade de liderança, sua organização, seu vigor ou mesmo sua honestidade. No Partido, competência não contava tanto quanto política. Eles queriam saber se ele era capaz de analisar a situação de maneira realista.

Ou se era um covarde.

A garota ergueu as mãos e obedeceu. Harald não encostou nela, mas manteve a pistola apontada. Quando ela cruzou o portão de volta, ele guardou a pistola no coldre.

— Entre.

Karin viu a equipe de TV sendo conduzida aos empurrões para dentro do prédio de controle, bem no centro do posto de passagem. Os equipamentos exibiam adesivos do *Spiegel TV*, um programa ocidental. Certamente tinham entrado no país com seu passaporte ocidental, e por isso haviam sido admitidos de volta. Enquanto os agentes tentavam bloquear sua visão, o cinegrafista filmava tudo, mostrando as instalações militares, roubando vislumbres do funcionamento do posto, capturando a pressão das dezenas de milhares de pessoas do outro lado.

O repórter falou alguma coisa, mas sua voz foi abafada pelos gritos:

— *Nós somos o povo! Nós somos o povo!*

Eles sumiram porta adentro, filmando até o fim.

Ela sentiu uma onda de gelo subindo por sua espinha. Sumir dentro de um prédio cheio de agentes da Stasi era um destino conhecido.

O oficial conduziu Karin para o mesmo prédio. Então se virou, fechou a porta e trancou.

Ela e os repórteres estavam sozinhos com os guardas. Longe da vista de todos, num cômodo trancado.

Havia algumas cadeiras e uma mesa. Uma das lâmpadas estava falhando. Os agentes continuaram com os fuzis apontados. Um deles confiscou todo o equipamento de TV e o depositou com cuidado surpreendente num canto. Sob o olhar vigilante do oficial e a mira perene das armas, cada um dos prisioneiros entregou seu passaporte e documentos. Foram empilhados sobre a mesa, à frente de um dos guardas.

Mandaram que sentassem. Karin sentiu o estômago despencar. Ela conhecia aquele protocolo. Haveria um interrogatório. Com sorte, sairia dali antes do meio-dia. Com azar, voltaria à solitária. E, se aquele oficial tivesse alguma coisa a provar ou apenas desejasse se livrar de problemas, seu próximo destino seria uma cova de indigente.

Afinal, Karin Mattenhauer cruzara a fronteira para Berlim Ocidental. Sua identidade, de posse dos agentes, comprovava aquilo. Centenas de pessoas tinham visto sua passagem. Não seria estranho se ela desaparecesse. Nada poderia ser provado.

As autoridades poderiam identificá-la pelas digitais ou pela arcada dentária, quando achassem seu corpo. Com sorte, seus amigos teriam acesso à informação. Era uma pena morrer ao completar 20 anos.

O oficial começou as perguntas. Primeiramente os nomes: o agente designado conferia cada um deles em seu passaporte. Karin foi a última.

— Como é seu nome? — perguntou o oficial.

— Não lembra?

— Como é seu nome? — ele repetiu.

— Está na identidade.

Levou a mão à pistola.

— Como é seu nome?

Ela engoliu em seco.

— Karin Mattenhauer — pausa. — E o seu?

Guardas e repórteres se voltaram ao oficial. Era uma pergunta tão inusitada que por um segundo a tensão se quebrou.

— Harald Jäger — ele respondeu.

Harald sabia que isso era um erro. Não devia responder ao prisioneiro durante um interrogatório, isso iria minar sua autoridade. Mas sua cabeça latejava, sua esposa estava em casa, ele estava desperdiçando preciosas horas de vida, seu superior o chamara de covarde.

Podia temer uma represália da Stasi, podia temer o câncer, podia temer a multidão enorme que ameaçava avassalar seus agentes. Mas não temeria uma menina. Isso era covardia demais.

Fez algumas perguntas ao repórter e a sua equipe. Questionou sobre o que tinham vindo filmar originalmente, se algum deles tinha ligação com um dos poderes imperialistas. Mas logo voltou a Karin Mattenhauer. Algo em seu jeito atraía a atenção, mesmo que irritasse.

— O que deseja fazer em Berlim Ocidental, Senhorita Mattenhauer?

Certamente foi irritante quando ela respondeu:

— Nada.

A azia subiu até a garganta de Harald. Ele visualizou a ardência profunda como um tumor. Tentou afastar o pensamento, como se com isso pudesse se proteger.

— Para seu próprio bem, recomendo que leve isto a sério.

— Não é uma piada, é a verdade. Não quero fazer nada em Berlim. Nada especial. Vim à cidade para comemorar meu aniversário, soube que as fronteiras estavam abertas e quis passar.

— Por quê?

— Por que não?

— Cruzar a fronteira é traição. Desertar para os fascistas é traição.

— Ninguém falou em desertar. Quero comemorar meu aniversário. Você realmente não vê diferença entre as duas coisas?

— Se o outro lado é tão divertido, por que voltar?

— Minha casa é aqui!

— Em Berlim?

— Em Leipzig.

Harald pigarreou. Ajeitou-se no uniforme desconfortável.

— Por acaso tomou parte nos protestos em Leipzig?

Viu o rosto da garota se contorcer de preocupação. Ela manteve o queixo erguido e não desviou o olhar, mas era muito jovem. Jäger conhecia o ar de um jovem que tenta parecer mais corajoso do que é de verdade. Ele mesmo já fora esse jovem.

Seu superior questionava se ele estivera, durante todo esse tempo, apenas fingindo coragem.

Ele sabia a resposta de Karin antes que ela falasse:

— Sim.

Harald tocou o cabo da pistola, num gesto automático.

— Admite que é uma subversiva, então?

Os cabelos cacheados da garota mostravam a tremedeira que ela conseguia controlar no resto do corpo.

— Pergunte a seus colegas em Leipzig — ela disse, petulante. Apenas uma leve quebra na voz denunciou seu pavor. — Foi lá que passei dois meses na solitária.

Karin se arrependeu assim que as palavras deixaram sua boca.

Irritar oficiais da Stasi era uma demonstração de resistência, uma prova de que as táticas de intimidação não funcionavam. Revelar espontaneamente que ela tinha sido prisioneira em Leipzig era só burrice.

— É mesmo uma subversiva, então — o oficial decretou. — Há outros como você infiltrados no protesto?

Ela tentou controlar a respiração, mas sabia que o medo estava evidente em seu rosto. Uma memória súbita das execuções falsas fez sua cabeça girar, por um segundo achou que estava de novo naquela situação. Mas o oficial chamado Harald Jäger não sacou a pistola. Em vez disso, permaneceu com o olhar fixo nela.

— Não — ela gaguejou.

— Então veio comemorar seu aniversário sozinha?

— Não falei isso... Mas meus amigos não têm nada a ver com...

— Seus amigos estão entre a multidão do outro lado?

O silêncio da sala era quebrado apenas pelo zumbido das lâmpadas elétricas.

— Sim — Karin não aguentou.

— Quero nome e descrição de todos eles.

— Nunca.

O oficial deu um passo em sua direção, tornando-se ainda mais imponente sobre ela.

— A Stasi tem meios de fazê-la mudar de ideia.

Ela não conseguia mais controlar a tremedeira. Lembrou-se de seu amigo na cela ao lado, falando em Código Morse. Se não tivesse dado ouvidos a ele, estaria em Leipzig, assistindo a tudo na TV de um bar qualquer.

Desejando fazer parte.

Ela estava onde deveria estar, mesmo que nunca fizesse 21 anos.

— Leve-me a uma prisão da Stasi, então — ela disse, ainda que a voz escancarasse o pavor. — Vão demorar pelo menos algumas horas até conseguir me tirar daqui e arrancar de mim toda a verdade. Até lá, tudo isso já vai ter acabado. Você não saberá onde estão meus amigos. E terá me prendido na frente da TV ocidental.

— A emissora sabe que estamos aqui! — disse o repórter.

Harald se virou para ele devagar. Achou que podia sentir o câncer se mexer dentro de seu corpo, zombando, reagindo à insubordinação dos prisioneiros. Imaginou como estava a situação lá fora. Se seus homens estavam em perigo.

— Suas filmagens são ilegais — Harald falou, sem esconder a exaustão.

— Não importa — o homem retrucou. — Não somos anônimos. Nossa emissora sabe que estamos aqui. A imprensa do mundo todo está com os olhos em Berlim. Se nos soltar, vou relatar tudo que vi, todos saberão que a garota foi levada.

— Não preciso soltá-lo.

O repórter zombava dele. O Partido zombava dele. O câncer zombava dele.

"Covarde".

— Uma equipe de TV da Alemanha Ocidental desaparecendo depois de entrar, à vista de todos, num prédio da Stasi... Vai mesmo fazer isso?

Harald abriu a boca, mas foi interrompido:

— Como é seu nome? — o repórter se virou para a prisioneira.

— Karin! — antes que ele conseguisse calar os dois. — Karin Mattenhauer!

— Vamos espalhar o nome dela tanto quanto o nome de Chris Gueffroy! E vamos espalhar o seu! Harald Jäger, não é mesmo? Harald Jäger!

— *Chega!* — Harald gritou.

Todos se calaram.

Uma menina subversiva preferia morrer sob tortura a obedecer a ele. Jornalistas ocidentais prometiam abertamente transformá-lo em bode expiatório. Dezenas de milhares de porcos selvagens berravam atrás do portão, exigindo o que ele não podia fazer. A polícia espalhava boatos que só aumentavam a instabilidade da situação. Günter Schabowski dizia as palavras "Agora mesmo. Imediatamente" com casualidade, sem pensar no que aquilo significava para os agentes de fronteira. Seus superiores o acusavam de covardia.

Seu próprio corpo se voltava contra ele.

Havia apenas um grupo de pessoas que o respeitava, que olhava para ele com admiração, que levava em conta suas décadas de serviço leal à Stasi: seus comandados. Eles não fraquejavam, não pestanejavam, eles o viam como um exemplo a ser seguido.

Seus comandados, que estavam à mercê de mais de 20 mil manifestantes cada vez mais furiosos, muitos deles bêbados, que viam a primeira linha de defesa da República Democrática Alemã como seu inimigo. Entre a multidão, subversivos infiltrados. Agitadores, gente que ativamente sabotava o regime.

Os rapazes dependiam dele.

Harald sacou a pistola.

O Capitão Tony Green se apresentou à 4ª Brigada Blindada do Real Regimento de Tanques do Exército Britânico, no grande prédio histórico que ocupavam em Osnabrück. Estava atordoado com os eventos da noite, zonzo com as lembranças de seu pai, com o padre da foto, com os acidentes na estrada, com o assassinato em Kalkriese.

Entrou num banheiro, lavou o rosto, olhou-se no espelho como se fazia em filmes, na esperança de que isso trouxesse calma. Estranhamente, o gesto deu algum resultado. Respirou fundo algumas vezes, sacou toalhas de papel e se secou. Pensou em sua família, em seus amigos alemães, na cidade que ele amava.

Saiu do banheiro e encontrou seu superior imediato no corredor.

— Major — disse Tony Green, com uma continência surpresa.

— Capitão — o homem devolveu o cumprimento. — Estávamos atrás de você. Liguei para sua casa.

— Eu fui...

— Não importa. Estamos em alerta, Tony.

Sem sentir, ele se empertigou, os sentidos atentos como se um tiroteio fosse começar a qualquer momento.

— Sua intuição estava correta hoje à tarde — disse o major. — Foi bom tirar as crianças do colégio, deixar as pessoas saberem que não é um dia normal. A situação em Berlim está cada vez pior.

— Pior?

— Cada vez mais próxima da solução chinesa.

A imagem do estudante atropelado pelo tanque tomou a mente de Tony Green.

— Eu não deveria falar sobre isso, Tony — disse o major. — Mas sei que posso confiar em você, e sei como ama esta cidade.

O capitão adivinhou o que viria a seguir, mas por alguns instantes quis se enganar, dizer a si mesmo que nunca chegaria a isso.

— A Primeira-Ministra está em contato direto com Washington. Todas as forças de ocupação estão prontas. Se um único manifestante morrer, os Estados Unidos vão atacar. Vamos impor Lei Marcial em Osnabrück e as coisas só vão ficar piores.

— Moscou...?

— Ninguém sabe.

Tony respirou algumas vezes.

— Major — começou, com cuidado — segundo seu julgamento... A União Soviética está pronta para usar armamento nuclear?

O major relaxou a fleuma britânica e militar. Seu rosto foi tomado por tristeza genuína.

— *Nós* estamos preparados para usar armamento nuclear, Tony. Basta que um único manifestante morra.

Do alto da plataforma, a TV americana filmou a seção do Muro de Berlim perto do Portão de Brandenburg. Focou os manifestantes sobre o Muro, os braços erguidos em desafio aberto. Mostrou os soldados com mangueiras de alta pressão, tentando forçá-los a descer.

As câmeras capturaram perfeitamente o momento em que o jato de uma mangueira atingiu um rapaz no peito. O satélite transmitiu para o mundo todo, ao vivo, a imagem de um corpo despencando de cima do Muro de Berlim.

III

MUITO BEM, AGNES. VOCÊ TEM DIREITO DE SABER.

A informação chegou a ela num fluxo avassalador. Era uma sensação de prazer, de plenitude, mas forte demais. O corpo da noviça se retesou, ficando nas pontas dos pés como se fosse puxado pelas cordas de um títere, tentando acompanhar o frenesi da mente. Agnes chorou sangue, porque meras lágrimas não eram capazes de dar vazão ao que ela sentia.

Ela soube.

No ano 9, Masmorra ao Redor do Destino se voltou contra a Grande Raça de Yith. Tomou o lado dos humanos, decidiu se redimir por sua maior criação. Os outros yithianos só puderam assistir, tomados por sensações que não conheciam: surpresa e fúria. O rebelde era o único que possuía conhecimento e ousadia para mexer com o deus morto sob a terra. Assim, usando a influência de Ithaqua e o carisma de Arminius, ele venceu e frustrou o estratagema que culminaria na ruína de uma civilização. Milênios de planejamento e estudo destruídos. Mas os yithianos não tinham pressa.

No século 8, os yithianos já haviam estudado o suficiente para manipular o Mecanismo do Destino sem risco de despertar Ithaqua. Não havia um grande plano de destruição global. Mas, durante 700 anos, Masmorra ao Redor do Destino se tornara mais e mais confiante, até que julgara ter poder e aliados suficientes para destruir os corpos físicos da Grande Raça. O rebelde seguiu com sua conspiração para manter a Europa unida, preservar aquela civilização, enquanto os demais yithianos só podiam contra-atacar. Naquela guerra, ele foi vitorioso.

O próximo golpe não foi contra a civilização, mas contra o inimigo. Os yithianos tiveram quase um milênio para pesquisar como destruir totalmente um membro de sua própria espécie. No século 17, conseguiram enredar Masmorra ao Redor do Destino em um enorme ritual que o fez esquecer quem era. A tática deu certo, falhando apenas no momento derradeiro, em que a entidade etérea precisou ser retirada do corpo físico. O rebelde escapou, mas foi sua primeira grande derrota. Foi a confirmação de que ele podia ser vencido.

Em todo aquele tempo, os yithianos aprenderam. Aprenderam sobre o renegado, sobre suas falhas e sua maneira de agir. Aprenderam a reconhecer seus padrões, prever seus atos. Havia guerras terríveis em todas as linhas de destino. A Grande Raça escolheu um momento específico para a jogada que deveria lhes dar a vitória, a primeira chance real de proteção contra os deuses desde a traição no ano 9.

Mas precisavam de uma ferramenta. Algo que o traidor não pudesse manipular, seduzir, convencer, possuir.

Em 1880, nos Estados Unidos, usaram uma caravana de migrantes para realizar um ritual. Era a ativação do Mecanismo do Destino, mas isso era apenas um meio para chegar a um fim. Era mais uma chance de humilhar Masmorra ao Redor do Destino, mas isso era apenas um efeito colateral fortuito.

O que o ritual de 1880 fez foi permitir que os yithianos enxergassem as linhas de destino de forma mais concreta, com mais clareza. Eles viram os infinitos desdobramentos até o futuro distante. Havia uma linha que divergia de forma sutil, mas marcante, do futuro mais provável que realmente se concretizou.

Eles haviam dedicado os últimos séculos à pesquisa, para que em 1880 pudessem realizar um ato simples: estender seus tentáculos para o futuro de uma linha, antes que fosse apagada pelos acontecimentos do presente, e de lá retirassem uma possibilidade.

O nome da possibilidade era Agnes.

Sendo uma possibilidade, Agnes não era uma pessoa. Pelo menos não de todo. Faltavam-lhe vários aspectos que a tornariam concreta, caso a linha de destino na qual ela existia houvesse acontecido.

Agnes foi considerada ideal entre todas as candidatas. Sua escolha envolveu um processo matemático de extrapolação de probabilidades e avaliação de riscos. Os aspectos que faltavam a ela, que a diferenciavam de uma pessoa, precisavam ser minimizados, para que pudesse ser arrastada até uma linha concreta sem chamar atenção. Era uma noviça, o que significava que sua falta de laços familiares e até mesmo de sobrenome não seria tão aberrante. Era racional e questionadora, o que seria uma vantagem para lidar com Masmorra ao Redor do Destino. Tinha fé, o que a tornaria aberta a ouvir a voz de um suposto Messias. Buscava um rapaz em Münster, o que a deixava fisicamente próxima do Mecanismo do Destino. E, por fim, o detalhe fundamental: estava grávida.

Outras possibilidades foram consideradas. Nenhuma delas importava para os yithianos e, no momento em que não foram escolhidas, deixaram de existir sequer como memória ou pensamento.

A linha de destino se desfez, dando lugar a infinitas outras. Em nenhuma dessas existia a escolhida, e sua própria linha nunca aconteceu. De todo um universo possível, só restava ela. Uma possibilidade nunca concretizada, exilada num destino no qual não tinha lugar.

A resposta é essa, Agnes.

Você não é.

Agnes foi tomada pela calma absoluta que chegava com uma tragédia concretizada, total e irreversível.

Olhou para Tristano, que ofegava e mal conseguia se manter vivo no chão da Casa do Conselho. Olhou para os retratos de todos aqueles homens que haviam vivido e morrido.

Um privilégio que ela nunca tivera e jamais teria.

Correu as mãos pela madeira escura dos encostos das cadeiras. As pontas de seus dedos estavam adormecidas. Ela se sentia destacada do mundo, como se houvesse uma redoma translúcida entre ela mesma e tudo que existia.

Fazia sentido.

Deu um sorriso triste. Mesmo com todas as mentiras, toda a manipulação, a imposição de sua vontade, Tristano falara a verdade sobre aquilo. Ele não sabia o que ela era. Era um inocente, um ignorante. Não sabia que o transplante de uma possibilidade para uma linha concretizada era sequer possível. No grande esquema da Realidade infernal, Masmorra ao Redor do Destino era uma entidade que lutava uma guerra particular contra outras entidades, enquanto havia infinitos deuses, criaturas, horrores tão ou mais perigosos. A narrativa grandiosa de Thusnelda, Turpin, Tiefenbach, Tobias, Tristano era uma série de vitórias e derrotas nas sombras da história. Apenas o presente importava, apenas o dia 9 de novembro de 1989, quando algo significativo poderia surgir daquilo tudo, na forma de uma guerra nuclear.

O mundo era cruel, afiado e injusto. Um idoso reduzido à indigência era possuído depois de uma vida de miséria. Uma ex-prisioneira política tinha sua autonomia roubada arbitrariamente, porque tentara ajudar alguém em dificuldade. Uma cientista que finalmente se libertara de uma situação de abuso era assassinada sem que ninguém pudesse evitar.

Era um mundo de genocídios, de tirania, de impotência. Um mundo em que, ao ver um avô simpático nas ruas de uma cidade no interior da Alemanha, era preciso pensar se ele não fora um nazista. Um mundo em que Hitler não fora só um pintor medíocre. Um mundo onde a maldade se concretizava.

E, acima de tudo, um mundo que não era o seu.

Seria idiotice deixar que você morresse, Agnes, disse Nenhum Caminho Exceto o Declínio. *Você é um objeto de estudo valioso. Vamos observar suas interações com um destino concretizado. Sem interferência humana ou perseguição dos deuses, poderemos aprender em paz. Talvez outras possibilidades possam ser retiradas de outras linhas. Há muitos desdobramentos interessantes, e você está no centro da pesquisa.*

— O que vai acontecer com ele? — Agnes apontou para Tristano.

— O que ele está falando? — o padre grunhiu. — O que quer que seja, é mentira...

O que gostaria que acontecesse?

Ela limpou as lágrimas de sangue com as costas da mão. Parou por um momento para pensar na resposta. Não lembrava da última vez em que alguém perguntara o que ela queria.

— Ele pode ser punido?

Há muitas punições para um yithiano. O processo de esquecimento já foi bem-sucedido uma vez, pode ser replicado. A extração etérea pode ser aperfeiçoada.

— Talvez o esquecimento seja bom demais.

Deseja torturá-lo?

Havia uma ponta de alegria por trás da racionalidade yithiana.

— Aceito qualquer punição — disse Tristano, tentando adivinhar a conversa. — Apenas não deixe que o último selo seja quebrado.

Ela franziu o cenho.

— Por que não?

— O mundo inteiro, Agnes...

— Não me fale no mundo material.

— Você perderá tudo...

Agnes sentiu a raiva borbulhar dentro de si.

— *Perder tudo?* Ter algo a perder já é um privilégio.

Ela teve saudade.

Saudade do convento onde nunca estivera. Saudade do desenho animado que nunca fora produzido sobre uma guerra que nunca fora travada. Saudade das amigas que nunca nasceram, do memorial que nunca foi construído.

Do rapaz que nunca existira.

Tocou em sua barriga.

Um influxo de informação a preencheu através do cordão umbilical etéreo. Ela fechou os olhos, moveu os braços num círculo amplo. Com o sangue em seu rosto, traçou no chão um desenho simples, mas preciso. Em poucos segundos, estava feito.

Houve uma mudança invisível, sutil, mas incontestável. O ar tinha um cheiro diferente, a textura da madeira e a solidez do chão eram outras.

Sem nenhuma dramaticidade, sem um momento de horror ou de fúria, sem que isso parecesse algo importante, o último selo estava quebrado.

Agnes sorriu para Tristano.

— O que me importa este mundo? Ele não é meu.

A visão de Tristano se estreitou mais uma vez. Uma dormência latejante ameaçou derrubá-lo, os sons e cheiros se afastaram de um modo ameaçador. Até mesmo a dor lancinante que atravessava seu peito era vaga.

Mas ele conseguiu identificar os movimentos.

— Não... — tentou dizer, mas o som foi inaudível.

Os olhos materiais foram tomados de trevas, mas a visão etérea se abriu. Todas as possibilidades levavam à ruína. Eram tantas linhas de destino mostrando a guerra que o céu de todo o futuro parecia tomado de rastros de mísseis, cruzando-se como os fios que explodiam de Agnes.

Ouviu um tambor longínquo.

O Psicopompo vazava pelo teto da Casa do Conselho. A música fúnebre se aproximava do mundo.

Agarrou uma linha em que sobrevivia por mais alguns minutos. Puxou o ar, enchendo os pulmões com sofreguidão e esforço. A visão se abriu mais uma vez.

— Agnes...

Ela o ignorou.

Tristano foi tomado por um pavor terrível de si mesmo. Ele tentara negar, mas sempre havia uma alternativa. Uma última possibilidade, um ato de desespero final. Rilhou os dentes, sentiu o engasgo tomar sua voz.

Com o braço que ainda funcionava, segurou os trapos que cobriam seus ombros.

— Agnes, por favor, pare.

Ela não se moveu.

— Não há mais o que parar — ela disse. — Já está feito.

— Se você conseguiu rompê-los, talvez possa reverter... Talvez esse conhecimento...

— Quantas vezes preciso falar até que aceite minha resposta? Eu *não quero* preservar este mundo.

Tristano puxou o ar mais uma vez. A mão fechada tremia, segurando o tecido.

— Agnes, não me faça fazer isso.

Assim que as palavras deixaram sua boca, ele viu a fúria distorcer o rosto da noviça. Então ela cometeu a maior violência que podia, com Tristano e com o mundo.

Deu as costas. Caminhou para longe, em direção à porta de saída.

— Quero ver a estrela-guia.

Tristano a viu se afastar. Mesmo que conseguisse persegui-la, seria mais daquela comédia trágica, mais súplicas para que Agnes não decretasse o fim do mundo, para que renegasse o falso Messias. Implorar já dera errado. O tempo estava acabando.

Não havia mais alternativa.

Tristano puxou os trapos, revelando a pele tatuada com as palavras do Necronomicon.

— Se o mundo vai acabar... — ele rosnou. — Será do meu jeito.

Agnes se virou. O padre quase conseguiu escutar os gritos do yithiano no ventre dela.

— A humanidade está condenada de qualquer jeito! — a tentativa de grito rasgou sua garganta. — É o fim do mundo! Mas não será o início do reino yithiano!

Revelou mais da própria pele. As frases simples e profanas convidavam a ser lidas.

— Se a humanidade vai morrer, vamos morrer todos! Vamos morrer você, eu e toda a Grande Raça! Chega de fugir, vamos finalmente pagar! Venham comigo para o inferno, humanos e yithianos! Que venha a chuva ácida e o inverno nuclear!

O peito exposto revelou as primeiras linhas de um ritual antigo. Mesmo no escuro quase total, era possível discernir as palavras. Elas queriam ser lidas.

— Estamos na tumba de um deus, que seja a tumba de todos! Que se ergam os Antigos! Que a Realidade se revele no último dia da Terra! *Ia! Ithaqua!*

Uma súbita ventania derrubou algumas árvores na Floresta de Teutoburgo.

O solo se remexeu e trouxe à tona uma moeda romana.

Congelada.

IV

SÚBITO, TONY GREEN SENTIU UM CHEIRO AVASSALADOR DE PELO de animais. Olhou em volta, enquanto os soldados checavam as armas, deixavam os veículos de prontidão, ouviam as últimas instruções sobre como proceder na Lei Marcial.

O vento gélido trouxe uma lufada ainda mais saturada. Era como estar na jaula de um urso, como enterrar o nariz no pelo de um lobo. Um odor primitivo, sujo, inquietante.

Se Tony Green não tivesse descoberto moedas romanas na colina de Kalkriese e mudado a compreensão da história da Alemanha, não haveria escavação, não haveria assassinato, não haveria sacrifício de sangue em Teutoburgo. Se Giacomo di Monti não tivesse sido levado brevemente ao futuro durante uma alucinação em 1936, nunca teria conhecido Harry Green durante a tomada de Osnabrück pelas tropas inglesas. Tony Green não teria crescido olhando a foto do encontro, não teria permitido que Tristano levantasse da maca.

Tudo teria sido diferente.

Mas a teia de acasos, coincidências, improbabilidades e escolhas arbitrárias foi tecida daquela forma e as coisas aconteceram como aconteceram.

Aos poucos, a cidade foi impregnada pelo cheiro do deus Ithaqua.

Tony Green foi tirado do devaneio pelas ordens mais uma vez repassadas. Assentiu, demonstrou tê-las compreendido. Haveria necessidade de uma enfermaria de campo, algum abrigo de emergência, um centro de triagem para os feridos. Como oficial administrativo do Corpo Médico, ele estava no comando. Reuniu seus homens, os instruiu sobre os procedimentos e começou a dividir as tarefas.

Em Berlim Ocidental, o exército inglês estava montando tendas e providenciando abrigo de emergência para receber os refugiados que poderiam vir do outro lado do Muro. Havia cobertores empilhados e prontos para uso e caminhões abastecidos com comida.

Os cidadãos do lado ocidental viam aquela movimentação por toda a cidade, tinham assistido aos noticiários, visto as imagens dos primeiros a cruzar o Muro, sem saber que eram apenas fregueses de um café, frustrados porque não puderam beber com os guardas de fronteira. Eles, assim como o mundo todo, viram as imagens da TV americana, mostrando os primeiros manifestantes que subiram ao Muro. Viram o jato de uma mangueira de alta pressão derrubar alguém e imaginaram se aquela pessoa sobrevivera. Assim, eles também saíram de suas casas e enxamearam pelas ruas, em direção aos postos de controle de fronteira.

As armas dos guardas dentro dos postos não podiam calar a gritaria da multidão do outro lado. A multidão cada vez maior de Berlim Ocidental ouvia seus conterrâneos e familiares gritando palavras de ordem. O Muro de Berlim parecia tremer com a pressão imaterial do povo que exigia sair. O asfalto realmente tremia com o pequeno terremoto de milhares de solas pisoteando o chão.

Ou, às vezes, com o que podia ser a esteira de um tanque em Berlim Oriental.

O povo do lado ocidental assistira a seu prefeito na TV, dizendo que a noite que Berlim desejava há décadas finalmente chegara. Walter Momper foi perfeitamente calmo em seus pronunciamentos. Falou sobre a parte prática do transporte em Berlim Ocidental, aconselhou os berlinenses do outro lado a usar trens e deixar seus carros em casa. Sem se alterar, sem mencionar nenhum detalhe, o prefeito disse à cidade que as fronteiras estavam abertas.

Não era surpresa que seus cidadãos estivessem lá para assistir em pessoa.

Walter Momper estava falando ao vivo em mais uma emissora quando recebeu a notícia de que grandes números de pessoas estavam saindo pelo portão na Bornholmer Strasse. Momper nunca soube se a informação dizia respeito às imagens enganosas que estavam sendo veiculadas, aos piores agitadores que estavam sendo banidos do lado oriental ou ao início real da abertura das fronteiras.

O prefeito soube apenas que, como líder, deveria fazer algo.

Mas ele não se dirigiu ao posto da Bornholmer Strasse, onde Harald Jäger ruminava a acusação de covardia. Em vez disso, Walter Momper chegou ao posto de controle de fronteira na Invalidenstrasse em um carro oficial, acompanhado por uma comitiva de carros de polícia com sirenes ligadas. Escolhera aquele lugar específico por acaso: era o posto que ele costumava usar quando precisava atravessar a fronteira. Talvez alguns guardas rompessem o protocolo com uma pessoa conhecida e dissessem, afinal, o que estava acontecendo.

O povo de Berlim Ocidental abriu espaço para a comitiva. O prefeito saiu do carro oficial com pressa, um megafone na mão. Tinha aspecto cansado, mas manteve a postura sempre otimista. Usava um sobretudo escuro e um cachecol vermelho que tinha se tornado uma de suas marcas. Transpirava tranquilidade. Caminhando à frente dos seguranças, foi em direção ao posto da Invalidenstrasse.

Walter Momper não sabia que o posto da Invalidenstrasse, comandado pelo Tenente-Coronel Vogel, havia solicitado reforços armados mais cedo. Não sabia que Vogel, ao falar no telefone com Harald Jäger, mencionara que bastava colocar as armas no modo automático e atirar.

Foi por puro acaso que o prefeito de Berlim Ocidental decidiu interpelar os guardas de um posto especialmente tenso, ainda mais armado que o normal, comandado por alguém que estava pronto para dar a ordem de atirar.

— Não preciso de segurança — disse o prefeito. — Eles me conhecem, está tudo bem.

Foi com essas palavras que Walter Momper dispensou os homens que o protegiam e foi até os guardas armados. Sua cabeça ribombava com as palavras de ordem:

— *Nós somos o povo! Nós somos o povo!*

E Berlim Ocidental assistia.

— Boa noite — ele disse, com um sorriso tranquilo que parecia absurdo naquela noite de caos. — Gostaria de perguntar algumas coisas.

Os dois jovens que guarneciam a área exterior do posto arregalaram os olhos. Mesmo que não reconhecessem Walter Momper, a escolta deixaria claro que era alguém importante. Por instinto, não mexeram nas armas. Os seguranças e a polícia do lado ocidental tinham suas próprias armas.

Continuaram olhando à frente, ignorando o recém-chegado.

— Já nos conhecemos! — disse o prefeito. — Não finjam que não estão me ouvindo. Não podem chamar seu comandante? Só quero conversar um pouco.

Sempre com um sorriso.

— *Nós somos o povo! Nós somos o povo!*

— Estão liberando os postos pouco a pouco? Por que a Bornholmer Strasse já está aberta e vocês mantêm o portão fechado aqui?

Walter Momper insistiu, falando como um tio simpático, observado por milhares de pessoas. Os guardas continuaram calados, até que um oficial surgiu de dentro do posto, liderando outros quatro homens.

Seus fuzis estavam de prontidão. Os seguranças de Momper se moveram sutilmente para uma posição que facilitasse o saque das pistolas.

— O que deseja, Camarada Momper? — perguntou o oficial.

O prefeito abriu um sorriso ainda maior.

— Tenente-Coronel Vogel! Bom ver uma cara conhecida! Quero apenas conversar.

— Não há nada a falar, camarada.

— Poderia dar um pouco de tranquilidade para meu povo e o seu. Vamos garantir que a abertura das fronteiras seja pacífica, que nenhum tiro seja disparado.

— As fronteiras não estão abertas, Camarada Momper. Desertores serão alvejados.

O sorriso diminuiu.

— Pode me chamar de Walter.

Sem resposta.

— Sei que suas ordens são para não usar armas — o prefeito insistiu.

— A menos que estejamos em risco de vida.

— Ninguém aqui está em risco de vida.

Vogel não respondeu.

Os guardas avançaram um passo. Atrás do prefeito, os seguranças também.

— *Nós somos o povo! Nós somos o povo!*

— Não podemos conversar como berlinenses, Vogel?

— O senhor é membro da máquina imperialista. Não há o que conversar.

Vogel trocou um olhar rápido com os quatro guardas. Momper manteve a calma, mas engoliu em seco.

Recuou, sempre sorrindo.

O Tenente-Coronel Vogel soltou ar dos pulmões.

Os guardas abaixaram levemente os fuzis, os seguranças relaxaram um pouco.

Então Walter Momper levou o megafone à boca.

— Cidadãos de Berlim! — sua voz metalizada se espalhou. — Permaneçam calmos! Vamos deixar que nossos irmãos de Berlim Oriental cruzem a fronteira sem problemas!

De um lado do portão, havia 20 mil manifestantes, a maioria alcoolizada, gritando e exigindo passagem. Do outro lado, mais milhares de cidadãos ocidentais observando, bebendo, gritando. O prefeito falando num megafone, explicitamente convidando o povo da República Democrática Alemã a "visitar" o Ocidente.

O Tenente-Coronel Vogel soube que tinha uma escolha a fazer.

Antes de surgir no portão, instruíra seus agentes: caso Walter Momper começasse a incitar a população e houvesse risco de uma revolta do lado Oriental, ele deveria ser imobilizado e levado à força para dentro do posto.

— Quando vierem a Berlim Ocidental — disse Momper no megafone — usem trens!

Um dos guardas se aproximou de Vogel.

— Camarada — disse o rapaz, em voz baixa. — O prefeito está incitando a população?

Igor Maximychev, o vice-embaixador da URSS em Berlim Oriental, acompanhara as notícias da noite com raiva crescente. Já levara a mão ao telefone e o soltara diversas vezes, sem nunca discar.

Mas, durante aquelas horas, o desrespeito à União Soviética só aumentara. Noticiários ocidentais zombavam da autoridade de Moscou, declarando que as fronteiras estavam abertas. O Chanceler Helmut Kohl interrompera uma visita diplomática. O prefeito de Berlim Ocidental incitava a população a se revoltar. O exército inglês estava se mobilizando na cidade.

Da janela de seu escritório, com vista para o Portão de Brandenburg, Igor Maximychev viu uma mangueira de alta pressão derrubar um manifestante. Logo em seguida, viu a mesma cena repetida na TV do Ocidente.

Ele sabia: um único tiro disparado naquela noite seria o mesmo que uma catástrofe mundial.

Um jato de mangueira era o mesmo que um tiro?

Moscou ainda não sabia de nada.

Cabia a ele informar sobre o desrespeito, as hostilidades, o corpo despencando do Muro.

Pegou o telefone.

V

— O QUE VOCÊ ESTÁ FAZENDO? — AGNES EXIGIU.

O interior da Casa do Conselho estava tomado por ventania e neve. As janelas aos poucos ficavam brancas, enquanto o fedor de animal enjaulado aumentava. Um leve tremor sacudia as paredes. Era o início de um rugido.

O corpo musculoso, envelhecido e cheio de cicatrizes de Tristano se mostrava, coberto das palavras macabras do Necronomicon. As linhas dançavam ante a visão de Agnes, se confundiam umas com as outras, formavam novos e terríveis significados. A escuridão apenas atiçava sua curiosidade, tornava o livro tatuado ainda mais tentador.

— Eu convoco a fome que devora as estrelas! — o padre gritou, tão alto quanto pôde. — Convoco a tempestade e o inverno! Eu ofereço um banquete de carne humana e mil anos de frio e treva!

— *Pare!*

Ela se jogou sobre ele, agarrou seu pulso. A força tremenda do corpo de Giacomo di Monti resistiria a ela com facilidade, mas os órgãos falhavam, os músculos não aguentavam mais.

— Por quê? — Tristano devolveu a pergunta que ela mesma fizera. Seu rosto estava distorcido numa máscara de ódio. — Por que eu entregaria este mundo a vocês?

— Vai entregá-lo aos deuses?

— Se não existe mais salvação, que haja a vingança! — Tristano se regozijou. — Se não existe futuro, que seja do jeito certo!

— Você também será torturado!

Ele olhou fundo nos olhos da noviça. Abriu um sorriso inumano, que ficou petrificado em seu rosto. Uma pálpebra se agitou de vontade própria. Não havia nenhum traço de empatia ou piedade.

— Mas, Agnes... Eu mereço ser torturado.

O que havia era uma forma peculiar e distorcida de amor.

Tristano a empurrou com o único braço que ainda conseguia usar. Agnes cambaleou para trás, precisou se segurar nas cadeiras dos antigos conselheiros.

Faça-o parar!, o yithiano berrou em sua mente. *Humana imunda, faça-o parar! Não importa como, faça algo!*

Agnes observou o padre, seu peito volumoso arfando na tentativa de se manter vivo até o fim.

Nem mesmo quando haviam se encontrado na estação de trem ele estivera tão calmo. Tristano invocava o frenesi, mas era algo ensaiado. Ele estivera pronto para isso. Ele falava com segurança, com certeza.

Agnes entendeu:

— Ele me disse. Eu apenas não quis ouvir.

A entidade chamada Tristano dissera que merecia punição. A punição para um yithiano não era vagar pelos séculos presenciando a história. Não era existir num mundo governado pela Grande Raça. Não era nem mesmo a destruição e o esquecimento.

A punição para um yithiano precisava vir dos deuses.

Assim como Ernst Hoffman, uma parte dele nunca tivera intenção de voltar.

Não quero sentir dor!, o yithiano guinchou. *Não permita que o deus chegue perto de mim!*

Tristano ergueu a cabeça.

— Eu ofereço mais do que o banquete de carne humana — entoou. — Meu tributo de voracidade é a Grande Raça de Yith! *Ia! Ithaqua!* Venha e devore todos nós!

A cidade foi sacudida por um estrondo. Muitos pensaram que fosse um trovão, mas não havia relâmpago.

Era um passo.

Proteja-me, desgraçada! Você é só humana, mas eu sou mais do que lixo!

Ela viu as linhas de destino. Talvez fosse possível arrastar todos para uma delas. Uma linha em que o coração de Tristano finalmente cedesse, uma linha em que ele errasse uma palavra, uma linha em que o lustre desabasse sobre ele por pura sorte.

Mas, em todas as linhas, só havia morte. Havia morte gelada e canibal, morte fervente e nuclear. A morte de um velho padre se confundia com todas as outras.

Ela caminhou de volta a ele.

Em meio ao vento, ao gelo, às nuvens que se juntavam dentro do prédio, em meio ao cortejo dos mortos que cobria o mundo, Agnes se ajoelhou na frente de Tristano.

— Vamos mesmo destruir o mundo?

Ele a encarou com sinceridade fria e absoluta.

— Parece que sim, Agnes.

VI

— ATIRE — DISSE KARIN MATTENHAUER.

Harald Jäger continuou com a pistola apontada, o dedo no gatilho. Seu estômago fervia de dor. O câncer enviava sua mensagem esôfago acima.

A sala estava quieta, a não ser pelo leve eco das palavras da garota.

Ele estava morrendo. Faltavam poucas horas para que o resultado do exame estivesse disponível, mas que diferença fazia? Em poucas horas haveria fuzis e tanques. Haveria corpos metralhados e soldados tomando os postos de fronteira. Em poucas horas haveria mísseis, e talvez ele nem tivesse a chance de morrer de câncer.

"Covarde".

Uma vida dedicada à Stasi e ao Partido. Uma vida dedicada ao ideal comunista. Uma vida dedicada ao Muro de Berlim.

Que sentido havia em morrer de câncer?

Não era melhor morrer no Muro?

"Covarde".

A garota estava lá, olhando para ele. Estava apavorada, mas seu ódio contra o regime era maior que o medo. Ela não tinha idade para ter passado pelo pós-guerra, não testemunhara a construção da Muralha de Proteção Antifascista. Ela fazia parte da geração que já estava começando a esquecer o que os nazistas tinham feito com a Alemanha. Não sabia como era importante proteger o país.

— Quantos anos está fazendo hoje?

Ela demorou para responder.

A palavra "atire" ainda reverberava na mente de Karin. Se morresse naquele momento, pelo menos não morreria implorando. Enquanto ouvia a palavra ecoando dentro de si mesma, percebeu que Harald Jäger tinha perguntado algo.

Pensou em outras respostas ferinas. Outras boas últimas palavras.

Mas o que disse foi:

— Vinte.

Ele continuou com a arma apontada.

— Por que tanto ódio de seu país? — Harald perguntou.

— Não odeio país nenhum. Mal conheço meia dúzia de cidades.

— Então por que grita tanto? Por que coloca os soldados que estão tentando protegê-la na posição de precisar matá-la?

Ela franziu o cenho de leve. Uma expressão curiosa. Harald não viu nela indignação nem mesmo desafio. Era a confusão de quem falava com uma criança.

— Eu tenho 20 anos e estou tentando comemorar meu aniversário. Você é comandante de um posto de fronteira. Por que *eu* devo me controlar? Por que não você?

— Eu tenho ordens.

— Por que é você quem deve cumpri-las? Por que não seus superiores?

Dedo no gatilho.

"Covarde".

VII

— TALVEZ SEJA MELHOR — DISSE AGNES, EM MEIO À TEMPESTADE. — Eu não sou nada e você é um criminoso. Talvez seja melhor que este mundo não exista.

O dois se ajoelhavam sobre gelo e o teto pingava sangue. O odor de selvageria se misturava com cheiro de carne crua. Agnes podia sentir o desconforto da presença do deus. O yithiano gritava dentro dela, fazia exigências, implorava para que o salvasse. Mas, em todo o universo, não havia ninguém digno de ser salvo.

— O ritual está completo? — ela perguntou.

— Quase — enquanto lágrimas congelavam em seu rosto. — Falta um passo.

— O que está esperando?

Ele fez um esgar.

— *Estou com medo, Agnes.*

O mesmo medo reverberou em seu ventre. Os yithianos compartilhavam da mesma grandiosidade e da mesma covardia. Atravessando os milênios, encarnando como heróis ou monstros, todos faziam a mesma coisa.

Fugiam.

E, agora que a fuga chegara ao fim, estavam com medo.

— Qual é o último passo?

Então, com o último resquício de sua força, com a última possibilidade de vigor do corpo possuído, Tristano estendeu o braço, rápido como o bote de uma cobra. Sua manzorra agarrou o pescoço de Agnes.

Começou a apertar.

— O último passo é o sacrifício.

O coração convulsionou dentro do peito, a agonia tomou seu corpo inteiro. Ele não conseguia mais respirar, mas não precisava. Empurrou a si mesmo para a frente, o peso e os músculos vencendo a resistência de Agnes. Ela caiu de costas, então Tristano deixou o corpanzil desabar sobre a noviça. Agnes bateu a cabeça no gelo. Tristano não tinha mais força na mão, mas conseguiu firmar o antebraço sobre a garganta. Sua visão virou treva, os sons sumiram num latejar, mas ele não se importava. Aquilo era conhecido. Era apenas a morte.

Tristano sentiu Agnes tentando empurrá-lo. Não viu o rosto dela ficando roxo, mas sentiu seu esforço para respirar.

— Não resista — ele ofegou. — Não resista, Agnes. Só falta um passo. Só o sacrifício.

O interior da Casa do Conselho foi tomado por um som grave e indefinido, um misto de rugido e gorgolejar. Poças de saliva monstruosa surgiram e congelaram, enquanto Ithaqua aguardava sua refeição.

— *Vamos todos morrer* — Tristano chiou. — *Vamos todos morrer e todos seremos punidos.*

Agnes fez tanta força quanto pôde, mas o algoz não se movia. O peso era demasiado, o golpe de surpresa impedira que ela tomasse fôlego. Em meio ao fim do mundo, estava morrendo como temera desde o início: ante a violência arbitrária do padre louco. Tentou alcançar as linhas de destino, chegar a uma, qualquer uma, em que tivesse força suficiente. Mas, naquele momento, os sentidos etéreos estavam obscurecidos pelo corpo físico.

Então a visão de Agnes foi tomada pelo Psicopompo.

Pela segunda vez em sua curta vida, pela segunda vez enquanto morria asfixiada. O que acontecera antes acontecia de novo.

Ela viu os mortos em seu cortejo, as criaturas cujo nome não sabia e aquelas que conhecia pela memória do yithiano. Ouviu os tambores de pele sob o rugido de Ithaqua. O Psicopompo era indiferente a deuses ou à Grande Raça, estava lá para levar os mortais.

Agnes viu o lugar de honra, reservado a ela mesma.

Tinha a vaga noção de que fazia ruídos desesperados com a garganta, engasgando na tentativa de puxar ar. O rosto de Tristano estava desfocado. Sua pele estava gelada enquanto ele também morria.

O vento zunia nas ruas silenciosas. Nuvens pesadas desceram sobre Osnabrück. Os aparelhos de TV foram tomados por estática e interferência, as antenas emitiram pequenos arcos voltaicos. Estouros elétricos estragaram eletrodomésticos, fumaça preta e cheiro de borracha queimada se misturaram ao fedor de animais cuja origem ninguém sabia.

Num quarto de hotel, o mestre de obras que quase abrira a porta da Marienkirche, quase encontrara o cadáver de Hans Richter e assim quase impedira que a Casa do Conselho ficasse destrancada e desguarnecida, foi tomado por um medo súbito. A lâmpada elétrica do quarto que dividia com o namorado explodiu, banhando a cama com cacos de vidro. O quarto, agora iluminado apenas pela luz azulada que vinha da tela da televisão fora de sintonia, foi impregnado pelo cheiro de predador. Ele sentiu uma inquietação primitiva, como se estivesse sendo caçado. Seu namorado recolhia os cacos da lâmpada, mas ele interrompeu a atividade e o abraçou com toda a força. Agradeceu pelo acaso de ter reencontrado aquele homem naquele dia, pois tinha quase certeza de que seria seu último. O último dia do mundo.

Eles tinham acabado de ver o manifestante ser derrubado do Muro quando a TV parou de funcionar.

Talvez já fosse efeito da bomba.

Seria um bom último dia, ainda que ele desejasse uma vida inteira com o homem que amava. Durante aquele dia, uma emergência tirara os alunos do colégio, um psicopata assassinara a ex-esposa e depois cometera suicídio, uma ambulância colidira com um carro num acidente terrível, tudo na cidade pacata onde nada acontecia.

Ele não vira nada disso. Ficara na cama, perdido em sexo, conversa e serviço de quarto.

O mestre de obras não estava pronto para morrer.

Mas a gratidão por aquele dia era maior do que tudo.

Agnes observou o Psicopompo. Havia um segundo lugar de honra.

Por um instante, ela exultou. Era uma vitória vazia, mas melhor do que se entregar sem custo. Ela seria carregada, mas Tristano também.

A escuridão a tomou ainda mais. Sentiu algo úmido no rosto. Podiam ser as primeiras gotas da chuva de Ithaqua. Podiam ser as lágrimas ou a saliva do padre. Talvez o sangue que pingava do teto. Já não tinha mais noção de calor ou frio, só a pressão vaga sobre si mesma, a montanha em forma de gente que a esmagava.

Então viu o terceiro lugar de honra.

Tristano não ocuparia seu posto. Assim como sempre fora, ele levaria as almas humanas consigo até algum ponto no futuro, pelo menos até ser capturado pelos deuses.

Nenhum Caminho Exceto o Declínio, em seu ventre, também não pertencia ao Psicopompo. Mas havia algo a mais ali. Algo vivo.

A única criatura naquele universo que não era algoz ou vítima, porque não tivera a oportunidade. Morta antes de nascer, possuída antes de se tornar humana por completo. A única coisa que Agnes trouxe consigo de sua vida que nunca fora.

Roubada por Nenhum Caminho Exceto o Declínio.

Morta por Masmorra ao Redor do Destino.

— Todas as crianças crescem — ela esganiçou enquanto morria, como uma prece. — Até mesmo aquelas que estão mortas.

Ou até mesmo aquelas que nunca nasceram.

Trudi Gossler permanecia em coma, esquecida no banco do carro, perto de Kalkriese. Era impossível que toda a multidão de paramédicos, policiais, soldados ingleses e jornalistas tivesse deixado de notar o acidente. Era apenas improvável que todos os socorristas designados a atendê-la tivessem sido tragados pela confluência de decisões bizarras e coincidências absurdas que Tristano deixou em seu caminho.

Foi o cheiro que arrastou Trudi Gossler de volta à consciência.

Ela abriu os olhos e sentiu gosto de sangue. Observou ao redor, viu as ferragens retorcidas, os vidros quebrados. Lembrou do tentáculo entrando em seu ouvido, da sensação de violação quando o padre falou com sua voz. Mais do que isso: fez com que ela *quisesse* dizer aquelas palavras.

As janelas que ainda restavam intactas se cobriram de gelo. Os faróis do carro piscaram e estouraram.

Trudi Gossler não achou nada daquilo estranho, porque o contato com a entidade havia dilacerado sua razão. Mancando, ela saiu do carro e foi até o meio da estrada. Olhou para cima e viu que algo gigantesco bloqueava as estrelas.

Um trovão contínuo, incessante e avassalador se espalhou pelo céu, e então por sua mente. Era tudo que ela conseguia escutar, tudo em que conseguia pensar. Era um trovão, mas também era um rugido.

Ela se ajoelhou.

Para adorar a coisa que estava chegando.

Agnes foi tomada por uma calma profunda.

Era falta de oxigênio.

Num estado de semiconsciência onírica, lembrou do convento, das amigas, do namorado. De tudo que não existia. A saudade que nunca poderia ser aplacada cortou fundo.

A voz gritou qualquer coisa em sua mente, mas ela não prestou atenção. Uma voz sussurrante e insidiosa se juntou, a voz do Necronomicon, e então o rugido de Ithaqua. Por trás da cacofonia dominadora e exigente que reverberava em seus pensamentos, Agnes tentou escutar algo mais sutil e mais profundo. Tentou detectar alguma intenção, alguma personalidade, algum futuro nas células que cresciam em seu útero, mas não havia nada.

A saudade do futuro que nunca aconteceria foi intolerável.

Parou de tentar respirar. O rosto e as têmporas latejaram pesadamente com as últimas pulsações fortes. Ela não sentia mais o cheiro, não tinha mais consciência do peso. Notou uma garra se estendendo para tocá-la e colocá-la em seu lugar de honra.

Em meio ao vazio, antes de ser arrastada para a agonia, Agnes viu as linhas de destino com clareza. Sem ruído, elas se mostraram bem nítidas. Sem nenhum apego a nada nem ninguém em todo o universo, uma linha se destacou. E ela pensou que todas as crianças cresciam.

Todas.

Até mesmo aquelas que estavam mortas.

O coração de Agnes parou de bater.

O que havia dentro dela morreu.

VIII

EM BERLIM, SOLDADOS INGLESES MONTAVAM BARRACAS E enfermarias de campo.

Aquele era o procedimento-padrão. Por isso fora essa a primeira estratégia do Capitão Tony Green para os centros de triagem e tratamento de feridos em Osnabrück. Mas uma súbita onda de frio tomou a cidade e ele decidiu que era preciso ocupar um prédio com calefação. A universidade seria a melhor escolha, mas os soldados já estavam no centro antigo e ele não quis perder tempo.

Se um príncipe germânico chamado Arminius não tivesse sido treinado como general romano ou decidido emboscar as legiões do Império na Floresta de Teutoburgo, não haveria milhares de artefatos romanos esperando para ser descobertos na colina de Kalkriese.

Se Carlos Magno não tivesse estabelecido em Osnabrück sua primeira arquidiocese, não haveria tanto significado religioso na cidade. Haveria menos presença católica e, assim, durante a Guerra dos Trinta Anos, ela não teria acolhido católicos e protestantes de igual maneira. Não teria chamado a atenção do Rei Gustavus Adolphus da Suécia.

Se Tony Green não tivesse encontrado moedas romanas em Kalkriese, nunca teria se interessado pela história de Osnabrück. Nunca teria lido que Gustavus Adolphus certa vez montou uma enfermaria improvisada na Casa do Conselho.

Tony Green deu ordem para que seus homens entrassem em contato com as autoridades, obtivessem chaves e códigos para abrir a Casa do Conselho. Se Hans Richter não tivesse morrido dentro da Marienkirche, seu filho não teria ficado tão abalado a ponto de deixar as portas abertas. O procedimento normal seria que soldados ingleses entrassem no prédio primeiro, enquanto o capitão ficava do lado de fora, coordenando os esforços. Mas, quando ouviu que a Casa do Conselho estava destrancada, Tony Green imediatamente ficou alarmado e correu para averiguar o que estava acontecendo.

Se Ernst Hoffman não tivesse cometido uma atrocidade em Kalkriese, o Capitão Tony Green não estaria tão tenso, não teria a reação imediata de pensar que aquilo era uma emergência. Não teria entrado na Casa do Conselho com a mão no cabo da pistola.

Se houvesse alguma luz acesa na Casa do Conselho, Tony Green teria visto todo o horror que tomava a sala. Mas, de relance e no escuro, apenas sentiu gelo sob a sola de suas botas e foi avassalado pelo cheiro de jaula que estava em toda a cidade. Se tivesse conseguido enxergar com clareza, teria reconhecido o padre da foto e hesitado. Teria lido, mesmo que de relance, alguma palavra do Necronomicon. Se Osnabrück não estivesse tomada pelo rugido do deus que despertava da morte, ele teria ouvido a voz do livro.

Mas, da maneira como as coisas aconteceram, Tony Green estava mexido pelo assassinato em Kalkriese e pela tensão da noite. Entrou na Casa do Conselho intempestivamente, atordoado pelo trovão que não acabava, com a sensação de que algo terrível estava prestes a acontecer. E, quando chegou ao salão, enxergou apenas o vulto de um homem enorme, grunhindo e sufocando uma mulher.

IX

MASMORRA AO REDOR DO DESTINO VIU O PSICOPOMPO COM TRÊS lugares de honra. O de Giacomo di Monti ou Tristano, a alma que habitara seu corpo atual, um lugar que nunca seria ocupado. O posto de Agnes, que já fora trespassada por uma garra e começava a ser puxada. E um lugar de destaque cruel para o feto não nascido, a possibilidade não concretizada.

Todas as crianças cresciam, ele pensou. Até mesmo aquelas que estavam mortas.

Ele só precisava impedir que aquela criança crescesse, impedir que o plano da Grande Raça se concretizasse. E, para isso, só precisava continuar pressionando com o antebraço.

Sua própria morte estava muito perto, mas isso não o impediria. Ele estava ansioso pela punição, ansioso para que sofresse o que merecia pela criação do pecado original. Mesmo que para isso todos precisassem ser punidos, inclusive a vida sem pecado que crescia dentro de Agnes.

À medida que a morte chegou, ele sentiu sua forma etérea se desligando do corpo. Uma onda de náusea o invadiu quando notou que estava sendo farejado pelo deus. Era tarde demais para mudar de ideia, o sacrifício já estava quase completo.

Só havia uma linha de destino, e ela levava a Ithaqua.

Então a linha se bifurcou.

Com horror, Masmorra ao Redor do Destino, que era Tristano, Turpin, Thusnelda, Tobias, Tiefenbach e muitos outros, enxergou com clareza outra possibilidade. Uma possibilidade que começava quando eles haviam cruzado com um militar inglês na Estação Central naquela manhã. Uma possibilidade que se concretizara quando aquele mesmo homem não pudera evitar um assassinato e, enxergando mais uma vez uma mulher sendo morta, teve a convicção instantânea de agir.

Uma possibilidade que se tornou a única com a certeza vinda de duas frases.

Agnes aprendera aquilo quando se tornara capaz de saltar entre as linhas de destino.

Não bastava desejar ou acreditar. Sua vontade não significava nada. Era preciso enxergar a verdade, encarar o que era inegável e inevitável.

Se Agnes não estivesse morrendo, muitos pensamentos passariam por sua mente. Mas, com a consciência se esvaindo, restou um único pensamento, uma verdade repetida pelo yithiano em seu ventre. E, como a única verdade, aquilo foi absoluto. Foi a única probabilidade que ela pôde enxergar.

Inevitável.

Agnes agarrou a linha de destino que confirmava aquelas palavras:

Todas as crianças crescem. Até mesmo aquelas que estão mortas.

Tony Green sacou a pistola.

Tristano viu com horror as possibilidades se multiplicarem.

Antes houvera só uma certeza: a punição. O fim das escolhas, o fim de qualquer questionamento e do ódio por si mesmo.

Agnes lhe roubou isso.

Ele ouviu o estampido e viu o clarão. Um foco de dor súbita e intolerável quando seu crânio foi perfurado, osso e cérebro se dilacerando sob um minúsculo projétil de chumbo, então não havia mais nada.

Os destinos explodiram em variações infinitas e ele emitiu um grito de lástima que se espalhou pelos séculos.

Masmorra ao Redor do Destino foi puxado para o futuro, arrastando consigo as almas que salvara e aprisionara.

Logo estaria em busca de um novo corpo.

De uma nova batalha em sua guerra, de uma nova história para contar a si mesmo. De uma nova versão para narrar a uma vítima.

Aos poucos, ele se convenceria de que fora o herói daquela história. Passaria a acreditar que arriscara um último blefe, ameaçando os yithianos com o deus para salvar o mundo. Conseguiria esquecer que estivera disposto a fazer a humanidade pagar por sua penitência. Com o tempo, passaria a acreditar que fora vitorioso.

Mas, por enquanto, ele ainda sabia que tinha sido derrotado por Agnes.

Luz e fôlego voltaram a Agnes, enquanto ela percebia o gosto ferroso inundando a boca, a sensação úmida, espessa e quente sobre o rosto, o cheiro metálico. A mesma coisa havia acontecido naquela mesma noite, poucas horas antes, e assim Agnes reconheceu imediatamente que estava coberta de sangue.

Não havia mais peso sobre ela, embora o tórax e a garganta doessem horrivelmente. O ar entrou rasgando sua traqueia, mas era delicioso. Os pulmões se encheram, o que provocou ainda mais dor.

— Você está bem? — disse o homem.

Ela o reconheceu. Era o militar inglês.

Olhou para o lado. Conseguia discernir o vulto do corpanzil de Tristano.

Conseguia notar que faltava uma parte de sua cabeça.

Uma pistola fumegava no chão.

— Vamos sair daqui — Agnes disse com dificuldade.

Em meio à adrenalina, à escuridão e aos pedaços de crânio e cérebro cobrindo o rosto da garota, Tony Green nunca a teria reconhecido. Mas nunca esqueceria a voz que dissera palavras capazes de matar Ernst Hoffman.

— Você é...

— *Vamos sair daqui.*

Se, em Kalkriese, o capitão não tivesse se deparado com a coincidência gigantesca de encontrar o padre da foto de seu pai, nunca teria obedecido a uma vítima em choque, em vez de seguir o procedimento médico no qual era treinado. Se não tivesse testemunhado o discurso de Agnes que fizera o assassino cometer suicídio, não a veria como também extraordinária, não estaria propenso a lhe dar ouvidos. Mas aquela noite tinha uma aura misteriosa e transcendental. Assim como antes obedecera ao padre, agora Tony Green obedeceu à noviça.

Ajudou-a a se levantar e a conduziu para fora da sala.

— Não olhe para trás — ela disse. — Faça o que fizer, não olhe para trás.

O Capitão Tony Green obedeceu.

— Feche a porta. Não deixe que ninguém entre aqui.

Ele fechou o salão. Os dois ganharam a entrada da Casa do Conselho. Tony Green deu ordem a seus soldados para que cancelassem a operação. Eles iriam seguir como tinham planejado anteriormente. Montariam barracas ao ar livre.

Afinal, parecia que o frio súbito já estava arrefecendo.

Ele notou que não sentia mais cheiro de animal.

O trovão finalmente cessou.

E assim, cercados de movimentação e absurdo, a Irmã Agnes e o Capitão Tony Green se viram no centro de Osnabrück, atônitos, um ao lado do outro, num apoio mudo e tácito, ambos em busca de algum conforto, ou ao menos compreensão. À volta, soldados ingleses se cruzavam, trocavam instruções, erguiam as primeiras estruturas.

Agnes olhou para cima, em busca da estrela-guia.

— O que está acontecendo em Berlim? — ela perguntou.

Tony respirou algumas vezes antes de admitir:

— Não sei.

O céu permanecia indiferente.

Não havia nenhum míssil. Não havia nenhuma tempestade.

— Talvez — disse o capitão — só nos reste rezar.

Agnes procurou sua mão. Segurou-a com força, um gesto de amizade que não precisava de nomes ou palavras. Eram duas pessoas perdidas no turbilhão de ações ocultas, decisões arbitrárias e acaso caótico que resultaria em vida ou morte. De um segundo para outro, tudo podia se tornar muito diferente.

A ajuda súbita do desconhecido a encheu com um sentimento estranho, mas confortável. A noção de que existia alguém de valor no mundo.

Mais do que isso, a possibilidade que agarrara e que salvara sua vida vinha com uma responsabilidade: transformar o que crescia em seu útero, fosse humano ou yithiano, em algo além de algoz ou vítima. Ela agora conhecia uma pessoa e algo que poderia se tornar uma pessoa, e ambos provavam que o mundo não era apenas implacável.

Agnes, a criatura mais importante no mundo material, a juíza do fim do mundo, tomou uma decisão.

— Deus não pode nos ajudar agora — disse, com firmeza.

O militar pareceu surpreso com a confiança dela. Naquele momento, mesmo com sua curta existência, Agnes era muito mais velha que ele.

— A decisão cabe aos humanos.

"COVARDE".

Harald Jäger virou as costas aos prisioneiros. Ouviu alguma pergunta dos guardas, mas ignorou. Abriu a porta, saiu da sala.

Guardou a pistola no coldre.

Do outro lado do Muro, os porcos selvagens gritavam suas palavras de ordem.

Eles eram o povo.

Eles exigiam que o portão fosse aberto.

Eles eram 20 mil alemães.

Harald Jäger entrou em uma guarita. Dispensou o soldado que estava lá dentro.

Seu estômago se contorceu numa pontada que lhe tirou o fôlego. Precisou se apoiar numa mesa. Era o tumor. O câncer competindo com os mísseis e os porcos selvagens pela chance de matá-lo.

Pegou o telefone. Discou o mesmo número que já havia discado dezenas de vezes naquela noite.

— O que foi desta vez? — Ziegenhorn atendeu.

Era seu superior, o homem que lhe dera respostas vagas ou inúteis durante todo aquele tempo. O homem que ouvira quando ele foi chamado de covarde.

Jäger permaneceu mudo.

— Fale! — disse Ziegenhorn. — Não tenho tempo para...

— Vou colocar fim a todos os controles — Harald Jäger interrompeu. — Deixar todas as pessoas passarem.

— O que está falando, Camarada Jäger? Volte a seu posto, esta é uma noite como qualquer outra.

— Não é. Não estou pedindo permissão. Estou comunicando. Para que você tenha uma resposta para os outros postos de controle. A fronteira está abrindo.

— Jäger, isso é insubordinação. Posso mandar executá-lo.

— Entre na fila.

Ziegenhorn começou a dizer algo, mas Harald Jäger não ouviu. Desligou o telefone. Saiu da guarita. Olhou em volta uma última vez. Chamou dois de seus homens.

Eles estavam pálidos.

Por um segundo, Harald imaginou a reação que teriam. Se haveria recusa. Se tentariam prendê-lo e tomar o comando do posto.

— Vamos abrir o portão.

E os dois sorriram de alívio.

Harald Jäger deu alguns passos para o lado, saindo do caminho da multidão que logo viria. Eles continuavam gritando palavras de ordem. Mas, de alguma forma, agora não eram mais agressivas, ameaçadoras ou mesmo subversivas. Não eram mais exigências de porcos selvagens. Eram só pessoas falando o óbvio:

— Nós somos o povo — Harald murmurou para si mesmo.

Os dois guardas se aproximaram do portão. Colocaram as mãos nos puxadores.

Os prisioneiros enxergaram a cena pelas janelas da sala de detenção. A equipe de TV pulou de pé. Os guardas tentaram mantê-los quietos, mas foram ignorados. Não fizeram menção de erguer as armas. Também não tentaram segurá-los.

O cinegrafista recolheu seu equipamento. Ligou a câmera de vídeo, a levou ao ombro e começou a filmar.

Karin Mattenhauer também se ergueu. Foi até a porta, a abriu, viu Harald Jäger do outro lado. Não estava em posição de sentido. Com os braços atrás do corpo, ele não parecia mais um oficial da Stasi.

Igor Maximychev pousou o telefone no gancho.

Não deixaria a decisão para funcionários de baixo escalão, para aqueles que ainda estavam bêbados ou para quem não falava russo. Não deixaria a decisão para um embaixador sonolento.

Talvez fosse seu dever avisar seu superior. Avisar Moscou.

Mas ele tomou a decisão.

E não fez nada.

— Camarada — disse o agente de fronteira — devemos prender o Prefeito Momper?

O Tenente-Coronel Vogel olhou para as duas multidões — berlinenses orientais e ocidentais. Olhou para Walter Momper discursando com tranquilidade ao megafone. Para as armas de seus guardas, para as metralhadoras armadas em tripés.

E disse apenas uma palavra:

— Não.

No Portão de Brandenburg, as câmeras da TV americana filmavam as mangueiras de alta pressão em seus jatos sobre os manifestantes.

Ninguém sabia que, por acaso, uma das mangueiras tinha um buraco. Assim, por causa do vazamento, a água tinha menos pressão. O jato perdeu boa parte da força.

Também foi mero acaso que o jato daquela mangueira específica tenha atingido o manifestante que caiu do Muro. Ele foi derrubado, mas sem a violência súbita de um jorro normal.

As câmeras mostraram o rapaz se erguendo de novo, subindo no Muro. Levantou os braços, encharcado e exultante. E, naquele momento, a forte iluminação dos equipamentos de filmagem atravessou os jatos d'água e a nuvem de respingos, formando um arco-íris.

A multidão não esperou os portões se abrirem por completo. Enquanto os guardas puxavam, os primeiros começaram a passar. Eles não correram. Não empurraram. Não tiveram nenhuma atitude hostil com os agentes.

Rindo ou chorando, eles caminharam. Atravessaram a fronteira em paz, porque podiam.

Voltaram horas mais tarde, porque ali era sua casa.

E fizeram aquela jornada incontáveis vezes, até que não fosse mais uma jornada. Porque a cidade era uma só.

Harald Jäger tentou controlar as lágrimas. Não queria que seus subordinados o vissem chorando, então se afastou deles.

Ouviu um guarda falando sozinho:

— Por que fiquei aqui pelos últimos 20 anos? — o homem repetia para si mesmo, alheio, atônito, de pé no meio da história. — Por que fiquei aqui pelos últimos 20 anos?

Não havia resposta, então Harald seguiu. A equipe de TV saiu da sala de contenção. Os guardas vieram logo depois. Não em perseguição, somente para testemunhar. Harald passou por todos eles. Entrou de novo na sala. Fechou a porta.

A única que restava lá dentro era Karin Mattenhauer.

Os dois se olharam.

— Acho que estou morrendo de câncer — disse Harald.

A frase pairou por um segundo. Karin não mostrou surpresa, não fez perguntas, não teve nenhuma satisfação vingativa. Olhou para Harald e viu o que ele era:

Uma pessoa.

— Vai ficar tudo bem.

Harald Jäger foi até ela. Sem dizer mais nada, estendeu os braços, Karin o abraçou. Ele a apertou com força contra o peito e começou a soluçar. Logo, ela também se entregou ao choro.

O Muro de Berlim estava caindo.

H

AS CERVEJARIAS ABRIRAM DE MADRUGADA, PORQUE TODOS SAÍRAM às ruas. A festa explodiu em Berlim, onde centenas de milhares de pessoas comemoravam a revolução pacífica. Familiares se reencontraram depois de décadas, estranhos se abraçaram chorando. Já naquela noite, os primeiros começaram a destruir o Muro com marretas. E eles tinham raiva, mas era raiva da construção.

Em Berlim, havia amor.

Nos altos escalões, havia gente frustrada. Generais, presidentes e primeiros-ministros se sentiram aviltados, temeram os resultados da falta de violência ou julgaram que sua autoridade fora descartada. Mas todos sorriram para as câmeras, porque o mundo decidiu que aquele era um momento de alegria.

O povo teve coragem de não jogar pedras ou apertar gatilhos. Naquela noite não houve nenhum tiro, nenhuma declaração de guerra. Nenhum míssil foi disparado.

Apenas uma porta foi aberta.

E quem passou por ela não desejava desertar, sabotar uma nação inteira ou mesmo lutar contra um regime. Desejava passar pela porta e então passar de volta, porque de manhã a vida continuaria.

As cervejarias abriram também em Osnabrück. Era uma cidade onde nada acontecia, mas ali se comemorava o que não acontecera em Berlim. Agnes instruiu Tony Green a cobrir o corpo de Tristano, a não deixar que nenhum soldado lidasse com o cadáver. Eram instruções estranhas, mas ele as acatou, porque nada era estranho demais naquela noite. Ela permaneceu ao lado do capitão por algum tempo, mas logo seus afazeres o levaram para longe.

Agnes ficou sozinha no meio da multidão, enquanto Osnabrück celebrava e o mundo continuava a existir.

Você não está sozinha.

O sol nasceu no dia 10 de novembro de 1989, em Berlim, em Osnabrück e em todo o mundo. Harald Jäger segurou a mão de sua esposa. Ambos se prepararam para as próximas palavras do médico.

O homem olhou o resultado do exame e sorriu.

Os dois se abraçaram. Harald ainda não tinha dormido desde que começara seu turno de guarda no dia anterior, uma vida atrás. O cansaço, o peso da decisão, o medo vago da Corte Marcial, as palavras que dissera para a imprensa e a imagem de Karin Mattenhauer e seus porcos selvagens se mesclaram para criar um torpor eufórico. Anos mais tarde, enquanto sobrevivia de subempregos e vendia supostos pedaços do Muro de Berlim a turistas, Harald lembraria daquele momento como um dos mais felizes de sua vida. Igualado apenas por seu casamento — e pela construção do Muro.

O médico continuou falando algo, mas Harald não ouviu, porque o tom era bem-humorado e só uma palavra importava:

"Negativo."

Muita coisa não acontecera, então Harald Jäger viveu ainda por muito tempo.

A Estação Central de Osnabrück estava deserta. Escura e silenciosa. As comemorações aconteciam no centro da cidade, os passageiros ainda não haviam chegado para pegar seus trens. Nenhum quiosque estava aberto, nenhum bilhete era vendido.

Suja de sangue e exausta, Agnes estava sentada num banco.

Esperando.

Você nunca estará sozinha.

Ela tocou na barriga.

Fosse ou não uma criança, não estava morta. Aquilo a deixava feliz.

Você sabe o destino que lhe aguarda. Loucura e rejeição. Você não tem para onde ir. Não tem ninguém. Apenas um feto sussurrando horrores em sua mente.

— Você não será um feto para sempre.

Está preparada para ver meu rosto pela primeira vez? Olhar para a face do bebê que é você e o homem que não existe, e saber que é um monstro? Está preparada para, noite após noite, resistir à tentação de me sufocar com um travesseiro?

— Sim — ela achou graça. — Sim, meu filho, eu estou.

Farei parte de sua vida para sempre, Agnes. Se não me matar, verá o demônio crescer e ganhar poder. Verá o que faço com as outras crianças. Se me matar... A sensação nunca vai deixá-la. Entenda, Agnes. Você é minha.

— É verdade — ela respondeu. — Sou sua mãe.

Ainda não havia volume em sua barriga, mas ela sentiu algo radiante e especial lá dentro. Talvez fosse só imaginação.

— Você tem tanto a aprender — disse Agnes. — Acabou de ver seu ritual de décadas, seu plano de mais de um século resultar em nada. Porque algumas pessoas decidiram não odiar.

Sou mais velho que sua espécie. Sou...

— É apenas alguém que ainda vai nascer. E não vai morrer por minhas mãos.

O yithiano não respondeu.

— Vou ensiná-lo a ser humano.

A enormidade daquilo reverberou em múltiplos futuros, mas Agnes não os enxergou. O cordão umbilical etéreo não forçava mais as informações em sua mente. Todas as linhas de destino eram iguais em um aspecto: ela era sua mãe.

Isso nunca poderia ser diferente.

Ela pensou no futuro. Pensou que, em algum ponto, reencontraria Masmorra ao Redor do Destino, que não se chamaria mais Tristano. Teria outro nome, outra missão autoimposta, e talvez então pudesse mudar.

Talvez o yithiano em seu ventre se tornasse um aliado.

A voz ficou em silêncio. Respeito por ela. Ou vergonha de si mesmo.

Quando eu nascer, perguntou Nenhum Caminho Exceto o Declínio, *qual será meu nome?*

Antes ela dissera que seu nome seria Tristano, mas era só o devaneio de uma menina. Só uma prisioneira tentando tomar controle de seu cárcere.

Ela sorriu e lembrou. Sua mente não estava mais ocupada com a Realidade ou o fim do mundo. Ou talvez ela apenas estivesse pronta para lembrar.

Lembrou do homem que não existia, do curto tempo que passaram juntos. Agnes existia, e sua memória teria que ser suficiente para os dois.

Para os três.

— Seu nome será Dennis.

Aquela criança estava morta antes de nascer, mas cresceria.

Agnes nunca nascera, mas também estava crescendo.

Logo o primeiro trem chegou. Ela não viu para onde estava indo. Apenas entrou, mesmo sem bilhete, e sentou em um banco aleatório. Ela sabia que, caso pegasse outro trem ou sentasse em outro banco, tudo seria diferente. Mas tomou aquelas decisões porque podia.

Estava livre.

Gênese

Madri, Espanha, 1992

QUANDO A CASA DO CONSELHO FOI REABERTA, NO DIA SEGUINTE, havia sangue e sinais de luta, mas nenhum cadáver. O Capitão Tony Green reportou seu tiro e os acontecimentos daquela noite, mas tanto a noviça quanto o corpo do homem que tentara matá-la sumiram sem deixar rastro. Houve uma investigação, mas ninguém sabia quem era a vítima, ninguém reportou nenhum desaparecido com a descrição do pretenso assassino.

De qualquer forma, aquela noite deixara vários cadáveres e muito trabalho a fazer. Era mais urgente, por exemplo, procurar Werner Richter, o segurança que nunca voltara para casa no dia 9 de novembro.

Uma semana depois, um corpo foi encontrado nos arrabaldes da cidade de Düsseldorf. Pela altura e pelo peso estimados, considerou-se que fosse o criminoso supostamente morto em Osnabrück. Apesar do estado avançado de decomposição, os legistas foram capazes de averiguar que toda a pele havia sido arrancada.

Werner nunca foi encontrado.

Em 1992, o livro ressurgiu na capital da Espanha. Estava de posse de um alemão enlouquecido que o entregou a uma ordem dentro da Igreja Católica, como tributo pela beatificação de seu fundador. Era uma nova cópia, todas as páginas feitas de pele humana. As palavras tatuadas se mantinham nítidas mesmo com a passagem de tempo, porque o livro queria ser lido.

O Necronomicon ainda falava com a mesma voz.

Nota Histórica

1989

Quando este livro tomou forma, ficou claro que a parte humana dos eventos de 9 de novembro de 1989 seria muito mais importante que a parte política. Enquanto o volume 1 lidou com a comédia de erros e o labirinto burocrático que foi o dia, o volume 2 narra a noite, quando pessoas comuns tomaram decisões de impacto global sem o aval dos poderosos — muitas vezes contrariando ordens diretas.

Harald Jäger é uma figura real e no momento da escrita deste livro está vivo, morando em Berlim com a esposa. Quase nada de sua história foi ficcionalizado. Alguns eventos (como as várias ligações telefônicas) foram condensados e outros foram localizados no posto da Bornholmer Strasse, quando na verdade aconteceram em outros postos, mas isso foi um mero artifício para não cansar o leitor com ainda mais nomes e localidades. O drama que Jäger enfrentava no dia, sua história de vida marcante (tendo participado da construção e da queda do Muro de Berlim) e suas ações fazem dele um personagem quase cinematográfico, mas tudo é real, até onde há registro. Boa parte dos diálogos envolvendo Jäger foi transcrita de relatos e gravações da época. Em especial, fiz questão de usar as palavras exatas do superior de Jäger que questionou se ele era "um covarde". Embora eu o tenha usado como personagem, achei melhor manter seu nome, já que a história real quase não precisou ser embelezada. Mais tarde, ele descobriu que não tinha câncer, num fim que parece vindo de Hollywood.

Karin Mattenhauer é a versão ficcional de Katrin Hattenhauer, que passou por quase os mesmos eventos. Seus primeiros diálogos com o oficial da Stasi são transcrições de diálogos que a Katrin real teve durante seus interrogatórios. Ela passou por uma execução simulada, mas a cena em si foi totalmente inventada — não sei se existe descrição verdadeira dessa forma de tortura, mas acho que não precisamos de um manual de instruções. Optei por distorcer seu nome porque ela acabou sendo um misto de várias figuras da militância durante a queda do regime da Alemanha Oriental — pareceu errado usá-la de forma direta.

Ela realmente foi liberada da prisão sem explicações e realmente foi para Berlim no dia 9 de novembro para comemorar seu aniversário. Contudo, o aniversário era dia 10 e as duas datas não coincidiram. As condições de sua soltura são ficção completa, assim como o processo de liberação de um prisioneiro da Stasi — duvido que a maioria dos leitores desejasse ainda mais detalhes da burocracia do regime ditatorial. Obviamente, sua decisão de ir a Berlim não foi influenciada por seu colega prisioneiro, ela apenas decidiu visitar amigos. Ela também não foi a primeira a cruzar. Essa honra ficou com dois jovens cujas histórias foram incorporadas à dela. Contudo, os dois passaram a noite bebendo com amigos em Berlim Ocidental, essencialmente saindo da narrativa. No momento da escrita deste livro, Katrin é artista plástica.

Tony Green, nossa versão ficcional de Tony Clunn, aqui começa a divergir bastante de seu equivalente real. Não consegui nenhuma informação sobre os pais de Tony Clunn, mas é seguro dizer que o pai do capitão inglês não participou da tomada de Osnabrück. Mesmo usando Tony Green como artifício narrativo em vários pontos, fiz questão de ser fiel às conquistas de Tony Clunn na arqueologia, sua patente no exército e suas relações pessoais. A amizade de Clunn com o Prof. Wolfgang Schlüter é muito interessante, principalmente porque os dois viviam em mundos muito diferentes. Tenho certeza de que, se precisasse ajudar Wolfgang Schlüter, o Tony Clunn real não hesitaria. É claro que as ações de Tony Green no fim do livro são inteiramente ficcionais.

A história de Albrecht Rau e do Café Adler, surpreendentemente, é real. Não há provas de que Ackermann, o secretário de imprensa de Helmut Kohl, tenha visto a foto específica de Albrecht e seus fregueses, mas é muito provável que este mal-entendido tenha influenciado sua percepção do que estava ocorrendo, que por sua vez influenciou um ato decisivo na política internacional. As palavras "o Muro está caindo" surgem em transcrições da conversa do chanceler com seu secretário — difícil ser mais enfático do que isso. Pelo que se sabe, Helmut Kohl realmente perguntou se eles não estavam bebendo, embora a conversa real tenha tido mais algumas idas e vindas. Infelizmente o Café Adler fechou, dando lugar a um café de uma grande cadeia — o que é típico de lugares altamente turísticos como o Checkpoint Charlie.

O incidente do cidadão que ligou para a polícia e a falha de comunicação que resultou disso é quase todo verdadeiro. Simplifiquei um pouco a sequência de eventos e inseri algumas relações de causa e efeito mais claras para facilitar a compreensão. Por exemplo, nenhuma das fontes que consultei dizia explicitamente que os manifestantes na Bornholmer Strasse se sentiram enganados porque um policial não tinha falado a palavra "amanhã", ou que a informação sobre os vistos não tivesse chegado à tal delegacia. Contudo, as transcrições de diálogos levam a crer que foi isso que aconteceu. E, de qualquer forma, as consequências foram aquelas descritas aqui.

Inverti a ordem de alguns acontecimentos no posto da Bornholmer Strasse para maior efeito dramático. Contudo, se as coisas tivessem transcorrido desta maneira, tudo continuaria igual. O tormento de Harald Jäger foi tão grande quanto está retratado aqui — apenas mais maçante e, por isso, ainda mais opressivo. O maior desvio foi inserir a acusação de covardia ao mesmo tempo em que o casal pedia para voltar à Alemanha Oriental; na verdade ocorreu antes. Ao que tudo indica, Jäger não se comunicou com outros postos de controle de fronteira, mas as afirmações na boca dos dois personagens (fictícios) com quem ele conversa são reais — apenas ditas em outros momentos. O General Rudi Mittig da Stasi é real e afirmou que havia um aumento de atividade das agências imperialistas, além de dizer que estrangeiros iriam atacar o Muro. Jäger nunca saberia disso, inclusive porque essa fala aconteceu depois de tudo ter acabado, mas o personagem incidental Schreiber ("escritor" em alemão) está lá para apresentar ao leitor essas informações privilegiadas. Um detalhe insignificante, mas que não poderia deixar de incluir: o grito de ordem principal no dia da queda do Muro era "Abram o portão!", não "Nós somos o povo!". Mas "Nós somos o povo!" e "Nós ficamos/ficaremos aqui!", os outros gritos famosos dos protestos de 1989, expressam de forma muito mais clara o sentimento geral.

Algo curioso é que, entre a multidão no posto da Bornholmer Strasse estava Angela Merkel, que se tornaria chanceler da Alemanha unificada. É realmente impossível imaginar como a história da Europa e do mundo teria sido caso Harald Jäger ordenasse abrir fogo contra o povo.

O papel de Igor Maximychev, a "variante do buraco" e todo o labirinto de política e diplomacia entre Moscou e Berlim Oriental foram *muito, muito* simplificados. As principais divergências da realidade são: o que era a variante e o que ela causaria são interpretações um tanto ingênuas e básicas. Além disso, o embaixador (o chefe de Maximychev) tem um papel mais importante nos bastidores. Contudo, todas as demais falhas de comunicação e condições precárias retratadas aqui realmente existiram, incluindo os funcionários alemães que não entendiam russo e não podiam perguntar. As atitudes pessoais de Maximychev (notando os manifestantes e decidindo não telefonar) são reais.

Gerhard Lauter realmente ficou sozinho atendendo a ligações na noite da queda do Muro, após ter estado incomunicável no teatro. O embaixador americano conseguiu falar com ele, mas o teor da conversa é totalmente inventado. De qualquer forma, não posso imaginar que não tenha sido um diálogo tenso. Richard Barkley disse mais tarde que ninguém sabia o que iria acontecer nem previa a queda do Muro — mas que, ao longo de 25 anos, "algumas pessoas se tornaram muito sábias". Mais uma evidência que a abertura das fronteiras foi um acontecimento espontâneo e inesperado.

Resumi bastante a participação de Walter Momper, o prefeito de Berlim Ocidental. Momper passou a noite em conferências e entrevistas, apenas mais tarde indo até o posto de passagem. Os diálogos são ficcionais, mas os acontecimentos (a fala ao megafone, os soldados se questionando sobre a necessidade de prendê-lo) são reais.

O fim do trecho sobre o Muro de Berlim é bastante ficcionalizado. Nem Katrin Hattenhauer nem seus amigos ficaram presos junto à equipe de TV. O papel que Karin desempenha no livro foi cumprido na vida real pelo repórter que liderava a equipe. Harald Jäger não abraçou um manifestante, mas um de seus soldados. Ambos relatam ter chorado copiosamente, percebendo a enormidade de seus atos.

Aglutinei alguns acontecimentos do fim como quase simultâneos, quando na verdade ocorreram ao longo de várias horas. Embora isso aumente a carga dramática do livro, os fatos da vida real foram ainda mais extraordinários. Como as decisões de não violência de vários indivíduos foram tomadas durante a noite toda e boa parte da madrugada, demorou muito para que houvesse certeza de paz. O mundo ficou várias vezes à beira de um conflito, não uma só.

Mais uma vez, a tensão e os acontecimentos em Osnabrück são criações minhas. Não há nenhum relato de algo drástico ocorrendo na noite do dia 9. Ainda falando sobre a cidade, realmente não houve muita resistência nazista em Osnabrück, quando as tropas inglesas invadiram, no fim da Segunda Guerra Mundial. Os acontecimentos foram um pouco mais espaçados entre si. Mas, como só haveria trechos curtos narrando isso, decidi unificar o dia da invasão com alguns eventos que ocorreram ao longo da semana seguinte.

Germânia

Esse período histórico contém bastante ficção, principalmente quanto às relações entre os personagens. Isso tem um motivo: ninguém sabe exatamente quais elas seriam.

A história de Arminius é quase toda real. Algumas fontes especulam que ele fosse literalmente filho de criação de Varus, mas são apenas especulações. Ao mesmo tempo, Varus era extraordinariamente poderoso e importante na política romana. Para que alguém assim desse ouvidos a um mero oficial de uma legião auxiliar, imagino que devam ter tido alguma relação pessoal significativa. Usei o artifício da relação de mentor e protegido para criar essa confiança. A distinção militar que o texto cita é a *Corona Civica*, que obviamente não era usada para pessoas que "salvavam" outras no campo da política ou da diplomacia. Contudo, a descrição de Cícero diz que os soldados temiam ter uma obrigação de filho para com alguém que os tivesse salvado. É uma relação saborosa demais para ser ignorada.

As motivações de Arminius são complexas. Seria fácil apresentá-lo como um germânico forçado a servir a Roma, revoltando-se contra a opressão de seu povo, mas isso não faz sentido. Ele foi criado em Roma desde a infância. Para Arminius, o povo de uma província ser subserviente a Roma deve ter sido algo natural. Ele mesmo lutou contra uma rebelião. Não consigo imaginar que não se identificasse com a cultura que conheceu durante toda sua juventude, então optei por dar a ele um dilema típico de imigrantes: feliz na terra que o adotou, mesmo assim lá sempre seria visto como estrangeiro, e ainda sentia uma ligação com sua terra natal.

A figura de Varus é controversa. Uma fonte secundária o caracteriza como corrupto e ganancioso, enquanto outra diz que tinha temperamento brando. Já li pelo menos um historiador que diz ser "absurdo" que um governador sem talento militar fosse enviado para a Germânia e outros que garantem que Varus era um administrador habilidoso, mas um general medíocre. Sabemos com certeza que Varus cometeu grandes atos de crueldade em sua carreira, mas não sei se esse seu lado ficava evidente para todos. Afinal, ele era amigo pessoal do Imperador Augusto que, em sua velhice, era quase obcecado por comedimento e retidão. Augusto não estava acima de suas próprias crueldades, mas me parece estranho que fosse tão próximo de um monstro descontrolado. Além disso, Varus repetidamente aparece em posições de destaque e, mesmo com o histórico infeliz de sua família (que apoiou Pompeu contra César na guerra civil, assim teoricamente sendo inimiga de Augusto), seu prestígio não diminui. Tudo isso me leva a pensar nele como um político, alguém que sabe agradar as pessoas. Alguém risonho, agregador, carismático, mas também um psicopata. Mas, é claro, é apenas meu palpite.

Ainda sobre Varus: embora fosse o governador, era também "Legado Imperial", responsável pelas três legiões — e ainda havia um legado para cada uma, além do legado Vala. Decidi simplificar essas patentes, chamando Varus apenas de "governador", para não confundir leitores que não se interessem tanto por história militar romana.

Thusnelda é um caso curioso. Não sabemos quase nada sobre ela. Li uma dissertação de mestrado que afirma que cada época retrata Thusnelda como o que uma mulher "deveria" ser. Desde o século 16, sua figura já representou uma dona de casa dedicada, uma viúva severa, uma esposa amorosa, uma guerreira feroz... Sabemos que seu pai era um colaborador dos romanos e seu irmão era alto sacerdote do Culto ao Imperador. Assim, me parece muito difícil que Thusnelda tenha sido criada com valores puramente germânicos. Optei por dar a ela uma educação romana e torná-la uma manipuladora e planejadora hábil. Também não há nenhuma indicação de que Arminius e Thusnelda tenham se conhecido quando crianças, mas é um palpite válido: ambos eram nobres na mesma tribo. No ano 9, Thusnelda estava noiva de "outro homem" nunca nomeado. Optei por fazer com que este homem fosse Marcus Aius, um legionário de quem praticamente nada se sabe além de seu nome (gravado num fecho que ele usava para prender uma proteção de ombro da armadura). Isso nunca poderia acontecer, pois sabemos que seu noivo ainda estava vivo depois da Batalha de Teutoburgo. Contudo, com base no relato do historiador Tacitus, podemos supor que o noivo de Thusnelda fosse no mínimo um simpatizante dos romanos. Também depois da batalha, em uma fase não descrita neste livro, Arminius rapta Thusnelda e casa com ela, mas a maneira com que Tacitus narra isso sugere que na verdade ele a resgatou de seu pai. Thusnelda luta ao lado de Arminius contra o próprio pai e termina prisioneira dos romanos, exibida num triunfo.

Um dos detalhes mais frustrantes em toda a pesquisa para os dois volumes foi minha tentativa fracassada de achar uma descrição dos rituais do Culto ao Imperador. Pesquisei em vários livros e artigos científicos, alguns que nem mesmo citei nas fontes bibliográficas. Em um determinado momento, passei a aceitar qualquer tipo de descrição, mesmo que viesse de sites sem nenhum compromisso com história factual. Não obtive nada além de especulações sobre semelhanças entre ritos do Culto ao Imperador e práticas cristãs no Império Bizantino. Isso me leva a crer que os atos físicos desses ritos tenham se perdido na história. É claro que, escrevendo isto, tenho quase certeza de que vou encontrar uma descrição perfeita um dia depois que o livro for para a gráfica, ou que alguém que está lendo vai balançar a cabeça e imaginar como eu ignorei as dezenas de fontes óbvias e prontamente acessíveis que esmiúçam em detalhes o ritual. De qualquer forma, fui obrigado a assumir a derrota depois de ter consumido tempo excessivo nisso.

Todo o plano sobre Arminius se tornar governador de uma província e casar com a filha de Varus é fictício. De início, escrevi isso achando que seria totalmente fantasioso, mas havia casos de estrangeiros governando províncias há quase 200 anos e não faltava muito para que houvesse o primeiro imperador nascido fora de Roma. Varus não teve nenhuma filha, pelo menos até onde se sabe, mas os registros de seus casamentos e descendentes são confusos e contêm falhas, então isso não chega a ser um furo.

Marcus Aius realmente pertenceu à primeira coorte, que continha escribas, contadores e outros, mas não sabemos qual era sua função dentro dela — talvez fosse um legionário veterano da infantaria pesada. Acho engraçado que, mesmo em obras que se propõem ser fiéis aos fatos históricos, Aius costuma ser retratado como um grande oficial. Ele pertencia à "Centúria de Fabricius", o que sugere que deveria ter um posto mais baixo que centurião. O fecho de capa foi encontrado em Kalkriese e é por isso que conhecemos seu nome e sua posição. O personagem foi uma ótima maneira de mostrar Roma como uma civilização que parecia alienígena e estranhamente rígida para os germânicos. O outro objeto que tem destaque nesta parte é a máscara de cavalaria, talvez o principal símbolo do Parque Arqueológico de Kalkriese. Não foi usada por Arminius até onde se sabe, mas tive a oportunidade de vê-la de perto e é bem impressionante.

O chefe dos Marsii realmente se chamava Mallovendus, mas não morreu em Teutoburgo. Pelo contrário, continuou desafiando os romanos e escapou vivo de um grande massacre em suas terras.

Distorci as funções dos diversos oficiais das legiões para que pudesse apresentá-los ao longo da narrativa. A história real não se importa com um personagem ganhar destaque subitamente no fim dos acontecimentos, mas isso acaba com a fluidez de uma ficção. Assim, legados, centuriões, tribunos e outros fazem o que precisam para que o leitor conheça seus nomes.

As passagens sobre Varus tomando decisões como um juiz é retirada de fontes históricas, que afirmam que ele "resolvia disputas entre tribos", sendo mais político do que general. Com certeza essas disputas não eram como retratei aqui, mas de novo foi uma boa forma de mostrar como o governador não entendia a Germânia em nível fundamental. O ritual com fios de cabelo foi totalmente inventado e as leis germânicas foram extrapoladas de descrições gerais. O historiador romano Florus diz que Varus "fez um édito contra os Chatti" — criei a sanção à tribo a partir disso e da tática de "dividir e conquistar" que Varus usou na Síria.

Um detalhe que provavelmente não será importante para ninguém, mas que me divertiu muito, foi o nome do chefe dos Chatti. Tony Clunn o cita como "Adgandestrus", mas na parte ficcional de seu livro e já se referindo a ele como chefe depois da Batalha de Teutoburgo. Por pura teimosia, decidi tentar achar alguma menção ao nome do chefe antes da batalha. Consegui isso em *um* livro, escrito em alemão antigo — o que significa que é todo impresso em letras góticas. Deve ter sido daí que Tony Clunn tirou o nome. Bom saber que o major era ainda mais obcecado com detalhes do que eu...

Durante um bom tempo, achei que iria distorcer bastante a morte de Varus, fazendo com que Arminius o matasse no último dia da batalha. Contudo, à medida que eu escrevia, ficava mais claro que os eventos que decorrem da morte do governador eram importantes demais para ficar de fora, então encarei a necessidade da morte dele antes da resolução da história de Arminius. Quando comecei a imaginar o que Varus deveria estar pensando e sentindo ao ver seu protegido tirar qualquer opção que ele pudesse ter, notei o quanto a cena era forte. Arminius matando Varus era uma decisão. Varus tirando a própria vida por causa de Arminius era uma inevitabilidade — uma voragem, como o narrador fala. A morte de Varus e tudo que vem depois são narradas com a máxima precisão que consegui.

Maroboduus realmente existiu, mas sua versão aqui é quase totalmente fictícia. Usei-o como amálgama de várias posturas dos germânicos (por exemplo, não entender a lei romana) e fiz com que usasse de astúcia e mentiras para enfrentar Arminius, para evitar outro personagem que usasse de política, diplomacia ou guerra. No fim, as contradições do personagem (alguém que conhecera o próprio Imperador, mas não conhecia os costumes romanos) serviram para ampliar seu lado enganador, mantendo a fachada de brutamontes que tanto personagens quanto leitores e até autores esperam dos "bárbaros".

O nome de Marcus Caelius, assim como sua posição e seu histórico glorioso, é real. Conhecemos seus feitos por causa da tumba que seu irmão ergueu para ele em Roma. Tudo que Marcus Caelius conquistou é real, mas sua história e sua inimizade com Arminius são fictícias. Um detalhe: ele pertencia à XVIII Legião (não à XIX). A alteração serviu para amarrar suas motivações com o resto da narrativa.

A descrição geográfica das emboscadas é tão precisa quanto consegui fazer. Obviamente, 2 mil anos transformaram a paisagem, mas andei ao longo do "caminho dos romanos" no sítio arqueológico e vi com meus próprios olhos o que resta da muralha de terra e a marcação da paliçada. O único detalhe propositalmente fictício pode nem ser tão fictício assim: algumas fontes mostram o local da última emboscada como sendo adjacente a um pântano ou terreno alagado, mas várias outras simplesmente retratam uma floresta. Optei por usar o pântano porque esse tipo de terreno foi decisivo para outros momentos da batalha e porque seria um cenário interessante. Contudo, nada mudaria na narrativa se fosse uma floresta. Aqui cabe um comentário: por alguma razão, é *muito* comum que autores (e vídeos de YouTube...) descrevam a última emboscada de forma totalmente errada — colocando a muralha de terra perpendicular à trilha ou criando um caminho muito estreito, com espaço para apenas cinco ou seis legionários lado a lado. Isso seria quase compreensível antes da descoberta do local da batalha, mas, depois de 1990, é no mínimo estranho. Obras de ficção não têm compromisso com precisão histórica, claro, mas recomendo desconfiança de qualquer "fonte histórica" que descreva a última emboscada de forma muito diferente do que está aqui.

Guerra dos Trinta Anos

Relutei muito antes de incluir esse período na narrativa. Originalmente, pensava em inserir a queda de Osnabrück na Segunda Guerra Mundial, aproveitando a devastação, a anedota sobre a Roda de Deus (símbolo da cidade) ter restado intacta da destruição de uma igreja e o fato de que ela foi tomada mais ou menos simultaneamente a Berlim. Contudo, mudei de ideia por dois motivos. O primeiro é que a Segunda Guerra Mundial é um assunto vasto demais, com uma infinidade de material disponível e sobre o qual muitos leitores conhecem bastante. Qualquer desvio ou lacuna, intencional ou acidental, chamaria muita atenção. O segundo, e mais importante, é que não se pode falar de Osnabrück sem falar da Guerra dos Trinta Anos. Omitir esse período seria uma traição com a cidade.

É claro, isso gerou um problema oposto: poucas pessoas no Brasil (ao menos poucos não historiadores) conhecem o conflito e é difícil achar material em qualquer língua, exceto alemão. Também é um assunto *extremamente* complexo, com nuances que tive dificuldade de compreender mesmo tendo dedicado meses de trabalho em turno integral à pesquisa. Seria possível escrever dezenas de livros dentro dos 30 anos de guerra, cada um com um recorte específico.

Por todos esses motivos, logo ficou claro que esse período histórico seria o mais simplificado. Leitores que queiram saber mais podem começar pelas fontes listadas neste livro. Para aqueles que já são íntimos dessa guerra, peço compreensão. Estou ciente das distorções. Um tratamento aprofundado exigiria muito tempo, muitas páginas e quase nenhum espaço para o terror.

A lista de mudanças a seguir pode dar a impressão de que a Guerra dos Trinta Anos foi descaracterizada, mas na verdade procurei manter o panorama geral e o clima da época. Na maior parte das fontes, a devastação da Europa, as crenças no fim do mundo e o escalonamento inesperado do conflito são mais ressaltados que as minúcias das incontáveis batalhas.

A primeira simplificação vem logo no começo, com a descrição do Sacro Império Romano. Sua complexidade política é um verdadeiro quebra-cabeça de culturas, alianças e crenças. Em seguida, a Segunda Defenestração de Praga é tratada com honestidade razoável, mas um pouco dramatizada. De novo, para fazer jus ao evento, seria preciso explicar todo um panorama político e ideológico que renderia um capítulo por si só.

Decidi incluir algumas teorias de conspiração sobre jesuítas para emprestar um tom mais sinistro ao livro. Contudo, ressalto que tudo que está aqui é propositalmente falso e especulatório — qualquer fato verdadeiro é acidental. A parte verdadeira é a desconfiança que muitos tinham com a Sociedade de Jesus.

Algo que se mostrou necessário quando comecei a narrar a guerra em si foi jogar bastante com o tempo. Pela forma como esta parte é escrita, eventos quase simultâneos parecem muito espaçados, enquanto que períodos de um ou dois anos passam rápido. De novo, isso foi uma escolha para tornar os eventos mais palatáveis. Num livro inteiramente sobre a Guerra dos Trinta Anos, os trechos de calmaria ou negociações ineficazes seriam oportunidades para desenvolver os personagens principais, mas aqui são apenas resumidos ou suprimidos. Também optei por deslocar alguns personagens e eventos no tempo. Por exemplo, o jesuíta Lamormaini não era confessor de Ferdinand em 1618. Contudo, sua influência é tão marcante que não fazia sentido distrair o leitor com o confessor anterior, um homem mais moderado.

Obviamente, Wallenstein não era um computador humano, muito menos um Sherlock Holmes. Escolhi retratá-lo dessa forma para mostrar seu gênio logístico, algo que o tornou o maior general da época. A cena com o traidor serviu para estabelecer a desconfiança que existia em relação a ele e inserir uma cena que ocorreu durante sua deserção das forças rebeldes: quando um major ordenou que permanecesse onde estava, Wallenstein o matou com um único golpe. Então veio um segundo major, que permitiu que ele saísse com seus soldados. A disposição melancólica e severa do general, assim como sua predileção por roupas pretas, é real.

O Tratado de Ulm, assim como representado aqui, é totalmente fictício. Em todas as fontes que consegui achar, há boas descrições de *outros* Tratados de Ulm, mas o de 1620 é deixado vago, embora tenha sido importante. Além disso, algumas fontes se contradizem e os próprios eventos são confusos. Aproveitei essa lacuna para mostrar a personalidade marcante de alguns dos altos nobres envolvidos — elementos que não caberiam em outro lugar. Maximilian da Bavária era extremamente devoto e se dedicou à Virgem Maria num voto escrito com seu próprio sangue (mas apenas em 1645). Christian de Anhalt era envolvido com cabala, acreditava nos escritos dos supostos Rosacruzes e achava que Frederick era uma espécie de rei profetizado. Frederick gostava de se fantasiar como figuras históricas e míticas, entre elas Arminius. Tudo isso é verdade. Mas essas coisas não aconteceram ao mesmo tempo, nem esses nobres se encontraram em Ulm. Contudo, como ignorar tudo isso? Vale também dizer que as negociações de não intervenção da União Protestante foram bem mais complexas e Christian de Anhalt sempre teve uma posição clara de apoio a Frederick, não representando a União.

Várias falas dos personagens em Ulm, principalmente as mais absurdas e extremas, são citações diretas atribuídas a eles ou presentes em textos que eles consideravam importantes. "Liberdade religiosa é simplesmente licença para servir ao diabo" é uma tese do livro *Autonomia*, que influenciava Maximilian, e saborosa demais para não ser incluída.

A Batalha de Montanha Branca é retratada de forma razoavelmente fiel, embora sob uma perspectiva limitada. Um de meus principais guias foi o relato do próprio Christian de Anhalt para o Rei Frederick. No relato, o nobre diz que os soldados debandaram como punição de Deus pela falta de fé generalizada, um pensamento que coloquei na boca dos soldados. Usei a batalha para mostrar o equipamento militar da época, além de algumas táticas, mas decidi que descrever toda a estratégia e os movimentos dos diferentes batalhões seria apenas cansativo. Quem se interessar por isso descobrirá que existem *muitos* outros tipos de tropas e que apenas arranhamos a superfície da sofisticação dos combatentes do século 17. Os acontecimentos insólitos logo antes da batalha são, é claro, reais.

Procurei retratar alguns dos males que afligiam Wallenstein: gota, constipação, depressão, ataques de pânico, problemas cardíacos e outros. Ele também se tornou obcecado com astrologia à medida que sua saúde se deteriorava, mas o interesse por feitiçaria é enviesado — ele usava "um amuleto", mas não encontrei nenhuma descrição de qual seria. Usei isso para mostrar as "Artes de Passau", que eram muito comuns entre os soldados da época. Também verídico é o comércio de armas pretensamente encantadas — mostrando que, por mais exagerada que seja nossa literatura de fantasia, não se compara à realidade.

As descrições das Artes de Passau, do livro de encantos e da atmosfera na cidade (incluindo a moda dos jovens dândis) são "verídicos", no sentido que são descritos como verídicos numa fonte do século 19. Kaspar Reinhard foi uma figura real, responsável pela execução de mais de 500 pessoas, e havia especulação de que ele teria introduzido as Artes de Passau no exército. Juntei os boatos e os fatos para criar nosso Reinhard, conciliando o histórico contraditório por meio do recurso de torná-lo um yithiano.

A partir deste momento, passei a dramatizar bastante os eventos, mantendo os acontecimentos principais e moldando-os para que formassem uma narrativa mais enxuta. Os efeitos de tudo que acontece aqui foram basicamente os mesmos.

O cerco a Stralsund foi bem menos emocionante, mas os eventos principais (chegada dos suecos, ataque, negociação) ocorreram de uma forma ou de outra. Os dias sem dormir por causa da canhonada são fictícios, mas representam bem a exaustão e tensão dos exércitos dos dois lados. A figura de Gustavus Adolphus é ainda mais extraordinária e romântica do que o que é apresentada aqui: sua vida é descrita como "encantada" e sua sorte beira o absurdo. Várias de suas falas são transposições de frases atribuídas a ele. Gustavus falava bastante em seu papel como um representante de Deus, mas suas ambições imperiais são pura especulação. Hoje em dia, ele é reconhecido pela academia de West Point, nos Estados Unidos, como um dos maiores generais da história. O incidente do chapéu aconteceu, ainda que em outra batalha.

Tudo que acontece em Viena, incluindo os cartazes, aconteceu de fato na capital ou em outras cidades, apenas não da maneira narrada. As notícias do "Correio Regular" (*Ordentliche Postzeitung*) são reais, embora de outras datas. O Édito de Restituição foi ainda mais tirânico do que é mostrado aqui, além de menos eficiente. Wallenstein se opôs ao Édito, o que foi um dos motivos de sua dispensa.

O cerco a Magdeburg é retratado de forma tão fiel quanto possível, incluindo relatos de sobreviventes, profecias da época, folclore e conclusões de historiadores. Tudo que parece piegas demais é real, assim como registrado pelas vítimas do saque.

O papel de Osnabrück foi bastante condensado e "concentrado" para mostrar a cidade como aberta a ambas as religiões — algo verídico. Na época do cerco a Magdeburg, Osnabrück estava sob domínio católico e só foi entregue a Gustav Gustavsson depois da morte de Gustavus Adolphus. Este trecho também apresenta bastante malabarismo com o tempo: fatos simultâneos foram deixados em sequência, outros foram espremidos entre si ou mesmo tiveram sua ordem invertida. Os resultados são bem parecidos.

Optei por mostrar essencialmente metade da guerra, já que a fase seguinte é exaustiva e as principais figuras (Wallenstein e Gustavus) já se foram. Mesmo assim, reconheço que é quase uma heresia falar da Guerra dos Trinta Anos sem citar Richelieu e muitos outros. Essa escolha exigiu que eu "puxasse" alguns acontecimentos cruciais para a primeira metade da guerra, dando a impressão de que essa fase durou bem mais. Na realidade, desde o cerco a Stralsund até a morte de Gustavus Adolphus só se passaram quatro anos, e mais dois transcorreram até o assassinato de Wallenstein.

O avanço de Gustavus Adolphus pelo Sacro Império é bastante distorcido, pegando emprestados fatos de diferentes pontos da vida do rei, invertendo a ordem de algumas batalhas e tecendo uma continuidade que não existiu de forma tão ordenada. Uma alteração merece destaque: existem duas cidades chamadas Frankurt na Alemanha (Frankfurt an der Oder e Frankfurt am Main), e ambas foram palco de vitórias de Gustavus. Uni as duas numa só batalha, usando a "segunda Frankfurt" como palco de outros eventos. Alguns reveses na campanha são omitidos para não afundar o livro em história militar. As situações mais estapafúrdias (a queda no rio congelado, o tiro no pescoço, o recrutamento de mulheres para o baile) são versões ficcionais de fatos reais — todas aconteceram, apenas não da forma como são narradas.

Uma escolha especialmente difícil foi alterar a morte de Tilly. Ficcionalizar um fato tão documentado parece errado, mas o generalíssimo morreu em outra batalha vencida por Gustavus Adolphus, de um tiro na perna — ou seja, numa circunstância muito parecida com a do primeiro ferimento. Depois da morte de Tilly, Wallenstein foi reinstituído, agora como generalíssimo.

O período antes da Batalha de Lützen foi simplificado. A maior mudança é a presença de Oxenstierna no exército de Gustavus — na realidade, o chanceler estava com seu próprio exército. Limei inúmeras manobras militares de vários exércitos de ambos os lados. 1632 foi um ano assustadoramente complexo.

A Batalha de Lützen foi apenas um pouco dramatizada. As condições de visibilidade eram terríveis, mas não tão extremas quanto retratei aqui. Wallenstein realmente incendiou Lützen, mas não se sabe se foi a fumaça ou a névoa que criou a situação. Na verdade, há relatos conflitantes sobre as condições climáticas no dia. Wallenstein realmente comandou o exército de cima de um cavalo, com muita dificuldade, ainda que a propaganda protestante da época dissesse que ele precisou ser carregado numa liteira. Gustavus Adolphus se perdeu de sua cavalaria por razões que nunca ficaram claras. Não sabemos quem deu o primeiro tiro no rei, mas o segundo atirador e o nobre que tentou salvá-lo são figuras conhecidas (respectivamente Moritz Falkenberg e Franz Albrecht, para quem estiver curioso). Franz Albrecht não conseguiu manter Gustavus na sela — ou, segundo alguns, se acovardou e abandonou o rei. Gustavus Adolphus foi atacado e seu corpo foi pilhado por soldados imperiais.

Passamos por cima de muita coisa entre a morte de Gustavus e o assassinato de Wallenstein (principalmente movimentos militares). O resumo é: o general estava parado, farto da guerra. Desobedecia a ordens diretas do Imperador e parecia não se importar com isso. Há fortes evidências de que estava negociando com Oxenstierna. Embora estivesse obcecado com astrologia, os boatos de que não tomava nenhuma decisão sem consultar os astrólogos eram propaganda protestante. Há muitas idas e vindas na conspiração contra Wallenstein — encontros com oficiais, com nobres, com o próprio Ferdinand, ausência na corte em Viena, documentos que deveriam garantir a lealdade do alto-comando... O episódio de que Wallenstein teria tentado enganar seus comandantes para assinar um documento alterado só aparece em fontes do século 19, o que me leva a crer que seja ficção, mas é divertido demais para ser ignorado. Boa parte das cenas que levam ao assassinato foi baseada na peça *A morte de Wallenstein*, de Friedrich Schiller. As últimas falas de Wallenstein são adaptações da cena da morte do general na peça.

Por fim, as negociações em Osnabrück e Münster duraram cinco anos e não seriam um bom palco para a narrativa — talvez fossem para um livro sem pretensões de aventura ou terror. O efeito dos tratados na política internacional não pode ser subestimado. Não seria exagero dizer que nosso modo de vida foi, em grande parte, criado em Osnabrück. Sem esse marco na política e na diplomacia, a Guerra Fria nunca teria acontecido, por exemplo — o que amarra a cidade com os eventos de 1989.

Este livro, ainda mais que o primeiro volume, é uma especulação de um não historiador sobre o papel de Osnabrück na história mundial. Lá foi criado o conceito de "Alemanha", provavelmente um dos principais alicerces do que chamamos de "cultura europeia". Lá foi criada a política internacional que existe até hoje. Tudo em uma pequena cidade sem grandes atrativos, que nem os alemães conhecem muito bem.

Bibliografia

Translations and Reprints from the Original Sources of European History Vol. VI, Department of History of the University of Pennsylvania

Europe's Apocalypse: the Thirty Years' War, Peter H Wilson

The Invention of Germany, the Thirty Years' War, áudio da BBC por Misha Glenny

The 'Midnight Lion', the 'Eagle' and the 'Antichrist': Political, religious and chiliastic propaganda in the pamphlets, illustrated broadsheets and ballads of the Thirty Years War, Carlos Gilly

Europe's Tragedy: a History of the Thirty Years' War, Peter H Wilson

Essential Histories: the Thirty Years' War 1618-1648, Richard Bonney

Lützen 1632 — Climax of the Thirty Years' War, Richard Brzezinski

Quest for the Lost Roman Legions: Discovering the Varus Battlefield, Tony Clunn

Teutoburg Forest 9 AD, Michael McNally

Wallenstein, Friedrich Schiller

Germania, Tacitus

Changing Ideals of Femininity: Representations of Thusnelda in Klopstock, Kleist, and Grabbe, Lauren Nossett (dissertação de mestrado pela University of Georgia)

Religions of Rome, John Scheid, Mary Beard e John North

A short discussion on the orientation of the town planning of the Oppidum of Ubii also known as Ara Ubiorum, Amelia Carolina Sparavigna

Rituals and Power: the Roman imperial cult in Asia Minor, S. R. F. Price

Living off the dead : the relationship between emperor cult and the cult of the saints in late antiquity, Brahm Callahan (dissertação de mestrado pela Boston College)

The Imperial Cult in Cities of the Decapolis, Caesarea Maritima and Palmyra. A Note on the Development of Imperial Cults in the Roman Near East, Dr. Lucinda Dirven

The Cult of the Roman Emperor before and after Christianity, Morten Lund Warmind

Allgemeine Geschichte von Deutschland: vor und nach Errichtung des Kaiserthums bis auf itzige Zeiten, Joseph Barre

From Caesar to Tacitus: Changes in Early Germanic Governance circa 50 BC-50 AD, Andrew T. Young

The Roman World, 44 BC-AD 180, Martin Goodman

Pictures of German Life in the XVth XVIth and XVIIth Centuries, Vol. II, Gustav Freytag

Sir Thomas Tresham and the Christian Cabala, Francis Young

Print and Power in Early Modern Europe (1500–1800), Jan Hillgärtner

Famous Assassinations of History, Francis Johnson

Noble Households in the Sixteenth Century: Material Settings and Human Communities, Kristen B. Neuschel

Alatriste, filme de Agustín Díaz Yanes

Germany – Osnabrück Falls, filme jornalístico da Associated Press

Agradecimentos

É PRECISO COMEÇAR ESTA LISTA DE GENTE PARA QUEM SOU GRATO com uma mensagem para pessoas que dispenso completamente. Seria melhor não ter necessidade disso, mas vivemos na época em que vivemos e não podemos ignorar a realidade, então vamos lá.

Tratando de temas da vida real, tenho consciência de que *A Roda de Deus* e *O Criador da Morte* podem ser manipulados como obras conservadoras. Este livro não é, de forma nenhuma, um ataque a ideias de igualdade social, muito menos deve ser usado como ferramenta para a mentira de que o comunismo teria sido tão ruim quanto o nazismo. Ele contém, sim, posturas críticas a um regime ditatorial e relatos verídicos de suas vítimas. Independente da ideologia usada como justificativa, regimes ditatoriais são inaceitáveis.

Acima de tudo, este livro não é um ataque à liberdade reprodutiva. Se você acha que a narrativa *defende* tomar o controle do corpo de outras pessoas, realmente entendeu tudo ao contrário.

Deixando os fascistas em seu esgoto, seguimos em frente!

Sempre em primeiro lugar, muito obrigado a minha esposa e companheira, Emília Giuliani, que mais do que nunca foi fundamental para a escrita dos dois volumes. Além de todo o apoio e da confiança incondicional, a Emília despertou meu interesse pela Alemanha, me motivou a aprender a língua e proporcionou que morássemos em Osnabrück. Quando estivemos lá, basicamente organizou toda nossa vida e me ajudou de incontáveis formas, que nem sou capaz de listar. Não bastasse isso, contei com sua ajuda em traduções e leituras mais complexas de material disponível só em alemão, crucial para montar a narrativa. Por último, estando a seu lado enquanto ela escrevia uma tese de doutorado, aprendi a pesquisar. Dizer que os livros não existiriam sem ela não é hipérbole. Sem a Emília, tudo teria sido diferente. E nem de longe tão bom.

Muito obrigado a todos que contribuíram com o financiamento coletivo, transformando um cenário que criei para jogar RPG com meus amigos no maior financiamento coletivo da América Latina. Quer vocês estejam aqui por causa do Nerdpower, por Tormenta, por meus outros livros ou qualquer motivo, são a razão desse sucesso. Por causa de vocês, pude me dedicar a escrever dois volumes sobre a história de uma cidade que quase ninguém conhece.

Um obrigado especial aos autores que entraram fundo no projeto do cenário e abraçaram a proposta, tornando-o muito mais rico do que eu sonhava. Guilherme Dei Svaldi, Lucas Borne, Karen Soarele e Fábio Yabu são figuras fundamentais em nossa exploração histórica dos mitos de Cthulhu. Nenhum deles me deu um peteleco quando apresentei a diretriz "pesquise como um acadêmico, descreva combates como um diretor de cinema de Hong Kong".

Nada disso teria sido possível sem Alexandre Ottoni e Deive Pazos, que investiram num mestre com quem nunca haviam jogado, emprestaram seu brilhantismo como diretores e produtores ao Nerdcast RPG e ajudaram a criar toda a base dessas histórias. Veio do Alexandre a ideia de situar o Nerdcast em 1936 para aproveitar as Olimpíadas de Berlim e do Deive a solução de criar uma estrutura baseada nos anos 80 para ancorar o leitor. Esses são apenas dois exemplos de suas contribuições.

Obrigado também ao grupo do Nerdcast RPG: Tucano, Carlos Voltor, Rex, Afonso Tresdê, Sr. K e JP — além, é claro, de Jovem Nerd e Azaghal mais uma vez. Não só a história do podcast foi totalmente moldada por suas ações, seus personagens se tornaram alguns dos alicerces da narrativa. No caso do Rex, de maneira bem literal. No caso do JP, mesmo sendo só uma mão cortada e carregada por um cachorro... Também da turma do Nerdcast e do RPG, muito obrigado a Eduardo Spohr, que sem querer mudou minha maneira de pesquisar. Foi vendo sua dedicação e seu nível de estudo que tive coragem de encarar tudo que era necessário para os dois volumes.

Falando em RPG, muito obrigado ao grupo do RPGzódromo: Rafael Dei Svaldi, Lucas Borne, Márcio Morales, André Rotta e Guilherme Dei Svaldi. Foi em nossos jogos caseiros que o cenário começou a surgir, e todos foram minhas cobaias em algum momento. O grupo de *Fim dos Tempos*, composto por Guilherme, Karen, Rex, Tácio Schaeppi e Katiucha Barcelos, ajudou a manter minha sanidade enquanto escrevia.

Era um alívio toda quinta poder sair um pouco do século 17 e mergulhar nas Colinas Centrais.

Várias pessoas contribuíram com minha imersão na história alemã. Uriel Möller e Anna Mondain nos levaram no Museu Arqueológico de Kalkriese, dando início à bola de neve que resultou nestes dois livros. Eu nem conhecia a história de Arminius antes de ouvi-la do Uriel! Max Hirche foi meu consultor sobre a vida e a situação política na Alemanha Oriental, respondendo a inúmeras perguntas, indicando livros, contando as experiências pessoais dele mesmo e de sua família e servindo como termômetro para o que era ou não muito exagerado na trama. Pedro Martins foi meu consultor de latim, emprestando autenticidade ao livro e garantindo que nenhuma legião tivesse um nome como Biggus Dickus.

Algumas pessoas não tiveram participação direta nestes livros, mas foram fundamentais para que eu pudesse chegar a eles. Marcelo Cassaro e JM Trevisan me impulsionaram no começo de tudo e me acompanharam enquanto eu aprendia a escrever. O Prof. Luiz Antonio de Assis Brasil efetivamente me ensinou a escrever e permanece como uma influência eterna. A recomendação "corte as duas últimas frases do livro" já salvou pelo menos dois finais... Atena Beauvoir Roveda anos atrás me ajudou a começar a entender a vivência de pessoas trans, me dando a honra de compartilhar sua experiência. Desde então, venho tentando estar à altura do gesto. Victor Lucky me apoiou no hobby da música, que manteve minha resiliência para conseguir escrever um livro difícil como este num ano difícil como 2021.

Por último, muito obrigado à cidade de Osnabrück, que me recebeu de braços abertos e foi palco de uma das melhores fases da minha vida. Se precisasse definir Osna, só haveria uma palavra: Zuhause.

É isso! Os próximos livros provavelmente vão se afastar da ficção histórica para que todos nós possamos recuperar o fôlego. Mas ainda há muitos heróis, muitos períodos e muitos horrores a explorar. Um dia voltaremos a eles. Até lá!

WIR BLEIBEN HIER